詩画制作論の系譜

伊達立晶
Tatsuaki Date

三元社

詩画制作論の系譜　目次

第二章　詩的イマジネーション論の形成過程　228

第三章　イマジネーション論の思想的背景　258

第四章　イマジネーション論と推論の方法論　286

終章　318

第三部　ポーの詩論のフランス絵画論への転換とフランス芸術の変容

第四部　一九世紀後半の詩画制作論の変容に関する原理的考察

凡例

一、引用文中、原文での強調のための大文字表記は傍線で、イタリックは傍点で、（ ）以外のカッコ表記は一括して「 」で表記した。
二、引用文中、引用者による補助説明は〔 〕で表記した。
三、原則として、出典箇所は本文中に（ ）で示した。古典文献に関しては、慣例に従い、ページ数ではなく巻、章、節などで表記したものが多い。なお同じ文献からの引用が連続する場合は、直前に明示した典拠の表記に準じて、表記を簡略化した。
四、ギリシア語の人名の日本語表記に関しては、慣例に従い、長母音も短母音と同様の表記とした。なおギリシア語の「ph」音は「p」音との区別を示すために「ファ行」をあてた。
五、日本語の古典文献からの引用に際しては、現代表記に改めた。

序

まず最初に本書のタイトルについて説明しておこう。本書でいう「詩画制作論」とは、文字通り詩と絵画との制作論であり、制作面に重点を置いた詩論と絵画論のことを意味する。現代の専門分化した研究体制から見ると、詩と絵画とが同時に論じられることは奇異に思われるかもしれない。詩や詩論はもっぱら各言語ごとに、たとえば英文学とか仏文学、独文学などで研究されるものであり、絵画や絵画論は主に美術史学に属すものとされるのが一般的である。しかしながら詩と絵画とが共通の基盤に立つものであるという理解は、西洋では決して特殊なものではなかった。それを代表するのが、ルネサンス期以降近代にかけて盛んに論じられた「詩画比較論」だろう。「詩画比較論」とは文字通り詩と絵画とを比較する議論であり、絵画が詩に匹敵する価値をもつことを主張するために盛んに論じられるようになった議論である。そのあたりの事情から、説明していこう。

ルネサンスに先行する中世の学問体系において、詩作は比較的高級な仕事であるのに対し、絵画制作は高級な技術ではないとされていた。技術（ars）は「自然」（natura）とは違って人為的な技であり、「学芸」、「技芸」とも訳しうるのだが、それが自由身分にふさわしい「自由技芸」（artes liberales）と奴隷身分にふさわしい「機械技芸」（artes mechanicae）とに区分されるのである。「自由技芸」は三学（trivium）に属する文法学、修辞学、論理学と、四科（quadrivium）に属する算術、幾何学、音楽学、天文学から成り、「七自由科」とも呼ばれる。三学はいわゆる読み書ききの素養や筋道立てて考察する技術であり、ここで先人たちの詩や文芸が模範として学ばれた。四科は数的調和、幾何学的調和、音楽的調和、宇宙（コスモス）の調和を基礎に成り立つ世界を学ぶもので、三学とともに基本的に頭脳を用いる技術（学術）だと言える。音楽といっても演奏の技術ではなく、むしろ音楽理論の学習と考えたほうが適切だろう。これに対し「機械技芸」は、この「七自由科」以外のすべての技術である。すなわち土木や大工仕事、農業、料理、散髪、航海術などありとあらゆる手仕事であり、絵画や建築、彫刻などもこちらに含まれる。プラトニズムの伝統により、精神的なものを感覚的なものの上位に置く西洋的な考え方では、後者の技術は前者に劣るものとされたのである。ちなみに「芸術」（正確には「藝術」。英語でいう art）という概念もこのラテン語の「ars」から来ているのだが、「芸術」（あるいは「美術」）という概念が確立するのは一八世紀の後半といってよい[1]。そもそも中世においては詩や音楽は七自由科で扱われ、絵画や彫刻、建築は「機械技芸」に属するため、それらを総括する「芸術」概念が成り立つはずもなく、また今日では高級なものとされる造形美術が「機械技芸」として「自由技芸」より下位に扱われているのだから、今日のような「芸術」概念が成り立たないのは当然である。逆に言うと、この中世的な学問体系を脱し、それらの諸領域が一定の共通性をもつものと見なされるようになって、初めて「芸術」概念が成立するということである。その重要なきっかけとなるのが詩画比較論なのである。

詩画比較論はもともと、この中世的序列を覆し、絵画の地位向上を目指すために論じられたものである。すなわちルネサンス以降、それまでの工房仕事の中からレオナルド・ダ・ヴィンチ（Leonardo da Vinci, 1452-1519）やミケランジェロ（Michelangelo di Lodovico Buonarroti Simoni, 1475-1564）、ティツィアーノ（Tiziano Vecellio, c. 1488-1576）をはじめとする傑出した画家たちが現れ、権力者たちにも厚遇される時代になり、絵画術を理屈のうえでも擁護する機運が生じたのである。そのためには、たとえば優れた画家たちが遠近法という幾何学的な技術を駆使していることが注目されることになる。また修辞学における弁論作成過程、すなわち弁論の問題設定をする「発想」、弁論の構成について考える「配列」、文彩について考える「措辞」という三段階が、絵画における「発想」、「デッサン（デザイン）」、「彩色」の三段階に対応するという主張も、絵画技術を自由技芸に匹敵したものと見なす口実になる（第一部第三章第二節参照）。それと同じく、絵画が自由技芸で扱われる詩と同等のものだと主張することによって絵画を高く評価しようとする議論が、ルネサンス期の詩画比較論なのである。

詩と絵画とが同等のものであるとする根拠となったのは、当時の人々が尊敬してやまぬ古代人が詩と絵画とを同等に扱っていたという事実である。すなわち一六世紀初頭にラテン語訳されたアリストテレス（Aristoteles, 384-322BC）の『詩学』（*Peri poietikes*）では詩作と絵画制作とがともに模倣の技術だとされ、対等に扱われていた（1447a13-16）。この場合の「模倣」とは何らかの対象を言葉あるいは画像という媒体で再現するという意味であり、そこに侮蔑的なニュアンスはまったくない。現代人は「芸術」の制作が独創的な「創造」行為であるとか、内面の「表現」であるというように理解するため、「模倣」という語にはネガティヴな印象を受けがちだが、そうした理解も近代以降のものであり、一八世紀に至るまで詩や絵画を模倣技術と見なすことは西洋の常識となる。西ローマ滅亡から一七世紀末の新旧論争（古代人近代人優劣論争）に至るまで古代ギリシア・ローマ文明の優位を疑わなかった西洋人は、アリストテレスという古代の権威を引き合いに出すことによって、絵画制作は詩作と同等の技術であると主張するようになるのである。

さらには絵画が詩にまさるという主張がなされることもある。レオナルドは、絵画のもつ視覚的な明確さを高く評価することによって、詩に対する絵画の優位性を主張したのである（Leonard, 194-209）。それ以後、詩の優位性を認める根強い伝統に対抗して絵画の価値を重視する論者たちは、自然的記号（画像）のほうが人工的記号（言葉）より

1　Heinich, 220-245（第六章）参照。なお、現在「藝」の略字として用いられている「芸」はもともと「藝」とは異なる字であり、「ウン」と発音する（佐々木健一［a］、三七、註一）。だが本稿では現代での慣例に従い、「藝術」を「芸術」と表記する。

も明確に観念を伝達できることを強調したり（Dubos, 216-222）、言語文化圏の限定を越えて理解される絵画の普遍性を強調したりしたのである（De Piles, 95-96）。

しかしこうした優劣論は、詩と絵画とが共通の性質を有していることを前提として認めていたのであり、この両ジャンルが「姉妹技芸」として理解されていたことを看過することはできない。詩画比較論に携わったほとんどの理論家は、ホラティウス（Quintus Horatius Flaccus, 65BC-AD8）の言葉「詩は絵画のように（ut pictura poesis）」（『詩法』*Ars Poetica*, c. 10-8BC）（Horatius, 361）とか[2]、シモニデス（Simonides, 556-468BC）の「絵画はもの言わぬ詩、詩はもの言う絵画」（プルタルコス〔Ploutarkhos, c. 46-127〕『モラリア』〔*Moralia*〕「アテナイ人たちは戦争と智恵とのどちらでより名高いのか」〔"Poteron Athenaioi kata polemon e kata sophian endoxoteroi"〕3〔346F5-7〕）といった言葉を頼りに（あるいは随意に解釈して）[3]、詩と絵画との類縁性を認めようとしたのである（Lee, 194）。その類縁性としては特に、両ジャンルとも「模倣」を制作原理とすること、描くべき主題を叙事詩や聖書、歴史物語から採ることなどが挙げられよう。表現媒体の相違に基づいて詩と絵画との峻別を強調したレッシング（Gotthold Ephraim Lessing, 1729-1781）の『ラオコオン』（*Laokoon*, 1766）でさえ、この点に関して異議を唱えるものではない。そして一七世紀後半以降の古典主義文化の枠組みにおいてはさらに、古代人の趣味を遵守して「適正さ（デコールム）」を作品内に求めるべきこと、享受者を道徳的に教導しつつ楽しませるよう目指すべきこと、そのために作家は豊かな学識を有すべきこと、現実の事象よりむしろ理想的な美を描くべきことが、詩人と画家の双方に求められた。こうして詩画比較論の伝統は、両ジャンルを模倣技芸としてとらえる古代以来の考え方を継承し、ジャンル間の相違と共通性とを理論的に明確にしつつ、「芸術」という包括概念の成立の素地を準備したのである。

一六世紀初頭以来の詩画比較論の伝統について網羅的に論じたリーやハワードは、その伝統の下限を一八世紀中葉とみなしている（Lee, 194 ; Howard, 43）。これは詩画比較論の基盤となった古典主義自体の衰退を反映したものと考えることができよう。実際、一七世紀中葉のフランスに花開いた古典主義は、一七世紀末から一八世紀初頭にかけて白熱した新旧論争において早くも反論を招き、絵画制作の現場でも現世享楽的、ロココ的な作品が多く制作されるようになったのである。また一方では経験論的理性を重んじる啓蒙主義がフランスに根づき、理想美よりもありのままの現実を直視しようとする傾向が生じてきたことも、古典主義の衰退の原因として注目できよう。一八世紀フランスの詩画比較論を論じたセッセリンは、デュボス（Jean-Baptiste Dubos, 1670-1742）が詩を絵画より下位に位置づけた原因の一つとして、当時（一八世紀初頭）の詩のレベルが極端に低迷していた事実を挙げ、科学性を備えた散文が詩を駆逐していたことを指摘している（Saisselin, 149-150）。絵画の領域においては依然として神話的、非科学的な情景描写が認められたものの、文学においては現実的な真実らしさが求められるようになったというのである（150-152）。そして一八世紀後半には、絵画を私有する機会の増えた上流市民階級を中心に、わかりやすい絵画、すなわち身近な事象を写実的に描いた絵画が好まれるようになったため[4]、古典主義的な枠組みに基づく詩画比較論の伝統がこの時期に一応の終結を迎えたとする判断は、たしかに妥当だといえよう。

　しかし古典主義に対抗したものとしてバロック詩やバロック絵画があり、古典主義を覆すものとしてロマン主義文

2　このホラティウスの言葉は、もともと詩と絵画の作例の多様さを示す文脈において用いられているにすぎず、後の詩画比較論の論調と重なる部分は実際にはごくわずかである。

3　シモニデス自身の意図はともかく、プルタルコスはここで詩における生き生きとした模倣を絵画に喩えている。プルタルコスは模倣技術として詩と絵画とを比較する際にやや用語は異なるが同様の言葉を用いるほか（『モラリア』「若者はいかに詩を学ぶべきか」〔"Pos dei ton neon poiematon akouein"〕17F-18）、言葉に出さずに態度で示す追従を説明する際（『モラリア』「いかにして追従者と友人を見分けるか」〔"Pos an tis diakrineie ton kolaka tou philou"〕58B, 15）、絵画的要素と言語的要素とをもつ舞踊を説明する際（『モラリア』「食卓閑談」〔"Symposakon"〕IX, 15〔748A〕）にもこのシモニデスの言葉をなぞっている。

4　セッセリンは写実的な傾向をもつものとして一八世紀後半の「文学」と絵画との類縁性を指摘しているが（Saisselin, 154-156）、それが厳密には「詩」と絵画との比較ではないことに注意したい。

学やロマン主義絵画があったのと同様に、その後の写実主義や表現主義、シュルレアリスムなどもまた文学（特に詩）と絵画との両方の領域で起こった運動である。これら詩と絵画との運動の双方が互いに何の接点ももたないなどといったことは、およそ考えがたい。また絵画、彫刻、建築、音楽舞踊などを巻き込んで「芸術」概念が成立する近代において、詩画比較論の果たしてきた役割は決して些細なものではなく、特に絵画の地位向上に貢献した詩の制作論は、造形美術研究においても不可欠なものといえよう。

それにもかかわらず、詩と絵画とを総体的に研究しようという視点は、現代の専門分化した研究体制において決定的に欠けている。各国文学の専門家は他文学や美術の素人であり、美術史の専門家は文学に手を出そうとしない。また制作論のような思想的な問題は哲学や美学に委ねたいと彼らが望んでいても、哲学や美学の専門家は美術や詩について素人である。お互いに知恵を寄せ合って相互に見識を深めようとしても、それぞれが総体的な視野をもつことはきわめて難しい。こうした現状の中、それら専門領域を横断した議論の叩き台が必要なのではないか。本稿はこうした問題意識に基づいて、構想されている。

もちろんそうした総体的な研究がなされていないのは、その広大な領域がおよそ個人の手に余るという現実的な問題に由来するだろう。実際、それを試みるとしても、氷山の一角をかすめる程度のことしかできないことはいうまでもない。また無理を押して全体像を示しても、その論の各部分が各専門領域の研究者の批判に耐えうるかどうか、かなり疑わしい。非才を顧みず本稿がなそうとしていることは、そうした無謀な試みにほかならない。もしもこの大それた試みにわずかなりとも価値があるとすれば、それは後学のための暫定的な叩き台を提示するということに尽きるだろう。なすべきことをしたうえで、批判を俟ちたいと思う。

第一部

プラトンの模倣論からコウルリッジの創造的イマジネーションまで

第一部では、古代ギリシアのプラトン（Platon, 427-347BC）から一九世紀のコウルリッジ（Samuel Taylor Coleridge, 1772-1834）までの詩画制作論を扱う。いうまでもなく、この二〇〇〇年以上の隔たりを越えた詩画論の歴史を遺漏なく追うことは不可能であり、ここでは比較的重要と思われる古代から近代に至る系譜を追うことしかできない。第一部では、いかにして模倣論が成立し、それが近代になっていかに克服されるに至ったかを問うことで、この長い期間を一つの流れとしてとらえる視座を提供したいと思う。

第一部は以下のように分節される。第一章は、初めて模倣論を提唱したプラトンの思想を再検証し、その模倣論および詩人追放論がどのような問題意識から生じたのかについて、従来にはない解釈を示したい。その考察を通じて、プラトンが音声言語の文字化を「模倣」として批判し、意味の固定化に対して抵抗しようとしていたことを明らかにする。第二章では、そのプラトンの思想を受け継ぎつつ、詩人や画家がイデアを作品化するという、およそプラトンには受け入れ難い制作論を生み出したキケロ（Marcus Tullius Cicero, 106-43BC）の主張を検証する。その考察を通じて、作家の主体性を重視する近代の詩画制作論の源流がキケロに求められることが明らかになるだろう。第三章では、そのキケロのイデア論を受け継ぎつつ詩画論を展開するイギリスのドライデン（John Dryden, 1631-1700）に注目し、天才による独創的な発想を重視する近代的な芸術観が彼の主張から生じてくることについて明らかにする。この考察からも、あらためてキケロによる制作論が詩画制作論の系譜において決定的な重要さを有していることが再確認できるだろう。第四章では、時代的にはドライデンより以前のシェイクスピア（William Shakespeare, 1564-1616）の『夏の夜の夢』(*A Midsummer Night's Dream*, c. 1595) の一部分とそれに関する後世の解釈に注目し、天才による独創的な発想を「イマジネーション」という概念で理解するようになる一八世紀の風潮がこのテクストの誤読から生じていることを明らかにする。ドライデンによって強調された制作における「発想」の問題が、ここから「イマジネーション論」へと転換されていくのである。そして第五章では、経験論的な思考モデルに満足せずに「創造的イマジネーション」を重視しようとする傾向の一つの到達点として、同じくイギリスのコウルリッジの有名なイマジネーション論とその成立に関して、新知見を述べる。以上の考察を通して、古代の模倣論が創造的制作論へと覆される一つの重要な系譜が明確に見えてくるだろう。

第一章
プラトンの模倣論とイデア論
――文字文化批判の観点から

序

西洋で詩や絵画を「模倣技術」として理解することが常識になったのは、アリストテレスの『詩学』がラテン語訳されて広く読まれるようになった一六世紀以降のことだといえよう。この模倣論の伝統は一八世紀以降批判を受けることとなり、それを乗り越える形でロマン主義が成立したのである。その意味ではロマン主義理論は模倣論という先行する論を論破するよう方向づけられていたわけであり、逆接的な意味で近代の芸術思潮もまた間接的に模倣論の影響を受けているといわざるをえない。しかし周知のように、アリストテレスの模倣論は師のプラトンから批判的に継承した考え方であり、詩や絵画の制作を「模倣」という概念でとらえる考え方の起源はプラトンに認めるべきである。

プラトンの『国家』(*Politeia*, c. 385-375BC) 第一〇巻で論じられた模倣論がいかに一般的に理解されているかをごく大雑把に概括するならば、おおよそ次のようになろう。プラトンは、何らかの道具を最もよく知っているのはその道具を使用する人であり、その道具を製作する技術者はその使用者からその道具がいかにあるべきかという指示を受けてそれを製作すると述べる（601D7-E3）。このとき使用者はその道具を「使うための技術」（601D2）をもち、それについて正しい知識をもつのに対し（602A1）、製作者は使用者のような知識をもたない場合でも「作るための技術」（601D2-3）をもつため、いかに製作すべきかという正しい信念をもつことができる（601E6-602A1）。この場合、使用者は「かくあるべき」という道具の本質を理解し、それについて指示を受ける製作者はその理想的な本質を百パーセント実現できないまでも、可能な限り物質的媒体でもってその道具を製作することになる。一方、詩人や画家はその道具を使用するための知識も制作するための信念ももつわけではなく（602A6-8）、ただその見かけを「模倣するための技術」（601D3）しかもたないとされる。詩人や画家が物事の本質の認識から離れているというこの状況が、後世になって「三段の模倣説」という名称で呼ばれることになるのである。

さらに詩人や画家の作品は、享受者の感情に訴えかけることによって、享受者の理性を麻痺させ、感情的にさせてしまう。たとえば悲劇の上演によって人々は平静さを失い、人前もはばからず涙を流してしまうこともあるだろう。このような心の弱みにつけ込み、人の心を操るという点でも詩や絵画は批判の対象となる（604D5-605A7）。これらの問題から詩人や画家は国家に必要ないという（605A7-9）、いわゆる「詩人追放論」が主張されるのである。

この主張は、言葉巧みに人々を先導するソフィスト批判とも連動しており、また詩や絵画が（錯覚がつきものである）身体的な感覚や感情によって魂を欺くということを根拠にしていると、通例では理解されている。魂は身体と結ばれ（この世での誕生）再び身体と切り離される（この世での死）という状況の変化はあれ、魂は不滅の存在であり、本来なら恒常的な本性界（イデア界）を正しくとらえることができるのに対し、死すべき身体は常住ならざる一時的なものとしか関係をもてないということもまた、この考え方を支えているともいえる。詩人や画家の技術が使用者や制作者の技術より劣るというプラトンの主張は、おおよそこのようなものとして理解されてきたといえるだろう。

ハヴロックは口誦文化から文字文化に移行する当時の社会的背景をふまえ、プラトンが従来の口誦文化を敵視し、この詩人追放論が従来の口誦文化に対する批判であると主張した（Havelock, 41, 45, 47）。すなわち文字をもたない世代の人々にとって学識は忘却によって失われてしまう危険の多いものだったので、記憶しやすい韻文の形で保持され、それが詩として語り伝えられてきたのであるが、文字文化に依拠するプラトンは、そうした保守的な学のあり方を否定したというのである。そして特に教育問題について徹底的に考察している『国家』において、イデアに基づく知を求めるプラトンは、具体的状況に即した経験知に留まる旧来の詩に異を唱えるべく詩人追放論を主張したとする。いわば伝統的な口誦文化は、従来の学識の保持を重んずるため、合理的思考を阻むのみならず、主観的にものを考えることをも阻むのであり、それゆえプラトンはこの口誦文化に異を唱えたと考えているのである（46-47）。

この観点はたしかに興味深い問題を提起している。大プリニウス（Gaius Plinius Secundus, 22/23-79）はテーバイの創建者カドモス（Kadmos）が一六文字のアルファベットをフェニキアから輸入し、トロイア戦争期のパラメデス（Palamedes）が四文字、詩人シモニデスがさらに四文字付け加えたとしている（Plinius, 7, 56〔192〕）。はじめの二人は神話的人物であるが、シモニデスの没年はソクラテス（Sokrates, 469-399BC）の生年とほぼ同時期とされており、ギリシア文字の整備が比較的遅いことがわかる。大プリニウス自身もパラメデスより喜劇詩人のエピカルモス（Epicharmos, c. 540-c. 450BC）にその功績を認めようとしており（7, 56〔192-193〕）、なおさらそのことを裏づけているといえよう。最近の研究でもフェニキア文字が改良されてギリシアに取り入れられたのはおよそ前九世紀のことであるが、文字はすぐに実用化されるものではなく、碑文や法律文書などを除いて、一般にはなかなか普及しなかったという（Blanck, 25-26）。いわゆる「ソクラテス以前の哲学者」は口誦の思想家として活躍していたのであり（Havelock, vii-viii）、少年期からの文字教育が始まったのも紀元前五世紀の終わり頃と推測されるのである（Havelock, 40）。したがってソクラテスやプラトンの時代は口誦文化から文字文化への過渡期であり、プラトンがその新しい文化をふまえて旧来の口誦文化を批判したと考えられるわけである。

しかしながら、このハヴロックの論述は十分な説得力をもつものではない。たしかにハヴロックが指摘しているように、当時の詩が教育的道具としての性格をもつものと考えられていたことは是認できる。また詩人たちが作品内の事柄について知識をもっているかのように考えられており、そのことをプラトンが批判していることも、ハヴロックが主として取り上げる『国家』第一〇巻から読み取ることができる。しかしそれが暗誦に頼って語り継がれる詩に対する批判であるとは、まったく読み取ることはできない。現に『国家』第一〇巻における詩人批判は、知識を語り継ぐ詩に対してではなく、模倣技術によって新しく制作される詩に対して議論が展開していくのである。またプラトンの主張が文字文化の側からの口誦文化への批判に裏打ちされているという根拠を、ハヴロックは何一つ提示できていない。プラトン自身による詩人批判の要点をふまえ、かつ彼自身による書きもの批判をもふまえるならば、ハヴロックの主張はとうてい認められるものにはならないだろう。

とはいえ、口誦文化から文字文化への移行という画期的な変化がその時代にあったのだとすれば、その問題が詩人追放論に関わる可能性までは否定しきれない。すなわち、プラトンが文字文化に対して批判的立場を取り、絵画のように視覚化されるようになった詩を模倣技術として糾弾していた可能性はないのだろうか[1]。もちろんプラトン自身が著作家であるということから、この仮説は反論を受けるだろう。しかしそのプラトンが文字に書かれた「書きもの」を批判する文章を『ファイドロス』(*Phaidros*, c. 385-375BC) などに書いていることをもふまえるなら、問題はさほど単純ではないことが推測される。本章ではプラトンによる書きもの批判について検討し、その観点から彼の詩人追放論を再検証したいと思う。

1　ソクラテスの同時代人であるアルキダマス (Alcidamas, 4c. BC) にもまた、『書かれた言論を書く人々について、あるいは、ソフィストについて』(*Peri ton tus graptus logus graphonton e Peri ton sophiston*) という書きもの批判の書がある（納富、二四五―二八九）参照。

本章は以下のように分節される。まず第一節では、「書きもの」批判について言及される『ファイドロス』の概要を紹介し、書かれた弁論が『ファイドロス』の中心問題であることを最初に確認する。そもそも『ファイドロス』における書きもの批判は、その記述が分量的に少なく見えるために、特殊なものとして扱われてきたという経緯がある。トーマス・A・スレザークが述べているように、『ファイドロス』の「思想展開の統一性を把握することはまったく容易というわけにはゆかないので、この一節はこの対話篇の全体的連関から切り離して扱われることがあまりに多く、そこでの発言内容と他の対話篇の構想とのあいだの具体的関係については、そもそも問われることすらなかった」という事情もある（Szlezák, 63）。そうであれば、なおさら『ファイドロス』全体の構成を分析し、書きもの批判が『ファイドロス』における必然的な帰結であることを明らかにする必要があるだろう。第二節では、第七書簡（353-352BC）なども参照しつつ、ソクラテスないしプラトンによる書きもの批判の論点を整理し、『ファイドロス』の書きもの批判が文字を用いて思索する新しいスタイルの思考方法——それが弁論術において体系化され、現代に受け継がれるのだが——に対する批判であることを確認する。第三節では『ファイドロス』における弁論術批判を支える口誦文化の思想について考察する。その考察をふまえ、第四節においてプラトンの詩人追放論が言葉の文字化を批判する主張であることを明らかにしたい。第五節では、口誦文化に生きるソクラテスと文字文化に生きるプラトンとの立脚点の相違を念頭に置いて、対話篇やイデア論が成立した背景などについて考察したい。

第一節　『ファイドロス』の中心問題

まず『ファイドロス』の構成について概略を述べ、書くということがこの著作の中心問題であることを確認したい。

ファイドロス（Phaidros, 444-393BC）とソクラテスとが出会う冒頭部分では、恋に関するリュシアス（Lysias, c. 445-c. 380BC）の弁論にファイドロスが心酔し、これを書き留めた文書を頼りにその弁論を暗記しようとしている（228A7-B6）。「自分を恋している者よりも恋していない者にこそむしろ身をまかせるべきである」（227C8-9）というその弁論に対し、ソクラテスはその修辞的な面を称賛しつつ、その内容がリュシアス自身の個人的主張を反映していない点に納得しない（234E5-235A9）。そのソクラテスは、ファイドロスに促されて同じ主題についての物語をいったん神懸かり的に語るが（237A9-241D2）、その話が恋の神エロースを冒瀆する内容であったことを反省し（242B9-E7）、今度は逆の結論に至る話を語る（244A4-257B8）。美についての有名な主張は、この箇所で語られるわけである。

『ファイドロス』は、「美について」あるいは「恋について」という副題をもつため[2]、中心的な問題が「美」や「恋」にあると思われがちである。そうした理解に沿って読むならば、対話の間に挿入された「恋」に関する二つの物語（ミュートス）のうちの二つ目の内容、すなわち恋の狂気に夢中になって見出される「美」こそが、まさにこの『ファイドロス』の中心主題であるように思われることだろう。ソクラテスと対話する相手が『饗宴』（*Symposion*, 385BC）で最初に「恋」について語るファイドロスであることからも、そうした印象はいっそう強まる。しかしこの著作の構成に従って読むならば、『ファイドロス』は弁論術をめぐる議論から成り立っており、「美」については対話の中に挿入された物語の中でしか語られていない。したがってこの著作の構成に即すならば、中心問題はむしろ弁論術であり、美については派生的な問題であると考えねばならないだろう。

したがってソクラテスの語った物語（ミュートス）の内容に関して深入りせず、むしろ「他の点もさることながら、

2　B写本において「美について」という副題が、ディオゲネス・ラエルティオス（Diogenes Laertios, 3c. BC）『ギリシア哲学者列伝』（*Bioi kai gnomai ton en philosophia eudokimesanton*, 3c. BC）において（Diogenes Laertios, 3, 58）「恋について」という副題が確認できる。

特に言葉の使い方において」ファイドロスのために詩的な語り方をしたのだというソクラテス自身の述懐（257A4-5）に注目しておきたい。「他の点もさることながら、特に言葉の使い方において」という言葉は、リュシアスの弁論に対するファイドロスの賛辞としてすでに用いられた言葉である（234D1）。したがって、言葉の使い方においてソクラテスはリュシアスに対抗してみせたのであり、物語の内容は副次的なものであると見なすのが、テクストの構造に即した理解となるだろう。

ソクラテスの語った物語を受けて、ファイドロスはリュシアスの弁論とソクラテスの弁論との優劣について迷い始める（257C2-5）。そして弁論を書くという行為自体が非難すべきことなのかどうかが検討され、書くこと自体は恥ずべきことではないということで合意に至る（257C5-258D3）。すなわち「その話し方や書き方が上手ではなく、恥ずべき拙劣な仕方で話したり書いたりすること、このことにして初めて、恥ずべきこととなる」というわけである（258D4-6）。

そして小休止を挟み、二人はあらためて「どのようにすれば上手に話をしたり、上手に文を書いたりすることができるのであるか」という問題について考察し始めることになる（259E1-3）。まず語る事柄について真実を知るべきことが説かれ（259E5-262C4）、次に誤解の恐れのある概念についての定義の必要性が（262C5-263C7）、そして語る順番に配慮すべきことが説明される（263D2-264C8）。そして「多様にちらばっているものを総観して、これをただ一つの本質的な相へとまとめること」（「総合」）と、「様々の種類に分割すること」（「分割」）という重要な二つの技術に続き（265D4-266D2）、世間一般に知られている弁論術の技術について話題が移される。すなわち「序論」、「陳述」、「証拠」、「証明」、「蓋然性」、「保証」、「反駁」といった細目や、「重言法」、「格言的話法」、「比喩的話法」のような話法などが俎上に載せられる（266D8-268A1）。だがこれらの細目は、弁論を作り上げるうえでの予備的な知識にすぎない（269B5-C6）。むしろ先に挙げた「総合」と「分割」、そしてさらに聞き手の魂とそれに合った語り口の研究が必要であるとされるのである（270E3-274A8）。

こうした長い説明の後、末尾近くで「書きもの」に関する短い記述が続く（274B7-277A6）。本稿で中心的に問題にする書きもの批判がこの箇所なのだが、詳細は次章で検討しよう。そしてこれらの議論をふまえ、その結論を携えてファイドロスがリュシアスのもとへ向かう場面で作品が終わるのである（279B4-C7）。

全体を通してみれば、リュシアスの弁論に心酔したファイドロスとそれに批判的なソクラテスとの問答を通じ、「どのようにすれば上手に話したり、上手に文を書いたりすることができるのであるか」が中心問題となっているとひとまず考えられる。『ファイドロス』はその構成上、弁論術に関する著作なのである。

しかし弁論術についてはすでに「弁論術について」という副題をもつ『ゴルギアス』（*Gorgias*, 390-388BC）において、十分に論じられたのではないのだろうか。また、『ファイドロス』が仮に弁論術論であるとすると、なぜソクラテスとの対話者がファイドロスであって、『ゴルギアス』のように弁論家との直接的な問答が繰り広げられないのだろうか。これら二つの疑問に対する答えは、この対話篇で問題になるのが弁論家の口頭弁論ではなく、リュシアスが書いた弁論であるということに求められよう。すなわちゴルギアスが問答をもこなす弁論家であるのに対し、リュシアスは弁論を書きものにする「ロゴグラフォス（弁論代作人）」である。つまりリュシアスの活動は口頭で問答をしないことにこそ特徴があるのであって、ソクラテスと問答してもリュシアスの本領は発揮されないのである。実際『ファイドロス』でもリュシアスは「ものを書くことにかけては当代きっての達人」（228A2）とされており、そのリュシアスの書いた弁論がファイドロスとの対話のきっかけになっている。いわばこの対話篇は他の対話篇とは異なり、ソクラテスが対決する相手は人間ではなくリュシアスによって書かれた弁論なのである。これに対しゴルギアス（*Gorgias*, c. 485-c. 380BC）は、問答にも応じるのみならず、即興演説をもこなす弁論家である。フィロストラトス（Philostratos, c. 170-c. 250）の『ソフィスト伝』（*Bioi sophiston*, c. 242）によれば、弁論の場で聴衆から主題を受けてその場で弁論を展開する即興演説を創始したのはゴルギアスであるという（1, 1〔Philostratos〔a〕, 82, A, 1a〕）。したがって弁論のうちでも特に書かれた弁論を主題とするためには、『ゴルギアス』とは別の対話篇が書かれなければならなかったのである。こうした理解は、リュシアスの弁論に心酔したファイドロスの登場とともに作品が始まり、書き言葉に関する議論の結論を携えてファイドロスがリュシアスのもとへ向かう場面で作品が終わっていることからも裏づけられよう。あくまでも中心問題は「どのようにすれば上手に話をしたり、上手に文を書いたりすることができるのであるか」なのである。

さてそのうえで検討したいのは、「話すこと」と「書くこと」との関係についてである。「どのようにすれば上手に話をしたり、上手に文を書いたりすることができるのであるか」という問題提起に即して議論が始まり、末尾近くで集中的に「書きもの」に限定された話題が論じられているため、一見すると末尾に先立つ長い部分(259E1-274B6)は「話すこと」が主題になっているようにも見え、書きものについての議論が『ファイドロス』の中心問題と考えることには無理があるように思われるかもしれない。しかもこの箇所では、書かれた言葉がせいぜい戯れごとにすぎないという、文字文化を生きる我々には是認し難い主張が展開されており、我々はいっそうその箇所を付属的なものとして片付けたい思いにさせられるのである。

実際、『ファイドロス』における書きもの批判は、プラトンにとって必ずしも本意ではない主張だと考えられることがある。たとえば田中美知太郎は、書きもの批判がプラトンの第七書簡にも見られることに言及しつつこの問題に取り組んでいるが、これをプラトンに一貫した考え方とは見ず、それぞれの著作の執筆事情に起因するものと見なしている。すなわち『ファイドロス』執筆時には、当時創設したアカデメイアにおける教育と著述との両方に意識が向かい、それぞれにふさわしい言葉についての考えが作品に現れたのだとし、また第七書簡執筆時には、シュラクサイのディオニュシオス二世（Dionysios II, c. 396-c. 343BC）が一知半解のまま哲学書を書いたことに起因して哲学書批判を展開したというのである（田中、四四六―四四七）。また納富信留は、『ファイドロス』の書きもの批判の思想的背景について考察しつつ、結局はその書きもの批判を文字通りに受け入れることを避けている（納富、二四五―二八九）。どちらの研究も、多くの著作を残したプラトンの業績と彼の書きもの批判との矛盾を扱いながら、最終的には『ファイドロス』の主張に反する結論を受け入れることになるのである。

これに対し、『ファイドロス』の書きもの批判を積極的に受け入れる立場としては、テュービンゲン学派のハンス・ヨアヒム・クレーマーが挙げられよう。この学派は、プラトンが書きものに完全な信頼を置いておらず、むしろ彼の思想の真髄は文字に残らぬ形で伝えられたとし、その「不文の教説」を追求するものであり、『ファイドロス』の扱いはその導入として論じるにとどまる（Krämer, 8-13）。

同様の立場に立つスレザークは、それにもかかわらずプラトンが著作を残したという点に注目し、たとえば物事を論じきらない「空白個所」を多く残すことを指摘し、ソクラテスが対話する相手に合わせるからこそすべてを語り尽くさず、すべてが書かれることもないのだとしている（Szlezák, 17-27；106-122）。つまり実際にはソクラテスが多くのことを知っているにもかかわらず、相手に合わせて言わない場合があるというわけである。しかしソクラテスは何よりも無知を自覚し、ものを問い続ける人物ではなかったか。たとえ「不文の教説」を含めプラトンの思想を対話篇から引き出そうとする姿勢が容認できるとしても、そこからソクラテスの教説の存在を想定するような解釈は、もはやソクラテス自身の立場から乖離したものではないだろうか[3]。

このスレザークの著書の訳者でもある内山勝利は、書かれた言葉が常に説明不足のものであり、そのことにも気づかず書かれたものを額面通りに受け入れるような者に対して「書きもの批判」がなされていると解釈している（内山、一七二―一七三）。この立場も、表現すべき内容を書き手がすでに知っており、それが書き言葉では十分表現できないとする考え方だといえよう。

だが実際にそうだといえるのだろうか。まず注目したいのは、すべての議論が終わった後のまとめの部分である。ここでソクラテスは、この議論のそもそもの課題について次のように述べている。

> つまり、僕たちの目的は、まず、話を書くということに関してリュシアスに向けられた非難を吟味すること、そしてそれとともに、言論というものそれ自体を吟味して、どのような話が技術によって書かれたものであり、どのような話が技術なしに書かれたものであるかを見ることであった。（277B1-4）

すでに紹介したように、「話を書くということに関してリュシアスに向けられた非難」については、書くということ自体は恥ずべきことではないという合意を得ることができた（257C5-258D3）。したがって「言論というものそれ自体を吟味して、どのような話が技術によって書かれたものであり、どのような話が技術なしに書かれたものであるかを見ること」は、「どのようにすれば上手に話をしたり、上手に文を書いたりすることができるのであるか」という問いから書きもの批判までの長い箇所（259E1-274B6）に相当する。また、その長い箇所の末尾（つまり書きもの批判の直前）でも、ソクラテスは次のように述べている。

> たしかに、言葉（ロゴス）の技術、および技術のないものについては、これで十分に議論したのではないかね。（274B4-5）

すでに指摘したように、この記述の後で集中的に書きものについて論じられるため、この引用文中の「言葉」とは話される言葉のことだと誤解されがちである。実際、本稿で底本としているロウブの英訳でも、訳文をかなり利用させていただいている藤澤訳においても、そのように訳されている。しかし先にふれた箇所（277B2-4）との対応を考えるなら、ここで問題になっている「言葉」とは、話し言葉を含みつつも、主として書かれる言葉のことだと考えるべきだろう。

同じことは、「どのようにすれば上手に話をしたり、上手に文を書いたりすることができるのであるか」（259E2-3）というこの議論の問いの近くの箇所からも確認できる。すなわちこの問いは、「今僕たちが提出していた考察の課題」（259E1-2）として、いったん提出された課題を言い直す形式を取っているのであるが、その課題とは「それならば、ものを書く場合の上手下手というのは、どのようなやり方をさして言うのだろうか」（258D8-9）という問いだったのである。ここからも、問題の中心が「書き方」にあることは明らかである。英訳や邦訳に従って読むと、あたかも「話すこと」と「書くこと」とが対比され、「話すこと」が長々と説明されているのに対し「書くこと」は末尾で少し論じられているだけのように読めてしまうわけだが、実際には『ファイドロス』の中心問題はむしろ「書くこと」なのである。

たしかに「どのようにすれば上手に話をしたり、上手に文を書いたりすることができるのであるか」とも言われているため、「話すこと」も問題に含められていないわけではない。それどころか、「話し方」に限定される話題も、そこに含まれている。すなわち様々な相手の魂に対して適切に語るためには、様々な魂とその魂の種類や時宜に応じた

3　この点に関して問題になるのは、『ファイドロス』において「学ぶ人の魂の中に知識（エピステーメー）とともに書き込まれる言葉」（276A6-7）ないし「ものを知っている人が語る、生命をもち、魂をもった言葉」（276A9-10）というものが肯定的に語られていることだろう。たしかにこれを固定的な「知識」と解釈するならば、知っていることを口頭で披瀝する知者としてソクラテスを位置づけることになる。だがソクラテスの人物設定や第七書簡をも参照にするなら、ここでいう「エピステーメー」とはそのような固定的な「知識」のことではなく、話し方の心得のようなものと考えるべきではないだろうか。魂の中に「知識とともに」植えつけられた種子が「新たなる言葉」を生み出すとする『ファイドロス』（276E7-277A5）の記述は、このことを裏づけているように思われる。

話し方が探求されるべきだと、ソクラテスは主張するのであるが（270E3-272A4）、これは面と向かって話す場合の問題であると考えられる。それでは「どのような話が技術によって書かれたものであり、どのような話が技術なしに書かれたものであるか」を検討しようという議論が、なぜこのように「話し方」の議論をも含むのだろうか。

その理由は二つ考えられよう。一つは「書き方」という言葉の技術の問題が、多くの場合「話し方」についての議論と重なるからである。実際、語の定義の必要性や論の構築の仕方などは、話し方においても重要であるし、書かれた弁論が最終的には口頭で論じられるものである以上、両者を区別する必要がないとも言える。そして第二の理由としては、リュシアスの弁論に対してソクラテスが口頭で物語を話して応えたことから議論が始まっていることも挙げられよう。『ファイドロス』末尾で書きものを批判するソクラテスにとって、リュシアスの弁論に対して書きもので応えるわけにはいかない。ソクラテスが自らの立場を貫くためには、話し言葉で対抗せねばならなかったわけである。「書き方」の問題の中に「話し方」の問題が入り込んでいるのは、こうした理由から理解できるだろう。

したがってその意味では「話し方」と「書き方」とが完全に区別されているわけでもないのだが、しかし『ファイドロス』の中心問題がリュシアスによって書かれた弁論、および「書く」ということそのものであることは間違いない。したがって書きもの批判もまた、付属的な問題と考えるべきではないのである。

第二節　書きもの批判

それではソクラテスはどのような観点から書きもの批判をおこなっているのだろうか。本節では、その議論が展開される末尾部分を検討する前に、まず書く行為を肯定的に述べている部分から検討してみたい。

前節でも見たように、弁論を書くということに関してリュシアスに非難を向ける人はいたようだ。ファイドロスは、書く行為を恥じる風潮が現にあることを指摘しつつ、次のように述べている。

それに、あなた御自身だってご存知のはずでしょう、――国家において最も有力で最も威厳をもった人たちが、自分がソフィストと呼ばれはしないかと後世の思わくを気にして、文を書いたり自分の書きものを後に残したりするのを恥じるという事実を。(257D6-11)

ここからは、まずソフィストは書きものを書く人間であること、ソフィストはソフィストとして理解されることを恥じるということ、それゆえ書くものが残るのが好ましくないと思われていることを読み取ることができる。ソフィストがおのれの身を偽装しようとする傾向にあったことについては、『プロタゴラス』(*Protagoras*, c. 395BC)にも見ることができる。すなわちプロタゴラス(Protagoras, c. 490-c. 420BC)は、ソフィストの技術がこれまで詩や神託、体育術、音楽に偽装して表現されてきたとし、それがソフィストの技術に対する周囲の憎悪を避けるためであったと述べているのである(316D4-317A1)。この場合の詩が「書きもの」であるかどうかは明示されてはいないものの、書きものがソフィストの技術として認識されるのであればそれは避けられるべきものだという当時の考え方は、ここからも窺うことができよう[4]。

しかし『ファイドロス』におけるファイドロスのこの発言に対してソクラテスは、リュシアスをロゴグラフォ

4　ただし、プロタゴラス自身は自分がソフィストであることを隠すつもりはない(317B4-6)。また後期対話篇の『ソフィステス』(*Sophistes*, 366-357BC)(232D6-E1)にも言及があるように、彼は様々な技術に関する書物も書いている。そしてその『ソフィステス』でも『ファイドロス』同様、そうしたソフィストの知識が見せかけのものであることが指摘されることになる(233C1-12)。

スとして批判する人たちがじつは心にもないことを述べており、実際には書くことが好きであることを指摘する(257D12-E7)。そして「それで君は、今言ったような人々の誰かが、それがどんな人であれ、またたとえリュシアスに対してどのような悪意を抱いているにせよ、ただものを書くという、まさにこのことだけで、リュシアスを非難すると思うかね」(258C9-11)と続けている。こうして書く行為自体は恥ずべきことではないと、ここでは結論づけられるわけである。したがってソクラテスも、いったんは文字を書く行為を肯定的にとらえるわけである。

しかし『ファイドロス』の末尾の部分では、ソクラテスは書き言葉への批判を展開する。まずソクラテスは、エジプトの神テウトによって発明されたという「文字」の弊害について次のように述べている。文字の使用は、一見したところ知恵を向上させ、記憶量を増加させるのに寄与しているように見える。しかし実際のところ文字の使用は、自分の外のもの(文字)に頼り自分で思い出す習慣から離れる結果に結びつくので、むしろ記憶力を弱めるものである。またその文字の伝えるものは、「知恵」というよりむしろ「知恵の外見」にすぎないので、見かけ上は博識家に見えるだけのうぬぼれ屋を生み出すことになる。たしかに書かれた言葉には、当のそのものについて知識をもっている人にそれを思い出させるという、いわば備忘録としての効用はあるが、それ以上の効用はないとソクラテスは主張するのである(274C7-275D2)。

続いてソクラテスは、絵画との類比から書かれた言葉を批判する。すなわち書かれた言葉は、何かを教えてもらおうと問いを発しても何も答えるものではなく、また話しかけるべき相手を選ばず一方的に誰にでも語ることになるというのである(275D4-E6)。この問題は、前節でも指摘したように、「話し方」についてのソクラテスの主張、すなわち様々な相手の魂に対して適切に語るためには、様々な魂と、その魂の種類や時宜に応じた「話し方」が探求されるべきだという主張に呼応するものである。さらにまた『プロタゴラス』においては、この問題は直接的な弁論家批判と結びついている。すなわちプロタゴラスのように問答をしない弁論家たちは、一方的に弁論を語った後「さらに何か質問をしてみると、彼らはちょうど書物と同じように、何も答えることもできなければ、自分のほうから問いかけることもできない」というのである（329A3-5）。プロタゴラスを例外として、弁論家は積極的に問答しようとはせず、もっぱら練り上げた自己主張を大衆に向かって一方的に語るものである。その弁論のあり方自体が、書きものの言葉と同じように批判の対象になるのである。

プラトンの書きもの批判について言及する研究者はもっぱら『ファイドロス』と第七書簡だけに言及し、『プロタゴラス』のこの箇所について看過しているが、この記述はきわめて重要である。序でも少しふれたように、田中美知太郎はプラトンによる書きもの批判が折々の執筆事情に基づくものだという解釈を示していた。しかし七四才頃に記したとされる第七書簡、五〇才代前半で記した『ファイドロス』のみならず、初期対話篇に属する『プロタゴラス』をもふまえるならば、この問題がプラトンにおいて一貫性をもつ重大な問題であったことは明らかである。しかも弁論術というもの自体が書きものとしての性格をとどめると考えられているのであるから、書きもの批判は『ファイドロス』以前から潜在的に弁論術批判のうちに含まれていたと考えることさえできるのである。『プロタゴラス』（334C9-335C7）のみならず『ゴルギアス』（449B5-10）などでもソクラテスは長々した語りを拒み、問答をしようと提案しているが、このこと自体が、すでに書きものに馴染んだ弁論術の言語運用に対する抵抗という側面を含んでいると考えられよう。

書きものが問いに答えられないという批判は、具体的に『ファイドロス』にも示されている。すなわちリュシアスの弁論は、たとえばそれが恋の負的側面ばかり述べているなどという点でソクラテスから批判を受けるのだが（242E2-243A2）、一度も作品に登場することのないリュシアスはそれに対して反論することはできない。彼の弁論は、それ以上議論の深まることのない解釈の戯れの機会を提供することしかできないのである。詳述は避けるが、同様のことは『プロタゴラス』におけるシモニデスの詩の解釈の箇所にも見ることができる（339A8-347A6）。ここでも享受者が詩人に質問することもできず、ただ確証のない解釈を論じ合うことしかできないとされているように（347E5-9）、この箇所は、書きものとして定着した言葉がどのようにでもそれらしく解釈され、しかも作者はそれに反論できないという事態を示す格好の例となっているのである。

こうした批判はロゴグラフォスたるリュシアスの著作に端的に妥当する批判であろうし、ひいては書きものとしての弁論一般へ広げて考えることもできるだろう。というのも、弁論を記述し、それを教え、暗記させるというあり方は、当時の弁論術にとってごく普通のものであり、弁論術の中でも特殊なものではなかったからである。『ファイドロス』の冒頭部分では、ファイドロスが文字で書かれたリュシアスの弁論を熟読し、懸命に暗記しようとしている（228A7-B6）。これは、当時の弁論術というものが文書の作成とその暗記によって成り立つものであることを端的に示しているといえよう[5]。たしかにゴルギアスのように、投げかけられた当座の問いに対して即興的に弁論を語ることもできる弁論家もいるのではあるが、そもそも弁論術は書くことを通じて弁論を練り上げ、書きあがった弁論を暗記して語る技術なのである。キケロの『ブルトゥス』（*Brutus*, 46BC）やクインティリアヌス（Marcus Fabius Quintilianus, c. 35-c. 100）の『弁論家の教育』（*Institutionis Oratoriae*, c. 95）では、弁論術の創始者とされるコラクス（Korax, c. 5c.BC）ないしテイシアス（Teisias, c. 480-c. 430BC）が弁論術に関する著作を書いていたと伝えている（Cicero, 12, 46 ; Quintilianus [b], III, 1, 8）。したがって『ファイドロス』は、抜きん出たロゴグラフォスであるリュシアスへの批判を通じて、弁論術を書きものという観点から批判すべく構想された著作であると考えられよう[6]。この点で、同じ弁論術を扱う『ゴルギアス』とは観点が異なるのである。

『ファイドロス』ではさらに、言葉の使い方には慰みや楽しみのためのものとまじめな目的をもつものとの二種類があることを示唆し、書かれる言葉のほうは「覚え書きをたくわえる」という「慰みの手段」として楽しまれる側面があるものの、それは実を結ぶことのない慰みごとにすぎないことが強調される（276B1-277A5）。

こうして『ファイドロス』では、書く行為がそれ自体として恥ずべきことではないといったんは認めたうえで、それがせいぜい慰みごとにすぎず、「高度の確実性と明瞭性」を具えたものではない（277D5-E2）と見なされるようになるのである。

すでに何度か言及してきたように、こうした書きもの批判はプラトンの第七書簡にも見ることができる。ここでプラトンは、自らの教説が書物に書けるようなものではなく、生活を共にし、話し合いを重ねるうちに「突如として、いわば飛び火によって点ぜられた燈火のように、魂の内に生じ」るものだとしている（341B8-D2）。そして「わずかの示唆をたよりに自分で発見することのできる少数者」を除いては、そうした書きものは「まったく見当はずれに、この問題を不当に軽蔑する気もち」を招いたり、逆に「何か厳粛なことを学んだとでもいったような、思い上がった空疎な夢想」をもつようになってしまうという（341E3-8）。このようにプラトンが考えるのは、「真に実在であるもの」が言葉からかけ離れたものであるからであり、それを言葉で表そうとすると、実在から離れ感覚にとらえやすい形に歪曲することになるためである（342A7-343C7）。ここでは「真に実在であるもの」が書きものによっても口頭によってもとらえることができないという主張を読み取ることができるだろう。書きものを書くことは、立派な仕事として認められないのである（344C3-D2）。

こうした書きもの批判の主張は、書籍などの文字媒体を通じて知的関心を広げていく現代の「学問」と真っ向から対立するものである。現代の研究の場における常套的なスタイル、すなわち参考文献を渉猟し、必要な情報を書きとめ、その情報を駆使することで論文を書くような学問的な営み自体も、ソクラテスの糾弾を受けることになろう。現

5 『プロタゴラス』では、プロタゴラスが書かれた詩の暗記を子供たちの教育として勧めている（325E1-10）。
6 『ファイドロス』が同じくロゴグラフォスとしても活躍したイソクラテスを暗に批判しているとする解釈も多いが、本稿ではそれには立ち入らない。

代における哲学研究でさえ、ソクラテスには批判される営みということになる。

もちろんこの書きもの批判に対して、我々は次のように反論することができる。文字という外部記憶装置を用いることによって、逆に情報量は飛躍的に増大し、また情報の質も緻密になる。たとえば『テアイテトス』（*Theaitetos*, c. 370-368BC）（143A1-5）にも見ることができるように、不明な点を何度も語り手に尋ねながらその言葉を文字化し、繰り返し吟味することさえできるはずである。たとえ文字に頼ることによって、一つ一つの情報を覚えようとする意志や記憶力が弱くなることがあるにせよ、我々は情報の検索によって膨大な知識を瞬時に把握することができる。そしてそうした情報の蓄積は時代を超えて多くの人々に共有され、新たな思考を生み出す材料ともなっているではないか、と。このように考えるなら、『ファイドロス』における書きもの批判がいかに我々とは異なる観点に立っているのか、あらためて驚かされるのではないだろうか。プラトンが批判したのは口誦文化のほうだという、序で言及したハヴロックの誤りは、文字文化に生きる現代人にとって口誦文化を肯定的に理解することがいかに困難かを思い知らせるものともいえよう。自分の属する文化への無批判な高い評価が、異文化への理解を阻んでしまうのである[7]。たしかに我々にとって文字文化の利点は理解しやすいものである。文字文化に移行することによって、発話者は発せられた（書かれた）言葉に対して反省的になり、推敲を経てより正確な、より精密な話に練り上げることができるようになるし、またそのように思考を煮詰めていくことができるようにもなる。まさにこうした書きもの的な文章構成法が後代の学問の基盤となり、現代の学問をも支えているのであるから、口誦文化と文字文化とを比較するとき後者を高く評価するのは当然のように思われる。テクストに即さずに考えるなら、ハヴロックの見解に説得力があるように見えるのもたしかなのである。ではいったいソクラテスの主張はいかに理解すべきなのだろうか。

第三節　ソクラテス・プラトンの立場

あらためてソクラテス・プラトンの書きもの批判の論拠を確認しておこう。まず第一に、書きものへの依存が記憶力を弱めることが挙げられる。第二に、書きもので書かれた知識が単に「知恵の外見」にすぎないにもかかわらず、それを知ることで物知りになったようにうぬぼれる輩が出て来ることが挙げられる。第三に、書きものが時宜をわきまえず誰にでも一方的に語りかけることが挙げられる。この第三の論拠とも重なるが、第四に書きものが問いに答えないこと、さらには誤解されても書きもの自らが反論できないことが挙げられる。したがってソクラテス・プラトンの書きもの批判を理解しようとするならば、この四点をソクラテス・プラトンの思想に即してとらえる必要があろう。

第一の論拠は、文字に頼るために自分で思い出すことがなくなるという事態に対する憂慮として理解できる。たしかに他方で書きものには備忘録としての効用が認められていたのであるから、この論拠だけで書きもの批判が成り立つほどのものではない。しかしこの主張は、『ファイドロス』の中で展開される想起説との関係で考察される必要がある。すなわち『ファイドロス』では、人間の魂は肉体に宿る以前に真実在を見ており、人間のものを知る働きはこの真実在を思い出すこと、すなわち「想起」にほかならないとされているのである（249B7-C4）。『メノン』（*Menon*, c. 385-383BC）や『ファイドン』（*Phaidon*, c. 385-380BC）にも見ることのできるこの想起説に従うならば、真に物を思い出すという働きは、まさに自らの魂自体によって真実在を想起することであり、自分の外にある備忘録を見て思い

7　ハヴロックの議論をもふまえつつ、口誦文化の文化的特性をより公平にとらえたオングの『声の文化と文字の文化』は、口誦文化について考察するうえできわめて示唆的であるが、この文献においてさえ、手放しで文字文化を評価する傾向を認めることができる（Ong, 174-175）。

出すようなものではあるまい。つまり備忘録を見て思い出すような知識は真なる知識ではないというのが前提にあるのであり、書きもの批判の第一の論拠は、書きものの知識が真なるものではないという第二の論拠と不可分のものと考えることができるだろう。

第二の論拠については、書きものが「真に実在であるもの」からかけ離れたものであるとする第七書簡の主張と重ねて考えることができるだろう。本章第二節でもふれたように、第七書簡ではこの「真に実在であるもの」は語ることもできないとされており、その語りえぬことが、親密な付き合いと問答の中で突然伝わることがあると期待されていた。それは問答を通じてその都度ごとの誤解を解き、話し相手の性格や気分に合わせて発話することで達成できると考えられているのであるから、書きもの批判の第三、第四とも連続する問題だといえる。つまりソクラテス・プラトンが書きもの批判を通じて主張しているのは、問答以外の手段によって身につける知識が本物ではないということにあるのだと理解できよう。

このようにソクラテス・プラトンによる書きもの批判が彼らの思想に基づいて説明できる以上、これが一時的な思いつきであったなどと考えるべきではない。そして口誦文化と文字文化との対立という観点をも含めて考えるならば、むしろ言葉が文字化されるという新しい事態に対するソクラテス・プラトンなりの抵抗感の現れであると考えるべきだろう。それではソクラテス・プラトンは文字文化の何に抵抗を感じたのだろうか。

この問題について考察するにあたり、いったん言葉の問題を離れ、思考実験として音楽について考えてみたい。音声の文字化の問題は、中世の吟遊詩人の歌や演奏に対する歌詞の記述や楽譜の関係とも比せられよう。楽譜化されるに伴って、それまでの時宜に適った即興性は失われ、楽譜に画一化される曲が成立することになる。それとともに、もはや楽譜から外れると「誤り」とされてしまう「正確さ」がオーソライズされる。当座の演奏に付随する時間性は楽譜として空間化され、繰り返し多くの人に確認される客観性が生じる。制作者側にも内的気分の表出よりも、むしろ構築性が求められ、何より自己完結した単体としての作品が目指されることになる。反復してその作品の完成度を高めようとする制作態度は、作品を巧緻に練り上げることになり、そこに完成度の高さが求められる。こうして楽譜は西洋音楽に緻密な構造を与え、それこそが本来の音楽であるかのように理解されることになるが、もちろんそれは楽譜文化から見た偏見にすぎない。そこには従来の音楽とは別の音楽が現れたのであり、その移行を安易に進歩ととらえないならば、音楽は明らかに「変質」したといえるのである。したがって従来の音楽に馴染んだ者ならば、新しい音楽のあり方への変質には当然抵抗を感じることだろう。

これと似たようなことが言葉の世界にも起こったのではないか。たしかに文字文化に移行することによって緻密な思考が可能になったということはできよう。しかし思考の緻密さと思考の「正確さ」とは必ずしも結びつくものではない。たしかにいったん語の定義を決め、論理的に思考を構築するならば、定義や論理に基づいた帰結に至ることはできるだろう。だがいかに論理的であったとしても、その論理の帰結が真実となるのは、前提となる定義が真実である限りにおいてである。それではもとの定義は何に依拠して真実性を保証されるのか。ソクラテスが無知を標榜してあらゆる知識を問い直すのは、その緻密で正確な思考自体が基盤から信じるに値しないことを自覚していたからではなかったのか。

机上の空論というものがあるように、文字情報の操作に終始することによって、実体の伴わない概念操作を知的活動と錯覚することは実際にありうることである。ましてやインターネットで情報を検索するのが当然のようになった現代において、知識や情報を自らの外に貯え、それを必要に応じて流用することの便利さと軽薄さは、近年ますます強く意識されるところでもある。また情報内容を深く理解することもなくインターネットのサイトから得た情報を集めることでもっともらしい文書を作成することも、怠惰な学生にしばしば見受けられるところである。もちろんこれは学問の世界だけのことではない。膨大な情報があふれかえる中、ヴァーチャルな世界が現実を左右し、情報操作に長けたものが実利を得るという世界の現状をふまえるならば、ソクラテス・プラトンが書きものに頼る当時の弁論術を激しく批判し、「真に実在であるもの」を求めたことには、一種の親近感さえ感じられるのではないだろうか。逆にいうと、当時のソクラテス・プラトンにとって書きものは、我々にとってのインターネット文化に相当する、便利ではあるが多分にうさんくさい媒体であったわけである。すでに指摘したように、弁論術自体が当初から文字文化に支えられていたことにも注目しておきたい。弁論術の創始者の一人であるテイシアスが前四八〇年頃の生まれであり、前四六九年生まれのソクラテスとほぼ同じ時代を生きていることになる。いわばまさにソクラテスの時代に、推敲を重ねて文章を作り上げる技術が弁論術の流行によって急速に広まり、整備されていったのだと考えられよう。ソクラテス・プラトンによる書きもの批判は、こうした新しいメディアの普及に対する反論であったと考えることができるのではないだろうか。

第四節　文字文化批判と模倣論

こうした視点からプラトンの模倣論を見直すと、従来の理解とはまったく異なる解釈が可能になる。本章の序で見たように、プラトンの『国家』第一〇巻における詩人追放論について、ハヴロックは文字文化の側による口誦文化に対する批判を読み取ろうとしていた。たしかにその二つの文化の対立がプラトンにおいて切実な問題だったという点については是認できるわけだが、本章での『ファイドロス』についての考察を経て明らかになったのは、プラトンにとって（完全にとはいえないにせよ）批判すべき対象はむしろ文字文化の側にあったということである。そうであれば、プラトンによる詩人批判を、ハヴロックとは逆に、文字文化批判として読むことはできないだろうか。本節ではプラトンの詩人追放論を文字文化批判の文脈から考察することにしたい。

まず『国家』第一〇巻で詩人が批判される際に問題となる「模倣」という技術について検討してみよう。一般に「模倣」とは、何らかの事象や事物をある媒体によって写し取ることと考えられる。問題は、詩が音声と文字とのどちらの媒体によって写し取るものと想定されているかである。『国家』第一〇巻において詩が絵画と比較されていることから推測されるのは、手の動きによって視覚的に対象を写し取ることのできる文字のほうであろう。これはたとえば「文字」という意味と「絵画」という意味とを合わせもつ「グランマ」という名詞や、「書く」と「描く」とを同時に意味する「グラフォー」という動詞がギリシア語にあることからも容易に推測できる。したがって、プラトンの批判対象となる「模倣」という行為は、音声よりもむしろ文字媒体によって何らかの事象や事物を写し取ることだと考えることができるのではないだろうか。

以上の推測を裏づけるのが、『国家』の直前に書かれた『クラテュロス』(*Cratylos*, c. 385-383BC) である。『国家』第一〇巻の模倣論を読解するうえできわめて重要でありながらあまり注目されていないこの著作では、色や形で模倣する絵画、および音声で模倣する音楽と比較されつつ、言葉による模倣が「文字と綴」によってなされることが明言されている (423C4-424B2)[8]。すなわち音声による模倣として想定されているのは、動物の鳴き声をまねるような場合なのである (423C4-6)。

したがってプラトンが批判している言葉による模倣とは、音声によってではなく、文字媒体によるものであること

8 『クラテュロス』では『国家』のように、道具の使用者のほうが製作者よりもその道具についてよく知っていることや、そうした知識を知る人の助けを借りて製作すべきことが論じられたうえで (390B1-D8)、その使用者がそれらの道具に「文字と綴」によって名称を与えるべきだとしている (390D9-E5)。ここではこの使用者が「問答家」とされているが (390C12)、問答を通じて思索を深める人物というよりはむしろ、道具についての知識をもち、問答を通じてその知識を製作者に伝える人物であり、もはや無知の人物ではないことに注意したい。

は明らかである。そうであれば、詩における模倣もまた、何らかの事象や事物を文字媒体によって写し取ることだと考えるべきではないだろうか。『ファイドロス』でも享受者の問いに答えぬ書きものが絵画に喩えられているように(275D4-8)、書かれる限りにおいて詩と絵画とが類似したものと見なされる可能性が考えられよう。

ここで問題になるのは、模倣技術によって「詩」を作る「詩人」とは何かという問題である。日本語で「詩人」と訳されるこの語の原語は、ギリシア語の「ポイエーテース(poietes)」である。これはもともと「作る(ポイエオー)」という動詞と関わる語で、「作る人」という意味が原義である。注目すべきなのは、『ファイドロス』においてファイドロスが冒頭で朗読する弁論の書き手リュシアスが「ポイエーテース」と呼ばれていることだ(234E7, 236D5)。「ポイエーテース」はこの場合、狭義の「詩人」を意味しているのではなく、弁論を「作る人」を意味しているのだといえよう。そしてこの弁論を作るという行為が、当座ごとの即興演説ではなく、文字によって制作されるものであるとするなら、ここでは書きものを「作る人」が「ポイエーテース」とされていることがわかる。そうであれば批判の対象となる「詩人」とは、何らかの事象や事物を文字媒体によって模倣する作家のことだと考えるべきだろう。実際『ファイドロス』の末尾近くでも、時間をかけて推敲を重ねることで自己の内にない価値を文章に付加する人が「ポイエーテース」と呼ばれるべきだとされているのである(278D9-E3)。

この考え方は、『ファイドロス』第二の物語(ミュートス)で言及される有名な「アドラステイアの掟」にも見ることができる。ここでは様々な職業が列挙される中で、「ムーサの(ムーシコス)」という形容詞で示されるムーサのしもべ(248D4)と、「創作家、あるいは誰か他の、模倣を仕事とする人たちに属する者」(248E1-2)とが区別され、後者が前者より貶められているのである。この「創作家」という訳は「作ることに関する」あるいは「詩に関する」という意味を表す「ポイエーティコス」という形容詞から来ており、結局は「作る人」や「詩人」をも意味する「ポイエーテース」のことだと考えられる。そのため詩を司る女神ムーサのしもべたる詩人とこの「模倣を仕事とする」

詩人とはどう違うのかが以前から問題にされてきたわけだが、これをムーサの導きによって語られる詩と文字に書かれる詩との分裂を示すものと考えれば、整合的な解釈を導き出すことができるだろう。つまり詩が当初のような単なる音声的な作品ではなくなり、目に見える文字媒体でも作られるようになったことを受けてこのような区別が意識されるようになり、書かれた詩がプラトンに批判されるに至ったと考えることができるのである[9]。ほかならぬ『ファイドロス』の中でこの区別が示されていることを考え合わせるなら、このような推測が的外れであるとはいえないだろう。

もちろん歴史的に見れば、詩はもともと口で語られ耳で聞かれる音声的な作品であり、『国家』第一〇巻でも詩が音声的な作品として考えられている箇所はある。特に「視覚に訴える」絵画と対比されて詩が「聴覚に訴える」ものとされている箇所（603B5）は、その最たるものであろう。しかし聴覚に訴える場合であっても、それは文字で書かれた詩を朗読する場合も含むであろうから、この一事でもって詩が音声的作品に限定されるわけではない。また『国家』第一〇巻では、詩が「見る人（テオーロス）」によって誤って判断されるという記述もある（601A4-B8）。この場合、詩は文字で書かれたものと考えるべきだろう。もちろんこの箇所では、韻律のような装飾的要素が色彩に喩えられているので、「絵画を見るように詩を享受する」という意味で比喩的に「見る」とされているという可能性もある。だがその直後に、その韻律が排除された作品について、それがどのようなものなのか「きっと見たことがあるだろう」とソクラテスはグラウコンに語っているのである（601B8）。この場合は、詩が「見られる」ことになるのである。つまり『国家』第一〇巻において詩は、音声的作品とは限定されていないのである。むしろ注意すべきなのは、この当時すでに詩作品は音声のみによって存立するものではなくなっているという点である。

9　厳密には、文字に頼ることのないムーシコスとしての「アオイドス」、作品の吟唱者としての吟遊詩人「ラプソドス」、そして文字で自由に詩作する「ポイエーテース」という時代的変遷が考えられよう。

さらに、プラトンが『国家』第一〇巻で詩を批判している理由も、『ファイドロス』の議論から敷衍して考えることができる。すでに本論で確認したように、『ファイドロス』では文字の伝えるものが「知恵」というよりむしろ「知恵の外見」にすぎないとしており、その主張は第七書簡からも確認することができた。これが『国家』第一〇巻の三段の模倣説と重なることは、もはやいうまでもあるまい。文字で書かれるようになった詩は、見せかけの知恵で人を欺く危険なものと考えられるのである。

以上の考察をふまえるならば、『国家』第一〇巻の詩人追放論は、文字に書かれるようになった詩に対する批判であり、『ファイドロス』と同様、口誦文化からの文字文化に対する批判だったと考えることができるだろう。たしかに『国家』第一〇巻の詩人追放論では、しばしば詩人としてホメロス（Homeros, c. 9c.BC）が取り上げられるなど、古来の詩をも批判の対象としている。それゆえ口誦の詩人と考えられるホメロスの作品も含めて批判されるようにも見えるのだが、むしろ詩が文字化されることが普通になりつつあった当時、旧来の詩も含めて、模倣的な性格をもつようになった詩が批判の対象になったと考えるべきだろう[10]。田中美知太郎によると、『国家』と『ファイドロス』がほぼ同時期の著作であり（田中、三六八—三七一、三八五）、かつ『ファイドロス』が『国家』より後に書かれたという（三六八）。そうであれば、『国家』の最終巻である第一〇巻の直後に『ファイドロス』が書かれたわけであり、文字文化批判としての詩人追放論の問題意識が『ファイドロス』に連続したと考えることも可能である。執筆年代からも、この詩人追放論解釈は説得力をもつのではないだろうか。

第五節　ソクラテスとプラトン、それぞれの立場

ここまではソクラテスとプラトンとが共通の主張をなしているものとして論じてきた。しかし書きものに対する両者の見解がまったく同じであるとは考えにくい。というのもソクラテスが著作を残さなかったのに対し、プラトンは結局のところ当の『ファイドロス』をも含む多くの著作を残しているからである。実際この点で、プラトンの著作における書きもの批判が一時的な気分で書かれたものとする見方もあるわけであるが、すでに論じたようにこの書きもの批判が気分的なものと考えることはできない。そうだとすると、おのずとソクラテスとプラトンとの間には何らかの温度差があり、それぞれの主張に微妙な相違があるのではないかと推測されるわけである。そこで本節では、両者の見解をそれぞれの立場に即して考察し、ソクラテスとは異なるプラトンの立場を浮き彫りにしてみたい。

a　対話と対話篇

まず書きもの批判がソクラテス自身に見られることを、別の資料から確認しておこう。クセノフォン（Xenophon, c. 427-c. 355BC）の『回想録』（*Apomnemoneumata*, c. 371BC）によると、少年エウテュデモスが「有名な詩人やソフィストの書物をたくさん収集して、そのために早くも自分が同年配の者に抜きん出た智慧者と考え、演説ならびに実行の技能においてあらゆる人間に立ちまさるという、大変な信念を抱いている」のを知り、ソクラテスは師匠をもつよ

10　あるいはプラトンは、ホメロスをも文字を書く「詩人」だと考えていたのかもしれない。『プロタゴラス』には、ホメロスのような詩人が「詩作」という偽装のもとにソフィストの技術を隠しているという指摘があり（316D4-10）、もしも本章第二節冒頭で見たようにソフィストが文字を書く人であったとするならば、このような解釈の可能性もある。

う彼に忠告したり、あえて自ら論争を仕掛けたという。そして自信に満ちあふれたエウテュデモスの知識が正しい判断を生み出さず、結局彼は自分が何も知らないことを思い知らされるのである（Xenophon, IV, ii）。その論争の内容まで紹介するのは控えておくが、ここで第三節の冒頭で挙げた第二の論拠に基づいて書きもの批判がなされていることは確認できよう。たしかにここから読み取ることができるのは、四つの論拠のうちの第二のものでしかないが、他の三つの論拠もこの第二の論拠と結びついていると考えられる以上、『ファイドロス』の中でソクラテスが語る四つの論拠がいずれもソクラテス自身のものであった可能性もある。ともあれ書きもの批判はソクラテス自身の主張だったことは確認できる。その主張は、一つも著作を残すことのなかった彼の生き方とも一貫したものといえよう。

これに対し、多くの著作を残すことになるプラトンにとっては、この師の教えが深刻な問題をもたらしたことは容易に推察できる。すなわちプラトンは、書きものの欠点のみならず利点もまた十分に理解していたであろう。たしかにプラトンも第七書簡において、自らの考えとして書きもの批判を表明していた。そして『ファイドロス』でもこの問題を扱っていたわけなので、ソクラテスの書きもの批判を受け継いでいたことは明らかである。それではプラトンは、執筆活動と書きもの批判とをいかにすれば両立できたのだろうか。

いかなる著作であれ、書きものである限りは批判されるべき対象にならざるをえないが、それでも著作を執筆するとなると、できるだけ書きもの批判に応える形式を次善の策として選択せねばならなくなる。『ファイドロス』における書きもの批判が、万人に対し一方的に語る形式に対する批判であったことをふまえるならば、その答えはおのずと定まってこよう。すなわち著者が読者に対して一方的に語りかける形式ではなく、登場人物が他の登場人物とともに問答し、時宜に即して談論を花咲かせる形式、つまり対話篇形式が選択されるのである。逆にいうと、ほとんどの著作において対話篇という形式をとらねばならないほど、プラトンにとってソクラテスによる書きもの批判は重大な問題であったともいえよう。自己を語り手とした書きものの形で自己の思想を語ることは、プラトンには許されなかった形式なのである[11]。一般の弁論形式とは異なる対話篇という形式は、こうした書きもの批判と著述とのせめぎ合いに、すなわち口誦文化に属するソクラテスに啓発されつつ文字文化に生きるというこの二重性に起因しているように思われる。

b 物語（ミュートス）

対話はその時々の考えを即興的に語ったり、ある考え方を絶えず反省的に扱うことには向いているものの、弁論家のようにまとまった考え方を示すことには向いていない。無知を標榜するソクラテスならばそれでまったく構わないかもしれないが、自己の思想を形成していくプラトンには、それではもの足りなくはなかっただろうか。

こうした観点からあらためて『ファイドロス』を見直すなら、ソクラテスが問答とは別に長々とした語りを二回挿入していることが確認される。すなわちここでソクラテスは、ファイドロスに強く促されて、リュシアスに対抗するような弁論を誰かから聞いた話（235C4）としてしぶしぶ語り（237A9-241D2）、その後その主張を打ち消さなければならないからという理由で恋愛論が、神に捧げる物語（ミュートス）という形式で語られるのである（243E11-257B8）。しかもこのどちらも「神懸かり」の状態で語られたものとされている（238C6-D9, 263D3）。ソクラテス自身がいわゆる「ダイモーンの合図」を実際に受けていたのかもしれないが[12]、「無知」の状態とはかなり逸脱した思想が書か

11　プラトンの著作がなぜ対話篇という形式をとるのかという問題に対しては、生前のソクラテスの実像を生き生きと描くためであるとか（内山、二五）、思想というものが黙想においても本来対話的であるからだなどという指摘がある（内山、三六―三七、七一、一四九、一六六―一六七）。これはおそらく『ソフィステス』（263E3-6）をふまえているのだろう。だがほとんどソクラテスが発言せず内容的に対話篇である必要が感じられない『法律』（*Nomoi*, 356-347BC）さえなおも対話篇という形式をとることを考えるなら、こうした説明だけでは十分とはいえないのではないか。むしろ藤澤令夫の見解に従い、書きものを書くうえでの必然的な制約であると解釈するほうが妥当であろう（藤澤、七三―一〇四）。

れるにあたり、これだけの準備がなされているのである。しかも書きものとして推敲されていない即席の話を個人のために口頭で語るという形式をとっているため、形式的にも書きもの批判の側から容認されることになるだろう。逆にいうと、独自の教説を形成しつつあるプラトンにおいてもこうした周到な配慮がなされねばならないほど、ソクラテスの書きもの批判はプラトンの執筆形式を規定していたともいえよう。

ソクラテスが実際にこのような物語を語っていたのかどうかはわからない。しかし「物語」によって語られる思想はもはや無知を自覚する人物のものとは考え難いし、実際プラトンの書物の中で深化していく思想は初期対話篇のソクラテスが直接的に語っていないことばかりなのである[13]。

c イデア論

こうして一定の思想を形成していくプラトンの思索には、明らかに「無知」にとどまりきれないプラトン自身の志向性があり、それがソクラテスには明確に認められないイデア論へと結実していった可能性が考えられよう。彼がイデア論を構想するに至った背景について、考察してみたい。

音声は発話とともに消え、この世に形を残さない。それゆえ口誦文化においては、言葉は空間的に場をもつものとは考えられない。それゆえ会話において文脈から発言の趣旨を汲み取ればそれで問題なく、もしも発言の意味が通じなければ別の言葉で言い直せばそれでよい。経験世界の事柄をプラグマティックに処理する道具として言葉を扱う限りにおいて、何も問題は生じないのである。これに対し文字は一定の形をもつものとして後に残り、この世に場を占めることになる。そして残された言葉は、それが何を意味するのか、解釈の対象とされる。それゆえもし「徳」という言葉が用いられるならば、その言葉の真の意味が検討されることになる。すなわち文字文化においては、言葉で表される対象には「真の意味」があると考えられるのである。

文字文化に馴染むソフィストであれば、徳は教えることのできるものとしてそれを実体化しようとするだろう。それとは逆に、少なくとも初期対話篇のソクラテスであれば、真の意味を標榜するソフィストの見解に対して、問答によってその見解を論破するだろう。この場合ソクラテスは、自分なりに真実を求めつつも、結局のところは無知を標榜し続けることになる。またソクラテスの批判通り真実を示すことができないとしても、弁論家は「真実」より「真実らしさ」こそ大切と割り切り、言葉でもって人を動かすことさえできればよいという態度をとることもできよう。

12 ソクラテスは『ファイドロス』以外でも、しばしば神懸かり的に語る際、「ダイモーンの合図」に従うとしている。かなり信憑性に疑問が残るものの、人類が文字の獲得とともに神的霊感を失ったという考えも含むジュリアン・ジェインズの魅力的な「二分心仮説」も、ある程度の考察材料にはなろう（Jaynes）。

13 プラトンの『饗宴』では、神懸かりの状態にならずにソクラテスが長々と語る場面がある（201D3-212C4）。だがこの著作の場合も、プラトンは周到な仕掛けを凝らしている。まずソクラテスが演説せざるをえなくなる場として饗宴が設定される。だが問答形式にこだわっているはずのソクラテスに演説させることは弟子のプラトン自身にとっても抵抗があるため、その饗宴自体が伝聞形式で語られることになる。実際『饗宴』における出来事は、饗宴の参加者アリストデモスから聞いた話としてアポロドロスによって語られている。その際、語り手アポロドロスにその饗宴の一部始終を語らせるきっかけをもたらす人物として、その饗宴の噂を匿名の人から聞きながらその情報について詳しくは知らないグラウコンが設定される。グラウコンがその情報を聞きながらもその情報を詳細には知らないという状況は、その情報がアリストデモスからフォイニクス、そしてその匿名の人へと伝わったという伝達経路の長さによって説明される（172B3-5, 173B1-4）。グラウコンに直接語った人が匿名にされているのは、その情報を不正確に伝える責任を実在の人物に押し付けないためだろう。またグラウコンに問われてすぐにアポロドロスが流暢に饗宴の様子を詳細に語るのは不自然なので、アポロドロスはかねてよりグラウコンの友人たちから饗宴の様子を尋ねられており、それについて語る準備ができていたという状況が設定されている（172A1-2）。『饗宴』冒頭部で示されるこうした複雑な状況設定は、その饗宴でソクラテスたちが語ったことが伝聞でしか伝わっていないという留保をもたせるためだと考えられよう。そしてその中で語られるソクラテス自身もまた、自分の語る話がディオティマという女性から聞いた話だと述べ（201D3-5）、なおさらその演説内容に対するソクラテスの責任を弱めているのである。しかもその演説の大半はソクラテスとディオティマとの対話を再現する形式をとり、ソクラテス自身が自説を展開するようにはなっていない。いわばプラトンがソクラテスの口からひとまとまりの思想を語らせようとする際、ソクラテスにこれだけ配慮しているわけである。

それでは文字文化に馴染み、かつソクラテスの弟子であるプラトンはどうだったのか。ソクラテスとともにソフィストの見解を批判することはできても、なおそれに代わる真の意味があることを認め、それを最終的には理解できるものと想定せざるをえなかったのではないか。そして「徳」のような空間的に場をもたない抽象的な存在さえ真の意味をもつとなれば、経験世界を越えた領域に何らかの「場」をもつ真実の存在を認めざるをえなくなるだろう。そうだとすると、中期対話篇の『国家』で本格的に論じられるようになったイデア論は、従来指摘されるようなイオニア的伝統に対するピュタゴラス派的伝統への共感にとどまらず、こうした口誦文化と文字文化とのせめぎ合いの中から導き出された見解であるとは考えられないだろうか。

この思考過程を顕著に示しているのも『クラテュロス』である。ここでは個々の事象の名称が実際に名づけられるものの本性に即しているのかどうかが問題となっており、その議論の末尾近くで、ソクラテスはヘラクレイトス (Herakleitos, c. 535-c. 475BC) のように万物が流転していると考えるのではなく、美そのものについて考えようと述べ (439D3-6)、常に同一状態にある「イデア」について語っている (439E1-6)[14]。したがって、言葉の本当の意味の探求がイデア論を生み出したのではないかという推測は、十分に検討の余地があるといえよう。

もしもこうした推測が正しいとすれば、プラトンにとって口誦文化と文字文化とのせめぎ合いは、彼のイデア論を醸成する土壌をなしていたといわざるをえない。逆にいうと、口誦文化と文字文化とがせめぎ合うこの環境があってこそ、イデア論が生まれたともいえよう。もちろんプラトンが一定の思想を形成していったのは、市井の哲人であり続けたソクラテスに対し、プラトンがアカデミーを主宰して教育活動に従事したということからも考えるべきかもしれない。だが一定の思想を確立しようとすること自体が、すでに書く人の発想なのではないだろうか[15]。プラトンにとってこれらの文化のせめぎ合いは抜き差しならぬ問題であったと考えられる。

d 空間モデルの心

詩人や画家の発想やイマジネーションについて考察する今後の理論展開を追ううえでもう一つ指摘しておく必要があるのは、心を空間としてとらえる考え方である。この考え方は現代ではごく普通の考え方であり、「心の中」といった言語表現に違和感をもつ人はほとんどいないだろう。しかしプラトンがほかならぬ『ファイドロス』などの中で展開していた「魂」についての「物語」では、「魂」は必ずしも空間的である必然性をもたない。日常的な意識の外部の世界について、現代人であればそれを無意識の層に認めることになるが、プラトンの「魂」はそれ自体が身体を抜け出すことによって外部の世界（イデア界）に赴くのであり、魂が空間である必要はないのである[16]。

14　ただしこの「イデア」について、ロウブの英訳では文脈上「form」と、邦訳では「姿（形相）」と訳しているように、まだイデア論の用語として確立した語ではない。

15　周知のように「プラトンのパルマケイアー」(“La pharmacie de Platon,” 1968) において『ファイドロス』における書き言葉（エクリチュール）批判について論じたデリダ (Jacques Derrida, 1930-2004) も、プラトンにおいて話し言葉（デリダはこれを「ロゴス」とする）のほうがより本質的としていたことを認めている。そしてさらにデリダは、『ファイドロス』において発話者や書き手を意味する「ロゴスの父」という言葉 (257B3) や、書き手から独立して書きものが解釈されることへの危惧に対して拡大解釈してみせる。すなわちその「父」とは「善そのもの」のことであり、それが言葉に対する支配権を行使するのだと見なしているのである (Derrida, 112-146)。さらにデリダは『グラマトロジーについて』(*De la grammatologie*, 1967) において、書き言葉を貶めてきた話し言葉が真理を語るものとして形而上学が形成され、いわゆる「ロゴス中心主義」が西洋思想の根幹となったという解釈を提示している。しかし無知を標榜するソクラテスはもちろんのこと、プラトンもまた真実を自明のものとして語ることからほど遠い思索者である。デリダに対して詳細に論駁する余裕はないが、西洋の形而上学の伝統が「話し言葉」を基軸とする「ロゴス中心主義」だったという主張には、賛同することができない。

16　魂に「理性的部分」、「気概的部分」、「欲望的部分」を認める「魂の三区分説」と呼ばれる有名な考え方も『国家』では展開されるが、原語では特に「部分」に相当する語はなく、一定の場をもつ「部分」として考えられているのか、それとも機能や性情として考えられているのか、検討の余地があろう。「部分」と訳す解釈自体が、心を空間的に考える後世の考え方かもしれない。

心を空間モデルで考えるこの考え方の端緒もまた、感覚を通じて得られた情報の保持をめぐる思索から成立したのではないだろうか。つまり文字や図といった物理的な大きさや形をもつ視覚的形象を心の中に位置づけることによって記憶が成り立つわけであり、取り入れた記憶情報は一定の場(トポス)をもつものと見なされるのである。詩と絵画との類似性を指摘したシモニデスが記憶術の先駆者としてキケロの『弁論家について』(*De oratore*, 55BC)で語られるのも(Cicero, *De oratore*, II, 357)、おそらく同じ理由だろう。

しかし感覚を通じて得られた知識を真なるものとは見なさないプラトンは、「魂について」という副題をもつ『ファイドン』において、この世に生まれる以前に得た知識こそ大切なのだと論じつつ、その知識は魂が身体に宿る際にいったん失われるため、あらためて想起されねばならないという(75B3-77A6)。いったん失われるならなぜ想起されうるのか、魂が身体と結ばれたときに本当にすべてが失われるのか、詳細は明らかにされていない。ともあれ感覚を通じて得られた知識への不信は『ファイドロス』にも受け継がれ、書物に書かれた知識ではなく、魂に書き込まれる知識こそ大切なのだとされる(276A1-11)。しかしここでは知識を蓄える記憶が書物と対比されることによって、初めて記憶が空間的な場として考察されるようになるのである。

『ファイドロス』ではその記憶のしくみについて詳細に議論されることはないが、続く『テアイテトス』において、この問題が丁寧に考察されていく。ここではまず、印形を蠟に押し当てて形跡をとどめるようなものとして記憶のしくみを理解する刻印モデルが検討されることになる(191C9-E2)。しかしここではそのモデルの不備が指摘されることになり、鳥を鳩小屋に「所有」するような場合と実際に手で「所持」する場合とが新たにモデルに採用され、所有している記憶が必ずしも明確に認識されていないことが説明される(197A9-199C7)。だがこの鳩小屋モデルにも不備が指摘され、記憶の場として心を空間的にとらえるプラトンの模索は頓挫することになる(199C7-200A11)。結局のところプラトンは心を空間としてとらえることが妥当なのかどうかについて、判断を保留することになるのである。

だがこの空間モデルはアリストテレスによって確立されることになる。すなわち『魂について』（*Peri psyches*, 350BC）では質料抜きで形相を受け入れる「感覚」が（鉄や黄金という素材抜きで印形を受け入れる）蠟に喩えられ（424a17-25）、『記憶と想起について』（*Peri mnemes kai anamneseos*, 350BC）ではその刻印を保持することが記憶であるとされるのである（450a28-b1）。この刻印モデルが、その知的伝統の中で継承されていき、ストア派のゼノン（Zenon, 335-263BC）にも継承されることになるのである（Diogenes Laertius, 7, 45）。

結び

以上の考察から、プラトンの模倣論が口誦文化と文字文化とのせめぎ合いから生じたものであり、文字によって意味が固定化される危険を指弾する意味合いをもっていたことが明らかになった。この結論は、以下のような思索へと我々をいざなうだろう。まず、ソクラテスの言葉を失われた異文化の側の主張と見ることで、識字率を文化的成熟の尺度ととらえるような一面的な文化理解について再検討することができるだろう。そして我々が無批判に受け入れて

17　書きものに対する批判は、「文字は人を殺し、霊は人を生かす」（第二コリント三章六節）に見られるように、キリスト教的文脈にも見ることができる。しかしデリダの指摘とは裏腹に、書きもの批判は文字文化の伝統の前に絶えず掻き消されてきたのであり、文明批判の文脈においてわずかに命脈を保ってきたといえるだろう。たとえば『ファイドロス』における文字批判をふまえ、学問も法律もない黄金時代においては万人が同一言語を話していたのだとするエラスムス（Desiderius Erasmus Roterodamus, 1466-1536）の『痴愚神礼讃』（*Morias Enkomion: stultitiae laudatio*, 1511）（Erasmus, 32）や、感情表現の欠落を正確さなどによって補う書き言葉が言語を変質させているとするルソー（Jean-Jacques Rousseau, 1712-1778）の『言語起源論』（*Essai sur l'origine des langues*, 1781）第五章末尾（Rousseau, 43）は、そうした文脈から理解すべきだろう。

いる文字文化や、弁論術によって整備され定着した思考様式をあらためて反省することもできる[17]。さらには、言葉の文化の変容から生じた一時代の所産としてプラトンの著作をとらえ直すことで、プラトンの思想、およびそれに方向づけられた西洋思想を相対的にとらえ直すこともできるだろう。特に、プラトンが文字文化に対する危惧を抱きつつ最終的には言葉の意味の拘留点ともなる「イデア」の実在を認め、認識すべき核を定めたことである。これは「無知」を標榜するソクラテスの見解を退けることであり、その後の知的伝統に一定の方向づけをしたことでもある。対話篇という論述スタイルをとらず知の体系を構築していくアリストテレスを経て、その方向づけはいっそう顕著になることだろう。すなわちアリストテレスは詩や絵画を模倣技術とするプラトンの考え方を継承しつつ、詩人や画家に対する批判を回避し、むしろその模倣という制作が正当な行為であることを認めたのであり、その基本的な理解が後期ルネサンス期以降の人々に受け継がれたのである。口誦文化から文字文化への移行という画期的な文化変容が我々に何をもたらし、何を奪ったのか、考察すべきことは多いように思われる。

第一章　プラトンの模倣論の背景——文字文化との対決

第二章
キケロによる模倣論の変容

序

古代ローマの弁論家・政治家として知られるキケロ（Marcus Tullius Cicero, 106-43BC）は、彼の著作『弁論家』（*Orator*, [46BC]）の冒頭部で、プラトンのいう「イデア」について言及している。しかしそこで言及される「イデア」は、プラトンにおいて明確だった「真実在」としての性格を弱め、「観念」[1]としての性格をも帯びることになる。いわばキケロはプラトンの「イデア」概念を曲解しているのである。しかしその曲解は、本稿でも検討するように、プラトン自身からは導き出せない造形制作論を成り立たせ、一七世紀以降の古典主義を成立させる要因ともなり、次章で論じるように独創的な「アイデア」概念への変容さえ促すことになる。それでは、そもそもなぜキケロはプラトンの「イデア」を曲解するに至ったのだろうか。本章は、この問題について検討するものである。

第一節では「イデア」についての『弁論家』における主張を検討するとともに、先行研究としてパノフスキーによる解釈を示し、そこに含まれる問題点をまず確認する。第二節と第三節では、パノフスキーが十分に検証しなかったキケロ自身の考え方に即し、その特異なイデア論の成立事情を明らかにする。そして第四節では、キケロのイデア論が造形制作論へと整備されていく一七世紀における展開を追う。以上の考察を通して、キケロによる「イデア」概念の変容と、それが一七世紀以降の西洋芸術にもたらした影響について明らかにしていきたい。

第一節　問題の所在

問題となる箇所では最初に、キケロが知人のブルトゥス（Marcus Junius Brutus, 85-42BC）から「弁論の最も良い理想像や典型のようなもの（optima species et quasi figura dicendi）」を示してほしいという困難な依頼を繰り返し受けていたことに言及し（1-2）、できるかどうかわからないがとにかくやってみようと決意表明している（2）。ここで「理想像」と訳した「species」は多様な解釈が可能な問題含みの語であるため、あらためて第三節で考察することにしよう。ともあれこの困難な課題を請け負うキケロは、弁論の理想像を示すことによって逆に弁論家を目指す学習者たちが気後れすることを案じつつも（3）、一流の者に近づくためには二流の者にさえ優れた例を示すべきだと主張する（4-6）。しかし理想的な弁論が現にこの世に存在するとはいいがたいので、キケロはそうした理想の弁論について観念的

1　本章では、どのように生じたか（獲得されたか）を問わず、心に宿る「idea」を「観念」として理解する。したがって、「観念」が形而上的な「イデア」と重なる場合や、感覚的な事物の「似像」である場合のみならず、心の中で構成された「イメージ」である場合をも除外しない。また「理想的な弁論の観念」のような、必ずしも視覚的イメージとしての具体性をもたない場合をも含むものとするが、基本的には心にとらえられた何らかの対象の「像」であり、その対象との類似性をもつことを前提としている。その意味において、デカルト的な「観念」ではない。さらには、その「観念」が単純なものか複合的なものかといった議論も、ここでは前提としていない。

に説明するしかない（7）。そのような理想像は感覚によってとらえられるものではなく、それに似た似像をつくってももとの原像（理想像）を凌駕する美質をもたないのだが、それでもなんとかそのような理想像を示そうとする試みが古代ギリシアを代表する彫刻家フェイディアス（Pheidias, c. 490-c. 430BC）の制作方法と似ているということで（8）、キケロは以下のように言及するのである。

たしかにその巨匠はユピテルやミネルウァの彫像を制作したとき、そこから類似性を導き出せるような何ものかを参照することはなかったのであるが、彼の心の中にはある特殊な美の理想像（species）があり、それを鑑み、技術や手をそれの類似性へとしっかりと適応させたのである。このように、彫像や図像の場合は、完全で卓越した何ものかがあり、思考され模倣されるべきその理想像――それ自体目にすることはできないのだが――を制作に向けるのであるが、同様に完全なる弁論という理想像も、我々は心で見て、その似像を耳で求めるのである。思想においてのみならず語りにおいても尊敬すべき権威であり師でもあるプラトンは、物事のこのような諸形態を「イデア」と呼んでいる――これは生起することなく常に理性や認識によって保たれるところのものであり、それ以外のものは、生じ、滅び、過ぎ去り、消え去り、同一の状態でより長く存在し続けることはないのである。（9-10）

ここで述べられているように、造形作家はふつうモデルを参照し、それに類似したイメージをそこから導き出して造形するのであるが、フェイディアスは美しい彫像を制作する際、モデルを参照しなかったという。むしろフェイディアスは心の中にある「理想像」を参照し、それに類似したものをつくったのである。いわば思考によってとらえることができ、目には見えないこの「完全で卓越した」ものを、フェイディアスは模倣したわけである。同様に、完全な弁論について論じようとするキケロもまた、目には見えない（この世に存在しない）完全で卓越した弁論の理想像を心に抱き、それに似たものを言葉で模倣しようと考える。この完全不滅な理想像のことを、プラトンは「イデア」と呼んでいるというのである。

たしかにキケロのこの言及は、イデアについては概ねプラトンに即している。しかしもちろん造形作家がイデアを模倣するという考え方は、プラトンの主張に即しているとはいえない。前章でも見たようにプラトンは『国家』第一〇巻のいわゆる「三段の模倣説」において、詩人や画家が物事の本性をとらえず、ただその見かけを模倣することしかできないと見なし、詩人や画家を批判していたのだった。それゆえキケロのこの評価は、イデア論をふまえている点でプラトンの思想を受け継ぎつつ、それを曲解する点において独自の見解を表明したものだといえよう。

有名な『イデア』においてイデア論の変容について論じたパノフスキーは、その著作に『弁論家』の当該箇所を長々と引用し（Panofsky, 5-6）、その重要性を指摘している。パノフスキーの指摘しているのは、主に次の二点である。

第一点は、技芸に関する理解がプラトンとキケロとの間で異なっていることである（6）。こうした相違が生じた原因について、パノフスキーは、プラトン以後「ヘレニズム的ローマの環境における技芸と技芸作家たちに対する評価が強大になった」ことから説明しようとしている（6）。つまりプラトンの時代には造形美術が低く評価されていたのでプラトンもまたそれらを批判していたのだが、ヘレニズム期に至ってその一般的評価が高まったので、あらためてキケロは「プラトン的な技芸理解が虚偽であることを暴露するために」こうした説明をしたというのである（6）。

しかしこの主張は、十分な説得力をもつものではない。というのも、こうした評価の変化に関してパノフスキー自身が何も根拠を示していないのみならず、名匠として知られるゼウクシス(Zeuxis, c. 464-?BC)やパラシオス(Parrhasios, c. 5-4c. BC）はプラトンとほぼ同世代であり、当のフェイディアスにいたってはそれ以前の作家だったことが知られているからである。このことからも明らかなように、造形作品に対する古代ギリシア人の評価はプラトンの時代においても決して低いとはいえない。むしろ詩人追放論によって「詩人」のみならず造形作家をも批判したプラトンの主張のほうが古代世界において特異であったことを確認しておくべきだろう。プラトン期の造形作品に対する一般的な評価についてはこれ以上本稿では詳説しないが、キケロがフェイディアスを引き合いに出し、これを高く評価した理由は、別のところに求めなければならない。この問題については、第二節で検討しよう。

パノフスキーの指摘の二点目は、キケロにおける「イデア」概念がもはやプラトンのものとは異なっているということである（6）。すなわちキケロがイデアを「形而上的『真実在《ウーシア》』の地位から単なる『観念《エンノエーマ》』の地位に」近づけることが問題になるのである（9）。パノフスキーはこのキケロの概念操作を、プラトン説とアリストテレス説との折衷に求めている。すなわちアリストテレスはプラトンの「イデア」を「エイドス（形相）」と読み替え、その「エイドス」を経験世界の事物に内在するものとして、あるいは作家の内面にあって作品化されうるものとして理解していたのであるが、これをあらためて「イデア」と呼ぶことによって、キケロはプラトン的な「イデア」の性質（経験世界を越え、完全であること）を保ちつつ、それが造形作家によって構想しうるものでもあるという折衷的な概念に変容させたというわけである（9-10）。

キケロが「イデア」に「観念」としての意味をもたせているというパノフスキーの指摘は、きわめて重要である。というのも、第四節と次章で論じるように、キケロの主張のまさにこの点が近代的な造形制作論に多大な影響力をもっていたからである。しかしながら、この主張がプラトン説とアリストテレス説との折衷であるとのパノフスキーの解釈についてもまた、十分な根拠が示されておらず、単なる推測にとどまっている。この点についても、キケロ自身のテクストに即して検証する必要があるだろう。この問題については、第三節で検討したい。以下、キケロの思考の流れを時系列順に追うかたちで、この主張がなされるに至った経緯から考察してみよう。

第二節　『弁論家』へと至る理想の弁論家像

はじめに、キケロの最初期の著作である『発想論』（*De inventione*, 86BC）を見てみよう。この著作では、第一巻で一通り弁論についての概説がなされ、序言、叙述、区分、確証、反駁、脱線、結語といった弁論の各部分について説明された後、第二巻の冒頭で、ギリシアの画家ゼウクシスに関する次のような逸話が語られる。女神ヘラを祀る神殿を彩るためにクロトンの地に招かれたゼウクシスは、美女ヘレネを描きたいという希望を現地の人々に認められるが、それほどの美女のモデルとなる女性がいるわけではなかった。現地の人々は彼を競技場に案内し、美しい男性たちを見せながら、彼らに姉妹がいることを伝えると、ゼウクシスはその姉妹たちを直接見せてほしいと要求する。そうして集められた女性たちの中から、ゼウクシスは五人の美しい女性を選び出し、その美しい部分を参照しながらヘレネ像をつくりあげたという（II, 1-3）。つまりゼウクシスがこのような方法を採択したのは、「美しさのために求めたすべてのものをそれらのうちの一つの身体に見出すことができないと思ったからであり、それは、自然があらゆる部分から単一の類へとつくり上げ洗練したことなどなかったから」なのである（3）。

キケロがこの逸話を挙げたのは、自然界には完全なものが存在せず、理想的な弁論家もまたこの世に存在するわけではないので、様々な弁論家の美点を集約的に示す方法が適切であることを説明したかったからである。すなわち「語る技術について起草する際、どのような類に属するものであれ、そのあらゆる部分を表すことが我々に必要だと思える誰か一人の例を提示しようとは私にも思えず、あらゆる記述から一つの場にまとめられたものを、つまりそれぞれ適切に指示していると思われたものを選び出し、様々な天分からそれぞれ最も卓越したものを摘出したいという思いが生じたのである」（4）。

この記述は、当時二〇才前後だったキケロにおいて、完全なる弁論家がこの世に存在しないという認識がすでにあったということを示している。そして、実際には様々な過去の実例を引き合いに出すという方法を採択するとはいえ、ヘレネという一人の人格を描く制作方法にそれを喩えていることからは、完全なる弁論家を理想像として示したいという潜在的な志向を認めることもできるだろう。

こうした姿勢は、『弁論家について』(*De oratore*, 55BC) で、より明確に示されるようになる。実在する過去の弁論家たちの会話をキケロが回顧するという形式で書かれたこの著作の第一巻では、会話の口火を切ったクラッスス (Lucius Licinius Crassus, 140-91BC) が人間に付与された弁論の意義を強調し、「たとえば、自然によってあらゆる人に付与されたものを、一人であれ少数の人とともにであれ、やりとげることができるような人が、無限に多くの人たちの中から一人現れるなら、ともかく驚嘆に値するのではないでしょうか」(I, 31) と述べて、弁論の能力を最大限にもつ一人の弁論家というものを想定している。「優雅で粗さのない言葉」こそ「人間性 (humanitas) の特質」(32) と考えるクラッススは、その特質を最大限に発揮しようとする人が現れてもおかしくないと考えるのである (33)。

この主張は「弁論家は、言葉と人間性のあらゆる類において完全である」という主張を含むものであり (35)、弁論術が本来的には法廷や民会、元老院といった場での能力に限定されると考えるスカエウォラ (Quintus Mucius Scaevola〔Augur〕, c. 159-88BC) から反論を受けることになる (41-44)。これに対しクラッススは本格的に自説を展開し始め、弁論家を「陳述によって説明されなければならないことが生じればそれが何であれ、洞察深く、整然と、文彩豊かに、記憶通りに、口演の品位をある程度伴って語るような人」(64) と定義し、様々な職種の人に学びながらもそれらの専門家よりも説得的に語ることを弁論家に求めている (65-69)。

クラッススの主張を聞くスカエウォラは、そのようなことができる弁論家が決して多くない現状をふまえ、「もしも〔学術や学識の〕すべてを受け入れた一人の人が存在し、またあなたのいう最も見事な弁論の能力をそれらに接合したとすれば、それが卓越し、称賛すべき人にはならないとは、私にも言えません。しかしそのような人がもし存在するなら、あるいはかつて存在したなら、つまりは存在しうるなら、それは間違いなくあなた一人なのです」(76)と述べるのだが、クラッススは「私の能力についてではなく、弁論家の能力について語ったのです」(78)と答え、自分もまたその域に達していないと謙遜してみせる[2]。すでに当代随一の弁論家であったクラッススのこの発言により、ここにきて彼の主張が一種の理想論であることが明らかになる。つまりここでいう「弁論家」が、理想とされる架空の弁論家を意味していることは明白なのである。理想の弁論家を「完全な(perfectus)弁論家」(I, 197 ; III, 80)と呼んだり、「最高の(summus)弁論家」(III, 82, 84, 85)と呼ぶような例もあるが、上記のように形容語句を付けず単に「弁論家」と呼ぶ用法もまた、この後もしばしば見受けられる(I, 118 ; III, 74, 75)。ともあれ、クラッススのみならず(I, 79)、その場に居合わせた現実的な弁論家アントーニウス(Marcus Antonius Creticus, 115-72/71BC)も、そうした弁論家がいずれ現れるかもしれないという点では合意し(95)、ここからクラッススによって理想論的観点から、アントーニウスによって現実的観点から、それぞれ弁論家についての本格的な議論が展開されることになるのである。

とはいえ、アントーニウスによる反論は、賛否双方の側から物事を検討するという弁論家の習慣に基づくものとも考えられ(263)、またアントーニウス自身も後に矛先を緩めることになるため(II, 40ff.)、論の対立は解消されていく。たしかにアントーニウスは、弁論家を目指す学習者たちが学習することの多さに気後れするのを恐れ(II, 142)、またそれらの多くのことがわざわざ学習すべき知識であるかのように思われることを憂慮してクラッススに反論しているようであるが(44-70)、実際にはアントーニウス自身が精力的に諸々の知識を学習しており(59, 350)、諸々のことを知るために努力を惜しんでいないこともわかり(362)、クラッススとさほど立場を異にしていないことが明らかになる。またアントーニウスにも理想とする弁論家像について語るというスタイルが見られ(41, 85, 99)、著者のキ

2 こうした態度を、クラッススは一貫として保っている(III, 74-75)。

ケロ自身も同様の立場に共鳴している以上（5）、こうした見解がキケロ自身のものであることは明らかである。諸学に通じることを理想とするこのキケロの見解は、ルネサンス期の人文主義にも受け継がれていくだろう。

第一節でふれた『弁論家』が書かれたのは、その九年後のことである。ここでも冒頭から「弁論の最も良い理想像や典型のようなもの」を示すという課題が掲げられていた。そして、ここでも雄弁の第一人者だったアントーニウスが、自分やクラッススさえ雄弁ではないと思いつつ、多くの「能弁な（disertus）」弁論家は見たことがあるが「雄弁な（eloquens）」弁論家を見たことがないと著作に記したことがあったとされている（18-19）。そのためそれ以降の箇所で弁論や弁論家の理想像は「アントーニウスの知らない雄弁」（33）あるいは「アントーニウスの見たことがない雄弁家」（100）と呼ばれることになるのだが、じつは先に見た『弁論家について』でもこのアントーニウスによる「能弁な」弁論家と「雄弁な」弁論家との区別について言及されており（I, 94-95）、問題意識が連続していることが確認できる。したがって、『弁論家』（II, 9-10）においてフェイディアスが引き合いに出されていたのは、「弁論」ないし「弁論家」の理想像を語る方法について比喩的に説明するためにすぎなかったといえよう。プラトンによる技芸理解を批判するためにこのような議論が展開されたとするパノフスキー説が妥当ではないことは、いうまでもあるまい。

第三節　キケロにおける species

それではこのキケロの主張は、パノフスキーの考えるようにプラトンのイデア説とアリストテレスのエイドス（形相）説との折衷によって生じたのだろうか。この問題を考察するにあたりまず注目すべきなのは、当の『弁論家』においてこの「イデア」を「species」という語で呼んでいることである（II, 9）。翌年の『トゥスクルム荘対談集』（*Tusculanae disputationes*, 45BC）では、「彼〔プラトン〕はそれをイデアと呼び、我々は species と呼ぶ」（I, 58）と述べ、同年の『アカデミカ後書』（*Academica*, 45BC）でも同様の説明がなされているように（I, 30）、キケロがギリシア語の「イデア」に「species」という訳語をあてているのは慣例に従ってのことだと、ひとまず考えることができよう。

一方、この「species」というラテン語は、ギリシア語の「エイドス」の訳語として用いられることもある。キケロ自身もまたその語法を採用しており、アリストテレスの『トピカ』（*Topica*, 44BC）において、「エイドス」をいったん「forma」と訳した後（11）、それが「ギリシア人たちがエイドスと呼び、もしそれらを論じることになるなら、我々が species と呼ぶ」（30）ものであるとしている。「エイドス」がアリストテレス哲学において「形相」と和訳される語であるため、「species」概念を通じて「イデア」と「形相」概念とが重なることになり、パノフスキーの推測は的を射ているようにも見える。

とはいえ実際には、ここでいう「エイドス」は「形相」というよりむしろ「種」と和訳するのにふさわしい語である。すなわち、キケロの『トピカ』における「species」は「類（genus）」との対をなす概念であり、そのような用法において「species」は「種」と訳すのが一般的なのである。それはアリストテレスにおいても同様で、彼の『トピカ』でも「エイドス」はふつう、「ヒュレー（質料）」との関係において「形相」と訳され、類との関係において「種」と訳される（Aristoteles, 102a33-34）。アリストテレスは独立した実在性をもつイデアを認めず、常に質料と相関する属性として形相をとらえるわけだが、この際、「種」こそが具体的な個物をそのものたらしめる「形相」となるわけである。それゆえその考え方を受け継ぐキケロが「種」の意味で「species」の語を用いる際も、そこに「形相」としてのニュアンスがまったく含まれないとはいえないだろう。

それではキケロは『弁論家』（9-10）においても、「species」に「種」ないし「形相」といった意味を含めて考えているのだろうか。この問題について検討するうえで避けて通れないのは、第一節で引用した当該箇所に直結する次のような後続部分である。

それゆえ理論的に筋道立てて論及するところの何であれ、それ自体の類（genus）の究極の forma ないし species に還元されるべきなのである。（10）

先述の通り、類との関係で「species」や「forma」が語られる場合、それらはふつう「種」と訳される。したがってここでの「species」は、「forma」と同じく「種」と和訳するのが妥当だろう。後述するように、この少し後の箇所（16）で「類」と「種」との区別についての議論も展開されるため、なおさらここでの「species」や「forma」は「種」として理解される必要がある。そして、もしも仮に類が種に含まれる（つまり種のほうが上位にあり、類のほうが下位にある）とすれば、「多くの弁論家は個々に論じられるべきではなく、それらを包含する種において論じられるべきである」という主張として読解することになろう。実際『弁論家』では「弁論には複数の類があり、様々なそれらすべてが一つの種（forma）に落ち付くわけではない」と述べられており（37）、キケロが「類」の上位に「種」を置こうとしていることが確認できる。この場合、「イデア」としての「species」が様々な類を包括する「種」としての「species」でもあるということになり、文脈は明瞭である。『弁論家』では弁論の「類」が「荘重態」、「簡明態」、「中庸態」の三つに分類され（20ff.）、その三つを兼ね備えた人物こそ理想の弁論家だとされているので（100-101）。これらの弁論の「類」をすべて使いこなす弁論家こそ、「種」としての理想的な弁論家だという解釈も可能だろう。『弁論家』（9-10）直前にも、類において完全なフェイディアスの彫像よりもイデアが美しいことを示唆する一節もある（8）。またこのように考えるならば、本稿第一節の冒頭でふれた『弁論家』（2）の一文も、「弁論の最も良い種や典型のようなもの」と訳してもよいのかもしれない。

しかしながら、以上の解釈には大きな問題がある。それはアリストテレス論理学において「類」と「種」との包含関係はむしろ逆であり、種が類に含まれる（つまり類のほうが上位にあり、種のほうが下位にある）ということである。そしてキケロ自身がそのことについて無知であるわけでもない。たとえば『弁論家について』では、次のような文章も見ることができる[3]。

類とは、一方ではある程度まで互いの類似を包括し、他方では種によって異なるものを、すなわち二つとかいくつかの諸部分を包括するものである。それに対し、（種は）そこから生ずるところのその類に従属させられる諸部分である。（I, 189）

またその第三章でも、彫刻家や画家、詩人と同じく弁論家はそれぞれ種として様々である一方、類において第一人者（in genere princeps）である優れた者もいるという（III, 25-28）。「種」としての多種多様な個々の弁論家は、単数形で示される「類」としての優れた弁論家に含まれるのである。弁論の種（forma）や形（figura）は無数にあり[4]、それらが「種においては相異なり、類においては称賛すべきもの」（34）とする主張も、そのことを端的に示しているだろう[5]。さらには当の『弁論家』（3）には、「雄弁のどのような類を私が最も称賛するか」という文章も見ることができる。したがって、もしも『弁論家』（10）において「類が種に含まれる」という主張が含意されているとすれば、それはキケロ自身の理解にさえ反する誤謬と見なされるべきではないだろうか。

3　キケロにおける「species」については、（Merguet）のレキシコンを利用した。ただしこのレキシコンは必ずしも網羅的ではなく、『弁論家について』（I, 189）における用例も挙げられていない。

4　第一節の冒頭で挙げたように、『弁論家』（1-2）では理想像としての「figura」であるということなので「典型」という訳語を付け、この『弁論家について』（III, 34）では「類」に含まれるということなので「形」という訳語をあてている。

それでは、もしもこうした類と種との本来の関係を誤ることなくキケロが『弁論家』の当該箇所を書いたとすれば、どのように考えるべきだろうか。「species」を「イデア」と同一視したうえで「類」を設定したとすると、完全なる弁論家のイデアが複数あり、さらにそれらより上位の存在を想定しなければならなくなる。これではまったくおかしな文脈になってしまうだろう。

それでは、ここでいう「species」が直前の文脈とは無関係に（つまり「イデア」を意味することなく）、単に「種」の意味しかもたない場合はどうだろうか。この場合でもやはり、「類の究極の種」という表現が不可解である。つまり「類」が「種」に含まれるという誤った用語法を採用しない限り整合的に理解できないのであり、いかに「究極の(ultimus)」という語を補ったところで、問題の解決にはならないのである。

あるいはまた、「species」などの語がここで分類用語として厳密に使い分けられていない場合はどうだろうか。すでに見たように、きわめて近い箇所で「species」と「genus」とが最も良いものに関して用いられていることもあり、こうした解釈は有効であるように見える。その場合は、前掲の『弁論家』(10)の文章も「それ自体の種類(genus)の究極の形態(forma)ないし理想像(species)に還元されるべきなのである」くらいに漠然と訳すことになるだろう。しかし後に示すように『弁論家』(16)において「genus」と「species」とを「類」と「種」として明確に区別すべきことを論じているため、このような解釈も決定的とはいいがたいのである。

キケロ自身もこうした論の乱れを自覚していたためか、これらの考え方が古代に基づく「やや曖昧な(subobscurus)」考え方だとしている(11)。だがその乱れは、かなりぞんざいにこれらの語を使い回し、種と類との関係の逆転をも許容してしまったキケロ自身の混乱に求められるべきではないかと思われる[6]。

とはいえ、こうした論の破綻に陥りながらもキケロが主張したかったことは、おおよそ推察できよう。すなわち、理想の弁論家はこの世には存在しないという意味でイデアの如き存在であるが、イデアが感性的な認識によらず理性的な認識対象であるように、理想の弁論家については理性的に論じられなければならない。だが「species」を単にイデア的なものと見なしてしまうと、それを言葉で説明することなどできないと思われかねない。単に存在した弁論家たちについて記述するのみならず、むしろ哲学の側からの考察が必要であり（11）、特にアカデメイア派の哲学的考察に基づくべき（11-19）だと考えるキケロは、この理想的な弁論家について「哲学的」に論じなければならないと考えたのだろう。そして「哲学的教養がないと、類は何かの種と区別することができない」ため（16）、「species」を「類」との関連に置くことによってこそ、弁論家の理想像（species）を哲学的に取り扱うことができるようになるだろう。こうして「種」としての「species」と「イデア」としての「species」とをなんとか重ねて説明しようとするうちに、こうした混乱に陥ってしまったのではないだろうか。いずれにせよ、先述した『トゥスクルム荘対談集』や『ア

5 理想とするものを「類」概念においてとらえようとする考え方は、すでに見た『発想論』（II, 3）やそれに続けて紹介した『弁論家について』（I, 35）のそれぞれの引用文からも読み取ることができる。また『弁論家について』とほぼ同時期に、キケロは「類」概念によって弁論家の理想を語る「弁論家たちの最高の類について」（"De optimo genere oratorum," 46BC）を書いている。それによると、詩人の場合は悲劇詩人や喜劇詩人のように類による区別があるものの、「完璧な弁論家の類はただ一つだけある」（3）とされ、類による区別がないという。一方、翌年の『トゥスクルム荘対談集』（*Tusculanae disputations*, 45BC）には、自然が「各々の類において完全であることを求めている」（V, 37）という考え方も示されているため、この考え方に基づくなら類の中に程度差を想定し、「完全なる弁論家」をその頂点に置こうと構想した可能性も考えられる。しかし類が一つだとすれば、「最高の類」について言及すること自体が不合理である。

6 第一節で引用した『弁論家』（9-10）の「彫像や図像の場合は」と訳した箇所は、原文では「in formis et figuris」であり、複数の「forma」や「figura」などのうちに「species」があると読むこともできる。それゆえここでの「forma」や「figura」がやはり下位の項を意味し、上位の項を「species」と呼んでいる可能性も想定することはできる。しかしここまで見てきたように、「類」と「種」との関係でこれらの用語が用いられる際、キケロは「forma」や「figura」を「species」とほぼ同義語として用いているようであり、直後の「forma」の複数形（引用文中では「諸形態」と訳した）が「イデア」に対して用いられているため、この箇所では「類」と「種」の問題が扱われているのではないとりあえず判断し、このような訳語をあてた。

カデミカ後書』のそれぞれの箇所においてキケロがほぼ誤りのない「イデア」理解を示していることをもふまえるなら、本書での「イデア」概念の特異性は、一時的な気の迷いの産物だったように思われる。

以上の考察から、『弁論家』(9-10)における「species」概念に「イデア」のみならず「エイドス」というギリシアの概念が関与しているだろうということが明らかになった。「エイドス」を「形相」というよりむしろ「種」という意味に限定するなら、プラトン的な「イデア」とアリストテレス的な「エイドス」とが『弁論家』において折衷されているとするパノフスキーの解釈も、(彼自身が検証してはいないとはいえ)まったく的外れとはいえないかもしれない。

だがしかし、「イデア」概念が「観念」としての性格を帯びた原因が、「イデア」概念と「エイドス」概念との折衷によると結論づけるのは早計である。この問題を考えるうえでむしろ重要なのは、「species」が「イデア」や「エイドス」というギリシア語の訳語であるのみならず、ラテン語として単に「視覚像」、「見た目」、「姿」、「外見」を意味する語でもあり、日常的に用いられる言葉だったことである。たとえば弁論をするスルピキウスの体の動きやたたずまいや姿について『弁論家について』でも「species」という語が用いられているし(I, 131)[7]、身体的外見という意味では、『カエリウス弁護』(*Pro Caelio*,〔56BC〕6)にも類例を見ることができる。他にも、戸外の光景について(『老年について』*De senectute*,〔44BC〕57)、彫像や絵画の「見た目」について(『ウェッレース弾劾』第二回公判 *In C. Verrem actio secundo*,〔70BC〕I, 58)、より学問的に「視覚像」について(『運命について』*De fato*,〔44BC〕43、『予見について』*De divinatione*,〔44BC〕II, 143)など、同様の用例は少なくない。特に注目すべきは、当該の『弁論家』において「species」と「forma」とを同等に扱いながら、これを「見た目」の意味で用いている場合もあることである。すなわち弁論において何を、どのような順番で、どのように語るべきかを検討する際、その規則については言及せず、ただどのように見えるかという「species」と「forma」について論じようと述べられているのである(43)。同書で語られる「イデア」

や「種」としての性格は、ここに見ることはできないだろう。

さらには目の前の対象にとどまらず、空想的な対象に関してこの語が用いられることもある。思い描かれたポンペイウス（Gnaeus Pompeius Magnus, 106-48BC）の襲来のイメージについて「species」という語が用いられたり（『アッティクス宛書簡』*Epistularum ad Atticum*, XIV, 22, 前四四年五月一四日）、神々の姿についてこの語が用いられる場合（『神々の本性について』*De natura deorum*,〔45BC〕I, 46, 48）が、その例として挙げられるだろう。これらの例に関して、特に「イデア」概念と関連すると見る必然性はどこにもない。したがって、肉眼では見えない空想的な視覚像を「species」と呼ぶ用法は、イデアのような特殊なものでないものに対しても、ごく普通に用いられていたと考えねばならない。本稿で『弁論家』(9)の「species」に「理想像」という訳語をあてたのは、その空想的な視覚像が理想的な弁論に関わるものだからであって、決して「species」自体に必然的に「理想」というニュアンスがそなわっているわけではない。たとえば『フィリッピカ』では、キケロが元老院議員たちに対してマルクス・アントニウス（Marcus Antonius, c. 83-c. 30BC）の蛮行を思い描くよう呼びかける際、その蛮行の様子に対して「species」という語が用いられている（*Philippica*, XI, 7)。つまり現実的なものであれ空想的なものであれ、理想的なものであれ厭わしいものであれ、視覚像全般が「species」という語で語られていたのである。

また、あえてイデアとの対比を念頭に置いていうならば、species が実体を伴わない「見かけ」にすぎないことを強調する用例も、キケロに見ることができる。すなわち見かけ（species）の良さで人を魅惑しつつ有害であるものについてしばらく論じられる『義務について』（*De officiis*,〔44BC〕III, 35, 46, 47）は、その好例だろう[8]。これらの例を考

7　他にも『弁論家について』には、剣闘士の競技において相手を傷つけることより「見た目に関して（ad speciem）」優勢であるようにするというように（II, 317)、あるいはまた弁論が「見た目のうえで（specie）」他の徳より美しく輝いているともされている（III, 55)。

えるならば、「イデア」や「エイドス」のようなギリシア語の訳語としての用例のほうがむしろ特殊だといえる。したがって『弁論家』(9-10)での用法も、もともと「視覚像」という通常の意味で「species」という語が用いられ、これがこの箇所で「イデア」と同一視されたのではないかと推測することができるだろう。

この推測をある程度まで裏づけてくれる用例が、『弁論家』に先立つ『弁論家について』にある。すなわちここには、「完全なる弁論家という、あの光輝ある特殊な理想像を(illam praeclaram et eximiam speciem oratoris perfecti)」(III, 71)という表現が見られるのである。ここでは弁論家の理想像について、「特殊な(eximia)」という語を伴って「species」が用いられている。この表現は『弁論家』(9-10)においても見られ、フェイディアスの心の中には「ある特殊な美の理想像が(species pulchritudinis eximia quaedam)」あったとされている。肉眼によってはとらえられない「species」が「特殊な(eximia)」という語で形容されている点で両者は共通するのである。しかし『弁論家について』においては、プラトンの「イデア」を意識していた形跡がまったく見られない。ただ空想的な像について言及されているにとどまるのである。したがって、こうした弁論家像についての考え方が先行し、それが『弁論家』に至って「イデア」概念や「種」概念と結びつけられたと考えたほうが自然なのではないだろうか。

以上のことをふまえたうえであらためて『弁論家』(9-10)の成り立ちについて検討するならば、その成立は三段階に分けて考えることができるだろう。まず最初に、弁論家の空想的な視覚像を「species」という語で表現する段階が想定される。すでに確認したように、キケロは前五五年の『弁論家について』において、その弁論家の理想像に「species」という語をあてている。同じように前四六年の『弁論家』で弁論や弁論家の理想像が「species」という語で語られるのも、そうした素朴な語法が根底にあると考えられる。次に、その「species」を「イデア」の訳語として解釈する段階が想定される。『弁論家』(9-10)においてそのように論じられるのは、そうした弁論家がこの世に存在しないという理由に基づいているのだろう。そして第三段階として、その「species」に「エイドス」の訳語としての意味が付与されることになる。これは、その理想的な弁論家がただ憧れの対象に終わるのではなく、理性的に論じられるべきだという理由によるだろう。おそらくはこの三段階の考察を経て、『弁論家』(9-10)の「species」概念に混乱が生じてしまったのである。いずれにせよこのイデア論が、キケロの確固たる思想に裏づけられた主張ではなかったということを確認しておきたい。

すでに見たように、「species」が「イデア」や「エイドス」の訳語である以上、当該箇所における「イデア」概念が「エイドス」概念と重なり合うとするパノフスキーの解釈も、たしかにまったく的外れとはいえない。しかしながら、この箇所の「イデア」に「観念」としての意味合いが強い原因は、「エイドス」概念との折衷よりもむしろ、「species」というラテン語に「空想的な視覚像」としての意味があったことに求められるべきである。『弁論家』(9-10)における「イデア」概念については、以上のように理解すべきであろう。

第四節　『弁論家』(9-10)とベッローリのイデア論

ここまで見てきたように、キケロにおいて「idea」概念はプラトン的な「真実在」という意味に加え「観念」という意味が付加されることになった。また後述するように、ルネサンス期に至ると「idea」概念は、真実在の意味をもたない「観念」として理解される傾向さえ見られるようになる。しかしだからといって、こうした傾向がすべて『弁

8　『予見について』(*De divination*, 44BC〔II, 50〕)、L・ムナティウス・プランクス(Lucius Munatius Plancu, c. 87-c. 15BC)宛書簡(*Epistularum*, XIII, 29, 1〔46BC〕)、『善と悪の究極について』(*De finibus bonorum et malorum*, 45BC〔IV, 61〕)、『フィリッピカ』(*Philippica*, 44-43BC〔VII, 13〕)など、これも用例が多い。

論家』(9-10)に由来すると限定することはできない。ラテン語の伝統において「species」がプラトン的な「イデア」とアリストテレス的な「エイドス」との双方の訳語になり、かつ「空想的な視覚像」という意味をもつ概念だった以上、「イデア」概念が絶えず「形相」や「観念」などの意味の侵入にさらされてきたことは容易に推測できる。したがって、イデア概念の変容がキケロの影響によるなどと過度に評価すべきではないだろう。

しかし造形理論という観点からとらえるならば、『弁論家』(9-10)の後世への影響は決して看過されるべきではない。いわばキケロは「species」が「イデア」か「観念」かという二者択一の議論をしていたわけではなく、また単に「イデア」概念を「観念」概念に引き下げただけでもなく、むしろ両概念を一致させることによって「観念」を「イデア」にまで引き上げ、作家個人の構想する能力を高く評価する可能性を開いたのである。造形美術を単なる手仕事と見なす根強い伝統に対抗する立場にとって、「イデア」を作品化する工匠としてのこのフェイディアス解釈は、きわめて魅力的な考え方になるのである。

もう一歩踏み込んで、この主張のもつ意義を整理し直してみよう。そもそも観念の場が個人の心であるのに対し、イデアは心を本来の場とするものではない。むしろイデアは、個人の内面空間にではなく、自己の外部に広がるイデア界に本来の場をもつのであり、個人に依存することなく存在するものである。一方、記憶のしくみを問題にすることによって、プラトンは心を空間モデルで考えるようになっていた[9]。「species」が視覚的な観念をも意味するキケロの時代においては、この閉ざされた内的空間としての「心」がすでに広く認められていたと考えられる[10]。そうだとすると、その「観念」をさらに「イデア」と重ねて考えるキケロの主張は、個人の内的空間として認められるようになった「心」を、個人の内で閉ざされたものではなく、イデア界にまで開かれたものとする新たな理解を生み出すことになろう。いわば個人の内面は、感覚のみを入口とする閉鎖空間ではなく、自己認識を越えて無限に広がる空間と見なされるようになるのである。したがって形而上的なものを構想し造形化するというこの制作論は、経験世界の模倣や伝統的なアレゴリー表現に飽き足りぬ人々にとってきわめて魅力的なものだったと考えられよう。
この点で特に重要なテクストは、パノフスキーも注目しているベッローリ（Giovanni Pietro Bellori, 1613-1696）の「画家、彫刻家、建築家のイデア——自然に勝る自然美の選択」（"L'Idea del pittore, dello schultore e dell' architetto, scelta delle bellezze naturali superiore alla natura," 1672）である。ここでは、神と同様に画家や彫刻家は心の中に形成したイデアを吟味して作品を作るべきだとされているのである。

あの最高で永遠なる知性たる自然の作者〔神〕は、その驚くべき作品をつくりあげるにあたって、自分自身を深く内省し、イデアと呼ばれる最初の形相をつくった。そうすることによって、個々の形象が最初のイデアによって表現され、被造物の見事な状況を形成するようになったのである。さて月よりも上の天体は変化を被らず永遠に美しく整っており、その規則正しい天球や星位の華麗さのゆえに、我々もそれらが永久に最も正しく最も素晴らしいものだと知ることになる。これとは逆に、月より下の物体は変化や醜さを被るものである。つまり自然は常にその優越性の結果を産出しようとするのだが、それにもかかわらず物質の不均等さによってこ

9　前章第五節dを参照されたい。
10　『弁論術の構成部分』（*De partitione oratoria*, 54BC）では、記憶が「ある意味で書き物の双子の姉妹」であるとされたうえで、次のように述べられている。「なぜならそれが書き物のしるしやそのしるしが刻印されたものによるのと同様、記憶という著作はあたかも蠟板のように場を用い、文字を配置するようにこれらの像の中にあるからだ」(26)。記憶を蠟板への書き込みに喩える比喩は『弁論家について』(II, 354, 360) にもあり、その前後でも記憶の場としての空間について言及されている。また刻印モデルについては、ゼノンの弟子でもあるストア派のクリュシッポス（Chrysippos, c. 280-c. 207BC）の学説として、「投げかけられた視覚像（visum objectum）はたしかに心にその species を押し付け、いわば刻印する」と述べられている（『運命について』43）。ただし魂について最も詳細に論じた『トゥスクルム荘対談集』第一巻ではプラトンの想起説にも多大な共感を示しており、それを前提としたうえで刻印としての記憶を認めているようにも見える（I, 57-61）。

のように変形し、我々が自らのうちの限りない変形と不均衡に見るように、特に人間美が混乱しているのである。最初の鍛冶屋〔神〕を模倣する高貴な画家と彫刻家がともに心中に最高の美の模範を形成し、それをよく吟味して、過ちのないように色彩と線でもって自然を改良するのは、こうした理由によるのである。このイデア、すなわち画家と彫刻家の女神は、ダイダロスやアペレスのような人々の優れた天分（ingegni）の神聖な幕を開き、我々の前に姿を現し、大理石や画布の上に降り立つ。〔このイデアは〕自然から発し、その起源〔自然〕を越えて、諸技芸の原型になるのである。（Bellori, 130-131）

ここではまず、神による創造が自らを内省することから始まるとされる。無から万物を創造する神にとって、模範とすべきモデルが存在しないので、自らの構想を頼りにせざるをえないのである。そして自らの内にまずイデアを構想し、それをもとに被造物を創造したのである。その結果として創造された世界を、ベッローリは「月より上」の世界と「月より下」の世界とに分けて説明している。もちろん天動説が信じられている時代なので、「月より上」に宇宙が広がり、「月より下」に地上の世界があることはいうまでもない。さて「月より上」の世界は永遠に不変であり、何百年経っても星座が歪んだり、星の運行が狂ったりすることはない。それに対して「月より下」の世界は絶えず変化していく世界であり、天候や季節がめまぐるしく変化し、生きとし生けるものはいずれ死に、新たな生命が生まれたりもしている。自然は優れたものを産出しようとしているが、地上の物質である以上、調和や美を保つことができないのである。絶世の美男美女が身の回りに数多くいるわけではなく、またたまにいたとしても老齢化によって若い美しさが失われてしまうのが常である。「月」の上下には、このような決定的な違いが存在するのである。「月」が規準にされているのは、永遠に規則的に運行しているにもかかわらず満ち欠けという変化を被っているからかもしれない。さてこうした状況の中で、画家や彫刻家の仕事が問題とされる。地上世界に美が満ちていないとすれば、そのような地上の事象を模倣してもしかたがない。むしろ神の創造行為がそうであったように、まず自らを内省し、心の中に美の規範たるイデアを構想することから始めなければならない。すなわちイデアを作品化することこそ画家や彫刻家の本来の仕事であり、たとえ地上の事物を参照することがあったとしても、それを模写するのではなく、むしろイデアに近づけるよう「改良」しなければならないのである。

ベッローリはこの考えの典拠として、キケロの『弁論家』の当該箇所を挙げている（131）。このテクストが重要であるのは、プラトン的な「イデア」を造形作家が模倣すべきだという主張がここで整備され、その主張がフランスのアカデミーやイギリスのドライデン、ドイツのヴィンケルマン（Johann Joachim Winckelmann, 1717-1768）らに受け継がれて、古典主義の基盤となったことである。先述のようにキケロの当該箇所では「species」概念に「イデア」のみならず「種」の意味も付与されていたのであるが、ベッローリには「種」についての言及はまったくなく、その意味でも論点は明瞭になっている。

ベッローリは、『弁論家』（9-10）の主張を利用して、イデアの作品化という制作方法が古代から採択されていたと主張し、その主張をさらに強化するために、『弁論家』以外にも多くの資料を列挙していく。問題となるのは、これらのテクスト解釈の信憑性である。

まず最初に検討すべきは、第二節の冒頭で挙げたキケロの『発想論』（II, 1-3. ただしベッローリは、先の引用と同様に『弁論家』のテクストだと勘違いしている）である。ベッローリはこのテクストをふまえて、古代ギリシアの画家ゼウクシスがヘレネ像を造形する際、まず心の中のイデアを観想してから、モデルとなる五人の乙女の美しい諸部分を組み合わせて作品を制作したと論じている（Bellori, 131）。だがすでに検討したように、原典となるキケロの『発想論』では、ただゼウクシスがモデルとなる五人の乙女の美しい諸部分を組み合わせて作品を制作したことしか論じられていない。つまりベッローリは、一つのモデルを写実しないということのうちに、イデアの観想という側面を故意に読み取ろうとしているのである。これが曲解であることはいうまでもあるまい[11]。

さらにベッローリは、自然的所産が人工的所産に劣ることを指摘するプロクロス（Proklos, 412-485）の『プラトン「ティマイオス」注解』（*In Platonis Timaeum commentaria,*〔c. 440BC〕2, 122B）や、複数の身体の美を一つの彫像に集約する技術に関するマクシムス・テュリウス（Cassius Maximus Tyrius〔Maximos Tyrios〕, AD2c.）の『論説』（*Dissertationes,*〔AD2c.〕17, 3〔81-87〕）、同様の内容を記したクセノフォン（Xenophon, 427?-355?BC）の『回想録』（*Apomnemoneumata,*〔c. 371BC〕III, 10, 1）を列挙している（131）。しかしこれらのテクストのいずれも、もともとイデア論と関連づけられているわけではないのである[12]。しかもここでプロクロスが引き合いに出されることによって、読者はベッローリの主張が新プラトン主義の伝統の延長線上にあるかのような印象を受けるのではないだろうか。この点については、少し説明を補っておこう。

新プラトン主義の伝統において、イデアの写しとしての物質的美はあくまでも天上的な美の仲介にすぎず、物質である限りにおいて最終的には否定されるべきものである。むしろ物質世界に引き留められている人間は、たとえ物質的な美を仲介することがあったとしても、最終的にはより高次の美に憧れるのであり、覚醒や忘我的狂気といった特殊な状態において魂を物質世界から乖離させることが求められていたのである。いわばイデアは「観念」のように容易に構想できるようなものではないのだといえよう。また地上世界の物質的な美は「流出」によって生じるものであって、個人の能力によって初めて実現するものでもない。それゆえこの伝統では、物質的作品を制作する特定の作家が称揚されることもないのである。

たしかにイデアと造形技術とを結びつける考え方は、この伝統においてもしばしば見ることはできる[13]。たとえばフィチーノ（Marsilio Ficino, 1433-1499）は、『プラトンの「饗宴」注解、愛について』（*Commentarium in convivium Platonis, de amore,* 1469）第五話第五章でイデアに基づいて建てられた建築の例を挙げているが、その美的秩序を正しくとらえるためには、思惟においてその建築物から物質性を取り除く必要があると主張している（Ficino〔a〕, 124-125）。作品制作に関わるここでの主張も、結局はイデアの観想を促すための思考実験にすぎず、作品制作論へと向かうものではないのである。ロマッツォ（Giovanni Paolo Lomazzo, 1538-1592）は『絵画聖堂のイデア』（*Idea del tempio della pittura,* 1590）第二六章で、彼にしては珍しくこの理念的な考え方を受け入れているが、彼にしてもそれを具体的な制作論に生かしきれているとはいえないだろう（Lomazzo, 126-130）。その意味において、イデアを模倣する制作論は、もともと新プラトン主義の伝統とは明らかに一線を画しているといわざるをえない。ルネサンス以降、新プラトン主義の教理を図像化する作品が数多く作られたため、イデアの模倣という制作理論もまた新プラトン主義の産物であるかのように誤解されがちであるが、新プラトン主義はその本性上、物質的作品の産出を促進する方向とは対極にあり、そこからベッローリの制作論が直接的に帰結するわけではないのである。むしろベッローリが様々な系統のイデア論を取り込み、自分自身の主張の権威づけに利用していることにこそ注目すべきだろう。

11　ゼウクシスの逸話を扱ったプリニウス（Caius Plinius Secundus, 22/23-79）『博物誌』（*Historiae naturalis,* 77）（Plinius, 35, 36〔64〕）においても、イデア論は関与しない。アルベルティ（Leon Battista Alberti, 1404-1472）の『絵画論』（*Della pittura,* 1435）第三巻では、最も美しい部分を観察するために美女たちを選んだのだという。ここでは自然観察の繰り返しによって「美のイデア」がかろうじてとらえうると考えられており、ここでいう「イデア」に形而上的性質を認めることは困難である（Alberti, 67-68）。ただしベッローリ以前のジュリオ・カミッロ（Giulio Camillo, c. 1480-1544）の『雄弁のイデア』（*L'idea dell' eloquenza,* c. 1528-1535）では、ゼウクシスが心中のイデアを制作に生かしていたという（足達、六一）。しかしこの場合、ゼウクシスがモデルを用いるのは、感覚にとらえられないイデアを知覚可能なものにレベルダウンさせるためであり、モデルの理想化のためではない。

12　この点に関して注目すべきなのは、このあたりの記述に関して、おそらくベッローリが原典を直接ふまえているのではなく、ユニウス（Franciscus Junius, 1591-1677）の『古代絵画について』（*De pictura veterum,* 1637）を種本に使っていることである。すなわち膨大な古典文献の引用を列挙する同書の第一巻第一章では、先述したマクシムス・テュリウスの言葉、プロクロスの言葉、（キケロ『発想論』に基づく）ゼウクシスの逸話、クセノフォンの言葉がほぼ連続して挙げられているのである（Junius, I, 1, 3）。ユニウスはこれらをイデア論の文脈で論じているわけではない。

さてプロクロス、マクシムス・テュリウス、クセノフォンに続き、ベッローリのテクストでは美しくない作品を制作したために批判された作家の逸話が列挙されていく（Bellori, 132）。詳細については省略するが、これらも本来はイデア論とは無縁であり、イデアを模倣しなかったがゆえに批判されたというそこでの解釈がきわめて恣意的であることは否めない。

その後ベッローリは、再びキケロの『弁論家』（9-10）に言及した後、フェイディアスがイデアを模倣していることを大セネカ（Lucius Annaeus Seneca, c. 54BC-c. AD39）やフィロストラトスも指摘していると述べる（132）。すなわちオリュンピアのゼウス神像とアテナイのアクロポリスのアテナ・パルテノス神像の制作者として知られるフェイディアスは、黄金と象牙とからなるそれらの巨像を制作する際に人体モデルを用いなかったと伝えられている（Philostratos〔b〕, VI, 19）。ベッローリは本章で扱ったキケロの『弁論家』（9-10）にここで言及し、イデアを作品化する方法が大セネカやフィロストラトスにも見られると主張しているのだが（Bellori, 132）、じつはフェイディアスについて言及する大セネカもフィロストラトスも、これをイデア論とは結びつけていない（Philostratos〔b〕, VI, 19; Seneca〔the Elder〕, 10, 5, 8）[14]。フェイディアスがイデアを模倣していたと主張していたのは、キケロだけなのである[15]。

ベッローリはさらにアルベルティ（Leon Battista Alberti, 1404-1472）やレオナルド・ダ・ヴィンチといった、比較的時代の近い人物の主張を取り上げて論を引き継いでいくが（132-133）、これらの場合が本来はイデア論の文脈ではないことは、その言及内容からも容易に推察できる。むしろより慎重に検討しなければならないのは、直接的に「Idea」をモデルにしたと主張するラファエロ（Raffaello Santi, 1483-1520）とグイド・レーニ（Guido Reni, 1575-1642）である。

たしかにラファエロは有名なカスティリオーネ（Baldassare Castiglione, 1478-1529）宛書簡で「一人の美女を描くためには、より多くの美女を見る必要があります。しかし美しい女性たちは少ないので、私は心の中に生ずるあるIdeaを使います」といった発言をしたとされ（133）、それが実際にラファエロ自身の言葉だったかどうかはともかく、

13 よく知られているように、その端緒は一二世ゴシック教会建築の美的表現に見ることができる。仏王ルイ六世（Louis VI, 1081-1137）、七世（Louis VII, 1120-1180）と親密で、国政にも関与する実力者だったサン=ドニ修道院の院長シュジェール（Suger, c. 1081-c. 1151）は、一一三六年に世界最初のゴシック建築となる聖堂の建築に着手する際、ステンドグラスを通じて色鮮やかな光が聖堂内に差し込むようにした。もちろん感覚的な美の快感はそれ自体としては批判を受けかねないものではあるが「真摯な観想が、物質的なものから非物質的なものに移行」するというシュジェールの言葉（Suger, II, 13）にもあるように、物質的な光の魅力を通じて、堕落した人間の魂を天上に導くことが求められるようになるのである。ここには、我々の知性は自分に適した物質的な導きを享けるのでなければ、天上の位階のあの非物質的な模倣と観想に昇っていくということができないという偽ディオニシウス・アレオパギタ（Pseudo-Dionysius Areopagita, 5c.）『天上位階論』（*Peri tes ekklesiastikes hierarchias*, c. 500 ; Pseudo-Dionysius Areopagita, 1, 3）の思想が背景にある。我々が物質的なものを媒介にしてより高次な非物質的なものを享受できるのだから、物質的なものが位階としては低次であるとしても、それらは人間にとって価値のあるものだという理屈である。シュジェールが『天上位階論』をふまえることができたのは、八二七年にビザンツ皇帝ミカエル二世（Michael II, c. 770-829）がフランク王ルイ敬虔帝（Louis le Pieux, 778-840）に『天上位階論』の写本を送り、サン=ドニ修道院で所蔵することになったからである。サン=ドニ修道院は、三世紀のパリ司教である殉教聖人たる聖ディオニュシオス（Dionysius〔St. Denis〕, ?-c. 250）に由来する修道院であるが、ここに『天上位階論』が送られたのは、両者を混同した結果であるという。シュジェールは、そのラテン語訳およびサン=ヴィクトルのフーゴー（Hugo de Saint-Victor, 1096-1141）による註解書『聖ディオニュシオス天上位階論註解』（*Expositiones super ierarchiam caelestem*, 12c.）を学習し、その思想を教会建築に生かしたわけである。この註に関しては、特に（熊田、四〇―四三、二〇三―二〇六）を参照した。

14 これらの記述に関しても、ベッローリはユニウスを参照しているだろう。ユニウスは『古代絵画について』第一巻第二章で、キケロの『弁論家』（9-10）を引用した後、（セネカ〔Lucius Anneus Seneca, c. 1BC-AD65〕のルキリウス宛書簡六五をはさみ）大セネカ、フィロストラトスを続けて引用している（Junius, I, 2, 2）。しかしユニウスはフィロストラトスのいう「ファンタシアー」について議論を続けていき、イデア論を展開させるわけではない。したがってこれらの記述をイデア論にまとめあげた功罪は、ベッローリにかかっているといってよいだろう。

15 神像を制作する際にフェイディアスが人物モデルを用いなかったことについて、大セネカやフィロストラトスの他、『フィリッポスの詞華集』（*Philippou stephanos*,〔AD1c.〕）でも、次のように語られている。「神が天上から大地に、自らの似像を見せに来たのか／それともフェイディアスよ、おまえが神のところに行ったのか」（Philip, LXVII〔3082-3083〕）。この場合もイデア論とは無関係である。

Ideaの作品化について意識的な言及が一六世紀にあったことが確認できる。だが一六世紀になるとすでに形而上学的な意味をもたない「idea」概念も用いられているため、プラトンの「イデア」概念をふまえていると明確に判断できる根拠がない限り、そのように特定することは難しい。パノフスキーがこの「Idea」に形而上的な意味合いを認めないのは(Panofsky, 32-33)、そうした時代背景をふまえているためだろう[16]。またグイド・レーニも絵画を描く際に「Ideaの中で自分のために確立した形」を利用したことに言及している(Bellori, 133)。このテクストでは、「醜さのIdea」さえ作品に見られるかもしれないことを彼が危惧しており(133)、この「Idea」にも形而上的な意味合いはないことが推察できる[17]。しかしこれらのテクストを挙げることによって、ベッローリは、古代人のみならず自分たちの時代においても巨匠はイデアを模倣しているのだという印象を読者に与えるのである。

その後もベッローリは様々な例を列挙していくが、上述のような傾向に注意して読めば、どの例もすべて曲解であることは容易に理解できるだろう。ただしそのなかで、神がイデアを範型として世界を創造したというアレクサンドリアのフィロン(Philon Alexandrinus, 20/30?BC-AD40/45?)の主張を示している点(135)については、若干のことを付言しておきたい。

ベッローリが指摘しているように、フィロンは『モーセによる「世界創成」について』(*Peri tes kata Mousea kosmopolias*〔AD1c.〕)において、神がイデア界をつくってからイデアを範型として世界をつくったとし(Philo, 16)、その喩えとして都市を設計する建築家の例を挙げている(17)。すなわち建築家は、土地の様子を見てまず都市の原型を自らの内に描き、それに基づいて都市を築くのであるが(19)、神による世界の創成もまたこれと同様のものなのである[18]。イデアが神の内にあり、かつ人間にとっての観念のようなものだとする考え方自体は、アカデメイアの

16 ジョン・シアマンは、この言葉がじつはカスティリオーネ自身の創作だと主張している(Shearman, 69-97)。彼はカスティリオーネの周辺でジョヴァンニ・フランチェスコ・ピコ(Giovanni Francesco Pico della Mirandola, 1470-1533)が『弁論

家』に基づくキケロのイデア論について言及していたことを挙げ、そのイデア論がこの言葉に反映しているという（80）。たしかにカスティリオーネも『宮廷人』（*Il cortegiano*, 1528）序の三において、プラトンが完全な国家の「Idea」を見出し、クセノフォンは完全な王の「Idea」を、そしてキケロは完全な弁論家の「Idea」を見出したように、自分も完全な宮廷人の「Idea」を見出し、この自著の中に描きたいと述べている（Castiglione, 14）。もちろん完全性をもつイデアを作品化するという考え方は、『国家』の著者であるプラトンや『キュロスの教育』（*Cyropaedia*, c. 370BC）の著者であるクセノフォン自身の認めるものではなく、カスティリオーネがキケロ『弁論家』から派生してこのように解釈しているにすぎない。したがって、もしもベッローリやヴィンケルマンの『ギリシア美術模倣論』（*Gedanken über die Nachahmung der griechischen Werke in der Marlerei und Bildhauerkunst*, 1755）で解釈されているように（Winckelmann, 16）、ラファエロの言葉とされるこの言葉が形而上的なイデアについて語ったものであるとすれば、その特異な考え方がカスティリオーネを通じてキケロ『弁論家』（9-10）に由来するものである可能性も考えられよう。一つの可能性として指摘しておきたい。

17

ルネサンス期以降、Idea の模倣を説く主張はベッローリ以前にもあるが、そこでいう「Idea」がすでに形而上的な意味を失っている可能性が高いことに留意する必要がある。たとえば、造形美術制作における「Idea」を「内なる素描」として論じた有名なツッカーリ（Federico Zuccari, c. 1542/1543-1609）の『画家、彫刻家、建築家のイデア』（*L'Idea de' pittori, scultori ed architetti*, 1607）では、そのIdeaが真実在として存在するのではなく、感覚をもとに形成されたものだとされている（Panofsky, 48-49）。さらにパチェコ（Francisco Pacheco, 1564-1644）の『絵画芸術』（*Arte de la pintura*, 1649）にいたっては、観念的な視覚像のみならず実際の視覚像をも含め、あらゆる絵画モデルには「Idea」が認められるという（Panofsky, 105, n. 197）。絵画の原型となるこうした「Idea」については、すでにセネカの書簡に言及がある（Seneca, LXV, 7）。繰り返すまでもなく、キケロやベッローリが問題にしていたIdeaとは、こうした感覚的経験に由来するものではなかった。この違いを明確におさえておきたい。

18

ここでは建築家の構想にも「イデア」という語が用いられている（Philon, 18）。またこの建築家は、自ら構想した像をあらためて魂に刻印するとされ（18, 20）、観念を定着させることが蠟に印形を刻印することに喩えられている。この建築家が魂に刻印するものは、知覚された物質的対象ではなく、自ら構想した視覚像なので、註10で挙げた例とまったく同じとはいえないが、「イデア」概念がすでに「観念」としての性格を帯びていることが確認できる。もちろんこの場合、神にとってのイデアと建築家にとってのイデアが同じものである保証はなく、あくまでも比喩によって語られる類比にすぎない。しかしここでは、建築家にとっての範型となったイデアと対比されることによって、神にとっての範型であるイデアが神の「観念」に相当するという理解が導き出されるだろう。ちなみに、神が「印章」のようにイデアを物質に刻印することによって被造物を形成することも示唆されている(25, 134, 146)。この場合は観念への刻印ではなく、観念から物質への刻印であり、イデアを印章に喩える同じ比喩でありながら用法が異なっている。

第三代学頭クセノクラテス（Xenocrates, c. 396-c. 314BC）にまで遡ることができるが（Dillon, 29）[19]、フィロンの場合は、そのプラトンに由来するイデア論や世界創成論がユダヤの神による世界創造に適応されていることに注目できる[20]。後にキリスト教神学に受け継がれるこの思想の伝統において、中世以降ではトマス・アクィナス（Thomas Aquinas, c. 1225-1274）『神学大全』（*Summa Theologica*, I, quaest. 15, art. 1-3）が特に重要であるが、その後もこのスコラ的伝統はデカルトにいたるまで頻繁に見受けられるのである[21]。しかしこの伝統において、神が範型とするイデアと造形作家が範型とする観念とはあくまでも別物であり、神を造形作家に、あるいは造形作家を神に喩えるのは比喩にすぎない。その意味では、造形作家さえも単なる「観念」ではなく形而上的な「イデア」を看取するというベッローリの主張とは、決定的に異なっているといえよう。たしかにベッローリ自身もこの伝統に即して画家や彫刻家を神と対比しているのであるが（Bellori, 130）、しかしキケロという別の古代の権威を引き合いに出すことによって、その伝統の枠を破り、単なる類比の域を越えて、いかに制作すべきかという制作論を論じることが可能になったのである。ベッローリの主張が神と作家との類比という伝統にとどまらず、むしろそれを取り込む形で強化されていることに注目すべきだろう。

さて、このようにこれらの先人たちの名を引き合いに出すことによって、ベッローリはイデアの模倣が古代以来の理想的な制作方法であるとする理論をまとめあげることができた[22]。だがすでに見てきたように、権威として挙げられた根拠のうち、形而上的なイデアの模倣について明確に述べているテクストはほとんどなく、ベッローリがそれらを曲解して自説に取り込んでいたことは明白である。すなわち、新プラトン主義はもともと物質的作品への高い評価には結びつかないし、逆に作家による「Idea」の造形化について語っているテクストには、その「Idea」の形而上的性質を保証する言及がなかった。また、作家を神との類比において高く評価したとしても、それは作品制作の現状を神の業と比較しているにすぎず、いかに制作すべきかという制作論に結実するわけでもない。模倣すべき対象がプラトンのいう形而上的な「イデア」であり、かつそれが制作者の「観念」でもあるという二重性を明確に述べているテクストは、唯一キケロの『弁論家』(9-10) だけなのであり、その制作論を権威づけうる古典的資料はそれしかなかったのである。逆にいうと、ベッローリはキケロのこの制作論を核とし、そこに拡大解釈した他のテクストを補うことによって、彼自身のイデア論を確立したわけである。後世の古典主義理論を基礎づけるベッローリのイデア論は、『弁

19 神が範型を参照したというプラトンの『ティマイオス』(*Timaios*, c. 366-c. 357BC) の宇宙創成説では、そのイデアが神の内にあるものかどうか明言されていないが、その点が初期アカデメイアにおいて問題となるのである (掛川, 27-75)。神の内にイデアを認めるこの考え方からも、イデアを観念として理解する考え方が生じる可能性はある。フィロンと同じく、同様の観点に基づいて彫像作家と神とを対比するセネカの書簡六五も、(イデアを「数」としていること〔LXV, 7〕を含め) その延長線上に位置づけることができるのかもしれない。これに対しキケロの場合は、たしかにアカデメイア派への関心こそ高かったものの、神の内なるイデアについて言及することはない。彼の『弁論家』(9-10) は、やはりこの系譜に属するものではないと考えるべきだろう。

20 フィロン自身はイデア界を「神のロゴス」とも呼んでおり (20)、後世のロゴス・キリスト論との関係が問題となる。イデアをいかに物質に宿らせるのかという点で、造形論と「世界創造」解釈、さらには歴史的イエスをいかなる存在として理解するのかという問題とは同じ基盤を共有しているといえよう。

21 特に (Ariew and Grene, 87-106) が詳しい。

22 ただしパノフスキーは、ベッローリの「イデア」概念が結局は自然界からの観察に由来するものと見なし (Panofsky, 60)、感覚を超絶したキケロの「イデア」とは異なるものとしている(61)。つまりパノフスキーの理解において、ベッローリは自然観察の重要さを説くことによってマニエラに基づく制作を否定し、イデア論を説くことによって単なる自然模倣を否定していると解釈されるのである (60)。たしかにゼウクシスの事例についての解説に見られるように、自然のなかで完全性が保たれているわずかな部分の観察をも退けようとは、ベッローリも考えていない。またパノフスキーが論拠としているように、ベッローリはイデアが「自然から発し、その起源を越えて諸技芸の原型になる」とも発言しており、それだけ見れば自然物の観察から「イデア」を形成するかのようにも見えるが、しかしベッローリはこの文章の中で「自然」という語を、美的に修整されるべき所産的自然の意味のみならず、完全な美を生み出そうとする能産的自然の意味でも用いている (Bellori, 130)。それゆえ基本的にイデアとは、能産的自然が本来意図して生み出そうとする限りにおける (物質性を帯びる以前の) 所産的自然であり、物質として月下の有為転変にさらされている自然のことではないと考えるのが適切であろう。それゆえ仮に現状の自然を目にするとしても、それに基づいて理想美を構想するのではなく、むしろそれを通して理想美を観想することが制作者には求められるのである。

論家』(9-10)の主張を軸にして捏造された理論だったのだといえよう。

結び

すでに見てきたように、キケロの『弁論家』(9-10)は心に浮かぶ理想的な観念をプラトン的なイデアとして理解するテクストだった。このキケロの解釈によって、イデア論はプラトンの思想自体からは派生しえない作品制作論を成り立たせることになった。最後に、キケロのこの解釈がもたらしたものについて、簡単にまとめておこう。

キケロ『弁論家』(9-10)の主張は、いうまでもなく感覚的対象の模倣とは異質な議論である。そのため、ルネサンス以降にも支持されたアリストテレス流の模倣論を退けるものとなる。のみならず、模倣対象である観念が形而上的なイデアと同一視されることによって、作品は観念表現の場としての性格を弱めることになる。従来ならば、「美徳」のような非感性的な観念でさえアレゴリーを通じて図像表現されてきたのであるが、描写内容自体がイデアの表現となることによって、個々の図像は諸観念の表現としての性質を弱めることにもなるのである。その結果、イデアの模倣を基盤とする古典主義は、アレゴリー表現を完全に失うことはないにせよ、むしろ美的なものを顕在化することに重点を置くようになるのである。すでに一六世紀には、詩画比較論を理論的根拠とし、また印刷技術にも後押しされて、エンブレム・ブックが流行したり、概念の図像化を利用する記憶術が発展するなど、図像が言語と並ぶ観念表現の手段として広く支持されていた。その傾向が教会や宮廷のための絵画や彫刻とも連動していたのであるが、イデアの模倣という制作理論は、図像体系に関するこうした関心を減退させ、いかに美的な表現が可能であるかという関心を強化していくのである。いわば言葉に置換可能であった図像的観念表現が、「いわくいいがたい」美的表現へと移行するのである。

さらにベッローリのイデア論を核とする古典主義理論がフランスのアカデミーで確立されていくにつれて、イデアの似像が作品として成り立つことになる。キケロにおいては、いつもイデアよりも美的に劣った作品しかつくられないとされていたのだが（『弁論家』8）、その制作論が定式化されることによって、あたかもイデア自体が作品化されているかのように思われるようにもなり、本来の形而上的性格を弱めていくことになる。すなわち求められる理想像は、卑俗な事象ではないという点では理想的でありながら、すでに古代人や巨匠によって作品として具体的に造形化されているわけであり、後世の作家はそのイデアの模倣の成功例を先例として学習することになるのである。この傾向が一八世紀の半ばのフランスのアカデミーやドイツのヴィンケルマンの『ギリシア美術模倣論』に至るまで、古典主義の基本的な考え方として継承されていくことはいうまでもない[23]。いわば古典主義が整備されるにつれて、制作論としては口実としてイデアの模倣を標榜しながら、実際には先例主義に飲み込まれる傾向が顕著になっていくのだといえよう。また、理想美が「美しい自然」にあり、地上世界の自然の修整によってそれが求められるとされることも、イデア本来の形而上的性格を弱める原因でもあろうし、過激な表現の回避を求めるアカデミーの中庸の精神も、これと無縁ではあるまい。これは古典主義が、中世的な精神主義の伝統と、物質的な美に目覚めたルネサンス期の美意識との折衷であることに起因していると考えるべきなのかもしれない。ともあれこうした古典主義以降の傾向がなければ、造形作品に美的自律性が認められるようになることもありえず、感性学（美学）との間に接点をもつこともなかっただろう。

23　ヴィンケルマンは『ギリシア美術模倣論』において、「ギリシアの作品を知る者や模倣者は、その傑作の内に最も美しい自然のみならず、自然以上のものを見出す。それは、古代のプラトン注釈者が我々に教えたように、ただ思考の内のみでデザインされた像からつくられたイデア的な美（idealische Schönheit）である」（Winckelmann, 8）と述べ、自然物をそこまで理想化させた古代人の作品を模倣することが制作能力の向上に役立つと主張している（20-21）。

また模倣対象が制作者個人の心の中に求められ、かつ従来の図像体系から解放されることによって、制作者は自らの構想をいかに表出するかが問われるようになる。それは従来の工房での制作から「制作者」による制作を重視する見方を生み出すことにもなるし、制作者自身の自覚のうえでも看過されざる変化を生み出すことになるだろう。

こうした歴史的展開をふまえるならば、キケロのイデア論の果たした役割は決して看過されるべきではあるまい。キケロの『弁論家』(9-10)こそ、近代芸術の重要な源流と見なされるべきなのである。

第三章　ドライデンの発想論

序

「我々が感覚と呼ぶもの」こそが人間の思考の「源泉（original）」だというホッブズ（Thomas Hobbes, 1588-1679）の『リヴァイアサン』（*Leviathan*, 1651）における言葉（Hobbes, I, 1）は、一七世紀以降イギリスで興隆した経験主義の考え方を如実に示すものだといえよう。周知のごとく、後のロック（John Locke, 1632-1704）によって大成された経験主義では、生得観念や生得原理の存在は否定され、知識はすべて感覚と内省に由来すると考えられた。この立場においては、経験的に確認されないあらゆる知識は批判の矢面に立たされることになり、すべての知識は感覚的経験のレベルからあらためてその確実さを問われることになったのである。

この経験主義の基本見解は、感覚によってはとらえられないイデアを作品化するという制作論と抵触することになる。また詩が霊感に基づいて創作されるとする詩的霊感論も、この経験主義と両立しえないのである。さらには経験主義においてはすべての人間が原理的には同じ条件で思考活動をおこなっていると考えられるため、生得の「天分」

郵 便 は が き

料金受取人払郵便

本郷局承認

2604

差出有効期限
2020年5月31日
まで
（切手不要）

113-8790

（受取人）
文京区本郷1―28―36
鳳明ビル1階

株式会社三元社 行

1 1 3 8 7 9 0 17

1冊から送料無料（国内のみ／冊子小包またはメール便でお届け。お支払いは郵便振替で）

お名前（ふりがな）	年齢
ご住所（ふりがな） 〒 （電話　　　）	
Email（一字ずつ正確にご記入ください）	
ご職業（勤務先・学校名）	所属学会など
お買上書店　市 区・町　書店	

20170328/10000

愛読者カード　ご購読ありがとうございました。今後、出版の参考にさせていただきますので、各欄にご記入の上、お送り下さい。

本書を何でお知りになりましたか

□書店で　□広告で（　　　　　　　　　）　□書評で（　　　　　　　）

□人からすすめられて　□本に入っていた（広告文・出版案内のチラシ）を見て

□小社から（送られてきた・取り寄せた）出版案内を見て　□教科書・参考書

□その他（　　　　　　　　　　　　　　　　　　　　　　　　　）

▸新刊案内メールをお送りします　□ 要　　□ 不要

▸本書へのご意見および今後の出版希望（テーマ、著者名）など、お聞かせ下さい

●ご注文の書籍がありましたらご記入の上お送り下さい。
（送料無料／国内のみ）

●ゆうメールにて発送し、代金は郵便振替でお支払いいただきます。

書　　名	本体価格	注文冊数
		冊
		冊

http://www.sangensha.co.jp

の存在も否定されることになる。いわば経験主義は、詩のあり方に関する従来の考え方を真っ向から否定するものでもあったのである。

「天分」に関する考え方は、この詩的霊感論と少なからず結びついている。「天分（genius）」は「天才」とも和訳しうる概念であるが、一八世紀以前の文脈ではこの語は「天賦の才」を意味するにすぎず、決して「天賦の才をもつ人間」のことを意味しなかった。トネリによれば、この「天分」はルネサンス期において「ingenium」と「genius」という二つのラテン語で表され、厳密には前者が「発明の才に富む知性」、後者が「人間に霊感を与える至高の霊」を意味していたという（Tonelli, 352）[1]。この二つの概念が次第に「genius」という一語に収束され、詩や芸術、学問における天賦の才として理解されるようになるのである（佐々木健一〔b〕、八七―一三四; Wittkower, 356-369）。しかしこの「天分」という語は、もともと他に抜きん出た人のもつ能力を意味しない。たとえばクインティリアヌスは『弁論家の教育』において弁論術の初等教育について論じる際、「判断力（iudicium）が天分（ingenium）に先立っているような本性が少年たちの内にあるのならば、その本性は私にほとんど期待をもたせないだろう」と述べている（Quintilianus〔a〕, II, 4, 7）[2]が、その「天分（ingenium）」とはほとんどの人間に天から与えられるものなのである（I, 1, 1）。またホラティウスも『詩法』において、優れた詩作のためには生得の天分に従い、技術によって補完することが必要であると指摘している（Horatius, 408-411）。このような主張も近代に受け継がれ、ボワロー（Nicolas Boileau-Despréaux, 1636-1711）の『詩法』（*L'Art poétique*, 1674）冒頭部やデュボス『詩と絵画についての批判的考察』（*Réflexions critiques*

1 C・S・ルイスによると、ラテン語のgeniusはギリシア語のダイモーン(daimon)の標準的な訳語であるという。「ダイモーン」という語は、端的に神を意味する場合もあるが、プラトンの『饗宴』（202E2-203A8）にあるように、神と人間との中間にある神霊的な存在を意味することもある。C・S・ルイスはこの後者の意味でのダイモーンがgeniusとして後世に伝わったとしているのである（Lewis〔a〕, 41-42）。

2 この箇所は後に挙げるウォートン（Warton, I, 85）、ダフ（Duff, 39）に引用されている。

sur la poésie et sur la peinture, 1719）第二部などで「天分」の重要性が論じられていく。それぞれの性質に優劣があるにしても、「天分」自体はたいていの人が生まれつきもつ才能、素質を意味するにすぎなかったのである。

「霊感」や他に抜きん出るような「天分」の存在を原理的に承認しないイギリス経験主義は、それらをあくまでも否定するか、あるいは経験論の枠組みの中でそれらを説明し直さねばならなくなる。まず霊感論について検討してみよう。ホッブズは、「霊感」と呼ばれるものが病的な狂気、すなわち異常な情念の発露にすぎないと見なしている（Hobbes, I, 8）。そしてロックも『人間知性論』（*An Essay Concerning Human Understanding*, 1689）において、霊感に対する懐疑を表明している（Locke, IV, XIX）。経験主義において「霊感」論は決して容認できるものではなかったのである。

一方の「天分」論は、経験論的文脈で解釈し直されることになる。まず、一般に「ingenium」の訳語として用いられることの多い「才（wit）」[3]についてホッブズが述べている箇所（Hobbes, I, 8）を見てみよう。たしかにホッブズも、「才」には「獲得される才（acquired wit）」のみならず「自然的な才（natural wit）」があることを認めている。しかし「自然的な」という言葉は、単に教化という特殊な経験を要せずに身につくということを意味しているにすぎない。つまりホッブズのいう「自然的な才」も生得的な能力ではないのである。

節の冒頭のこの記述の少し後では、ラテン語の「iudicium」と語源的にも関わりのある「判断力（judgment）」を「才」と対照させ、クインティリアヌスのように天分と判断力とを対比しているように見える箇所もある。ここでは、個々の思考を素早く連鎖させたり、諸事物の類似点を発見したりする能力が「優れた才（*good wit*）」（ないし「優れたファンシー（*good fancy*）」）と呼ばれ[4]、思考を確実に一定の目的に向かわせたり、個々の事物の相違点を見分けたりする能力が「優れた判断力（*good judgment*）」と呼ばれている[5]。そして特に「優れたファンシー」のほうが必要とされる詩の分野においても、「優れた判断力」は不可欠だとしているのである。なるほどここでは、「優れたファンシー」による詩作が一方で認められているのではあるが、その詩作は「優れた判断力」によって抑制されねばならず、しかも「優れたファンシー」自体が生得の能力ではない（ホッブズは「優れた判断力」をも「自然的な才」に含めている）。いわば詩的な想像も、経験的に獲得された思考の連鎖として説明されているのである。この説明によって、生得の天分としての詩才や詩的霊感といったものが完全に否定されていることが確認できよう。

このホッブズの考え方はロックにも受け継がれ、ロックも『人間知性論』において、類似する諸観念を寄せ集める「才」と諸観念を弁別する「判断力」とを区別したうえで、前者を隠喩や暗示を生み出す能力と見なしている（Locke, II, XI, 2）。そしてこのロックの主張がバーク（Edmund Burke, 1729-1797）の『崇高と美の観念の起源』（*A Philosophical Enquiry into the Origin of Our Ideas of the Sublime and Beautiful*, 1757）に付け加えられた序文（1759）に転用されるなど、後代にもこの経験論的な考え方が受け継がれていくのである。特殊な人間にのみ与えられるとされる「天分」を心理学的なタームに置き換え、神秘的なものととらえがちな詩作の過程をも合理的に説明する視座を与えたという点において、経験論は詩論の伝統においても革新的な理論だったといえよう。

しかし経験論者にとってこのような説明が納得のいくものであったとしても、より文学への問題意識の高かった人たちにとってこのような説明は承服できるものだったのだろうか。あらためて文学者たちのほうに目を向けるなら、

3 「wit」が「ingenium」の英訳語として用いられたこと、およびそれらの概念史については、（Lewis〔b〕, 93-121）を参照。

4 この文脈における「ファンシー」は、経験的に獲得された思考を自由に組み合わせる思考力として理解できよう。また諸事物の類似点を発見する能力としての「才」は、バロック期の「ingenium」（伊：ingegno／スペイン：ingenio）概念の伝統に由来すると考えられる。この概念は、一見して無関係な諸事物に類縁性を見出し、適切な媒辞ないし中名辞によって結合する比喩的能力として、文学や修辞学上の奇想主義（concettismo, conceptismo）において重視された。周知のように、後のヴィーコ（Giambattista Vico, 1668-1744）の思想において鍵となる概念でもある。

5 おそらく諸事物の類似点を見出す能力と相違点を見出す能力との区別はフランシス・ベイコン（Francis Bacon, 1561-1626）の『ノヴム・オルガヌム』（*Novum organum*, 1620）に由来するのであろうが（Bacon, IX, 204-205〔I, 55〕）、ベイコン自身はこれらを「才」と「判断力」に関わる問題としては論じていない。

彼らが必ずしも全面的に経験論の主張を受け入れていなかったことが目につく。たとえばポープ（Alexander Pope, 1688-1744）は『批評論』(*An Essay on Criticism*, 1711）において、「才」と「判断力」という対概念を継承しつつ、「判断力」によって彫琢されるべき「才」が天賦のものだと論じている（Pope〔a〕, 80-83）。つまり詩人が「天分」をもち（11）、詩を書くように生まれついていることを認めているのである（14）。

またアディソン（Joseph Addison, 1672-1719）は『スペクテイター』(*The Spectator*) 誌の一六〇号（一七一一年九月三日）において、「天分」が当時の文学界において頻繁に話題にされていることを報告している(Addison, II, 504)。このアディソンの論はきわめて短く、経験論を積極的に否定するものでもないが、以下の理由できわめて重要である。まず第一に、経験論が避けて通る「天分」の問題を真正面から論じていること自体が、積極的に評価されるべきだろう。そしてホメロスやピンダロス（Pindaros, 522/518-442/438BC）、シェイクスピアといった特定の人物を例に挙げ（504-505)、誰もが認めるその抜きん出た才能を「天分」論の文脈で論じた点でも注目できる。特にシェイクスピアを挙げたことには二つの意義が認められる。一つは、近代人たるシェイクスピアが古代の大詩人に匹敵することを強く印象づけたことである。アディソン自身はシェイクスピアの「天分」をむしろ古代的だとしているのだが（505)、この問題が新旧論争の文脈でとらえられた場合、シェイクスピアの「天分」が、近代人が古代人に劣らない根拠となるのである（後に挙げるヤング〔Edward Young, 1683-1765〕にその傾向が顕著である)。そしてもう一つは、古典的学識に依拠しないシェイクスピアを「天分」という観点から称揚することによって、「天分」さえあれば古典的学識など不要だという見方が示されることである（504)。その意味では、「天分」をもつ作者が「神聖な衝動（divine impulse)」によって作品を制作するということ（506)、および判断力による抑制についてここで論じていないことにも注目すべきだろう[6]。

天分とそれに基づく作品制作を積極的に認めようとする動きは、特に一八世紀の中頃に盛んになる[7]。ジョゼフ・ウォートン（Joseph Warton, 1722-1800）の『ポープの天分と著作について』(*An Essay on the Genius and Writings of Pope,*

1756/1782）は、その題名から期待されるほど「天分」について論じた論文ではないが、ポープをはじめ多くの文学者が幼年期から「天分」を発揮していたという報告（Warton, 78-85）は、それなりに「天分」についての意識を高めるものだといえよう。この論文の冒頭で献呈の辞を捧げられたヤングは、三年後に『独創的作品に関する考察』（*Conjectures on Original Composition*, 1759）を発表する。ここでヤングは「天分」と「学識（learning）」とを対比し、ピンダロスやシェイクスピアのように学識が豊かでなくとも優れた詩人がいると論じている（Young, 556-557）[8]。そしてもし「発想」がないならば古代人を模倣するしかないということにもなるが、「発想的天分（inventive genius）」は自己の内にあり、それを探し求めるべきだとヤングは力説する（562）。そうすることによって古典作品の模倣をやめ、独創的な（original）作品を制作することこそ、ヤングの求める詩作のあり方なのである。

「天分」について真正面から論じた論文としては、ダフ（William Duff, 1732-1815）の『独創的天分論』（*An Essay of Original Genius*, 1767）がある。ここでダフは「天分」と呼ぶべき特異な心的能力が存在することを強調しているが、経験論を積極的に批判することはない。たとえば天分の中心的要素たるイマジネーションも、ダフによればただ感覚を通じて得られた諸観念を任意に解体、結合させて新しい映像をつくりだす能力にすぎないという（Duff, 6-7）。そして「イマジネーション」によって想像された想念は「判断力」によって規制され、「趣味」によって方向づけられるとされるとき（6-21）、その論旨が「才」と「判断力」をめぐるホッブズやロックの議論の延長線上にあることは

6　このアディソンの「天分」論は、先述のデュボス『詩と絵画についての批判的考察』にも部分的に引用されている（Dubos, II, 39）。デュボスの「天分」論もアディソンの論をふまえたものと考えることができるだろう。

7　当時のイギリスの思想的状況に関しては、（濱下）および（小田部、五三―八八）を参照した。

8　おそらくこの主張は先述のアディソンの天分論をふまえたものだろう。アディソンはその天分論において天分を二通りに、すなわち自然発生的な「一時的天分」と教育によって確立される「二次的天分」とを区別しているが（Addison, II, 504-507）、この区別もヤングの論のなかに見ることができる（Young, 558）。そもそもヤングの論自体がアディソンを再評価するために書かれたという性格をもち、論の末尾ではアディソン賛美にかなりの紙数が費やされている。

容易に推察できよう。しかし諸芸術や学問における「独創的天分（original genius）」の重要性を力説するその論調は、いかに「天分」が経験論的に説明されようとも、一般人とは異なる天才の特異性を際立たせるものである。またダフが「天分」の存在の顕著な現れを「発想（invention）」に認めている点も（77）、ヤングに通底するものといえよう。

ジェラード（Alexander Gerard, 1728-1795）は『天分論』（*An Essay on Genius*, 1774）において、「天分」を「発想」の能力と規定し、この能力が「独創的」な芸術作品の制作や学問的発見を可能にすると論じている（Gerard, 8）。そしてヤングと同様にジェラードも、「天分」がない作家が奴隷的な模倣に陥ってしまうことを批判している（9）。たしかに「発想」が諸観念を連合させる「イマジネーション」の働きに基づくと考える点で（27ff.）、ジェラードも経験論の枠を保っているし、そのイマジネーションが判断力によって規制されねばならないとする点で（36-38）、伝統の枠組みを守っていることは否定できない。しかし彼の論もまた、ヤングやダフと同様に、「独創的」な「発想」を生み出す「天分」という特異な心的能力に光を当てるものだといえよう。

ここで挙げられている「独創的（original）」および「発想」という概念も、「天分」と結びつけられることによって、従来とは異なる意味を獲得していると考えられる。というのも詩作や芸術制作に関する文脈において、「オリジナル」という語は翻訳ないし模写される作品の原作、および模倣される対象（原像）を意味するのであって、決して「独創性」を意味するわけではなかったからである。また「発想」概念も詩作や芸術制作に関して問題になる場合、古典レトリックの用語として理解されることが少なくなかった。周知のごとく古典レトリックでは、弁論作成の過程を「発想（inventio）」、「配列（dispositio）」、「措辞（elocutio）」、「記憶（memoria）」、「口演（actio / pronuntiatio）」の五段階に区別していたのであるが[9]、特にその「発想」、「配列」、「措辞」が詩作にも適用されうるものと考えられたのである。ドライデンが『驚異の年』序文（"Preface to Annus Mirabilis," 1667）においてこの三区分に基づいて詩を論じていることに、その例を見ることができよう（Dryden, I, 53）[10]。しかしもともと古典レトリックにおいて「発想」は、「天分」

と結びつくようなものではない。たとえばキケロにおいて「発想」とは、単に論じようとする弁論の主題となる争点を設定することでしかない（Cicero, *De Inventione*, 11-19）。またクインティリアヌスも、「発想」にはむしろ「判断力」が不可欠であり、「発想」の内に「判断力」が含まれるという見解を示している（Quintilianus〔a〕, III, 3, 5-7）[11]。先に挙げたドライデンの文献においても、「発想」はただ「思想を見出すこと」とされているにすぎない（Dryden, I, 53）。それゆえ「発想」概念が「天分」概念および独創性を意味する「オリジナル」概念と結びつくことは、古典的伝統からは考えられなかったのである[12]。

それでは「独創的」な「発想」を生み出す「天分」という考え方はどこから生じてきたのだろうか。先のアディソンやポープの見解を参照するなら、この考え方が経験論にではなく、文学的伝統に由来することは容易に推察できよう。本稿は、この問題の答えをイギリスの詩人・劇作家・批評家であるドライデン（John Dryden, 1631-1700）の晩年の著作に求めるものである。その考察を通じて、古典弁論術における「発想」概念がドライデンによって「天分」や「独創性」と関わる概念に転換された過程を見ることができるだろう。

9 たとえば（Cicero, *De inventione*, I, 9）参照。
10 正確には「発想」、「ファンシー」、「措辞」の三区分となっている。この考え方については第四章第四節で説明する。
11 この箇所は部分的にジェラードに引用されている（Gerard, 37）。
12 ただし機知や奇想が好まれたバロック期において、天分や発想が重視されたことは十分に考えられる。たとえばクルティウスは、一六世紀スペインのファン・デ・バルデス（Juan de Valdés, 1509-1541）が修辞学上の発想を天分に、配列を判断力にそれぞれ対応させていたという（Curtius, 425）。ここでも天分が判断力によって抑制されるべきとされてはいるが、発想を天分に関わるものとしている点は注目に値しよう。

第一節 「絵画と詩との比較」の概要

ドライデンは、一六九五年に、デュ・フレノワ(Charles-Alphonse Du Fresnoy, 1611-1668)の絵画論『画法』(*De Arte graphica*, 1668)を英訳した。デュ・フレノワの『画法』はもともとラテン語の韻文で書かれたものであるが、ドライデンはド・ピール(Roger de Piles, 1635-1709)による散文仏訳(1668)を参照しつつ、ド・ピールによる序文と註釈をも合わせて英訳している。そしてさらにそれら全体の序文として、ドライデン自身も「絵画と詩との比較」("A Parallel betwixt Painting and Poetry")という短文をつけ、そこで詩画比較論を展開するのである。本節ではまず、古典主義的な詩画制作論というものがどのようなものなのか知るためにも、あまり注目されることのないこのドライデンの「絵画と詩との比較」(Dryden, XX, 38-77)の概要を紹介することにしよう。

「絵画と詩との比較」では、最初に執筆動機について簡単に説明された後(38-40)、前章で論じたベッローリの「画家、彫刻家、建築家のイデア――自然に勝る自然美の選択」の抜粋が長々と引用される(40-45)。前章でも紹介したように、ここではキケロの『弁論家』で言及された制作論を核に、諸芸術の制作者が原則として天上的なイデアの作品化を目指すべきことが論じられている。このベッローリの主張を踏襲して、ドライデンも、詩人と画家がまず心中に完全な自然のイデアを観想して、そこで思い描かれた理想的な自然を作品化すべきだと論じる(47, 49)。しかしこの原則はあらゆる詩と絵画に妥当するわけではないという。たとえば卑俗な人間世界を描く喜劇や、グロテスクな非現実を描く笑話、写実性が求められる肖像画などは、極端に醜悪にならない限り、理想化される必要はないのである(47-49, 55-56)。また理想化が求められる悲劇においても、極端な理想化は避けるべきだという。なぜならば、恐れや憐れみが喚起されるのは、不幸に陥る人物が我々に似た存在である場合であり、完全な善人が不幸に陥る場合には、むしろ不敬であるとの思いが喚起されるからである（48）[13]。それゆえ理想美が求められるジャンルは、叙事詩と歴史画であるとドライデンは論じている（49-51）。

続いてドライデンは、詩と絵画とがともに「悦楽」と「教導」という二重の目的をもつことを論じ（51）[14]、どちらのジャンルも「偉大さ」と「高貴さ」をもつべきだと主張する。すでに述べたように、理想的でない対象を扱うような詩と絵画もたしかに許容されるのではあるが、「悦楽」の側面ばかりを強調するような非倫理的な作品は制作されるべきではないのである（51-52）。さらにドライデンは、悲劇と絵画がともに場所的にも時間的にも限定を受けることについても指摘しつつ（53-54）[15]、詩と絵画とが歴史的に平行関係にあることを強調している（58-59）。

ここまで論を進めたうえで、ドライデンはあらためてデュ・フレノワの『画法』の内容を要約しようとする。以

13　この箇所はアリストテレス『詩学』第一三章の議論をふまえたものである。

14　このように論ずる直前の箇所でドライデンは、デュ・フレノワが絵画の目的を目の楽しみに、詩の目的を心の楽しみとしていると指摘し、絵画が「悦楽」を、詩が「教導」を目的としているという解釈を示す。そのうえで、実際には詩と絵画とがともに「悦楽」と「教導」との二重目的をもつと論じているのであるが、ドライデンのこのデュ・フレノワ解釈には明らかな誤りがある。デュ・フレノワ自身はただ本稿の序で紹介した「絵画はもの言わぬ詩、詩はもの言う絵画」というシモニデスの言葉に即して、絵画が目に、詩が耳に訴えかけるものだと主張しているにすぎず（Du Fresnoy, 5-6）、悦楽と教導については論じていないのである。ドライデンがこのように解釈した理由は、次のように考えられる。すでにドライデンは『劇詩論』（*An Essay of Dramatic Poesy*, 1667）においてホラティウス『詩法』（180ff.）を引用し、耳で聞くものより目で見るもののほうがより心に訴えかけること、それゆえ目障りなものを舞台上で上演してはならないことを論じていた（XVII, 41）。つまり目を楽しませる美しい部分だけを観客の目にふれるようにし、その他の部分は語り（narration）の形で観客に伝えるべきだというのである（41）。おそらくはこの考え方が、「悦楽」と「教導」との二重目的を説くホラティウス『詩法』（333ff.）の論旨と結びつき、このような解釈が生じてしまったのだろう。

15　たとえば悲劇は二四時間以内で一つの場所で起こった出来事を描き、絵画は一つの場所で一瞬の間に起こった出来事を描くという。おそらくこの指摘は三統一の理論に触発されたものと考えられるが、ここでは筋の統一については論じられていない。

下、この論文の終わりまで、『画法』の論述に即して様々な問題点が論じられていく。しかし実際のところドライデンの記述は、デュ・フレノワの個々の論点を網羅的に取り上げたものではない。それはデュ・フレノワの記述が技法上の問題点を数多く列挙したものであり、要約が困難だという事情によるものと考えられよう。またドライデンの記述には『画法』にはないドライデン自身の主張が挿入されており、純然たる「要約」の域を逸脱していることも否定できない。たしかにデュ・フレノワは『画法』の冒頭部で「詩は絵画のように」というホラティウスの言葉（Horatius, 361）を挙げており、詩と絵画との平行関係を認めてはいるが（Du Fresnoy, 1）、『画法』はあくまでも絵画論であり、詩についてはこの箇所以降ではほとんど論じていないのである。いわばドライデンは、『画法』の記述を追いつつ、その論点に触発されて独自の詩画比較論を論じているのだといえよう。

まずドライデンは、『画法』の三七行以下で論じられている論点をふまえ、詩人と画家とがともに最も美しい自然を描くべきだと、あらためて論じる（Dryden, XX, 59ff.）。そしてそのためには、自然界に分散されている美を集約的に結びつけ、欠点を除去すべきであるという（60）。そしてさらにドライデンは、絵画がその制作過程に応じて「発想（invention）」、「デザイン（design）」、「表現（expression）」という三つの部分から成り立っているという『画法』の主張を踏襲し、詩と絵画とをその三つの部分に即して検討することになる。

ドライデンによると、詩と絵画の第一の部分をなす「発想」は天賦の才能であり、それがいかにして獲得できるのか決まった規則はないという（61-62）。そのため「発想」についてドライデンもほとんど紙数を割いておらず、その記述も一見したところあまり重要であるようには見えない。ただ画家と詩人とがともに作品に調和を求め、主題に不適切なものを排除し、派生的な部分の描写に執心しないように論じられていること（62-63）が目につくぐらいである。この「発想」については、次節以降であらためて検討したい。

詩と絵画との第二の部分をなす「デザイン」に関しては、登場人物の姿勢や姿態、行為、および作品の全体的構成が論じられることになる(64ff.)。詩は言葉によって、絵画は図像によって、それぞれ人物とその行為とを描写するのであるが、ドライデンは、各々の人物に即して適切に描き分けられるべきことを強調する(64-65)。そして各人物はその年齢や素性に一貫性を保つように描写されねばならず、たとえば若く描写された頭部をもつ人物がしなびた手足をもっていてはならないという(66)。また全体的構成としては、絵画において主人公が画面の中央に単独で位置しているように、詩においても主人公が目立つように工夫されるべきだとされる(66-67)。その他、構成の不自然さを回避すべきことや(68-69)、情念の描写の問題(69-70)、ゴシック批判(70-71)、コントラストの重要性(71)などが例を交えて論じられていくのだが、いずれの場合も詩と絵画との類似性が強調されていることに注目できるだろう。いわばこの「デザイン」論は、絵画論における「素描(design)」の問題を詩論にも敷衍する試みだといえよう。

詩と絵画の第三の部分をなすのが「表現」である。これは詩における文彩の使用、絵画における彩色のことだとドライデンはいう(71)。いわば「表現」は第二の部分たる「デザイン」を修飾する役割を果たす仕上げの部分なのだが、これは「デザイン」の欠陥を覆い隠すものではないという(72)。あくまでも「デザイン」はそれ自体として適切に処置されねばならないのである。さてこの「表現」においても、詩と絵画との類似性が強調されることになる。たとえば詩におけるメタファーと絵画における強い色彩とは、大胆な描写に成功することにも、あるいは逆にけばけばしさに陥ることにもつながるという点で互いに類似している(73)。また卑俗な対象をぼかす詩の技巧は、絵画における陰影とも類似した効果をあげることができるという(75)。こうした点について具体的な例を挙げつつ、ドライデンはいかなる作品が優れているのかを具体的に論じていくのである。

ドライデンの「絵画と詩との比較」は、おおよそ以上のような内容である。デュ・フレノワ自身は(特に彩色論において)より多くの諸問題を論じ、さらにその後でより一般的なレベルで画家としての心構えについて論じるのであるが、こうした点についてはここではまったく言及されていない。またその論述がやや散漫であるため、本稿において必ずしも網羅的に紹介しきれなかったことも否定できない。だがいずれにせよ詩と絵画との平行関係を軸に様々な技法論が展開されているという点で、きわめて興味深い論文だといえよう。

第二節　古典弁論術の詩画論への適用とその改変

前節で見たように、ドライデンによれば、詩と絵画はともに制作過程に応じて「発想」、「デザイン」、「表現」という三つの部分に区分されるという。この三区分が古典弁論術の分類に基づいていることは、容易に推察できよう。本章の序で述べたように、古典弁論術では弁論作成の過程を「発想」、「配列」、「措辞」、「記憶」、「口演」の五段階に区別していたのだが、ルネサンス期以降、特に文書の作成に関わる「発想」と「配列」、「措辞」が詩や絵画の制作過程にも妥当するものとして論じられるようになったのである。リーによれば、この古典弁論術の三区分はダニエッロ (Bernardino Daniello, c. 1500-1565) によって詩論 (*La poetica*, 1536) に適用され、その後ドルチェ (Lodovico Dolce, 1508/10-1568) によって絵画論 (*Dialogo della pittura, intitolato l'Aretino*, 1557) に適用されるようになったという (Lee, 285-287)[16]。ドルチェが絵画論に古典弁論術の用語を用いたのは、機械技芸として劣等視されがちだった絵画を高く評価するためだったと考えられよう。ここでドルチェはこの三区分を絵画における「発想 (Inventione)」、「素描 (Disegno)」、「彩色 (Colorito)」に対応させている (Dolce, 116)。それゆえドライデンが挙げている三区分もまた古典弁論術の三区分に準じたものであることは自明のように思われるかもしれない。

しかしこの問題は、それほど単純なものではない。というのもドライデンは古典弁論術に準じて「発想」、「デザイン」、「表現」という三区分を大枠に据えたうえで、本来なら第二段階に位置すべき「配列」を第一段階の「発想」の内に組み込んでいるからである（Dryden, XX, 62）。こうした分類は、ドライデンが翻訳したデュ・フレノワの『画法』に準じたものと考えられる。すなわちデュ・フレノワは絵画の製作段階を「発想（Inventio）」、「素描（Graphis）」、「彩色（Chromatice）」の三つに区分したうえで、「発想」の内に「配列（Dispositio）」を含めているのである（Du Fresnoy, 78-80）。したがって弁論術における三区分は、デュ・フレノワによって絵画に、そしてドライデンによって詩と絵画に適用される際に改変されているのだといえよう。

それではなぜこのように改変されたのだろうか。その理由は、この三区分があくまでも弁論作成のために構想された方法論であって、そもそも絵画制作や詩作の現場から要請された方法論ではなかったということに求められよう。

まず絵画に即して検討してみたい。弁論術の三区分が適用される以前の一四〇〇年頃、チェンニーニ（Cennino d'Andrea Cennini, c. 1360-1427?）は『技芸の書』（*Il Libro dell'Arte*）において、絵画の技術を「素描」と「色彩」に区別して論じている（Cennini, IV）。またアルベルティの『絵画論』第二巻では、「輪郭」、「構図」、「採光」という三区分が提示されていた（Alberti, 38）[17]。つまりチェンニーニもアルベルティも、古典レトリックの「発想」に相当するものを考えていなかったのである。「何を描くか」ということは、技法論として考える問題ではなかったのだといえよう。また古典レトリックの三区分が絵画論に導入されたのと同じ頃、ヴァザーリ（Giorgio Vasari, 1511-1574）は『画

---

16 なおこの箇所で、訳者は、ドルチェより早くパオロ・ピーノ（Paolo Pino, 1534-1565）がこの三区分を絵画論（*Dialogo di pittura*, 1548）に取り入れていると指摘している。ちなみに自由学芸に含まれる音楽はより早い段階からこの三区分を採用しており、一二六〇年頃ケルンのフランコ（Franco de Colonia, c. 1215?-c. 1270?）がこの古典レトリックの区分を意識した作曲を奨励していたという（Lowinsky, 372）。

17 この三区分は第一巻ですでに示唆されている（Alberti, 10ff.）。アルベルティの場合は、描かれる順番というよりはむしろ、図像の成り立ちを示したものといえよう。つまり図像の自立性を決定する「輪郭」、図像の内的構成を示す「構図」、図像にいかに光が当たるかを色彩で示す「採光」をそれぞれ区分することによって、それぞれに必要な技術が考察されているのである。

家・彫刻家・建築家列伝』(*Le vite de'più eccellenti pittori scultori e architettori*) 第二版 (1568) 序論第一五章において、「素描 (disegno)」が単に建築、彫刻、絵画におけるスケッチや輪郭描写であるのみならず、「構想 (disegno)」でもあることを示唆している (Vasari, 116-120)。つまり作品制作の「発想」に相当する部分も「素描・構想」の概念によって説明されえたのである[18]。したがって古典レトリックの三区分は、絵画制作の現場から必然的に要請されたものではなかったのだと考えられる。逆にいえば、弁論術に準じて制作過程を説明するようになって初めて、「disegno」概念は頭の仕事である「発想」と純粋に技法的な「素描」という二つの概念に分けられ、「配列」は「素描」以前の頭の仕事として「発想」の枠に組み込まれたのだと考えられよう[19]。そしてその際「措辞」に相当するものが「彩色」だと理解されるようになるのである[20]。

さて「発想」の仕事が図像をいかに配列させるかという全体構成であるとすれば、その「発想」概念の内に「配列」概念が含まれるということは、ひとまず納得できる。しかしこの説明にまったく問題がないというわけではない。すなわち「発想」を上位概念とし、「配列」を下位概念とするこの考え方がはたして絵画制作の実態に即したものといえるのかどうか、疑問が残るのである。もしも仮に作品全体を構想する際まず最初にいくつかの図像を発想し、次にそれらの図像を配列して作品全体を構想するというのであれば、「発想」と「配列」との間に段階差を認めるこの考え方も妥当なものといえよう。だが実際に絵画作品を構想する際、むしろ当初から個々の図像が組み合わさった場面全体を構想するのが一般的ではないだろうか。したがってあくまでも「配列」に還元されないものとして「発想」という概念枠を保とうとするならば、その「発想」とはいったい何なのか、ということがあらためて問われることになる。いわば弁論術の三区分を絵画論に採用することによって、それまで特に注目されることのなかった「発想」というものが、絵画論の新たな考察対象となるのである。

同様の問題は詩に関しても指摘できる。ドライデンは詩における「表現」に相当するものが文彩であると考えているが、この点については、絵画における「表現」すなわち彩色との類比性から考えても、ある程度納得できるだろう。しかし登場人物や事物の「配列」に還元されない「発想」とはどのようなものなのだろうか。またそのような人物・事物の「配列」と第二段階の「デザイン」とはいったいどのように異なるのだろうか。

後者の問題、すなわち詩における「配列」と「デザイン」との違いについては、ドライデンの記述を読んでもすっきり理解できるわけではない。「配列」については美的調和の重要性が強調され、「デザイン」についてはより具体的に人物造形の技法などが論じられていることから考えて、おそらくドライデンは「配列」については理念的側面から、「デザイン」については技法的な観点から論じているとも考えられるが、しかしその内容において明確な違いが読み取れるというわけではないのである。今回の考察ではこの問題についてはこれ以上踏み込まないが、いずれにせよ古典弁論術の三区分を絵画論や詩論に導入することによって、従来にはない新たな思考の枠組みが生じてきたことは確認できるだろう。

18　ヴァザーリはこの「dissegno」における着想が自然物の観察に起因すると見なしており（Vasari, 117）、それを霊感のようなものとはまったく考えていない。これに対しツッカーリは、『画家、彫刻家、建築家のイデア』において、イデアを「内なるdissegno」と呼び、それが「外なるdissegno」として表現されるべきだと論じている（Panofsky, 47-48）。しかしここにおいてさえ作品の「発想」的な側面を説明するために「dissegno」概念が用いられていることに注目したい。なおヴァザーリは、人物の配置に要する能力に「inventione」の語をあてている（Vasari, 122）。

19　なお「発想」と「配列」とを絵画制作の第一段階に置く考え方は、後のフェリビアン（André Félibien, 1619-1695）にも見ることができる。すなわちフェリビアンは絵画制作を「構成（composition）」、「素描」、「彩色」に区分し、「構成」が「発想」と「配列」とを含むと論じているのである（Félibien, 5 : 32-33 : 39）。

20　当時の絵画論の中には、「発想」、「素描」、「彩色」という三区分以外の分け方を採用しているものもある。たとえばシャンブレー（Roland Fréart de Chambray, 1606-1676）は、「発想」、「均衡（proportion）」、「彩色」、「動作（mouuemens）ないし表情（expression）」、「図像の規則的な位置（position reguliere des figures）」の五段階に区分している（Chambray, 11-23）。ハワードはこの五区分がユニウスの『古代絵画について』を継承したものと見なしている（Howard, 68）。ユニウスの五区分については（Howard, 60）を参照。

第三節　「発想」と天分、詩的霊感

それではこの「発想」とは、具体的にはどのようなものを意味しているのだろうか。ドライデンは「絵画と詩との比較」の中で、「発想」について次のように論じている。

> 絵画と詩の主要な部分について、次に論じよう。発想がその第一の部分であり、これが双方にとって絶対に必要なものである。しかしその獲得の仕方についてこれまで規則はなかったし、ずっとそれは与えられえないだろう。幸運なる天分（Genius）は自然の贈り物である。天文学者はそれが星々の影響によると言うし、自然学者はそれが身体器官によると言い、またキリスト教や異教の神学者はそれが天の特別な贈り物と言っている。その利用の仕方については多くの本が教えることもできようが、それをいかに獲得するかは何も教えてはくれない。しかし誰もが認めるように、それなしには何もできないのだ。（中略）発想がないと、画家は模写屋でしかなくなり、詩人は他人の剽窃家でしかなくなるのだ。（Dryden, XX, 61-62）

この文章からも理解できるように、ドライデンにとって「発想」とは、単に主題を設定する着想を意味するものではない。「発想」は「天分」に基づくものであり、誰にでも獲得できるものでないばかりか、学習によって獲得される能力でもないのである。そしてその「発想」がないと先人の作品の模写や剽窃しかできないということは、「発想」が作者の独自性を保証するものだとさえいえよう。このような論を立てることによって、ドライデンは、単に登場人物や事物を組み立てるだけの「配列」には還元されない「発想」という概念枠を確保するのである。

しかしもともと古典弁論術における「発想」とは、必ずしもドライデンのいうような天分に基づく才能を意味するものではない。したがってドライデンの主張は、古典弁論術の形式を借りつつ、内容的にはそこから大きく逸脱していると考えねばなるまい。ドライデンが「発想」にこのような特殊なニュアンスを与えた原因については、二つ考えることができる。

その一つは、当時のイギリスで活発に議論されていた新旧論争（古代人・近代人優劣論争）に求められよう。たとえばイギリスでの新旧論争のきっかけとなったサー・ウィリアム・テンプル（Sir William Temple, 1628-1699）の『古代と近代の学識に関する小論』（*An Essay upon the Ancient and Modern Learning*, 1690）では、古代人の学識に依存する近代人が厳しく批判され、近代人もまた古代人のように自己の「天分」や「発想」に依拠すべきだと論じられているのである。この『古代と近代の学識に関する小論』において、古代派のテンプルは次のように論じている。いつの時代も自然が一定である以上、「才」や「天分」は古代人においても近代人においても等しく存在するはずである（Temple, 446）。また巨人の肩の上に立つ小人が巨人より遠くを見ることができるように、古代の知識をふまえる近代人は古代人より多くの知識をもつことができるだろう（446）。しかし古代人の学識に多くを負う近代人が古代人よりも優れていると結論づけるわけにはいかない。むしろ古代人の学識に満足することによって自らの天分を弱めているかもしれないのである（461）。

それゆえただ翻訳するだけの者は決して詩人ではなく、模写しかしない者は画家ではなく、いつも浮き袋を付けている者は泳者ではないのである。（中略）さらに本性上、つまり生まれつき偉大な優位性をもつ人間において、学識が発想を弱めることがないなどと、いったい誰にいえようか。そして膨大な他の人々の思想や概念の重み、数が、自分自身を抑圧し、発想のわき出る心の運動を妨げていないなどと、誰にいえようか（461）[21]。

つまり小人にすぎない近代人はたとえ巨人の肩の上に立っているとしても、その高さに目がくらみ、巨人以上のものが見えなくなっているというわけである（462）。シャルトルのベルナルドゥス（Bernardus Carnotensis, ?-1124?）以来の巨人と小人の喩えをこのように逆転してみせるテンプルは、「発想」を生み出す「天分」が学識によって妨げられることを認め、古代の詩の翻訳や古代の絵画の模写で満足してしまっている近代人を批判する[22]。こうした点でドライデンの主張はテンプルの見解ときわめて近いといえよう。ただしテンプルにとってはほとんどの人に天分があることが前提となっているのに対し、ドライデンにとっては天分の有無が重要となっていたことにも注意しておきたい。

さてこれとは別に、ドライデン独自の「発想」論が生じた第二の理由としては、ドライデンがデュ・フレノワの絵画論『画法』を英訳する際に、ド・ピールによる仏訳の影響を受けて、誤訳してしまったことが指摘できよう。この点については、デュ・フレノワによる原文とド・ピールおよびドライデンによる訳文とを比較対照して、詳細に検討してみたい。

デュ・フレノワは、絵画制作の第一段階について次のように論じている。

> いよいよ作業を始めることにしよう。まず最初に、力能あるミネルウァによって思い浮かべられ配列されるべき像の機構がカンバスに現れる。これは我々の言葉で発想と呼ばれるものである。それはむろん、アオニアの姉妹たち〔ムーサの女神たち〕の気品ある技よりも、そしてフォイボス〔アポロン〕の熱よりもいっそう崇高に配置されるものである。（Du Fresnoy, 73-77）[23]

ここでは技芸を司るローマの女神ミネルウァが絵画制作における発想を促すとされており、その「発想」がギリシアの神ムーサの女神たちやアポロンによる霊感よりも高次のものであるとされている。プラトンの『ファイドロス』に示されているように、ムーサの女神たちは詩的霊感を、アポロンは予言的霊感をそれぞれ司るのであるが（265B2-5）、デュ・フレノワはそれらより高次な、いわば「絵画的霊感」とでもいうべきものをミネルウァが司ると主張しているわけである[24]。この箇所をド・ピールは次のように仏訳している。

> いよいよ本題に入ろう。まず最初に、私は何も描かれていないカンバスを見出す。そこには（いわば）あなたの絵画のあらゆる機構が、そして発想と呼ぶにふさわしい闊達で力強い天分（Genie）による思考が、配列されねばならない。それは一人のムーサである。彼女は自分の姉妹たちの長所を与えられ、アポロンの火によって熱を帯び、よりいっそう高められ、より美しい火で輝くのである。（De Piles, 15）[25]

ここでは「ミネルウァ」が「天分」と訳し代えられ、絵画における発想に、その「天分」のみならずムーサとアポ

---

21 こうした考え方もさして新しいものではない。すでにパトナム（George Puttenham, 1529-1590）は『英詩の技術』（*The Arte of English Poesie*, 1589）第一章の冒頭で、自らの頭脳に頼らずに外的写実や翻訳しかしない人間は「詩人（Poet）」の名に値せず、単なる「韻文屋（versifier）」にすぎないと述べている（Puttenham, 3）。註31参照。

22 テンプル自身はこれを理由に古代人の近代人に対する優位を主張するのであるが、この主張が逆に古代人に依拠せぬ「発想」を重視する近代派の主張と根底でつながることにも注目できよう。

23 原文は以下の通り。詩行の右につけられた小見出しは、それぞれ「発想」、「絵画の第一の部分」を意味する。

Tandem opus aggredior, primoque occurrit in Albo
Disponenda typi concepta potente Minervâ
Machina, quae nostris Inventio dicitur oris. INVENTIO
Illa quidem priùs ingenuis instructa Sororum
Artibus Aonidum, & Phoebi sublimior aestu. prima Picturæ pars

ロンとが関与することになっている。すなわち画家はムーサやアポロンの助けを受けつつ、他のムーサたちよりも高く、アポロンの火よりも美しく輝く発想に恵まれるというわけである。ミネルウァとムーサたち、アポロンをそれぞれ区別していたデュ・フレノワの主張は、ここではまったく反映されていない[26]。そしてドライデンは同じ箇所を次のように英訳する。

いよいよ私の論文の主題にとりかかろう。まず最初に、私は何も描かれないままに張られたカンバスを見出す。そこには絵画の（いわば）機構全体が、そして我々が適切にも発想と呼ぶ力強く闊達な天分のイマジネーションが、配列されねばならない。発想はムーサの一種である。彼女は、自分の姉妹たちに共通する別の長所をもち、アポロンの火に暖められて、他の者たちよりも高く引き上げられ、より壮麗でより明るい炎でもって輝くのである。(Dryden, XX, 87)[27]

一読して理解できるように、ドライデンはかなりド・ピールの仏訳に依拠して英訳している。すなわちドライデンは、ド・ピールと同様に、絵画における発想が「天分」に基づくものであり、ムーサやアポロンと関わるものと解釈したのである[28]。ただしこの文章では、その発想の長所が何とは「別の」ものなのか、そしてその発想によって「他の」どんな者より高く引き上げられるとドライデンが考えているのか、明らかではない。文脈から十分に読み取ることはできないが、おそらくドライデンはここでムーサの助けを借りない「他の」画家を想定し、その画家にない「別の」長所をムーサの働きのうちに認めていると考えられよう。いわば天分に基づく発想は、どのような画家にでも可能なものではないのである。この考え方が先に挙げたテンプルにも見られなかったものであることに留意しておきたい。つまり従来は天分に従うか否かが問題にされていたのに対し、ドライデンは天分があるか否かを問題にしている

24　この考え方については、その一〇行後から始まる文章が参考になるだろう。ここでデュ・フレノワは、作品内から不適切なものを排除して統一感をもたせることの困難さを指摘しつつ、「その困難な部分は、労苦によっても研究や師匠の忠告によっても学び加えることがほとんどできない。なぜなら、かつてプロメテウスが天極から奪った天上の火によって心に生の光が注がれた場合しか、この神聖な賜物はいかなる人にも与えられないのだから」(Du Fresnoy, 87-91) と述べている。つまりここではプロメテウスの盗んだ火が画家の精神に灯ることによって、学識では補うことのできない妙義が発揮されると主張されているわけだが、じつはこのプロメテウス伝説がしばしばミネルウァと結びつくのである。フルゲンティウス (Fabius Planciades Fulgentius, 5-6c.) の『神話学三書』(*Mythologiarum libri tres*, 5-6c.) によると、プロメテウスが粘土で人形を造った後、ミネルウァの助けによって天上から聖なる火を盗み、それによって人形に魂を与えて人間をつくったという (Kris und Kurz, 127-128)。この伝説ではプロメテウスとミネルウァに魂を吹き込まれるのは人間一般であり、特に画家に限定されるわけではない。だがプラトンの『プロタゴラス』において、(ローマのミネルウァと同一視される) 女神アテナと鍛冶神ヘパイストスのところからプロメテウスが技術的な知恵と火を盗み、人間に贈ったとされているように (321C9-D3)、天上から盗まれた火は技術的な知恵と密接に重なるものと考えられていた。技芸に携わる人間にミネルウァとプロメテウスが霊感を吹き込むという考え方は、こうした伝説の中から生じたものではないだろうか。

25　Enfin j'entre en matiere, & je trouve d'abord une toile nuë : où il faut disposer toute la Machine (pour ainsi dire) de vostre Tableau, & la pensée d'un Genie facile & puissant, qui est justement ce que nous appellons INVENTION. C'est une Muse, qui estant pourveuë des avantages de ses Sœurs, & échauffée du feu d'Apollon, en est plus élevée, & en brille d'un plus beau feu.

26　この解釈は、ラテン語原典の 'ingenuis Aribus' と「aestu」とを「比較級の対象を示す奪格」ととらず、「行為者を示す奪格」ととったことに起因しているといえよう。しかし七六行目の「illa」が「Machina」ないし「Inventio」を受けるだけであり、決してムーサと同等のものと解釈しえない以上、このド・ピールの解釈には無理があるといわざるをえない。

27　Thus at length I enter into the Subject-matter of my Discourse ; and at first find only a bare strain'd Canvass, on which the whole Machine (as it may be call'd) of the Picture is to be dispos'd, and the imagination of a powerfull, and easy Genius ; which is what we properly call *Invention*. Invention is a kind of Muse, which being possess'd of the other advantages common to her Sisters, and being warm'd by the fire of *Apollo*, is rais'd higher than the rest, and shines with a more glorious, and brighter flame.

28　アポロンは「ムーサイの導き手 (Musesetes)」と呼ばれるなど、ムーサイと密接な関係にあった (Otto, 120-121)。ちなみにダンテ (Dante Alighieri, 1265-1321) の『神曲』(*La Divina Commedia*, 1321) 天国篇では、天国へと進むダンテが自らを船に譬える箇所 (2, 8-9) で、ミネルウァが (帆に) 息を吹き込み、アポロンが導き、ムーサたちが方向を示すとされている。

わけである。本節の最初に挙げた引用文において、天分による発想がある作家とない作家とが対比されていたことも、こうした観点から理解することができるだろう。

さてムーサが絵画の発想に関与するというド・ピールとドライデンの解釈は、従来の絵画論から見てきわめて異例なものといわざるをえない。というのもムーサたちは詩歌、文芸、音楽、舞踊、学問に関わる女神であり、絵画のような機械技芸に携わる神ではなかったからである。では彼らはなぜこのような誤読を犯してしまったのだろうか。文法的理由を除けば、その理由は次の二つに求められよう。

第一の理由は、彼らが「ミネルウァ」という名称を女神の名前としてではなく、「天分」に相当する語だと解釈してしまい、その結果デュ・フレノワの示していた対比、つまりミネルウァによる発想と、アポロン、ムーサの女神たちによる霊感との対比が読み取れなくなってしまったことである。この誤解の原因は次のように理解できよう。本節の最初に挙げたドライデンからの独立引用文の中略した箇所には、「ミネルウァの意に反しては、あなたは語ることも作ることもできない（*Tu nihil invitâ dices facievse Minervâ*）」という文章が入る。この言葉は、ホラティウスの『詩法』三八五行の文章であり、その文中の「ミネルウァの意に反して（invita Minerva）」という言い回しは、「天分に反して」という意味で理解しうる慣用句である。たとえばキケロは『義務について』において次のように述べている。

> よく言われているように、ミネルウァの意に反して、すなわち天性に反抗し抵抗しては（adversante et repugnante natura）、何もふさわしいことはできない。（Cicero, *De Officiis*, I, 110）

つまり「ミネルウァの意に反すること」は自然から与えられた天性ないし天分に反することなのである[29]。以上のことをふまえるならば、本節の最初の引用文におけるホラティウスの言葉（中略の箇所）は、容易に理解することができよう。ドライデンは「ミネルウァの意に反して」、すなわち「天分」がなければ、「語ること」(詩作)と「作ること」(絵画制作) とが何もできないといおうとしていたのである。そして「ミネルウァ」が「天分」と読み換え可能であるという理解に基づいて、デュ・フレノワからの引用文中の「ミネルウァ」をも「天分」と誤訳してしまい、もともとの文意を読み損なったものと考えられよう[30]。この誤読が、ドライデン独自の解釈を導き出した第一の理由として考えられるのである。

第二の理由は、絵画を詩と同等のものと見なす彼の見解に起因すると考えられよう。実際、『画法』の冒頭でデュ・フレノワが「詩は絵画のように」と述べている箇所をド・ピールは「絵画と詩とは二人の姉妹である (La Peinture & la Poësie Sont deux Sœurs)」と仏訳し (De Piles, 3)、ドライデンも同様に「絵画と詩とは二人の姉妹である (Painting and Poesy are two Sisters)」と英訳している (Dryden, XX, 84)。つまり彼らは、絵画をも詩と同様にムーサの姉妹たちの司る技芸だと解釈しているわけである。もちろんデュ・フレノワも、低く見られがちな絵画ジャンルを詩と対等なものへと引き上げるために、あえて詩と絵画との共通性を『画法』の冒頭で論じていたのであるが、彼の論の中心となる主題はあくまでも絵画だった。しかしド・ピールとドライデンは、詩と絵画との共通性を強調することによって、従来もっぱら詩作に関して論じられてきた詩的霊感論を絵画にも適用する見解を導き出してしまったのである。

こうして、古典弁論術の三区分を受容することによって生じた「発想」の概念枠は、古典弁論術とは無縁だった詩的霊感論と結びつき、さらにはそれが個人の「天分」に基づくものと理解されるようになるのである[31]。

29　同じ言い回しについて、エラスムス (Desiderius Erasmus, 1466-1536)『痴愚神礼讃』では「天性に逆らって (contra naturam)」と言い換えられている (Erasmus, 17)。

30　デュ・フレノワの『画法』でも、「Minerva」の語が「天分」を意味する普通名詞として解釈されるべき箇所もある (Du Fresnoy, 481)、ドライデンはこれも「Genius」と訳している (Dryden, XX, 105)。

第四節　『アエネイス』献呈の辞における発想論

「絵画と詩との比較」とともにデュ・フレノワの『画法』を出版したドライデンは、二年後の一六九七年に、ウェルギリウス（Publius Vergilius Maro, 70-19BC）の『アエネイス』（*Aeneis*, 19BC）を英訳し、出版した。これに付けられた献呈の辞には、デュ・フレノワやベッローリの理論を消化したドライデンの発想論が展開されている。本節ではその論旨を追いながら、以上の論点がどのような帰結に至るのか見てみよう。

この献呈の辞においてドライデンは、「詩人（Poet）とはその意味する語のとおり作り手（Maker）であり」、「作らない人、つまり発想しない人はその名前に値しない」という考え方に基づいて[32]、ウェルギリウスに発想が欠けているという批判が妥当か否か考慮している（Dryden, V, 303）。たしかにトロイア戦争後の世界を描くウェルギリウスは、ホメロスなどの先人に多くを負っているかもしれない。だが「発想」という語を新しい詩の題材を構想することという厳密な意味で理解するならば、ウェルギリウスのみならず誰もが先人になにがしか負っているといわざるをえないだろう。「しかし作品の梗概、つまりその主要な筋（Action）、作品の統制と配列、そこにこそオリジナルからコピーを区別するものがある」（304）。それゆえ題材に新しさがないとしても、それは欠点とはいえないのである。

このように論じるドライデンは、自然を模倣する作家とその作家の作品を模倣する模写屋（copyer）とを対比して、次のように論じる。

> 模写することと自然を模倣することとは別である。模写屋は奴隷的な模倣家であり、ホラティウスはそうした者に動物の名前以上のものを与えなかった。つまり彼はそうした者を人間とは認めなかったのである。ラファ

エロは自然を模倣した。ラファエロの作品を模写する者たちは、彼しか模倣しない。なぜなら彼の作品が模写屋のオリジナルなのだから。彼らは、私がウェルギリウスを翻訳するようにラファエロを翻訳し、私がウェルギリウスに及ばぬようにラファエロに及ばないのである。（305）[33]

ここでドライデンは、もしも翻訳という作業が模写と同様のものであるとするならば、ウェルギリウスの『アエネイス』を英訳する自分（ドライデン）もまた原典を越えるような作品を制作することはできないと、やや自嘲気味に述べている。すでにふれたように、先人の作品を模写する詩人と画家に対する批判は、本章第三節の冒頭に挙げた「絵画と詩との比較」からの引用文にも見ることができた。そこでは「発想」こそが作者の個性表現の源であり、その発想が「天分」に基づくとされていた。それゆえこの『アエネイス』献呈の辞の引用文の次に「ラファエロのおこなった模倣にはある種の発想がある」という文章が続くことは、十分に納得できるだろう（305）。またこれより少し前の

31 「発想」概念と詩的霊感論とを結びつける考え方自体は、以前から存在する。たとえばサー・フィリップ・シドニー（Sir Philippe Sidney, 1554-1586）の『詩の擁護』（*An Apologie for Poetry*〔*The Defence of Poesy*〕, 1595）には、ムーサイが詩人に「良き発想」を吹き込むことについて言及がある（Sidney, G3）。ここでシドニーは「発想」を弁論術用語として用いているわけではないが、詩の分野においてはこうした語法がありえたわけである。しかしシドニーがこの「発想」という語を詩論におけるキーワードとしていた形跡は見られず、「発想」概念が必然的にこのような含みをもっていたわけではない。また本章の序で論じたようにドライデン自身は「発想」の語を早くから弁論術用語としてとらえていたわけであるから、ドライデンにとっては「発想」概念と詩的霊感論との結びつきは新鮮なものだったと考えられる。

32 これは「poet」の語が「作ること」という意味のギリシア語「poiein」に由来することをふまえた見解である。同様の見解はすでにシドニー（Sidney, C）、パトナム（Puttenham, 3）にも見られ、それらの箇所では「Maker」たる神と詩人とが類比的にとらえられている。この考え方の伝統については（Heninger, 287-324）参照。ドライデンは「作ること」を「発想すること」と読み替えることによって、この考え方を「絵画と詩との比較」の主張に近づけている。

33 ホラティウスはマエケナス（Gaius Cilnius Maecenas, 70-8BC）宛書簡において、模倣者を家畜呼ばわりしている（Horatius, I, 19, 19）。

箇所で「もし発想し快い見せかけを作るための天分がないなら、下手な詩人の苦心精励など捨て去られるほかない」（301）と述べられていることからも、「発想」が「天分」に基づくとするドライデンの考えを読み取ることができる。さらにはここで「天分」の有無が問われることにより、「天分」に恵まれた少数の者にのみ「発想」が可能だとされていることも注目に値しよう。詩における「発想」の問題がラファエロの制作方法の問題に直結していることも含め、ここには「絵画と詩の比較」からの連続性が明瞭に認められるのである。

しかし自然を模倣したといわれるラファエロが自然を忠実に再現したのだとすれば、むしろ彼自身の個性は発揮できないのではないだろうか。そもそも自然模倣と「快い見せかけを作る」こととは結びつかないのではないだろうか。このような疑問をもつ読者は、「ラファエロのおこなった模倣にはある種の発想がある」という先程の文章に続く次の文章にその答えを求めることになろう。

> というのも、〔描かれる〕物は自然の内にあったとはいえ、そのイデアは彼自身のものだからである。（305）

ドライデンにとって、自然模倣とは自然の忠実な再現を意味するものではない。むしろ自然模倣とは、発想によって心中に思い浮かぶイデアを描写することなのである。自然物のイデアの描写を重視するという点において、ドライデンの主張はベッローリのイデア論に近いといえよう。しかしそのイデアが普遍的な実体というよりむしろ「彼自身のもの」であるということをもふまえるならば、ここでいうイデアが、個人的な「観念」としての性格をもっていると考えられる。

イデア（idea）を個人の観念としてとらえる考え方は、すでにドライデンの時代にはイギリスに定着していた。OEDでは、すでに一六世紀には形而上的な意味を失った「idea」の用法も一般に定着していることが確認できる。たとえばシェイクスピアにおいても、三例見られる「idea」は、いずれも「観念」や「イメージ」とほぼ同義で用いられるにすぎない（『リチャード三世』〔*King Richard III*, 1591-93, III, 7, 13〕;『恋の骨折り損』〔*Love's Labour's Lost*, 1594-95, IV, 2, 67〕;『から騒ぎ』〔*Much Ado about Nothing*, 1598-99, IV, 1, 224〕）[34]。さらに半世紀時代が下れば、ホッブズの『リヴァイアサン』（*Leviathan*, 1651）のような経験論的な文献において「観念」としての意味が定着していることも周知の通りである。また世界の制作者たる神の「観念」がプラトン的「イデア」として扱われている例も、『リヴァイアサン』と同年のミルトン（John Milton, 1608-1674）の『失楽園』（*Paradise Lost*, 1667）に見ることができる（Milton, VII, 557）。このように、前章で見た「イデア」概念の用法は一七世紀後半にはイギリスでも出揃っており、文脈によって多義的に解釈されるべき状況にあったのである。

すでに述べたように、ドライデンは「絵画と詩との比較」の冒頭にベッローリのイデア論の英訳を長々と引用し、絵画や詩がこのイデアを模倣することによって理想化されるべきことを論じていたのであるが、ここでもすでにドライデンは「イデア」概念の「観念」化をはかろうとしていることが確認できる。まずベッローリの文章から見てみよう。前章でも紹介したように、ベッローリによると、ラファエロがカスティリオーネ宛の書簡において次のように述べていたという。

> 一人の美女を描くためには、より多くの美女を見る必要があります。しかし美しい女性たちは少ないので、私は心中に生じるあるイデア（vna certa Idea, che mi viene in mente）を使います。（Bellori, 133）

この文章を英訳するドライデンは、「心中に生じるあるイデア」という部分を、「私自身のファンシーの中で自ら

34 語の検索には（Spevack）を利用した。

形成した、ある一つのイデア（one certain Idea, which I have form'd to my self in my own fancy)」と翻訳している（Dryden, XX, 42)。つまりドライデンは、そのイデアがラファエロ個人のものであることを強調しているのである。もちろんドライデンは、イデアが天上的なものであるというベッローリの理論を十分に理解している。したがってドライデンも、一方ではラファエロの方法を天上的なイデアの観想として理解しているのだといえよう。しかしそれにもかかわらず、他方ではその「イデア」がラファエロ自身の個人的なものだと考えているわけである。

こうした観点からドライデンは、燃えさかるトロイアを直接見ることもなかった古代のアペレス（Apelles, 4c. BC）と近代のラファエロが、なぜその火災を巧みに描くことができたのかを次のように説明する。

> なぜなら両者の下絵は、彼らがもっていた自然のイデアの下絵から引き出されたものだからである。〔その〕都市は、両者の前で実際に燃えたのである。（V, 305)

アペレスもラファエロも、トロイアの火災を直接的に目撃したわけではない。しかし両者は、いわば心の目でもってその火災を見たわけである。両者とも先人の作品を模写するわけではなく、イデアを描くというのであるから、その意味で対等であるといえる。しかし両者とも自分自身のイデアを見るため、それぞれ異なった作品が描かれることになる。つまりここでいう「イデア」は、古典的な「イデア」概念と個人の観念としての近代的な「イデア」概念との両義的な性格をもっているのである。それゆえ、はたしてアペレスとラファエロが見たイデアは同一のものなのか、もし同一のイデアであるとすればなぜ別々の作品が制作されることになるのか、逆にもし同一のイデアではないとすればなぜそのイデアが「自然のイデア」といわれるのかという点で、ドライデンの論に明確さが欠けていることは否定できない。しかしむしろここで注目すべき点は、普遍的でありかつ個人的であるというこのイデアの両義性こそ、独創的な発想を積極的に擁護する根拠となるということである。いわばオリジナルなもの（根源的なもの）と考えられてきた普遍的な「イデア」が近代的な「観念」へと移行することによって、個人的な観念（イデア）のオリジナリティが保証されることになるのである。また逆に、「イデア」が普遍的な性格を完全には失っていないゆえに、個人的な観念がモデルとされるべき規範性を保ちうるのである。

こうしてイデアに基づく模倣に画家の独自性を認めることができたドライデンは、ウェルギリウスに発想が欠けているのか否かという問題に、最終的な結論を導き出す。

最終的に、私ははっきり認めてよいだろう。ホメロスを読むことによって、ウェルギリウスはホメロスの発想を模倣することを、つまり彼のように模倣することを教わったのだ。それは、もし画家がラファエロを学ぶなら彼は彼の手法でデザインすることを学ぶのだ、ということにほかならない。それゆえもし私が英雄詩を書くことができたとすればウェルギリウスを模倣したであろうが、それでも発想は私自身のものであろう。私は奴隷的な模写を避けるようつとめるべきである。同じ話を別の名前で発表したりはするまい。（中略）というのも一般読者たちは皆、一目で私の剽窃を見抜き、「これを私は以前ウェルギリウスの中で、より良い言葉で、より良い韻文で読んだぞ」と叫ぶであろうから。（306-307）

作家独自の発想を重視するこのような主張は、本章の序で紹介したヤングらの主張にきわめて近いものとなっている。実際ヤングは先に挙げた『独創的作品に関する考察』において次のように述べる。

神聖なる『イリアス』を模倣する者がホメロスを模倣するのではない。作品をかくも見事に完成する能力に至るためにホメロスがとった、まさにその手法をとる者こそ、ホメロスを模倣するのである。唯一の不死の泉へ踏み込むがよい。彼が喉を潤したところ、真のヘリコンで、つまりは自然の懐で喉を潤すがよい。模倣せよ、文章をではなく人間を模倣せよ。（Young, 554-555）

このようにヤングも、ホメロスの作品ではなくむしろ手法（すなわち先例を真似ずに制作すること）を模倣することを推奨し、そうすることがホメロスと同じ詩的霊感を我がものとすることだと考えている[35]。この箇所が直接的にドライデンの影響を受けていると断定することができないとしても、両者の考え方がきわめて似通っていることは否定できないだろう。

たしかにここでドライデン自身が「オリジナル」という語に「独創性」という意味をもたせることはない。だが先に見たように模写屋にとってラファエロの作品がオリジナルであるとすれば、ラファエロにとってのオリジナルは彼自身の内なる「イデア」にこそ求められよう。そして模写屋に甘んずることなく、ラファエロに倣って自分の「イデア／観念」を作品化しようとする画家は、自分の観念をオリジナルなものとして利用することになる。したがってドライデンにおいて「オリジナル」という語は「独創性」にきわめて近い意味の語へと変容していくのだといえよう[36]。

さらには、「イデア」概念が単なる「観念」にとどまらず斬新な「アイデア」を意味しうるようになった契機も、ここに求められるだろう。じつはOEDでもこの系統の意味がいつ頃生じたのか、知ることができない。「new idea」、「original idea」、「sudden idea」のような用例では「idea」がただの「観念」という意味でも成り立つため、その語が単独で斬新な「アイデア」を意味するとは断定できず、その概念の変化を正確に見分けることはできない。だが「idea man」などの語がある以上、「idea」が単に「観念」の意味にとどまらなくなっていることは明らかであり、それが近代以前に見られない用法であろうということも十分推測できる。この点の精査については課題を残すことになるが、プラトンの「イデア」がキケロ、ベッローリからさらにドライデンを経て「アイデア」概念にまで変容した可能性は高いように思われる。こうして「天分」のある限られた作家による独創的な「発想」ないしは「アイデア」を「オリジナル」なものと呼びうる事態が、ここに出来するのである[37]。

結び

本章の序で論じたように、「独創的」な「発想」を生み出す「天分」は後に経験論的な文脈で説明されるようになる。これによって古典主義的な文脈はそぎ落とされ、心理学的見地から理論的に「天分」が説明されることになるのである。そしてヤングの『独創的作品に関する考察』には、さらに経験論の枠を越え出る契機を見ることができる。ヤングはここで次のように論じる。たしかに古代人の作品は概して近代人の作品より優れている。だが人間はいかなる時代でも同じ資質をもっているのだから、近代人の作品のほうが劣っていることに必然的な原因はない（Young, 554-556）。

35 ボイオティアのヘリコン山は、オリュンポス山北麓のピエリアと並ぶムーサ信仰の聖地であり、ヘリコン山中にあるヒッポクレーネーの泉やアガニッペーの泉の水を飲むと、詩的霊感に恵まれるという。

36 ドライデンにおける「オリジナル」概念の変化は、三年後の『古代・近代説話集』（*Fables Ancient and Modern*, 1700）序文にも見ることができる。たとえば、イタリアの作家から多くを借りながらそれらをより洗練した形に改良したという理由で、「チョーサーはいまやオリジナルになる」と述べられている（Dryden, VII, 44）。この文章からも、先人を模倣しつつ自らがオリジナルになるという考え方を読み取ることができるだろう。さらにドライデンは、この著作に「私自身のオリジナルな数篇を付け加えた」とも述べている（26）。このように最晩年のドライデンは「オリジナル」という語に「自作の」というニュアンスをもたせるようになるのである。なおこの文献でもホメロスの「発想」が称揚され、それを模倣したウェルギリウスにも独自の「発想」があるとされている（28-29）。

つまり近代人は成果において古代人に劣るとしても能力においては対等なのであり、古代の作品の模倣に終始せねばならないわけではないのである（562）。そもそも人間の心がどのようなものかは誰も知らないのだし、その心の深みに自分でも知らない優れた能力が眠っているのかもしれない（562-563）。このように主張するヤングは、経験論心理学から、すなわち白紙状態の心に受け入れた観念の操作として心理現象を説明する考え方から逸脱していく。もちろんヤングは経験論を理論的に論破しようと考えているわけではないのだが、結果的に経験論とは相容れない思考モデルをつくりあげてしまうのである。この考え方こそ、後のイギリス・ロマン主義を生み出す背景となるのである[38]。

このヤングの「天分」論は翌一七六〇年には独訳され、ドイツ人の間で支持を得ることになる。この世紀の前半のドイツでは、ゴットシェート（Johann Christoph Gottsched, 1700-1766）が積極的にフランス古典主義を摂取し、三統一の法則などの諸規則を導入していた。その傾向は一七四〇年代のボードマー（Johann Jakob Bodmer, 1698-1783）やブライティンガー（Johann Jakob Breitinger, 1701-1776）といったスイス派によって反発を受けたとはいえ、一八世紀中葉まで広く支持されていたといってよい。しかしヤングの「天分」論は、ハーマン（Johann Georg Hamann, 1730-1788）やヘルダー（Johann Gottfried von Herder, 1744-1803）に継承され、古典主義的な規則に飽き足らなかった人々に新しい芸術観を提供することになる。いわばヤングの「天分」論は、シェイクスピアの作品やルソーの思想とともに、シュトゥルム・ウント・ドランク運動の起爆剤となったわけである[39]。

「天分」をもつ天才を理想とし、自己の内面的表出を目指す文芸思潮は、イギリスやドイツのロマン主義を通じて広く支持され、伝統的な詩学や古典弁論術は形式的かつ画一的なものだと見なされるようになる[40]。共有財産ともいうべき先人の知的遺産を利用することによって知的伝統に参与し、文化をいっそう豊かにしていくという従来の制作観は、この個人主義的な制作観に退けられてしまうのである。そして天才や独創性こそが古典主義から袂を分かつ近代的な原理だとされる一方で、その原理を生み出すに至った背景も忘れ去られていく。それと同時に、技法論から区

37 「オリジナル」という語を「独創的」という意味で理解しうる最も古い用例は、管見の限りでは、ジョン・デニス（John Dennis, 1658-1734）による一七〇四年の論文「詩の批評の基礎」（"The Grounds of Criticism in Poetry"）の次の箇所である。「ホメロス以来の叙事詩人が詩の魂たる筋においてオリジナルな叙事詩をもっていたのはたしかだが、その筋を扱う手法においてはたいてい模写屋であり続けた。彼らはホメロスの精神やイメージを模写したのであり、かの偉大なウェルギリウスでさえ例外ではなかったのである。ミルトンはほとんどこの四〇〇〇年のうちで、自分の国や自分自身の名誉のためにオリジナルな詩で世界を提示しようとした最初の人間である。オリジナルな詩というのは、すなわち彼自身の思想、彼自身のイメージ、彼自身の精神をもたせられた詩のことである」（Dennis, I, 333）。ここでデニスが「オリジナルな詩」という語に説明を加えていることから推測できるように、まだこの段階でもこのような用例は定着していなかったものと考えられる。したがってこの用例がかなり早い段階のものであろうと思われるのだが、デニスが直接的にドライデンの影響を受けているかどうかは即断できない。内容的にはドライデンをふまえているようにも見えるが、この主張はドライデンの言説よりさらに革新的なものであるし、その前後の文脈からもドライデンからの影響を証拠立てるものは見当たらないのである。しかしこの論文が当時の文壇の大御所であったドライデンの主張と年代的に近いことを考えるなら、この頃に「オリジナル」という語がイギリスで「独創性」という意味を獲得し始めた可能性は十分に考えられる。いずれにせよさらなる資料調査が必要だろう。ちなみにダフは『独創的天分論』において、ウェルギリウスやタッソー（Torquato Tasso, 1544-1595）のみならずミルトンもまた、ホメロスを模倣しつつ独創的である作家であるとしている（Duff, 278-279）。ジェラードも『天分論』において、ミルトンがホメロスを模倣していたことを認めつつ、それがウェルギリウスほどではないとしている（Gerard, 12-13）。ダフとジェラードが独創性に関して最も高く評価しているのはシェイクスピアであり（Duff, 287; Gerard, 13）、その点ではアディソンやヤングの見解とも一致する。こうした批評史も注目に値しよう。なお一八世紀中葉にミルトンの剽窃問題が話題になり、天才による独創性の問題が関心を集めたという指摘もある（Buelow, 117-128）。

38 イギリス・ロマン主義理論の成立に関しては特に（Abrams）を参照。

39 ヤングの『独創的作品に関する考察』のドイツへの影響については（Kind, ch. 2）および（Mortier, ch. 4）参照。なおヤングの主張がドイツに受け入れられる際、経験論心理学とは対立するライプニッツ（Gottfried Wilhelm Leibniz, 1646-1716）の心理学が呼び水になったとするエイブラムズの指摘も示唆的である（Abrams, 202-203）。

40 本稿で扱ったドライデンやベッローリの主張を見てもわかるように、古典主義は必ずしも形式主義にとらわれた運動ではなく、むしろ古典的典拠をふまえたうえでの自由な思索としての側面をもっている。守旧派に対する革新派の主張は必ずしも守旧派の実状をとらえたものではなく、特に革新派が勝利をおさめた後は革新派の正当化のために守旧派の実状を歪曲することも少なくない。歴史的な勝者の世界観に流されることなく、節度をもって検証する必要があるだろう。

分された「発想」論が一人歩きしていくことも指摘できよう。近代的な詩画制作論や近代美学は、当時のこうした芸術観の変化の中で基礎づけられていくのである。

第三章　ドライデンの発想論

第四章

創造的イマジネーション概念の成立における シェイクスピア『夏の夜の夢』の役割

序

シェイクスピアの『夏の夜の夢』(*A Midsummer Night's Dream*, c. 1590) 第五幕第一場冒頭部分には、詩人のイマジネーションについての言及がある。そこではシーシアスという公爵が、狂的なものとして詩人のイマジネーションを批判しているのだが、その言述の内には創造的なイマジネーションへの高い評価が含意されていると解釈されることが多い。たとえば二〇〇九年のファイクの論文では、この「イマジネーション」概念に創造性を認め、「シーシアスがイマジネーションを称揚していたり、彼が詩人を無罪としているわけではないのだが、公爵の批評は、詩的イマジネーションについての劇作家の肯定的な見解を強調しているのだ」と述べて、劇作家シェイクスピアが他者や将来の人々に解釈を委ねているとしている (Fike, 212-213)。このように、この箇所に創造的イマジネーションへの肯定的な評価を読み取るのが、一般的な解釈なのである。

OED の「imagination」でも、4 b の項目で「最も高次な相における創造的な心的能力、新しく著しい知的構想を案出する力、詩的天分」という語意が紹介され、用例としてまずスティーヴン・ホーズ（Stephen Hawes, c. 1475-1523）の『快楽の慰め』（*The Passetyme of Pleasure*, 1509）一三二八―一三二九行が、そしてその次に『夏の夜の夢』の当該箇所が挙げられている。この箇所が、イマジネーションを創造的なものと見なす用例として、ほぼ初出に近い扱いを受けているのである[1]。

しかし話はさほど単純ではない。というのも、実際に当該のテクストを精読するならば、そこで言及される「イマジネーション」に、必ずしも創造性を読み取ることができるわけではないからである。はたしてその「イマジネーション」概念を高度な創造的能力とする解釈は、本当に妥当なのだろうか。妥当でないとすれば、その箇所はどのように解釈されるべきなのだろうか。また従来の解釈が誤解だとすれば、その誤解は歴史的になぜ、どのように生じたのだろうか。

これらの問題を明らかにするために、本章では以下の手順で考察を進めていきたい。まず第一節では『夏の夜の夢』の当該箇所を挙げ、解釈上の問題点を示す。そして第二節では概念史的観点から、第三節ではシェイクスピア自身の用語法から考察し、従来の解釈の誤りを確認するとともに新しい解釈を示す。第四節では従来なされてきた誤解がなぜ、どのように生じたのかについて考察するとともに、この誤解によって逆にイギリス・ロマン主義が形成されていった可能性を示したい。

1　ホーズの用例に関しては、ただチョーサー（Geoffrey Chaucer, c. 1343-1400）が『カンタベリー物語』（*The Canterbury Tales*, c. 1387-1400）を自らのイマジネーションで創作したとされているだけである（Hawes, 54-55）。周知のように、「創造（creation）」という語は、西洋において「無からの創造」に関して、つまり素材なしにものをつくることを意味しており、本来は人間の制作行為には用いられない語であるため、イマジネーションに「創造的」な作用を認めるとすれば、人間の制作活動を神の創造行為に喩える明確なコンテクストがあるか、あるいは「無からの創造」を理論づけるコンテクストがあって初めて認められることになるはずである。ホーズのこのテクストに「創造的」な作用を認めることは、少なくともこの時代においては困難であろう。

第一節　問題の所在

まず問題となる箇所を検討してみよう。周知のように『夏の夜の夢』では、アセンズ（ギリシアのアテナイ）の男女四人の恋人たちが、誤って用いられた妖精の惚れ薬の魔力に惑わされ、恋する相手を取り違えてしまう。そうして生じた大きな混乱が最終的には妖精の王オウベロンによって収拾され、二組の幸せなカップルに戻ることが、話の骨格をなしている。「イマジネーション」概念が問題となる第五幕第一場冒頭部分では、その不思議な体験を経て円満な関係を取り戻した恋人たちの話について、アセンズ王シーシアス（テーセウス）とその妻ヒポリタ（ヒッポリュテー）とが、次のような会話を交わしている。

ヒポリタ
奇妙ですね、シーシアス、これらの恋人たちの言うことは。
シーシアス
真実というよりも奇妙なことだとも。私には決して信じられないよ、
これら古風な作り話も、妖精めいたそらごとも。
恋人たちや狂人たちは、あまりにも沸き返った脳をもち、
あまりにも具体化するファンタジー（shaping fantasies）をもつものだから、とらえるものときたら
冷静な理性がかつて理解した以上のものになってしまうのだ。
月に憑かれた者と恋人と詩人は、

イマジネーション（imagination）ですっかりぎゅう詰めなのだ。
ある者は広大な地獄が保ちえないほど多くの悪魔を見る。
それが狂人だ。恋人は、他のいかれた皆と同様に、
ジプシーの顔にヘレネの美を見る。
詩人の目は、お見事な熱狂の中でぎょろぎょろ動き、
天から地を、地から天を瞥見する。
そしてイマジネーションが具体化する
未知の物事の姿を、詩人のペンは
形あるものとし、空虚なものに
居場所と名称を与えるのだ。
あまりにも錯覚の強いイマジネーションをもつために、
何らかの喜びをとらえただけでも、
その喜びをもたらす何かを理解することになってしまう。
あるいはまた夜に何らかの恐怖をイメージすることで、
なんとたやすく茂みが熊に思われることだろう。（V, 1, 1-22）

ここで「イマジネーション」と「ファンタジー」は、「想像力」や「空想力」という日本語に相当するような意味で、ほぼ同義語として扱われていると考えられる。そしてその「イマジネーション」ないし「ファンタジー」は「冷静な理性」と対比され、狂人や恋人や詩人の心の状態として批判されている。つまりシーシアスは、二組の恋人たちから

聞かされた不思議な話をにわかに信じることができず、それを狂人や詩人の語るような荒唐無稽な話だと考えているのである。それゆえ、少なくとも文脈上は、イマジネーションないしファンタジーが批判の対象となっていることは否定できないだろう。

しかし『夏の夜の夢』では、恋人たちの語る出来事は実際に起こったことであり、シーシアスの批判がそのまま的を射ているともいいがたい。実際、この発言の直後に妻のヒポリタが次のように発言しているのである。

ヒポリタ
けれども語り尽くされたその一夜の話のすべてと、
あまりにもそろって変わった彼らの心のすべては、
ファンシーのイメージ (fancy's images) よりももっと証となるものですし、
立派な一貫性あるものとなっています。
とはいえ、奇妙で驚くべきことではありますけれどもね。(V, 1, 23-27)

一読してわかる通り、ヒポリタはシーシアスの発言に反論している。バウラはヒポリタのこの発言をふまえ、結局はシェイクスピアがイマジネーションを肯定的にとらえていたと解釈している。すなわち「ヒポリタにとって、イマジネーションが創造したものは現実の経験と関わり、ある種の現実性を反映している」のであり、詩人のイマジネーションが「空虚なもの」ではなく実在と何らかの関わりをもつことを、シェイクスピアも理解しているというのである (Bowra, pp. 6-7)。要するに、恋人たちの身に起こった不思議なことは実際に起こったことなのだから、一見して信用しがたいイマジネーションの働きも、じつは信用に値するものだというわけである。

この解釈は次のように批判できるだろう。ここでヒポリタは、シーシアスとは対照的に恋人たちの話を信じるものの、「ファンシー」が信用に値するものだとは述べていない。恋人たちの話はイマジネーションないしファンシーの産物ではなく実話なのではないかとヒポリタは主張しているのであって、イマジネーションないしファンシー自体は偽りごとをつくりあげる働きとして、信用できないものとされているのである。もしもシェイクスピアがここで「イマジネーション」ないし「ファンシー」を正当化させようと考えたのであれば、むしろヒポリタには、「イマジネーション」ないし「ファンシー」が冷静な理性による理解以上のものをとらえることを認めさせたうえで、それでも恋人たちの言葉や「イマジネーション」ないし「ファンシー」が信用しうるものだと発言させるべきだっただろう。そう発言させず、恋人たちの語った内容が「ファンシーのイメージよりも」信用できると発言させる以上、「イマジネーション」ないし「ファンシー」は一貫して批判されていると考えざるをえないのである。

バウラの解釈に対しては以上のように論駁できるものの、序でふれたように、この箇所の「イマジネーション」に肯定的な側面を読み取るのが普通である。たとえばアーデン版の編者ハロルド・F・ブルックスは、シーシアスの発言のうち、「未知の物事の姿を具体化」し「空虚なものに居場所と名称を与える」詩人のイマジネーションの働きに「創造的」な性質を認めている。そもそも「創造」という行為は「無から世界をつくる」神にのみ可能なのだが、その神的行為をあえて詩人に認めようとする意図がこの箇所に込められているというわけである。その根拠として、ブルックスはシーシアスの台詞の中の「お見事な熱狂（fine frenzy）」という言葉に注目している。すなわちこの言葉はルネサンス期の「詩的狂気（furor poeticus）」の考えをふまえたものであり、神懸かり的な狂気によって詩人が神的な存在に近づくことを示しているというわけである（Brooks, cxl）。この下りが注目を集めているのは、こうした解釈が可能であるように見えるからでもある。

周知のように「詩的狂気」の考えは古代ギリシアの詩的霊感論に起因し、特に『ファイドロス』や『イオン』（*Ion*,

394-391BC）などのプラトンの著作に多くを負っている。実際『ファイドロス』では神懸かり的な狂気を、予言、宗教的秘儀、詩的霊感、恋の四つの内に認めており（265B2-7）、恋人と詩人の心のありようを狂気と関連づける『夏の夜の夢』にはそうした伝統が流れ込んでいるようにも見える。しかしプラトンにおける「詩的狂気」は決して詩人の美質ではなく、むしろ的確な技術もなく神まかせに作品を制作する詩人の欠点である（『イオン』533E4-534C8）。またプラトンにおいて、その詩的狂気は「無からの創造」のようなキリスト教的「創造」概念と関わるはずもない。したがってプラトンの思想自体を『夏の夜の夢』の直接的な源泉と考えることはできないだろう。

詩的狂気論は、ルネサンス期に入って大きく変容する。プラトンの教説について独自の解釈を展開するフィチーノは、「神的狂気について」（"De divino furore," 1457）において、「詩的狂気」の根源が世界霊魂たるユピテルであり、そこから詩神ムーサを経て詩人に働きかけると論じている（Ficino〔b〕,〔644; 614〕）。この解釈により、詩的狂気は神聖な霊感として肯定的に理解されるようになるのである。しかしここで述べられる詩的狂気は魂が肉体から離脱してイデアを看取する際のものであり、創造的に作品を創作することと関連づけられているわけではない。それはフィチーノの『「饗宴」注解』（『プラトンの「饗宴」注解、愛について』Ficino〔c〕, 7, 13-14〔357-358; 1361-1362〕）においても同様であり、その思想的影響を受けたブルーノ（Giordano Bruno, 1548-1600）の『英雄的狂気』（*De gli Eroici Furori*, 1585）でも狂気は詩的創造論と無関係である。フィチーノやその思想的影響を受けたブルーノの見解については、次節とそれに関連する註で再検討したい。

一方、ブルーノに『英雄的狂気』で献辞を捧げられたサー・フィリップ・シドニーは、『詩の擁護』において、「創造」という語こそ用いないものの、詩作に創造性を認めるかのような発言をしている。すなわち「詩」という語がギリシア語の「つくる（poiein）」に由来することに注目し、「つくり手（maker）」である詩人が「造物主（Maker）」と類似した存在であるとしているのである（Sidney〔a〕, C1-2）。ここでは詩人が「イデア」を表出することによって、自然界にないものをもつくるとされており(2)、たしかにキケロ的なプラトニズムを消化した詩論が展開されている可能性もある。こうした点をふまえて、『夏の夜の夢』の当該箇所にシドニー的な創造論が反映されているという解釈も出されているのである(Heninger, 293-294)。

しかしシドニーの議論には、詩的狂気についての明確な言及がない。たしかにここで「神の息吹の力を帯びて、彼(詩人)は彼女(自然の女神)の所業を越えて諸事物を産出する」(Sidney〔a〕, C2)と述べる際、詩的霊感を受けるような状態が想定されうるかもしれないが、詩的狂気について明言されることはないのである[2]。それどころかその直後に体系的な説明へと移行すると、シドニーはアリストテレスに倣って模倣論を展開していくので、イデア論が詩作の中心理念として掲げられているともいいがたい。

こうした例を見るならば、創造性と詩的狂気とは別個の問題であると、ひとまず考えられる。そうであれば、『夏の夜の夢』に詩的狂気による創造性を読み取るブルックスの解釈には、論の飛躍があるということになるだろう。ましてや『夏の夜の夢』に「イデアの看取」が積極的に認められるわけでもないので、フィチーノ的な詩的狂気が関わっているのかどうかも疑わしい。この点で、詩的イマジネーションを批判しているシーシアスの発言の内にイマジネーションへの称賛を読み取ろうとしたり、そこに詩的狂気への称賛を読み取ろうとする従来の解釈には、再考の余地があるわけである。

しかしおそらく最も問題になるのは、パトナムの『英詩の技術』第一章だろう。ここではシドニーと同様にギリシ

2　シドニーはソネット連作集『アストロフィルとステラ』(*Astrophil and Stella*, 1591)において、「私は誰かから詩人の狂気について語るのを聞いた。／だが(神も知るように)それによって何を意味しているのか私にはわからない」と述べている(Sidney〔b〕, 74, 5-6)。詩の中とはいえ、詩的狂気についてのシドニーの見解を知るうえで、参考にはなるだろう。『詩の擁護』はブルーノの『英雄的狂気』以前の一五八〇年前半に執筆されたとも考えられているが、『英雄的狂気』以後も詩的狂気に関心を示していないのである。理性的に詩を擁護する立場としては、当然かもしれない。

ア語の語源に遡って詩人が創造主と類比的な存在であることが明言されたうえで、次のように論じられている。

> 〔神は〕自分の神的なイマジネーション（diuine imagination）においていかなる労苦もなく、またプラトン主義者がイデアについて空想的（phantastically）に仮定したような範型も鋳型もなく、あらゆる世界を無からつくった。まったくそのように、まさに詩人は自分自身の脳髄から韻文や自分の詩の題材をつくり、考案するのである。翻訳者がおこなうように外的な見本や手本に頼るわけではないので、そのようなことをおこなう者は詩人（Poet）ではなく韻文屋と呼ばれてしかるべきだろう（Puttenham, Ci^{r}）。

ここでは、神による「無からの創造」が「神的なイマジネーション」によってなされるとされ、それと類比的に詩人による詩作が語られている。つまり詩人もまた神のようにイマジネーションによって創造的な詩作をすると解釈できるわけである。この点において、詩人は自由学芸や機械技芸に携わるあらゆる技術者を上回る威厳を与えられているともされるのだが、パトナム自身はすべての詩人がそうであると考えているわけでもなく、目の前のものを模倣することもまた詩人の仕事であるという（Ci^{r}）。このように「つくり手でありかつ模造者」であるという詩人の二面性を紹介した後、パトナムは次のように続ける。

> この学芸は、プラトン主義者が狂気（*furor*）と呼ぶある神的直観によって、あるいは資質や体液の配合の卓越さによって、あるいは知力や才の偉大なる精妙さによって、多くの経験および世の中や自然界の成り行きの観察によって、おそらくはそれらすべてか大部分によってしか、完成へと成熟しえない（Ci$^{r\text{-}v}$）。

ここでは、詩を成り立たせる詩人の側の四種類の要因が挙げられ、その第一の要因に「狂気」が含まれている。「つくり手でありかつ模造者」であるという二面性とこの四種類の要因とがいかなる関係にあるのか明確ではないが[3]、イマジネーションに基づく創造的な詩作が狂気とも関わるという解釈も可能であるように見える。そうであれば、同様の考え方が『夏の夜の夢』に反映されている可能性も否定しがたく、ブルックスの解釈はなお有効ということにもなろう。ともあれ当該箇所のイマジネーションが創造的な能力なのかどうかという問題は、こうした詩的狂気の伝統に連なるのかどうかという問題とも密接に関わっているのである。

第二節　シェイクスピアの時代までの「ファンタジー」、「イマジネーション」概念史

『夏の夜の夢』における「イマジネーション」や「ファンタジー」、「ファンシー」概念について検討する際に気をつけなければならないのは、多義的なこれらの語を、任意の用例と短絡的に結びつけて解釈してしまう危険性である。こうした危険に自覚的であろうとするならば、そもそもこれらの語がどのような意味なのか判断するための一定の足

3　この章の末尾近くでは、詩人が四種類に分類されている。「それゆえ詩人については次のように考えられよう。もし彼らが、いかなる写実対象もなく、これらのものすべてを自分自身で考案してつくることができるなら、彼らは（いわば）創造神のようなものである。もし彼らが神的ないし自然的な直観によってそうするなら、天からの恩寵を多く受けたにちがいない。もし自分の経験によるなら、疑いなく大変な賢人である。もし彼らの前にある何らかの先例や範型によるなら、まさにあらゆる者のうち最も優れた模倣者であり模造者である」(Puttenham, Ci^{v})。この分類に従うなら、第一の創造的な詩作は第二の「神的ないし自然的な直観」と区別されているため、創造性と詩的狂気とは無関係であることになる。いずれにせよパトナムは、詩人の様々なありようを列挙するが、それぞれの関係を明示しているわけではなく、様々な見解を寄せ集めているにとどまるように思われる。

場を確立し、そのうえでテクストを検討する必要があるだろう。本章ではいったん『夏の夜の夢』から離れ、ごく概略的にではあるが、これらの概念の歴史を古代からシェイクスピアの時代まで概括し、これらの概念の意味の広がりを確認しておきたいと思う。

英語の「ファンタジー」や「ファンシー」の語源であるギリシア語「ファンタシアー」は、もともと空想を意味するものではなく、単に視覚像を意味するにすぎない。プラトンも『ソフィステス』においてこの概念を「『そう見える』と我々が言うところのもの」と定義している（264B1, cf. 264A5-7）。『国家』の詩人追放論において詩人や画家が模倣していたものも、そういう意味では「ファンタシアー」だといえるかもしれない。

プラトンはファンタシアーが感覚と憶断（「ドクサ」、認識）の混じり合ったものと考えるが（『ソフィステス』264B1-2）、アリストテレスは『魂について』において、ファンタシアーが感覚と憶断とを仲介する媒介だと主張する（427b15-17, 428a25-27）。たとえば一個の白い石を認識する際、何かよくわからないけれども「白い」などと感じる段階（感覚）と「白い石だ」と認識する段階（憶断）との間に、白くひとかたまりになった視覚像（ファンタシアー）をとらえる段階があるというわけである。その視覚像は質料抜きに受け入れた形相でもあり、目の前から視覚対象がなくなっても、それがどのようなものだったか想起できるのは、人がこのファンタシアーを心に受け入れているからだと説明される（425b24-26）。この意味では、ファンタシアーは「視覚的記憶」と呼ぶこともできるだろう。

その後、ヘレニズム期の哲学において、感覚と憶断とを結ぶ「ファンタシアー」という媒介の透明性が疑問視される。つまり「本当にファンタシアーは対象を正確に伝えているのか」が疑われるのである。原子論[4]や懐疑主義[5]に、その例を見ることができるだろう。こうした風潮の中、ストア哲学者ゼノンは「ファンタシアー」を、正しく対象を把握しうる「ファンタシアー・カタレープティケー」と、正しく対象を把握しなかったり不在のものを思い浮かべる「ファンタシアー・アカタレープティケー」すなわち「ファンタスマ」とに区分する（Diogenes Laertius, 7, 50）。このストア用語は、はるか後代、アウグスティヌス（Aurelius Augustinus, 354-430）『三位一体論』（*De trinitate*, c. 417）にも受け継がれていく。すなわちアウグスティヌスは自ら見たことのあるカルタゴの視覚的記憶を「ファンタシアー」と呼び、見たことのないままに思い浮かべるアレクサンドリアのイメージを「ファンタスマ」と呼んでいるのである（Augustinus, VIII, VI, 68-89）。

しかし一方で「ファンタスマ」の意味で「ファンタシアー」という語を用いる用法も古代ローマ時代には広まり、その考え方が後代に受け継がれていく[6]。この段階までくると、「ファンタシアー」は「空想」と訳すこともできるだろう。後世になって注目されたこの時期の用例としては、フィロストラトス『テュアナのアポッロニオスの生涯』（*Ta Es Ton Tuanea Apollonion*, 3c.）を挙げるべきだろう。ここでフィロストラトスは、ギリシアの彫刻家たちが「模倣」ではなく「ファンタシアー」によって優れた神像をつくったとし、「模倣は見えるものを制作するのに対し、ファンタシアーは見えないものさえ制作する」と述べるのである（Philostratos〔b〕, VI, 19）[7]。

「見えないものを現前化する」という「ファンタシアー」理解はルネサンス期にも継承され、チェンニーニ『技芸の書』

4 ディオゲネス・ラエルティオス『ギリシア哲学者列伝』（*Philosophon bioi*, 3c.）「エピクロス」の項を参照（Diogenes Laertius, 10, 50-51）。

5 ディオゲネス・ラエルティオス『ギリシア哲学者列伝』「ピュロン」の項を参照（Diogenes Laertius, 9, 79）。ピュロン（Pyrron, c. 360-c. 270BC）の学説を解説したセクストス・エンペイリコス（Sextus Empiricus, 2-3c.）の『ピュロン主義哲学の概要』（*Pyrrhoneioi hypotyposeis*, 2c.）では、病気によって感覚器官が損なわれる際にファンタシアーも異なるものとなり（Sextus Empiricus, I, 44）、また好悪の判断が人それぞれである（87）といったことを根拠にし、ファンタシアーの不透明性を指摘している。

6 たとえばクインティリアヌス『弁論家の教育』（Quintilianus〔b〕, VI, 2, 29）や偽ロンギノス（Pseudo-Longinos, 1c. ?）『崇高について』（*Peri hypsus*, Longinus, 15）参照。

7 この考え方は、前章で扱ったベッローリ「画家、彫刻家、建築家のイデア」にも受け継がれる。ここでは、前掲のフィロストラトスのテクストがイデア論の文脈で引き合いに出されている（Bellori, 132）。

第一章にもその用例を見ることができる（Cennini, 29-30）。ここでの「ファンタジーア」には否定的なニュアンスはないが、「見えないものを現前化する」ファンタシアーなどの語は、ありもしないものを思い浮かべる妄念や妄想にも用いられるものであり、無条件に肯定されるようなものではない。第一節でも挙げたシドニーの『詩の擁護』(1595)には、「ファンタスティケー」すなわち「ファンシーを無価値な諸対象で染める」働きが詩作に関わらぬように注意を呼びかける下りもある（Sidney, H2）[8]。『夏の夜の夢』が制作された時期に、イギリスの詩において「ファンタジー」や「ファンシー」が必ずしも肯定的に評価されるものではなかったことは、十分に理解しておく必要があるだろう。

一方で、『夏の夜の夢』において「ファンタジー」や「ファンシー」が「イマジネーション」と同義語として用いられていたことにも注目する必要がある。この用例については、アリストテレスからイスラム医学を経て展開する別系統の「ファンタジー」概念史を追う必要がある。

イブン・シーナー（Abū 'Alī al-Husayn ibn Abdullāh ibn Sīnā al-Bukhārī〔Avicenna〕, 980-1037）の『救済の書』（*Kitāb al-najāt*, c. 1027）によれば、脳の前側で集約された感覚情報が後ろ側へ送られて記憶されるといい、脳の機能が五種類に、すなわちⓐファンターシーヤー（共通感覚）、ⓑ表象力ないし形相保持能力、ⓒ想像力ないし思考力、ⓓ評価力、ⓔ記憶力に区分されている（Ibn Sīnā〔a〕, 2, 6, 3 : 354-355）。ⓐは脳の前方腔の始端の機能で、アリストテレスのファンタシアー論と同様、形相を受容するという。五感経由の情報を集約し、形相としてとらえる働きと考えればよいだろう。ⓑは脳の前方腔の末端の機能で、形相を保持するという。ⓒは脳の中央腔の機能で、蓄えた形相を相互に結合したり分離するという。ⓓは脳の中央腔の末端の機能で、たとえば「狼」の形相から「避けるべきもの」という意味を認識するように、形相に内在する非感覚的意味を認識する働きだという。そしてⓔは脳の後方腔の機能で、非感覚的意味を保持するという。知識として物事の意味を蓄えるのは、この「記憶力」なのである。

彼の大著『治癒の書』（*Kitāb al-Shifā'*）自然学第六篇第四部第一章では、ⓐ共通感覚、ⓓ想像力ないし形相化能力、

ⓒ思考能力ないし想像構成能力、ⓓ表象力、ⓔ保存能力の五区分を示し、五区分ごとの働きとして『救済の書』と同様の説明をしている（Ibn Sīna〔b〕, 191-197）。邦訳でしか判断できないが、各能力の名称が当人の中で必ずしも一貫しているわけではないようだ。

そしてこの『治癒の書』に依拠しつつ、トマス・アクィナスは『神学大全』（*Summa theologiae*, 1266-1273）において、ⓐ共通感覚（sensus communis）、ⓑイマギナティオ（imaginatio）、ⓒファンタシア（phantasia）、ⓓ評価力（virtus aestimativa）ないし思考力（virtus cogitativa）、ⓔ記憶力（virtus memorativa）の五区分を示している（Thomas, I, Qu., 78 ; art., 4）。その際、基本的には「イマギナティオ」が「似像（imago）」を保持する能力であり、「ファンタシア」は受け取った像を結合したり分離したりして加工する能力であるという。ここでトマス・アクィナス自身も認めているように、この二つが同一視される場合もあるが、この五区分がこの系統の考え方の基礎となるので、しっかり留意しておきたい。

先述したルネサンス期のチェンニーニによる『技芸の書』第一章にも、詩人や画家が「ファンタジーア」によってイメージを自由に結合・分離すると述べられており、その結果として半人半馬像をつくることもできるとされる。すなわち人間から上半身の像を分離し、馬から胴や脚の像を分離し、それらを結合することによって半人半馬像をつくりあげるのが「ファンタジーア」の機能なのである（Cennini, 30）。ケンタウロスが結合物であることは古代から意識されているが[9]、それが新たに「ファンタジーア」の所産として理解されるようになるわけである。実在しないケンタウロスを思い浮かべるという意味では、ファンタジーアは先に見た「見えないものの現前化」として説明できるが、

8　シドニーは、作品の予備的構想（foreconceit）たる「イデア」を「想像した（imagined）」通りに表出することによって達成されるともいう（C2）。ここでは「imagine」という動詞がイデアを着想することに用いられてはいるが、「imagination」がキーワードとして用いられることはない。

9　たとえばディオゲネス・ラエルティオス『ギリシア哲学者列伝』「ゼノン」を参照（Diogenes Laertius, 7, 53）。

それが半人半馬であるという点では、イスラム医学経由のファンタシアー論によっても説明できるわけである。概念史の系統は異なるものの、それらが接点をもちうるものであることも確認しておきたい。本章では便宜上「見えないものの現前化」に関わる「ファンタシアー」概念の系統を先に述べたが、その系統に連なりつつその心的作用を「イマジネーション」という名称で述べる例も、この頃から生じてくるのである。

第一節でもふれた『「饗宴」注解』において、フィチーノは次のように述べている。魂と肉体は本質的に異なるものであり、物体的な映像が非物体的な魂に刻印されることなどありえないが、感覚器官を経て物体の映像を受け取る精神の仲介を経て、その映像についての判断をすることはできる。そしてその映像を参照しつつ、より純粋な似姿を思い描く能力が「イマギナティオ」ないし「ファンタシア」だという。こうしてとらえた姿が、記憶に保存されるというのである（Ficino〔c〕, 6, 6〔340 ; 1344〕）。ここには結合・分離作用についての言及はないが、感覚を通した映像の看取から記憶へと至る過程を問題にすることにおいて、あるいは「イマギナティオ」と「ファンタシア」とを同一視することにおいて、この見解もトマス・アクィナス以来の伝統を引く考え方だと考えられよう。さらにフィチーノは、ファンタシアによってとらえた姿がきっかけになって「普遍的イデア」の看取に進展するとも述べており（6, 6〔340 ; 1344〕）、この箇所がファンタシアの超越性を示す典型的な用例として『夏の夜の夢』論で引き合いに出されることもある（Berry, 129）。たしかにこの箇所だけ読めばそのようにも読めるのではあるが、それは正確な読解とはいえない。というのもその少し後の箇所において、ファンタシアが形成した像は時間をかけて修正すべきものであり（Ficino〔c〕, 6, 13〔347 ; 1351〕）、むしろイデアの看取のための前段階にすぎないことが示唆されているからである。あくまでも「曖昧なファンタシア（obscura phantasia）」によって形成される似姿は感覚的な特殊物であり（7, 1〔351 ; 1355〕）、それ自体として普遍的イデアへと導く力ではないのである。それどころか「混乱したファンタシア（phantasia confusa）」は、プラトンの『ファイドロス』に示された馬車の喩えにおける悪しき馬、すなわち感覚への欲情を示すものであり、むしろ神的狂気を妨げる下位の働きなのである（7, 14〔358 ; 1362〕）。ファンタシアやイマギナティオが人を悪しき方向に導く危険性への意識は、第一節でふれたブルーノの『英雄的狂気』（1585）にも見ることができる[10]。これらのファンタシアやイマギナティオは、むしろ「雑念」に近いものだと考えられよう。

ともあれイスラム医学以来の伝統は、その後も微妙な変更を加えられつつ、西洋で受け継がれていくことになる。ボローニャ大学の医学者マンフレディ（Girolamo Manfredi, c. 1430-1493）の『解剖学』（*Anothomia*, c. 1490）では、ⓐ前脳室の司る共通感覚、ⓑ同じく前脳室の司るファンタシア（これはイマギナティオと同一視される）、ⓒ中脳室の司る評価力、ⓓ同じく中脳室の司る思考力、ⓔ後脳室の司る記憶力という区分が示されている（Manfredi, 135〔108-110〕）。スペインの人文主義者ヴィーヴェス（Juan Luis Vives, 1493-1540）は『魂と生』（*De anima et vita*, 1538）において、イマギナティウァ（あるいはイマギナティオ）、記憶、ファンタシア、評価力を列挙し、イマギナティウァがファンタシアと混同されやすいことにも言及している(Vives, I, sect. d. cogn. intern. Tr.)[11]。「イマギナティオ」と「ファンタシア」とは、特に脳医学から離れた文脈で同一視されることが多くなっていくのだが[12]、ヴィーヴェスはその傾向に異を唱えているわけである。

10 『英雄的狂気』では、人間の心的能力が下位のレベルから順に、植物的能力、感覚、イマギナチオーネ、悟性、知性、精神という序列をもち（Bruno, I, 4, 6〔74〕）、精神が魂を上位のものへと高め、イマギナチオーネが下位のものへと低めるとされている（I, 3, 3〔51〕）。

11 ヴィーヴェスはトマス・モア（Thomas More, 1478-1535）と親交があり、この執筆以前（1523-28）に英王ヘンリー八世（Henry VIII, 1491-1547）に仕えたこともある。ちなみにヴィーヴェスはここで「イマギナティオが単独で単純に受け入れたものを、ファンタシアは結びつけ、切り離す」と述べており（168）、この言葉がドイツのマース（Johann Gebhard Ehrenreich Maaß, 1766-1823）の『想像力について』（*Über die Einbildungskraft*, 1797）に引用され（Maaß, 344）、さらに多少変更されてコウルリッジ『文学的自叙伝』（*Biographia Literaria*, 1817）第五章に孫引きされることになる（Coleridge, 7-I, 98-99）。

イスラム起源の心の五区分は、五感と数のうえで対応する心の働きとしてイギリスにも浸透し、「五智（five wits）」と呼ばれることになる。ヴィカリー（Thomas Vicary, 1490?-1561/1562）の『有益なる人体解剖論』（*Profitable Treatise of the Anatomie of Mans Body*, 1577）では、ⓐ前脳室の司る共通知力（common wits）ないしファンタジー（fantasie）、ⓑ同じく前脳室の司るイマジナティヴな力（imaginative vertue）、ⓒ中脳室の司る思考力ないし評価力（cogitative or estimative vertue）、ⓓ後脳室の司る記憶力（memorative）という四区分となっている（Vicary, D）。またシェイクスピアと同時代の音楽家トマス・モーリー（Thomas Morley, 1557-1602）は、『実践的音楽への平易かつ容易な入門書』（*A Plaine and Easie Introduction to Practicall Musicke*, 1597）において、ポイント（単一主題に基づく小区分）を自由に結びつけ、変化させることが許された音楽ジャンルを「ファンタジー」と呼んでいるが（Morley, 180-181）、これも記憶された主題を自由に結合・分離するというニュアンスで理解することができるだろう。

「五智」についてはシェイクスピアも、『ロミオとジュリエット』（*Romeo and Juliet*, 1594〔I, 4, 47〕）や『から騒ぎ』（I, 1, 66）、『十二夜』（*Twelfth Night, or What You Will*, 1599〔IV, 2, 83〕）、『リア王』（*King Lear*, 1605〔III, 4, 57; III, 6, 56〕）、『ソネット集』（*The Sonnets*, 1609〔141, 9〕）といった作品で言及している。もっともそれらの箇所では、たとえば現代の日本人が「五臓六腑」がそれぞれ何か理解せずに「五臓六腑が煮えくり返る」などと言うように、語も形骸化しており、シェイクスピア自身がその内実を正確に理解していたかどうかは確認できない[13]。

以上のように、ギリシア語の「ファンタシアー」は、大きく分ければ二つの系統に分かれて時代とともに変容し、多様な状況で用いられてきた。「見えないものの現前化」に関わる「ファンタシアー」はローマ時代から一般化し、五智論の系統では「イマジネーション」概念とも混用されてどちらかといえば学術用語としての性格を長くとどめていたといえよう。だが五智論もまたシェイクスピア時代にはかなり崩れ、用語の学術的規定も弱くなっていることが推察される。ともかくここまでの概念史を通覧したうえで、あらためて『夏の夜の夢』における関係諸概念について検討してみよう。

まず確認できるのは、「イマジネーション」と「ファンタジー」、「ファンシー」の混用に関しては五智論の伝統と関わると考えられるものの、それらには結合作用や分離作用は見られないということだ。実在しない「悪魔」を見る狂人や、あるものを実際と異なるようにとらえる恋人、さらには「未知の物事の姿」を「具体化」し「空虚なものに居場所と名称を与える」詩人の「イマジネーション」は、むしろ見えないものを現前化する「ファンタシアー」の系統を引く概念であるといえよう。そして本節の考察で明らかになったのは、見えないものの現前化をただちに「創造的行為」と即断することはできず、非現実的なまやかしを生む心の働きもまた同じ語によって呼ばれるということである。フィチーノやブルーノの狂気論においてさえ、これらの心の働きが否定的にとらえられていたことを、あらためて確認しておきたい。OEDの「imagination」の最初の項で指摘されているように、「イマジネーション」はしばしば「空しい（vain）」とか「偽りの（false）」といった語を伴うものであり、むしろそうしたニュアンスを伴う用法のほうが、英語においても本来的だったと考えられる[14]。したがって神による創造行為との類比が示されず、肯定的な説明が一切ない『夏の夜の夢』の「イマジネーション」について、ただちにそこに創造的性格やルネサンス的な狂気論を読み取ろうとすることは、かなり軽率な読解ということになるだろう。

---

12 ジョヴァンニ・ピコ・デッラ・ミランドラ（Giovanni Pico della Mirandola, 1463-1494）の甥ジャンフランチェスコ・ピコ・デッラ・ミランドラ（Gianfrancesco Pico della Mirandola, 1470-1533）の『イマギナチオについて』（*De Imaginatione*, 1501）は、「ファンタシア」と「イマジナチオ」とを同一視している（Pico della Mirandola, I）。ジャンフランチェスコはこれと共通感覚や記憶力との関係や、脳のどの部位と関わるかについてはあえて深入りせず、これが感覚と知性（intellectio）との媒介であるというアリストテレス的な観点を繰り返し強調する（IV）。彼の問題意識は、この媒介としてのイマギナチオが感覚の誤りや体液の性質などによって不正確になり、多くの過ちを生み出すことにある（VIII-IX）。こうしたイマギナチオの誤りを、理性ないし知性によって（X-XI）あるいは信仰によって（X）管理することが求められるのである。

13 頭脳に収納した諸概念を使いこなすという思考システムについては、『恋の骨折り損』（IV, 2, 63-67）に言及がある。

しかし第一節でふれたように、創造的な「神的イマジネーション」に関する言及も、パトナムの文献に見ることができた。これもまた「見えないものの現前化」の一種として、創造行為における無から実在への移行を「イマジネーション」という語で説明したものと考えられよう。もちろんパトナムがこの創造行為を詩作と類比的にとらえていたからといって、ただちにその用例が『夏の夜の夢』と結びつくと考えるのは早計ではあるが、かといって無関係であるとこの段階で即断することもできない。次章では、実際にシェイクスピアが「イマジネーション」などの語をどのように用いているのか検討したうえで、『夏の夜の夢』における用法、およびその解釈についての再検討を試みたい[15]。

第三節　シェイクスピア自身による「イマジネーション」、「ファンシー」、「ファンタジー」概念

「イマジネーション（imagination）」の語はシェイクスピアにおいても、主として「見えないものを現前化する働き」として使われる。これは古代ローマ期以降の「ファンタシアー」概念に由来し、かつ「イマジネーション」概念と混用されるようになった一二世紀以降の伝統を受け継ぐ用法だといえよう。単純なものとしては、眼の前に存在しない恋人を空想する『終わり良ければすべて良し』（*All's Well That Ends Well*, 1602,〔I, 1, 76〕）や、空想上のごちそうでは満腹にはならぬと嘆く『リチャード二世』（*Richard II*, 1595〔I, 3, 297〕）のほか、見知らぬ男性の姿についての空想『テンペスト』（*Tempest*, 1611〔III, 1, 56〕）などがある。これに派生して、故人の過去の面影を思い出す例として『ハムレット』（*Hamlet*, 1600〔V, 1, 182〕）があり、『から騒ぎ』（IV, 1, 225）もこれに含めてもよいかもしれない。また現前しない事態に対して「もしこうであれば」と不安に思う場合については『ヴィーナスとアドニス』（*Venus and Adonis*, 1594〔668 ; 975〕）が、将来のことを空想する例としては『テンペスト』（II, 1, 199）が、それぞれ挙げられよう。「beyond imagination」という形で「予想もしなかった」という意味を形成する『間違いの喜劇』（*Comedy of Errors*, 1589〔V, 1, 201〕）や『冬物語』（*Winter's Tale*, 1610〔IV, 2, 38〕）の用例も、ここに含めてよいだろう。

こうした空想が殺意などの「邪念」としての性格を帯びる例としては、『ハムレット』（III, 1, 126）、『尺には尺を』（*Measure for Measure*, 1604〔V, 1, 399〕）、『ルークリース凌辱』（*The Rape of Lucrece*, 1594〔702〕）がある。『リア王』（IV, 6, 131）もここに含めてもよいかもしれない。そしてより顕著に狂的な「妄想」としての性格が強い例は、『十二夜』（II, 5, 39-40；146）や『ヘンリー四世（第一部）』（*Henry IV, Part I*, 1597〔I, 3, 199〕）、『ヘンリー四世（第二部）』（*Henry IV, Part II*, 1597〔I, 3, 31〕）、『ハムレット』（I, 4, 87）、『ウィンザーの陽気な女房たち』（*Merry Wives of Windsor*, 1600〔III, 3, 191〕）とかなり多い。これらの狂気は決して神聖なものとしては描かれておらず、自制心を失わせる悪しきものとして扱われている。

もっとも「イマジネーション」によって意外なことを構想する場合もある。『ハムレット』（V, 1, 198）にはアレクサンドロス大王の遺体が塵となった後に酒樽の栓になるといった奇抜な考えを生み出す働きとして「イマジネーション」が挙げられている。また観客の「イマジネーション」によって拙い芝居がよりよく見えるようになるという考え方が『ペリクリーズ』（*Pericles*, 1608〔III, ch, 58；IV, 4, 3〕）に示されており、同様の主張は『夏の夜の夢』（V, 1, 211-212）にも見ることができる。これらの場合、その産出的な機能が肯定的に語られているといえよう。しかしこれらの用例の場合、狂的なイマジネーションが想定されているわけではないし、とりたてて創造性が示唆されているわけで

14　ちなみにOEDの同項目の二には考案や企画、予定、予期などの現前しない行為や出来事を考える能力について挙げられており、これも「見えないものの現前化」の派生したものとして理解できる。また同項目の三には記憶を再生する能力が挙げられているが、こちらのほうが西洋のより古い伝統を引く用法だといえよう。そして同項目の四には本章の序で紹介した創造的イマジネーションが、同項目の五には思考作用一般を指す用法が挙げられている。

15　語の検索にはSpevackの文献を利用した。いわゆる「シェイクスピア外典」については、ここでは取り扱わない。

もない。『アテネのタイモン』（*Timon of Athens*, 1607〔I, 1, 35〕）には肖像画の唇に「big imagination」が現れているという用例もあり、その意味は必ずしも明瞭ではないが、肯定的に語られている。だがこの場合も、文脈から「狂気」や「創造性」との関連を読み取ることはできないだろう。

これとは別に、「イマジネーション」が「真実」と関わる用例も『十二夜』（III, 4, 359）に見ることができる。すなわち自分の兄が生きているという「イマジネーション」が「真実」かもしれないと、登場人物の一人が語るのである。しかしこの箇所は、狂的なイマジネーションが真実を開示するというような、先行研究における『夏の夜の夢』解釈とは、まったく別問題といってよいだろう。明確な根拠がない空想的な考えがここでは「イマジネーション」と呼ばれているのであって、それが真実と一致するのは偶然の結果にすぎないのである。『ハムレット』（III, 2, 81）では、明確な根拠なく考えてきたことが複数形の「imaginations」の形で示され、もしも反証が出れば、その空想を捨てようと考えている。イマジネーション自体が真実を開示するものというわけではないのである。参考までにその他の「imaginations」の用例についても指摘しておくと、日常の心の迷い（『リア王』〔IV, 6, 283〕）、妄念（『ウィンザーの陽気な女房たち』〔IV, 2, 139〕）、実現不可能な夢想（『リチャード三世』〔I, 4, 80〕）といった意味での用例を見ることができる。

さて一方の「ファンシー（fancy）」もまた、見えないものを現前化する働きとして使われるのが基本であり、深い思慮のない一時的な思いつきや空想に用いられることが多い。心に思い描いたローマについてこの語を用いる『コリオレーナス』（*Coriolanus*, 1607〔II, 1, 190〕）をはじめ、『ヘンリー六世（第一部）』（*Henry VI, Part I*, 1591〔IV, 1, 178〕）、『ヘンリー八世』（*Henry VIII*, 1612〔II, 3, 101〕）、『リア王』（I, 4, 326 ; IV, 2, 85）、『尺には尺を』（II, 2, 151）、『から騒ぎ』（III, 1, 95）、『冬物語』（V, 3, 60）がその例として挙げられよう。その空想のはかなさが強調される文脈では、『じゃじゃ馬ならし』（*Taming of the Shrew*, 1593〔in., 1, 42〕）や『ヘンリー八世』（IV, 2, 94）がある。また『テンペスト』（V, 1, 59）では、落ち着かない頭の働きとしてこの語が用いられている。『ヴェニスの商人』（*Merchant of Venice*, 1596〔III, 2, 63 ; 68〕）では、

「どこでファンシーが生まれるか」という問いに対して、「心でも頭でもなく目で生まれる」と答え、外見に欺かれる虚像として「ファンシー」が語られている。

ファンシーが狂気に基づくものとする例もあるが、いずれも神聖さとは無縁である。『十二夜』(IV, 1, 61)、『冬物語』(II, 3, 118) がその例として挙げられよう。同じ『冬物語』(IV, 4, 474) では狂的な恋心についてこの語が用いられている。じつはシェイクスピアにおいてきわめて多いのが、この「恋心」としての「ファンシー」である。『終わり良ければすべて良し』(I, 1, 91 ; II, 3, 166 ; V, 3, 212-213)、『お気に召すまま』(*As You Like It*, 1599〔III, 5, 29 ; V, 4, 144〕)、『から騒ぎ』(III, 2, 28 ; III, 2, 34)、『じゃじゃ馬ならし』(II, 1, 12 ; II, 1, 16 ; IV, 2, 2)、『トロイラスとクレシダ』(*Troilus and Cressida*, 1601〔V, 2, 163〕)、『十二夜』(I, 1, 14 ; II, 5, 23)、『ヴェローナの二紳士』(*Two Gentlemen of Verona*, 1594〔III, 1, 67〕) がそうであり、『トロイラスとクレシダ』(IV, 4, 24) では端的に「恋人」という意味でも用いられている。また「恋心」に近い例としては、物に対する数寄心として『ハムレット』(I, 3, 71 ; V, 2, 149)、『ヘンリー六世(第二部)』(*Henry VI, Part II*, 1590〔I, 3, 92〕) があり、特に衣装に対する変わった好みとして『から騒ぎ』(III, 2, 29 ; III, 2, 33) がある。

「機知」として(『ハムレット』〔V, 1, 182〕)、あるいは「法螺」として(『恋の骨折り損』〔*Love's Labour's Lost*, 1594, I, 1, 168〕) 用いられる場合は、比較的知的な能力として用いられているともいえるが、いずれも神秘的な能力とされているわけではない。模倣を越える詩作に関してこの語が使われる『恋の骨折り損』(IV, 2, 119) にしても、あるいは自然を越える結果をもたらすものとしてこの語が使われる『アントニーとクレオパトラ』(*Antony and Cleopatra*, 1606〔II, 2, 205 ; V, 2, 98-99〕) にしても、見えないものを現前化する働きとして理解できる範囲に留まっている。

複数形の「fancies」にしても、用例に大差はない。思いつきとして(『テンペスト』〔IV, 1, 122〕、『オセロ』〔*Othello*, 1604, III, 3, 89〕、『ヘンリー四世(第二部)』〔III, 2, 309〕)、実際とは異なる空想的な様子に対して(『尺には尺を』〔IV, 1, 63〕)、おかしな空想の産物として(『じゃじゃ馬ならし』〔III, 2, 64〕)、空想ないし物思いとして(『マクベス』〔*Macbeth*,

芝居を補う観客の心の働きとしても用いられている（『ペリクリーズ』〔III, ch., 13 ; V, 2, 20〕、『ヘンリー五世』〔*Henry V*, 1598, III, pr., 7〕）。

次に「ファンタジー（fantasy）」も見ておこう。『夏の夜の夢』（I, 1, 32）には恋心に近い空想にこの語が用いられており、『お気に召すまま』（II, 4, 28 ; V, 2, 87）にも類例を見ることができる。また予想に関わる空想（『ヘンリー四世（第二部）』〔V, 2, 13〕）、不安による空想（『ジュリアス・シーザー』〔*Julius Caesar*, 1599, III, 3, 2〕、『ヴィーナスとアドニス』〔897〕）、邪な空想（『ウィンザーの陽気な女房たち』〔V, 5, 91〕）、そして特にその空想のはかなさが強調される例として、『ロミオとジュリエット』（I, 4, 98）がある。名声のはかなさを「fantasy」に喩えた『ハムレット』（IV, 4, 61）も、この用例に連なるともいえよう。さらには思慮を欠いた心（『オセロ』〔III, 3, 303〕）、睡眠中の夢（『ウィンザーの陽気な女房たち』〔V, 5, 49〕）、実在が疑わしい幻（『ヘンリー四世（第一部）』〔V, 4, 134〕、『ジュリアス・シーザー』〔II, 1, 197〕）にも、この語が用いられる。

『ハムレット』には、『夏の夜の夢』と同様のやりとりを見ることができる。すなわち亡きクローディアス王の亡霊を見たホレイショーたちは、当初はそれが自分たちの妄想（fantasy）にすぎないと述べていたのだが（I, 1, 23）、「これは妄想以上の何ものかではないか」とバーナドーに問われ（I, 1, 54）、信じられないと言いつつもその実在を認めるに至るのである。この下りを読んで、『夏の夜の夢』の場合と同じくファンタジーの神秘的な性格が含意されている」などと解釈する読者はいるのだろうか。およそ考えがたい話である。

『夏の夜の夢』第五幕第一場で空想を形成する力として用いられた複数形の「fantasies」という語は、他に三例しかない。同じ『夏の夜の夢』（II, 1, 258）では、妖精の用意した惚れ薬の魔力に惑わされて見るまやかしについて、この語が用いられている。この場合、空想を形成する力というよりは、むしろ形成された対象が問題になっていると考えられる。残る二例も同様であり、『ジョン王』(*King John*, 1596〔V, 7, 18〕)では狂気に陥って見る幻に関して、『ジュリアス・シーザー』(II, 1, 231)でも世俗の煩いによって脳に描かれる幻に関して、それぞれこの語が用いられている。

以上、『夏の夜の夢』第五幕第一場の当該箇所に用いられる語とその周辺について、他のシェイクスピア作品における用例を検討した。いずれも同じ語に様々なニュアンスが重なっていると考えられるので、必ずしも上記のように分類しきれるわけではないが、おおよその傾向を理解することはできるだろう。まず指摘できるのは、基本的に「見えないものの現前化」の系統を受け継いでいるということである。しかし「見えないものの現前化」といっても、創造的ないし神秘的な働きを示唆するような用例はまったく認めることができない。「思いつき」としての性格を示す場合も些細な思いつきにすぎないし、狂的な性格を示す場合はあくまでも正常ではない思考を意味するにすぎない。いずれにせよ高次の知的な思考を意味する用例はなく、むしろ軽々しい、思慮を欠いた、感情的な思いを意味する用語として、これらの語が用いられていることは明らかである。詳説は省略するが、シェイクスピア作品における「imagine」、「imagin'd」、「phantasime」、「phantasimes」、「phantasma」、「fantasied」、「fantastic」、「fantastical」、「fantastically」などの類義語を検証しても、こうした結論は崩れない。それでも『夏の夜の夢』第五幕第一場だけは例外だなどと、はたしていえるのだろうか。信用できないものとしてシーシアスもヒポリタも批判している「イマジネーション」、「ファンタジー」、「ファンシー」に創造性を認める解釈は、もはや成り立たないと断言してよいだろう。

以上の考察から、『夏の夜の夢』第五幕第一場の「イマジネーション」、「ファンタジー」、「ファンシー」概念には、創造的な性格とは別の、信用できない単なる空想としての意味を読み取る必要がある。その理解に基づいて、ここでは二つの解釈を検討してみたい。

第一の解釈は、あくまでもこの箇所に詩的狂気の問題を認める解釈である。この解釈の場合、シーシアスは恋人の心情や詩人の陥る狂気に一種の神秘性を感じつつ、それをどうしても信用することができず、恋人たちの話に対しても半信半疑である。問題はヒポリタの対応である。ヒポリタは、シーシアスによる狂気批判を大筋で認めている。だが恋の狂気や詩的狂気を「イマジネーション」、「ファンタジー」、「ファンシー」といった低レベルの思考と混同する見方に対しては反論する。すなわちシーシアスはそれらを「イマジネーション」、「ファンタジー」、「ファンシー」による狂気と同一のものと見なし、それによって狂気批判に傾いていたのだが、ヒポリタはこの二種の狂気を区別し、恋や詩的狂気を「ファンシーのイメージ」より以上のものとして肯定することになるのである。

しかしこの第一の解釈の根拠は、恋人が詩人とともに狂人に喩えられているということにしかなく、根拠薄弱といわざるをえない。たしかにフィチーノもイデアの看取に向かう「神的狂気（diuinus furor）」と肉欲などに向かう「狂乱（insania）」とを区別しており（Ficino〔b〕, 7, 3〔353 : 1357〕）、その二種の狂気がここに反映しているのではないかと疑うことはできる。しかし『夏の夜の夢』の本文中にそうした区別が明示されているとはいいがたいし、そもそもフィチーノにおける神的狂気は個別の恋人に向かうというより普遍的な美のイデアに向かうものなので、『夏の夜の夢』の文脈とは異なるといわざるをえない。シェイクスピア自身が多くの作品で恋の「狂気」を「イマジネーション」、「ファンタジー」、「ファンシー」という語で語ってきたこと、およびそれらにプラトニズム的な意味合いがないことは、本章の考察からも明らかである。またそもそもヒポリタは、恋人たちの証言の一貫性に信用すべきよすがを見出したのであり、狂気を肯定している様子はまったく示していない。以上の点をふまえるなら、第一の解釈が妥当である可能性は、きわめて低いといわざるをえない。

第二の解釈は、創造性のみならず詩的狂気の問題もここには関わっていないとする解釈である。この解釈の場合、内容は単純である。シーシアスは恋人たちの話を疑い、恋人や狂人や詩人のイマジネーションを批判する。それに対してヒポリタは、たしかにイマジネーションの所産は信用できないが、恋人たちの証言には信じるべきことがあると反論する。ただそれだけである。要するに、ここはもともと思想的に問題になるような箇所ではないのである。

そもそも『夏の夜の夢』のように超自然的な内容を含む作品をつくるにあたり、それが異教的な迷信を助長する作品として糾弾される可能性を作者がまったく危惧しなかったとは考えがたい[16]。万が一にも摘発されることを恐れるのであれば、そのような作品中で理性的認識の重要さを強調することはぜひとも必要なことであり、良識に反する主張や非理性的な「狂気」は、とりわけこうした作品では肯定されるべきことではない[17]。恋人たちのみならず詩人までここで批判されているのは、公序良俗に反すると睨まれかねない作品をつくる当の詩人の営みをもまた、自己批判的に示す必要があったからではないだろうか。第五幕で演じられる劇中劇にシーシアスらがケチをつけながらも寛容に興じる下りもまた、詩人の作品が目くじらを立てずに享受されるべき無害なものだと印象づける意図が含まれてい

16　やや時期は下るが、一六〇〇年代初頭の出版状況について、「検閲の基準に関する暗黙の了解だけで、明確な規定や方針が、権力者と劇作家との間に存在しなかったからこそ、劇作家は検閲や筆禍事件に、なおさら用心しなければならなかったという事情が、シェイクスピアや他の劇作家達を取り巻く『検閲の風土』とも言うべきものであったであろう」という指摘もある（徳見、一九九一―二〇〇）。この頃、検閲に引っかかり投獄された著者や役者は少なからずおり、『夏の夜の夢』発表以前にも、一五七九年にジョン・スタッブズ（John Stubbs, c. 1544-1589）が右腕を切断される処罰を受けている（242）。『夏の夜の夢』に関してはそこまで危惧する必要はなかったかもしれないが、魔女と同一視されがちな妖精を取り上げるシェイクスピアが、検閲の目をまったく意識していなかったはずはあるまい。ほぼ同じ頃に書かれたシドニーの『詩の擁護』も、詩ではなく哲学や歴史などにこそ時間を割くべきだという批判や、詩の内容が虚偽であるという批判、詩が人々に悪習を植えつけるという批判、プラトンによる詩人批判という四種類の批判に対して論駁を試みる詩論だった。あらゆる人がこうした批判的見解を共有していたわけではないとしても、現実離れしたイマジネーションの産物を無邪気に賛美できる状況ではなかったことは十分考えられよう。

17　『夏の夜の夢』と並んで超自然的な内容を扱う作品として知られる『テンペスト』でも、最終幕で主人公プロスペローは積年の恨みを捨てて理性的に行動しようと心がけ（V, 1, 25-28）、魔術を捨てる決心をする（V, 1, 50-57）。魔術的要素の多い作品だからこそ、逆に現世の秩序を守る理性の重要さが最終幕で強調され、作品の均衡が保たれるのだといえよう。

るのかもしれない。ともあれこの第二の解釈は、面白みには欠けるものの、より妥当性の高い解釈であるように思われる。

第四節　誤解の由来、およびその副産物

前節の結論は、『夏の夜の夢』における「イマジネーション」を詩的狂気や創造的イマジネーションと関連づけてきた従来の理解が誤解であることを主張するものである。これは作品研究においては些細な指摘かもしれない。だが概念史的には、じつはきわめて大きな問題が含まれている。というのも、この誤解が「イマジネーション」についての新しい理解を生み、創造的イマジネーション概念の成立を促した可能性があるからである。そもそもこの誤解が成り立つためには、シェイクスピアならば他に先んじて創造的イマジネーションについて言及したとしてもおかしくないという理解が、解釈者たちの脳裏にあったと考えるべきだろう。そこで本節では、いったんテクストから離れ、シェイクスピア自身のイマジネーションに関する後世の批評の伝統を追うことから、この誤解の由来とその副産物とを明らかにしていきたい[18]。

シェイクスピアの作品は、後世の文人によって高く評価されたものの、それが無条件で賛美されるものだったわけではない。まずドライデンの『人間の無垢の状態と堕落の状態』(*The State of Innocence and Fall of Man. An Opera*, 1677)の序文に付けた「英雄詩のための著者の弁明——詩的許容」("The Authors Apology for Heroic Poetry ; and Poetic Licence")の主張を見てみよう。ここでドライデンは、詩の生命たる「イメージすること (imaging)」について論じ、「ファンシーの産物」である妖精や小人や魔術を描いたシェイクスピアの『夏の夜の夢』や『テンペスト』もまた擁護すべきだと

いう（Dryden, XII, 94-95）。この主張からは、こうした「ファンシー」の産物を描くことを批判する風潮があり、ドライデンがそれを詩的許容として擁護しているという事態が確認できる。これは、イマジネーションやファンシーをいかがわしいものと見なしていた当時としては、当然のことかもしれない。ドライデン自身も『恋敵の貴婦人たち』（*Rival Ladies*, 1664）に付けた書簡体の献辞において、イマジネーションが判断力によって抑制されるべきだと論じている。すなわち「詩人におけるイマジネーションはあまりにも放縦で無法（Lawless）なので、判断力を越え出ないように、盛んにうろつき回るスパニエル犬にするように、枷を付けておかなければならない」のである（VIII, 101）[19]。こうした主張は、理性的に詩人のイマジネーションを批判していたシーシアスの主張とも通底するだろう。

それでも「イメージすること」の重要性を説くこの「英雄詩のための著者の弁明——詩的許容」では、人間の像と馬の像とを結合したヒッポケンタウロスが「イメージされたもの」として紹介されており（XII, 94）[20]、ドライデンが結合作用を伴うものとして語られる「イマジネーション」や「ファンシー」概念の伝統を受け継いでいることがわかる。「見えないものの現前化」に関わる「イマジネーション」理解に留まると、どうしてもそれは妄想や白昼夢を

18 本節における考察では、全般的にAbramsの文献を参照した。

19 ファンシーや「無法な（lawless）」イマジネーションを判断力によって抑制すべきだという主張は『劇詩論』（*An Essay of Dramatic Poesie*, 1667）でも繰り返される（XVII, 78-80）。同様の主張は、一七―一八世紀のテクストで多く取り上げられている（たとえば、ダフ〔Duff, 6-21〕やジェラード〔Gerard, 36-38〕など）。おそらくこれは、ダフがクインティリアヌス（Quintilianus, II, 4. 7）を引用して示唆しているように（Duff, 39）、もともと才（ingenium）と判断力（iudicium）との対比として理解されていた古代の考え方に由来するのだろう（第三章序参照）。ホッブズの『リヴァイアサン』でもingeniumの定訳であるウィット（wit）が判断力と対置されている（Hobbes, I, 8）。ポープにおけるウィットはかなり多義的であるが、『批評論』（*An Essay on Criticism*, 1711）に判断力と対置する同様の主張を見ることができる（Pope〔a〕, 80-83）。註23参照。またイマジネーションを「盛んにうろつき回る（High-ranging）スパニエル犬」に喩える考え方は、「『驚異の年』序文」にも見ることができる。そこでは、作家のイマジネーションが観念を記憶の中から飛び出させることを、スパニエル犬が野原でうろつき回り（ranges）狙った獲物を猟師の前に飛び出させることに喩えている（Dryden, I, 53）。

見る不健全な思考として見下されがちだが、五智論の系統における「イマジネーション」や「ファンシー」は、健全な人間の思考力の一つとして認知されるため、批判を受けることも少なくなるのである[21]。

このドライデンの「イマジネーション」理解は、五智論というよりむしろ経験論に基づくものというべきかもしれない。すなわち五智の区分自体は一七世紀になるとほとんど見られなくなり[22]、代わって結合作用を伴う「イマジネーション」ないし「ファンシー」概念は新たに経験論の考え方に吸収されることになるのである。シェイクスピアとほぼ同時代のフランシス・ベイコン（Francis Bacon, 1561-1626）は、『学問の進歩』（*Advancement of Learning*, 1605）において、自然が切り離しているものを思いのままに結びつけ（join）、自然が結びつけているものを切り離す（sever）能力として「イマジネーション」を規定している（Bacon, II, 119）。ここではこのイマジネーションが詩に必須のものと考えられており、イマジネーションを用いた自由な詩作が詩的許容として認められることについても言及されている。また経験論の立場を明確にしたホッブズは、『リヴァイアサン』（*Leviathan*, 1651）において、イマジネーションないしファンシーが獲得された映像的記憶の再現であるとし、それをそのまま再現する「単純なイマジネーション」と、諸観念を結合してケンタウロスを思い描くような「複合的イマジネーション」とを挙げている（Hobbes, I, 2）[23]。このように経験論では「イマジネーション」や「ファンシー」は狂的な夢想ではなく、健全な能力として理解されるのである。ドライデン自身もすでに『驚異の年』序文において、「イマジネーション」と「ファンシー」を修辞学の「発想」、「配列」、「措辞」の概念と重ねる論を表明しており、「イマジネーション」や「ファンシー」を詩作の技法としてとらえる見解を示していた（Dryden, I, 53）[24]。そうであればこそ、シェイクスピアの「イマジネーション」や「ファンシー」を詩作の技法として擁護することが可能になったのだといえよう。

一七〇九年にシェイクスピア全集を出したニコラス・ロウ（Nicholas Rowe, 1674-1718）は、その序文（"Some Account of the Life of Mr. William Shakespeare"）において、シェイクスピアの様々な美点を挙げた後、「しかしこの著者

20 二年後のドライデンの『トロイラスとクレシダ』(*Troilus and Cressida*, 1679) 序文に付けられた「悲劇における批評の基礎」("The Grounds of Criticism in Tragedy") では、『テンペスト』に登場する怪物キャリバンについて、「馬と人間との別々の理解からイマジネーションがケンタウロスを形成したように、夢魔と魔女との理解から、シェイクスピアは彼の怪物を生み出したのである」と述べている (XIII, 240)。ちなみに同じ箇所ではこのキャリバンについて、シェイクスピアが「自然の内にない人物を創造 (create) したように見える」とも述べられている (239)。比喩的であれ、詩人のイマジネーションに創造性を認める発言としては、かなり古い例だといえる。

21 「悲劇における批評の基礎」には、詩的狂気に対する否定的見解も見ることができる。ここでドライデンは、詩作が「良い資質か狂気か (εὐφυοῦς ἢ μανικοῦ)」どちらかに恵まれた者であるべきだというアリストテレスの『詩学』一七巻 (1455a) の主張に言及し、カステルヴェトロ (Lodovico Castelvetro, 1505-1571) による原典批判を踏襲して、この記述が「良い資質であって狂気ではない (εὐφυοῦς οὐ μανικοῦ)」と是正すべきだと主張している (Dryden, XIII, 241-242, n. 545)。たしかにドライデンは『アブサロムとアキトフェル』(*Absalom and Achitophel*, 1681) において、「偉大なる才はたしかに狂気に近似しており、薄い仕切りがそれらの境界を分かつものだ (Great Wits are sure to Madness near ally'd ; And thin Partitions do their Bounds divide)」(I, 163-164〔Dryden, II, 10〕) という有名な一節を残しているため、いわゆる狂気を肯定的にとらえる「狂気と天才は紙一重」に似た主張をしたとされることが多い (たとえば Coleridge, V-1, 388)。だがこの一節は、後に謀反を起こすことになるアキトフェルを乱世向きの才能ある政治家として紹介する部分であり、その文脈から理解せねばならない。前註でふれた『トロイラスとクレシダ』序の「悲劇における批評の基礎」において、「悪事への自然的傾向以外の理由なしに悪人をつくりだすことは、詩において、原因なしに結果をつくりだすことになる」(XIII, 235) とすでに述べていたドライデンは、才能あるアキトフェルがやがて悪事に走ることを予見的に示すために、その才能が狂気と紙一重の危険なものであることを暗示したのだろう。ドライデン自身は狂気を批判的にとらえているのである。なお『アブサロムとアキトフェル』の一節がセネカの『心の平静について』(*De tranquillitate animi*, c. 49-62〔XVII, 10〕) の「いかなる卓越した才能も乱心の混じらぬことはなかった (nullum magnum ingenium sine mixture dementiae fuit)」をふまえているという指摘もあるが (Lewis〔b〕, 95 ; 99)、ドライデンは狂気と才能が「混じる」と述べているわけでもない。

22 五智説の名残を残すものとしては、バートン (Robert Burton, 1577-1640) の『憂鬱の解剖』(*The Anatomy of Melancholy*, 1632) を挙げることができよう。内部諸感覚がⓐ前脳室の司る共通感覚、ⓑ中脳室の司るファンタジーないしイマジネーション (評価力とか思考力ともいう)、ⓒ後脳室の司る記憶力に三区分されている。バートンはこのファンタジーが睡眠中に自由に働き、病気の人が見るような映像を表すと述べ、これを理性によって抑制されるべきものとしている。またこのファンタジーが詩人や画家に活用されているとしている点も、注目に値するだろう (Burton, Part. 1, Sect. 1, Memb. 2, Subs. 7)。

の天分（Genius）の偉大さが多く見られるのは、彼が完全に自らのイマジネーションに完全な自由を与え、自らのファンシーを人間や可視的世界の限界の上への飛翔へと引き上げる（raises his Fancy to a flight above Mankind and the Limits of the visible World）ところのほかにはあるまい」と述べ、『テンペスト』や『夏の夜の夢』、『マクベス』、『ハムレット』を称揚している（Rowe, 197）。ここでは「イマジネーション」ないし「ファンシー」は、単に擁護されるべき能力ではなく、賛美すべき美点となっている。

こうした評価の変化を理解するためには、天才による独創的な発想を重視するようになったドライデン以降のイギリスの批評空間を念頭に置く必要があるだろう。この制作論こそ、新旧論争を経たイギリスでは、伝統的な模倣論や古典的教養に基づく制作からの解放を支える思想だったのであり[25]、そのモデルとなる代表的な独創的作家こそシェイクスピアなのである。第三章序でもふれたようにアディソンは『スペクテイター』（No. 160, 1711）で天分について論ずる際、技術や学識に頼らず自己の本性の力ですばらしい作品を制作する才能を「偉大な天分」と呼び、近代フランス詩のように洗練される以前の古代詩を称賛した後、ホメロスらと同列に並ぶ詩人としてシェイクスピアを挙げている（Addison, II, 504-505）[26]。デニスも「シェイクスピアの天分と著述に関するエッセイ」（"An Essay on the Genius and Writings of Shakespeare," 1712）において、自己の本性に従って作品を制作するシェイクスピアをホメロスに匹敵する天才として讃え、彼の作品が大胆で強く正当なイマジネーションによって制作されたことを指摘している（Dennis, II, 4）。独創的作家の典型としてのシェイクスピア像は、さらにポープの「『シェイクスピア全集』序論」（"The Preface to *The Works of Shakespeare,*" 1725, Pope〔b〕, 403-404）など多くの著述家に受け継がれ、それと平行するかたちで、シェイクスピアの「イマジネーション」に対する賛美も継承されていくのである。

23　その後、ロックが『人間知性論』においてホッブズの経験論を受け継ぎ、白紙状態の心に貯えられた観念の結合によって思考を広げる能力を「才」(wit) として紹介している (Locke, II, XI, 2)。ここでのウィットとは、五智 (five wits) のウィットとは別物で、註19で言及したラテン語ingeniumの訳語である。ingeniumには「諸事物の類似性を発見する能力」としての意味もあり、卓抜な比喩（つまり表現すべき事物との類似性が一般には知られていないにもかかわらず、喩えてみると絶妙であるような比喩）を考案する際などに使われるとされ、バロック的な奇想主義で重視された概念でもある。これに対し対義語のiudiciumには「諸事物の差異を発見する能力」としての意味もある。この場合、もともと別の存在を類似したものととらえる放縦なingeniumを、iudiciumが抑制するというわけである。ロックはこのingeniumないしウィットの「諸事物の類似性を発見する」機能が、ファンシーの「諸事物を結合する」機能と重なると考えたわけである（この同一視についてはホッブズの『リヴァイアサン』〔Hobbes, I, 8〕も参照のこと）。これにより、ファンシーやイマジネーションもまた「諸事物の類似性を発見する能力」として理解されるようにもなる。たとえばバークは『崇高と美についての我々の観念の起原の哲学的研究』（*A Philosophical Inquiry into the Origin of our Ideas of the Sublime and Beautiful*, 1757）序論（1759）において、ウィットやファンシー、イマジネーション、さらにはインヴェンションがすべて同じものであるとし、観念の結合によって新しいものを創造する能力としているが（Burke, I, 105）、同時にロックをふまえて「イマジネーション」が類似を見つける能力、「判断力」が差異を見つける能力であるとも述べている（106-107）。いずれにせよこの時代には、様々な概念が混用され、複雑に変化していくので、文脈ごとに慎重に語意を見定めていく必要がある。

24　第三章序や同章第二節でもふれたように、修辞学における弁論の作成は「発想」、「配列」、「措辞」という段階をふむのであるが、ドライデンは詩作も同様の過程をふむと見なし、その三段階すべてにイマジネーションの喜びがあると主張するとともに、特に「配列」に相当する第二段階に「ファンシー」の用語をあてているのである。同年に発表されたミルトンの『失楽園』（*Paradise Lost*, 1667）にも、結合作用をもつファンシーについて言及があり（5, 101-113）、文学者の間でも経験論的イマジネーション理解が浸透していることがわかる。

25　たとえばロウは、ベン・ジョンソン（Ben Jonson, 1572-1637）がシェイクスピアを学識不足や古典的教養の無知という観点から批判していたことを伝えているが、ロウ自身はむしろその点を逆に評価し、シェイクスピアが話の基盤以外を他から借用せずに完全に自分自身の筆法で執筆したことを称賛している（Rowe, 193-194）。

26　アディソンは同じ『スペクテイター』の四一九号で、ドライデンのいう「〔イマジネーションだけの力による〕空想的な書き方」（「『アーサー王』献辞」〔“Dedication of *The King Arthur*” 1691〕、Dryden, XVI, 7。ただし引用文中の〔　〕内をアディソンは表記していない）で書かれた詩が古代よりも近代に多く、近代においてはイギリスが最も顕著であり、イギリスの中でもシェイクスピアが抜きん出ているとしている（Addison, III, 422-424）。そしてシェイクスピアは、自らの「天分」でしか役立たぬ領域で「ファンシー」によって成功をおさめているという。この「空想的な書き方」の主張はボードマー（Johann Jakob Bodmer, 1698-1783）を通じてドイツ語圏にも影響を与えたという（Abrams, 276-278）。

しかしドライデンからの系譜をふまえるとともに、イデア論自体の衰退についても注目しなければならない。すなわちベッローリを参照したドライデン自身は、心に浮かぶ観念をプラトン的イデアと見なすキケロ以降の伝統を受け継いだものの、経験論の盛んになる時代において、もはや「イデア」の実在を認めること自体が困難になってくるのである。またドライデンにおいてはその観念のイデア性こそが発想の価値を保証するものであったが、ドライデン以後はむしろ発想の独創性にこそ価値を認めるようになり、観念にイデア的な要素を求めなくなっていくとも考えられる。いわば観念を生じさせる心の働きへの注目が、無からの創造を可能にするイマジネーション概念を認める受け皿となっていくのである。

こうした動きの中で特に注目すべきは、ウォーバートン版『シェイクスピア全集　全八巻』（*The Works of Shakespear in Eight Volumes*, 1747）に記された文章である。ここには次のように記されている。

> これら二つの劇『テンペスト』と『夏の夜の夢』は、シェイクスピアに特有の、あの崇高で驚異的なイマジネーションの最も高貴な力作であり、良識を越えることなく、自然の境界の上に舞い上がるのである（soars above the Bounds of Nature）。（Warburton, B2〔3〕〔*Tempest*, n. 1〕）

ウォーバートン（William Warburton, 1698-1779）はこの全集の最初に『テンペスト』、次に『夏の夜の夢』を置き、その『テンペスト』の最初のページの脚註という目立つ場所に、この文章を置いている。こうした編集自体が、シェイクスピアをイマジネーション豊かな詩人として印象づけるものだといえよう。

そして同じ年、『新しい喜劇の批評的研究』（*An Examen of the New Comedy, Call'd The Suspicious Husband. With Some Observations upon our Dramatick Poetry and Authors*, 1747）に、匿名の著者によって「シェイクスピア、劇作家」（"Shakespeare the Dramatist")というエッセイが記されることになる。ここには次のような文章を見ることができる。

彼〔シェイクスピア〕は批評の限界を越えるのみならず地と天の限界をも越えてそれ〔イマジネーション〕に舞い上がるのを許し、彼自身の創造物の新しい世界へのそれ〔イマジネーション〕の飛翔を許す（He has permitted her to soar not only beyond the Critick's Limits but ev'n those of Earth and Heav'n, and to take her Flights into new Worlds of his own Creation!）。(Anonym, 260)

一七〇九年のニコラス・ロウの文章、あるいは一七四七年のウォーバートンの文章を直接的にふまえているのか否かは明らかではないが、現実世界の限界を超えるものとしてシェイクスピアのイマジネーションを賛美する論調を、ここに認めることができよう。のみならず、ここではシェイクスピアのイマジネーションが創造的であることまで主張されている。そして著者はこの直後に、「彼は自らの『夏の夜の夢』において、いかに正確に自らを描いていることか」と述べ、『夏の夜の夢』第五幕第一場の「詩人の目は、お見事な熱狂の中でぎょろぎょろ動き、／天から地を、地から天を瞥見する。／そしてイマジネーションが具体化する／未知の物事の姿を、詩人のペンは／形あるものとし、空虚なものに／居場所と名称を与えるのだ」の部分（V, 1, 12-17）を引用する（260-261）。つまり著者は、シーシアスによる詩人批判の文脈を隠し、同じ箇所を詩人のイマジネーション賛美の文脈に読み替えているのである。『夏の夜の夢』のテクストを正確に知る読者であれば、この引用が誤解ないし恣意的曲解に基づいていることに気づくだろう。だが少なからぬ読者は、『夏の夜の夢』において創造的なイマジネーションが言及されているかのように誤解してしまうのではないだろうか。

同様の読み替えは、トマス・スワード (Thomas Seward, 1708-1790) の『フランシス・ボーモント氏、およびジョンフレッチャー氏著作集』(*The Works of Mr. Francis Beaumont, and Mr. John Fletcher*, 1750) 序文にも見ることができる。ここでスワードはシェイクスピアについて論じているわけではないのだが、ボーモントとフレッチャーの「天分」が「新しい存在や新しい世界を形成する創造的力能」をもつことを紹介し、「空虚なものに／居場所と名称を与えるのだ」という引用（V,1, 17-18）を挿入するのである（Seward, 386)。

さらにはジョン・エイキン（John Aikin, 1747-1822）が『歌謡創作論』(*Essays on Song-Writing*, 1772）において、次のような論を立てる。あらゆる国の詩は、外的対象やリアルな感情を忠実に模写することから始まったのであろうが、人間には「自然の光景の境界を越えて（beyond the bounds of natural vision）視野を広げ続ける内的な目」すなわち「イマジネーション」があるという（Aikin, 6)。エイキンはこのイマジネーションに「抽象観念を具体化」したり、「予想外の類似性を示唆」する作用を認めるのみならず、「まず創造し、絶対的な主権でもって被造物を統括する」と述べる（6-7)。そして「我々の偉大なシェイクスピアは、詩的であるに劣らず的確かつ哲学的に、この能力を以下の数行で描写している」と述べ、『夏の夜の夢』当該箇所の「詩人の目は」から「名称を与えるのだ」までを引用する（7)。

このエイキンのテクストからは、イマジネーションに類似性の示唆といった経験論的な作用を認めつつ、さらにそこに創造性をも認めようとする姿勢を読み取ることができる。つまりここには、経験論と創造論とを折衷することによる齟齬が内在しているのである。というのも経験論的な文脈では、いかに独創的な発想であれ、知覚を通じて経験的に獲得された既存の観念を再現したものにすぎず、「創造的」という形容語句は比喩的にしか認められないからである。たとえば天才や独創の重要性をくどいくらいに強調するダフの『独創的天分論』でも、天分を成り立たせる中心的要素を「イマジネーション」としてはいるが、その働きは、記憶に蓄えた諸観念の解体と結合によってそれ自体の「創造物（creation)」を提示することだと述べられている（Duff, 6-8)。事情はジェラードの『天分論』においても同様で、天分を支える発想の源泉であるイマジネーションにはいくらか創造的力能があるとしながら、その働きは「知覚を転移し、変化させ、合成して諸形態の無限の多様性へと至らせ、まったく新しい無数の結合をつくりだそうとする」こととしている(Gerard, 30)。このように文学的伝統においては新しい発想を生み出す独創性が重視される一方で、それを理論的に説明しようとするなら、諸観念の新しい結合として経験論的に説明せざるをえず、無から何ものかを生み出すような「創造的」イマジネーションを理論的に論じることができなかったのである。エイキンもまた、この経験論と創造論との齟齬を解消できずにいるのだといえよう。

あらためて繰り返すまでもなく、『夏の夜の夢』における「イマジネーション」の作用は、伝統的な意味での「見えないものの現前化」である。だが経験論的な思考に馴染む論者たちにとって、『夏の夜の夢』の記述は創造性を印象づけるものとなる[27]。したがって、独創性を重視する論者たちは、理論的には整合的に説明しきれないものの、『夏の夜の夢』を引き合いに出すことによって、経験論を越えた創造的イマジネーションを印象づけようとしたのであろう。つまり一八世紀中葉以降の文学者にとって、『夏の夜の夢』の記述は、経験論的なイマジネーション論への不満を自覚させ、それに代わる創造的イマジネーション論を模索する誘い水となるのである。

イマジネーションに創造性を認める『夏の夜の夢』解釈は、ロマン主義第一世代のワーズワス(William Wordsworth, 1770-1850)に受け継がれる。ワーズワスは「『一八一五年詩集』序」("Preface to *the Edition of 1815*")においで、ウィリアム・テイラー(William Taylor, 1765-1836)の『識別されたイギリスの同義語』(*English Synonyms Discriminated*, 1813〔ワーズワースは *British Synonyms discriminated* と表記している〕)における「イマジネーション」ないし「ファンシー」の概念規定を批判し、『夏の夜の夢』当該箇所を念頭に置いた自説を展開するのである。ワーズ

27　ジェラードも、理論的には経験論を踏襲しつつ、「それ(イマジネーション)はすぐに、地から天へ、天から地へと突進しうる」と述べている(Gerard, 30)。シェイクスピアからの正確な引用ではないが、これも『夏の夜の夢』(V, 1, 13)をふまえているだろう。

ワスの批判するテイラーによると、「イマジネーション」とは感覚（特に視覚）を通じてとらえたイメージを心の中で再現する能力であり、「ファンシー」とは蓄えた諸々のイメージを結合する能力である。どちらも対象が現前しなくともイメージを再現する能力であり、結合作用を伴う「ファンシー」のほうがより装飾的なものを産出するとされている（Wordsworth, 54）。この考え方は明らかに五智論の伝統を引くものであり、とりたてて奇抜なことを主張しているわけではない。しかしワーズワスはこの説明ではイマジネーションもファンシーも「記憶の様態にほかならない」ことになってしまうと批判し、次のように述べる。

> もしもこの二つの語が上述の意味しかもたないのであれば、地から天を瞥見する目をもち、形あるものとするよう詩人のペンに促されたものを具体化するという精神的な特質をもつ詩人が、「すっかりぎゅう詰め」である能力を示すのに、どのような用語が残っているというのだろう？（55）

一読して明らかなように、ここではシェイクスピアの『夏の夜の夢』第五幕第一場に由来する語が多く用いられている。すなわちワーズワスは、「地から天を瞥見する」（V, 1, 13）、「形あるものと」する（16）、「詩人のペン」（15）、「具体化する」（14）、「すっかりぎゅう詰め」（8）という『夏の夜の夢』の言葉を用い、そこで語られたイマジネーションないしファンシーがテイラーに看過されていることを批判しているのである。前後の文脈から切り離してテクストの一部を任意に抜き出し、イマジネーションを賛美するこのような評価こそ、後世の批評家の踏襲した常套手段でもある。類例は、ハズリット（William Hazlitt, 1778-1830）の『英詩人に関する講義』（*Lectures on the English Poets*, 1818）の第一講義（Hazlitt, 166）やマコーリー（Thomas Babington Macaulay, 1800-1859）の「ミルトン論」（*Essay on Milton*, 1825）（Macaulay, 7）をはじめ[28]、現代の数多くの『夏の夜の夢』論に至るまでいくらでも見つけることができるだろう。このように考えるならば、『夏の夜の夢』のイマジネーション概念に創造性を読み取ろうとする解釈は、まさにそうしたイマジネーションを認めようとし、それをテクストの正確な読解よりも優先させた一八―一九世紀の批評群に端を発していると考えるべきであろう。

結局のところ、ワーズワス自身もまた、説得力のある創造的イマジネーション論を理論的に確立できたとはいいがたい。だが周知のように、彼と問題意識を共有する友人コウルリッジが、彼とともに思索を深め、『文学的自叙伝』(*Biographia Literaria*, 1817) において創造的イマジネーション論を確立することになる。詳細については次章で検討することになるが、創造的イマジネーション論は彼の言う「第一のイマジネーション」へ、そして経験論に連なるイマジネーションやファンシーは、観念連合説を取り込んだ総合的な「第二のイマジネーション」や素朴な結合能力としての「ファンシー」へとそれぞれ整理されることになる (Coleridge, 7-1, 304-305〔I, 13〕)。こうして『夏の夜の夢』の「イマジネーション」概念に対する誤解は、創造的イマジネーション論と、それを理論的支柱とするイギリス・ロマン主義を、副産物として生み出すことになるのである。

結び

以上の考察をまとめよう。本章では作品本文の分析と概念史的考察、さらにはシェイクスピア自身の用語法の検討を通じて、『夏の夜の夢』第五幕第一場冒頭部分で言及される「イマジネーション」や「ファンタジー」、「ファンシー」が創造的な能力ではなく、信用できない単なる空想にすぎないことが明らかになった。当該箇所では、単にその空想

28 特にマコーリーは、詩的狂気を肯定する文脈で『夏の夜の夢』を引用している点で注目すべきだろう。

が信用できないものとして批判されていたにすぎないのである。しかしそれらの概念は、詩作に独創性や創造性を求めるようになった一八―一九世紀の文学思潮の中で注目され、前後の文脈から切り離されて、創造的な能力として曲解されることになる。こうして生じた誤解によってこそ、経験論の枠組みを越える創造的イマジネーション論が構想され、イギリス・ロマン主義が形成されていったのである[29]。

29　この問題は、イギリス一国の問題ではない。というのもドイツのヘルダーが『彫塑』(*Plastik*, 1778) 第五章において、「前者〔詩人〕は、ファンタジーの飛翔、および彼に宿る創造者の力の飛翔が彼に刻印した限界よりほかに、いかなる限界も知らない」と述べ、一七四七年の匿名氏やエイキンが引用したのと同じ箇所を『夏の夜の夢』から引用しているからである (Herder, 284)。ここでは詩的イマジネーションの創造性が、詩人に宿る神の力によることが言及されているといえよう。すでに「シェイクスピア」(“Shakespeare,” 1773) において彼の独創性を高く称揚し、独創的な創作の必要性を強調していたヘルダーのこの主張は、まだ創造的イマジネーションというものに馴染みがなかったドイツの読者たちの目に、どのように映ったであろうか。シュトゥルム・ウント・ドランク時代前夜のこの記述のもたらした影響についても、考察の余地が残されている。

第五章　コウルリッジのイマジネーション論

序

イギリス・ロマン主義の詩人であり思想家としても知られるコウルリッジ(Samuel Taylor Coleridge, 1772-1834)は、『文学的自叙伝――私の文学的な人生と意見との伝記的素描』(*Biographia Literaria, or Biographical Sketches of My Literary Life and Opinions*：以下『文学的自叙伝』)を一八一七年七月に発表し、独自のイマジネーション論を提唱したことで知られる。その半年後の一八一八年一月以降、コウルリッジは「方法の原理に関するエッセイ」("Essays on the Principles of Method"：以下「方法の原理」)を発表し、真理に到達するための推論方法について論じている。一見したところ、この二つの論文の内容が重なるようには見えず、管見の限りでは両者の密接な関係を詳述した論文も見当たらない。しかし実際にはこれらの二つの論文には、共通の問題意識を見出すことができる。したがってそれらを比較することは、従来とは異なる観点から彼のイマジネーション論を見直す契機となるだろう。本章ではこうした問題意識に基づき、あらためて彼のイマジネーション論がどのようなものであり、どのようにして成立したのかを明らかにしたい。

まず第一節では、『文学的自叙伝』第一三章の有名な箇所を中心に、コウルリッジのイマジネーション論について概観し、その言説の内容を確認したい（なお本稿でコウルリッジの「イマジネーション論」とするのはこの箇所に要約される議論であり、他の時期のイマジネーション論を原則として含まない）[1]。このイマジネーション論に関して先行研究は多いものの、意外にも当該箇所を網羅的・逐語的に解釈しているものは、管見の限りではほとんど見当たらない。「コールリッジの『空想』と『想像力』との区別や、『第一想像力』と『第二想像力』の定義などは有名であるが、いずれも十分な論理的説明がなされているとは思われない」という指摘もある以上（上村、一〇八、註一五）[2]、不明瞭な箇所の残るようなつまみ食い的解釈は避ける必要があるだろう。先行研究と重複する可能性がありながら（とはいえ、同様の解釈のように見えても、その解釈の深度を測りかねる研究がかなり多い）紙数を割いてこの短いテクスト自体の分析を試みるのは、以上の理由による。第二節では「方法の原理」について検討し、彼のイマジネーション論との密接な関係を確認する。推論方法をめぐるこの問題系から見直すことで、逆に彼のイマジネーション論の成立事情も明らかになるだろう。以上の手続きを経て、コウルリッジのイマジネーション論が理性論と表裏一体のものであり、従来のイマジネーション論やドイツ思想のみならずミルトンの『失楽園』第五巻の影響を受けて成り立っていることを明らかにしたい。

1　先行研究の多くは、『文学的自叙伝』以外の著作に書かれたイマジネーション論をも参照し、総体的に理解しようとしている。しかしイマジネーションを二段階に分ける考え方は『文学的自叙伝』第一三章以外に見られず、一時的な思考の産物である可能性が高い。第二節dで論じるように、直前に書かれたとされる『政治家必携の書』（*The Statesman's Manual*, 1816）におけるイマジネーション理解と比べても看過されざる相違が認められることをふまえるならば、時期の異なるテクストを傍証として総体的に解釈することは避けるべきだろう。

2　『文学的自叙伝』のイマジネーション論が明瞭性を欠くということは（佐々木健一〔a〕、八八、註二〇）でも指摘されている。

第一節　コウルリッジのイマジネーション論解釈

a　イマジネーションとファンシーとの区別、および創造性の問題

まずさっそく『文学的自叙伝』第一三章の有名な箇所を引用し、コウルリッジのイマジネーション論について概観しておきたい。

私はイマジネーションを、第一のものか第二のものかであると考える。第一のイマジネーションについては、あらゆる人間の知覚の活力であり、その知覚の根源的な発動者であり無限の我あり（I AM）における永遠なる創造行為を有限の心の中でなぞることだと私は考える。第二のものについては、前者の反映であり、意識的な意志と共存するものであると考えるが、しかしその働きの種類においては第一のイマジネーションと同一であって、ただ程度において、その作用の様式において異なるものと考える。それは再創造するために溶解し、放散し、消散し、あるいはこの過程が不可能になった場合でもなお、とにかく理想化し統一しようと努力する。あらゆる客体がちょうど（客体として）本質的に固定された死せるものである一方、それは本質的に生きたものである。これとは逆に、ファンシーは固定されたものや限定されたもののほかに使える持ち駒をもたない。実際、ファンシーは、時間や空間の秩序から解放された記憶の一つの様式にほかならず、選択という語でもって我々が表すあの意志の経験的現象と混合され、それによって変容される。しかし普通の記憶と同様に、ファンシーは連合の法則からつくられたその既成の素材をすべて受容しなければならない（Coleridge, 7-1, 304-305：また原文ではファンシーの説明の前で改行し、段落を分けている）。

多くの補足説明を要する文章である。ここでまず確認できるのは、コウルリッジが「イマジネーション」を二つに分け、それとは別の心的能力として「ファンシー」を挙げているということである。その他の問題については少しずつ時間をかけて解説するとして、まず「イマジネーション」と「ファンシー」との関係という問題から解説しなければならない。

コウルリッジの時代において、「イマジネーション」や「ファンシー」は特に詩の領域で注目された心的能力である。第三章で検討したように、一八世紀初頭以来、詩の制作には「独創性」が求められるようになり、独自の発想が詩人に求められるようになった。その結果、古典詩学の基盤を支える模倣論は次第に弱体化し、古典古代の美とは異なる魅力（たとえば崇高やゴシック趣味、あるいは身近な自然美など）に題材を求める傾向が生じるのみならず、想像的なものへの関心も高まり、現実にないものを現実化する詩人の心的能力を賛美する傾向も生じてくる。まさにそうした詩人の心的能力を「イマジネーション」や「ファンシー」として提示し、特に前者に「創造的な」性質を強調した先行的な主張としてシェイクスピアの『夏の夜の夢』第五幕第一場冒頭部分が注目されるようになったのも、一八世紀半ば以降のことだった。たしかに一方では「イマジネーション」や「ファンシー」の豊かさが「判断力」の欠如として批評家から批判される風潮もあったのだが[3]、それだけになおさら、創作の現場にいる詩人たちはこうした能力の必要性や機能を明確に主張する必要があったのだろう。

創造性の問題については、さらに若干の補足説明が必要である。詩人の発想に創造性を認めようとする考え方が高まってきたとしても、それはあくまでも文学の領域においてであり、当時一般に通用していた経験論の常識において

3　放縦な「イマジネーション」（および「ファンシー」）を「判断力」と対比し、前者を後者が制御すべきだという主張については、第四章第四節を参照のこと。コウルリッジもまた、一八一一年の講演でこの考え方について言及している（Coleridge, 5-1, 274）。

は、人間の能力に創造性を認めることはできなかった。すなわち人間の心は生まれながらに「白紙」状態であり、成年期の高度な思考も、感覚や経験を通じて獲得してきた知識を使いこなすことによって初めて可能になるものである。人間の思考に「創造的」な働きが見出されるように見える場合であっても、実際には記憶された知識を巧みに活用できているにすぎず、その語が本来意味するように「無から」何かを思いついているわけではない。したがって文学の領域におけるイマジネーションをめぐる議論は、いかにその詩作能力に創造性を認めることができるかという課題をはらみ、常識的な経験論の超克を期すものでもあったのである。

前章でもふれたように、コウルリッジの友人ワーズワスもまた、コウルリッジの『文学的自叙伝』の二年前、『一八一五年詩集』の序文で、「イマジネーション」と「ファンシー」について論じている。彼は、テイラーが「イマジネーション」と「ファンシー」能力を記憶の再現能力としてしか論じていないことに苛立ち、『夏の夜の夢』第五幕第一場冒頭部分を引き合いに出しながら、その不満を表明していたのだった（Wordsworth, 54-55）。だが逆に「イマジネーション」ないし「ファンシー」について自分なりの見解を示す段になると、ワーズワスは肝心の「創造性」について十分に説明しきれていないように見える。たとえばワーズワスは、絶壁にたたずむ羊や人間を「絶壁にぶら下がる」と形容するような、対象に付加的な特性を与える比喩表現や（56）、木立に紛れて姿を見せない郭公があたかも鳴声だけの存在であるかのように形容する、対象から何らかの属性を捨象する働きに、それらの能力の作用を認めている（57-58）。しかし「イマジネーション」や「ファンシー」が諸々のイメージを自由に結びつけたり改変したりすることはテイラーも論じており（54）、この程度の例でテイラーを糾弾するには説得力不足である。ワーズワスは他にも様々な例を挙げているが、「創造的」な表現とそうでない表現とをいかに区別できるのか、十分に示しえているとはいえないだろう。

また「イマジネーション」と「ファンシー」との違いについてのワーズワスの説明も、十分であるとは考えがたい。

「ファンシーは我々の本性の現世的な部分を活発にし紛らわすために与えられ、イマジネーションは人間の本性の永遠的な部分を鼓舞し維持するために与えられる」と論じられるため(65)、「ファンシー」は軽い娯楽に適した作品を生み、「イマジネーション」はより心に訴える作品を生むのだろうと推察できるが、多くの表現に関して両者を区別する基準がどこにあるのか、かなり曖昧であるといわざるをえない。「イマジネーション」を「ファンシー」よりも価値のあるものと見なす考え方自体はこの時代において珍しいものではないが[4]、ワーズワスがそれを十分に理論化できなかったことは否定できないだろう。

コウルリッジのイマジネーション論は、このワーズワスの主張に呼応し、その弱点を克服するものとして構想されたものである。すなわちコウルリッジは、わずかな文章表現に即して「どういうものがイマジネーションの所産か」、「どういうものがファンシーの所産か」と帰納的に種類分けするワーズワスの方法に疑義を呈し、「根本的原理を研究し、その後で種類から程度を演繹すること」を目指すことにしたのである(Coleridge, 7-1, 88)。「種類から程度を演繹する」という表現はやや不明瞭だが、先の引用文において「第一のイマジネーション」と「第二のイマジネーション」とが同じ「種類」であり、「程度」において異なるとされていることをふまえるなら、まずコウルリッジは原理的考察をして種類分けをし、さらに同じく原理的考察に基づいて演繹的に「程度」まで明らかにすると主張したいのだろう。

したがってコウルリッジの議論について検討するうえでは、次の三点を前提として考慮しておく必要がある。まず第一に、イマジネーション論はもともと詩論の伝統のうちで考察されてきたものであり、コウルリッジ自身もワーズ

4　第四章で論じたように、シェイクスピアの『夏の夜の夢』第五幕第一場冒頭部では「イマジネーション」も「ファンシー」も「ファンタジー」もほとんど同義語として用いられていた。しかし一八世紀以降の文人が「イマジネーション」に創造性を認めようとすることによって、「イマジネーション」の優越性が強調されていった可能性もあろう。

ワスの詩的イマジネーション論に触発されていたということである。たしかに先の引用文ではこのイマジネーション論が詩に関わるものであることを明示していないので、詩論としてのみ考察されているのかどうかについては検討の余地がある。そのことについては第二節以下で詳細に検討するが、第一節ではとりあえず詩論の枠組みの中で考えていくことにしたい。第二に、「イマジネーション」と「ファンシー」との相違を原理的に説明することが、課題として求められていることである。そして第三に、コウルリッジの議論において最大の課題になっているのが、いかにすれば詩人の制作能力に「創造性」を認めうるかという問題であるということだ。こうした問題意識のうえで、コウルリッジは「イマジネーション」を二種類に区分し、これらとは異なるものとして「ファンシー」を扱うことになる。以下では、最も理解しやすい「ファンシー」から検討していくことにしたい。

b　ファンシー

「創造性」が問題になるのは「第一のイマジネーション」においてであり、「ファンシー」はこの問題とは無縁である。すなわち「ファンシー」は「記憶の一つの様式」にすぎないのであり、感覚を通じて記憶されたイメージを再現する能力だと考えられる。「記憶の一つの様式」という語に「時間や空間の秩序から解放された」という修飾句が付加されていることから考えれば、「いつ、どこで経験した」といった制約もなく自由に記憶像を思い出す働きが想定されていると考えられる。

わかりにくいのは、その直前の説明である。「第二のイマジネーション」の説明の中で「固定された」ものが「死せるもの」とされた「客体」であることをふまえるなら、同様に「固定されたもの」とされる「ファンシー」の扱う素材も「死せるもの」であり「客体」であると考えられる。その意味では「第二のイマジネーション」の扱う素材も「ファンシー」の扱う素材も、ともに「死せるもの」であり「客体」であると考えられるが、そうなると「これとは逆に」とこれら二つの心的能力が対比される理由がわからない。明言されてはいないものの、おそらくは次のように考えるべきだろう。すなわち、これら二つの心的能力はともに「死せるもの」である「客体」を扱うが、「第二のイマジネーション」の場合はその素材から、いわば「生きた」制作物をつくりあげるのに対し、「ファンシー」は「死せる」制作物しかつくることができない。そうした所産についての言及が欠けてしまったために、わかりにくい対比になっているのではないだろうか。ともあれ「生きたもの」と「死せるもの」との対比については、「第二のイマジネーション」の解釈を待って再検討しなければならないので、この問題はｃで考察することにしたい。また「ファンシー」の扱う素材が「限定されたもの」とされるのは、それらが無限なるものではないということだが、これも「第一のイマジネーション」において言及されている「無限」なるものとの対比から考察されるべきなので、これはｄで再検討しよう。ここではただ、「イマジネーション」とは違って「ファンシー」が生き生きとした所産をつくれないのだろうという推測にとどめておきたい。

さて「時間や空間の秩序から解放された」「ファンシー」は、「選択」の影響を受けるという。つまり「ファンシー」は記憶の断片を「選択」しながら再構成することで、もとの記憶から「変容」された空想を生み出すということだろう。ワーズワスが羊や人間のイメージと「絶壁にぶら下がる」というイメージとを選択し、それを結びつけることによってもとのイメージを変容させてみせたように、記憶の諸断片を素材として自由にイメージを操作していくことが「ファンシー」の作用なのである。

他方、ファンシーは「連合の法則」からつくられた素材を扱う心の働きだともされる。「連合」とはいわゆる「観念連合」のことであり、ある観念がそれとの類似性や（時間的・空間的な）近接性、あるいは因果性といった諸性質に基づいて他の観念を思い起こさせる心の働きのことである。コウルリッジは『文学的自叙伝』第五章において、観念連合説の起源がすでにアリストテレスに認められるとしつつ、その学説史の中で特に、前章第二節でもふれた一六世紀スペインの人文学者ヴィーヴェスに注目し、この観念連合が「ファンタシア」の作用であるとされていることを指摘している（Coleridge, 7-1, 99）。「ファンシー」を連合の法則と関連づけるコウルリッジの主張は、基本的にこの考え方を受け継ぐものと考えてよいだろう。

以上をふまえたうえで「ファンシー」概念を噛み砕いて規定し直すならば、次のようにまとめることができる。すなわち「ファンシー」は創造性をもたず、通常の心理法則に基づいて記憶を再現ないし改変する心的能力である。それは「いつ、どこで経験した」という束縛からは解放され、自由気ままに思い浮かべることのできるものではあるが、既存のイメージを選択的に再現する以上の働きをもつものではなく、生き生きとした有機性をその所産にもたせることもできない。こうした日常的な思考能力を詩作に生かすとしても、有機的統一性のある傑作が生まれないことも明らかであろう。現段階で理解できる限りにおいて、「ファンシー」とはおおよそ以上のようなものと考えることができるだろう。

c　第二のイマジネーション

「ファンシー」の次に理解しやすいのは、「第二のイマジネーション」のほうである。その説明の第一文からは、これが「第一のイマジネーション」と密接な関係をもつことが読み取れるが、それだけに「第一のイマジネーション」の理解なくしてはその内実について説明できるものではないので、現段階では第一文についての説明を省略しておこう。第二文ではまず、「第二のイマジネーション」が「再創造」するものであることが示される。先に予告しておいたように、「創造性」が問題になるのは「第一のイマジネーション」においてなのであるが、何らかの形でそれと密接に関わる「第二のイマジネーション」は、すでに創造されたものをあらためて創造し直す働きであることが示唆されていると考えられる。すなわち「第二のイマジネーション」は、「理想」的なものないし「統一」的な所産を創造しようとするものなのである。ただしこの文章には目的語が抜けており、「第二のイマジネーション」が何を「溶解し（dissolve）、放散し（diffuse）、消散（dissipate）」するのかがわかりにくい。「再創造」するためということから考えるなら、思考の素材となる被造物のイメージをいったん分解することを意味すると思われる。しかしこの問題については、さらに『文学的自叙伝』第一四章の次の文章をふまえる必要があるだろう。

> 理想的な完全性において描写するなら、詩人は、その諸能力をそれらの相対的な価値や品位に応じて相互に従属させることで、人間の魂全体を行為へともたらすものだ。彼は、統合的かつ魔術的な力でそれぞれをそれぞれの内に混合し（blends）、（いわば）融解した（*fuses*）一つの調子を、すなわち統一性の精神を放散する（diffuses）のであり、こうしたものに対して我々はもっぱらイマジネーションという名を充当させてきたのである（7-2, 15-16）。

ここでは詩人のもつ諸能力を統合した能力が（第二の）イマジネーションであり、それが「統一性の精神を放散する」のだとされている。いわば諸能力の統合がイマジネーションの所産の統一性に反映されるわけである。したがって第一三章の「第二のイマジネーション」において「溶解し、放散し、消散」される対象は、思考の素材だけでなく詩人の諸能力でもあり、それらが統合された結果としてその所産も「統一」性をもつようになるのだと考えられる。コウルリッジが目的語を明確に示さなかったのは、客体である素材と思考の主体である詩人の諸能力との双方を含めた全体的な話として論じたかったからかもしれない。この問題については、dでもう一度検討しよう。

そして「第二のイマジネーション」が「本質的に生きたもの」であるとされるのは、単にその活動が生き生きとしているというのみならず、先述したように、これによってつくりだされるものも生き生きとしているということだろう。第一四章のように詩作に即して言えば、「統一」を目指すことなく再現された記憶の集積のようなイメージを「ファンシー」がつくりだすのに対し、「第二のイマジネーション」は、客体的素材の「統一」を目指す詩人の主観的な意志によって有機的統一がなされた詩を作りだすのであろう。いわば再統合された作品が単なる素材の混合物ではなく、いわば全体的に融和して生き生きとした生命観を感じさせるものとなるわけである。こうした相違が明示されることによって、第二の「イマジネーション」と「ファンシー」とが明確に区別されることになる。

以上をふまえたうえで「第二のイマジネーション」概念を噛み砕いて規定し直すならば、次のようにまとめることができるだろう。「第二のイマジネーション」は、何らかのかたちで「第一のイマジネーション」と密接な関わりをもち、人間の諸能力を統合した能力であり、素材となるイメージを融解し、再統合して統一性のある理想的かつ有機的な所産を作りあげる心的能力である。詩人であれば、この能力によって初めて、生き生きとした統一性のある詩を作ることができるのだと考えられる。現段階では「第二のイマジネーション」について、おおよそこのようなものと考えておけばよいだろう。

ただし「第二のイマジネーション」については微妙な問題があるので、それについて補足的に説明しておきたい。『文学的自叙伝』第一二章では、コウルリッジがかつて書いた「イマジネーション、つまり形成し変容させる能力。ファンシー、つまり集合させ連合させる能力」という文章が紹介され (7-1, 293)、「集合させ連合させる能力」をイマジネーションにも認めるべきとするワーズワスに対して反論がなされている (294)[5]。ワーズワス自身の見解は明瞭に理解できる。彼は絶壁にたたずむ羊や人間を「絶壁にぶら下がる」と形容するように、ある対象に対してそれとは本来無関係な特性を結びつけて比喩表現を作りあげる作用を「イマジネーション」と「ファンシー」とに認めており、そこに別種のイメージを「集合させ」る作用を認めるのであろう。第四章第二節で論じたように、「イマジネーション」や「ファンシー」に諸々のイメージを結合させたり分離させたりする作用を認めることは、伝統的な見解でもある[6]。

これに対し、コウルリッジの見解は必ずしも明瞭ではない。というのも、「第二のイマジネーション」が素材を統合して有機的統一を作りだすのだとすれば、なぜ「第二のイマジネーション」にも「集合させる」作用を認めないのか理解し難いからである。おそらくこの問題の答えは、コウルリッジにとって「第二のイマジネーション」が単に集合ないし結合することを目的とするものではなく、あくまでも統一的なイメージ世界を創造することを目的とするものであったということに求められよう。いわばコウルリッジにもまた、潜在的には「第二のイマジネーション」に「集合させる」作用を認める余地もあったのだが、その作用でもって「第二のイマジネーション」を概念規定するわけにはいかなかったのではないだろうか。この潜在的なニュアンスをも合わせて理解しておく必要があるように思われる。

d 第一のイマジネーション

さてそれでは「第一のイマジネーション」とはどのようなものなのだろうか。まず注目すべきは、「第二のイマジネーション」が意図を伴う能力、特に詩作の能力と考えることができたのに対し、「第一のイマジネーション」が「あらゆる人間の知覚の活力」とされていることである。したがって「第一のイマジネーション」は、詩人に限定されない人間一般に関わるものだと考えられる。それゆえ「第二のイマジネーション」がこれの「反映」であり「意識的な意志と共存するもの」であるとされるのは、「第二のイマジネーション」が人間一般に関わる「第一のイマジネーション」を基盤としつつ、そこにたとえば「詩を創作しよう」というような「意識的な意志」が加わって成り立つものであることが推察される。そして「第一のイマジネーション」が「創造」的な作用をもつのだとすれば、詩の創作にも

5　これは先述したワーズワスの『一八一五年詩集』序文で展開される議論である（Wordsworth, 63)。

6　『文学的自叙伝』第五章には「イマギナティオが単純に一つずつ感受したものを、ファンタシアは結合したり分離したりする」というヴィーヴェスの言葉も引用されており（Coleridge, 7-1, 99)、コウルリッジもこの伝統をふまえていることがわかる。

それと「同一」の作用が働くのであり、ただ人間一般の活動と詩作活動との間に見られる「程度」に応じて二つのイマジネーションが区別されるのだといえよう。それでは人間一般の「知覚」と「創造」的な作用とはどのように関係しているのだろうか。そして「無限の『我あり』」などといった謎めいた言葉は何を意味しているのだろうか。

「我あり」という語については、二つの観点から考察する必要がある。一つはデカルトのいう「我思う、ゆえに我あり（cogito ergo sum）」における「我あり（sum）」に即した観点である。『文学的自叙伝』では第一二章でデカルトの方法的懐疑について言及され、「我々がいなくても事物は実在する」という素朴実在論を「本質的な先入観」として退けたうえで（Coleridge, 7-1, 258-259）、「我あり」という命題が先入観とはいえないことをシェリング（Friedrich Wilhelm Joseph von Schelling, 1775-1854）に即して指摘している（259-260）[7]。というのも「我」が「我思う」の結果として導き出されるとすれば、このとき思惟される客体としての「我」と同時に、思惟する主体としての「我」も認められるからである。ただ客体として認識される他の事物に関しては、「その認識が誤りではないか」と疑う余地があった。しかし主体の側の「我思う」という否定しがたい認識体験は、その客体を主体としても確認できるものとなり、その認識の客体と主体との実在を信じる根拠ともなるわけである。これが認識される客体の実在を積極的に認める根拠となり、確かな知の出発点になるのである。

たしかにここでコウルリッジは「我々がいなくても事物は実在する」という素朴実在論を「本質的な先入観」としている。しかし彼は万物の客観的な実在を否定するようなフィヒテ（Johann Gottlieb Fichte, 1762-1814）的な観念論に陥ることを拒否し、むしろ逆に、「我々が実際に見ている（actually behold）すべてのもの」の実在を認める方向性を模索することになる（262）。すなわち「我あり」という「我」の実在を認めることを契機として、諸事物の実在が認め難い段階から、それらの実在する現状を許容する段階へと移行する可能性が検討されるのである。「我あり」を通じて諸事物の実在が初めて認められるようになる過程は、次のように説明できるだろう。

客体の実在を素朴に信じている場合、我々は「私がAを認識する」とか「Aが私の認識に対して現れる」というように、「私」という主体や「A」という客体をそれぞれの命題の主語となる主導者だと考えがちである。しかしAは実在の認められないものであるし、そのようなAを認識しているつもりになっている「私」の存在もそのレベルでは疑わしい。とはいえその認識作用が「ある」と思った体験さえも「ない」と見なしてしまうと、それはそれで事実を偽ることになるだろう。むしろ「私がAを認識する」と「Aが私の認識に対して現れる」という命題は同一の体験を語っているのだから、単純にこの認識体験の主導者が「私」と「A」とのどちらか一方だと思うことが誤りだと考えるべきである。すなわち「主体であると同時に客体であり、あるいはむしろ双方の絶対的同一性であるもの」の実在を認めなければならないのである（285）。このように「私」と「A」とを含み、かつその区分さえ融解して成り立つ高次の主導者が実在してこそこの体験が成り立ち、そこから「私」と「A」の実在が初めて認められることになるわけである。

表層的な認識主体である「私」のレベルを越えるこの根源的な主導者は、『文学的自叙伝』では「絶対的な我あり（the absolute I AM）」とされる（277）。「私」を通じて働く「絶対的な我あり」は、私にとって自己の意志を越えたものであり、この点で「意識的な意志」を伴う「第二のイマジネーション」とは異なるものとなる。いわばコウルリッジは、客体と区別されるような通常の意識における「私」と、「私」も客体も包含するような「絶対的な我あり」とのレベル差を鮮明に自覚し、人間の知覚の働きに「無から実在を生じさせる」作用を認める理論を根拠づけたのだといえよう。したがって「第一のイマジネーション」はたしかに万人の通常の知覚能力に潜在するものではあるが、しかし「絶対的な我あり」とともにあることが自覚できている人はほとんどいないといえる。換言すれば、「第一のイマジネーショ

7　これらの議論はシェリングの『超越論的観念論の体系』（*System des transzendentalen Idealismus*, 1800）の冒頭部で展開される議論であり、コウルリッジはその逐語訳を通じてこの説明をしている。

ン」を真に体感するためには、「我々がいなくても事物は実在する」という先入観から離れ、「絶対的な我あり」のレベルにまで自らを高めなければならないのである。

他方、「私」と「A」とを生じさせるこの根源的な「我あり」について考察すべき第二の観点は、『出エジプト』第三章一四で示される神の自称「我は我ありというものである（I AM THAT I AM）」における「我あり」、すなわち「神」に即した観点である（275, n. 1）。いわばコウルリッジは、「私」と「A」とを含む高次の主導者が神であると見なし、上述の認識作用と神による創造作用とが重なるものだと主張しているわけである。もちろん神は実際に無から存在を創造する存在であり、人間である「私」は思いのままに諸々の存在を創造できるわけではない。それゆえ第一三章の当該箇所では「絶対的な我あり」に「無限の」という形容詞が付き、かつその「創造行為」にも「永遠なる」という形容詞がつくのに対し、人間のもつ「創造行為」はただそれを「有限の心の中で」「なぞる」のだと説明されることになる。あらためて「限定的」な素材を扱う「ファンシー」と比較するならば、「ファンシー」は無限なる神の思考にも通じるような高次な思考ではなく、経験世界に閉ざされた非創造的な思考と考えられていることは明らかである。この点で「ファンシー」と「イマジネーション」とは明確に異なるのである。

以上をふまえたうえで、「第一のイマジネーション」概念をあらためてまとめてみよう。「第一のイマジネーション」は、人間が物事を知覚する際に働く心の作用である。その意味でこの作用は万人が体験できるものではあるが、（主体としての）自分と（客体としての）諸々の存在とが既存のものと信じ込んでいる大多数の人は、この「第一のイマジネーション」の作用を明確には自覚できない。そうした誤謬にとらわれない人にとって、「第一のイマジネーション」は、知覚以前の状態（知覚される存在がない無の状態）に知覚対象となる客体の存在を生み出す能力として自覚される。知覚以前の状態においては、主体もまた存在せず、無にすぎない。むしろ「知覚」という体験において初めて、知覚する主体が認識され、その存在が確認されるのである。したがって「知覚」という体験は、客体と主体とを同時に無から存在させる出来事だといえよう。この主体と客体とを同時に無から存在させる高次の主体が神であり、「知覚」という体験を通じて低次の主体（有限なる人間）はその創造行為に参与することになる。この際の創造作用が、「第一のイマジネーション」の作用なのである。したがってその「第一のイマジネーション」の主たる発動者は神であるが、有限なる人間も、その創造行為に主体として関わることができる。このとき有限なる人間は、主たる発動者の創造行為を副次的な発動者としてなぞることになるのである。上記の文章での規定から読み取ることのできる「第一のイマジネーション」とは、おおよそ以上のようなものと考えてよいだろう。

無限の「我あり」である神にとって、認識対象が現れる場は世界に先立つ無であり、それはいわば神の心でもある。この「創造行為を有限の心の中でなぞる」人間もまた、程度の差はあるにせよこの神の心を共有し、その認識対象が現れる事態に立ち会うことになる。このコウルリッジの考え方を「心」に関する思想史の中に位置づけるなら、次のようにも説明できるだろう。空間モデルで理解されるようになった「心」は、そこに「イデア」を内包できる空間としてキケロやベッローリによって拡張され、イデア論が廃れるのに応じてむしろ無から観念を創造する空間へと変容してきた。その流れを受け、創造に先立つ（認識に先立つ）「無」が人間の心にも想定され、そこに認識対象となるイメージを産出するのが主体（神－人間）だという考えが、ここに成り立つのである。その考え方は、「白紙状態」の心に認識対象をもたらすのが感覚だとする経験論に対する反論でもありつつ、認識以前の段階というものを想定するという点では経験論と同じ基盤を共有しているともいえる。コウルリッジと経験論との違いは、その心が「有限の心」の外側に神の心というべきものを想定するのか否かという点にかかってくるのである。

この「第一のイマジネーション」が万人の通常の知覚能力に潜在しており、それゆえ人間には創造的な思考作用があるとコウルリッジは考える。しかし先述のように自覚的に神の創造作用に参与できている人はほとんどおらず、その「第一のイマジネーション」の創造作用を「第二のイマジネーション」にまで連動できる人はきわめて少数である。

詩人の場合、身の回りの事物の実在を疑うまでに自己の内面に沈潜し、神の創造作用を体感しつつそれを詩作へと転換していくことが求められよう。また、すでに見たように、「第二のイマジネーション」によって、詩人は自己の諸能力を融解し統合するとともに、諸々の素材を融解し統合した作品を作ると考えることができた。ここに「第一のイマジネーション」の「反映」である主客合一の状態を認めることもできるだろう。「第二のイマジネーション」が「働きの種類においては第一のイマジネーションと同一」であり、「程度において」「異なる」とされていたのは、こうした考え方に基づいていると考えられる。

ともあれコウルリッジの議論において課題であった「イマジネーション」と「ファンシー」との区別は、とりあえず原理的に説明され、人間の思考に「創造性」を認めうることも、理論的に説明することができた。その「イマジネーション」の「創造性」こそ、経験論に対抗する根拠となるのである。

第二節　コウルリッジにおける推論の方法論とイマジネーション論

a「法則」と「理論」

『文学的自叙伝』出版の半年後の一八一八年一月以降、コウルリッジは「方法の原理」を発表し、推論方法についての独自の見解を披瀝している（Coleridge, 4-1, 448-524）。一見したところその内容はイマジネーション論と無関係であるようにも見えるが、しかし『文学的自叙伝』とも執筆時期の近いこの著作には、イマジネーション論を検討するうえで見逃せない主張を読み取ることもできる。本章ではまず「方法の原理」の内容を確認してみたい。

八回に分けられて発表されたため八節構成となるこの著作の第一節（448-457）では、筋の通った話を語るためには語るべき内容の順序についてよく検討すべきだという主張が、話の枕として論じられている。そして筋道立てて語るためには、かけ離れた様々なことをまとめ、「関連性」をもたせる「方法（Method）」が必要だとされる（454-455）。そのためには話を導く先導的な「思想」が必要になるが（455）、「連結する力をもつ（connective）」そうした「思想」の代わりに、「接合する力をもつ（co-adunative）」「イマジネーション」もまた有効だとされる（456）。

語り方よりもむしろ筋道立てて推論するための「方法」について検討されるのは、第二節以降（458-）であり、次の二つの「関連性（RELATIONS）」を見定めることが必要だとされている（458）。第一の「関連性」とは「法則」に関する「関連性」であり（458）、第二の「関連性」は第三節の冒頭で言及される「理論」に関する「関連性」である（464）。

第一の「関連性」については、幾何学のような精神的な学問のみならず、自然科学においても「法則」に基づいて検討されるべきだとされる（459）。幾何学的法則や自然法則というものが広く認められているため、その主張自体に違和感をもつことはあまりないだろう。しかしコウルリッジはさらに、学問的に検討される対象の関連性が「心の中に源泉をもつ真理によってあらかじめ決定されており、諸部分の観察から抽象化ないし一般化されてはいないようないかなる学問においても、我々はそこに法則の存在を確言する」と主張する（459）。すなわちコウルリッジが学問に見出す「法則」とは、対象の観察から導き出されるものではなく、心から涌き起こる「真理」によって決定された「関連性」なのである。この主張はさらに「物質界は、理性（reason）から独自に演繹された法則と同一の法則に従っている」（462）という端的な発言にまでつながっている。いわば物質界の法則は、たとえ観察によらずとも、理性から演繹して明らかにすることができるというわけである。

この主張には、うつろい変わる感覚によっては永続的な「法則」をとらえることができないというコウルリッジなりの根拠があり（461-462）、たとえば自然物を分類するためにはあらかじめ分類表を想定していなければならないはずであるという指摘や（466）、実際に自然学者も目的因を仮に想定したうえでそれを観察や実験の指針としているという指摘も（498-499）、この主張を裏打ちするものとなっている。ここには経験論に対する明白な異議申し立てが含まれているのである。そしてその主張は、経験論の元祖とされるフランシス・ベイコンさえもじつは実験に先立つ「知性の光（*Lux Intellectis*）」を頼りにしていたのだという第六節での議論において、一つの山場を迎えることになる（490）。

一方、筋道立てて推論する「方法」において見定められるべき第二の「関連性」は、「理論」に関する「関連性」である（464）。コウルリッジはこの「理論」というものを「法則」よりかなり劣ったものと考えている。すなわち第四節において、「実験に関わる学問や観察に関わる学問において、一般化の上に打ち立てられた理論によって」自然の原理が明らかにされることはないと述べているように（476）、「理論」は実験や観察から導き出された一般論であり、結局のところ何らかの原理を解明するようなものではないのである。なぜなら「理論」は限られた観察から導き出されたものである限り実際には不確実な仮説にすぎず、新たな発見によって覆される場合が頻繁にあるからだという（476-477）。たしかに「理論」化されることによって、その知識は記憶したり伝達することが容易になり、諸対象を「悟性的に理解すること（understanding）」も可能になるのだが（464）、しかし「理論」は最高の場合でもせいぜい「法則」への近似値にすぎないか、その発見のための仮の練習にすぎないのである（465-466）。

コウルリッジが第一の「関係性」と第二の「関係性」とを、そして「法則」と「理論」とを対比的に論じ、後者に対する前者の優位性を主張していることは明白である[8]。この「法則」と「理論」との関係は、ここまでの説明にも出てきた「理性（reason）」と「悟性（understanding）」との関係と重ねて考えることができよう。「方法の原理」と同年一一月に発表されたコウルリッジの「理性と悟性」（"Reason and Understanding," 1818）というエッセイでは、「理性」は「物質的で偶然的なものに対して目がもつのと同じ関係を、精神的諸対象、普遍性、永遠性、必然性に対してもっている一つの器官」と定義されている（Coleridge, 4-1, 155-156）。「法則」が「理性」から演繹されるという先の説明も、同じ考え方から来ているといえよう。これに対して「悟性的理解」ないし「悟性」は「感覚的なものの概念化」あるいは「我々が知覚対象に属する現象を一般化し、整理するのに用いる能力」だという(156)。これは先に見た「一般化の上に打ち立てられた理論」と重なるものだと考えられる。こうした理解に基づいて、コウルリッジは「理論」を打ち立てる「悟性」よりもむしろ「法則」を解明する「理性」に大きな信頼を寄せているのである。

b　理性の二重性

それではなぜ「理性」から演繹された「法則」が物質界の「法則」と一致すると主張できるのだろうか。なぜ対象を観察することなく、物質界の法則を解明できるといえるのだろうか。その問いに対し、「方法の原理」ではプラトンを引き合いに出して次のように論じられている。

その問いに応じることができるとプラトンが思った唯一の解答は、理性をそれ自体の外に越えさせ、そして理性の理想像であると同時に物質界の原因でもあり、両者の中の、両者の間の予定調和をつくりあげるものであ

8　『文学的自叙伝』第一二章に部分的に逐語訳が載せられた(Coleridge, 7-1, 252-256)シェリングの『超越論的観念論の体系』の冒頭部分では、主体がいかに客体を理解するかが論じられ、自然を理解しようとする自然哲学者が自然に「理論」を導入しようとしつつ、最終的には「あらゆる自然法則を直観や知性の法則の中に完全に精神化すること」を求めるのだと論じられている(256)。ここでは「理論」と「法則」とが必ずしも対比的に言及されているわけではないが、そこにレベルの差を読み取ることは容易である。また「法則」において主体と客体とが一致するという内容も読み取ることができる。コウルリッジがここから「法則」と「理論」についての構想を発展させた可能性も指摘できるだろう。ただし『超越論的観念論の体系』では、これが自然の側から知性への働きかけと考えており(256)、その自然哲学が超越論哲学と区別されている。その点に関してはコウルリッジの意に添わないだろう。むしろコウルリッジが共鳴しているのはそれ以後のシェリングによる同一哲学のほうであるように思われる。

ることの一致の基礎を、超感覚的本質の内に探し求めさせることになる。それゆえ、哲学自体が諸学問を補うものとなる結果、宗教は哲学の究極の目的となり、どちらも共通の目的すなわち叡智へと万物を収斂させるものとなるのだ。(Coleridge, 4-1, 463)

この文章からは、「理性」には少なくとも二段階あり、通常の「理性」とは別にそれを越えた「理性の理想像」なるものがあると考えられていることがわかる。これが「物質界の原因」でもあり、それゆえ理性の「法則」と物質界の「法則」との一致は、究極においてはこの超感覚的な「理性の理想像」ないし「物質界の原因」の内に探し求められるべきなのである。そして宗教と哲学とについての言及からは、通常の理性を行使するのが哲学であり、それが「理性の理想像」にまで高められたのが宗教であるということが推察できる。それらの究極の目的が「叡智」であり、それゆえ哲学は諸学問をまとめあげ、宗教へと向かうことが理想とされているのであろう。

じつは前節で検討した『文学的自叙伝』の第一〇章においても、理性を二段階に分ける記述を見ることができる。その記述はミルトンの『失楽園』からの引用文である。この文章は大天使ラファエルが堕落以前のアダムに語りかける台詞の一部であり、万物が神から生じたこと、それらが堕落しない限り神のもとに帰還する定めにあること (Milton, 5, 469-471)、被造物には様々な段階の生命があり、神に近いものほど霊的に純化されていくこと (471-479) などが語られた直後、人間に与えられる諸能力について次のような文章が続く。

〔……〕生命と感覚とを、ファンシーと悟性とを与える。そこから魂は理性を受け取り、そして理性が魂の本性である。それが推論的 (discursive) であれ、直観的 (intuitive) であれ。推論はしばしばおまえたちのもので、後者は我々のものだが、程度の差であって、種類においては同じである。(Milton, 5, 485-490 ; Coleridge, 7-1,

173-174)[9]

ここでは「理性」がいわば「推論的理性」と「直観的理性」とに分けられ、後者はラファエルのような天使たちがもつ「理性」であるとされる。たしかにこの引用箇所だけ見ると、「直観的理性」まで人間のもちうる「理性」なのか、それとももはや天使にのみ認められる「理性」なのか曖昧である。すなわち被造物の段階の話が植物から始まり(479-484)連続的に人間の内なる段階の話が続いていると見ると、「直観的理性」はさらに高次の天使の話に移行しているようにも見える。だが被造物の段階がそれぞれ神に近づくよう純化する可能性が示唆され(475-479)、やがて人間の身体も浄化されて霊的存在となり、天使と同じように空を飛び、天上の楽園に住むことさえできるようになるとされていることから考えると(497-500)、「推論的理性」と程度差でしかない「直観的理性」が人間の手の届かぬものではないと考えるべきだろう。

おそらくコウルリッジは、この「推論的理性」と「直観的理性」との区別をミルトンから借り、「直観的理性」を先に挙げた「理性の理想像」と同一視することで、「推論的理性」を「直観的理性」へと高めることを求めていたのだと考えられる。理性の二重性を認め、その働きが単なる推論の域を越え出ることができると考えるからこそ、コウルリッジは「理性」から演繹された「法則」が物質界の「法則」と一致すると主張できたのである。

9　ただし参照したミルトンの原文の四八六行目の表記が「Fancy and understanding」であるのに対し、コウルリッジの引用では「Fancy, and understanding」とコンマが入っている。それゆえコウルリッジに即すなら「ファンシー」よりも高次の段階に「悟性」があることになるだろう。だが『文学的自叙伝』第一三章でこの箇所をより長く引用される際は、コンマがなく「Fancy and understanding」と表記されている(Coleridge, 7-1, 295)。第一〇章の執筆の際には「ファンシー」と「悟性」との間にレベルの差を意識していたのか、コウルリッジが参照した版の『失楽園』ではどうなっているのか、それぞれのテクストの印刷は原稿を正確に反映しているのか、微妙な問題が残るだろう。

c「方法の原理」における理性論とイマジネーション論との類比

このような理性論は、彼のイマジネーション論とかなり密接な関係にあることが推察されよう。すなわち「直観的理性」は「第一のイマジネーション」と、それよりは一段低い「推論的理性」は「第二のイマジネーション」と、そして経験世界にとどまり比較的価値の低い「悟性」は「ファンシー」と、それぞれ類比的に考えられているのではないだろうか[10]。

まず「直観的理性」と「第一のイマジネーション」との類比について検討してみたい。そもそも「理性」に求められていたのは「法則」をとらえることであり、この究極の目的は「推論的理性」を越えた「直観的理性」に委ねられるのだった。ここで注目したいのは、「理性」から導き出された「法則」と物質界の「法則」との合致の問題が、「第一のイマジネーション」に見られた主客合一をめぐる問題でもあるということである。もちろん「第一のイマジネーション」が問題になっていた箇所では、認識の最初の段階における主体と客体との一致が問題とされているのに対し、ここでは客体である自然を主体である探求者が理解するための方法が問題となっているのであり、主体と客体との関係が意味するものは明らかに異なっている。しかし、より高次な主体によって主体と客体との一致を見出しうるという観点からは、「第一のイマジネーション」との間に共通点を見出すことはできる。「第一のイマジネーション」によって経験世界を越えて神と近似し、主客合一が成り立つという確信が、おそらくはコウルリッジに「直観的理性」の作用を信じさせ、こうした議論を成り立たせているのだろう。哲学と宗教とが「直観的理性」の内で統一されるとき、「我は我ありというものにある（I AM IN THAT I AM）」としか呼びえない存在への「内的な目」が開くという「方法の原理」における指摘は（Coleridge, 4-1, 519）、この仮定を裏づけるものだと言えよう[11]。

次に「推論的理性」と「第二のイマジネーション」との類比について見てみよう。「方法の原理」では、「部分相互の関係や部分と全体との関連性」の内に「法則」が見出されるという（459）。「第二のイマジネーション」がバラバラの素材を統合して理想的な所産をつくりだすように、「推論的理性」も諸々の考察対象を関連づけ、信頼するに足る「法則」を整備するのである。それはもちろん「直観的推論」と連動しておこなわれるのであるが、それも「第二のイマジネーション」と「第一のイマジネーション」との関係と類比的である。それはすでに挙げた引用に即せば、諸学問をまとめる哲学と宗教との関係とも重なるだろう。このとき学問の対象も総合化されるが、同時に学者の思考も「方法」として総合化されるのだと考えられる。

またコウルリッジは、物質界の「法則」が「理性」から導き出されうることを、自然の生産力と人間の知性との同一性という説明で繰り返し（Coleridge, 4-1, 497-498）、自然研究の際に目的因を仮に想定する方法を肯定している。彼はその際、自然の作用を「生命のないメカニズム」のように理解すべきではないと主張する（498）。これは「第一のイマジネーション」と連動する「第二のイマジネーション」が「本質的に生きたもの」とされ、その所産たる詩の有機性も示唆されていたことと比較できるだろう。そういった観点からも、「イマジネーション」と「理性」との類比が確認できるのである。

さらには「推論的理性」が「直観的理性」と種類において同一でありながら程度において異なるという関係も、「第二のイマジネーション」と「第一のイマジネーション」との関係と同様である。この点については、次節であらためて検討し直したい。

最後に検討するのは、「悟性」と「ファンシー」との類比についてである。これについては先の『失楽園』からの引用文において、「理性」よりも一段格下の能力として「悟性」と「ファンシー」とが並べて挙げられていたことを

10 先に挙げた「理性と悟性」でも、ミルトンのこの箇所の一部「そこから魂は理性を受け取り、そして理性が魂の本性である」（5, 486-487）が引用されている（Coleridge, 4-1, 156）。

11 「我は我ありというものにある」という表現は欽定訳聖書の表記とは少し異なるが、この表記のほうが明確になるとコウルリッジは考えている（Coleridge, 7-1, 275）。

すでに見た。さらに注目すべきは、「方法の原理」第八節において、「悟性」と並んで「ファンシー」が「物質の外的関連性を抽象化し、これらの現象を時間と空間のなかに、原因と結果という形式のもとに整理するよう、推し進める」とされている（517-518）。たしかに『文学的自叙伝』第一三章における「ファンシー」概念の規定を念頭に置くなら、「方法の原理」では記憶の選択的な再現とか観念連合、気ままな空想といった側面には光が当てられておらず、両著作における概念規定があまり整合的ではないようにも見える。だがそれでも次の三点に関しては、類似性も見られよう。まず第一に、「ファンシー」が「イマジネーション」ないし「理性」と対比的に位置づけられ、精神性や内面性、さらには主客を包括する「我あり」としての神とは無縁の心的能力とされていること、その裏返しとして第二に、「ファンシー」が経験世界に閉ざされた領域における思考として消極的な評価しか受けないこと、そして第三に、「ファンシー」の所産が結局のところ「調和統一」とはほど遠い一時的な気休めしかつくりだせないこと、以上である。「ファンシー」概念が一方では詩作のための心的作用として、他方では推論のための心的作用として用いられているため、一見すると概念的整合性に欠けるようにも見えるのではあるが、これが「イマジネーション」ないし「理性」と対比される能力としてそれぞれの文脈で扱われていたとすれば、とりあえずの説明にはなるのかもしれない[12]。

いずれにせよ推論方法をめぐる「方法の原理」は、その前年に発表された『文学的自叙伝』のイマジネーション論と密接に関わるものであり、「直観的理性」、「推論的理性」、「悟性」の三つが、それぞれ「第一のイマジネーション」、「第二のイマジネーション」、「ファンシー」と類比的に考えられていたと考えられる。

d　イマジネーション論の成立と『失楽園』

今度は逆に、理性論の観点からあらためて『文学的自叙伝』のイマジネーション論を見直し、その論がどのように成り立ってきたのかについて検討してみよう。

コウルリッジが理性論とイマジネーション論を類比的に構想していたことは、このイマジネーション論を論じる『文学的自叙伝』第一三章の冒頭に、先述の『失楽園』の引用文を含むさらに長い引用文（Milton, 5, 469-488）が置かれていることからも明らかである（Coleridge, 7-1, 295）。じつはここでは第一〇章での引用文の最後の一文が省略され、「程度の差であって、種類においては同じである」という説明が抜けているが、二つの「イマジネーション」の違いについての説明は、『失楽園』のこの箇所を念頭に置いたものであることは、もはや疑う余地もあるまい。この箇所には「イマジネーション」という語が用いられていないため、コウルリッジのイマジネーション論についての先行研究においてこの箇所は注目されないが、彼のイマジネーション論はこの箇所と関連して理解すべきものなのである。

じつは『文学的自叙伝』発刊の半年前の一八一六年一二月、コウルリッジは『政治家必携の書』という本を出版し、その付記Cで「理性」や「悟性」などを論じる際、『失楽園』のこの箇所に言及している。付記Cの冒頭部では、宗教との関係を念頭に置きながら「理性」と「悟性」との違いが強調され（Coleridge, 6, 59-60）、あらゆるものを統一的にとらえる「理性」に対し、「悟性とファンシー」は「無制限に総体を表すことができない」とされている（60）。そして悟性のみに従う生き方を批判し、「悟性」を「理性」に従わせることを推奨する文脈で、コウルリッジは「理性」

12 「イマジネーション」と「ファンシー」との相違について、「理性」と「悟性」との相違と重なる問題だとする指摘はすでにある（Willey [b], 27-29）。しかしここでは「イマジネーション」と「理性」との双方に見られる二区分については注目されておらず、またその比較も詳細に検証されているわけではない。本節では、ここで言及されない「方法の原理に関するエッセイ」における理性論との密接な関係を詳細に分析するとともに、『文学的自叙伝』第一三章を再検証し、彼の言うように「文学的な相違」が理性論に「受け渡され」たのではなく、もともとイマジネーション論がすでに理性論の問題と表裏一体であったこと、それゆえそのイマジネーション論自体が「文学的」な論とは限定できないことを明らかにしたい。理性論とイマジネーション論との密接な関係に関するその後のコウルリッジ研究をふまえた『コールリッジの創造的精神』第四章でもイマジネーションと理性とにそれぞれ二つあるという対応にまでは言及がなく（田村謙二、一九七—二三三）、また第五章で「方法の原理」が主題的に論じられる際にはイマジネーション論との関係は論じられなくなっている。

と「悟性」との違いについて、『失楽園』のこの箇所から「程度の差であって、種類においては同じである」という一行だけを引用するのである（69）。

もちろんこの箇所には誤解がある。すなわちミルトンが「理性」と「悟性」とを明確に区別したうえで「直観的理性」と「推論的理性」との程度差を示しているのに対し、コウルリッジはこれを「理性」と（深みのない明晰さを特徴とする）「推論的悟性」との程度差としてしまっているのである（69）。その結果、ここでは『文学的自叙伝』とも「方法の原理」とも異なる独自の主張が展開されることになる。すなわち、「明晰さを深みに結びつけ、感覚の豊かさを悟性のわかりやすさに結びつける完全化の力がイマジネーションであり、その内に吹き込まれた悟性自体が直観的になり、活力となる」というのである（69）。つまり「イマジネーション」によって「悟性」は「理性」や「感覚」と結びつくというのである。この『政治家必携の書』の本文中でも「イマジネーション」が「調停し仲裁する力」をもつとされており（29）、ものを勝手気ままに連合させる（arbitrarily associates）「ファンシー」（30）と対比されている。そその「イマジネーション」の作用により、付記Cでは「感覚」と「悟性」と「理性」とが結びつくわけである。その結果、「理性」は自らの内に「感覚」と「悟性」と「イマジネーション」を含むことになり（69-70）、『ソロモンの知恵』第七章に書かれた「知恵」として、「悟性すべてを通過する」「神の力の息吹」と見なされるに至る（69）。このレベルの「理性」は、もはや「いかなる人間の個人的所有物でもない」のであり（70）、それが人間の様々な思考に現れてくるわけである（70）[13]。

この理解に従えば、人間が理性的な動物である限り「理性」は単に「悟性」と区別して扱われるような能力ではなく、むしろそれを包含するようなものである。そして理性的に生きることは神とともに生きることでもあるのだ。ここでのコウルリッジの解釈は、以上のような側面を強調するものとなっているといえよう。あるいはそのような論へと導きたいがために、コウルリッジがあえて『失楽園』を曲解したのかもしれない。しかしこれでは理性があまりにも個人からかけ離れたものになってしまい、カント流の「理性」と「悟性」との対比がもはや成り立たなくなる危険がある。だからこそこうした超越的な「理性」とは別に、個人の意志とともにある「理性」をもあらためて設定しなければならなくなるのである。

このように考えるならば、半年後に出版された『文学的自叙伝』のイマジネーション論は、この誤解ないし曲解を覆し、『失楽園』本来の文脈に沿うように改変することによって成立したことが推察できる。すなわちまず「理性」と「悟性」とは種類の異なるものとしてあらためて明確に区別され、ワーズワスとのやりとりの中で課題であった「イマジネーション」と「ファンシー」との区別がこれらに相応するように設定される。そして理性に「直観的理性」と「推論的理性」とがあったように、「イマジネーション」にもそれに相応する程度差が設定される。すなわち「第一のイマジネーション」は神に通じるものとされ、その思考枠に、ドイツの思想的影響を受けて培われてきたコウルリッジの形而上学的な思考、さらには「創造性」と関わるキリスト教的思考が導入される一方で、「第二のイマジネーション」は個々の人間の意志とともにある能力とされるのである。すでに指摘したように、「第二のイマジネーション」が「溶解し、放散し、消散」する対象は、思考の素材だけでなく詩人の諸能力でもあると考えられたわけだが、そこには「理性」が自らの内に「感覚」や「悟性」、「イマジネーション」といった諸能力を含むという『政治家必携の書』付記Cの考え方が反映しているだろう。『文学的自叙伝』の独特なイマジネーション論は、このようにして形成されていったのではないだろうか[14]。このイマジネーション論がこれほど短期間に整備されたことをふまえるならば、時期を限定せずにコウルリッジのイマジネーション概念全般を見定めようとする試みがいかに無謀であるか、あらためて確認できるだろう。

13 神のもとにあり、人間に神の意志を伝え導く「知恵」すなわち「ソフィア」に関しては、岡部雄三「ヨーロッパ神秘思想における『乙女ソフィア』」（岡部、一—三〇）が参考になる。

またコウルリッジ自身は言及していないが、先の引用文を含む『失楽園』第五巻において、「理性」と「ファンシー」との関係は次のように語られている。すなわち、「理性」のすぐ下に仕える「ファンシー」は、五官のとらえた外的事物の「像（imaginations）」を形作り、それらを「理性」が結合したり分離したりして知識や意見を形成するという（Milton, 5, 100-108）。そして「理性」が休息している睡眠中に「ファンシー」が目覚めると、「ファンシー」は「理性」をまねて様々なものをむやみに結合し、夢の中に様々な奇妙なものを形作るというのである（108-113）。もちろん、「イマジネーション」という語が「像」として用いられている点は、コウルリッジの用語法とは異なる。しかし従来「イマジネーション」や「ファンシー」に認められてきた結合・分離作用を「理性」にも認めるという特異な考え方は、注目に値するだろう。「イマジネーション」を「理性」と類比的に考え、それをより劣った「ファンシー」と対比するコウルリッジの考えが、この記述に後押しされた可能性も指摘できるように思われる。

以上のことから、一般には主に詩論として読解されてきた『文学的自叙伝』のイマジネーション論が、実際には理性論をも念頭に置いた、より開かれた論だったことが明らかになった。コウルリッジ自身が詩について言及していないこの箇所をもっぱら詩論としてのみ検討してきた先行研究は、再検討を迫られることになるだろう。そしてこの理性論との関わりを通じて、彼のイマジネーション論が従来のイマジネーション論やドイツ思想のみならず、ミルトンの『失楽園』第五巻から多大な影響を受けていることも明らかになった。この開かれた論が半年後の「方法の原理」において、今度は推論の方法論として示されることになったわけである。

結び

本章では『文学的自叙伝』第一三章で示された彼のイマジネーション論を、半年後に発表された彼の推論の方法論と比較することにより、それが理性論と表裏一体のものであり、従来のイマジネーション論やドイツ思想のみならずミルトンの『失楽園』第五巻の影響を受けて成り立っていることを明らかにした。このイマジネーション論に基づく推論の方法論の抱える問題点については、コウルリッジと同様にイマジネーション論と推論の方法論とを重ねて考えていたエドガー・アラン・ポーの思想との比較を通じ、第二部第四章であらためて検討してみたい。

14 コウルリッジがイマジネーションや理性やイマジネーション、悟性、ファンシー、感覚がどのような関係にあると考えていたかについて考察する際、彼がテンネマン（Wilhelm Gottlieb Tennemann, 1761-1819）の『哲学史』（*Geschichte der Philosophie*, 1798-1817）への書き込みを根拠にして、イマジネーションが理性と悟性とを仲介し、ファンシーが悟性と感覚とを媒介するという図式を前提とする研究者もいる（コウルリッジによる書き込みについては〔Colericge, 12-5, 798〕、それをふまえた先行研究としてはたとえば〔Barfield, 96ff.〕があり、『文学的自叙伝』の邦訳者もこれを支持するとともに〔五七四、訳註二一〕、第一三章の冒頭の『失楽園』からの引用にもファンシーと悟性との間に段階差を読み取っている〔六三七、訳註二〕。さらには『政治家必携の書』の邦訳者もまたこの見解をとる。前掲『「政治家必携の書——聖書」研究』四九—五九）。しかしこの記述が書かれた時期は確定できず、コウルリッジが書き込んだ年まで明らかな『哲学史』の別の箇所を見ると一八二二年、二四年、二七年と開きがある。半年しか違わない『政治家必携の書』と『文学的自叙伝』との間でもコウルリッジの考え方に大きな変化があったこと、『哲学史』への書き込みが『文学的自叙伝』から数年後である可能性もあること、さらには『失楽園』では必ずしもファンシーと悟性との間に段階差を読み取ることができないことを勘案するならば、上述の図式を前提に『文学的自叙伝』のイマジネーション論を考えるのは危険だといわざるをえない。

終章

第一部では、プラトンから一九世紀のコウルリッジまでの詩画制作論を扱い、模倣論の成立からそこからの脱却の過程を検討した。各章の問題点を確認しておこう。

第一章で明らかになったのは、プラトンによる模倣論が、従来理解されていたような詩や絵画というジャンルに対する批判に重点を置く論ではなく、書きものとその受容による思考様式の変化とに対する批判を主眼とする論だということである。つまり「模倣」が問題になる際、形をもって保持される文字と図像とが念頭に置かれていたのである。ソクラテスの危惧に反して、書きものはギリシア世界でも何らかの対象を伝達する媒体として人々に広く受け入れられることになる。そして「模倣」概念はアリストテレスによって詩と絵画というジャンルの制作理念として規定され、詩画制作論の基礎が整えられることになる。近代になるまで支持された「模倣論」はこうして確立されるのである。

この模倣論を拡大解釈し、新しい制作モデルを提示したのが、第二章で重点的に論じたキケロである。現実の対象ではなく心に浮かぶイデアを作品化するというこの制作論は、ベッローリを通じて近代の古典主義の模範となる。観念としての性格をも合わせもつこの「イデア」概念を、キケロ自身はプラトンに由来するものと考えているが、これはプラトンに対する誤解であり、様々な偶然的要素からこの制作論が成立したことを明らかにした。ともあれこの制作論によって、アレゴリー的記号表現を弱め、「いわくいいがたいもの」を作品に求めることになるとともに、内面表現をおこなう制作者像の原像が示されることになったのである。

第三章では、ベッローリを通じてキケロのイデア論を受け継ぎつつ、独自の観念を表現する詩画制作論を主張したドライデン晩年の思想を明らかにした。ドライデン自身はなおも模倣論の枠にとどまるとはいえ、やがて模倣論を決定的に退けることになる端緒は、まさにこの新しい制作論にあったといってよい。「天才」、「独創性」、「アイデア」といった概念が、やがて近代的な制作論を成り立たせるキーワードとなるのである。だがこの制作論もまた、理路整然と構築された理論として提唱されたものではなく、誤解や偶然によって成立したものだった。「天才」的な思想家の深い思索の連鎖のみが思想史であるといった先入観は、こうした劇的な展開を解明するうえでかえってブレーキとなってしまうように思われる。

第四章で論じたのは、シェイクスピアの「夏の夜の夢」に出てくる「イマジネーション」概念が、一八世紀の読者たちによって「創造的イマジネーション」と誤解されたことを明らかにした。この誤解は明らかに、ドライデン以降の文学世界において「独創的」な「発想」を生み出す能力が高く評価されうるようになっていった背景に起因する。それまで「創造性」を認められることがほとんどなかった「イマジネーション」は、以後「創造的」な詩画制作を支える能力として認められるようになる。

第五章では、そうした気運の中で独自の理論を立てて「創造的イマジネーション」論を主張したコウルリッジの思想について検討した。彼の制作論は、経験論的心理学に対する反論を示すことになるとともに、従来の模倣論がもはや時代遅れであることを広く知らしめることになる。このイマジネーション論が、第二部で考察するエドガー・アラン・ポーに批判的に受け継がれ、新たな展開を見せることになるのである。

第二部
ポーの詩論とその背景

序章

第二部では、第一部末尾で取り扱ったコウルリッジのイマジネーションを批判的に継承したアメリカの詩人、小説家、評論家のエドガー・アラン・ポー（Edgar Allan Poe, 1809-1849）の思想について検討する。ポーの存在や作品については非常に有名であるものの、彼を思想家としてとらえることはほとんどなかったといってよい。しかし彼の詩論は本稿の第三部で扱うフランスの詩人たちによって絵画論へと転換され、一九世紀後半以降のフランス美術、ひいてはフランス美術に大きな関心を示していた欧米の美術にも莫大な影響を与えることになる。この知られざる影響関係を明らかにするためにも、この第二部でポー自身の思想を明確に理解しておくことが求められよう。

第一章では、彼の有名な詩論「構成の哲学」（"The Philosophy of Composition," 1846）について論じる。自作の詩「大鴉」が制作される手順を示すこの詩論では、詩の制作が意図と計算によってなされると主張されており、たしかに他の評論でも展開していた様々な詩作の工夫が述べられているのだが、じつはこの詩論にはポー自身が別の箇所で盛んに主張しているイマジネーション論を隠蔽するという瞞着があることを明らかにする。有名な詩論であるだけに、その瞞着を見きわめておくことは重要であろう。第二章では、「構成の哲学」では語られなかった彼のイマジネーション論を時代的な変遷の相からとらえ、どのような試行錯誤を経てイマジネーション論を確立していったのかを明らかにする。第三章ではその詩的イマジネーション論が詩の領域にとどまるものではなく、物質的な美の創造をも念頭に置いたものであることを確認し、その背後にある独自の思想を明らかにする。第四章では、ポーのイマジネーション論が演繹法や帰納法と並ぶ第三の推論方法に生かされるものでもあったことを明らかにし、同じくイマジネーション論を推論の方法論と重ねて考えていたコウルリッジによるイマジネーション論との対比を明確にする。ともあれ注目されることがほとんどないポーの思想について、やや詳細に検討してみよう。

第一章
「構成の哲学」とその瞞着

序

ポーは一八四六年四月に「構成の哲学」(“The Philosophy of Composition”)という短い詩論を発表した。この詩論は、一八四五年一月二九日に世に出て以来国内やイギリスで評判になった自作の詩「大鴉」(“The Raven”)の制作方法を解説したものである。その詩論の中で、ポーは実際に「その構成の内には何も偶然(accident)や直観(intuition)に帰しうるものがなく、数学的問題の正確さと厳密な帰結でもって、一歩一歩完成へと進んでいったこと」(Poe〔a〕, XIV, 195)を示そうとしている。より具体的にいえば、「大鴉」の制作にあたってまず読者に与えるべき「効果」ないし「印象」が最初に斟酌され、最大の効果を与えるべく適度な行数、リフレインの立て方、韻律などが決定されてから、その効果を可能にする具体的な出来事が作品内にもりこまれていったのだという。

しかしこうしたポーの主張通りに「大鴉」が制作されたのかどうかについては、以前から疑問の声が跡を絶たない。ポーと面識のあったワイス夫人(Susan Archer Tally Weiss, 1822-1917)は、ポーが「大鴉」を一〇年以上も机の中に保管して推敲を繰り返していたと証言し、「構成の哲学」のとおりに「大鴉」が制作されたわけではないことを示唆している（Weiss, 185）。またイングラムは、ポーの「大鴉」の詩句とブラウニング夫人（Elizabeth Barrett Browning, 1806-1861）の詩「ジェラルディン嬢の求婚」（"Lady Geraldine's Courtship," 1844）の詩句との類似を指摘し、ポー自身が彼女からの影響を告白していたという情報を挙げている（Ingram, 222-223）[1]。そしてイングラムはパイク（Albert Pike, 1809-1891）の詩「イザドア」（"Isadore"〔"The Widowed Heart"〕, 1843）からの影響も指摘し（223-226）、結局「構成の哲学」を「半ば悪ふざけ、半ば本気」の著作と見なしている（224）。また一方、ディケンズ（Charles Dickens, 1812-1870）の小説『バーナビー・ラッジ』（*Barnaby Rudge*, 1841）に登場する大鴉をポーの「大鴉」のモデルとする主張も少なくない[2]。こうした影響関係について考慮するなら、（一〇年以上も前から「大鴉」が構想されていたか否かはともかく）「構成の哲学」の主張を全面的には信用できないという見解が一般的なのも十分納得できるだろう。

それでは実際のところ、「構成の哲学」はどのくらいポーの本意を含むものなのだろうか[3]。本稿では、まず「構成の哲学」の論述を順に検討し、そこに含まれる個々の論点が他のポーの著作にも見られることを確認する（第一節）。

1　ポー自身もこの詩について、一八四五年一月四日と一一日のブラウニング夫人評で批評している（XII, 16-20）。

2　『バーナビー・ラッジ』では、主人公の飼っている大鴉（raven）が第六、一〇、一七、二五、四七、五七、八二章で「俺は悪魔だぞ（I'm a devil）」などといったおきまりの言葉を復唱している。第七三章には、その大鴉が「誰もいない（Nobody）」と語る場面もある（Dickens, 560）。ポーは一八四二年二月の『バーナビー・ラッジ』評において、この大鴉が作中で有効に使われていないことを指摘し、「その鳴き声を、劇の進行の中で予言的に（*prophetically*）聞かせてもよかったのに」と述べている（Poe〔a〕, XI, 63）。一方、詩「大鴉」の一五連と一六連では、登場する学者が大鴉に向かって「予言者よ」と呼びかけており（VII, 99）、自分が亡き恋人ともはや会えないことを大鴉が予言することを予期している。そのため『バーナビー・ラッジ』評におけるこの構想がポーの詩「大鴉」に生かされたと考えられるのである（Poe〔b〕, 355-356 ; Campbell, 251 ; Legler, 47-50）。

3　「構成の哲学」にポーの真摯な思想が含まれているとする主張も少なくない（たとえば Quinn, A. H., 440 ; Parks, 86-87）。しかし「構成の哲学」における瞞着を見きわめる研究は十分になされていない。

こうして「構成の哲学」にポーの真摯な思想が多く含まれていることを確認したうえで、その論旨にまったく瞞着がないのかどうか検討してみたい（第二節）。論を先取りしていえば、この第二節において、ポー自身のイマジネーション論を隠蔽するという瞞着がこの詩論にあることが明らかになる。

第一節　「構成の哲学」の個々の論点とその思想的背景

a プロット論

「構成の哲学」の冒頭ではまず、ゴドウィン（William Godwin, 1756-1836）の小説『あるがままの物事、あるいはケイレブ・ウィリアムズの冒険』（*Things as They Are; or, The Adventures of Caleb Williams*, 1794）が物語の後半をなす第二巻から執筆されたというディケンズの証言が紹介されている（Poe〔a〕, XIV, 193）[4]。ポー自身は必ずしもこの証言を全面的に信用しているわけではないが、そうした制作方法がプロットの一貫性を保つために有効だと述べる（193）。すなわち「プロットがその名に値するものであるためには、すべて何かを筆にしようとする以前にその結末が練り上げられていなければならない」のであり、物語の後半から執筆されるのは「常に結末を念頭に置いて」制作されるためだというわけである（193）。

プロットに関するポーの論述は、先の見通しもなく作品を書き進めるような創作方法に対する批判であるとともに、もっぱら「忘我的直観」（ecstatic intuition）によって作品が制作されるかのように見せかける詩人の欺瞞を指摘するものでもある（194）。すべての作家が緊密にプロットを立てて制作するわけではないにせよ、優れた作家ならば慎重にプロットを立て、作品の一貫性を保つというわけである（194-195）。その制作の舞台裏を明らかにし、具体的な作品へと至る制作過程を自ら明らかにすることが、この「構成の哲学」全体の目的となるのである。

ポーは一八三九年八月のウィリス（Nathaniel Parker Willis, 1806-1867）の劇についての批評（X, 28）や、一八四一年九月のマリアット（Frederick Marryatt, 1792-1848）『ジョゼフ・ラッシュブルック、あるいは密猟者』（*The Poacher Joseph Rushbrook, or The Poacher*, 1841）評（X, 198）など、数多くの批評文において、プロットの一貫性に欠ける文学作品を批判している。自ら作家活動をおこなうとともに二五〇本近い書評を書いたポーにとって、プロットの一貫性は切実な問題だったのだといえよう。なかでも一八四一年四月のブルワー＝リットン（Edward George Earle Lytton Bulwer-Lytton, 1803-1873）の小説『夜と朝』（*Night and Morning*, 1841）評では特にプロットの重要性が力説され、プロットが単に出来事の集積ではないことが強調されている（X, 116-117）。すなわちプロットとは「いかなる部分も全体を台無しにすることなしに置き換えることができないもの」（117）であり、そのプロットによって、作品の個々の部分は全体の統一性を乱すことなく配置されねばならないのである。ポー自身は言及していないものの、ここに悲劇に関するアリストテレス『詩学』の主張、「出来事の諸部分を組み立てるにあたっては、そのどれ一つを他の場所に移したり取り去ったりしても、たちまち全体が動かされてバラバラに解体してしまうような、そのような緊密な構成を筋に与えなければならない」（1451a32-34）の反映が認められることはいうまでもない。「構成の哲学」におけるプロット論も、こうした古典的な主張の延長線上にあると考えてよいだろう。

b　効果ないし印象の統一

「構成の哲学」では、このプロット論と連続して、文学作品における通常のストーリーの立て方が批判されている。

4　ゴドウィン自身はこの作品の Standard Novel 版（一八三二年）序文で、三巻構成のこの作品を、第三巻、第二巻、第一巻の順に執筆したと述べている（Godwin, 337-338）。そうすることによって、作品に「プロットの完全な統一（an entire unity of plot）」ないし「精神や関心の統一（unity of spirit and interest）」を与えることができるというのである（337）。

それによれば、普通の作品は過去や同時代の事件を題材に個々の挿話を組み合わせて物語の大筋を作り、そこに状況描写や対話、註釈を補って作品が仕上げられていくのだが、そうした制作方法は誤りだという（XIV, 193-194）。そのような方法よりも、むしろ読者に与える「効果（effect）」ないし「印象（impression）」について優先的に考慮すべきだとポーは主張するのである（194）。そしてその「効果」ないし「印象」を弱めないよう一貫したプロットを立てるためには、作者は「効果の統一（unity of effect）」ないし「印象の統一（unity of impression）」を保つよう絶えず心がけねばならない（196）。こうして「構成の哲学」では、いかに強い印象ないし効果を演出し、その統一性を維持していくかが作品制作の課題になっていくのである。

まず用語について検討しておこう。ポーは批評活動において、「効果の統一」と「印象の統一」とをきわめて近い意味の概念として使っている。たとえばホーソン（Nathaniel Hawthorne, 1804-1864）の短編集『トゥワイス・トールド・テールズ』（*Twice-Told Tales*, 1837, 1842）を論じた一八四二年四月と五月の書評では、短編小説に要請される統一性が「効果ないし印象の統一（the unity of effect or impression）」と呼ばれており（XI, 106）、同様の言葉が一八四四年一二月のアメリア（Amelia B. Coppuck Welby, 1819-1852）評（XI, 278）、一八四六年三月のオズグッド（Frances Sargent Osgood, 1811-1850）評（XIII, 112）にも見ることができるのである。だが『トゥワイス・トールド・テールズ』評以前には「印象の統一」についての言及がなく、もっぱら「効果の統一」の語で作品の統一性が論じられていた。初出は一八三五年一二月のデイカー（Barbarina Brand, Lady Dacre, 1768-1854）『貴族と農夫の物語』（*The Tales of the Peerage and the Peasantry*, 1835）評である。ここでは、デイカーほど巧みでない作家が自作に安易な結末を付けることによって「適切にも効果の統一と呼ばれてきた、不可欠の統一」を損なうという危険性が指摘されている（VIII, 75）。そして一八三六年四月にドレイク（Joseph Rodman Drake, 1795-1820）とハレック（Fitz-Greene Halleck, 1790-1867）の詩についての批評（以下「ドレイク・ハレック評」）では、ハレックが一つの作品内に理想的な性質と滑稽な性質とをもりこむことによって「効果の統一」を失っていることが批判され（VIII, 310）、同年六月のボズ（Boz：ディケンズのペンネーム）の短編集評では、「質屋」（"The Pawnbroker's Shop," 1835）が「効果の統一」のある作品として高く評価されている（IX, 47）。このように「効果の統一」という用語がかなり早い時期からポーの批評原理の一つになっていたことを、まず確認しておこう。

それでは「適切にも効果の統一と呼ばれてきた、不可欠の統一」と述べる際、ポーは何を典拠としていたのだろうか。ポー研究では一般に、その典拠をアウグスト・ヴィルヘルム・フォン・シュレーゲル（August Wilhelm von Schlegel, 1767-1845）の『劇芸術と文学についての講義』（*Vorlesungen über dramatische Kunst und Literatur*, 1809-1811）の英訳版一七章に求めている[5]。この章の前半では、「アリストテレスの三統一」と呼ばれる演劇上の規則が実際にはアリストテレスに由来しないことが論じられ、三統一が遵守されているフランス演劇が批判されている。その文脈の中でシュレーゲルは、フランスの新旧論争の近代派で知られるラ・モット（Antoine Houdar de La Motte, 1672-1731）が三統一とは別に「関心の統一」（*Unity of interest*）を重視していたことを紹介している（Schlegel, 243）[6]。この箇所がポーに影響を与えたと考えられているのである。たしかにこの用語はポーのいう「効果の統一」とは一致していない。だが一八三六年一月のシガニー夫人（Lydia Huntley Sigourney, 1791-1865）の詩集『ツィンツェンドルフ、その他の詩』（*Zinzendorff, and Other Poems*, 1835）を批評するに際し、ポーはシガニー夫人の詩の「効果（effect）」が「シュレーゲルによって適切にも『関心の統一ないし全体性（the unity or totality of interest）』と名づけられたもの」に基づくと

5　特に（Alterton, chap. 3）が詳しい。
6　この文献は、初版が一八一五年に、ホーン（Richard Henry Horne, 1802-1884）による序文が付いた第二版が一八四〇年に、それぞれロンドンで出版されている。今回使用したシュレーゲルのテクストは一八四六年の改訂版（ロンドン）のリプリントであり、ポーが用いたテクストとの異同がどれほどのものなのか、残念ながら確認できなかった。

論じている（Poe〔a〕, VIII, 126）。ポーがシュレーゲルの『劇芸術と文学についての講義』の英訳を読んでいることは一八三五年九月のエウリピデス（c. 480-c. 406BC）論（VIII, 43-47）からも明らかであり[7]、ポーの「効果の統一」論がシュレーゲルの記述に刺激されたものであることはほぼ間違いないといえよう。

しかしシュレーゲルにとって、ラ・モットの「関心の統一（l'unité d'interêt）」は派生的な問題にすぎない。『劇芸術と文学についての講義』では「関心の統一」についてごく簡単に言及された後、演劇に必要な統一が「一にして全」なる有機的統一であることへと論が移行し、外的規則によって作品に統一を求めるべきではないと論じられていく（Schlegel, 243ff.）。これに対しポーは、「統一」の問題をあくまでも享受者に対する効果の問題としてとらえている。したがってポーは、シュレーゲルを媒介としつつ、むしろラ・モットの問題意識を継承したのだと考えるべきだろう[8]。

だがここでポーが「関心の統一」を「効果の統一」や「印象の統一」と言い換えていることにも注意しておきたい。「関心」は、作品の内容や登場人物に対して喚起される共感であり、享受者を作品内にいざなう契機として考えることができる。これに対し「効果」や「印象」は、具体的な作品内容や人物に対して喚起されるとは限らない。ただ享受者の心を刺激し、高揚させることだけが問題にされるのであり、享受者を作品の内にいざなうというよりも、むしろ享受者を作品によって刺激することに、その意義が見出されるのだといえよう。すでに述べたように、ポーは作品の制作過程において、内容よりも効果や印象について優先的に斟酌すべきだと主張していた。このような主張は、作品内容と切り離して考えることのできぬ「関心」という概念からは生じがたい発想である。具体的な内容よりも効果や印象を優先するというポーの主張は、「関心の統一」を「効果の統一」ないし「印象の統一」ととらえ直すことから生じたのだといえよう[9]。

c 作品の長さ

続いて「構成の哲学」では、作品の長さ、行数が検討されることになる。というのも、「詩が詩であるのは魂を高揚させて激しく興奮させる限りにおいて」であるが、「激しい興奮は心理の必然によって束の間のもの」であるゆえ、長すぎる詩は「効果の統一」ないし「印象の統一」を欠くものになってしまうからである（Poe〔a〕, XIV, 196）。我々は長い作品を読んでいるとき、日常の雑事に気を取られて集中力を失ってしまうことが多いものである。このように集中力を維持できないような長い作品が、その長さゆえに批判されるのだといえよう。また一方、あまりにも短すぎる詩は印象の希薄なものとなってしまうため、適度な長さが保たれなくてはならない（197）。こうした理由で、作品の行数が一〇〇行前後に設定されたというのである（197）。実際、「大鴉」は全体で一〇八行あり、上述の条件を満たす作品に仕上がっている。

作品の長さに関するこのような主張もまた、以前からポーが論じていた問題の一つである。すでに論じたように、

7 このエウリピデス論はシュレーゲルの前掲書の第八章の記述をなぞったものであり、部分的に引用もなされている。またポーは一八四四年三月にホーンの『オライオン』(*Orion: An Epic Poem*, 1843) 評で、ホーンがこの英訳書の第二版の序文を書いていることにも言及しているが (XI, 250)、第二版出版以前からこのシュレーゲルの英訳書を読んでいることは明らかである。ポーが一八一五年の英訳版か一八三三年のアメリカ版も読んでいた可能性については (Lubell, 7) 参照。

8 ラ・モットの「関心の統一」の問題は『悲劇についての第一序説』(*Premier discours sur la tragédie*, 1721) で論じられている (La Motte, 23-68)。ここでラ・モットは、「関心の統一」を、三統一に並ぶ「第四の」統一と呼んでいる (37)。この「第四の」という形容辞は、三統一に準じるということを意味しない。むしろラ・モットは、「関心の統一」を「悲劇に最も本質的な条件」と考えており (37)、逆に場所や時間の統一を必然的な規則ではないとさえ考えているのである (38ff.)。作品のみに即するよりむしろ享受者による作品受容を念頭に置いた論を立てているところに、ラ・モットの革新性を認めることができるだろう。

9 この問題意識が、本節 a の冒頭で挙げたゴドウィンによる『ケイレブ・ウィリアムズ』の執筆方法に示唆された可能性もある。註4参照。

ポーはbで挙げた『ツィンツェンドルフ』に関する批評の中でも全体を見渡せない詩を批判し、シガニー夫人の詩のような短い作品のほうが「シュレーゲルによって適切にも『関心の統一ないし全体性』と名づけられたもの」を保ちやすいと論じている（VIII, 126）[10]。またbで挙げたホーソンの『トゥワイス・トールド・テールズ』評においても、「長い詩」という存在自体がそもそも撞着的であり、叙事詩は一般に芸術として不完全だとさえ論じられている（XI, 107）[11]。さらにここでは、作品が短すぎることも批判されている（107）[12]。作品の長さに関する「構成の哲学」の主張がこうした背景からなされていることは明らかだろう[13]。

d 唯美主義

それではいかなる効果ないし印象が求められるべきなのだろうか。「構成の哲学」では、「美こそ詩の唯一の正当な領域である」と論じられ（XIV, 197）、その効果ないし印象が美的であるべきことが強調されている。詩の目的は魂（soul）を高揚させる「美（Beauty）」にあるのであって、知性（intellect）を満足させる「真実（Truth）」や、心情（heart）を興奮させる「情念（Passion）」にあるわけではない（197-198）。「真実」や「情念」が詩の中に入り込んではならないというわけではないが、「真実」の要求する正確さ（precision）や「情念」の要求する素朴さ（*homeliness*）は「美」とは無縁のものであり、むしろ散文小説にふさわしいものだというのである（198）。いわば美的統一性を妨げない限りにおいて、「真実」や「情念」が詩に含まれることが許されるのだといえよう。

こうした主張もまた、以前からポーの著作に示されてきた思想に基づいている。註10で挙げた「ロングフェローのバラッド」において、ポーは「美」と「真実」、「道徳」の区別を強調し、詩の目的がもっぱら「美」にあることを論じている（XI, 70-71）。この評論の主たる論旨は、道徳的教化という目的を詩に負わせているロングフェローへの批判であり、「情念」については論じられていないが、「構成の哲学」にも示される唯美主義的な思想が顕著に示されたものだといえよう[14]。

註7で挙げたホーンの『オライオン』評では、「詩と情念とは調和しない」と述べられ（XI, 255）、魂を高揚させることが情念とは無関係であることも論じられている。この主張は「構成の哲学」以後も「詩の原理」（"The Poetic Principle," 1850）で繰り返されることになる（XIV, 275-276）。「構成の哲学」に示された唯美主義的見解もまた、こう

---

10 この言及箇所は一八四二年三月と四月に連続して発表されるロングフェロー（Henry Wadsworth Longfellow, 1807-1882）の書いた『バラッドと他の詩』（*Ballads and Other Poems*, 1841）についての作品評（本稿では「ロングフェローのバラッド」）にも転載される（XI, 78-79）。

11 同様の主張は「構成の哲学」以後の一八五〇年の「詩の原理」でも繰り返され、ホメロスの『イリアス』やミルトンの『失楽園』などが、その長大さを理由に批判されている（XIV, 266-267）。『失楽園』に関しては、「構成の哲学」（196）や一八四七年一一月のホーソン評でも同じ理由で批判されている（XIII, 151）。

12 この主張は「構成の哲学」以後もホーソン評（XIII, 152）、「詩の原理」（XIV, 268-269）で繰り返されることになる。

13 作品の長さについてのポーの主張は、長編小説（novel）と短編小説（tale）との優劣論にも結びついている。一八三六年六月にボズの「ワトキンズ・トットル氏に降りかかった災難」（"A Passage in the Life of Mr. Watkins Tottle," 1835）評を書いた際、ポーは長編小説の制作が短編小説の制作よりも多くの才能を要するという一般的な理解を批判し、長編小説より「効果の統一」が求められる短編小説のほうが多くの才能を必要とすると論じている（IX, 46）。一八四一年四月の『夜と朝』評では作者ブルワー=リットンがプロットを重視しつつ長い作品を書こうとして失敗していることが指摘され、長い作品が必然的に「効果の統一ないし全体性（the unity or totality of *effect*）」を失うこと、文学作品に長々しさは不必要であることを論じている（X, 121-122）。同様の主張は『トゥワイス・トールド・テールズ』評（XI, 107-108）、さらには一八四七年一一月のホーソン評でも繰り返されることになる（XIII, 150-153）。「構成の哲学」でも言及されているように、たしかに「統一」を必要とせず、長編であることが欠点とならないデフォー（Daniel Defoe, 1660-1731）の『ロビンソン・クルーソーの生涯と奇妙で驚くべき冒険』（*The Life and Strange Surprising Adventures of Robinson Crusoe*, 1719）のような作品も存在する（XIV, 196）。だがより多くの才能を要するのは、あくまでも短編小説だというのである。こうした考察を受けて、「効果の統一」が求められる文学ジャンルとして、詩にも同様の主張がなされるわけである。

14 同様の主張は、一八四四年三月の『オライオン』評（XI, 254）や一八四六年三月（「構成の哲学」発表の前月）のオズグッド評（XIII, 112-113）でも論じられ、さらに「構成の哲学」以後一八五〇年の「詩の原理」では「ロングフェローのバラッド」での主張がほぼ逐語的に繰り返されている（XIV, 271-273）。

したポーの考え方に基づいたものと考えられよう。

e 美とメランコリー

続いて「構成の哲学」では、美に最高の表現を与える「調子（tone）」について検討され、「メランコリーがあらゆる詩の調子のうちで最も正当なものだ」と論じられている（XIV, 198）。この点に関する説明はきわめて短く、その論の理由が十分に示されているようには見えないのだが、この問題についてもポーは以前から言及している。bで挙げた一八三六年四月の「ドレイク・ハレック評」では、「ある種のメランコリーが、美のより高次な現れと不可分に結びついている」という考え方が広く知られていることに言及しているし（VIII, 296）、一八四二年二月のブレイナード（John Gardiner Calkins Brainard, 1795-1828）評でも、その考え方に確かな根拠があることを認めている（XI, 24）。つまり美とメランコリーとの結びつきを詩にもりこむことは、一般に支持された考え方であり、ポー自身もその考え方を支持しているわけである。「構成の哲学」においてこの点に関する説明がきわめて短いのは、少なくとも当時の人々にはこの点について長々と説明する必要がないと思われたからであろう。

詩におけるメランコリーの問題に関連して特に注目しておきたいのが、bで挙げた一八四四年一二月のアメリア評である。ここでポーは、美しかった亡妻を想う寡夫を歌ったアメリアの詩を取り上げ、激しい情熱を含むその詩が「調子」によって巧みに沈静化され、故人の美の記憶とメランコリーとが結びついていることを高く評価している（XI, 277-278）。つまり「悲しみ」という情動が粗野な「情念」として発散されるのではなく、「悲しみ」のかきたてる「幻想（fancy）」によって逆に悲しみが薄れるような「詩的」な気分を、アメリアは「調子」を鎮めることによって見事に描き出しているというわけである（277）。そしてポーは、自作の詩「レノア」（"Lenore," 1831）もこうした詩的気分をつくりだすために制作されたのだと述べている（278）[15]。「構成の哲学」においてメランコリーと結びつく美が求められているのも、こうした特殊な詩的気分に対するポーの趣向を反映したものだと考えられよう[16]。

f リフレイン

以上のように作品の長さ、効果、調子が設定されたうえで、「構成の哲学」では具体的な技法上の趣向について考察が進められる。そして広く用いられているリフレインの技法、すなわち同じ語句を繰り返し用いる技法が採用されることになる（XIV, 199）。一般にこの技法は、語の音とそれに伴う語の内容とが単純に繰り返されるだけであるが、ポーはこれに満足しない（199）。たしかに「快は同一性の感覚、反復の感覚からのみ引き出される」（199）のであるが、同一語句の単なる繰り返しだけではどうしても「単調さ（monotone）」に陥ってしまうので、さらなる工夫が必

15　アメリア評のこの箇所で、ポーは次のように述べている。「いかなる強い心的情動であれ、あらゆる心的能力を刺激するものだ。たとえば悲しみはイマジネーションを刺激する。しかし結果が強まるのに比例して、原因は終息していく。かきたてられた幻想（fancy）が勝ち誇り、悲しみは鎮められ、抑制され、もはや悲しみではなくなるのである。この気分（mood）において我々は詩的であり、ここで書かれる詩が、その冷静さに正確に対応して詩的になることは明らかだ。情念的な詩など、語義矛盾なのである」（277）。すでに論じたように、ポーは魂を心情から区別していた。この区別によって、生々しい情念にとらわれた現実世界と情念が美に昇華される詩的世界とが区別され、悲しみとそれの生み出す快とのレベルの差も区別されることになる。こうしてポーは、（情念の興奮自体に快の原因を求めるのではなく）メランコリーに満ちた詩の美を、情念とは異なる次元でとらえられるものとするのである。註25参照。

16　一八五〇年の「詩の原理」ではブライアント（William Cullen Bryant, 1794-1878）の詩「六月」（"June," 1825）が取り上げられ、次のように論じられる。「自分の墓について語るすべての詩人の楽しげな語り口には、必然的に強烈なメランコリーが表立つように思われ、我々は魂まで戦慄を覚える。その戦慄には、最も真なる詩的高揚があるのだ。後に残る印象は、快い悲しみの印象である。（中略）（いかにして、そしてなぜなのかはわからないが）この悲しげなものが、真の美のあらゆる高次な現れと不可分に結びついていることを思い出してもらおう」（XIV, 279）。この詩に対する同様の評価は、すでに一八四六年四月のブライアント評に示されている（XIII, 134）。ブライアントは若い頃から一八世紀の墓場派の詩に魅力を感じており、その美意識にポーも共感しているようだ。

要になるというのである。

私は思念の単調さを絶えず変化させながら、音の単調さにはおおむね固執することにした。つまりリフレイン自体はほとんど変化させず、リフレインの使用のヴァリエーションによって、絶えず新奇な効果（novel effects）を産出しようと決めたのだ。（199）

このようにポーは、同一性に基づく快と単調さを破る新奇な効果との両立を求め、「ネヴァーモア（Nevermore〔もはやない〕）」という語が状況を変えて繰り返される工夫を構想したというのである（199-200）。同一性と新奇性という対立する原理を両立させようとする試みは、「構成の哲学」の一ヶ月前、一八四六年三月の「マージナリア」（この随筆集は一七回に分けて発表されている）の中の、押韻（rhyme）の技法について論じた一篇（XVI, 84-87）にも見ることができる。ここでポーは、押韻の与える快が「均等性（*equality*）」に依拠するのだと述べ、結晶体の観察から得られる快を例に挙げつつ、均等性が快の原理であることを主張する（84-85）[17]。しかし単に均等性を追求するだけでは、異様さ（strangeness）、意外性（unexpectedness）、新奇性（novelty）、独自性（originality）といった別の美的要素が欠けてしまう（85-86）。つまりフランシス・ベイコンが「均衡において何らかの異様さをもたぬような精妙な美など存在しない」と述べているように、「均等性」だけでは美として十分ではないのである（85-86）[18]。それゆえ均等性と異様さや新奇性といった美的要素とを両立させる工夫が求められ、行末だけでなく行中の不均等な箇所にも押韻を施す技法が提唱されることになるのである（85-86）。

「構成の哲学」では詳述されないものの、「大鴉」が評判になった原因の一つは、この押韻の徹底ぶりである。完成された状態での「大鴉」第一連だけを引用しよう。

Once upon a midnight dreary, while I pondered, weak and weary,
Over many a quaint and curious volume of forgotten lore –
While I nodded, nearly napping, suddenly there came a tapping,
As of some one gently rapping, rapping at my chamber door.
"'Tis some visiter," I muttered, "tapping at my chamber door –
Only this and nothing more." (VII, 94)

とある寂しい真夜中のこと、弱りやつれてつらつら思う、
不思議で奇妙な多くの巻の、忘れ去られた伝承本。
うとうと眠りに落ち行く間際、にわかにコツコツ音訪れて、
誰か静かにコンコン叩く、私室の窓をコンコンと。
我つぶやけり「客人が、私室の窓をコツコツと、
ただそれだけで、何もない。」

もちろん上述の和訳のように意味をとることは可能だが、ここではむしろ意味よりも音に注目したい。一行目では「upon」と「ponder」が「pon」の音で共通し、「midnight」と「while」、「dreary」と「weary」でも音が重なるのに加え、「while」

17　均等性を快の根源とする主張は、一八三九年一二月のモリス（George Pope Morris, 1802-1864）評（X, 41. 後に一八四九年四月の「マージナリア」に転載される〔XVI, 137〕）にすでに現れている。

18　この文章はフランシス・ベイコンの『随筆集』（*Essays*, 1597）の「美について」（"Of Beauty"）の項から引用したものである（Bacon, I, 145）。ポーはこの文章を短編小説「ライジーア」（"Ligeia," 1838, II, 250）や、一八四三年八月のチャニング（William Ellery Channing, 1818-1901）評（XI, 176）でも使っている。

と「weak」と「weary」の「w」音が連続している。二行目ではわずかに「quaint」と「curious」の頭の「k」音が重なるくらいだが、文末の「lore」が四、五、六行目と脚韻を踏んでいることはわかりやすい。三行目ではやはり「nodded」と「nearly」と「napping」の「n」の音の連続が耳に付くし、行中央の「napping」が行末の「tapping」と韻を踏んでいるのは、読むうえでも聞くうえでも印象に残るだろう。「nearly」と「suddenly」の「ly」の音の連鎖も聞き捨てならない。さて三行目の「napping」と「tapping」の「apping」の音は四行目の「rapping」に引き継がれ、かつ後半の「rapping at my chamber door」は五行目の後半「tapping at my chamber door」に引き継がれる。そのように音が気になり始めれば、「visiter」と「muttered」の「ter」や、六行目の「this」と「nothing」の「th」音も音の連鎖として意識されてくるだろう。

ここでは第一連だけを紹介したが、ポーが「大鴉」のすべての連でこうした音の仕掛けを凝らしている。物語性よりも効果や印象を重視するという制作方法は、まさにこうした実践からも強く印象づけられるのである。

先述のように、この押韻論は「構成の哲学」におけるリフレイン論と同じ論点に依拠している。実際、「構成の哲学」の後に発表された詩論「韻文の原理」("The Rationale of Verse," 1848)では、「均等性」がリズム、歩格、連、押韻、頭韻、リフレインなどの快の根元だと論じられている(XIV, 218)。そしてこの「韻文の原理」でも、「均等性」に基づく制作に伴って生ずる「単調さ」が問題とされ、「繰り返しのたびに少しフレーズに変化をもたせて単調さを回避したり、(私が「大鴉」の中で試みたように)フレーズを保ちつつその適用を変える」といったリフレインの技法(229)や、弱強格と強弱格のように時間的総和の等しい詩脚を時折混用する技法(231)などが考えられていくのである[19]。「構成の哲学」で述べられていたリフレインの技法は、均等性と新奇性とを両立して美的効果を高めるための試みとして採用されたものだったといえよう。

ちなみに「構成の哲学」では、「ネヴァーモア」の語が選ばれた理由を三つ挙げている。第一の理由は、一語のほうが変化をもたせて繰り返すのに容易であること、第二の理由は、最も長く伸ばせる子音「r」と最も響きのよい母音「o」とを含んでいること、第三の理由は、本節eで考察されたようなメランコリーの効果をもつことである(XIV, 199-200)。この条件を満たすリフレインがポーの詩の中で用いられるのはこの「大鴉」だけなので、この語が選択された必然性がどのくらいあるのか、上記の説明の妥当性がどのくらいあるのかについては疑問が残る。だがここでも、ポーが内容よりも効果を優先するという方法論を一貫して示していることは確認できるだろう。こうして「ネヴァーモア」の語が選択されたあと、その語を不自然さなく繰り返すために、オウム返しに言葉をしゃべる生き物を登場させることになり、オウムよりもメランコリックな調子にふさわしい大鴉が選ばれることになったのだという(200)。

g 恋人の死を悼む男という主題

「構成の哲学」では、以上の過程を経て初めて作品の主題が検討されることになる。そしてその際、美とメランコリーとの結びつきという要請から、美女の死という主題が選択され、その美女と死に別れた恋人にその主題を語らせることが決められている(XIV, 201)。恋人の死を悼む男が「ネヴァーモア」という語を繰り返す大鴉と言葉を交わすという作品の基本設定は、このような思考過程を経て定まったというのである。

恋人の死を悼む男という主題は、本節eで言及したアメリアの詩の主題でもあった。その主題について、ポーは亜アメリア評で、「独自性」のないありふれたものだと述べ、その短所を批判している(XI, 277)。しかしそれと同様の詩的気分を描いた作品として挙げた自作の詩「レノア」も、恋人の死を悼む男を主題とする作品である。したがって、「構成の哲学」における説明にどれほどの説得力があるのかはいささか疑問ながら、「大鴉」の制作の際も、そのありふれた主題を再び取り上げ、陳腐さという短所を他の要素で克服しようとしたことは十分にありうると考えられよう。

19 詩の単調さをリズムによって破るべきだとする主張の萌芽は、一八四三年九月のハレック評(XI, 194-195)にすでに見ることができる。

h 後ろからの制作

「構成の哲学」では、ここまでの思考過程を経たうえで、ようやく実際に筆をとって創作し始めたという（XIV, 202）。そして最初に手をつけられたのが、クライマックスの部分をなす連である。本節 j で述べるように、後になってこの連の後にさらに二つの連が付加されることになるが、ポーの意識としては「この詩は終わりから始まったといってよい」（202）のである。

このクライマックスの連の設定には、二つの利点があるとポーはいう。一つは結末を先に設定することによって、主人公の男の問いと大鴉による「ネヴァーモア」という答えとのヴァリエーションの変化を構想しやすくなることである（202）。この連において、男は大鴉に、来世で再び亡き恋人レノアに会えるだろうかと問う（202）。この問いこそ、女の死にうちひしがれた男の「心の奥底で情熱的に答えを求めている」最も切実な問いであり（202）、「ネヴァーモア（もはやない）」としか答えない大鴉に問うてはならぬ最大の問いである。男がこのような問いを発してしまうのは、半ば自虐を楽しむような「錯乱的な悦び（phrenzied pleasure）」のせいなのだが（202）[20]、そのような異常な心理状態を結末に設定することによって、その結末へと高まる先行段階が構成しやすくなるわけである[21]。そしてもう一つの利点は、連の形式を決定することによって韻律や歩格、連の長さと配列を設定できるという点である。ここでもポーは「新奇な効果」を求め、異なる歩格の行を結合して連を構成している。すなわち長短格の韻律で六行からなる連の一、三行目を八歩格、二、四、五行目を七歩格半、「ネヴァーモア」の語を含む六行目を三歩格半に設定したのである（203-204）。

さて作品を後ろから制作するという方法については、すでに本節 a で見たように、ゴドウィンの制作方法として肯定的に評価されていた。この方法が実際に「大鴉」の制作にも採用されたというわけであるが、この方法に対する評価もまた、以前からポーの論じていたものである。本節 a で挙げた『夜と朝』評では、作者のブルワー＝リットンが作品のプロットを一貫させるために「自らの本を逆向きに書くという手段に頼った」ことが高く評価されている(X, 117)。ブルワー=リットンが実際にそのような方法で執筆したという証拠がそこに示されているわけではないが、ポーはそのストーリーを分析し、作者が結末部分を書いてからその結末に無理なく至るよう人物や事件を設定していった過程をそれらしく「再現」してみせている(117-118)。その解釈が適切なのか否かは判断しがたいものの、ポーがプロットの一貫性のために後ろからの制作という方法を高く評価していることだけは確認できるだろう。

i 舞台設定

以上のように作品の大枠が決定された後、作品内の具体的な出来事について構想されるようになる。ポーはまず最初に、作品の舞台となる場所について考察し、「孤立した事件の効果のためには、閉鎖した空間の限定が絶対に必要だ」という考え方、および作品を美的にする要請に基づいて、舞台を高価な家具のある部屋に設定する(XIV, 204)。そうなると当然、大鴉は窓から部屋に入ってくることになるわけだが、その大鴉の正体をすぐには明かさず、窓を打つのが恋人の霊魂なのかと思わせるような「効果」を出すために、場面が夜に設定されたという(204-205)。そして

---

20 すべきでないことをせずにおれないという倒錯した悦びは、「黒猫」("The Black Cat," 1843)や「天邪鬼」("The Imp of the Perverse," 1845)といったポーの短編小説のテーマでもある。長編小説『ナンタケット島のアーサー・ゴードン・ピムの物語』(*The Narrative of Arthur Gordon Pym of Nantucket*, 1837-1838)にも、断崖絶壁を降りながらいっそ落ちてしまいたいという衝動に駆られる下りがある(III, 229-230)。また「陥穽と振り子」("The Pit and Pendulum," 1843)では、機械仕掛けの大鎌で身を斬られる危険が刻々と迫る状況で、主人公が「錯乱的な悦び」(frenzied pleasure)を感じている(V, 80)。

21 一八四五年八月三〇日のフッド(Thomas Hood, 1799-1845)評では、繰り返しを用いて「調和的な」単調さを保ちつつ最終部に向かって効果を高めていくフッドの詩『幽霊屋敷』(*The Haunted House*, 1843)が高く評価され(XII, 236-237)、「詩の原理」("The Poetic Principle," 1850)でもこの詩が「もっとも完全に芸術的な」作品の一つとして絶賛されている(XIV, 284)。

作品内にコントラストの「効果」をもたらすために、静かな室内と嵐の戸外、真っ黒な大鴉とそれのとまる白い大理石製の彫像、大鴉の当初の滑稽な様子と後の厳粛な様子とがそれぞれ対比的に設定されていくのである（205-206)。こうした具体的な技法は「大鴉」のみに関わるものであり、他のポーの著作との関連を指摘することはできないが[22]、「効果」のために作品内容が構想されていくという制作理念がここでも一貫していることは確認できよう。

以上の作業を経て「大鴉」はほぼ完成することになる。ポー自身の叙述に従って、ここまでの段階で仕上がった作品の梗概を確認しておこう。

> 「ネヴァーモア」なる一語をそらで言えるようになって飼い主の保護から逃れてきた一羽の大鴉が、夜半の嵐の猛威をくぐり抜け、中に入れてもらおうとまだ灯りのともっている窓へ、すなわち読書にひたりつつ亡き恋人を夢想している学者の窓へと追い立てられてくる。鳥の羽ばたきを聞いて窓を開けると、鳥は学者の手の届かない一番手頃な場所にとまる。学者は不意の出来事と訪問者の異様な振る舞いに興味を抱き、返事をするとは思わぬまま戯れに名を尋ねる。尋ねられた大鴉はおきまりの言葉で「ネヴァーモア」と答えるが、この一語は学者の憂鬱な心に直ちに反響する。これをきっかけに思いついたことを彼が思わず声高に口にすると、鳥が繰り返し「ネヴァーモア」と答えるので、彼はますます愕然とする。そこで学者は事態を推測するのだが、すでに説明したように、自虐を求める人間的渇望から、また一部分は迷信から、彼、この恋する男は、「ネヴァーモア」という予期された答えを通じて悲哀の最大の悦楽を与えてくれるような、そんな問いを次々に発することになる。この自虐への耽溺が極点に達したところで、物語は、私が第一のあるいは明白な局面と呼んだかたちで、自然な終結を迎えるのである。（206-207）

j 意味の底流

さてこのように作品の大筋が定まった後、「構成の哲学」では、このような話の流れにある程度の「暗示性(suggestiveness)」、すなわち意味の「底流(under-current)」がないと堅苦しさや露骨さが残ってしまうと反省が加えられる(XIV, 207)。そして、「我が心から汝《な》が嘴《はし》を、抜いて窓から姿消せ」という文章を含む二連が末尾に付け加えられることになる(208)。そうすることによって、今まで物理的に存在するものとして描写されてきた大鴉が、じつは語り手の心に生じた「悲しみと、尽きせぬ想い出の象徴」なのではないかという印象を与えることができるというわけである(208)。このように作品にとらえがたい暗示性を与え、ようやく「大鴉」が完成したのだという。

作品に暗示性ないし意味の底流をもりこむ技法についても、ポーは以前から繰り返し論じていた。まず一八三九年九月にフーケ(Friedrich de la Motte Fouqué, 1777-1843)の小説『ウンディーネ』(*Undine*, 1811)を批評する際、ポーはその作品が表面的な物語の背後に「意味の神秘性ないし底流(a mystic or under current of meaning)」があることを指摘している(X, 35)[23]。この意味の底流をもつことによってイメージが深まり、作品が豊かになると評価されるわけである。同様に一八四〇年一月のトマス・ムーア(Thomas Moore, 1779-1852)の詩『アルシフロン』(*Alciphron, a Poem*, 1839)評(以下、『アルシフロン』評)でも、表面的な意味の流れの下に暗示的な(suggestive)意味がある『ウンディー

22 ただし室内の家具調度については、ポー自身の趣味が反映されているといえよう。随筆「家具の哲学」("The Philosophy of Furniture," 1840)では、室内装飾が室内全体の効果に基づいて勘案されるべきだと論じられ(XIV, 102)、カーテンやカーペット、ランプなどについての細かい趣向が披瀝されている。「大鴉」における室内描写も、これと大きく逸脱するものではない。また、同様に室内装飾についてのこだわりが示されている短編小説「示し合わせ」("The Assignation," 1835, II, 116)や「ライジーア」(II, 259)でも、「大鴉」と同様に吊り香炉が小道具として使われている。

23 『アルシフロン』評では、「神秘性(mystic)」の語をシュレーゲルなどのドイツ批評家の用語として用いているとされている(X, 65)。この語の由来が特にシュレーゲルに限定されていないことからもわかるように、その典拠を特定の文献に確定する必要はないだろう。

ネ』などの作品が高く評価されている (X, 65-66)[24]。『ウンディーネ』評において、意味の底流とは、作者の女性観や結婚観のような具体的に説明できる潜在的な意味のことだった (X, 35-37)。だが一八四二年三月と四月の「ロングフェローのバラッド」では、意味の底流が表立って現れることが厳しく批判されるようになる。すなわち、本節dで述べたように、ロングフェローは詩に教訓性を取り込もうとしていたのであるが、その教訓性があくまでも意味の底流に留まり、「シュレーゲルによって適切にも『関心の統一ないし全体性』と呼ばれたもの」を妨げないようにしなければ、「悪しき効果」となってしまうというのである (XI, 79)。とらえがたい暗示的意味を作品内に取り入れるべきだという「構成の哲学」の主張は、こうした問題意識に基づくものだと考えられよう。

第二節　「構成の哲学」における瞞着——イマジネーション論の隠蔽

以上の考察からも明らかなように、「構成の哲学」に示された論点の多くは、ポーの批評活動の中で醸成されたものであり、詩作に対する真摯な思索に裏打ちされたものである。それゆえ「大鴉」にポーの詩論が生かされていることは十分に考えられよう。しかし「大鴉」にポー自身の詩論が反映されているとしても、実際に「構成の哲学」に記されたとおりの手順で「大鴉」が制作されたと結論づけるわけにはいかない。序でも述べたように、作品の構想がディケンズの『バーナビー・ラッジ』などから得られたものである可能性は否定しきれないし、またリフレインの技巧への関心から構想が発展していった可能性もある。いずれにせよ、「大鴉」が「構成の哲学」に記されたような着実な制作過程を経て制作されたとは考えにくく、むしろ様々な試行錯誤を経て完成されたのではないかという疑いは払拭しきれないだろう。それゆえ「構成の哲学」は、「大鴉」の実際の制作過程を説明するものではなく、むしろ「大鴉」の制作の後に、自らの詩論を集約的に表明する手段としてでっちあげられたものである可能性も否定しきれないのである。

ここで問題となるのは、「大鴉」の構成の内に「何も偶然や直観に帰しうるものがなく、数学的問題（a mathematical problem）の正確さと厳密な帰結でもって、一歩一歩完成へと進んでいった」（XIV, 195）という主張である。この問題について考えるうえで特に注目すべきことは、ポーが作品にただ「効果の統一」を求めるのみならず、「新奇性」を求めていたことである。すでに見てきたように、「構成の哲学」の場合は、主題に独自性がないという短所をリフレインや歩格の新奇な効果によって払拭し、統一性を保ちつつ新奇な効果を獲得したのだった。しかしそもそも新奇性は当初から意図的に産出できるものなのだろうか。むしろ新奇性は、当初の意図を越えることによって、つまり何らかの偶然的、直観的な契機を経て初めて得られるものではないのだろうか。本節ではこうした観点から、「構成の哲学」では表明されなかったポーの詩論を追ってみたい。

まず前節jで挙げた『アルシフロン』評を見てみよう。ここでは次のように論が展開されている。人間の心は無から何かを想像する（imagine）ことはできない。この世に存在しないグリフィンのような存在を想像する場合でも、実際には感覚的経験を経て獲得された既存の観念（鷲の頭部と鉤爪、ライオンの胴と下肢）を結合して想像しているにすぎない。それゆえいかに新奇な構想であっても、その構想は単に普通にない結合に基づいていると考えられる。イ

24　「構成の哲学」以後の一八四七年一一月のホーソン評（XIII, 148）でも、意味の底流が表に現れて「効果の統一」が損なわれるような作品が批判されている。意味の底流のある作品に対する高い評価は、『トゥワイス・トールド・テールズ』評（XI, 106）、一八四四年三月のローウェル（James Russell Lowell, 1819–1891）評（XI, 247）、『オライオン』評（XI, 258）でも繰り返される。

ギリスの詩人コウルリッジは「ファンシーは結合し、イマジネーションは創造する（the fancy combines, the imagination creates）」と言っているが、ファンシーもイマジネーションも無から存在を「創造」するわけではないので、両者にさほど違いはない（X, 61-62）。ただイマジネーションの所産が「意味の底流」のある理想的な作品であるという点において、ファンシーの所産とは異なるだけなのだ（X, 65-66）。

このように『アルシフロン』評の段階では、詩人のイマジネーションによる新奇な構想が無から生じるわけではないことに論の力点が置かれているが、その後、一八四二年三月と四月の「ロングフェローのバラッド」では、無からの創造ではないにせよ結合作用によって新奇な構想が生じること自体が注目されるようになる。前節dとjで述べたように、ポーはこの評論で、詩の目的が真実や道徳にあるのではなくもっぱら美にあることを論じ、道徳的要素が表立つような教訓詩を効果の統一のない詩として批判していた。じつはこのときポーが詩の目的としていた「美」とは、地上世界の事物に宿るような美のことではない。この評論によれば、詩人は地上的事象を再現するだけでは満足できず、むしろ霊感によって与えられる「天上の美（beauty above）」をなんとか作品化しようと躍起になるものだという。しかしどれほど努力しても、詩人はその天上の美そのものを作品化することはできない。それゆえ詩人は天上の美にできるだけ近づくために、「諸々の事物や思念」を「結合」して、心の渇きを癒すのだという（XI, 71-72）[25]。つまり詩人が霊感を受けること自体は肯定されるものの、そこで享受された「天上の美」がそのまま作品化される可能性は否定されるのである。したがってその「天上の美」の超越性に近づくためには、新奇性を産出しうるイマジネーションを駆使せねばならない。たしかにイマジネーションは詩人の意図によって発動されるものではあるが、その意図を越えた新奇な結果の産出がイマジネーションに期待されているわけである。

天上の美への渇望とそれを癒すための新奇な結合については、dで挙げた『オライオン』評でも論じられている（XI, 255-256）。つまり美は魂を高揚させるものであり、情念や知性、道徳感情とは無関係だとポーが述べるとき、その美が地上的な生を送る人間の手には届かぬものであり、少しでもそれに近い美を産出するためには詩人が悪戦苦闘を余儀なくされることが前提とされているのである。いわば何の迷いもなくすべて意図と計算によって詩が構成されるとは、ポー自身も考えていないのだといえよう。

「大鴉」の発表とほぼ同時期、一八四五年一月一八日のウィリス評（aで挙げたように、ウィリスに関するポーの批評は一八三九年にもあるが、本稿ではこの一八四五年の批評を「ウィリス評」と表記する）では、先に見た『アルシフロン』評の論旨が繰り返された後、イマジネーションの作用が、化学的結合によって化合物を産出する化学変化に喩えられている（XII, 38-39）。つまりどちらの場合も、結合作用によってもとの素材にはなかった新奇性が生じるというわけである。そしてイマジネーションはその結合作用によって、「今までにこうした結合が想像されなかったのはなぜなのか」と自問せずにおれないほど統一性のある美を産出するのだという（39）。いわば詩人は化学者のように、結合する詩句の潜在性を吟味し、生じるであろう詩句の「化学変化」をある程度予想しつつ、詩句を結合して予想を超える美的効果を産出していくわけである（39）。

以上のことからも明らかなように、ポーにとって、新奇な統一的効果のある作品はイマジネーションによってこそ

25　一八五〇年の「詩の原理」では、この「ロングフェローのバラッド」で論じられていた「天上の美」についての考え方がほぼ逐語的に繰り返された後、詩や音楽を享受して感涙を流すのは「詩や音楽を通じて短く不確定的な（indeterminate）瞥見に到達するあの神聖な歓喜を、今、完全に、この地上で、すぐに、そして永遠にとらえることができないという、腹立たしいまでに耐え難い悲しみのせいである」と述べられている（XIV, 274）。地上的な生とはかけ離れた「天上の美」に接した際に歓喜と悲しみの入り混じった感情を抱くというこの説明は、ポーがなぜ美とメランコリーとの結びつきを高く評価し、またこの世を去った恋人の追憶を詩の主題として好むのかを理解するうえで有益だろう。註15で述べたように、アメリア評では、現世的な悲しみの感情がイマジネーションを刺激し、現世を去った故人の美と結びつくとき、詩にふさわしい気分が生じるとポーは考えていた。どちらも、現世とは隔絶した美への憧れとそこに到達できぬ悲しみとを感ずるという点で通底するのである。

産出可能なのであり、緻密な計算のみによって着実に組み立てられるものではない。たしかにイマジネーションによる詩作は、霊感のままに詩をつくるような制作とは異なり、知的な作業だといえよう。しかしこの「化学的」な作業は、「構成の哲学」で標榜されていたような「数学的」な作業とは似て非なるものである。すなわちイマジネーションによる詩作では、意図的に制作されながらも、その素材の潜在的性質によってその意図を越える結果が期待されているわけである。新奇性の産出のための「化学的」な試行錯誤について語らず、あたかもすべての作業が意図と計算とに基づいて「数学的」になされたかのように語ることにこそ、「構成の哲学」の瞞着があるのだといえよう。いわば実際の詩作において、偶然的契機が廃棄されることはないのである。

最後に、ポーが「数学」についていかなる考えをもっていたかについて検討しよう。一八四五年の短編小説「盗まれた手紙」("The Purloined Letter")において、難事件を解決する主人公デュパンは、最高度に厳密で知的な思考と一般に考えられている「数学」が単に形式と数量に関する範囲内においてしか有効でないことを指摘している(VI, 44)。数学の公理が化学には通用しないように、数学はその適用範囲を越えて普遍的に真理を追究するような学問ではないというのである(44-45)。そしてデュパンは、単に数学者であるのみならず詩人でもある犯人が、数学のように厳密な方法で綿密に事件を捜査する警察をいかに欺いたかを推理し、警察には思いもよらぬ予想外の観点から事件を解決してみせるのである。ポーがこの小説の作品構想を立てるとき、「数学」的思考方法がその適応範囲を越えて普遍的に有効なわけではなく、むしろその限界を越えて効力を発揮する詩人の発想力を高く評価していたのだと考えられよう[26]。そのポーが一年後の「構成の哲学」で自己の詩作方法を「数学的」と称するとき、そこに瞞着が含まれることは明白である。いわばポーは「構成の哲学」において、新奇な美を求める苦闘やイマジネーション論についてはあえて言及せず、あたかもすべて計算によって制作されたかのように論じてみせたわけである。

結び

結局のところ、「大鴉」が実際にどのように構想され、制作されていったのか、確実なことは何もわからない。しかし以上の考察をふまえるならば、おそらく「構成の哲学」で述べられていたような着実な手順を踏んで制作されたわけではないと考えられよう。たしかに第一節で検討した個々の点において、「構成の哲学」は、ポーの真摯な思想を反映するものである。それゆえ「大鴉」の制作の際に、自覚的にであれ無自覚的にであれ、それらの思想が応用されたことは十分に考えられよう。だが作品に求められる新奇な効果は、「数学的」な手順によっては獲得されえず、いわばイマジネーションを用いて「天上の美」に迫ろうとする試行錯誤によって模索するより手だてはない。「構成の哲学」はその試行錯誤の過程をあえて隠蔽し、制作の意図的な側面を強調してみせた詩論だと考えるべきだろう。

26　一定の前提から確実な演繹を導き出す「数学的」な思考方法の限界と、その限界を越えるイマジネーションに基づく推論方法について、ポーはすでに短編小説「モルグ街の殺人」(“The Murders in the Rue Morgue,” 1841) の中で論じている。この問題については、第二部第四章であらためて考察する。

第二章　詩的イマジネーション論の形成過程

序

前章で見たように、ポーの詩論の中でもよく知られている「構成の哲学」にはイマジネーション論がまったく反映されておらず、むしろそれと対立するような論旨となっていた。そうした瞞着のために、ポーが「数学的」な方法による詩作を提唱していたかのように誤解され、彼のイマジネーション論が十分に理解されてこなかったように思われる。本章では、看過されがちな彼のイマジネーション論をより詳細に検討し、その理論が確立していく過程を四段階に分けてまとめてみたい[1]。

第一節 「ドレイク・ハレック評」

前章第一節bで挙げた一八三六年四月の「ドレイク・ハレック評」(Poe〔a〕, VIII, 275-318) は、ポーのイマジネーション論としては、最も初期の論考だといえるだろう。この評論には、当時流行していた骨相学 (phrenology) の影響も顕著であり、骨相学用語が頻繁に用いられているのだが、そうした思想的背景や専門用語については後で解説することにして、まずポー自身の論述を追うことにしよう。

この評論におけるイマジネーション論を理解するためには、まず「理想性の能力 (faculty of Ideality)」に関するポーの主張をふまえなければならない。ポーによるとこの能力は、諸事物の「美(the beautiful)や崇高(the sublime)、神秘(the mystical)」をとらえるのに不可欠な感性的能力だという (282)。この能力によってこそ、人間は地上界の様々な自然物や天上界の星々に対して、愛と賞賛の念を抱くというのである (282)。いわばこの「理想性の能力」とは、諸事物を理想的なものとしてとらえる能力だといえよう。またこの心的能力は諸事物に対して抱く「詩的感情 (sentiment of Poesy／Poetic Sentiment)」でもあり (282, 284, 293)、詩人はこの「詩的感情」を言語化することによって詩をつくるのである (284)。そしてポーは、こうした詩的感情が詩人に特有のものではなく、神によって万人に付与されたものだと主張する (282)。したがって詩人としての優劣は、詩的感情の有無によって決定されるのではなく、自己の詩的感情をいかに効果的に言語化し、鑑賞者の詩的感情に訴えかけるかという詩作の能力によって決定されることになる (284)。つまりたとえ「理想性の能力」に優れ、諸事物に対して詩的感情を抱くことができようとも、言語化の方法

1 ポーのイマジネーション論の変遷に関する先行研究としては、(内田、一七八―二一一) 参照。その問題点に関しては、随時、註で指摘していく。

に巧みでなければ優れた詩を制作することはできないというのである。したがって優れた詩を制作するためには、「詩的感情」としての「理想性の能力」とは別に、詩句を巧みに構成する知的能力が必要とされることになる。こうした観点から、ポーは詩作に活用される知的能力として「対照性（Comparison）の能力」と「因果性（Causality）の能力」を挙げ、それぞれの能力によって制作される詩のあり方を比較している（284ff.）[2]。ここでいう「対照性の能力」とは、比喩的に詩句を配置する能力のことである（295）。この能力は詩作に必要な能力ではあるが（285）、この能力だけに基づいて詩句を羅列する場合、描写される諸事物には作品に描写されるべき必然的な存在理由がなく、またそれらの構成も散漫なものになるという（293-295）。こうした欠陥を補う能力として重視されるのが、「因果性の能力」である。この能力は「理想性の能力」に強く訴えかけるような優れた詩を制作する際に用いられるとされ（284-285）、前述の「対照性の能力」と対比して考えるなら、諸事物を詩句によって緊密に構成し、他の語句に置き換えることのできないような因果的統一性を産出する能力として理解することができよう。

ここで用いられている「理想性」、「対照性」および「因果性」という語は、骨相学の用語として理解されねばならない。ガル（Franz Joseph Gall, 1758-1828）が提唱しシュプルツハイム（Johann Gasper Spurzheim, 1776-1832）が発展的に継承した骨相学では、大脳皮質が三五箇所の部分に分類され、各部分の機能に応じて人間の心的特性も「理想性」や「対照性」、「因果性」などの三五種類に分類されている[3]。そして大脳皮質のどの部分がより発達しているかによって、個人の能力や気質が特徴づけられているというのである。脳が部分ごとに異なる機能を担うという考え方は、第一部第四章第二節で紹介した五智論にすでに見ることができたが、骨相学はそれを発展させたものと考えてよいだろう。さらにシュプルツハイムは、その大脳皮質の発達の仕方が大脳を覆う頭蓋骨の発達の仕方とも相関関係をもち、それゆえ外見的な頭部の形状からその人の能力や気質を判定することができると主張していた。この骨相学は一九世紀前半の西洋において、アメリカでは特に一八三〇年代以降に流行した科学であり、この骨相学を信頼すべき学問と見なしたポーは、「ドレイク・ハレック評」を発表する前の月に、骨相学の重要性を論じている（252-255）。この論評の中で特に注目すべきことは、ポー自身が骨相学による心的特性の分類に関心を示し、煩瑣をいとわずそのすべてを列挙している点である。その分類によれば、三五種類の心的特性はまず「本能的性向および感情」と「知的能力」との二項に分類され、さらに前者は六項に、後者は四項に下位分類されている。その結果「理想性」は「本能的性向および感情」のうちの「想像的な（imaginative）能力」に、「対照性」と「因果性」はともに「知的能力」のうちの「反省的能力」に属することになるのである（253-254）。「ドレイク・ハレック評」において、心的特性が感情的な側面と知性的な側面とに区別されている点、詩的感情としての「理想性」の能力が詩人のみならず万人に生来的に付与されたものと考えられている点、さらに「対照性」と「因果性」が知的能力として比較されている点は、骨相学思想の観点から理解されるべきであろう[4]。

「ドレイク・ハレック評」におけるイマジネーション論も、こうした骨相学の思想を基盤としている。すでにふれたように骨相学では「理想性」が「想像的な能力」として分類されるのだが、ポーもまた「理想性」の語を「イマジネーション」とほぼ同義のものとして理解しているのである（283, 295）。すなわちこの時期のポーにとって「イマジネーション」とは、諸事物を理想的なものとしてとらえる詩的感情のことであり、それゆえ「因果性の能力」によって構成された詩の魅力を感じ取る能力でもあったのだ（284）。当時のポーが「イマジネーション」を詩の鑑賞の際に用いられる能力と見なし、決して詩の制作の際に用いられる能力とは考えていなかったことは、後のポーの思想には

2　先行研究の（内田）では「対照性の能力」について言及されていない。

3　シュプルツハイム自身は、「因果性」を詩と関連づけて説明していない（Spurzheim, 70-72）。またシュプルツハイムは「詩的イマジネーション」のみならず「ファンシー」によっても「理想性」の観照へと導かれるとも説明しており（48）、ポーの見解とは必ずしも一致していない。なお、ポーへの骨相学の影響に関しては、（Hungerford）参照。ただしそこでは骨相学とポーのイマジネーション論との関わりについてはほとんど論じられていない。

見られない主張として注目されよう。

一方「ドレイク・ハレック評」におけるイマジネーション論には、こうした骨相学思想とは異質の思想も入り混じっている。次節で論じるように四年後の評論では、コウルリッジが「ファンシーは結合し、イマジネーションは創造する」と論じていたことについて言及されるのだが（X, 61）、そのコウルリッジと同様の主張が「ドレイク・ハレック評」にも示されているのである。すなわち「理想性の能力」たる「イマジネーション」には創造的性質があり（VIII, 283）、一方「結合力」を有する「ファンシー」が「対照性の能力」の主要な構成要素となっているというのだ（295）[5]。コウルリッジ流のファンシーを骨相学的な「対照性の能力」と結びつけるポーの発想については、比較的容易に理解することができるだろう。第一部第五章で論じたように、コウルリッジは『文学的自叙伝』第一三章で、詩作における創造的なイマジネーションが素材を「理想化し統一すること（to idealize and to unity）」のために行使されるのに対し、ファンシーが観念連合によって選択、結合された諸観念の再現にすぎないと考えていたのであるが（Coleridge, 7-1, 304）、このファンシー概念が、「理想性」に到達することなく詩句を結合するという「対照性の能力」概念と共鳴するわけである。

しかしコウルリッジ流のイマジネーション論を骨相学的コンテクストと結びつけようとするポーの論述は、論理的に整合しているとはいいがたい。というのも、コウルリッジの場合はイマジネーションを詩作の際に用いられる能力として考察し、それゆえ「創造的」というイマジネーションの性質も詩の制作のあり方を示すものとして一応の理解が可能であるのに対し、ポーがここで論じるイマジネーションは、すでに述べたように、優れた詩の鑑賞に際して用いられる能力であって、そこに創造性の問題がいかに関与するのか不明瞭だからである。ポーはここで、神のイマジネーションが無からの創造を可能にするのに対し人間のイマジネーションはすでに存在するものしか創造できないとも述べているが（Poe [a], VIII, 283n.）、「理想性の能力」としての人間のイマジネーションが実際に何をどのように創造するのか、また無からの創造ではないイマジネーションの働きがなぜ「創造」と呼ばれうるのかについては何も論じていない。おそらくポーは「理想化」ないし「理想性」という概念をめぐってコウルリッジのイマジネーション論と骨相学思想との間に接点を認め、その二つの思想の総合を試みたのであろうが、「理想性の能力」が詩的制作とは無関係である以上、それらの思想は論理的に整合しないのである。この問題をいかに解決するのかということが、ポーの詩論の課題となるのである。

4 ただし骨相学を詩論に適用しようとするポーの試みは、純粋に学問的な動機に基づいているとは言い切れない。というのもポーの友人のダニエル（John Moncure Daniel, 1825-1865）が指摘しているように、ポー自身の頭部が「理想性」、「因果性」、「対照性」の発達を示していたとも考えられるからである（Daniel, 71）この論評はボードレールの評論「エドガー・ポー、その生涯と著作」（"Edgar Allan Poe, sa vie et ses ouvrages," 1852）の主要な種本となり、この骨相学的な指摘もそこで繰り返されることになる(Baudelaire〔b〕, 312-313)。また生前にポーと会った可能性のある骨相学者ファウラー(Lorenzo Niles Fowler, 1811-1896）やサイザー（Nelson Sizer, 1812-1897）も、ポーの頭部に「理想性」の顕著な特徴を認めていたという（Stern, 158-159）。さらにポー自身も、自己の心的能力を知るうえで骨相学が有益だと述べ（Poe〔a〕, VIII, 253）、一八四一年一〇月二七日付の書簡では、数人の骨相学者に自分の頭部を見てもらったとも述べている（Poe〔c〕, 185）。したがってポーが骨相学者に診断してもらった結果を都合よく解釈し、自己の詩才を肯定的に語りうる詩論をでっちあげた可能性もありうるのである。

5 先行研究（内田）でもイマジネーションとファンシーとの区別にコウルリッジの影響を認めているが、ポーはその影響を表面に出さないようにしているという（内田、一八六）。だがイマジネーションとファンシーとを区別するコウルリッジの主張はすでによく知られたものであり、それをことさら隠そうとしているとは考えがたい。むしろコウルリッジのイマジネーション論と骨相学とをいかに両立させるかが、この時期のポーの問題点だったように思われる。（内田）ではその論の不整合についても十分に指摘されていない。

第二節　『アルシフロン』評

一八四〇年一月、ポーは前章第一節jで挙げた『アルシフロン』評を発表し、新たな詩論を提示している。この評論においてポーは、イマジネーションをファンシーと同様に詩の制作の際に用いられる能力と見なして、骨相学に基づくイマジネーション論を退けている[6]。そしてさらに、イマジネーションとファンシーとのいずれにも創造性と結合作用を認めることによってコウルリッジの思想からも距離をとることになるのだが、こうした思考の転換は、以下に示すように「創造」という概念の見直しに基づいていると考えられる。

「ドレイク・ハレック評」でも主張されていたように、神ならぬ人間には無からの創造が不可能であるとポーは考えていた。その考え方はこの『アルシフロン』評にも受け継がれ、ここでも「人間の心は実際に存在したことのないものを想像する（imagine）ことはできない」と明言されている（X, 62）。しかしその一方で、現実には存在しないと思われるような「新奇な着想（novel conception）」が人間のイマジネーションによって産出されうることも、ポーは認めている（62）。それではそのような新奇な着想はいかにして想像されうるのだろうか。ポーは想像上の存在であるグリフィンを例にとって、現実には存在しない想像的所産さえ実際には無から想像されたものではないことを次のように述べている。

> 我々はグリフィンを想像することができるではないか、そしてグリフィンなるものは存在しないではないか、と言われるかもしれない。たしかにグリフィンは存在しない。だがその構成部分は存在しているのだ。（62）

ここで論じられているように、たしかにグリフィン自体は現実世界には存在せず、人間のイマジネーションによって新たに産出されたものである。しかしそのグリフィンの頭部や翼、前脚は現実に存在する鷲の身体器官にすぎず、またその胴体と後脚も既存のライオンの身体器官にすぎないというのである。こうした見地から、ポーは、人間のイマジネーションによってあたかも無から創造されたように見える「あらゆる新奇な着想」が、単に普通にない「結合(combination)」の所産であると断定するのである(62)。

じつは人間には無からの創造が不可能であると「ドレイク・ハレック評」で論じられる際、ポーは具体的な箇所を指定せぬまま、ビールフェルト(Jacob Friedrich von Bielfeld, 1717-1770)の『全般的学識の基本』(*Les Premiers Traits de L'Erudition Universelle*, 1767)を参照するよう指示していたのだが(VIII, 283n.)、『アルシフロン』評でも同様の指示をしている(X, 62)。参照できた英訳書では、「内的諸観念の体系を認めるにせよ、我々の心の中で(我々の外的諸感覚によってそこに運ばれた)イメージから諸観念が形成されたと推定するにせよ、いかなる仕方でも実在せず、また実在しなかった存在の観念や概念を我々がもちえないことにはかわりない」(Bielfeld, I, 41, 3〔vol. 1, 236〕)という文章を見出すことができるのであるが、その直後に次のような文章が続いている。

我々は実際あらゆる種類のキメラを自らに対して現前させることができる。我々のイマジネーションは、頭部が鷲で体がライオン、尾が蛇で脚がダチョウという怪物を形成することができるが、これらの怪物、これらの

6　これによって「因果性」と「対照性」との区別という骨相学的な考え方も否定されることになる。翌一八四一年一月に発表された短編小説「モルグ街の殺人」でも、イマジネーションとファンシーが話題になるなかで、「構成力」と「結合力」とを区別する骨相学の考え方が批判されている(IV, 149)。本稿第四章第一節参照。先行研究(内田)は『アルシフロン』評が骨相学を退けていることについて注目していない。

化け物が自然界にある存在の合成物としてのみ我々のイマジネーションの内にあるのであって、かつてあったいかなるものとも類似性のない存在の観念を形成することが不可能だと見なすのは当然である。(3〔236〕)

既存の事物のイメージしか思い描けないことについては「ドレイク・ハレック評」では指摘があったものの、既存のイメージの結合としてのイマジネーションは十分に論じられることがなかった。だが『アルシフロン』評でそこまで踏み込んで論じられるようになるのは、ポーがビールフェルトのこの箇所をさらに生かしたからではないだろうか。先験的観念の否定、および諸観念の結合としてのイマジネーションという考え方自体は経験論の枠組みから十分に説明できるのだが、ポーが直接的にビールフェルトから示唆を得た可能性も考慮すべきだろう。

こうしてポーは、今までファンシーのみに認めていた結合作用をイマジネーションにも認め、既存の事象の結合によって「新奇な着想」を産出する能力としてイマジネーションを規定するようになった。そして神による無からの創造とは明確に区別されつつなお、今までになかったような「新奇な着想」を産出するという意味において、人間のイマジネーションにも創造的性質が認められるのである(Poe〔a〕, X, 61-62)。既存の事物の結合による「創造」ということにイマジネーションの機能を認める考え方は、この後も生涯にわたってポーの詩論の核となるものとして注目することができるだろう[7]。

以上の考察によって、「ドレイク・ハレック評」においては曖昧だった「創造」概念は明確になったといえよう。しかし結合による創造という考え方は、逆に「ドレイク・ハレック評」の中心的な論点である詩の優劣論の説得力を弱めるものでもあった。前節でも述べたように、「ドレイク・ハレック評」においては、詩句の単なる結合によって制作される詩がファンシーの所産として批判され、その一方で因果的統一性のある詩がイマジネーションに訴えかける理想的な作品として賞賛されていた。だが『アルシフロン』評のように結合と創造との二つの作用を連続したものと理解するなら、イマジネーションとファンシーとの区別が不明瞭になり、それらの概念を用いて論じられていた詩の優劣論も説得力を失ってしまうのである。そのため、なおもイマジネーションとファンシーの概念を用いて詩の優劣を論じようとするならば、結合性や創造性とは異なる新たな評価基準が提示されねばならないということになる。

『アルシフロン』評では「ドレイク・ハレック評」における詩の優劣論を受け継いで、なおもイマジネーションに基づいて制作される詩を「理想的（ideal）」なものと見なし、ファンシーに基づく詩をより低次な作品と見なす立場を保っている。そしてその判断に際して新たに注目されるのが、「神秘性（mystic）」という概念である。すでに前節でも軽くふれたように、「ドレイク・ハレック評」において、ポーは「美」と「崇高」（あるいは「尊厳さ〔the august〕」）とともに「神秘（the mystical）」を「理想性」の要素と見なしていた（VIII, 282, 301）。その考え方は『アルシフロン』評においても受け継がれるのだが（X, 65）、今回は特にその「神秘」が重要なものと見なされ、「神秘性」が詩の優劣を評価する際の基準として重視されるようになるのである。前章第一節jで論じたように、この観点は『アルシフロン』評の四ヶ月前に発表した『ウンディーネ』評から見られるものである。『アルシフロン』評によると、詩における「神秘性」とは具体的には暗示的効果を意味するものであり、それはイマジネーションによる詩にのみ認められるものだという（65-66）。つまりイマジネーションによって制作された詩には、表面的な意味の底流として暗示的に第二の意味が示されるのに対し、ファンシーによる詩には表面的意味しか示されていないというのである。詩

7　『アルシフロン』評よりも以前、一八三六年一〇月に発表された「ピーター・スヌーク」（"Peter Snook"〔in *The Old Maiden's Talisman and Other Strange Tales*〔1834〕by James Forbes Dalton〔1785-1862〕〕評では、独創性を感じさせる雑誌が霊感のみによってつくられるものではなく、むしろ苦心して記事を結合し、編集することによってつくられるものだと述べられている（XIV, 73）。ここでは結合作用による新奇性の産出という考え方がまだイマジネーション論と結びついているわけではないが、ポーが雑誌編集の経験に基づくこの考え方を詩論に適用した可能性もありうる。この可能性のみならずビールフェルトのイマジネーション論からの具体的な影響に関しても、先行研究（内田）では十分に検討されていない。

の暗示的効果に対するこのような賞賛は「ドレイク・ハレック評」にもわずかに見ることができるのだが（VIII, 302-303）、その主張は中心的な主題である詩の因果的統一性の論旨とは直接的に結びついているとはいえず、むしろ派生的な説明に留まるものだった。しかし創造性と結合性との区別に基づく「ドレイク・ハレック評」の論が破綻した結果、詩の暗示的効果をめぐる問題が特に注目されるようになるのである。

以上のようにポーは、『アルシフロン』評において「イマジネーション」概念を明確にし「神秘性」概念を強調することによって自らの詩論を刷新するのであるが、この論の転換が逆に「ドレイク・ハレック評」における次の二つの論点を見失わせる結果を招くことにも注意しなければならない[8]。

第一の論点は、詩作品における全体的統一性の問題である。前節で述べたように「ドレイク・ハレック評」では、「因果性の能力」の重要性を説くことによって、作品内に描かれる諸事象の因果的統一性を称揚する評価基準が明示されていた。しかし『アルシフロン』評においては、そうした統一性よりもむしろ「神秘性」が重視されるようになり、表層的意味と暗示的意味との二重構造が前提とされるようになるのである。作品の暗示的効果が必ずしも作品の統一的効果に抵触するとはいえないとしても、その統一的効果に関する「ドレイク・ハレック評」の論旨が『アルシフロン』評において十分に検討されていないことは否定できない。

第二の論点は、美の享受に関する問題である。前節で述べたように「ドレイク・ハレック評」では、「理想性の能力」ないし「イマジネーション」によって理想的な美が享受され、その美を知的能力によって作品化するという詩作の過程が論じられていた。しかし『アルシフロン』評においては、「イマジネーション」が詩の制作の際に用いられる能力と規定されることによって、美的享受の側面に関する考察が欠落してしまい、制作の側面しか論じられなくなっているのである。そのため、ただ単に暗示的で新奇でありさえすれば「理想的」な作品となるかのように理解されざるをえないだろう。

この二つの論点の意義をあらためて見直し、イマジネーション論と両立させることが、ポーの次の課題となるのである。

第三節　「ロングフェローのバラッド」

前章の註10および前章第一節dで挙げた一八四二年の「ロングフェローのバラッド」の中心的な論点は、詩に道徳性を求めるロングフェローの立場を批判し、詩において第一に求められるべきものが美にほかならないということにある。他の何よりもまず美的性質において詩の優劣を評価しようとする当時のポーの見解は、暗示的性質において詩の優劣を評価しようとしていた『アルシフロン』評の見解からの転換を示すものと考えられよう。実際この「ロングフェローのバラッド」では、『アルシフロン』評においてポー自身が積極的に評価していた詩の暗示性がじつはそれ自体として必ずしも高く評価されるべきものではないとして自己の詩論に修正を加え（XI, 79）、その論点から、ロングフェローが詩の底流として教訓的寓意を暗示させていることを批判している。すなわち「このように示唆された道徳は、文自体の表面的な流れをさしおいて現れるときには、いつも悪しき効果となってしまう」（79）というのである。したがって仮に詩が道徳的性質を帯びるとしても、その道徳性はあくまでも詩に付加された副次的なものでなければならず、詩作品全体の統一的効果が失われてはならない（67-68）[9]。こうしてポーは、詩作品の統一的効果という「ド

8　これらの問題点についても、先行研究（内田）ではふれられていない。

9　以後、暗示性を重視する議論は、美が主たる目的ではない「小説」をめぐって論じられるようになる。『トゥワイス・トールド・テールズ』評（XI, 107-109）参照。

レイク・ハレック評」の主要な論点を再び取り上げることになる。いわば詩人は美的効果をまず第一に尊重し、その効果を弱めるような要素を排除することによって作品に美的統一性を与えなければならないのである(78-79)。

詩の目的があくまでも美にあるということを強調するために、ポーは「最も明らかで直接的に認めることのできる区分」に従って人間の心的作用を三つに、すなわち人間を真理へと導く「純粋知性(pure intellect)」、美へと導く「趣味(taste)」、義務へと導く「道徳感(moral sense)」の三つに区分し[10]、趣味に訴えかけるべき詩が本来的に真理や道徳的義務とは無縁であることを明らかにしている(70-71)。というのも、真理の探究において要求される厳密さ、明瞭さ、正確さは詩においては重要なものではなく(69-71)、また道徳的義務の要求する禁欲的節制も詩とは対極的なものだからである[11]。こうしてポーは、詩の主たる目的が美であるという唯美主義的見解を明確にし、その思考基盤に基づいてイマジネーション論を練り直すことになるのだが、そのイマジネーション論について論ずる前に、そもそも当時のポーがなぜこのような唯美主義的見解に傾いたのかについて考察してみたい。

「ロングフェローのバラッド」が発表される前年、一八四一年八月に、ポーは「モノスとウナとの対話」("The Colloquy of Monos and Una")という対話形式の短編小説を発表している。この小説は、人間としての生を終えて不死なる存在として天上界に生まれ変わった「モノス」と「ウナ」なる者が、地上の人間社会について、さらには死と再生について語り合うという内容の作品である。ここでも主たる語り手のモノスが「純粋知性」と「趣味」と「道徳感」という区別について言及し、その「趣味」だけが、文明化とともに害されていく人間の知性を矯正し、「我々を、美へ、自然へ、そして生命へと徐々に引き戻し」うると述べている(IV, 203-204)。つまりこの小説における趣味の問題は、作品中で強調される文明批判とも密接に重なっているのである。語り手モノスは、人間社会について次のように語る。地上世界の人間の知性は「知識(knowledge)」や「技術」によって毒されてしまい、自然を支配することに喜びを見出すようになった。その結果、人間の精神は「体系化、あるいは抽象化にとりつかれて」自然の摂理を見失ってしまい、その人間の功利主義的な考えに応じて、地上世界には「煤煙を吐く巨大な都市が数知れず勃興し」、「溶鉱炉の熱気を前にして緑葉は朽ち果て」てしまい、その結果「自然の麗しい容貌は、忌まわしい病に冒されたように歪んでしまった」のだという(202-205)。いわば明瞭さや正確さを重視する「知性」が皮相な技術的進歩に目を奪われたために、自然の摂理に従って生きる人間本来の生き方が見失われてしまったというのである。こうした文明社会の状況をふまえたうえで、その文明の疾患を是正するものとして「趣味」が見直されるわけである。そしてさらにモノスは、その趣味が「プラトンのいう純粋な観照的精神や荘厳な直観(the pure contemplative spirit and majestic intuition of Plato)」と

10 ポーはここで、「趣味」が「純粋知性」と「道徳感」との中間に位置するとも述べている(XI, 70)。心的能力をこのように三区分する考え方がカント(Immanuel Kant, 1724-1804)の『判断力批判』(*Kritik der Urteilskraft*, 1790)に基づくものとする指摘もあるが、ポーがいかにしてカントの思想に接し得たのかについては確定されていない(この点に関しては、〔Omans, 1, 23-168〕参照)。いずれにせよ、心的能力に関するこの分類が従来の骨相学思想から乖離するものであることは注目に値するだろう。第一節で述べたように、骨相学では人間の心的な諸能力が「本能的性向および感情(Instinctive propensities and Sentiment)」と「知的能力(Intellectual Faculty)」とに区分されることをポー自身が言及していたのだが、一八四五年七月に発表された短編小説「天邪鬼」では、骨相学の扱う心的能力が「性向、道徳感情、あるいは純粋知性の能力(a propensity, a moral sentiment, or a faculty of the pure intellect)」と言い換えられており(VI, 146)、「ロングフェローのバラッド」における用語に近づけて論じられている。この用語法からも理解できるように、ポーは、骨相学には「趣味」に関する議論が欠落していると考えているのである。それゆえ、経験的に認められる分類に従って人間の心について再考すべきだと考えるポーは、「ロングフェローのバラッド」において、いずれは骨相学がこの「趣味」について明確に論ずることになるだろうと期待している(XI, 65)。

11 詩が真理とは無関係だという考え方の端緒は、一八三六年に発表された詩論「B—への手紙」("Letter to B-.")に見出すことができる。ここでポーは、科学の目的が真理にあるのに対して、詩の目的が快にあると論じている(VII, xliii)。その論述がコウルリッジの『文学的自叙伝』第一四章にある文章(Coleridge, 7-2, 13)をほぼ逐語的に借用したものであることについてはすでに多くの研究者の指摘がある。ただしその前後の文脈を検討すれば明らかなように、コウルリッジ自身は詩の直接的な目的が快であるとしてもその究極的な目的は真にあると考えているのであり(12)、ポーが読み取ったような唯美主義的な思想をそこに見出すことは、実際には不可能である。

同一のものであると見なし（204）、趣味によってとらえられる美が単に自然界の美のような地上的な事象の美に限定されるものではなく、むしろ天上界の事象の美をも含むものであると主張している。いわば人間にとって趣味の復権は、死すべき存在としての自らの偏狭な思考を打破し、超越的なものへのまなざしを取り戻すためにぜひとも必要なことだというのである。当時のポーの思想における唯美主義的傾向は、文明社会の醜さやそれを生み出した人間の知性に対する批判に基づくものと考えることができるだろう。

以上に述べた趣味に関するポーの思想は、むしろ「ドレイク・ハレック評」における「理想性の能力」や「イマジネーション」に関する思想に回帰するものといえる。すでに論じたように、理想的な美の享受とその言語化という詩作の過程を論ずるドレイク・ハレック評の詩論は『アルシフロン』評において退けられたのだが、あらためて趣味が問題にされることによって、再び美的享受の側面が見直されるようになるのである。そしてその趣味にプラトニズム的な（少なくともプラトンの主張として理解されることの多い）直観の機能をも認めることによって、「ドレイク・ハレック評」における主張よりもさらに美の超越的性質が強調されることになるのである。

それでは、このように享受される超越的な美を、詩人はいかにして作品化すべきなのだろうか。「ロングフェローのバラッド」では、身の回りの地上的事象の美を再現するだけでは詩として不十分であり、詩人もそれに満足しきれずに癒しがたい渇望を覚えるものだと述べられ、さらに次のように論じられている。

> この熱烈な渇望は、人間本性の不死なる本質に属している。それは人間の永遠の生の結果であり、また同時にそのしるしでもあるのだ。それは星を求める蛾の願いである。それは単に我々の前にある美の鑑賞ではない。それは天上の美に到達しようとする熱狂的な努力なのだ。それは来たるべき麗しさをあらかじめ思慮することである。そしてそれは現世の光景や音、情緒によっては満たされない情熱であり、それゆえ魂は創造における

不毛な努力においてその熱情を鎮めようと躍起になるのだ。墓場の彼方にある美の予知的なエクスタシーに霊感を受け、時間に属する諸々の事物や思念どうしの結合の多様な新奇性によって、おそらくはまさにその要素が永遠性にのみ属するであろうあの麗しさの一端でも察知しようと悪戦苦闘するのである。(XI, 71-72)

ここでポーは、地上の事象の美の再現によっては満足しきれない渇望を人間の不死性の問題と結びつけている。人間は死すべき身体の死後に不死なる存在へと生まれ変わり、その不死なる本性に応じた「天上の美」を享受することになるのだが、そうした来たるべき世界の美を「予知的なエクスタシー」によって享受し、生きながらにして懸命にその美を追い求めることが、詩人に課せられた使命なのである。しかし享受された「天上の美」を詩として作品化するためには、何らかの手段を講じなければならない。そこで注目されるのが、「時間」(つまり永遠界とは違って時間的な限界を受ける現世)に属する「諸々の事物や思念どうしの結合」によって「新奇性」を獲得しようとする方法である。ここで「新奇性」が重視されるのは、「天上の美」が既存の地上的な美とは一線を画すものであり、いまだかつて地上世界になかったような超越的な美に接近しうる可能性がただこの「新奇性」の産出のみにかかっているからだと考えられよう。結合作用に頼ることなく新奇なものを産出できない人間は、諸々の事物や思念の結合によってなんとか「天上の美」に近づこうと悪戦苦闘するのである。

しかしその「天上の美」を求める憧れがシェリー(Percy Bysshe Shelley, 1792-1822)の詩「一つの語が濫用されすぎた」(“One Word is too often Profaned,” 1822)の言葉を借りて「星を求める蛾の願い」に喩えられており、また「創造」によって「天上の美」に迫ろうとする人間の努力が「不毛」と見なされていることからも理解できるように、「天上の美」が人間の努力によってそのまま作品化されえないと考えられていることも見逃してはならない。いわば享受された「天上の美」は人間の手によって再現できるものではなく、それゆえ詩人はせいぜいその印象に近いものを新たに制作することしかできないのである。ここには詩作の限界に対するポーの自覚が明確に示されているといえよう。こうした詩作の限界を認めたうえで、ポーは詩を成り立たせる要素を二つに整理し直して、次のように論をまとめている。

> その第一の要素は、天上の美、すなわち地上の形態のいかなる配置によっても魂に与えることのできない美、おそらくはこれらの形態のいかなる結合によっても十分には産出することのできない美への渇望である。第二の要素は、新奇な結合(*novel* combination)によってこの渇望を満たそうとする試みである。(中略)こうして我々は、新奇性、独創性、発想、イマジネーション、そして美の創造が詩の本質だと明確に推論する。(73)

「新奇な結合」によって詩を「創造」する能力がここで「イマジネーション」とも呼ばれていることからも明らかなように、この「ロングフェローのバラッド」における詩の制作論は『アルシフロン』評のイマジネーション論を発展させたものと考えられる。いわば『アルシフロン』評において単なる技法論として論じられていた「イマジネーション」は、「モノスとウナとの対話」における趣味に関する議論と結びつき、天上の美を目指して行使される創造的能力として見直されることになったのである[12]。

こうしたイマジネーション論の刷新は、今まで「イマジネーション」と対にして考察されてきた「ファンシー」概念の見直しを迫るものでもあった[13]。つまり詩作品における「神秘性」の有無によって詩作の能力としてのイマジネーションとファンシーとを区別しようというような考え方はもはや成り立たず、イマジネーションと同様にファンシーもまた新たに概念規定されねばならなくなるのである。「ロングフェローのバラッド」ではその「ファンシー」に関する論述がまったくなされていないのだが、当時のポーが「ファンシー」をいかなるものと理解していたのかについては、同時期のポーの著作から窺い知ることができる。ロングフェローのバラッド評と同じ一八四二年に発表された短編小説「エレオノーラ」（"Eleonora," 1842）の冒頭部には、次のような文章を見ることができる。

私はファンシーの力強さと熱情の激しさで有名な家系の出身である。人は私を狂人と呼ぶが、狂気が最も高遠な知性であるのかどうか、光輝あるものの多くが、あるいは深遠なもののすべてが思考の疾患から生じたものなのかどうか、それとも一般的な知性を代償にして高められた心の気分から生じたものなのかどうか、という問題は、いまだ解決されていない。白昼夢を見る人は、夜にしか夢を見ない人にはとらえられない多くのものを認識する。彼らはぼんやりした幻影のなかで永遠を瞥見する（obtain glimpses of eternity）。そして目覚めたとき、自分が大変な秘密の瀬戸際にいたことに気づいて慄然とするのだ。そのわずかな知覚において、彼らは善に属する英知のいくらかを学び、そして悪に属する単なる知識（knowledge）以上のものを学ぶのである。（IV, 236）

ここでは「ファンシー」は「熱情（passion）」と併置され、それらがある種の狂気をもたらすことが示唆されている。そしてその狂気が単なる精神上の疾患ではなく、逆に通常の知性よりも高次な知性かもしれないという可能性が論じられているのである。ここで注目すべきことは、時間の限定を受けぬ「永遠」を開示するといった直観的な性質がその狂気に認められていること、およびその狂気においてとらえられる英知が「悪に属する単なる知識」と対比されて

12　『アルシフロン』評においても、イマジネーションに基づく詩が「天上の美」を垣間見せると論じられているが（X, 66）、ここで言及される「天上の美」とは、イマジネーションによる詩に対する半ば比喩的な賛辞であって、「ロングフェローのバラッド」において論じられるような思想的背景をそこに認めることは困難であろう。

13　以下のファンシー論についても、先行研究（内田）では検討されていない。

いるということである。ファンシーによる狂気に認められるこれらの性質が、「ロングフェローのバラッド」や「モノスとウナとの対話」における趣味に関する議論と重なることは容易に理解できよう。つまりこの時期のポーにとって「ファンシー」とは、プラトニズム的な直観のことであり、具体的な詩作に先立って「天上の美」を人間に瞥見させる特異な知覚だと考えることができるのである。もちろんこれは五官に基づく一般的な知覚とは区別される心的作用であるため、受動的な知覚であると同時に内発的な空想としての性格をも有すると考えるべきだろう。

こうした特異な心的作用に「ファンシー」という語を適用する考え方は、ポー自身の体験した特異な知覚に関する言及にも見ることができる。すなわちポーは、一八四六年三月の「マージナリア」において、覚醒状態から睡眠状態に移行する瞬間に「死すべき人間」の五官を脱するような知覚が得られるという自らの体験について語り、「新奇性」や「恐怖」や「快いエクスタシー」を伴うその特殊な知覚に「ファンシー」という名をあてているのである（XVI, 87-90）。「ロングフェローのバラッド」よりは発表時期がやや下るものの、ポーが死すべき五官とは無縁な直観的知覚を「ファンシー」として理解していたことは明らかであろう。

じつはこの直観的知覚としての「ファンシー」という考え方は、『アルシフロン』評発表の以前からポーの念頭にあったと考えられる。一八三八年に発表された短編小説「ライジーア」では、作品の語り手によって美女ライジーアの容貌が「阿片の夢の光耀」に喩えられているが、その美が語り手の「ファンシー」を通じて知覚されるものであり（II, 249）、ファンシーを通じてとらえられる彼女の目の美しさは「地上から高く離れた存在の美」であると述べられている（251）。そして愛するライジーアの死後、阿片に耽溺して狂的な「ファンシー」にとらわれる語り手は、後妻の遺体に憑依して現れるライジーアの姿を目にして恐怖におののくのである（267-268）。「ファンシー」を通じてこの世のものならぬ存在に直面するということ、およびそこに美的快とともに底知れぬ恐怖を感ずるということは、ここまで論じてきた「ファンシー」の性質と重ねて考えるべきであろう。このような「ファンシー」理解が、前節で論じた

『アルシフロン』評さえまだ発表されていない時期に示されているのである。したがって一八三〇年代末期頃のポーは、同じ「ファンシー」という語を用いながら、詩作におけるファンシー（仮に「詩作的ファンシー」と呼ぶ）と直観的知覚としてのファンシー（仮に「直観的ファンシー」と呼ぶ）との二つを区別して意識していたと考えねばならない。おそらく本節で論じた「ロングフェローのバラッド」は、後者の直観的ファンシーをめぐる考え方を詩論に導入することによって成立したのであろう。

それではなぜポーは「ロングフェローのバラッド」においてその直観的ファンシーを「ファンシー」という語を用いて論じないのだろうか。おそらくそれは、詩論において「ファンシー」という用語を使用する際、一般の読者からはどうしてもコウルリッジ以来の詩論の伝統に従って詩作的ファンシーとして理解されてしまうからだと考えられる。ポーは天上的なものを直観的に知覚する能力を「ファンシー」として理解しつつも、その用語を詩論に用いることはためらわれたのであろう。それでは詩作的ファンシー論をめぐる『アルシフロン』評の主張は、「ロングフェローのバラッド」以降、もはや論じられなくなったのだろうか。また、ともに「ファンシー」と呼ばれる直観的ファンシーと詩作的ファンシーとの間には、そもそも何の接点もなかったのだろうか。これらの問題については、次節において考察したい。

第四節　ウィリス評

「天上の美」を求める詩人がイマジネーションによって詩の諸々の素材や詩句を結合すべきであるとする主張、および教訓詩に対する批判といった、前章第二節で挙げた一八四五年の「ロングフェローのバラッド」の主たる論点は、死後出版された一八五〇年の詩論「詩の原理」("The Poetic Principle") でもほぼ逐語的に繰り返されている。ポーはこの詩論を死の直前まで公の場で朗読したと伝えられており[14]、それゆえポーの詩的イマジネーション論が「ロングフェローのバラッド」以降も大筋において一貫していたと考えることは十分可能だろう。しかしその一方で、ポーは詩作的ファンシーにもイマジネーションと同様の結合作用を認めるという『アルシフロン』評以来の考え方も維持している。「ウィリス評」において、ポーは詩作的ファンシーについて論じているのである[15]。

このウィリス評では、新奇な概念が単に既存の要素の結合の所産にすぎないこと、人間の心が無から存在を創造することはできないこと、イマジネーションとファンシーがともに既存の事象の結合によって新奇な事象をいわば「創造」することが、『アルシフロン』評とほぼ同じ文章を使って説明されている (XII, 37-38)。そしてそれらの主張を前提として、「イマジネーション」と「ファンシー」、さらには「ファンタジー」と「ユーモア」という概念が新たに規定されるのである。ポーの説明によれば、この四つの詩的制作能力はともに結合作用と新奇性とを有しており、以下の点で相互に異なるという。「イマジネーション」は結合作用によって、新奇でありつつなお調和を保つ美を産出する能力であり、その所産たる構成物の各部分は、「今までにこうした結合が想像されなかったのはなぜなのか」と自問せずにおれないほど、緊密に順応し合うのだという (38-39)[16]。これに対し「ファンシー」は、むしろ結合の意外性が目立つような、調和の欠ける作品を産出する能力である。そしてこの不調和な意外性が過度に強調され、健全な心には不快感さえ与える作品が「ファンタジー」の所産であり、その不調和が笑いを誘発するような滑稽さをもつ作品が「ユーモア」の所産なのである (38-40)。この論説で新たに論じられた「ファンタジー」と「ユーモア」は、調和を欠く美を産出するという性質上、「ファンシー」の一種として理解することができるだろう。そしてこの論においては、もはや以前のように「イマジネーション」と「ファンシー」との間の優劣は強調されず、異なる種類の美のあり方として論じられていることにも注目できよう。こうしてポーは『アルシフロン』評における見解を発展させ、詩作品を評価する足場を新たに設定したわけである。したがって、ポーは「ロングフェローのバラッド」発表以降もなお詩作的ファンシーに関する議論を保持しており、「マージナリア」に見ることのできる直観的ファンシーとともに、二種類のファンシー論を構想していたと考えねばならない。

しかしこのようにファンシーが二種類に区別されるとはいえ、ともに「ファンシー」と呼ばれる直観的ファンシーと詩作的ファンシーには、相通ずる側面をも認めることができる。それは両者がともに調和に欠ける美と関わるということである。詩作的ファンシーにこの性質が認められることについてはウィリス評をめぐってすでに論じたとおりだが、直観的ファンシーについては先に挙げた小説「ライジーア」の記述が参考になるだろう。「ライジーア」では、「均衡において何らかの異様さをもたぬような精妙な美など存在しない」というベイコンの言葉（Bacon, I, 145）が引用された後、直観的ファンシーによってとらえられる美が均衡や調和を欠いた美であることが強調されている（Poe〔a〕, II, 250）。いわば直観的ファンシーのもたらす美とは、新奇性や奇異さの希薄な古典的な美とは異なり、錯乱したとりとめもない夢想に近いものなのである。「ファンシー」が「狂気」に近似するものと述べる「ライジーア」や「エレオノーラ」の記述もまた、その美が常軌を逸したものであることを示すものと理解することができる。「天上の美」

14　ポーは一八四九年一〇月七日に死ぬ直前、九月一四日と二四日にリッチモンドでこの詩論の講演をおこなっている（Silberman, 430, 432）。

15　この論文はほぼ逐語的に一八四六年の『ニューヨーク市の文学者たち』（*Literati of New York City*）のN・P・ウィリス論の傍註に転載されている（XV, 13n-15n）。

16　この箇所で、ポーは新たにイマジネーションによる新奇性の産出を化学変化に喩え、もとの素材にない要素が現れることを理由にイマジネーションに無限の可能性を認めている（38-39）。他方、第二節で挙げたビールフェルトもイマジネーションによる新奇性の産出について論じる際、「ここで我々がいう新奇性は、様々な自然素材すべての、新しく、巧妙で、適切な、いまだ尽きることがなく尽きそうにさえ見えない結合の巧みな使用にあり、その使用において、芸術家は自分の利点とするあらゆる新しい発見を、賢明な適用によって作り上げるのだ」と述べている（Bielfelt, II, 1, 7〔vol. 2, 75〕）。

は、地上世界の秩序にとらわれることがないからこそ「新奇」であり、超越的な美を感じさせると同時に底知れぬ恐怖をも喚起するのである。このように考えるなら、イマジネーションよりもむしろ詩作的ファンシーのほうが、恐怖の入り混じる直観的ファンシーの印象により近いものを産出するのだと考えられよう。逆にいえばイマジネーションは、直観的ファンシーに迫りつつもなおそこから一定の距離をとり、その放縦な直観的ファンシーの奔放さを制御することによって、恐怖を感じさせない調和ある美へと作品を昇華させる能力なのである。いわばポーが最終的に考えていた「イマジネーション」とは、五感を越えた超越的世界の現前を求めつつ、なお生身の人間の美意識にも適した美を産出する能力だったのだといえよう。イマジネーションとファンシーをめぐる「ドレイク・ハレック評」以来の考察は、熟考を重ねたうえで、こうした理論に結実したのである。

第五節　例外的な「イマジネーション」概念の用法

ポーの詩的イマジネーション論については、おおよそここまでの論述で大枠を示すことができたと思われる。ただしポーは詩論としてのイマジネーション論を造園や推論の方法論に転用する場合もあり、それらについてはそれぞれ第三章第一節と第四章とで論じることにする。いずれも既存の素材間に結合すべき親和性を見出し、それを結合することによって新奇かつ調和的な成果を産出する能力としてイマジネーションが理解されており、前節で見た詩的イマジネーションと本質的に同様のものであることが理解できるだろう。しかしポーのテクストの中で、以上の説明では十分に説明しきれないように見える用例が一つある。それは短編小説「シェエラザードの千二夜目の物語」（"The Thousand-and-Second Tale of Scheherazade," 1845）に出てくる用例である。本節ではこの用例について検討してみたい[17]。

「事実は小説より奇なり」というエピグラフを冒頭に掲げたこの小説では、いわゆる『千一夜物語』の体裁を踏襲し、王妃シェエラザードが僭王を相手に最新科学によって明らかになった事実を次々に紹介していくのが大筋となっている。その中でシェエラザードは筋肉や大脳組織に寄生虫が生息していることを指摘し、僭王に「人間 - 動物」(この作品では人間のことをそう呼ぶ)について次のように述べさせている。

「私は人間 - 動物が一般に最も力強い魔術師の民であり、イマジネーションの最も不思議な奮闘のために、苦痛に満ちたのたうちとのたくりによって脳を刺激しているにちがいない虫(worm)を脳の中に飼って生きているのに気づきました」。(VI, 96)

要するに、人間は脳の中の寄生虫の刺激によってイマジネーションを発揮するというのである。この小説は、一見信じられなさそうな諸々の情報がじつは最新科学によって認められていることを列挙していくものであり、この寄生虫に関する情報も少なくともある程度はポーが事実かもしれないと考えた情報だと考えられる。ポーが典拠として原註で挙げているのは、「体内寄生虫、あるいは腸内寄生虫が人間の筋肉や脳の中身に繰り返し観察された」という、ワイアット(Wyatt)なる人物の『生理学』(*Phisiology*)である。マボットによればこれはトマス・ワイアット(Thomas Wyatt, c. 1797-1873)による『自然誌概要』(*A Synopsis of Natural History*, 1839)であるという(Poe〔d〕, III, 1172)。その原著を参照することはできなかったが、引用箇所をふまえる限りでは、単に寄生虫が筋肉や脳にも見られるというだけのことであって、その寄生虫がイマジネーションを刺激するということの典拠とはならない。したがってイマジネーションに関する部分は、ポー独自の見解だと考えることができよう。とはいえ同様の説明は他のポーのテクスト

17 この問題についても、先行研究(内田)では論じられていない。

にも見当たらず、イマジネーションが脳内寄生虫によって生ずるとポーが本気で考えていたのかどうかも疑わしい。いずれにせよ、このテクストは彼のイマジネーションに関する言及としてはきわめて特異なものといわざるをえない。

このテクストの理解においては、おそらくポーが様々なテクストで用いている「虫（worm）」という概念が鍵になるだろう。worm は昆虫（insect）とは異なり、いもむしや蠕虫などの這い回る虫を指すが、ポーはこの語をかなり意識的に用いている。初期の短編小説「ボンボン」（"Bon-Bon," 1835）では、人間を含むこの世の生き物が総じて「虫」に喩えられ、目をもたない悪魔が主人公ボンボンに次のように語っている。すなわち、魂を見ることもできるような「より洞察力ある」視覚をもつ悪魔にとって目は不必要であるが、「虫」にとっては必要であるという（Poe〔a〕, II, 138）。つまり人間を含む下等生物には、目という感覚器官が必要なのだが、それは高次の生き物である悪魔にとっては低次の能力とされているのである。すでにある程度は言及し、次章でより詳細に説明するように、ポーは五官に限定された知覚能力しかもたない人間には世界の完全なる認識はほとんど不可能だと考えているが、そうした限界に束縛されたこの世の存在をここでは「虫」と呼んでいるわけである。

このように、ポーの作品では、この世を生きる人間存在を否定的に示すキーワードとして「虫」という語が繰り返し用いられている。より顕著な例としては、短編小説「ライジーア」に引用される詩「征服者・虫」（"The Conquerer Worm"）を挙げることができよう。連の中で改行せず、連の変わり目を改行で示した散文訳で紹介する。

見よ！　それは寂しい近年の祭りの夜！　翼をもちヴェールを纏った天使の群れが、涙に暮れて桟敷に座り、希望と恐れの芝居を見ようとしている。オーケストラが天球の音楽を息切れしつつ奏でる傍らで。

天上の神の姿をした道化たちは、低くもぐもぐつぶやいて、あちらこちらに飛び回る――彼らはしょせんは操り人形。その行き来するは、場面をあれこれ変え、コンドルの翼から目に見えぬ悲しみをはためかす巨大な形なきものどもの命ずるまま！

かの道化芝居！――ああ、それを忘れようはずもない！　とらえることのない幻を、群れなして絶えず追い求めつつ、もとのところに戻る円をたどるのみ。多くの狂気といやまさる罪、そして恐怖が筋の真髄。

しかし見よ、物真似師の群れの中に、物の怪が這いつつ侵入する！　人気のない舞台からのたうち出る血まみれのもの！　のたうつ！――のたうつ！　死の苦しみとともに、道化たちはその餌食となり、熾天使は人の血のりに染まった害虫の毒牙にすすり泣く。

暗転――光は消え――すべて消える！　そして震える姿それぞれの上に、幕が、棺の覆いが、嵐の勢いで降ろされる。天使たちは皆真っ青に青ざめ、立ち上がり、ヴェールを外して合点する。この芝居こそ『人間』という悲劇、その主人公が征服者・虫なのだと。(II, 256-257)

これが人間の一生を悲劇的な「芝居」に喩えた詩であることは、容易に理解できる。天使たちが観客であり、道化たちが人間を意味していることも、彼らが天上の神の似姿をもつとされるところから推察できる。そして詩の終わりで「主人公」ないし「征服者」とされているのが第四連で登場する「物の怪」のことだとひとまず理解できるが、その主人公が「虫」とされているのはなぜかと問うならば、必ずしもその答えは明快ではない。この問題について考える際、詩「征服者・虫」と短編小説「赤死病の仮面劇」("The Masque of the Red Death," 1842) との比較は有効だろう。「赤死病の仮面劇」には虫は登場しないものの、筋立てが「征服者・虫」ときわめて似ているのである。

「赤死病の仮面劇」は、血まみれになって死に至る伝染病を恐れつつ、外界から隔離された伽藍の中で仮面舞踏会に興じる人々について語った物語である。ここでは色とりどりに扮装した人々がオーケストラの楽の音に合わせて楽しげに踊っているが、一時間に一度大きな時計の鳴り響く間は音楽が妨げられ、人々も我に返って死の恐怖に怯えることになる。もちろん時報が鳴り止めば皆その怯えを恥じ、不安を忘れて踊りに興じることになるわけだが、やがて人々の間に激しい動揺が広がりはじめる。それはどこからか血まみれの死に装束の人物が仮装人物の中に現れたことによるものだった。怒った主催者のプロスペロ公たちがその人物を取り押さえると、そこには形ある人間の姿はなかったという。そして人々は次々に伝染病に倒れ、かがり火も消える中、「闇と荒廃と赤死病とが、辺り一帯に無限の支配をもたらした」(IV, 258) と物語は結ばれている。

この二つの作品の類似性は明らかだろう。人間たちは、人生という華やかな舞台の上で幻を追うようにはかない生を演じ、やがて死に支配されてしまうというわけである。厳密に考えるなら、人々が死んだ後に赤死病が支配するというのもおかしな話であるが、この小説が上述のような厭世的な人間観を示した作品ととらえるならば、「赤死病」が死を象徴するものとして理解できるであろう。したがって詩「征服者・虫」における「虫」もまた、死を象徴するものとして扱われていると考えることができるのである。

この「征服者・虫」という語は、短編小説「早まった埋葬」("The Premature Burial," 1844) にも登場する。ここでは主人公が、死に至る以前に、自己の内なる「征服者・虫」の存在を感じている (V, 263)。そしてその「虫」は死体にたかる蛆として、死後の肉体を征服し続けるのである (267-268)。いわば寄生虫としての虫が、肉体の死に際して蛆として現れるわけである。

こうした用例を見てみると、「虫」という語は、地上世界を生きる人間を支配し、死後も「蛆」として肉体を征服し続ける存在であり、そうした肉体にとらわれた生を悲観的にとらえる際のキーワードになっていると考えることができるだろう。あらためて「シェエラザードの千二夜目の物語」の一節と「征服者・虫」とを比較してみると、「征服者・虫」の動きでもあった「のたうち」(writhing) によって脳を刺激し、イマジネーションを生み出す「シェエラザードの千二夜目の物語」での虫は、「征服者・虫」第二連における「巨大な形なきもの」であり、第三連においては「群れなして絶えず追い求め」る「とらえることのない幻」を生み出しているのだと推測することができる。だからこそ、表立ってはようやく第四連から姿を現す存在が詩「征服者・虫」全体の主人公たりうるのである。いわば「赤死病の仮面劇」において人々が迫り来る死を忘れ、束の間の幻想的な仮面劇に興じるように、人は虫に操られ、はかない夢を追い続け、やがてむなしく死んでいくわけである。

このように肉体に縛られた地上的な生を悲観的に述べる際に「虫」という語が用いられていることをふまえると、前節で解説したウィリス評と「シェエラザードの千二夜目の物語」との間の時期に書かれた短編小説「メスメリズムの啓示」("Mesmeric Revelation," 1844) で、「虫」について興味深い記述があることに気づく。すなわち、ここでは、現在の肉体の死後に人間はより完成された天使的肉体をもつとしたうえで、その変化の前後が「虫と蝶という二つの状態に相当する」と述べられているのである (V, 250)。つまり幼虫が蝶へと変態するように、人間は死すべき肉体から天使的肉体へと生まれ変わるというわけである。この天使的肉体において、人間は五官という低次の感覚器官を捨て、完全な感覚器官を獲得することになるのだとポーはいう (250-252)。本稿の冒頭で述べたように、ポーは人間の五感を五つに限定された不完全な知覚と考えているのであるが、肉体が滅びることによって初めて、人間は完全な存在に生まれ変わるというプラトニズムの考え方をここで明確に表明するわけである[18]。

こうして考えるなら、「シェエラザードの千二夜目の物語」の「イマジネーション」概念がさほど特異なものではないことが理解できよう。「ロングフェローのバラッド」で論じられていたように、人間は死すべき身体の死後に不死なる存在へと生まれ変わり、その不死なる本性に応じた「天上の美」を享受することになるのだが、そうした来たるべき世界の美を「予知的なエクスタシー」によって享受し、この世を生きながらにして懸命にその美を追い求める

18　肉体の滅亡後に生まれ変わった天使については、先に見た「征服者・虫」における悲劇の観客とも重ねて考えることもできよう。ポーにおける天使については次節でさらに検討する。

ことが、詩人に課せられた使命である。しかしその「天上の美」を求める憧れが「星を求める蛾の願い」に喩えられており、その努力が「不毛」と見なされていることからも理解できるように、「天上の美」は人の手で作品化されるものではない。そこでイマジネーションによって、せめてそれに近いものを作ろうと奮闘することが詩人の役割なのであり、その際に直観的ファンシーが「天上の美」を示唆することもあるのだ。そうであれば、「シェエラザードの千二夜目の物語」に示された「イマジネーション」の働きにも、単にはかない夢をつむぐ以上の意味を見出すことができるのかもしれない。いわば、「蝶」の至福を「虫」が夢見る可能性と、その至福が地上の生によっては結局とらえられないものだという厳しい厭世観とが、こうした表現に結実しているのではないだろうか。

結び

本章ではポーのイマジネーション論の形成過程を追い、骨相学やコウルリッジ、そしておそらくビールフェルトの影響を受けつつ、独自の理論を練り上げていったことを明らかにした。最終的に到達した彼のイマジネーション論は、およそ次のように説明することができるだろう。ポーにとってイマジネーションとは、思考の素材となる諸観念を通常にない組み合わせで新奇に結合し、新しいと同時に整合的な、したがって調和のある美的所産を産出する「創造的」な能力である。人間には無からものを思い浮かべることはできないため、イマジネーションが「創造的」であるといっても、それは今までになかったような新しい印象を与えるという意味であって、実際にはその所産は既存の素材の結合物にすぎない。ポーは、その結合の整合性が弱く美を印象づけない場合の制作能力をファンシーと呼び、イマジネーションと区別していることも覚えておきたい。

以上のようにポーは主に詩論としてイマジネーション論について考察を深めていったのだが、その理論は造園論、および推測の方法論といった詩以外の領域にも生かされるようになる。前者については次章第一節で、後者については第四章で、さらに考察を進めたい。

第三章
イマジネーション論の思想的背景

序

「ロングフェローのバラッド」では、詩作における新奇な結合の重要性を論じた後、その問題が狭義の詩にのみならず彫刻、絵画、音楽などにも適用されるとしている（Poe〔a〕, XI, 74)。ここまでもっぱら詩に即して論じてきたことが、広く芸術一般に適用されるというわけである。この主張は一八五〇年の「詩の原理」にも継承され、次のように述べられることになる。

詩的情緒は、もちろんそれ自体様々な様式に、——絵画、彫刻、建築、舞踊に——特に音楽に——そしてきわめて特殊なところでは、広い場所をとって風景式庭園（Landscape Garden）の構成に発展する。(XIV, 274)

ポーが実際に絵画や彫刻、建築、舞踊についてどのくらい具体的に考えていたのかはわからない（音楽については本章第四節でふれる)。だがここで特記されている風景式庭園については、比較的詳細に知ることができる。ポーは「ロングフェローのバラッド」の後、同年一〇月に短編小説「風景式庭園」("The Landscape Garden")を発表し、その中でイマジネーション論に基づく造園論を展開しているのである。この作品は後に加筆修正され、一八四七年三月に「アルンハイムの地所」("The Domain of Arnheim")という題で発表されることになる。本章ではこの後者の作品を手がかりにポーのイマジネーション論を検討し、その理論が狭義の詩の領域に留まらない広がりをもつことを確認するとともに、第二節以降でイマジネーション論の思想的背景についてさらに考察してみたい。

第一節 「アルンハイムの地所」における造園論

「アルンハイムの地所」は、主人公エリソンが作品の語り手との対話を通じて独特な造園論を展開する前半部分と、造られた庭園の様子を描写した後半部分とから成る。この前半部分の造園論を概括的にまとめてみよう。

主人公エリソンによれば、植物や岩石などの自然物自体には模倣することさえ困難な美がそなわっているものの、それらが構成されてできた自然風景には、十分な美がそなわっていないという(VI, 183)。その不完全な構成を修整することこそ、造園の目的だというのである。したがっていかにも自然らしい風景を造ろうとするような造園方法は、もともと美しくない自然を再現するものにすぎない(186)。むしろ造園家は自然物を人工的に構成し、ありのままの自然からは得ることのできなかった美的効果を産出すべきなのである(187-188)。

こうした主張を表明する際、エリソンが「自然的造園術」と「人工的造園術」という対立項を提示しているため(185-188)、この主張は一見したところイギリス一八世紀末の造園論争の焼き直しにすぎないようにも見える。たしかにエリソンの主張は、平板な自然風景を再現しようとしたブラウン（Lancelot Brown, 1716-1783）の自然的造園術を否定し、廃墟や荒涼たる岩山のような新奇なもの、奇怪なものを積極的に取り入れたギルピン（William Gilpin, 1724-1804）やプライス（Sir Uvedale Price, 1747-1829）らの人工的造園術を賞賛するものともいえる[1]。だがエリソンの主張は、造園の宗教的な意義を論ずるにあたって、こうした造園論争の枠を越え出ている。そもそもありのままの風景が完全な美をそなえていないという主張は、神によって創造されたはずの世界の欠陥を指摘するものでもあったのだ。それではなぜありのままの自然は十分に美しくないのだろうか。エリソンはここで二つの説を挙げている。

第一の説によると、ありのままの自然が十分に美しくないのは、自然が神に創造された後、地殻変動によって変形したからだという[2]。すなわち人間はもともと現世において不死なる存在として創造され、それに合わせて美しい自然が創造されたのだが、人間が堕落し、自己の不死性を失ったことに応じて地上も変動し、本来の自然の美が失われたというわけである（184）。

第二の説によると、ありのままの自然が十分に美しくないのは、人間が不死性を失い、本来の審美眼を失ったためだという。つまり不死なる存在にとって美しく感じられる自然は、死すべき人間にとっては必ずしも美しく感じられないというのである（184-185）。

どちらの説においても、自然の美が不完全に感じられる原因が、神による設計の欠陥ではなく、不死性を欠く人間の欠陥に起因すると考えられている。したがって造園の目的は、第一の説に即すならば、本来の不死なる人間の審美眼に見合うような美を自然に取り戻そうとすることであり、第二の説に即すならば、可死的人間に見合った美しい風景をつくりだそうとすることだと考えられる。エリソンはいずれの説が正しいのかという判断を保留し、むしろこれら二つの説の両方を念頭に置いた造園を提唱している。つまり可死的人間の審美眼に即応させつつ、不死なる存在の審美眼にさえ訴えかけるような庭園が造園家に求められるのである（187-188）。

このような造園を可能にする能力が、詩的イマジネーションである。この作品においてエリソンは「もっとも広くもっとも高貴な意味で詩人」であると紹介され（180）、その詩的情緒は「美の新奇な諸形態の創造」においてもっとも充足するとされている（180）。すなわちエリソンは、詩的才能に恵まれながら同時に「唯物主義（materialism）」に傾倒しているため、「純粋に物質的な魅力の、新奇な気分の創造」に向かったわけである（180-181）。そうしたエリソンにとって「新奇な美の諸形態の終わりなき結合ということにイマジネーションを発揮するうえで、もっとも好都合な領域」が、造園というジャンルだったのだという（182）。こうした説明からも理解できるように、イマジネーショ

1　「風景式庭園」および「アルンハイムの地所」には、自然式庭園に対する人工式庭園の優越性を説く論文が引用されている。ケーラーの指摘通り、この論文は一八四一年六月に『アークトゥルス』誌（*Arcturus*）に掲載された記事（アメリカの建築家ダウニング〔Andrew Jackson Downing, 1815-1852〕の著書『風景式庭園の理論と実践に関する論』〔*A Treatise on the Theory and Practice of Landscape Gardening*, 1841〕の書評）の抜粋である（Kehler, 173）。

2　ケーラーは、人間の堕落に応じて地表が美を失ったという主張も、『アークトゥルス』誌の記事に挿入されたピーコック（Thomas Love Peacock, 1785-1866）の小説『ヘッドロング邸』（*Headlong Hall*, 1816）評に基づくとしている（Kehler, 180-183）。しかし「アルンハイムの地所」においてこれが「よく知られた地質学的混乱」（Poe〔a〕, VI, 184）と述べられていることを考えるなら、この箇所の根拠を必ずしもそれに限定する必要はないだろう。地層の崩落によって地中の水が地表に現れ、山や海が生じたことについては、すでにデカルト（René Descartes, 1596-1650）の『哲学原理』（1644）第四部で言及されている（Descartes, VIII-1, 4, 42-44〔228-231〕）。その学説を受けてステノ（Nicolaus Steno, 1638-1686）は『プロドロムス』（*Prodromus*, 1669）において、この出来事をノアの大洪水に結びつけており、これがさらにライプニッツの『プロトガイア』（*Protogaea*, 1749死後出版）にも受け継がれていく（この点については山田、六〇、一八六―一八七、二二六参照）。同様の議論はバーネット（Thomas Burnet, 1635?-1715）の『地球の聖なる理論』（*Telluris Theoria Sacra*, 1681）でもより詳細に論じられており、ノアの大洪水を地層の変動の結果と考える考え方は人々にも広く知られていたのである（Nicolson〔a〕, 184-270）。ポーもまた一八三五年一二月の『サザン・リテラリー・メッセンジャー』（*Southern Literary Messenger*）誌で『エディンバラ・レヴュー』（*Edinburgh Review*）誌について論じる際、その記事の中で『地球の聖なる理論』の著者たる「バーネット」の名の綴りに誤植があることを指摘しており（Poe〔a〕, VIII, 83）、少なくともある程度はバーネットの理論を知っていたと考えられる。

ンによって自然物を結合し、新奇な美を産出することによって、自然風景の構成上の欠陥を克服することこそ、造園の意義なのだといえよう。これまで詩論において考察されてきたポーのイマジネーション論は、このようなかたちで造園論へと展開するのである。

前節で述べたように、地上の世界に生きる人間には「天上の美」そのものを産出することができず、ただイマジネーションの助けを借りて「天上の美」に少しでも接近することが期待できるだけだった。可死的人間の審美眼に即応させつつ、不死なる存在の審美眼にさえ訴えかけるような美を産出するという造園家の課題は、こうした背景から理解することができるだろう。

ポーはこの作品の中で、理想的な審美眼をもつ不死なる存在を「天使たち (angels)」と呼んでいる (188)。一見すると他愛のないおとぎ話めいた設定のように見えるが、じつはその背後には、ポー独自の思想があると考えられる。次節では、その独自の天使論がもっともまとまった形で展開される短編小説「メスメリズムの啓示」("Mesmeric Revelation," 1844) について検討し、「アルンハイムの地所」の背景をなす思想について考察を進めてみよう。

第二節　「メスメリズムの啓示」とイマジネーション論

短編小説「メスメリズムの啓示」は、死の際にあってメスメリズム（催眠術）にかかった被験者ヴァンカークと医師との対話から成る作品である。このヴァンカークは、通常の身体的感覚が麻痺した催眠状態にありながら、その状態で逆に知覚できる世界の実相について語ることができる設定になっている。

ここでは対話部分に先立って、「魂の不滅 (soul's immortality)」の問題が論理によっては証明できず、ただメスメリズムの実験によって信憑性をもちつつあるとされている（V, 242-243）。つまり身体的知覚が麻痺した催眠状態においてなお特殊な知覚が体験できるという実験結果（241）が、生身の身体の死後も残る不滅の存在を示唆するものとして理解されているのである。催眠状態の被験者が世界のあり方について語るという物語の設定は、当時のメスメリズムの実験から得られた成果に基づいて伝統的な人間の不死性の問題をとらえ直すことに起因しているのだといえよう。いわばこのように設定することによって初めて、本来は知ることのできない死後の世界について語りうるというわけである。メスメリズムについては第三節のcで説明することにして、さっそく対話部分の内容を検討してみよう。

ここではまず聞き手（医師）の問いに応じて、被験者ヴァンカークの口から、「神」が最も希薄な「物質（matter）」であることが語られる（245-246）。ヴァンカークによれば、物質には金属のような濃密なものから電気のような希薄なものまで様々な段階があり、通常は「物質」として理解されていないほど希薄なものさえあるという。その希薄な物質のうちで最も希薄なもの、分子さえ形成しない「無分子の物質（an unparticled matter）」が「神」だというのである（246）。

まずここで、この考え方の基盤にある主張、すなわち「物質でないものは存在しない」（245）という主張に注目しておこう。我々は通常、物質以外の対象（たとえば「精神〔spirit〕」）について、あたかもそれが存在するかのように語っている。だが抽象概念を用いて語られるその「存在」は物質的な存在とはいえず、それゆえ物質について語られる意味での「存在」とはいえない（245）。こうした非物質的な「存在」など「存在」とは呼べず、むしろ単に空虚な言葉によって存在するかのように錯覚されたものだというのである。だがこの主張は、単に対象物をもたぬ名辞の虚妄を批判するだけのものではない。むしろ存在が認められうるものは物質として存在するのであり、物質だとは通常考えられていないもののうちにも、希薄な物質として理解すべきものがあるというのである。それゆえ神が存在するとすれば、それは知覚できないほど希薄な物質として存在するというわけである。神を無分子の物質と同定するこの小説での主張は、こうしたポー独自の唯物論から理解できるだろう。

一見したところ冒涜的にも思われるこの主張は、逆に神特有の性質を語るうえで有効なものとなる。語り手ヴァンカークによれば、希薄な物質は濃密な物質に浸透する性質をもつという(245)。こうして最も希薄な物質である神は、さながら電気が固体状の電導体の内に浸透するように、万物に浸透すると考えられよう。しかし万物に浸透するとはいえ、神は、「分子」を形成して個々の個体性をもつ他の物質とは異なり、「無分子の物質」として単一性を保ちうる。したがって神は世界全体に遍在しつつ単一性を保つ絶対者として、その存在が認められるのである。つまり神が「物質」であるといっても、通常我々が考える概念としては「物質」というよりむしろ霊的なものに近いのである(245-246)。

続けてヴァンカークは、我々が「心(mind)」と呼ぶものも、じつは人間の身体に浸透した(静止状態の)希薄な物質のことだと述べる。すなわち人間の「心」は、無分子の物質(神)の一部なのであり、この物質が運動状態にあるとき、心の運動、すなわち「思想(thought)」と呼ばれるのである。もちろん通常我々は、「心」を物質とは考えない。しかし「心」という言葉で理解すべきものが存在するとすれば、それも希薄な物質として理解されるべきなのである(246)。

もちろん思想は、身体という個体的物質にとらわれたものであるため、我々の抱く思想も神の普遍的な思想(運動状態にある無分子の物質)そのものではなく、そのごく一部にすぎない。それゆえ人間は部分的に神の思想を分有するとはいえ、神の思想全体を知ることはできない。いわば人間は、精神的なレベルで神の本性と結びつきつつ、個別的な身体をもつという限定のゆえに神の意志を知ることができず、普遍者たる神と完全に合一することもできないのである(249-251)。

こうした神と人間との関係に関する限り、第一部第五章で紹介したコウルリッジの思想とも似通った性格を認めることもできよう。コウルリッジも神の創造行為をなぞる「第一のイマジネーション」を人間に認め、そこにある程度の連続性を示唆していたが、第一のイマジネーションが働くのは「有限の心の中」であって、神とのレベル差は明確に保たれている。第一のイマジネーションによって神の創造性を分有しつつ、そのすべてを受け入れることは人間にはできないのである。

さらにヴァンカークは、人間の身体の種類を「未発達な身体（rudimental body）」と「本源的な身体（ultimate body）」との二つに区分する。「未発達な身体」とは五官を具えた我々の生身の身体のことであり、地上に生きている人間のごく普通の身体のことである。これに対し「本源的な身体」とは、「未発達な身体」が死によって滅びた後になお個人の個体性を保ち続ける希薄な身体のことだという。この「本源的な身体」は、生前にはそれと知られることなく「未発達な身体」の内に潜んでおり、死を迎えた後に、あたかも「虫（worm）」が蝶に変態するように、それまでの身体（「未発達な身体」）を抜け出して現れる不死なる身体なのである（250）。

この二種類の身体の知覚作用はおのずから異なる。すなわち「未発達な身体」は濃密な物質であるため、それに対応する濃密な物質しか知覚できず、たとえば電気のような希薄な物質を直接的に知覚することはできない。これに対し「本源的な身体」は、五官のような限定された器官をもたず、「未発達な身体」に浸透しうるほど希薄な物質であるため、生身の人間には知覚できないような希薄な物質さえ直接的に知覚しうる。すなわち器官のない「本源的な身体」をもつ死後の人間は、「未発達な身体」には知覚できなかった世界の実相をほとんど完全に知るようになるというわけである。そもそも生身の我々は、「器官の特異性を通して触れる限られた世界」（251）しか認識できない。それゆえ世界の実相を知るためには、「器官なき（unorganized）」身体によって世界を知覚せねばならないのである（250-251）。

逆に「未発達な身体」の死後に生まれ変わった存在たる「天使（angel）」たちは、「未発達の身体」をもたないため、我々が具体的な物質として認識するものをも、固有の存在としては知覚しない。天使たちにとって「真に実体的なもの (the truest substantiality)」は、我々が「空間 (space)」と呼んでいるものだという。つまり我々には知覚されず「無」と思われているものさえ天使たちにとっては知覚対象であり、空間そのものが実体なのである (253-254)。

ヴァンカークによると、そもそも我々が具体的な物質として知覚しているものは、ただ我々の「未発達な身体」の生活のためであって、それ以外に存在理由はないのだという。それではなぜ完全なる神は、このような「未発達な身体」をもつ人間とそれに応じた物質のような不完全な存在を創造したのだろうか。この問いに対してヴァンカークは、完全性が善であり快であるためにはその対比物たる悪や苦が存在せねばならなかったからだという。つまり完全なる絶対者である神は、善悪や快苦のような相対的なレベルを超越したものであり、それ自体として善ではないのだが、悪しき存在を創造することによって、相対的に善き性格を獲得できるというわけである (253)。

ここではむしろコウルリッジとの明確な違いが示されているといえよう。コウルリッジは神による創造を肯定的にとらえており、だからこそその創造行為をなぞる行為もまた高く評価されるべきだった。それはキリスト教文化においてはきわめて常識的な考え方だといえよう。これに対しポーの主張は、知覚できる被造物自体に積極的な存在意義を認めないのである。グノーシス思想などに例はあるものの、この主張はキリスト教文化ではとても正統とはいいがたい。コウルリッジのイマジネーション論について知りつつ、そこから距離をとるポーの方向性を考えるうえで、この差異は注目に値するだろう。

ともあれ、以上のことを語った後、ヴァンカークは力尽き、息を引き取る (254)。「メスメリズムの啓示」という小説は、こうして終結を迎えるのである。

ここに示された思想をふまえたうえで、再びポーのイマジネーション論を見直してみよう。「アルンハイムの地所」の造園論では、人間と天使とが区分され、それぞれの審美眼に優劣の差があることが示されていた。これは「未発達な身体」をもつ人間と「本源的な身体」をもつ人間（天使）との区分、および人間の知覚する個物と天使の知覚する「真に実体的なもの」（すなわち個物が個物として存在しない「空間」そのもの）との区分に相応するものと考えられる。つまり「未発達な身体」をもつ人間にとって知覚対象はあくまでも個々の事物であり、（天上の美を求めない限り）それらの個々の事物の美に満足するしかないのに対し、「本源的な身体」をもつ天使にとって個々の事物は存在しないも同然であり、天使の審美眼に適う美もまた、個物の美とは異なる次元にあると考えられよう。たしかに人間にとってその天上的な美は手の届かないものであり、ただ身体的な知覚が麻痺した特異な状態において、自己の内に潜在する天使的身体を通じて（すなわち直観的ファンシーによって）瞥見されるにすぎない。それゆえ（造園家なども含む広義の）詩人は、天使の知覚する天上の美をそのまま再現することはできないのだが、しかし人間の審美眼に即応しつつなお天上の美に近いものを産出することはできる。すなわち個々の詩句を扱う詩人や個々の自然物を扱う造園家は、個物の美ではなくむしろ全体的な効果を重視し、かつてなかったような新奇性を追求することによって、地上的な個物の美よりも高次の美を産出しうるのである。

もちろんここで要請される能力がイマジネーションである。天使の審美眼にも適うような美をイマジネーションによって産出するという「アルンハイムの地所」の主張は、こうした背景から理解することができるだろう。「唯物主義」に傾倒していた主人公エリソンが物質的操作によって「新奇な気分」の産出を目指すとされていたのも、このポー独自の物質観に基づくものと考えられよう。

このイマジネーション論は、もちろん造園のような物質的操作にのみ妥当するものではない。第二部第一章第二節でも論じたように、一八四五年のウィリス評では、諸観念の結合によって新奇なイメージを産出するイマジネーションの作用自体が、物質的結合によって新奇な化合物を産出する化学変化の作用と即応するものとして論じられていた。すなわちイマジネーションを駆使する人間にとって、諸観念は結合の素材としての物質性をもつのである。いわば無から何かを想像することのできない人間には、物質的な存在しか思い描くことができないのだといえよう。「メスメリズムの啓示」に示された身体論や唯物論は、このようなかたちでイマジネーション論と結びつくのである。

第三節　「メスメリズムの啓示」の思想的背景

以上の考察によって、「メスメリズムの啓示」に示された思想がポーのイマジネーション論の基盤となっていることは十分に確認できただろう。しかしその身体論や唯物論自体が、現代の我々にとって荒唐無稽な虚構のように思われることも否定できない。本節ではさらにその思想背景を検討することによって、ポーがなぜこのような思想を構想するに至ったのか考察してみたい。

a デカルト、モア、グランヴィル

まずはじめに、デカルト、ヘンリー・モア (Henry More, 1614-1687)、ジョゼフ・グランヴィル (Joseph Glanville, 1636-1680)、ポーと連なる思想的伝統について考えてみよう。

周知のように、デカルトは延長実体としての「物質」と思惟実体としての「精神」とを峻別する物心二元論を採っている。そして『哲学原理』(*Principia philosophiae*, 1644) 第二部では、希薄な物質と呼ばれるものも、ある物質の諸部分の間隙に (たとえば空気のような) 他の物質が入り込んだものにすぎないと考える (Descartes, VIII-1, 2, 6 [43])。物質のない空虚な空間隙に入り込む物質が我々の感覚によってとらえられるものとは限らないにせよ (7 [43-44])、物質のない空虚な空間など存在しないというのである (16 [49])。したがって「空間」の概念は、物体をうちに収める空虚な入れ物とし

てではなく、延長実体として理解されることになる。いわば「空間」は、ひしめき合う諸物質を定点観測的にとらえる視座として個々の物質とは区別されるものの、その内実は物質以外のものではなく、物質としての延長をもつわけである（10［45］）。

このデカルトの学説に対し、ヘンリー・モアは次のように反駁する。デカルト流の物心二元論に即すならば、精神、霊、神のような非物質的なものは延長をもたないことになり、延長をもつこの世とは無縁の、どこにもない存在ということになってしまう。しかしそうした精神的存在が「実在」として認められるからには、延長をもたないわけにはいかないだろう。すなわち物質と精神とはともに延長実体として理解されねばならないのである（More, 108）[3]。そして精神と物質との峻別は、精神が物質の中に浸透しうるのに対し、物質は他の物質に浸透しえないという相違に、すなわち「透入性（penetrability）」と「不可透入性（impenetrability）」とによって判断されねばならない（146-147）。こう考えることによってこそ、この世の万物に遍在する神の存在を認めることができるのである。また万物を内に含む宇宙空間は、万物に浸透する神的な延長として、すなわち精神的実在として理解されることになる。「空間」そのものが神であるというわけではないにせよ、空間は物質的延長とは質を異にする至高の実在なのである（108；Koyré, 122-123）。

デカルトとモアとの見解の相違は、自然界に霊的な働きを認めないデカルトの機械論的世界観と、自然界への神の参与を積極的に認めるモアのケンブリッジ・プラトニストらしい世界観との対比を示したものとして理解できる。また同時に、延長をもつ物質がどこまでも分割可能だという理由から原子論を否定するデカルトが自然界に「空虚」を

3　ここで扱う文献は、モアの『形而上学の手引書』（*Enchiridion Metaphysicum*, 1671）最終部分（二章分）を彼自身が英訳したもので、グランヴィルの遺稿をモアが編集し直した『サドカイ主義打倒論』（*Sadcismus Triumphatus*, 1681）に付け加えられたものである。モアの思想については（Koyré, 89-126）を参照した。

認めないのに対し、モアが原子論を積極的に認めて「空間」の物質からの独立性を主張することにも、この対立の原因を求めることができよう。

この対立に対し、モアの友人であるジョゼフ・グランヴィルの見解は微妙である。グランヴィルは、定言主義（ドグマティズム）に対しては懐疑主義的見地から容赦ない攻撃を加える一方で、蓋然的仮説による科学的説明を容認することによって、徹底的な懐疑主義をも回避する立場（構成的懐疑主義〔constructive skepticism〕）をとっている[4]。それゆえグランヴィルは『独断の空しさ』（*The Vanity of Dogmatizing*, 1661）において、霊的な存在が延長をもたないというデカルト派の学説に疑念を示す一方で（Glanvill〔a〕, 100-101）、霊魂を浸透する延長実体と見なすモアの学説にも全面的に賛成することはできない（22）。なぜなら霊魂が無抵抗に身体に浸透するならば、霊魂が身体に運動を与え、生動化することもできないと考えられるからである（22）。霊的な存在と物質がいかにして結合しうるのか、人間には定言的に語ることができないというわけである。しかし人間が身体と精神とを兼ね備えているように、精神と物質とが結合しうること自体は、紛れもない事実である。また遠距離に位置する人間どうしが精神的感応の手段によって情報を伝達したというような霊的な現象も、当時は信憑性をもつ事例として知られていた。英国学士院の一員であるグランヴィルにとってなすべきことは、その霊的な現象を完全に解明することができないにせよ、科学的な仮説によって説明することなのである。この精神感応の事例に対してグランヴィルは、モアのいう「世界霊魂（*Mundane soul*）」が通信の媒体となるという仮説を採用し（199-200）、さらには希薄な物質より成る流動体が伝達の媒体になっているという仮説をも提唱している（200-201）。

ここで注目しておきたいのは、グランヴィルが霊的な事象を希薄な物体の運動によって説明しうる可能性を示している点である。先にもふれたように、デカルトは「希薄な物質」と呼ばれるものがじつは異質な物質の混合物にすぎないと考えていた。一方モアは、新たに「透入性」の概念を導入し、霊的なものが物質に浸透しうることを認めたもの、霊的なものと物質とを明確に峻別し、浸透する実体が物質ではないことを主張していた。これに対しグランヴィルは物質に浸透する霊的なものを「希薄な物質」として説明しうると考えているのである。

このように目に見えぬ現象を「希薄な物質」の働きによって説明しようとするグランヴィルの生気論的思考の背後には、原子論への厚い信頼がある。すなわち現在の人間にとって希薄な物質を見ることができないとしても、堕罪以前の人間・アダムは完全な身体器官を具えており、「原子の流れ (Atomical *Effluviums*)」さえ見ることができたというのである (6)。逆にいえば、現代の我々はアダムのような完全な身体器官を具えていないために、懐疑主義から完全に脱却することができず、原子論仮説によって様々な現象の原因を推論するしかないというわけである。霊的なものに近い希薄な物質の存在、および完全な身体をもつアダムと不完全な身体をもつ我々という対比において、グランヴィルの思想が「メスメリズムの啓示」の主張と似通っていることが確認できるだろう[5]。

グランヴィルのポーへの影響を判断する材料は、ごくわずかしかない。一つは短編小説「メールシュトレームへの降下」(“A Desent into the Maelström,” 1841) のエピグラフとして挙げられた、次のようなグランヴィルの文章である。

> 神の業は、自然においても摂理においても、我々のものとは異なる。デモクリトスの井戸よりもはるかな深みのある神の作品の広大さ、深遠さ、計り知れなさに釣り合うようないかなる範型をも我々はつくりあげることができないのである。(Poe〔a〕, II, 225)[6]

この文章で述べられている「デモクリトスの井戸」とは、原子論者であったデモクリトス (Democritos, c. 460-

4　当時の構成的懐疑主義については (Leeuwen, 363-370) 参照。

5　グランヴィルの思想については (Willey〔a〕, 204-245) に多くを教えられた。

c. 370BC）の言葉「真実について、我々は何も知らない。なぜなら真実は井戸の中にあるからである」[7]に由来している。つまりここでは、神の創造した世界が人知によっては完全に理解できないという懐疑主義的な見解が示されているのだと考えられよう[8]。

また短編小説「ライジーア」では、グランヴィルの言葉として、次のようなエピグラフが挙げられている。

そしてそこには不死なる意志がある。その力強い意志の神秘を、いったい誰が知っているだろう。というのも、神とは、その意図の本性によって万物に浸透する偉大な意志にほかならないのである。人間はその弱々しい意志の無力さという欠点さえなければ、天使にも死にもまったく屈服することはない。（II, 248）[9]

ここで示された「万物に浸透する偉大な意志」としての神という考え方が「メスメリズムの啓示」の主張に直結することは、容易に理解できよう。だがじつはこのエピグラフはグランヴィル自身の言葉ではなく、ポーがそれらしく創作したものと考えられている（Poe〔d〕, II, 331）。つまりポーは、いかにもグランヴィルが考えそうなこととしてこのエピグラフを創作したのである。実際にどのくらいポーがグランヴィルの思想について知っていたのか正確なところはわからないが、少なくともグランヴィルの言葉としてこのようなエピグラフを創作する程度には、彼の思想を知っていたといえよう。万物に浸透する希薄な物質としての神という設定、およびその神の業を十分には知りえないという人間知性の不完全性の問題には、こうした一七世紀の思想が影響を与えていると考えられよう[10]。

b　エピクロス、シラノ

一七世紀のグランヴィルの世界観が一九世紀のポーにおいてもなお一定の説得力をもっていた原因は、ポー自身のギリシアの原子論者・エピクロス（Epikouros, 341-270BC）の思想への関心にも求められよう。

ポーは「メスメリズムの啓示」のはるか以前から原子論的な唯物論に興味を示し、一八三五年八月には、エピクロ

6　この文章は、若干表記に違いがあるが、グランヴィルの『哲学と宗教におけるいくつかの重要な主題に関するエッセイ』（*Essays on several important Subjects in Philosophy and Religion*, 1676）所収の「哲学への信頼に反して、推論の問題」（"Against Confidence in Philosophy, and Matters of Speculation"）に見ることができる（Glanvill〔b〕, 15）。この引用文の直前の箇所でも、グランヴィルは、人間の知識がただ仮説においてのみ望ましい推測となりうると述べている（15）。

7　この言葉は、たとえばディオゲネス・ラエルティオス『ギリシア哲学者列伝』の懐疑主義者ピュロンの項に見ることができる（Diogenes Laertius, IX, 72）。ただしロウブ版で「in the well」と英訳されている箇所は原語では「en bytho」（「深淵の中に」）であり、厳密にはデモクリトス自身の言葉と一致していない。ロウブ版でも「井戸の中に」という訳が慣用表現に倣ったものだとの註釈が施されており（IX, 72n）、グランヴィルもまたその慣用表現に倣ったものと考えられる。原語とのこの不一致は英訳に伴う問題ではなく、すでにラクタンティウス（Lucius Caelius Firmianus Lactantius, 245/50-325）が『神聖教理』（*Divinarum Institutionum*, 303-311）の二七章で当該箇所を羅訳したときに「in puteo」（「井戸の中に」）と訳しているという（Huebner, 470）。ポーも「メールシュトレームへの降下」の三ヶ月後、ウィルマー（Lambert A. Wilmer, c. 1805-1863）評（X, 189）などでこの表現を用いている。ちなみにグランヴィルの『独断の空しさ』では「デモクリトスの井戸」に「深み（Bathos）」があるとしている（Glanvill〔a〕, 64）。

8　このエピグラフが用いられている小説「メールシュトレームへの降下」は、海に生じた大渦巻に飲み込まれそうになりながら生還した船乗りの物語である。エピグラフの内容がその大渦巻と対応していることは、容易に推察できる。だが本稿の考察を念頭に置いてこの作品を読むならば、この小説が単なる冒険物語ではなく、神の創造した世界の不可知性を自覚し、信頼すべき世界観の喪失に追い込まれた心理的な極限状況を描いた作品であることに思い至るだろう。なお短編小説「ライジーア」では、主人公ライジーアの眼がデモクリトスの井戸よりも深いと形容されている（251）。

9　この作品の主人公ライジーアも、死の直前にこの言葉を口にしている（258）。その後、亡きライジーアは強烈な意志によって瀕死状態の女（語り手の再婚相手）の身体に憑依し（浸透し）、阿片のファンシーに耽溺する語り手の前で復活するのである。ファンシーによる異世界の瞥見という問題（本稿第二章第三節参照）が、意志の身体への浸透の問題と絡み合っていることは明らかである。デモクリトスの井戸より深いと形容され、ベイコンの言葉を借りて「異様さ」をもつと形容されるライジーアの眼が、彼女の復活に際して最も印象的に語られていることからも、ライジーアが死後の世界とこの世とを結びつける存在として構想されていることが理解できよう。

スの登場する「ボン・ボン」という短編小説を発表している。この小説は、魂の取引を生業とする悪魔と対面した学者ボン・ボンが、魂について悪魔と談義を交わすという内容の作品であり[11]、この悪魔が「エピクロス」を自称するのである（Poe〔a〕, II, 140）。ここで悪魔とエピクロスとが同一視されている理由は三つ考えられよう。第一の理由は、魂を取引の対象物として扱う悪魔が、唯物論者として知られるエピクロス像と結びつくことである。ボン・ボンは直接的に知覚できない魂について、学者らしく様々な推論を立て、その本質について論じてみせる（141）。しかし直接的に魂を取り扱う悪魔にとってそのような推論は机上の空論にすぎず、あっさりとボン・ボンの推論を否定してしまう（141）。人間には知覚されなくとも、悪魔にとって魂は知覚されうるものであり（138）、食べ物となる物質なのである（141-143）。ここで示される悪魔の食道楽（エピキュリアン）ぶりが、悪魔とエピクロスとが結びつく第二の理由である。そして第三の理由は、その唯物論ゆえにキリスト教世界で無神論者と非難されがちなエピクロスと、神を嫌悪する悪魔（143-144）との類縁性である。

この「ボン・ボン」に示されている唯物論的な見解、および懐疑主義的な見解は注目に値しよう。もちろん魂を物質としてとらえる見方は悪魔という存在を設定することによって成り立つものであり、これがフィクションの域を越えないことは明らかである。しかしあえてこのような設定を立てることによって、魂について解明できない思弁的推論の限界を明らかにするとともに、物心二元論を克服する視座を提示してみせたのだと考えられよう。観念的事象をも唯物論的にとらえる考え方は、本格的な執筆活動の始まったこの時期からすでにポーの胸中にあったのである[12]。

ポーのエピクロス哲学への関心は生涯続く。ラプラスの星雲論を修正して練り上げた晩年の宇宙論『ユリイカ』（*Eureka*, 1848）において、その星雲論の基盤がエピクロス原子論にあると述べられている（XVI, 266）[13]。この『ユリイカ』は、宇宙を生成消滅の相でとらえ、その運動の過程を物質的な離合集散によって説明するものである。個物の普遍的な永続性を否定するこの宇宙論は、原子論的世界観を如実に反映したものといえよう。すでに見たように、「メスメリズムの啓示」でも、人間にとって具体的な存在と考えられている個物が天使にとっては存在性をもたず、むしろ個体性のない状態こそ本来的な世界だと考えられていた。人間に認識できないものをも物質として理解し、人間の認識する個物の本質的固有性を否定するポーの唯物論については、エピクロスの影響を抜きにして語ることができないだろう。

周知のように、エピクロスの思想は、デカルトの対立者でもあった懐疑主義的なガッサンディ（Pierre Gassendi, 1592-1655）によって、仮説として一七世紀に復権した。そのガッサンディから多くを学んだというシラノ・ド・ベルジュラック（Savinien de Cyrano de Bergerac, 1619-1655）は、月世界旅行譚『異世界、あるいは月の諸帝国』（*L'Autre*

---

10 ポーは一八四〇年一月に発表した「本能 vs 理性――黒猫」という短文の中で、サンゴチュウが天災から未然に身を守ることや、蜂が強度に優れた幾何学的な巣を作ることなどの事例を挙げて、動物の本能が一般に考えられているような「低次の理性」ではなく、むしろ「最高次の能力」であるという見解を示している（Poe [d], II, 478-479）。いわば本能とは、「身体の器官を介さず、直接的に動物の意志に働きかける神の精神（spirit of the Deity）」だというのである（479）。そしてポーは、人間の理性の方がそうした動物の本能よりも活動範囲が広いとはいえ、先見性や正確さにおいては劣るとさえ述べている（480）。劣等視されがちな動物の本能に神的な精神の働きを認め、逆に理性の限界を指摘するこの主張は、「メスメリズムの啓示」とも通底するといえよう。

11 一八三五年九月に、ポーは『英国のメフィストフェレス、あるいは総理大臣の告白』（*Mephistopheles in England, or the Confessions of a Prime Minister*, 1835）という本の書評のなかで、その本がゲーテ（Johann Wolfgang von Goethe, 1749-1832）の『ファウスト』（*Faust*, 1808, 1832）から多くを負っていることを指摘している（VIII, 42）。その一ヶ月前に発表された「ボン・ボン」もまた、ある程度『ファウスト』を念頭に置いたものと考えられよう。「ボン・ボン」に黒い水好きの犬（water-dog）が登場するのも（II, 129, 132）、『ファウスト』第一巻一一五六行に黒いプードル（schwarzen Pudel）が登場することを意識したものだろう。「Pudel」とは「pudeln」（「パチャパチャ泳ぐ」）に由来する語で、その数行後でもそのプードルが主人の杖を取りにいくためなら水の中にも飛び込むだろうと述べられている（Goethe, 1171）。

12 ポーがエピクロス哲学を単なる狭義の唯物論とは考えておらず、むしろ精神的な哲学と考えていることについては、『アルシフロン』評（X, 70）参照。

13 『ユリイカ』（XVI, 266）参照。その初期構想はすでに一八四一年の「モルグ街の殺人」の中に見ることができる（IV, 155）。

monde ou les état et empires de la lune, 1657）の中で、かつてギリシアで「ソクラテスの魔人」と呼ばれた月世界人と語り手との間での次のようなやりとりを書いている。

私は彼に、彼らが我々と同じように身体でできているのかどうか尋ねた。すると彼はそうだと答え、自分たちは身体をもってはいるものの、我々のようなものでもなければ我々がそのように見なすいかなるもののようでもない、なぜならば我々はふつう、触れることのできるものを身体と呼んでいるからだと答えた。そのうえで、自然のうちには物質でないものなど存在せず、自分たちもそうであるとはいえ、自分たちが我々に姿を見せようとするとき、我々の感覚が知覚しうるものに見合った身体を採るように強いられているのだと答えた。（Cylano, 1027-1034）

ここからは、自然界における存在がすべて物質であるとしながらも、その中には触れることのできないものもあり、そうした身体もありうるという考え方が示されている。そして人間の感覚器官が五官に制限されているせいで、知覚できないものについて誤りを犯してしまうということについて、さらに魔人は語り手に次のように説明している。

あなたたち他の者は、自分たちに理解できないものは精神的なものだとかまったく存在しないとか思うのであるが、その結論はまったく間違いである。その証拠に、宇宙の中には、よく知られるためにはまったく異なる百万もの器官が必要な百万もの存在が、おそらく存在するのだ。（Cylano, 1052-1056）

身体をもつ我々にとって触れることができず、存在すると思われないものも存在し、それがそう認識されていないのが身体の限界によるという考え方自体は、プラトンまで遡る考え方と考えてよいかもしれない。しかしプラトンにおいてそれがイデア論に直結する問題であるのに対し、その知覚から逃れる存在をあくまでも物質と見なし、知覚される物質と同一レベルで論じるところに、原子論的性格が認められるだろう。

ポーは自身の月世界旅行譚「ハンス・プファールの無類の冒険」("The Unparalleled Adventure of One Hans Pfaall," 1835) において、この『異世界、あるいは月の諸帝国』について月世界旅行記として「まったく無意味」と切り捨てているが (Poe〔a〕, II, 108)、これを読んでいることは確かであり、ポーが大いにその記述を参考にして「ハンス・プファールの無類の冒険」を書いているとする指摘もある (Nicolson〔b〕, 367)。意識的か否かはともかく、「メスメリズムの啓示」に示される世界観にこの読書体験が反映されている可能性も否定できないだろう。

c メスメリズム

グランヴィルやエピクロスの影響が多大であったとしても、「メスメリズムの啓示」の唯物論に直接的な影響を与えた源泉として最も重要なのは、その表題にもあるメスメリズムである。メスメリズムとは今日では「催眠術」ないし「催眠状態」を意味する言葉だが、本来はオーストリアの医師メスマー (Franz Anton Mesmer, 1734-1815) の学説のことを意味していた。メスマーは、宇宙に充満する希薄な流体が不断に動物の身体に浸透し、影響を及ぼしていると考え、これを「動物磁気」と名づけた。そしてメスマーは、この動物磁気の作用を人工的に調整して身体に調和状態をもたらす医療方法を確立し、ウィーンやパリで実際に治療行為に携わったのである。このメスメリズムは広く西洋で受け入れられ、ポーのいるボストンにも一八四一年六月から七月にかけて、コリヤー博士 (Robert Hanham Collyer, 1814-1891) によって活動の拠点を得たという (Lind, 1077)。ポーは一八四六年一一月の「マージナリア」において、メスメリズムの理論家タウンシェンド (Chauncey Hare Townshend, 1798-1868) の著作が正当に評価されていないことを批判するなど（Poe〔a〕, XVI, 115）[14]、メスメリズムの普及を好意的にとらえていた。「メスメリズムの啓示」は、こうした風潮の中で執筆されたのである[15]。

すでに本章第二節で述べたように、「メスメリズムの啓示」の冒頭部分では、メスメリズムによって身体的感覚が麻痺した催眠状態においてなお特殊な知覚が保たれると述べられている。「未発達の身体」の感覚が失われてもなお「完全な身体」の感覚が残るという構想は、こうしたメスメリズムの成果を解釈したものと考えられよう。そして、宇宙に充満する希薄な動物磁気が催眠状態の被験者に作用するということが、「メスメリズムの啓示」の特異な物質論に影響を与えているのであろう。当時流行していたこのメスメリズムから得た着想が、グランヴィルの思想や原子論と結びついて、ポー独自の新奇な発想に結実したと考えられるのである。

第四節　個物の融解と言葉

以上のように、ポーはグランヴィルやエピクロス、シラノ、メスマーの思想的影響を受けて、独自の観念論的唯物論を形成していったと考えることができる。だが今日の我々にとって、先行するそれらの思想も、それ自体として十分な説得力をもつ理論とはいいがたい。そのため、結局のところ「メスメリズムの啓示」に示されるポーの思想も単なる空理空論にすぎないと思われるかもしれない。しかしここで提示された身体論、認識論は、単に一時代の産物であるにとどまらず、今日においてもなお重要な問題をはらむものである。本節では、身体論、認識論の観点から、もう一度「メスメリズムの啓示」を見直し、ポーの問題意識を探ってみたい。

この作品に示された身体論を整理するなら、おおよそ次のようにまとめられよう。この世に生きる人間は感覚器官を具えており、その器官を通じて得られた感覚に基づいて世界を理解している。しかし感覚器官が五官に限定されているため、人間は五官を刺激する対象しか知覚することができない。つまり五官を刺激しないものの存在は人間にとって存在しないも同然であり、その存在に気づくことさえない。いわば人間は五官を刺激するもののみを知覚し、その知覚をもとに世界像を思い描いているのだが、その知覚が五感に限定された不完全なものである以上、構想される世界像もまた常に不完全なものとならざるをえない。したがって世界が真にいかなるものかは、この世を生きる人間には知る由もないのである。いわば五官に限定されない天使という存在を想定することによって、人間の認識能力の不完全性があらためて強調され、人間知性の根本的な欠陥が明確に自覚されるようになったのだといえよう。

このようにポーの身体論は、一切の人間の思考が真実に到達しえないという深刻な不可知論へと到達する[16]。歴史上に名を残す賢人であれ天才であれ、不完全な身体的経験に基づいて世界像を構想する限り、世界が真にいかなるものなのか解明することはできないということになる。我々にとっていかにもっともらしく思われる知であれ、それが真実らしく思われるのは、単にその知が我々の文化的コンテクストに適合するからにすぎず、それ自体として真実たりうるわけではないのである[17]。したがって世に認められている思想や理論もまた、それ自体真ではないものとして

14 ここでポーが念頭に置いているタウンシェンドの著作とは、*Facts in Mesmerism,* (London, 1840 ; Boston, 1841 ; New York, 1842) のことと考えられる (Lind, 1086)。

15 ポーは「メスメリズムの啓示」のほかにも、「ギザギザ山物語」(“A Tale of the Ragged Mountains,” 1844)、「ヴァルドマール氏の症例の諸事実」(“The Facts in the Case of M. Valdemar,” 1845)といった、メスメリズムを扱った短編小説を書いている。

16 一八四九年六月の「マージナリア」には、次のような一文を見ることができる。「いかなる哲学体系であれ、それがいかに容易に誤りであると証明されるかを見るのは笑うべきことだが、しかしいかに念入りな体系であれ、それが真であるとさえ思えないのだとわかるのは嘆かわしいことではないだろうか」(XVI, 164)。また短編小説「モノスとウナとの対話」でも「体系化、あるいは抽象化にとりつかれ」た人間が「知識」によって自然を支配しようとしていることが、天使に生まれ変わったものたちによって批判されている (IV, 203)。ここにも、体系的な思考や知識が人間の恣意的な産物にすぎないとするポーの基本的な見解を見ることができよう。この問題については、次章でより詳細に論じよう。

批判されねばならないだろう。

もちろんこの小説で示される懐疑主義的な見解に基づくなら、一定の世界観について論ずるポーの「メスメリズムの啓示」もまた、真ならざるものとして批判されねばならなくなる。「メスメリズムの啓示」が小説として書かれたことは、まさにこの理由から説明されるだろう。一八四五年八月の「マージナリア」には、あるスウェデンボルグ（Emanuel Swedenborg, 1688-1772）の信奉者がこの作品を「絶対的に真実」と評価したことが紹介され、ポー自身がその評価の誤りを指摘し、この作品が「純然たる虚構」であることを明らかにしている（XVI, 71）。もちろんこの小説に示された思想がポー自身の真摯な思索に基づいていることは、一八四四年七月二日のローウェル宛書簡（Poe〔c〕, 256-258）、一八四四年七月一〇日チヴァーズ（Thomas Holley Chivers, 1809-1858）宛書簡（259-260）からも明らかである。さらにこの年にスウェデンボルグ主義に入れ込むことになるブッシュ（George Bush, 1796-1859）宛の一八四五年一月四日の書簡では、この作品が純粋に虚構ではあるものの、そこに自分の独創である思想をもりこんだとも述べられている（273）。それゆえポーが虚構によって思想を表現しようとしていたことは明らかだろう[18]。逆にいえば、思想の限界を明示しつつその思想を表現しようとするならば、虚構という形式を採らねばならないのである[19]。

もちろんこの懐疑主義的な見解は、単に学問的なレベルにとどまる問題ではない。むしろすべての人間に妥当する問題だといえよう。この世に生まれ、感覚的体験や通念的な知識の学習を通じて何らかの世界観を形成する人間は、ふつうその世界観を疑うことなく生活している。しかしこの懐疑主義的見解は、身の回りのもののすべてが知覚されたとおりのものではなく、また当然のように思われている世界観も信用できず、世界が真にいかなるものか知ることができないという状況を自覚させるものなのである。実際にその自覚を我がものにするならば、既存の知識や通念的な思考の枠組みがまったく通用しない現実に直面し、底知れぬ不安に陥らざるをえないだろう[20]。

知覚を通じて認識される世界がそれ自体としていかなるものなのか、それはおそらく答えの出ない問いである。そのことを十分にわきまえたうえで、ポーは、世界の実相を知覚する天使にとって「空間」そのものこそが「真に実体的なもの」であり、人間が知覚している具体的な個物はじつは実体性をもつものではない、という。もちろん虚構として示されたこの世界観も、それ自体として真実とは判断されえない。世界がいかなるものかは知りえないということから、個物が実体性をもたないという帰結が導き出せるわけではないのである。それでもあえてポーがこのような世界観を構想したのは、おそらく次の三つの原因によるものと思われる。

まず第一に、当時のメスメリズムの流行によって原子論的な思考が再発見され、新たな視野を開いてくれたことが考えられる。第二に考えられることは、前章第三節で見たように、ポー自身が直観的ファンシーによって非具象的な世界を瞥見したと自覚していたことである。もちろんこの個人的な体験は他の人間には知りうるものではない。それゆえ我々はその体験の内実を検証することはできないのだが、この体験がポー自身にとって重要な視座を与えたことは明らかであろう。そして第三に、こうした新しい世界観が従来の慣習的な世界観にとってかわるものとして意識されたことが考えられる。つまり個物の実体性への懐疑が、さらにその否定へと傾いたと考えられるのである。

17　一八三五年の短編小説「ハンス・プファールの無類の冒険」には、次のような文章がある。「人間とはまさに習慣の奴隷であり、人間の慣例上の多くのことで本質的に重要だと思われているものでも、じつは単に習慣的にそう見なしているからそう思われるにすぎないのだと、私は思いめぐらせた」(II, 83)。

18　デモクリトスが懐疑主義的見解を表明していたことからも明らかなように、そもそも原子論は現象を説明する蓋然的仮説としての性格をもっていたと考えられる。それは原子論が復興した一六―一七世紀においても同様である。

19　懐疑主義を基盤としたこの思想表現の方法は、ポーがしばしば言及するビールフェルト（Jacob Friedrich von Bielfeld, 1717-1770）の「フィクションによって思想を表現する技術（*L'art d'exprimer les pensées par la fiction*）」（XI, 74; XVI, 91）に近いといえよう。ただしビールフェルト自身はこの言葉を詩の定義として用いている（Bielfeld, II, 6, 5〔vol. 2, 135〕）。

20　単に怪奇趣味の作品と思われるポーの小説も、こうした観点から見直す必要があるだろう。一八四〇年にポーが自作を集めて出版した短編集（*Tales of the Grotesque and Arabesque*）の序文では、これらの作品が描く恐怖が、ドイツ文学に見られるようなこけおどしの恐怖ではなく、「魂の恐怖」であると述べられている（I, 151）。

こうしてポーは、単なる懐疑主義の立場から一歩外に歩み出ることになる。そして個物が実体性をもたないという新しい世界観は、「言葉」に対する新しい理解へと発展するのである。それまで人は、言葉に先立って事象が存在し、その事象を指示するものとして「言葉」が存在すると考えてきた。個物に先立つ普遍を言葉が表すと考えるにせよ、あるいは言葉が単に個物から抽象されたものにすぎないと考えるにせよ、言葉が存在を指示することは当然のこととして理解されてきたのである。しかし個物が本質的な実体性をもたないとする考え方は、事象と言葉との関係を一変させてしまう。地上的な個物の模倣ではなくむしろ天上的な世界を描くという詩作の理想は、個々の事象を指示しない言葉への志向を生み出すことになるのである。

「天上の美」に近い美を作品化しようとするポーが、詩の内容よりも押韻やリフレインなどの音の効果を優先していた理由は、ここから理解できよう。たしかに詩として作品が成立するためには、事物を指示する日常の言葉を用いねばならず、その意味では「天上の美」に到達することなどまったく不可能である。また「天上の美」を瞥見させる直観的ファンシーも、言葉によって説明できるものではない[21]。しかし詩人は、押韻やリフレインなどを駆使することによって、詩句の意味レベル以外に音のレベルで美的効果を追求することができる。さらには意味よりも音の効果を優先したり、表面的な意味に曖昧な「意味の底流」を伴わせることによって、意味的レベルの具象性を抑制することさえ可能なのである。

一八四四年一二月の「マージナリア」の一篇では、「不明瞭さ (the *indefinite*) が真の詩（ポイエーシス）における一要素である」(Poe [a], XVI, 28) とか「不明瞭さが真の音楽における一要素である」(29) と述べられた後、詩に「確定的な調子 (determinate tone) が加わると、作品が地上的なものに堕してしまう」と論じられている (29)[22]。つまりポーは地上世界の具体的な事象を指示しない「不明瞭さ」が詩や音楽を「天上的」なものたらしめている要因であり、その「不明瞭さ」を詩に取り入れることによって優れた詩が制作されると考えていたのである。もちろん作品がまったく不明瞭なものとなってしまえば、地上の人間にとって理解できないものになってしまう。第一節でふれた「アルンハイムの地所」で述べられていたように、ポーが求めるのはあくまでも、地上の人間の審美眼に即応させつつ、天使の審美眼にも訴えかけるような作品である。神の目から見れば神による創造もただ悪しき存在を産出する行為にすぎず、それをなぞって地上の人間の審美眼を満足させる作品をつくる詩人の行為も、それ自体としては自己満足にすぎない。しかしその作品が地上的な美を越え、個体性を薄めた美に近接するならば、ただ既存の地上的事物に満足している消極的な状態から離脱し、その創造的な行為にもまた意義が認められることになる。具象性の希薄な美的効果を求めるポーの芸術観は、こうした背景から理解することができるだろう。

また本章冒頭に引用した「ロングフェローのバラッド」の文中で特に音楽が高く評価される理由も、ここから理解することができる。いわば地上的な具象性から最も縁遠い音楽が「天上の美」に近いものとして評価されるのである。「ロングフェローのバラッド」では次のようにも述べられている。

> 我々が天上の美の創造と呼んできたその目的に魂が最も肉薄できるのは、おそらく音楽においてであろう。実際、この尊い目的は、部分的であれ不完全にであれ、事実としてここで達成しているのかもしれない。音において感じられるその美の諸要素は、地上と天上とに共通の共有財産なのかもしれないのだ。(XI, 74-75)

21 本稿第二章第三節で挙げた「マージナリア」の一節では、ポー自身が体験したという直観的ファンシーがいかなるものか、どうしても言語化できないというもどかしさについて、言及がある(XVI, 87-90)。

22 この一篇は詩人テニソン(Alfred Tennyson, 1809-1892)の韻律の技巧を賞賛する趣旨のものだが、その文章の原形は、テニソンに関してではなく音楽や歌について論じた一八三九年一二月のモリス評(X, 41-45. この記事は一八四九年四月の「マージナリア」に転載される[XVI, 136-140])に見ることができる。

具体的な事象を描写しなくても音楽が美を成り立たせるように、地上の事物を表現しない音楽のほうが、天上の美に近い美の表現に向いているのだといえよう。他の芸術ジャンルについてポーがどのように考えていたのか、具体的にはよくわからないが、具象性を弱め、統一的な美的効果を強めるような作品を求めていたであろうことは想像に難くない。

結び

前章の第三節でふれたように、「ロングフェローのバラッド」では、身の回りの地上的事象の美の再現だけでは詩として不十分であり、癒しがたい渇望を覚えるものだとされていた。「アルンハイムの地所」で「詩人」であるエリソンが自然美に満足せず、イマジネーションを駆使して新たな造園美を求めた「アルンハイムの地所」は、この問題意識を継承した小説だったといえる。そして天使の審美眼にも訴えかけつつなおも地上の人間の審美眼に即応する庭園を目指すということは、不死なる魂が享受すべき「天上の美」に限りなく近づきつつ、そこに完全に到達することを最終目標としているわけではないことを示しているといえよう。

以上の考察をふまえて、あらためて第一章で論じた「構成の哲学」の主張を振り返っておこう。第一章末尾で論じたように、詩作がすべて計算づくでなされるという「構成の哲学」の主張は、そのまま認められるものではない。むしろポーは、イマジネーションによって詩作の素材を新奇に結合し、自分でも予想していなかった美的調和を「創造」し、到達はできないものの「天上の美」に近い成果を得ようと望んでいたと考えられる。そのイマジネーション論を隠蔽したところに、「構成の哲学」の瞞着があったのである。とはいえ「構成の哲学」で列挙された彼の主張がすべて瞞着というわけではない。それどころか、それが真摯な思想に裏打ちされていることが、本章での考察により明らかになったといえるだろう。詩が「真実」や「道徳」を表現するものではなく「美」を追求するものだという唯美主義的見解の背景には、「真実」などとらえることはできないという懐疑主義的な立場や、地上的な「道徳」よりも「天上の美」を求めるべきだという切実な思いがあるのだろう。また個別の内容よりも「効果」や「印象」を重視し、韻律やリフレインなどの音楽的効果を積極的に取り入れたのも、単なる技巧上の問題ではない。感覚によって弁別される諸々の個物が真にそのようなものとして存在するのか、むしろ我々の感覚の外に広がる世界、すなわち個体性の融解した世界こそ本来的な世界ではないのか、という懐疑が、その芸術観の根底にあると考えられよう。地上的な事物の個体性を非本質的なものと見る見方は、グランヴィルやエピクロス原子論、シラノ、メスメリズムの影響を受けていると考えられるが、そうした先行する思想を単に継承しただけではなく、詩論ないし芸術論へと転換したところに、ポーの独自性を認めることができるだろう。独自のイマジネーション論を含むポーの詩論は、こうした特殊な思想に基づいているのである。

第四章　イマジネーション論と推論の方法論

序

ポーのイマジネーション論は、詩論や芸術論にのみ適用される理論ではない。本章では一八四一年の短編小説「モルグ街の殺人」に示されたイマジネーション論を検討し、演繹と帰納（あるいは合理論と経験論）とは異なるものとして、イマジネーションによる仮説形成という推論形式をポーが構想していたことを明らかにしたい。

「モルグ街の殺人」は、探偵小説（推理小説〔detective story〕）の先駆けとして一般に知られている。たしかにこの作品は、現代において探偵小説として読まれているし、そのように読んで十分に楽しめるものであることは間違いない。実際この作品には、不可解な事件の謎を解く主人公と凡庸な聞き手（いわゆるワトソン役）という人物設定、主人公と無能な警察との対比、密室殺人、犯人の意外性といった、探偵小説の常套手段となる道具立てを認めることもできる。しかしこの作品が書かれた当時、まだ「探偵小説」というジャンルが存在しなかった以上、当然ながら、この作品は探偵小説として書かれたわけではない。むしろこの作品の探偵小説的な要素を後代の小説家たちが模倣し、そのスタイルをステレオタイプ化することによって初めて、「探偵小説」というジャンルが形成されたと考えるべきだろう。そもそも、事件を解決する主人公のデュパンが「探偵（detective）」だとは、どこにも書かれていないのである。それゆえこの作品を探偵小説として読むことは、後世の見方に当てはめて読む、いわば偏った読みであるといわざるをえない。作品そのものに即して読もうとするならば、まずそうした固定観念から離れる必要があるだろう[1]。

この作品では、殺人事件が発生する以前に、そして登場人物が紹介されるよりも前に、まず分析力についての一般的な説明がなされている。それによれば、分析力とは数学的能力ではなく、むしろ法則性に基づかない領域において効力を発揮する推論能力であるという。たとえばチェッカーやホイストといったカードを使うゲームで勝つためには、ゲームの法則性に習熟するのみならず、相手のプレイヤーの表情やしぐさなど、様々なものを観察する必要があるが、その諸々の観察から勝負の状況を読み取る能力が、分析力だというのである（Poe〔a〕, IV, 146-149）。「探偵小説」を読もうとする読者には冗長ともいえるそうした説明の後、すぐには理解しがたい次のような文章が続く。

1　ポー自身は、一八四六年八月九日のクック（Philip Pendleton Cooke, 1816-1850）宛の書簡において、「推理の短編小説（tales of ratiocination）」の一つとして「モルグ街の殺人」を挙げている（Poe〔c〕, 328）。この時点でポーは、主人公デュパンが事件の謎を解くという形式の短編小説を、「モルグ街の殺人」に続いて二本（「マリー・ロジェの謎」〔"The Mystery of Marie Rogêt," 1842〕と一八四五年の「盗まれた手紙」）発表し終えている。それゆえこの書簡において「推理の短編小説」と呼ばれている作品は、これら一連のデュパンもののことだと考えることができるだろう（一八四四年七月二日のローウェル宛の書簡では、執筆したばかりの「盗まれた手紙」が「自分の推理の短編小説のうちで最高のもの」だとも述べられている〔258〕）。だが「モルグ街の殺人」を執筆した当初からポーがこのようなシリーズ化を意図していたとは考えがたい。「マリー・ロジェの謎」の冒頭部では、前作「モルグ街の殺人」が主人公デュパンの特異な心的性格の描写を意図して執筆されたことに言及し、「その主題を再び取り上げようとは思いもしなかった」と述べている（Poe〔a〕, V, 2-3）。したがって「探偵小説」というジャンルがこの一連の「推理の短編小説」を基盤として成立したとしても、当初からポーがそうしたジャンルの作品として「モルグ街の殺人」を執筆したとはいえないだろう。

分析力（analytical power）は、単なる発想力（ingenuity）と混同されるべきではない。というのも、分析者は必然的に発想力豊かであるものの、発想力豊かな人間が際立って分析に無能であることがしばしばあるからだ。発想力は普通、構成的ないし結合的な能力（constructive or combining power）となって現れる。しかし骨相学者はこの構成的ないし結合的な能力を（もちろん誤って）原始的能力と想定し、別個の器官に割り当てている。ともあれこの構成的ないし結合的な能力が、他の点では白痴（idiocy）に近い知力の人間のうちにあまりにも頻繁に見られるので、心について論ずる文人たちの間で広く注目されるようになっているのである。実際、発想力と分析能力との間には、ファンシー（fancy）とイマジネーション（imagination）との間よりも大きな、しかしその性格に関してはきわめて類似した相違がある。事実、発想豊かな人間はいつも空想的（fanciful）であり、真に想像的（imaginative）な人間は分析的であるほかないことがわかるだろう。(149-150)

この文章の意味については第一節で検討するとして、現段階ではこの引用文に続く次の文章に注目したい。

後に続く物語は、読者にとって、今提示した諸命題についての註釈のようなものとなるだろう。(150)

つまり先に引用した文章が「諸命題」に相当し、以下に記される物語はその命題に対する「註釈」に相当するというわけである。その少し前の箇所で、ポー自身が「今、私は論文を書いているわけではなく、ただまったくアト・ランダムに所見を述べることによって、いささか奇妙な物語の端書きとしているだけである」(147) と述べているように、作品の中心をなすのは、あくまでも物語的部分である。だが少なくとも形式上は、命題と註釈からこの作品が構成されており、殺人事件をめぐる話はその註釈として挙げられたものなのである。この作品を読解するにあたっては、こうした全体的構造をあらかじめ確認しておくべきだろう。

それでは上述の命題群はどのように理解されるべきなのだろうか。そしてそれは殺人事件の話といかに関わっていくのだろうか。

本章は以下のように分節される。まず第一節では、上述の命題群を解析し、イマジネーションに基づく分析というものについてポーがどのように考えていたのか、概念的に明らかにする。第二節では、その分析方法がいかに「モルグ街の殺人」の中で具体的に示されているのか確認する。第三節では、この分析方法が演繹法とも帰納法とも異なる第三の思考方法として提唱されていることを確認する。第四節では、このイマジネーションに基づく分析をコウルリッジによる推論の方法論と比較する。すでに第一部第五章で論じたように、コウルリッジは独自のイマジネーション論を構想するうえで、それを推論の方法論とも関連づけて論じていた。ポーにイマジネーション論の影響を与えた彼の推論の方法論と比較することによって、演繹的ないし合理論的思考様式に基づくコウルリッジの推論方法の限界が明らかになる一方で、ポーの推論方法がより実際的な有効性をもつことが明らかになろう。

第一節　「モルグ街の殺人」における命題群の解析

まず上述の命題群を分節して、要点を整理してみよう。

① 分析力と発想力とは明確に区別される。

② 分析力のある人間は皆、必然的に発想力豊かである。

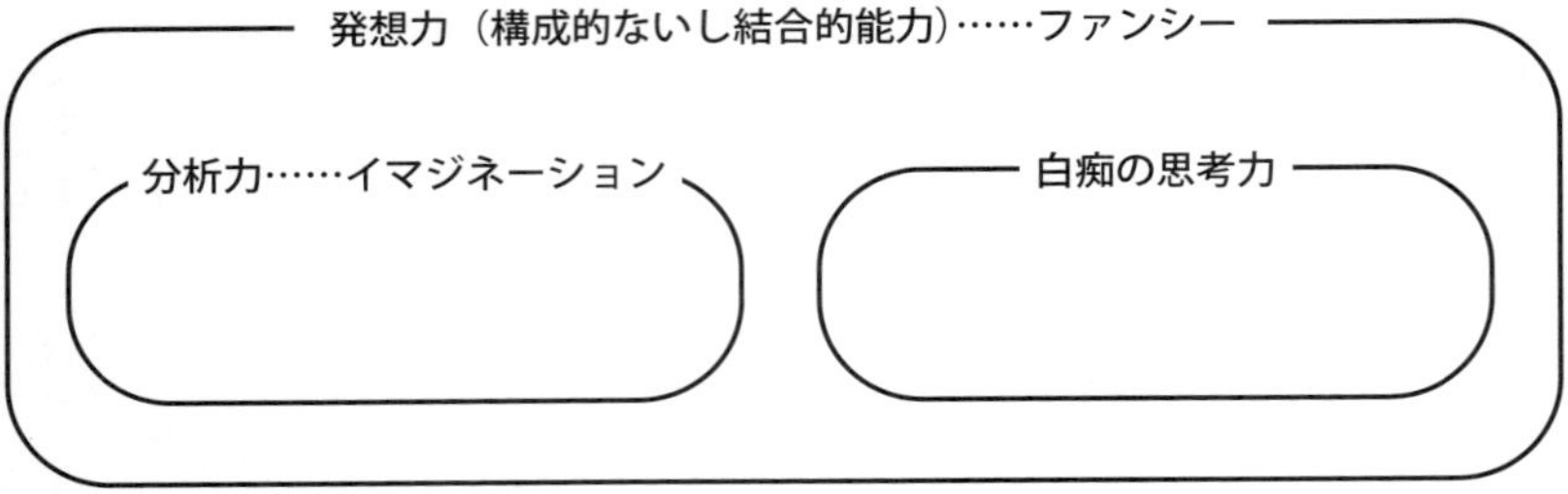

③　発想力豊かな人間は、必ずしも分析的ではない（白痴に近い人間にさえ、発想力豊かな者はいる）。

④　発想力は、一般に、構成的ないし結合的能力として現れる（骨相学者は誤ってこれを別個の能力として、すなわち構成力と結合力として理解している）。

⑤　発想力と分析力との相違は、ファンシーとイマジネーションとの相違に似ている。

⑥　発想力と分析力との相違は、ファンシーとイマジネーションとの相違よりも程度が著しい。

⑦　発想力豊かな人間は常に空想的（ファンシー的）であり、分析的な人間は常に想像的（イマジネーション的）である。

以上の内容を図にすると、おおよそ上記のようになるだろう。

ただしこの図では、⑥の主張が十分に反映されていない。それは、そもそも⑥の内容が直接的には⑦の内容と結びつかないからである。それゆえ⑥と⑦とを両立させるためには、この命題群には明示されていない別の比較基準を、すなわちファンシーとイマジネーションとの相違を発想力と分析力との相違よりも著しいものとする別の契機を想定せねばならない。この問題の解決は現段階では保留せねばならないが、ひとまず⑥を除く命題群と図に即してその内容について検討し、その後でこの問題について考察してみたい。

命題群全体の骨子は、分析力と発想力とを概念的に区別しようとすること（①、⑦）にある。そしてその二つの能力を説明するために、「構成的ないし結合的能力」や「ファンシー」、「イマジネーション」といった別の三つの能力との関係が論じられているわけである。「モルグ街の殺人」ではこれらの概念の説明が十分になされておらず、この箇所だけでは十分に理解することもできないが、ここまで論じてきたイマジネーション論を念頭に置いて考えるなら、比較的容易に読解することができるだろう。第二章でも論じたように、ポーは「モルグ街の殺人」の発表される前年の『アルシフロン』評では、詩作能力としての「ファンシー」と「イマジネーション」が詩の題材を結合して新奇な詩を構成するのだと論じていた。「ファンシー」は「空想的な／奇矯な（fanciful）」詩をつくりだし、「イマジネーション」は示唆深い理想的な詩をつくりだすという相違はあるものの（X, 62-63）、結合による作品構成という作用に関しては同等だというわけである。この議論をふまえたうえで、「モルグ街の殺人」の命題群に戻ってみよう。『アルシフロン』評の場合と同様に、④においても構成と結合とが区別されていないことが、まず確認できる（この点で骨相学の見解が退けられる[2]）。そして発想力がこの「構成的ないし結合的能力」として現れるということ④は、発想力が常にファンシー的であること（⑦）から理解されよう。いかなる発想であれ無から生じることはなく、常に何らかの思考の素材を結合して構成されるのである。そして分析的な人間は常に発想が豊か（②）なのだから、その人もまた当然ファンシー的である。

それゆえ、「モルグ街の殺人」の文中では明確に示されていないが、分析力もまた「構成力ないし結合力」として現れると考えられよう。そしてこの分析力が、ファンシーと同様に結合作用をもつイマジネーションと関連づけられ（⑦）、①と③で指摘された発想力と分析力との相違はファンシーとイマジネーションとの相違から考察されることになる（⑤）。ファンシーとイマジネーションとの相違は、『アルシフロン』評ではその能力の所産が奇矯であるか理想的であるかの相違によって区別されていた。それと同様に、もっぱらファンシーに頼る人間が奇矯な空想しか思いつかないのに対し、イマジネーションを駆使する人間は、単なるファンシーに基づく思考を越えて、理想的な分析をおこなうことができるというわけである。本章の序でふれた例に即していえば、分析者のイマジネーションは、ゲームのあらゆる局面や相手のプレイヤーの様子など多様な情報を巧みに結合し、整合のとれた分析へと結実させるのだといえよう。いわばその結合の巧みさによって、単なるファンシーによる発想の域を越えるわけである。

このようにポー自身の詩論と「モルグ街の殺人」における分析力論との間には類似性ないし連続性が認められるのであるが、任意に虚構的世界を構築する詩作と、現実の物事の整合的な説明を目指す分析とがまったく同等のものと考えることには、やや難があるといわざるをえない。すなわちファンシーのみに基づく詩作が（理想的ではないとしても）詩として成り立つ作品をつくりだすのに対し、ファンシーのみに基づく「発想力」は、物事の説明としてはまったく役に立たない推論しか導き出せないのである。ここまで保留にしてきた⑥の命題は、じつはこの点に関して言及したものであるように思われる。すなわち発想力と分析力とは、単に理想的か否かという程度の問題において異なっているのではなく、物事の整合的な説明に役立つか否かという実践的なレベルにおいて著しく異なっているのである。「モルグ街の殺人」における諸命題の問題は、とりあえずこのように理解できるだろう。

第二節　モルグ街の殺人事件と分析力

前節においてある程度明確になった当該の命題群は、それに続く作品の物語的部分といかに関わるのだろうか。本節ではその物語的部分で活躍する登場人物デュパンの思考方法に注目し、その分析方法のありようについて考察しよう。

この命題群の後の物語的な部分は二つの部分から、すなわち主人公のデュパンを紹介するとともに彼の分析力を示す短いエピソード (IV, 150-156) と、モルグ街で起こった殺人事件をデュパンが分析する話 (156-192) から構成されている。前半部分ではデュパンがファンシーのみならず活発なイマジネーションをもち (151)、分析力に優れた人物 (152) として紹介され、その分析方法が大雑把に説明されている。だが彼の分析方法について検討するためには、後半の部分に注目するだけでも十分だろう。デュパンの分析に即して、その事件と解決に至る経緯とをまず概観してみよう。

モルグ街で起こったレスパネー母娘殺人事件に対して、デュパンは主に次の四つの観点に即して分析を進めている。第一の観点は、犯行現場近くにいた人々の証言に関するものである。これらの人々のうち誰一人として犯人を目撃した者はいなかったものの、それぞれ犯人の声を耳にしている。しかし様々な国籍をもつ証人たちの証言は互いに整合していない。たとえばある証人は犯人の声がスペイン語ではないかと証言しているのだが、別の証人たちは犯人の

2　実際の骨相学では、構成力 (constructiveness) は三五種類の心的特性の一つとして挙げられているものの (Spurzheim, 36-37)、結合力については何も論じられていない。また第二章でふれたように、ポー自身も一八三六年三月に、骨相学に関する記事を書き、三五種類の心的特性のすべてを列挙していたが、その中にも結合力に相当する能力は見当たらない (VIII, 252-255)。この点については、次のように考えることができるだろう。ポーは一八三六年四月に発表したドレイク・ハレック評において、骨相学のいう「因果性の能力」とコウルリッジのいう創造的な「イマジネーション」とを同定し、他方で骨相学のいう「対照性の能力」とコウルリッジのいう結合的な「ファンシー」とを同定していた (VIII, 275-318)。しかし一八四〇年の論文『アルシフロン』評においてポーはこの見解を翻し、創造性と結合性とが区分されるものではないと考えるようになる (X, 60-71)。その際に、おそらくポーは (骨相学において「構成力」が独自の項目としてあることを忘れて) 創造的な構成作用をもたらす「因果性の能力」と結合作用をもたらす「対照性の能力」とが骨相学において区別されていると考え、これを誤りだと判断したのであろう。なお「モルグ街の殺人」の四年後、ポーは短編小説「天邪鬼」において、骨相学および一切の形而上学が先験的にでっちあげられたものだと批判するようになる (VI, 145)。

声がイタリア語であるとか、ドイツ語、英語、ロシア語であるなどとそれぞれ証言しているのである。デュパンは各人の証言を言葉通りにはとらず、各人が皆、犯人の声を意味不明の外国語だと考えている点で整合することに注目している（170-171）。

第二の観点は、犯人の逃走経路に関するものである。犯行現場はドアも窓も内側から施錠されており、密室状態にある。デュパンは独自の調査により、犯人が通りえた唯一の経路として一つの窓に注目し、窓を固定しているようにしか見えない釘が実際には壊れていることを発見する。しかし犯行現場は建物の四階に位置しており、その窓を通ったとしても窓の外にある避雷針に飛び移らねば逃げることができないため、犯人は人間離れした怪力と勇気をもっていると考えざるをえなくなる（172-177）。

第三の観点は、犯行の動機に関するものである。レスパネー夫人は、八年間出金することなく蓄えてきた貯金から四〇〇〇フランをおろした直後に殺害されている。そのため警察は、この犯罪の動機が金銭的な問題と考えて、夫人に金銭を届けた銀行員を逮捕している。しかしデュパンは、家捜しされたと警察に考えられた室内の状況が単に荒されただけである可能性に配慮し、また実際に室内にその四〇〇〇フランが残されていることを根拠として、警察による推理に整合性が欠けていることを指摘している（178-179）。

第四の観点は、殺害方法に関するものである。この事件では、絞殺されたレスパネー嬢は暖炉の煙突の中に押し込まれ、その母は剃刀で首を切断されて中庭に投げ落とされている。その異常なまでに残虐な、そして怪力を伴ってなされた殺害に、警察は困惑しているのである（179-180）。

この四つの観点から事件を推理してきたデュパンは、作品の語り手に次のように問いかけている。

驚くべき軽快さや人間離れした力、獣的な残忍さ、動機のない虐殺、人間性からかけ離れた恐るべきグロテスクさ、そして多くの国の人々の耳に異国の響きがして全然明瞭に音節化されない声、といった諸観念を結合する（combine the ideas）ところまで我々はきたことになる。それではいったいどんな結果に帰結しただろう。僕はどんな印象を君の空想（fancy）に与えただろうか。（180-181）

一読して理解できるように、作品の語り手は、思考する際にもっぱらファンシーのみに基づいて観念を結合する人物として設定されている。この語り手は、デュパンの問いに対して今さらながら事件の異常さに気づき、犯人はおそらく狂人だろうと答える（181）。もちろんこの推理は、単なる狂人には不可能と思われる人間離れした犯人の行動力を十分に説明するものではない。したがって論としての整合性を求めるためには、犯人が人間であるという先入観から疑わねばならないことになる。デュパンは、犯行現場に残された毛髪や、死体の首に残された手の跡といった証拠を補足しつつ、犯人がオランウータンだと推理する（181-183）。そしてその分析の後、オランウータンの飼い主との面会に成功し、その男の証言によってデュパンの分析の正しさが証明されるのである（185-191）。

たしかにもっぱらファンシーのみに基づいて推理する語り手も、デュパンに促されて所与の情報を結合し、新奇な結論を導き出している。だがその推理は、所与の情報を整合的に説明したものとはならず、単に空想的な発想にとどまるものでしかなかった。これに対してイマジネーションに基づくデュパンによる分析では、新奇であるのみならず十分に整合性のある結論に到達したわけである。分析力と単なる発想力との対比、ないしはイマジネーションとファンシーとの対比をめぐる諸命題は、こうしたデュパンと語り手との思考方法の対比を通じて、具体的に示されているのだとひとまず理解できよう。

しかしここでイマジネーションに基づく分析を、諸事実の枚挙に基づく単純な帰納推理として理解してはならない。というのも、帰納推理は考察すべき「事実」があらかじめ明確に設定されている場合に成り立つ推理であるのに対し、デュパンによる分析の場合は、膨大な情報群の中でどの情報が事件解明に必要な情報なのかあらかじめ明らかではなく、また証人の証言や外見上の密室状態を文字通り「事実」として認めることもできないからである[3]。それゆえ事件の分析においてまず必要となる作業は、事件解決に役立つ情報を判別するとともに、不正確な情報を修正することだといえよう。個々の情報を整合的に結合するイマジネーションには、こうした作用が期待されているのである。このような観点から、イマジネーションに基づく分析のあり方についてさらに検討してみよう。

デュパンは、この殺人事件の捜査を担当する警察がある程度は巧妙であり（165）、綿密に捜査していること（166）を認めている。しかし逆にその綿密な捜査方法自体が事件の解決を妨げているのだとデュパンはいう（165-166）。物事を綿密に見る捜査に対するこの批判は、いささか奇妙なものに思われよう。というのも優れた推理に求められるのは、何よりもまず、些細な手がかりをも見逃さない鋭敏な観察力だと考えられがちだからである。もちろんデュパンは、そのような綿密な捜査が十分な成果につながる場合があることも認めている（166）。しかしこのような方法がいつでも成功するわけではないというのである（166）。デュパンは警察の捜査官の捜査方法について次のように述べている。

> 彼は、対象をあまりに近くからとらえることによって、自らのヴィジョンを損ねている。たぶん彼は一つや二つの点では並外れて明確に見ることができるのだろうが、そうすると必然的に物事を全体として見失ってしまうことになるのだ。（166）

この主張は、いわゆる「木を見て森を見ず」といった偏狭な観察方法に対する批判として理解してよい。しかしこのような偏狭さに陥らないようにするのは、容易なことではない。なぜなら警察は膨大な情報を迅速に処理することが要請されるため、事件の直接的な手がかりになりそうな特定の事象に目星をつけ、その周辺を重点的に捜査しがちだからである。そしてその際、捜査の常道に従って、「犯人はどのような人間なのか」、あるいは「犯行の動機は金銭目当てなのか、それとも怨恨なのか」などと問いを立て、その疑問に答えてくれそうな情報につい目を向けてしまうことも、少なからずあるだろう。もちろん通常の事件の場合は、このような捜査も一定の成果をあげることができる。しかしモルグ街の殺人事件のような異常な事件の場合、こうした捜査方法が逆に迅速な捜査の妨げとなるのである。いわば捜査の慣例的な手順に従うことによって、目をつける情報に偏りが生じてしまうのだといえよう。対象を近くから見ることに対するデュパンの批判は、このような捜査の常道に対する批判なのである。

このような異常な事件を捜査する際に必要なのはむしろ、数々の異常さ自体が整合的に結びつく観点へと到達することである。そのためには、「事実」か否かわからない膨大な情報を総体的にとらえ、諸々の情報の連鎖を見出すことが必要になる。その作業を通じて、不正確な情報は相対的に修正され、慣例的な思考によっては見落とされてしまうような情報の結びつきも見出されるようになるだろう。そこで見出される情報の結びつきは、先入観にとらわれていた思索者にとっては、今までに考えたこともなかったような新奇な結合として意識されることになる。このように情報を新奇かつ整合的に結合し、先入観にとらわれない論を形成していく思考方法が、イマジネーションに基づく推論なのである。先に挙げた四つの観点に即して分析を進めるデュパンは、当初から一貫してこのような方法を採っていたと考えるべきだろう[4]。

所与の情報全体において矛盾のない推論が導き出されたとしても、それはもちろん限られた情報に基づく蓋然的な

3　ただしポー自身は、イマジネーションに基づく推論と帰納との相違を、この段階でまだ意識していない。「モルグ街の殺人」の続編ともいうべき短編小説「マリー・ロジェの謎」では、デュパンがモルグ街の事件において立てた推論が帰納に基づくとされている（V, 3）。

仮説にすぎない。それゆえデュパンによる分析はオランウータンの飼い主の証言によって証明されねばならなかったのであるし、もしもその推論と整合しない情報が新たに付け加わるようなことがあれば、推論の全体的な修正を迫られることになっただろう。つまりイマジネーションによる推論は、あくまでも蓋然的な仮説を形成する思考にすぎず、それ自体として事件の真相と合致する保証はないのである。このことはたしかにイマジネーションに基づく分析の限界である。しかしこの限界は推論方法としての弱点を意味するものなのだろうか。そしてその限界を克服するような、より優れた推論方法はありうるのだろうか。次節ではこうした点について考察を進めたい。

第三節　演繹、帰納、イマジネーションに基づく推論

宇宙論として知られるポーの『ユリイカ』の冒頭部では、未来人の手記という形式を借りた一連の論述（ポー研究者の間ではしばしば、ポー自身の語〔XVI, 187〕を借りて「注目すべき書簡」"A Remarkable Letter"と呼ばれている）が挿入されている（188-198）[5]。この論述において、ポーは、演繹や帰納と対比しながらイマジネーションに基づく推論について論じている。

未来人としての語り手の人格を借りて、ポーはまず一九世紀までの哲学をアリストテレス、エウクレイデス(Eukleides, 3c. BC)、カントに代表される「演繹的ないしア・プリオリ哲学」とフランシス・ベイコンに代表される「ア・ポステリオリないし帰納的」哲学との二つに区分する（188-189）。すなわちアリストテレスの著作に準拠する演繹的な哲学がベイコンの帰納的哲学の出現によって権威を失い、その後、再び演繹的哲学が帰納的哲学と並ぶ権威を取り戻したというのである（189）。ポーによると、この両派が学問領域を支配しているために、演繹と帰納以外の思考

方法は学問的に認められていないが、実際に大きな学問的成果をあげてきたのは、それら二つの思考方法ではないという。なぜならば「真の科学の進歩」というものは「全歴史が示しているように、見かけ上は直観的な跳躍によって（by seemingly intuitive leaps）その最も重要な歩みを推し進める」からだという（189）。すなわち、演繹と帰納しか認めないという学問のあり方は「イマジネーションの抑圧（the repression of imagination）」にほかならないというのである（190）。

演繹や帰納に頼る立場に対するポーの批判は、それらの思考の過程が科学の飛躍的な発展を阻むこと、および演繹の基礎を成す「公理（axiom）」や帰納の基礎を成す「事実（fact）」がすべて真実と認められるだけの確実性をもたないこと、以上の二点に基づいている。後者が前者の原因となる側面もあるため両者を完全に区別することはできないが、便宜上この二つをaとbとに分けて検討し、そのうえでイマジネーションに基づく推論の意義について考察し直し（c）、それが後世「アブダクション」と呼ばれる思考方法を準備するものだったことを明らかにする（d）。

4　短編小説「マリー・ロジェの謎」でも同様に、「直接的なことの調査に限定し、付帯的ないし付随的な出来事をすっかり無視する」ような捜査方法をデュパンが批判している（V, 38-39）。そして広く視野をとる思考方法は、単に犯罪事件の捜査にのみ有効なものではなく、「現代科学」においても同様に有効であるという（39）。デュパンは、今までにも「無数の最も価値のある発見」が、「付帯的、偶発的、偶然的な出来事に負っている」と指摘し（39）、「偶然的に、そして普通の予想範囲を越えて生ずる発想のためには、単に大きいだけではなく最大の余地を設ける必要がある」と述べる（39）。つまり明確な前提から必然的な結論へと帰結するような着実な論理的思考に依存するのではなく、「見かけ上は無関係」な（39）領域をも視野に入れたうえで、偶然的な発見が得られる可能性に備えるべきだというのである。もちろんこのように語るデュパンは、この推論形式が確実な根拠に根ざしたものではないことを忘れたわけではない。それどころか、「いかにありうるかというヴィジョン」を構想するその方法は「もはや哲学的ではない」とまで言い切っている（39）。哲学的に認められた当時の論理的思考方法とは相容れない、しかしより生産的な思考方法をポーが提唱しようとしていることは、十分理解できよう。

5　この一連の論述は、短編小説「メッロンタ・タウタ」（"Mellonta Tauta," 1849）の一部分（VI, 201-206）を下敷きにしている。

a 演繹、帰納における発見性の欠落

ポーは、演繹と帰納が科学の飛躍的な発展を阻むことを、くどいくらい繰り返し強調している(188-190)。だがその理由については、十分に説明されているとはいえない。説明するまでもないと考えたからかもしれないが、この問題については説明を補う必要があるだろう。

演繹とは、想定された一般的前提から、論理的に特殊命題を導き出す推論形式であり、前提が真であるとき必然的に結論も真となるものをいう。その例としては、「AまたはBである」という大前提と「Aではない」という小前提から「Bである」という結論を導き出す推論を挙げることができるだろう。この推論形式では、前提に含まれる内容に関して確実な結論を導き出すことができるものの、前提を立てた時点で思考の枠が決定されるため、予想を越えるような結論が導き出されるようなことはない(上の例の場合、CやDなどについて思いをめぐらせることはない)。したがってこの推論形式には、未知の事象に光を投げかけたり、何かを発見したりする働きを期待することはできない。演繹は、何らかの謎を解明したり新奇な発見をしたりするには適さない推論形式だといえよう。

一方、帰納とは、複数の特殊な経験的諸事実のうちに一定の共通性を探り、そこから総合的な一般命題を導き出す推論形式である。この推論形式は、すべての事例を完全に枚挙してなされる完全帰納と、枚挙できる限りの若干の事例からあらゆる事例に関して推論する不完全帰納とに区分される。前者は、単に既知の諸事実を概括的に再確認するだけのものである。それゆえこの方法では、確実な結論を導き出すことはできるものの、何か新しいものを発見することができるわけではない。これに対して後者は、観察される諸事実から類推して、まだ観察されない事象にまで推論を下すものである。それゆえこの方法では、あくまでも蓋然的推論の域を越えないものの、既知の部分から未知なる全体へ飛躍して推論を進めることができる。しかしこの不完全帰納における「飛躍」とは、観察から得られた一定の理解を延長させて未知の事象に当てはめるだけのものであって、直接的には意外性のある発見を導き出すものでは

ない。むしろその帰納が失敗するような新事実が現れることによって、初めて何事かを発見できるのであって、新事実が現れるまでは、慣習的な思考にとらわれ続けざるをえないのである。オーストラリアで黒いスワンが発見されるまで「すべてのスワンは白い」と信じられていたという有名な逸話は、この帰納の特性をよく示した例だといえよう。「モルグ街の殺人」において警察が通常の思考の枠にとらわれていたように、不完全帰納は、観察される諸事実に対して抱く慣例的な思考の枠でもって、未知のものをとらえようとする推論なのである[6]。

このように演繹と帰納のいずれにおいても、ある確固たる前提から出発する限り、その前提があらかじめ思考の方向を限定してしまい、推論される内容はその視座に即したものに制約されざるをえない。いわば既知の問題を確認したり、思考の幅を多少広げたりすることはできたとしても、今まで考えもしなかった新奇な視点を導入したり、思いがけない発見を促進することは、演繹や帰納には不可能なのである。演繹と帰納が科学の飛躍的な発展を阻むというポーの主張は、この二つの推論形式自体の性質に起因するものだと考えられよう。

b　演繹、帰納における真実性の欠落

ポーは「いかなる真実も自明なものではない」(188)という立場から、自明の真実として認められるような「公理」

6　近代的な経験論の基盤をつくったベイコン自身は、実際には単純枚挙による帰納を重視したわけではなく、特殊から性急に一般原理を導き出すそのような推論をむしろ批判している。むしろベイコン自身が重視した帰納法は、『ノヴム・オルガヌム』(*Novum Organum*, 1620)第二章で詳述されるような、枚挙された諸事象から副次的なものを除去することによって本質を洗い出す方法である。周知のようにベイコンの場合は、イドラから脱して自然を探求することを目指したのであり、偏見によって見失われていたものの発見と正確な把捉をその慎重な探求過程において求めていたのである。だがベイコンの提唱する推論方法は、経験的「事実」を自明の前提とする安直な推論方法として誤解され、こうした俗流ベイコン主義が広まることになる。ポーが槍玉に挙げているのは、ベイコン自身による探求のあり方というよりはむしろ、この俗流ベイコン主義である。

の存在を否定している（192）。すなわち真実は本来いつ誰にとっても一定不変のものでなければならないはずなのに、実際には時代を越えて万人に真実と見なされる公理など存在しないというわけである（『ユリイカ』本文〔240-241〕）。このような見解に立つポーは、たとえば「一本の木は、一本の木であると同時に一本の木でないことはありえない」という典型的な矛盾律さえ真実とは言い切れないと主張する（194）。たとえ「一本の木であると同時に一本の木でない」という状態について我々には考えることができないとしても、それはその状態の不可能性に起因するのではなく、そのように考えることのできない我々の思考力の限界に起因するというのである（194-195）。

この主張は何か詭弁めいたもののように思われるかもしれない。たしかに「AはAであるとともに非Aであることはない」という矛盾律の命題が真でないというのであれば、その主張は批判されるべきであろう。なぜなら矛盾律は「Aであること」と「非Aであること」とが両立しえないことを約定的に定めたものであり、その命題が真であることは当為として要請されているからである。しかし感覚的に知覚できる具体的な「一本の木」に関して論ずる場合、ポーの主張には詭弁ではすまされない問題がある。前章で検討したように、ポーは短編小説「メスメリズムの啓示」において、人間を不完全な身体をもつ存在として示していた[7]。この考え方は、限界ある知覚をもとに一定の世界観を構築せずにはおれない人間に、はたして世界の真のあり方など理解できるのか、逆に人間が勝手に構想した世界像を世界に対してこじつけているだけではないのか、という反省を促すものだと考えられる。そのように不完全な感覚を通じて知覚し、その知覚を統合してとらえた「一本の木」は、それ自体として真にいかなるものなのか人間には知りえないというのが、ポーの主張なのである。換言すれば、生身の人間には、約定的な思弁の領域において演繹的に確実な思考ができたとしても、具体的な経験世界に関しては絶対的に確実な真実など理解することができないということである。

こうした可謬主義（fallibilism）的な見解は、経験的事実の積み重ねによって真実に迫ろうとする経験科学とも対立する。すなわちベイコン派の「ご自慢の事実は、常に事実であったわけでは決してなかった――それが常に事実であると前提しなければ、少しも重要なものではなかった」（190-191）と考えられるのである[8]。ポーは、未来人としての語り手の口を借りて、過去の祖先たち（つまりポーの時代までの人間）の思考方法についてさらに次のように述べている。

> 我々の祖先たちの誤りは、ものを目に近づけるほど必然的にものがよりはっきり見えるはずだと空想するようなお利口さんの誤りに似ていた。（190）

一読してわかるように、この批判は「モルグ街の殺人」における警察批判と重なるものである。細かな観察によって得られた知識を「事実」と判断したり、その「事実」を蓄積することは、それ自体として「真実」への接近に寄与するものではない。その方法は、単に推論の飛躍的な発展を阻むばかりでなく、無意味な細部に固執する傾向をはらみ、恣意的なあるいは慣習的な思考の枠にとらわれ続ける危険性をも伴うのだといえよう。

人間の思考の限界に対するこのようなポーの主張は、先入観に基づく前提に対する自浄作用を推論形式自体の内に

7　前節でふれたように、ポーは人間に想像しうるものはすべて感覚的経験を経て獲得された観念に基づくと考えていた。この点に関して、ポーは基本的に経験論的だといえよう。しかしポーは、五官に基づかず具体的な観念像をもたらすこともない特異な感覚（直観的ファンシー）の存在を認めることによって（第二章第四節）、従来の経験論の枠を大きく逸脱し、このような身体論を構想するようになるのである。

8　ベイコンの帰納法は、ポーが批判しているような単純枚挙による帰納法と考えられることが多かったが、現在では、ベイコン自身の提唱した帰納法がむしろ仮説演繹法に近い推論方法だったと考えられている。後代の経験論者たちが、仮説を用いて論を展開する「デカルト主義」を予断に基づく推測として批判し、仮説を利用するベイコン自身の方法論をも歪曲したのである（この点についてはたとえば、〔市井、六〇―七四〕などを参照されたい）。

もたぬ演繹と帰納の弱点を指摘するものではあるが、だからといって一切の知的な思考を放棄するような懐疑主義に向かうものではない[9]。ポーが求めているのは、確実な真実の探究という目標を断念し、新奇でありかつ整合性のある蓋然的仮説を立てて、問題に対する暫定的な理解を求めることにあるのだといえよう。

c 新奇な仮説を形成する蓋然的推論の意義

さらにポーは、たとえば暗号解読において、上述のような演繹と帰納とが効力を発揮しえないことを指摘する(196)。ここでポーが念頭に置いている暗号とは、論文「暗号に関する覚書」("A Few Words on Secret Writing," 1841, XIV, 114-149)や短編小説「黄金虫」("The Gold-Bug," 1843, V, 95-142)で取り扱ったような、文字を他の記号に置換してできた暗号のことだと考えられよう。このような暗号解読の場合、解読者がまず直面するのは、意味を成さぬ記号の連なりである。そこには何ら自明のものはなく、明確な前提から推論を進めるような演繹や帰納は何の役にも立たない。そのため「黄金虫」の登場人物レグランドは、蓋然性の高い仮説を重ねていくことによって、暗号を解読しようとしている。彼はまず暗号文のなかで最も多く使われている記号「8」を、英語において用いられる頻度の最も高い「e」であると仮定する(V, 133)。その際、「meet」や「fleet」のように英語において「e」が重なる場合が多いことと、暗号文の中に「88」という表記の多いことが一つの根拠となっているが(133)、これも何ら確実な根拠となるわけではない。次にレグランドは、「e」を用いた定冠詞「the」となりうる三つの記号の連なりが暗号文においても多用されているかどうかを検討し、実際にそのような連なりがいくつか存在していることを見出している(133-134)。これによって「8」が「e」である蓋然性が高いと判断されるとともに、「the」の「t」と「h」に相当する記号も、高い蓋然性で割り出されるのである。この後その「t」、「h」、「e」を手がかりにして、「t-ee」は「tree」ではないかというように推論を進めて他の記号にも仮定を立てていき、最終的にはその暗号文が解読される(134-136)。この解読作業が、自明の前提から展開していくような演繹や帰納に基づくものでないことは明らかであろう[10]。のみならず、厳密に論理学に即すならば、その解読が真に正しい読みであるという確証も決して得ることができない。しかしそれにもかかわらず、謎に満ちた記号の連鎖は意味を成す文章となり、その解読文の信憑性を疑う積極的な理由はなくなるのである。

「注目すべき書簡」では、演繹や帰納に拘泥する学者たちが実際にはたいした業績をあげることができず、むしろケプラー（Johannes Kepler, 1571-1630）のように「熱烈なイマジネーション」をもった学者のほうが革新的な理論を打ち立てることができたと述べられている（XVI, 196-197）。すなわちケプラーは、後にニュートンに継承されることになる諸法則を「想像した（*imagined*）」のだという（197）[11]。ここでは肝心のイマジネーションについて十分な説明がなされていないので、この箇所だけ読むと、あたかもイマジネーションに基づく推論が単なる当て推量にすぎないかのように誤解されかねない。だがここまで検討してきた考察をふまえるならば、イマジネーションによる推論が、

9 前章第三節aで述べたように、ポーは真実の不可知性を意味する「真実は井戸の中にある」という慣用表現を知っており、懐疑主義的な見解を示す文脈でその言い回しを使っていた。しかし「モルグ街の殺人」では「真実はいつも井戸の中にあるわけではない」と述べ、懐疑主義とは別の見解を表明している（166）。すなわち究極的に真実が不可知であることは認めるとしても、単に視座の偏りによって誤解してしまっている問題も少なからずあるのであって、そうした問題を解く鍵は意外に目の前にあるものだというのである（166）。同様の主張は「B――への手紙」（VII, xxxix）や一八四六年七月の「マージナリア」でも繰り返されている（Poe〔e〕, 1397）。なお「真実」という語に関しては註19参照。

10 厳密にいえば、この方法は「モルグ街の殺人」における推論方法とは異なり、統計的に蓋然性の高い仮定を用いて推論する確率論的な仮説演繹法の一種だと考えられよう。その方法が方法論として認められるようになるのは、ジェヴォンズ（William Stanley Jevons, 1835-1882）の『科学の諸原理』（*The Principles of Science*, 1874）以降のことだという。自明の前提に基づかない蓋然的仮説は、一九世紀後半に至るまで科学的なものとは認められなかったのである（内井〔a〕、〔b〕）。ポー自身は、暗号解読も「分析的能力（analytic ability）」に基づくものと考えていた（「暗号文に関する覚書」〔XIV, 116〕）。

思考対象の総合的な分析による発見的な推論形式と考えられていることは明らかだろう[12]。たしかにイマジネーションによる推論には、演繹のように一定の前提から確実な結論を導き出すことはできないし、帰納のように「確実」な事実に基づいて推論を進めることもできない。しかし逆に、イマジネーションによる推論は、演繹や帰納によっては解決できない問題、すなわち解決のための自明の前提がなかったり慣習的な思考では理解できないような謎に対して、効力を発揮するのである。もちろんそこで導き出される推論は、あくまでも仮説の域を越えるものではない。しかしその推論が緊密な整合性をもつ限りにおいて、高い蓋然性をもつものとして認められるようになるのである。そもそも自明の前提のない謎に対して、蓋然的仮説の域を越える考察は不可能である。自明なものなど存在しないと考えるポーにとって、整合性のある蓋然的推論こそ最高の推論なのだといえよう。「注目すべき書簡」のこの論述は、演繹と帰納という従来の推論形式との対比を通じて、イマジネーションに基づく蓋然的推論の意義を主張したものと考えることができるだろう[13]。

d アブダクション

ポーがイマジネーションによる推論の重要性を主張した頃、論理学の領域において、演繹や帰納とは区別されるような第三の推論形式が認められていなかったことにも注目すべきだろう。演繹と帰納以外に仮説形成的な第三の推論形式を初めて提唱したのは、プラグマティズムの創始者でもあるアメリカの論理学者パース（Charles Sanders Peirce, 1839-1914）だと一般にいわれている。すなわちパースはこの仮説形成的な推論形式を「アブダクション（abduction）」

11 ケプラーがイマジネーションに基づいて推測したということについては、ポーの随筆集「示唆の章」（"A Chapter of Suggestions," 1845）にも指摘がある（XIV, 187）。これらの主張は、「注目すべき書簡」の末尾に引用された「私は自らの神聖な熱狂に耽溺することにしよう」などといった一連のケプラーの発言（XVI, 198）を根拠にしているようである。その引用はケプラーの『世界の調和』（*Harmonice mundi*, 1619）第五巻の序文からの翻案ともいうべきものであるが、その文脈においてケプラーを熱狂させている天啓の内容は、プトレマイオス（Klaudios Ptolemaios, c. 83-c. 168）の説に通底する調和宇宙論に関するものである。いわゆるケプラーの三法則がイマジネーションによって構想されたというポーの指摘は、少なくともこの序文からは読み取ることができない（Kepler, 222-224）。

12　ここでポーの推論形式について便宜上「発見的」という言葉を用いて説明したが、厳密にいえばこの言葉は不適切かもしれない。西洋諸語において「発見」に相当する言葉は、「障害となる覆いを取り去って、隠れていた真実を露わにする」という語感を伴うものがほとんどである（discovery, detection, revelation ; découverte, détection, révélation ; Entdeckung など）。つまり発見されるべきものは障害に隠されてあらかじめ存在しており、その障害を除去さえすれば真実が明らかになるということが、前提となっていると考えられる。臆見を除去して物事の本質を直観しようとするような方法も、基本的にこうした思考様式に基づいているといえよう。しかしこのような見地に立つとき、その思考様式自体がすでに一つの思考の枠にとらわれていることに気づきにくい。すなわちこの思考方法は、何が真実の発見の障害となっているか当初から見当をつけ、これを排除することによって、もともと真実らしいと思っていたこと（それこそ先入観なのだが）をあらためて「発見」したつもりになるという誤りを助長するものなのである。いわば先入観を廃して真実を解明しようとする思考様式自体が、先入観を脱する契機を放棄しているのだといえよう。というのも、そもそも先入観とは、それが先入観であると当初から意識されるものではなく、むしろ自明だと思っていたことが単なる思い込みにすぎないとわかって初めて意識されるものだからである。この思考様式は、明らかにポーの可謬主義的な見解と対立する。確実な真実の把握は不可能と考えるポーにとって、何が臆見となっているのかもまた自明ではない。それゆえポーは、障害となる臆見とその背後の本質とから成る層的モデルを採らず、むしろ諸々の情報が同一レベルに並ぶような原子論的モデルを採っている。すなわち臆見は諸情報の慣習的な結合によって形成されるものであり、その諸情報を新奇かつ整合的に結合し直すことによって「発見」的な成果をあげるというわけである。ポーがイマジネーション論を原子論的モデルで考えていることについては「ウィリス論」（XII, 38）参照。

13　ここまで見てきたように、ポーは「注目すべき書簡」の中で、イマジネーションに基づく推論を演繹や帰納と対比的にとらえていた。しかしそれにもかかわらず、その論の末尾部分では、よく吟味すればイマジネーションに基づく推論も結局のところ演繹か帰納のいずれかに属するだろうと曖昧な指摘がなされている（XVI, 197）。これは、情報の連鎖を発見する「発見の文脈」と、その発見を整合的に理論化する「正当化の文脈」とを、ポー自身が明確に区別できていなかったことによると考えられる。すなわち後者の過程には、蓋然的に構想された見解を演繹的に明確化する段階と、その理論と経験的対象との一致を帰納的に検証する段階とが含まれており、その二つの段階を経ることによって初めてファンシーがイマジネーションにまで高められると考えられるのだが、ポーはこうした推論の過程を明確に自覚できなかったのである。

とか「遡源推理（retroduction）」、「仮説形成（hypothesis）」などと呼び、演繹や帰納に先行すべき思考方法として多くの論文で論じているのである（本稿ではパース研究の通例に従い、「アブダクション」の名称に統一する）。彼のアブダクション論を概観し、ポーのイマジネーションによる推論方法と比較してみよう。

パースによれば、「アブダクションとは、説明的仮説を形成する方法である」（Peirce, 5, 171）[14]という。この方法は、「驚くべき事実Cが観察されている」という事態に対し、「だがもしもAが真であるならば、Cであることは当然のことだろう」といえるような説明的仮説Aを探し出し、「それゆえAが真ではないかと思うのはもっともだ」と推論する段階をふむものである（5, 189）。この説明からも理解できるように、ここで提起される仮説は、所与の公理や事実から導き出されるものではない。それゆえこの推論はあくまでも蓋然的推論にすぎない。しかしその仮説が矛盾なく当の事例を説明できる限りにおいて、その推論はもっともらしい印象を喚起することができる。こうした仮説を立て、謎に対する一つの蓋然的な解答を導き出す推論方法が「アブダクション」なのである。「モルグ街の殺人」において犯人をオランウータンと仮定して整合的な説明を導き出した推論方法は、まさにこの「アブダクション」として理解することができよう。このアブダクションこそ、「新しい観念を導入する唯一の論理的操作」（5, 171）なのである。

それではそうした仮説そのものは、どのように導き出されるのだろうか。パースは「アブダクションの示唆は閃きのようにやって来る。それは洞察の働きである。ただしきわめて可謬的な洞察（fallible insight）ではあるが」（5, 181）と述べ、アブダクションが説明のつかぬ一種の思いつきに近いものであることを示唆している[15]。しかしそのアブダクションは、先験的直観によって得られるようなものではなく、既知の経験的知識に基づくものだという。

たしかに仮説の様々な諸要素は、我々の心の内にすでに存在していたものである。しかし我々の熟考の前で新しい示唆を閃かすのは、今まで寄せ集めようとは夢にも思わなかったものを寄せ集めてできた観念である。（5,

181)

つまりアブダクションは、見かけ上は直観的であるとはいえ、仮説を無から生み出すわけではなく、（ポー的にいえば）既存の諸要素を新奇に結合することによって仮説を産出する推論方法なのである[16]。

「神の実在についての疎かにされてきた論証」（"A Neglected Argument for the Reality of God," 1908）という論文によれば、「瞑想（Musement）」という特殊な思考方法に基づくとき、アブダクション（この論文では「遡源推理」）は効力を発揮するという。この「瞑想」とは、少しも論理的に秩序だった思考ではなく、いわば思考の「純粋な戯れ（Pure Play）」ともいうべきものであるが（6, 458）、これによって解明すべき謎を解くヒントを得ることができるのである。すなわち思索者には、確たる目星をつけることなく「諸事実を観察し、それらを多様に配列し直して」、説明的仮説を生じさせることが求められるのである（6, 488）。この「瞑想」の効用について論ずる文脈において、パースは次のように述べている。

> エドガー・ポーが「モルグ街の殺人」の中で述べているように、一見したところまったく解決不可能と思われる問題も、そうした事情によって、かえってすんなり合う鍵を受け入れることになる。（6, 460）

14　言及箇所は、「プラグマティズムとプラグマティシズム」（"Pragmatism and Pragmaticism," 1903）と題される連続講義に含まれている。

15　パースもまた可謬主義を思想の基盤としている。いかなる認識も実在そのものに即したものとはならないという可謬主義は、所与の情報を「解釈項」（解釈の必要があるもの）とする記号論へと展開するのである。

16　パースは一八六八年の論文「人間に備わっているはずだと考えられてきた若干の能力に関する問い」（"Questions Concerning certain Faculties claimed for Man"）において、すでにデカルト的直観論を批判している（Peirce, 5, 213-263）。

この指摘は、「モルグ街の殺人」におけるデュパンによる発言、すなわち「この謎は、それが容易に解決されると思われるまさにその理由によって、つまりその外観の極端な性格によって、解決不可能だと思われている」(Poe〔a〕, IV, 168)という発言をふまえたものであり、パースのこの論文の欄外にもこの文章が引用されている。つまりデュパンが犯行の人間離れした性格それ自体に注目することによって警察には思いもよらぬ犯人像を想像しえたように、観点を変えることによって問題の難解さが逆に解明の糸口となりうることをパースは指摘しているのである。このような新たな観点を得ることにこそ、「瞑想」やそれに基づくアブダクションの効用があるのだといえよう。

以上の説明からも明らかなように、演繹や帰納とは区別されるパースのアブダクションは、ポーの主張するイマジネーションによる推論と似通った性格をもっている。のみならず、パース自身が「モルグ街の殺人」における思考方法を熟知しており、それをアブダクションの説明に用いていることも確認できた。これだけのことを証拠にポーからパースへの影響を論ずることは困難であるとしても[17]、ポーのイマジネーション論がパースのアブダクション論を先取りするものだったことは容易に指摘できよう。

第四節　コウルリッジのイマジネーション論との比較

第一部第五章で論じたように、イギリスの詩人コウルリッジもまた、ポーに先んじてイマジネーション論を推論の方法論に生かし、独自の主張をしていたことが確認できた。一九世紀中葉の英語圏で二人の詩人が詩と推論とに関わるイマジネーション論を構想していたということは、なかなか注目すべきことだといえよう。双方を概観しても、「ファンシー」に基づく推論が人を誤謬に導く恐れがある一方、「イマジネーション」(コウルリッジにおいては「第二のイマジネーション」）に基づく推論が整合性をもつものとされている点で、両者に類似性を見出すこともできる。しかしポーは「ドレイク・ハレック評」の時期からコウルリッジのイマジネーション論との違いを意識しており、推論の方法論としても両者の思考様式に違いが生ずることは明らかだろう。それではコウルリッジとポーの考え方の根本的な違いは何であろうか。両者の比較を通じて、もう一歩、ポーの考え方を明確にしておこう。

推論方法をめぐる両者の主張のうち最大の違いは、コウルリッジのいう「直観的理性」に相当するものがポーにはないということである。コウルリッジにとってはこの「直観的理性」が「推論的理性」に連動するからこそ、理性が導き出した推論が普遍的で真なるものと認められ、ポーにとってはそのようなものがないからこそ蓋然的推論に留まるのである。もちろんこの違いは、「第一のイマジネーション」を想定するか否かという違いとも関連している。

まず最初に、「直観的理性」が「推論的理性」に連動するというコウルリッジの主張から検討しよう。コウルリッジはミルトンに従い、「程度」差において「理性」をこの二つに区別していた。しかし推論によって導き出す「法則」が神を根拠とする普遍的な「法則」であるということについて、コウルリッジはプラトンを権威として引き合いに出しはするが、実質的には何も証明できていない。仮に「直観的理性」というものが実在したとしても、それが「推論的理性」と直結することは、実証できるようなことではないのである。それゆえ、たしかに合理論と経験論とを総合しようという願望は理解できるが、結局は合理論の恣意的な思弁に陥っているといわざるをえない。

17　「モルグ街の殺人」における推理の方法とパースのアブダクションとの類似に関しては、すでに指摘がある（Harrowits）。この論文ではポーのイマジネーション論についてはまったく言及されておらず、ポーとパースとの比較が表面的であるといわざるをえないが、本稿はこの論文から示唆を得ている。なおパースは少年時代にポーの詩「大鴉」を好んで朗読していたとも伝えられ（Sebeok, 70）、パースが早くからポーの作品に親しんでいたことは明らかである。しかしハロウィッツも指摘しているように、思想的影響がどの程度だったのかについて実証的に論ずるのは困難であろう。現段階では、演繹と帰納との二分法に対するパースの反論が、ポーと地理的、時代的に近いところで生じたことを指摘することしかできない。パース自身の思想内容を含め、さらなる検討が必要だろう。

同様のことは「第一のイマジネーション」が「第二のイマジネーション」と連動するというコウルリッジの想定についてもいえよう。コウルリッジは「イマジネーション」を「程度」差において二つに区分しているが、この二つの連続性について、コウルリッジは何も根拠を示していない。実際、知覚の問題と理想的な詩のような所産をつくりだす作用の問題とがどのようにつながっているのか、コウルリッジは具体的に論じていないのである。「理性」の場合と同様に、区別される二つのものが「イマジネーション」といった名称を共有し、それが種類において同一だと主張されるだけであって、なぜそう言えるのかについての説明が欠けているといわざるをえない。

それでは「直観的理性」という想定自体には妥当性があるのだろうか。たしかに推論とは異なる思考が何か発見的な成果をもたらすことはあり、「推論的理性」ばかりが「理性」ではないという主張はそれなりの説得力をもつだろう。しかし問題視されるべきは、「直観的理性」が必然的に普遍的な法則をとらえるとされていることである。そのような「理性」の存在を理想として語ることはできるとしても、それを実証することはできないだろう。もちろん実証ということが「推論的理性」に属し、「直観的理性」がそのレベルを超えたものであるゆえ実証される必要がないという反論もあるかもしれないが、その反論も含め、もはや理屈ではなく信仰（この場合の「信仰」とは「無批判な思い込み」を意味している）の問題であり、その信仰に共感できない限り説得力をもつものではあるまい。また論としてそれなりの説得力をもつように見える「第一のイマジネーション」との類比から、主客合一の理論をもって「直観的理性」の妥当性を根拠づけようとしても、客体である経験界の「法則」と主体的探求者の理性が導き出す「法則」との一致の問題は、認識の最初の段階における主体と客体との一致の問題とはまったく質の異なる問題である。

たしかにコウルリッジも主張していたように（Coleridge, 4-1, 466；498-499）、自然法則を解明するためには諸々の観察結果を取りまとめるための指針が必要だろう。しかしコウルリッジの場合に問題なのは、それが観察に基づくものではないとされ、かつそれが真理だとされる点である。ポーであればおそらく「諸々の観察結果を取りまとめる仮の指針をつくりだすのはファンシーだ」と答えるだろう。「モルグ街の殺人」からの一節において「分析者は必然的に発想が豊かである」とされていたのは、「ファンシー」自体が整合的な考えをもたらすものではなくとも、それに基づく「発想」が「イマジネーション」による分析においても必要になるということであり、分析者はその指針が先入観にならないか注意しながら、試行錯誤を経てこれを整合的な仮説にまとめていくのである。

同様の批判はコウルリッジの「第一のイマジネーション」という想定についてもいえよう。知覚に際して知覚者の主体を越えた何ものかの作用が認められるということ、およびその作用によって存在が無から生じているということは、設定された論の枠組み上、それなりに説得力があるようにも見える。しかし問題なのは、コウルリッジがこれを神による創造と類比的にとらえるのみならず、実際に神による創造と同一のものと判断していることである。たしかにこれは魅力的な考えであるが、あくまでも根拠のない想定にすぎないといわざるをえない。

懐疑主義的なポーには、「直観的理性」や「第一のイマジネーション」のようなものを無批判に想定することはありえない。またポーは、短編小説「天邪鬼」において、骨相学をはじめ一切の形而上学が神の意図を前提にして先験的に捏造されたものであると厳しく批判するように（Poe〔a〕, VI, 145-146）、神の存在を前提とした議論を立てることはない。たしかに「メスメリスムの啓示」のようなフィクションで神について語ることもあるが、それは「真実」として語ることではない。したがって普遍的法則を開示する推論の方法論も、神と密接につながるようなイマジネーション論も、ポーには認めがたいものなのである。

ここにおいて、「創造性」についてのコウルリッジとポーとの考え方の違いも際立ってくる。コウルリッジの場合、「創造性」はまずもって神に認められるものであり、思索者はその神と結びつくことで「創造性」の分与を受けることが求められる。しかし一方で「直観的理性」はすでにある「真理」を把握することであり、新しい考えを積極的に創りだす具体的な方策を採るものではない。したがってその推測の方法論と原理的に同じ理屈から成り立つ「イマジネーション」論もまた、神による創造行為との関与という想定において初めて「創造性」が認められるにすぎず、具体的に新しい創造的成果を保証できるものではなかったのである。これに対しポーが求めるのは、誰も考えたことのない新しい考え方をいわば「創造する」ことである。「いわば」というのは、それが神に由来するものでもなく、また「無からの創造」でもないからであるが、しかし今までになかった考え方を生み出すという意味で、「創造性」がポーの「イマジネーション」には認められるのである。

両者のこの違いは、「偶然性」についての見解の相違とも通底する。ポーは推論への「偶然性」の関与を積極的に受け入れる。すなわち見かけ上は無関係な領域をも視野に入れたうえで、そこに新奇かつ整合的な情報の連鎖を発見する際、偶然的な発見を呼び込むことが期待されているのである。これに対しコウルリッジは、先行する観念に基づいて自然に向かい、法則を見出すことを奨励する (Coleridge, 4-1, 466)。いわば偶然的な事例に振り回されず、普遍的な相から真理をとらえようとしているわけである[18]。この推論方法は、「モルグ街の殺人」でいうと先入観にとらわれて捜査を続ける警察の捜査方法に相当しよう。既成の思考の枠組みから目星をつけ、偶然性を排除する方法がいかに硬直した思考方法であるのか、反省を迫られてしかるべきではないだろうか。

コウルリッジの生きた時代において、彼の思想が重要な歴史的意義をもっていたことは間違いない。経験論が思想的に主流となり、機械論的な世界観のもとで信仰が衰えていくイギリスの風潮に対して、彼は精神の自由な活動を積極的に評価できる基盤を求め、信仰と両立するものとしてあらためて「理性」をとらえ直そうとしたのであり、その思想は彼自身の作品とも相俟って、イギリス・ロマン主義を牽引する力となったのである。しかし経験論に対抗したその思想は、特に自然研究の方法を論じるに当たって、逆に合理論的思考様式ゆえの限界を露呈するものでもあったのである。自然科学の発達した今となっては、彼の推論の方法論に今日的意義を見出すことはもはやほとんど不可能だろう。ポーもまた『文学的自叙伝』について言及した「B――への手紙」において、コウルリッジの方法の限界を指摘している（Poe〔a〕, VII, xxxix）。そこでポーは、いったんはコウルリッジの知力に対する敬意を示してみせながら（xxxviii）、最終的には、真理を深淵に求めすぎて誤りに陥る形而上学詩人として、彼への侮蔑の念を表明しているのである（xlii）。ポーから見れば、コウルリッジはいわば「モルグ街の殺人」における警察と同様の誤りを犯しているのだといえよう。

結び

以上の考察により、探偵小説の先駆けといわれる「モルグ街の殺人」がじつはイマジネーションに基づく分析を提唱する作品であり、その分析が演繹や帰納とは区別されるべき仮説形成的な推論であったことが確認できた。ポーは、結合作用による新奇性の産出を原理とする詩的イマジネーションを推論方法に転用し、経験的な諸事象を新奇に結合して蓋然的仮説を形成する推論形式を提唱したわけである。蓋然的推論しか提示できない推論は真理の追究において非力なものにも見えるが、しかし演繹や帰納に頼る推論が実際に有効なのかどうかを問い直すうえでも注目すべき主張だといえるだろう。本章を締めくくるにあたり、あらためてこの推論方法と詩作の方法との接点を見直すことによって、この推論方法の特性をあらためて指摘しておこう。

18　これはコウルリッジの詩論にも通底しよう。彼は『文学的自叙伝』第二二章において、偶然的状況（accidental circumstances）の説明に陥る詩を批判している（Coleridge, 7-2, 126）。これは詩に普遍性のある筋を求めたアリストテレス『詩学』から敷衍した主張であるが（126）、コウルリッジはこの主張をイマジネーション論と重ね、煩雑な細部の描写に拘泥するのではなく全体をとらえるために「ファンシー」よりも「イマジネーション」による制作が必要だと論を進めている（127）。

第二部第一章第二節と第二章第四節で論じたように、ポーは一八四五年のウィリス評において、『アルシフロン』評の論旨をほぼ逐語的に繰り返し（XII, 37-38）、その後に次のような論を付け足していた。イマジネーションによる新奇な結合は、ただ美のみを目的としており、その所産は「調和的（harmonious）」である。そしてその調和があまりにも自然なものと感じられるゆえに、結合の新奇性は、「今までにこうした結合が想像されなかったのはなぜなのか」という疑問を伴う形で感じられるという（38-39）。つまりイマジネーションの所産は、調和性と新奇性という二つの観点から評価されるわけである。文学的制作に関するこの主張は、イマジネーションに基づく推論にも適用されよう。すなわち推論の妥当性は、枚挙されうる限りの思考の素材の中にその帰結を否定するような積極的な根拠が見当たらず、それらの思考の素材が調和的に整合していることに求められねばならない。そしてその推論が従来の固定観念を覆す新奇性をもつとき、「今までにこうした結合が想像されなかったのはなぜなのか」と問わずにおれないような優れた仮説となるだろう。いわばイマジネーションに基づく推論は、調和性と新奇性という美的性格でもって評価されるべきものなのである。その意味で、イマジネーションの所産たる詩と推論的仮説とは同等のものだといえよう[19]。

しかし真実性ではなく美的性格でもって評価されるべき推論など、信頼するに足るものなのだろうか。この問いに対しては、次のような答えが用意されるはずである。すなわち、人間の知識が常に確実なものとはなりえないという可謬主義に基づく限り、推論の帰結が絶対的に真実となることは期待できない。仮に人間が構想した仮説が実在に対して真に合致していたとしても、人間にはそのことを論理によって確認するすべはない。したがって推論は実在との関係によって真実性を問われるのではなく、ただ推論内部の整合的な関係性によってのみ評価されねばならないのである。逆にいえば、理論というものの蓋然的性格を認めずに実在に関して真実性を標榜する理論こそ、信頼するに値しないのだといえよう。

ポーの提唱するイマジネーションに基づく推論は、演繹や帰納のように論理的に定式化できないため、推論形式としての明確さに欠けることは否定できない。それゆえその実践に際しても、ただ通念にとらわれぬよう心がけ、広い視野をもち、思考の素材となる諸々の情報の内に隠れた類縁関係を見出そうとするということ以外に、頼るべき指針はない。こうしたとらえどころのなさゆえに、その推論方法の意義は、その方法に準拠した推論の成果によってしか示しえないのかもしれない。だがポー自身が認めているように、「モルグ街の殺人」は作者（ポー）が設定した謎を登場人物が解明するのだから[20]、イマジネーションに基づく推論の実際の成功例とはいえない。そして『ユリイカ』もまた、ポー自身の知識不足ゆえに、現代科学の観点から高く評価できるような成果には至っていない。したがってその推論の方法の意義は、現段階では未決のままともいえよう。しかしポーの仮説形成的なイマジネーション論は、ともすれば明確な前提という固定観念にとらわれ、飛躍的、発見的な推論の可能性を自ら排除してしまいがちな我々にとって、方法論的な反省を促す契機となるだろう。

19 「注目すべき書簡」を内に含む宇宙論『ユリイカ』では、その序文で、その作品が美的なものであり、詩として読まれるべきものだと述べられている（XVI, 183）。たしかにここでは『ユリイカ』が「真実の書（Book of Truths）」であるとも述べられているが（183）、ここでいう「真実」とは実在と推論との関係に関するものではなく、「完全な首尾一貫性こそ絶対的な真実にほかならない」（196）という意味での、論の整合性を意味するものだと考えられる。したがって思考材料が増えればその論を根底から考察し直さなければならないことについては、ポーも自覚的だっただろう。

20 註1で挙げた一八四六年八月九日のクック宛の書簡（Poe〔c〕, 328）参照。

終章

第二部ではエドガー・アラン・ポーの詩論と、その背景となる独自の思想について考察した。

第一章では、ポーが自作の詩「大鴉」の制作方法について語った「構成の哲学」という詩論を検討し、そこに瞞着が含まれていることを明らかにした。すなわちこの詩論には、読者に対する（特に語の音に由来する）印象や効果を重視することなど、他の多くのポーの詩論に見られる主張が集約的に語られているのだが、詩的霊感などを解さずに着実に詩句を構成していくという主張には一種の瞞着が含まれ、他の多くのポーの詩論で論じられているイマジネーション論が隠蔽されているのだった。この「構成の哲学」のマラルメへの影響と絵画論への転換については、第三部第三章で詳細に論じることになるだろう。

第二章ではポーのイマジネーション論の形成過程を追い、骨相学やコウルリッジ、そしておそらくはビールフェルトの影響を受けつつ、独自の理論を練り上げていったことを明らかにした。その過程を経てポーは、思考の素材となる諸観念を通常にない組み合わせで新奇に結合し、新しいと同時に整合的な、したがって調和のある美的所産を産出する「創造的」な能力として、イマジネーションを規定したのである。

第三章では、まずポーのイマジネーション論が詩論の領域のみならず造園論にも生かされ、物質的ないし視覚的に美しい作品の制作にも適応される理論であることを確認した。第三部第一章で検討するように、イマジネーション論のこの方向性がボードレールによって絵画論に転換され、フランス美術を大きく変えていくことになるのである。続いてこの章ではポーの思想が最も端的に現れていると思われる短編小説「メスメリズムの啓示」を読み解き、先行する様々な思想に影響を受けつつ構想された彼の思想を明らかにした。ここでは、五官を通じて認識される個々の事物がじつは実在せず、その五官に頼る認識も真なるものではない可能性が主張されている。これはポーがそうした個々の事物を言葉で再現するような詩を目標とせず、それを越えた世界を作品化しようとしていたこと、およびその作品に求められていたのが個々の対象よりもむしろ（詩句の音の連鎖による）抽象的な音楽的効果であることと密接に関わっている。もちろん意味のある既存の語を用いる以上、その語の喚起するイメージを完全に払拭するわけでもなく、またそれゆえにこそ人間的関心も満たす作品となるのだが、ただそれだけではなく個体性を越えた不明瞭さを帯びることによってこの世ならぬ美がそこに宿ることになると、ポーは考えたのである。また彼がイマジネーションの働きを重視するのは、個々のイメージや詩句、さらには造園の素材などを結合することによって、これまでの世界にない新奇な成果が期待できるからである。地上美に満足せず、詩作を通じて天上の美を目指すポーの考え方は、こうした思想を背景にしているのである。

第四章では、ポーのイマジネーション論が推論の方法論に生かされていることを明らかにし、同じくイマジネーション論を推論の方法論と重ねて考えていたコウルリッジによるイマジネーション論と比較した。五官に頼る認識が真なるものではないという考え方は、ポーを懐疑主義へと導くことになる。そのためポーは真実を認識することを断念し、蓋然性の高い推論でもって、それに代えるしかない。その際、既存の情報を結合し、新奇でありつつ整合的な推論を導き出すイマジネーションの働きが重視され、それでもって先入観を覆すことが求められるようになる。この推論方法は、演繹法や帰納法と並ぶ第三の論理的思考方法である。コウルリッジの提唱するイマジネーションに基づく推論方法がむしろ先入観を助長する誤りに陥るのに対し、ポーの提唱する推論方法は、可謬的ではあるが、実質的に有効であることを主張できるだろう。この章の考察は、一見したところ詩画制作とあまり関係ないように見えるかもしれないが、第四部第一章でさらにこの考察を進め、詩画制作論の歴史を大局から理解するのに役立つだろう。

ともあれ、第二部はポーの詩論とその背景となる思想の説明に終始した。第三部で明らかにするように、この詩論と思想がフランスで受容され、芸術に大きな変容を引き起こすことになるのである。

第三部

ポーの詩論のフランス絵画論への転換とフランス芸術の変容

序章

第二部の考察を通して我々は、アメリカのエドガー・アラン・ポーが独自の詩論を構想してきたことを見てきた。彼の試みはアメリカ文学史の中でも一定の評価を得られるものではあったが、しかし今日に至るまでその思想が高く評価されることはなかったといってよいだろう。アメリカ・ミステリー作家クラブ（Mystery Writers of America）のエドガー賞がよく知られているように、ポーはなんといってもミステリー、ホラーの大家として、推理小説の元祖として尊敬され、愛好されているのであって、アメリカ文学研究の中でも思想研究の対象となることはほとんどない。周知のように、ポーの業績はアメリカ本国よりもむしろフランスにおいて高く評価されたのであって、フランスへのポーの影響について論じた代表的な著作『フランスにおけるエドガー・ポー像』（*The French Face of Edgar Poe*, 1957；邦訳『ポーとフランス』）の著者であるアメリカ人パトリック・F・クウィンもまた、その序文において次のように述べている。

大体フランス古典作家のみをおさめている豪華な「プレイヤード叢書」の中には、プラトー、シェークスピア、トルストイそれにポーが入っているのを知っていた。私にはポーがこの仲間入りをしているのが信じられなかったし、今もそうだ。マラルメが〈最も素晴しき精神の一人〉とポーを評するのを見た時、私は賛成ではなかったし、現在でも同じ意見である。(Quinn, P. F., 9-10)。

アメリカ文学におけるポーの権威であり、フランスへのポーの影響について論じた代表作を書くポー学者が、このような感想を抱いているのである。ポーがボードレール(Charles Baidelaire, 1821-1867)やマラルメ(Stéphane Mallarmé, 1842-1898)などに絶賛されたことを知っている現代の仏文学研究者たちが、それにもかかわらずポーを高く評価することに躊躇するのも、こうしたアメリカにおけるポー理解の低さが原因となっているように思われる。

それでは具体的にポーの詩論はフランス一九世紀後半以降のフランス芸術にどのような影響を与えていくのだろうか。まず第一章ではフランスの詩人であり評論家でもあったボードレールがポーの詩論を絵画論に転換し、絵画批評活動を通じてまったく新しい絵画観を示したことを明らかにする。第二章では、引き続きボードレールへのポーの影響を検討しつつ、それがリヒャルト・ヴァーグナー(Richard Wagner, 1813-1883)の音楽批評にも生かされ、象徴主義運動の後押しをすることになったことを明らかにする。第三章では同じくポーの影響を強く受けた詩人マラルメによる絵画批評が「印象主義」という名称を生み出したことを明らかにするとともに、詩における象徴主義が絵画へも派生していくことについて指摘する。第四章ではボードレールとマラルメらの言説が、世紀末芸術のみならずシュルレアリスムをはじめ二〇世紀の芸術への変容に決定的な影響力をもっていたことを明らかにする。以上の考察より、第二部で確認したポーの思想がフランス芸術を大きく転換させたことが確認できるだろう。

第一章
ボードレールの美術批評におけるポーの影響

序

第一章で問題とするのは、ボードレールがいかにポーの詩論を絵画論に転換させていったのかという問題である。第一節ではボードレールがポーからの思想を絵画論に転換させ始める一八五〇年代までのフランスの芸術状況を概観し、ボードレールが活躍した時代背景を大づかみにとらえておきたい。第二節と第三節では、ボードレールが最初にポーの思想を絵画批評に反映させた一八五五年の万国博覧会評を取り上げ、そこで表明される美意識の変容について論じる。第四節ではそれ以後の評論、特に一八五九年のサロン評を中心に、ボードレールがポーの唯美主義を受け継ぎ、イマジネーション論を絵画批評に転じていることを確認する。ボードレールの美術批評の後世への影響については後の第四章で詳細に論じるが、本章でも末尾にその見通しを示しておきたい。

第一節　一八五〇年代までのフランスの状況

カトリーヌ・ド・メディシス（Catherine de Médicis, 1519-89）、マリー・ド・メディシス（Marie de Médicis, 1575-1642）という二人のメディチ家の女性を王妃に迎え、フランスはフィレンツェのルネサンス文化を積極的に導入してきた。そして一五六二年から一五九八年まで続くユグノー戦争を乗り越え、ブルボン朝の絶対王政を確立するようになると、王家の庇護のもと、組織的に文化を維持発展させていくことになる。フランス語による文芸としてはデュベレー（Joachim du Bellay, 1522-1560）をはじめとするプレイヤード派が早くも一六世紀半ばから活躍しているし、ルイ一四世（Louis XIV, 1638-1715）の親政時代（一六六一―一七一五年）にはラ・フォンテーヌ（Jean de la Fontaine, 1621-1695）やモリエール（Molière〔Jean-Baptiste Poquelin〕, 1622-1673）、ラシーヌ（Jean Baptiste Racine, 1639-1699）ら名だたる詩人たちが次々に傑作を生み出している。一方で美術は、一六四八年に設立された王立絵画彫刻アカデミーを中心に、理論や実技の研究と優秀な人材の教育を組織的におこない、体系的な絵画理論を構築していく。ここに成立する古典主義では、調和や均衡が重視され、古代美術や理想化された自然を模範とする作品が制作されていくことになる。その運動は文学とも連動し、普遍的な規則に基づく美が追求されるのである。大航海時代になり従来の地中海貿易が行き詰まるにつれ、ルネサンスの中心地であったイタリア諸都市が次第に衰退し、ドイツ圏でもアウグスブルクの和議によって地方分権体勢をとり、三〇年戦争を通じてさらに疲弊していくのに対し、フランスでは絶対王政を背景に、国家的に文化を向上させることができたのである。

一六四三年に仏語での最初の絵画技法論書が書かれたのを皮切りに、一六五一年にはレオナルド・ダ・ヴィンチの絵画論が仏訳されるなど、本格的な絵画研究も進んだ。フェリビアンの『絵画の起源と古代の卓越した画家について』

(*De l'origine de la peinture et des plus excellents peintres de l'Antiquité*, 1660) 以降、非制作者による理論書も多く書かれ、ローマ賞を得た優秀な若者にローマ留学を支援する制度が整備されたのも一六六三年のことである[1]。

仏革命期の中断を挟んでアカデミー・デ・ボザールへと受け継がれ、少なくとも二〇世紀初頭まで権威を振るうアカデミーにおいて、古典主義は様々な挑戦を受けることになる。まず一六七〇年代から約三〇年続く「デッサン・色彩論争」が、その最初期のものと呼んでよいだろう。精神より感覚を下位に見るプラトニズムや、それに基づく古典主義理論に即せば、感覚や感情に訴えかける色彩は精神の所産たるデッサンよりも価値の劣る要素とされる。しかし色彩の見事なルーベンス (Peter Paul Rubens, 1577-1640) を支持するいわゆる「ルーベンス派」は、古典主義の理想とされたプッサン (Nicolas Poussin, 1594-1665) を支持する「プッサン派」との論争の中で、古典主義から逸脱する価値観を主張することになるのである。この論争に、いわゆる「新旧論争」(古代人・近代人優劣論争) が関わってくる。これはもともと文学をめぐる論争であり、ルイ一四世の御代を追従的に賛美するシャルル・ペロー (Charles Perrault, 1628-1703) が近代派の側に立つのに対し、すでに古典詩学を『詩法』にまとめていた古典派の権威ボワローがこれに噛みついたのがきっかけだったのだが、美術を含む文化全体がすでに古代を凌駕しているのかどうか、世紀を越えて論争されるようになるのである。さらにはルイ一四世の死後に流行したロココ美術も、精神主義的な古典主義に対する感覚主義の反動だったといえよう。

とはいえ、これらの反古典主義的な動きによって古典主義が雲散霧消することはない。一七三八年から始まったヘルクラネウム遺跡の発掘やその一〇年後のポンペイ遺跡の発掘は、古代文化への関心を再燃させる刺激になったし、ドイツでヴィンケルマンの『ギリシア美術模倣論』にも後押しされて古典主義が見直され、「新古典主義」として再生したことも周知の通りである。仏革命期には古代ローマの共和制への親近感から、ナポレオン帝政時代には帝政ローマへの親近感からいっそう新古典主義が支持され、それぞれのプロパガンダ的な作品が数多く制作されたこともよく知られている。

古典主義の伝統を維持しようとするフランスの心性には、自分たちこそ古代からルネサンスを経て受け継がれてきた文化の正当な後継者だという自負があるのだろう。ルネサンス文化の中心地だったイタリアを含め、ドイツでもスペインでも古典主義とは対立するバロック文化へ傾斜しており、フランス内部でさえその運動は無視しがたい勢いをもっていた。周知のように、一七世紀の西洋では、天文学におけるプトレマイオス的宇宙の崩壊[2]、宗教戦争[3]、皇帝や教皇の権力失墜[4]、非ヨーロッパ世界の発見とキリスト教的世界観の変容[5]といった時代の風潮を受けて、詩においても絵画においても動性、不安定性、気まぐれ、自由などを基調とするバロックが開花したのだった[6]。先に見た新旧論争もまた、信頼してきた古代文化への懐疑に根ざしたものだといえよう。古典主義はむしろその放縦さを抑制し制御することによって、静かに安定した美的世界を維持し、二〇〇〇年を越えてなお美しい古代美術に規範を求めたのだった[7]。守旧派に飽き足らぬ人々は古典主義の狭隘さを批判し、バロック的要素を取り込もうとするが、それを容認しつつも古典主義的伝統が守られていくのは、せめて詩や絵画の世界には静的で美しい世界を保ちたいとい

1　一七世紀のフランスで出版された絵画論の年表として、(Heinich, 付属資料二八) が便利である。

2　本稿の序で言及した詩画比較論を皮切りに、中世において個々の職人の間で口伝的ないし秘伝的に伝えられてきた技術が、技術書としてまとめられ、公開されるようになる。これによって各技術は地域的ないし専門的閉鎖性を脱し、飛躍的に向上することになるが (山本)、その中でも一六世紀の望遠鏡の発明は、これまでの思弁的な天文学に正確な観察の要素を加えることになる。その結果、コペルニクス (Nicolaus Copernicus, 1473-1543) の『天体の回転について』(*De revolutionibus orbium coelestium*, 1543) では地動説が、ガリレオ・ガリレイ (Galileo Galilei, 1564-1642) の『星界の報告』(*Sidereus Nuncius*, 1610) では月面に大きな凹凸があることが、ケプラーの『宇宙の調和』では惑星の運動が円軌道ではなく楕円軌道であることが明らかになり、宇宙が必ずしも調和的な美を保っているわけではないことが意識されるようになる。そして天球という限られた宇宙 (コスモス) の中心に地球があり、その特権的な場にいる自分たちが神に見守られているという従来の理解は、無限に広がる宇宙の中で、その中心ともいえない場に自分たちがいるという理解への移行が強いられ、一七世紀の人々は底知れぬ不安に脅かされることになる。Koylé や Nicolson 〔c〕 などが参考になる。

う理想があるからだといえる。反古典主義の立場、とりわけ自らの自由な活動を求める若い世代の人々は、ともすると古典主義を形骸化した規則に束縛されたものとして批判するが、古代から継承された文化をフランスだけが正当に受け継いでいるという誇りは、容易に古典主義の放棄には至らないのである。

一九世紀に入って新古典主義が受けた大きな攻撃が、「ロマン主義」である。直接的なきっかけはナポレオン失墜後の一八一四年にパリで出版された、スタール夫人（Anne Louise Germaine de Staël, 1766-1817）の『ドイツ論』（*De l'Allemagne*, 1810）（特に第二部第一一章「古典主義の詩とロマン主義の詩」）だった。ドイツ文化を詳細に紹介することの文献の当該箇所において、スタール夫人はドイツ・ロマン主義の動向について、自分なりに解説している。ロマン主義を土着の文化に根ざしたキリスト教的な文学運動と規定し、（新）古典主義を、自分たちに適用するために規則

3　前註で述べたように、秘伝的ないし口伝的な情報は一六世紀以降書籍化されることが多くなるが、こうした傾向は、グーテンベルク（Johannes Gensfleisch zur Laden zum Gutenberg, 1400-1468）による活版印刷技術によって加速していく。この活版印刷技術により聖書も一四五五年以降印刷され（『グーテンベルク聖書』）、教会関係者の専門知識だった聖書の内容が広く読まれることになる。これによりエラスムスのような人文主義者の間で、聖書研究が進められていくことにもなるが、同時に教会関係者の主張するしきたりが実際に聖書に根ざすものなのかどうかが検証されることにもなる。こうして教会による神学上の根拠の無い贖宥状販売に反対してルター（Martin Luther, 1483-1546）が発表したいわゆる『九五ヶ条の論題』（*Disputatio pro declaratione virtutis indulgentiarum*, 1517）をきっかけに、世俗化したローマ教皇庁に対する疑念や不満が噴出し、各地に飛び火して宗教改革運動に発展していくのである。ローマ・カトリックを批判する人々はプロテスタントとして独立し、ドイツのルター派は一五五五年の「アウグスブルクの和議」によって正式に独立が帝国議会で認められることになり、神聖ローマ帝国内では諸邦の領主が自らの信仰を選ぶことになる。これにより帝国の求心力は弱体化し、地方分権状態が常態化する。宗教改革運動はフランスのユグノー戦争やイギリス国教会の成立など、ヨーロッパ全体に大きな混乱を引き起こすことになる。

4　中世までは皇帝や教皇に対する畏敬の念が強く、皇帝派（ギベリン）と教皇派（ゲルフ）とのいずれに与するのかが政治的な対立軸であったが、戦力の強い者が勝利をおさめる抗争が続く中、次第に地域間闘争へと変容していく。マキャベリ（Niccolò Machiavelli, 1469-1527）の『君主論』（*Il Principe*, 1532）は、もはや皇帝も教皇も普遍的権力とはならず、優れた君主のもとに各都市が自治自衛すべきことを洞察した書物だといえる。この世俗国家の闘争に宗教問題がからみ、

ドイツ三〇年戦争（一六一八―一六四八年）によって神聖ローマ帝国領は疲弊、弱体化する。この戦争では、当初はカトリック（バイエルン）対プロテスタント（ファルツ、デンマーク、オランダ、スウェーデンなど）という対立軸であったが、やがてフランス対神聖ローマ帝国・スウェーデンという世俗権力間の闘争となり、終戦時のヴェストファーレン条約は多国間条約となる。こうした事態は、政治における中心の喪失、調和の喪失といえるだろう。

5 羅針盤の改良によって可能となった航海技術の発達により、西洋人は新大陸を発見することになったが、これは古代の地誌に基づく世界観を崩壊させる事件でもあった。従来の世界は世界の外周を円で囲み、その中を「T」字状に三分割するいわゆるTO図によって概念的に示されることがあった。この図の場合、上半分がアジア、下半分の右側がアフリカで、その左側にヨーロッパが位置し、聖地エルサレムが世界の中心となっている。しかしそこに新大陸が発見されたということになると、エルサレムを中心とするその美しい世界観は成り立たなくなってしまう。また今まで知らなかった文化の発見は、西洋文明が特権的に普遍性をもつわけではないのではないかという文化相対論も生み出し、スウィフト（Jonathan Swift, 1667-1745）やモンテスキュー（Charles-Louis de Secondat, Baron de la Brède et de Montesquieu, 1689-1755）、ルソーによる文明批判へもつながっていくことになる。

6 普遍的・恒常的とされた古典的な調和の喪失は、この世のはかなさの表現として詩や絵画に如実に反映されていく。それは、頭蓋骨や砂時計、火の消えた蝋燭、時計、この世の虚栄を示す金銭や娯楽品、腐敗の見られる植物など、「空しさ（vanitas）」を示す事物が、画面中に氾濫するように描かれる静物画（ヴァニタス画）の流行に顕著に見ることができよう。「死を心せよ（mement mori）」のテーマは文学においても重要な主題だった。その裏返しとなる「その日を摘み採れ（carpi diem）」という刹那的な享楽性もまたバロックの特徴をなし、財力のある者はそれを祝宴に蕩尽し、楽曲や舞踊、花火、芝居、オペラなどをもりこんだ催しに血道をあげることにもなる。その感覚主義は豪華絢爛な建築や華美な装飾、詩や劇における美辞麗句、誇張法、比喩の羅列といった表現（ゴンゴリズモ）、奇想主義へも発展する。芝居にしても、ギリシア悲劇のような荘重な作品ではなく、ロペ・デ・ベガ（Lope de Vega, 1565-1635）の大仕掛けな大衆劇のようなものが好まれるようになる。この「空虚さ」と享楽性という両極への関心は、カルデロン（Pedro Calderón de la Barca, 1600-1681）の『人の世は夢』（*La vida es sueño*, 1636）のような運命の転変を扱う作品を助長するし、明暗の著しい対比や不安定で動的な表現はルーベンスやカラヴァジェスキにも繰り返し見られる通りである。バロック美術には、ルネサンス以後の絵画表現を受け継ぐ反宗教改革運動のプロパガンダとしての側面もあるが、上述の諸要素も看過できないだろう。バロックに関する参考文献は膨大にあるが、仏文学に即すならたとえば（Rousset）が参考になる。

7 バロックの不安定さを抑制し、確固たるよりどころを確保しようとする方向性は、懐疑主義や仮説としての原子論に対するデカルトの姿勢とも比較できよう。この問題については第四部第一章で取り上げる。第二部第三章で挙げたシラノ・ド・ベルジュラックの自由思想などもまた、こうした古典的常識の崩壊する時代背景から考えるべきだろう。

で縛った異教の文化とする彼女の見解（Staël, 163-164）は、すでにアンシャン・レジームに反発し、新古典主義の規則に狭隘さを感じていたフランスの若者たちに広く支持されることになった。フランス・ロマン主義のマニフェストたるユゴー（Victor Marie Hugo, 1802-1885）の『クロムウェル』序文（“La Préface de *Cromwell*,” 1827）も、まさにこの主張を採択している（Hugo, 7 ; 21-23）。しかしスタール夫人が異教的古代とキリスト教的「中世」とを対比し、中世の文化を受け継ぐのがロマン主義だと規定しているのに対し（Staël, 161）、ユゴーは異教的古代とそれ以後のキリスト教的「近代」とを対比しているように（Hugo, 4, 14, et. al.）、ドイツ・ロマン主義に見られる中世志向はフランスにはあまり受け継がれない。むしろ『クロムウェル』序文で強調されるフランス・ロマン主義の立場とは、一面的な美ばかり追い求める単調な古典主義にとどまるのではなく、深い内省によって見出される真実の世界、すなわち醜やグロテスクなものも入り混じった多様な現実を直視することにあったのである（9）。そのような意味では、精神的なものや神秘世界へ憧れるノヴァーリス（Novalis〔Georg Philipp Friedrich von Hardenberg〕, 1772-1801）のようなドイツ・ロマン主義の側面も、（少なくとも一八三〇年代前後の）フランス・ロマン主義はほとんど受け継がなかったといってよい。絵画においても、実際に起こった事件を描いたジェリコー（Théodore Géricault, 1791-1824）の《メデューズ号の筏》（*Le Radeau de la Méduse*, 1818-19）**［図1］**やドラクロワ（Ferdinand Victor Eugène Delacroix, 1798-1863）の《キオス島の虐殺》（*Scène des massacres de Scio*, 1824）がロマン主義の作品と見なされ、古典主義のダヴィッド（Jacques-Louis David, 1748-1825）**［図2］**やアングル（Jean-Auguste-Dominique Ingres, 1780-1867）を支持する保守派からはその醜悪さゆえに激しく批判を受けることになるのだが、神話的な絵空事を描く古典主義的伝統に飽き足らぬ人々には、新しい表現として高く評価されるようになるのである。イギリスやドイツとは異なるこのフランス・ロマン主義は、理想を求める古典主義の伝統のもとで抑圧されていた写実表現が、作品として顕在化したものと見ることができるだろう。それは絵画ジャンルのヒエラルキーに対する異議申し立てをも含み、市民革命を経た市民層の躍進とも無縁ではあるまい。

もっとも、文学におけるフランス・ロマン主義は、ユゴーの『城主』（*Les Burgraves*, 1843）の上演の興行的な失敗を境に下火となり、新古典主義への反動が見られるようになる。ロマン主義者たちが既成の規則に反発することに夢中で、従来の諸規則に代わる独自の立場を理論的に普遍化させることには成功しなかったことや、その運動を担った若者世代が壮年期を迎えて熱が冷めたことなどが、その原因に挙げられよう。かつてはロマン主義運動に参与していたサント＝ブーヴ（Charles Augustin Sainte-Beuve, 1804-1869）も、一八五八年の「文学における伝統について」（"De la tradition en littérature"）ではロマン主義者を「病者」とするゲーテに共感し、古典文化が守り続けねばならない遺産であることを認めている（Sainte-Beuve, 265-303）。

絵画においても、二〇世紀初頭に至るまで、アカデミーを中心に新古典主義的作品は支持され続けることになる。印象派以降様々な絵画運動が起こり、それが現代へとつながるという理由で二〇世紀以降の美術書はこぞってその新しい傾向を中心にこの時代の美術を解説するが、ブグロー（William-Adolphe Bouguereau, 1825-1905）のようなアカデミズム絵画こそが正当な絵画として二〇世紀初頭まで支持されていたことは、十分に理解しておくべきだろう。

話を一八五〇年代にまで戻そう。当時のロマン主義画家の代表者といえば、その色彩と筆致の粗さによってまずドラクロワが挙げられる。しかしドラクロワは自分こそが古典主義の王道にあることを自負し、むしろアングルのような画家が皮相的な古代趣味に走った画家だと考えている（Delacroix〔a〕, 615）[8]。そのためフランス・ロマン主義に見

8　ドラクロワは一八五七年一月一三日の日記の中で、次のように主張している。古典主義という名称は模範となる完璧な作品に妥当するものであり、ラシーヌの文学は、当時の人々にとってはロマン主義的だったとしても、じつは古典主義的なのである。逆にダヴィッド派は古典的な流派だと考えられているが、じつは古代の美術を表面的に模倣しているにすぎない（Delacroix〔a〕, 615）。いわば古典主義が理想とされ、世間的に「古典主義」の画家とされているダヴィッドを似非古典主義者と見なしているわけである。

図1
ジェリコー《メデューズ号の筏》
1818-19年、油彩・画布、491×716cm、パリ、ルーヴル美術館

この作品のフランス・ロマン主義的要素は、まず制作年に近い事件を扱っていることである。1816年7月、難破したメデューズ号から生き延びた乗り組み員は、飢餓や脱水などの極限状態で13日漂流し、147人中生き残ったのは15人だけだったという。作品の構成としては、とりあえず二つのピラミッド形におさまるよう構成されているともいえるが、それを構成するのは死体の山であり、美しいとはいいがたい。暗鬱な色彩で描かれ、死体の描写はむしろ凄惨な現実感が印象づけられよう。その中で、救助の船を発見するという劇的な瞬間が取り上げられ、生と死との対比が際立っている。報道写真などがなかった時代に、実際に世の中で起こっていることを生々しく見たいという欲望が、こうした作品を求めたのである。

図2
ダヴィッド《ホラティウス兄弟の誓い》
1784年、油彩・画布、330×425cm、パリ、ルーヴル美術館

この作品の古典主義的な要素として、第一に、古代の歴史に基づいていることを指摘しよう。描かれているのはローマのホラティウス三兄弟とその家族たちである。このときローマはアルバ・ロンガとの紛争を解決するため、代表者どうしの決闘で決着をつけようとした。そこで選ばれたホラティウス三兄弟が国家への忠誠を父に向かって誓っている場面が描かれているのである。第二の古典主義的な要素は、国家のために身を尽くすという美徳が描かれていることである。第三の要素としては、理想化された明快な構成を指摘しておこう。ここでは父子が同様の直線的な姿勢をとり、女性たちは柔らかな線で描かれている。息子たち、父、女性たちの三区分が、柱で三区分された背景と対応する。そして背景を暗くぼかし、人物に光を当てることで、主題を明確に示している。色彩豊かな衣服が配置されつつ、全体的に調和している。そして第四の要素として、筆跡を残さず、細部まで緻密に仕上げられていることが指摘できよう。

られた写実的傾向は、クールベ（Gustave Courbet, 1819-1877）の写実主義に受け継がれることになる。文学においてもフローベール（Gustave Flaubert, 1821-1880）やシャンフルーリ（Champfleury〔Jules François Félix Husson〕1821-1889）が写実主義の作家として文学界に異彩を放っており、一八五〇年代の対立軸は伝統的な新古典主義と写実主義との対立へと移行しつつあるように見える。

フローベールやシャンフルーリと生年を共にするボードレールもまた、一八五〇年代初頭には写実主義の側に与する作家と思われていた。実際、五〇年代前半にはクールベや写実主義作家シャンフルーリと親しく交わっており、クールベの作品《画家のアトリエ》(*Atelier du peinter*, 1855)【図3】でも、アトリエで絵画を制作するクールベの右側に、シャンフルーリやビュション（Max Buchon, 1818-1869）、プルードン（Pierre-Joseph Proudhon, 1809-1865）、ブリュイヤース（Alfred Bruyas, 1821-1877）、プロメイエ（Alphonse Promayet, 1822-1872）、サバティエ（François Sabatier, 1818-1891）とその妻（Caroline Ungher, 1803-1877）など、クールベの友人や支持者の中に、ボードレールも描き込まれている。また一八五〇年までに書いた詩が大部分を占める詩集『悪の華』(*Les Fleurs du mal*) が出版された一八五七年には、彼は風紀良俗を紊乱する破廉恥な「写実主義者」として裁判で裁かれてもいる。しかし実際には一八五五年以降、ボードレールは写実主義から距離をとり始め、クールベが万博会場近くで「写実主義展」を開催し、万博への出品を拒まれた《画家のアトリエ》を含む四〇点の作品を出品したことに対しても、擁護文を書いていない。この時期にボードレールの中で何らかの意識の変化が生じているのである。

次節以降で論じるように、一八五五年の万国博覧会に出品された美術に関する評論の中で、ボードレールは明らかに写実主義に反する美意識を表明することになるのだが、その主張にはポーの思想が顕著に現れている。そのポーの思想に深く親しむようになったのが一八五〇年代前半のことであり、ボードレールの美術に対する考え方の変化の原因は、まさにここに認めることができるだろう。

図3
クールベ《画家のアトリエ》
1855年、油彩・画布、359×598cm、パリ、オルセー美術観

右端に本を読むボードレールが描かれている。

ボードレールがポーの存在を知ったのは、この「一八四六年のサロン」("Salon de 1846") 発表の数ヶ月後だと考えられている (Quinn, P. F., 65-67 ; Cambiaire, 95-96)。その前年に「モルグ街の殺人」、「盗まれた手紙」、「黄金虫」が仏訳され、さらに一八四七年にはイザベル・ムーニエ夫人 (Isabelle Meunier, 1822-1894) によって「黒猫」など四つの短編小説が翻訳されている。この頃からボードレールはポーに夢中になっていたようで、一八四八年にはまず「メスメリズムの啓示」を自ら仏訳している。第二部第三章で論じたように、これはポーの思想の核心部分の一部を成す重要な作品だが、物語性を重視する読者にとっては、この対話形式での議論は退屈に思われるかもしれない[9]。しかし逆にこれを最初に訳そうとしたということから、ボードレールが思想的なレベルでポーに関心をもっていたことが窺い知れる。そして一八五二年から五四年の間に、ボードレールはポーのほとんどの短編小説を仏訳して出版しているのである。すでに見てきたように、ポーの小説にも彼の思想は様々な形で散りばめられている。それらを吸収したうえで初めて論じた美術批評が、次節から取り上げる「万国博覧会、一八五五年、美術」("Exposition universelle, 1855, Beaux-arts") なのである。

第二節　美の変容

a 異様さの称揚

一八五一年に始まった万国博覧会が国威宣揚の意味合いをもっていたことは、誰しも認めるところであろう。実際ロンドンでおこなわれた第一回万国博覧会は、当時のイギリスの工業力を広く国の内外に知らしめるものであった。万博における展示は、アカデミーのサロンをはじめとする国内の美術展とはおのずと性格を異にする。すなわち万博では、文化の異なる様々な国が、美術品に限らず様々な物品を展示することになるのである。その四年後、一八五五年の五月一五日から一〇月三〇日にかけて開催されたパリ万博では、一八五三年のニューヨーク万博において加えられた美術部門がより拡充され、五〇〇〇点余りの美術作品が出展されることになる[10]。しかもその半数に及ぶ作品は、新古典主義の代表者とされるアングルとロマン主義の代表者とされるドラクロワとを中心としたフランス美術であった。ここには、自国こそ世界の美術の中心国であるとするフランス側の自負を読み取ることができるだろう。

この自負は、この万博について批評「万国博覧会、一八五五年、美術」を書くボードレールにも、ある程度共有されている。彼はいう。

> たしかにフランスは、文明世界における中心的位置のおかげで、周囲のあらゆる観念、あらゆる詩情を寄せ集め、それらを見事に加工ないし細工して、他の諸民族に返すよう要請されているように見える。(Baudelaire 〔b〕, 581-582)

ここでボードレールは、当時のフランスが文明世界の中心にあることをいったん前提として認めている。周辺の文化を吸収し、消化し、洗練して再び周辺の人々に返してやるのがフランスの役目だと、何のてらいもなく認めているのである。しかし同時にボードレールは、異文化の展示物にふれて、逆にフランスおよび西洋の美術の偏狭さを自覚

9　たとえばポーのフランスへの影響について論じた著作としてポー研究者の中で定評のある研究書で、著者のクゥインはこの小説に「話の面白さは無いしまたあるとは全く思えぬ」と述べ、「非常に退屈な問答がある」作品としてこれを紹介している (Quinn, P. F. 81)。著者の関心の方向がポーやボードレールとは一致しないのだろう。

10　万博情報については、巻末の文献表で「Baudelaire」の邦訳として挙げた『ボードレール全集』の第三巻四五〇—四五一頁の解説を特に参照した。

することになる。美術部門で出品された一国の美術もまた、万国博覧会にあっては、諸国の文化全般の中でいかなる相対的な価値をもつのかが問われることになるのである。ボードレールはフランスが現状では他国に抜きん出ていることを認めつつ、「現在の繁栄は遺憾ながらじつに短いひとときの間しか保証されていない」(581) とも述べている。すなわちかつてオリエントで栄えた文化が西洋に移動したように、あるいは古代に隆盛を誇ったギリシアやローマが文化的に衰退したように、フランスの文化もまた永遠に存続するわけではないのである。さらにボードレールは「彼らの力や発展を引き起こした原理そのものがその退廃をもたらすことも起こるのであり、とりわけ、かつて心を奪う熱情に活気づけられた原理が、多数派にとっての因習の一種となったとき、そのようになる」(582) と述べ、単に伝統を遵守するだけでは衰退に至るという危機感を表明している。神の目から見れば諸国民は平等な有用性をもつ (575) という文化相対論的視座をも合わせもつボードレールは、だからこそ周囲の国々の文化に目を向け、それらを積極的に取り集め、加工し続けねばならないと考えるのである。

このように考えるボードレールは、パリ万博に出品された非西洋文化の所産を目にし、次のように述べている。

> いったい現代のヴィンケルマンならどうするだろうか、なんと言うだろうか (中略)、中国の産物、異様で (étrange) 奇妙で (bizarre)、形態が歪み、色彩が強烈で、時として消え入らんばかりに繊細な産物を前にしたら、なんと言うのだろうか。しかしそれは普遍的な美の一つの典型なのだ。(576)

ここでボードレールは、おそらくは展覧会に併設された「中国美術館」の工芸品を念頭に置き、その美的価値を問題にしている。文化を越えた万博ならではの比較の観点から、ボードレールは、その作品に認められる異様な「美」が、アカデミーの主流をなす新古典主義の規格から逸脱しつつもなお「美」であることを主張しているのである。そして新古典主義の確立に多大な影響を与えたヴィンケルマンの名を挙げていることからも明らかなように、この中国の産物への言及は、明らかに新古典主義との対比を念頭に置いたものである。いわば調和ある形態や適度に抑制された色彩ばかりを評価する新古典主義の作品がじつは偏狭な美意識に基づくものだとする「世界主義（cosmopolitisme）」(576) 的見地からの批判もまた、この主張には含まれているのである。

新古典主義の美意識を偏狭と見なす考え方自体は、ロマン主義を経たこの時期において、特に画期的とはいえないかもしれない[11]。しかしボードレールが次のように論を発展させるとき、彼の主張は従来の主張から明らかに一線を画すものとなる。

美は常に奇妙である（*Le beau est toujours bizarre*）。（中略）私が言いたいのは、美は常に、少量の奇妙さ、素朴で故意のものではなく無意識の奇妙さを含んでいて、それを特に美たらしめているものはまさにこの奇妙さだ、ということである。(578)

ここでボードレールは、美を古典的調和や均衡と関連づけてきた伝統的な考え方を根底から覆し、むしろ調和から逸脱する傾向に美を見出そうとしている。万博で目の当たりにした非西洋的な美をも包括できる概念として「美」を規定しようとするなら、新古典主義的な概念枠では不十分というわけである。プレイヤード版の註でも指摘されてい

11　たとえばこの万博評の前年、ドラクロワが「美に関する諸問題」（"Questions sur le beau," 1854）において、美が古典主義的な美に還元できるわけではなく多様性をもつと主張している（Delacroix［b］, 33-45）。パリ万博の二年後にもドラクロワは「美の諸変化について」（"Des variations du beau," 1857）において、非西洋圏の諸事物もそれぞれの場にふさわしく美的であることを認め、美の性質が変化しうることを論じている（45-62）。こうした議論にはドラクロワ自身のモロッコ旅行の経験が生かされているのだが、親交のあったボードレールとの相互影響の可能性もありうる。

るように（1369）、この主張は、この万博評執筆（一八五五年五月から八月）直前にあたる二月にボードレールが仏訳したポーの短編小説「ライジーア」の中の「均衡において何らかの異様さをもたぬような精妙な美など存在しない」（Poe [a], II, 250）という言葉に由来すると考えられる[12]。第二部第一章でふれたこの言葉自体はもともと自然物に宿る美が古典主義的な調和均衡をもつようなものではないことをフランシス・ベイコンが説明したものだが[13]、その前後の文脈を切り捨てることによって、この文章が自然美を示すものであることはわからなくなる。そして古典的美よりも精妙な美というものがあること、さらには古典美の破綻にこそ美があるという主張へと転換される。こうしてボードレールは「美」を新たに概念規定しようとしているわけである。

「万国博覧会、一八五五年、美術」ではこのような美意識に基づいて、具体的な作家として第二節でアングルを、第三節でドラクロワを取り上げ、その作風について論じられていく。ドラクロワ論についてはb以降でふれることにして、ここではアングル論に注目してみよう。

ここでボードレールは、新古典主義の継承者として世に認められているアングルの作品の内にさえ、古典主義的な美を逸脱した一種の「奇異（bizarre）」が含まれていることを指摘している（586）。その奇異は特に人物の形象に顕著に認められるのであり、それが古典主義の愛好者には嫌われ、「新奇性（nouveautés）」を求める享受者には喜ばれているというのである（589-590）。たしかにアングルの作品には、ときおり人物表現にいびつさが認められる場合がある。ボードレールが特定の作品を名指ししていないので例示は恣意的なものとなるが、たとえば《ユピテルとテティス》（*Jupiter et Thetis*, 1811）【図4】のテティスにおける首や腕の生え際などには否定し難い不自然さが残っている。おそらくはこうした部分を「奇異」なものとして積極的に面白がろうということなのだろう。

b 抽象美への接近

「万国博覧会、一八五五年、美術」の第三節で、ボードレールはドラクロワの絵画について、次のように述べている。

まず注目すべき非常に重要なことは、主題を分析するには遠く、それを理解するのにさえ遠すぎる距離から見ても、すでにドラクロワの一枚のタブローは魂の上に、幸福な、あるいはメランコリックな豊かな印象を生み出しているということだ。この絵画は、妖術師や磁気催眠術師のように、自らの思考を遠くから投射するのだといえよう。この特異な現象は、色彩家の力強さや、色調の完全な和合、色彩と主題との間の（あらかじめ画家の脳髄の中で打ち立てられた）ハーモニーに由来する。（594-595）

ボードレールはすでに九年前の美術評「一八四六年のサロン」のうち色彩論を展開する第三章において、色彩の効果を「ハーモニー」や「メロディ」に喩えつつ、「タブローがメロディ豊かであるかどうかを知る良い方法は、主題も描線もわからないほど遠くからそれを見ることだ」（425）と述べ、具象性から離れたレベルで成り立つ色彩の魅力について言及している。しかしその場合、色彩の効果を判別するための方法が一般論として述べられていたにすぎず、具体的な誰かの作品の評価に関わる話ではなかった。だが「万国博覧会、一八五五年、美術」では、仮に主題が（したがって具象的な形象が）判別できないとしても、色彩豊かなドラクロワの絵画が享受者に印象深い効果をもたらすことを指摘し、そこにドラクロワ自身の内面性が投影されていることを論じている[14]。すなわちその音楽的な抽象性

---

12 プレイヤード版の註釈（Baudelaire〔b〕, 1369）でもこの影響関係を指摘している。「ライジーア」ではこの文章の直後に、その奇異な美が「古典的な規則性（classic regularity）」とは異質であることが明言されている（Poe, II, 250）。

13 この点に関しては第四部第一章第一節で詳説する。

14 引用文中にある「磁気催眠術師（magnétiseurs）」とは、メスメリズムの医師のことである。

図4
アングル《ユピテルとテティス》
1811年、油彩・画布、327 × 260cm、エクス=アン=プロヴァンス、グラネ美術館

図5
ドラクロワ《民衆を導く自由の女神》
1830年、油彩・画布、259×325cm、パリ、ルーヴル美術館

フランス国旗の赤白青が、女神の足下の男の衣装、および背景の土煙にも現れ、全体的な色の調子が非具象レベルで配慮されている。ボードレール自身がこの絵のことを示唆しているわけではないが、こうした作品を念頭に置いていたのではないだろうか。

が作品化されたというニュアンスが付け加わるのである。したがってこのボードレールの評論を読む読者は、抽象画が存在しないこの時代に、あたかもドラクロワが抽象観念を絵画化したかのような印象を受けることになるだろう。

この発言には、筆致の粗さをしばしば批判されてきたドラクロワを擁護する意図が透けて見え、新古典主義の作品のように細部まで細かく描き込む必要などないという主張を反映したものとなっている(596)。具体的な対象や主題を示さなくても美を表現しうる音楽を引き合いに出すことによって、具象性の弱い絵画を擁護する口実が用意されることになるのである。とはいえ、このように具象性を越えたレベルで絵画を評価することは、当時においてはきわめて特異なことだったといえよう。というのも、従来の西洋絵画では「模倣」概念が制作理念として支持され、ありのままの自然、もしくは理想的な自然が具象的に模倣されることが求められてきたからである。模倣される対象が均質な空間内に位置づけられ、遠近法や明暗法に基づいて的確に描き分けられてきたのは、描かれる対象の具象性が重視されてきたからにほかならない。したがって具象性とは異なるレベルで作品を評価するボードレールの視点は、こうした伝統から逸脱する傾向を含むものだといわざるをえないのである。

さらにボードレールは、ドラクロワの絵画について次のように論を続ける。

> 次に、その色彩のこうした感嘆すべき和合は、しばしばハーモニーやメロディを夢想させるのであり、彼の夕ブローからもたらされる印象は、しばしばほとんど音楽的である。(595)

色彩のハーモニーを音楽のハーモニーに喩えることは、絵画の非具象的なレベルの魅力を語るうえで説得力をもつ。すなわち音楽が意味や自然界の事物の形象を担わぬ音の和合によって美的世界を成立させているように、ドラクロワの絵画も、意味や具体的な事物の形象を担わぬ色彩の和合によって美的な世界を成立させている側面をもつというわけである［図5］[15]。

こうした観点からの評価は、もちろんポーが押韻やリフレインを駆使して詩に音楽的効果を求めていたことと無縁ではあるまい。第二部第一章で論じたように、ポーは「構成の哲学」において内容よりも「効果」や「印象」、特に音楽的効果を重視するという自分の詩作方法について述懐していたし、それが「大鴉」という詩で実践されているとも主張していた。ボードレールもまた、この万博評の二年後に発表された三本目のポー論「エドガー・ポーに関する新たな覚書」（"Notes nouvelles sur Edgar Poe," 1857）において、ポーが「その意外な要素、すなわちあらゆる美に不可

15　絵画の具象性をめぐるこのドラクロワ評の考察に関しては、もう一つ看過しえない問題がある。それは、執筆年代のわからぬドラクロワの遺稿の中に、これとよく似た一文が残されていることである。そこでドラクロワは詩と絵画とを比較し、絵画に特有の魅力について次のように述べている。「色彩や光、影の配置に由来する印象というものがある。まさにそれは絵画の音楽と呼ばれるようなものである。絵画が何を再現しているのかを知る以前でさえ、諸君が大聖堂に入り、何が再現されているかを知るには絵画からあまりにも遠く離れていても、諸君はしばしばその魔術的な和音（accord magique）にとらえられたことだろう。描線（lignes）だけが、その壮大さによって、時折こうしたことを可能にするのである」（Delacroix［b］, 71）。一読して理解できるように、この文章においても、具体的内容の判別できない距離から見たときの絵画の魅力が魔術的な音楽に喩えられている。それゆえ、ボードレールによる一八五五年のドラクロワ評がこのドラクロワ自身の考え方を反映したものではないか、という疑問も生ずるのである。しかしその可能性は低いように思われる。というのもこのドラクロワの論述は公に発表されたものではなく、ボードレールの目にふれる可能性はほとんどなかったと考えられるからである。またボードレールの論述においては、筆致の粗さや色彩の激しさというドラクロワの作品の特殊性を問題にし、とかく批判されがちだったその特殊性を逆に擁護するという論旨が明確であるのに対し、ドラクロワの論述には不自然な乱れが目につく。すなわちドラクロワは、誰の絵画という限定のない絵画一般を問題として詩画比較論を論ずるため、なぜ遠くから見たときという特殊な場合が問題とされるのかがわかりにくく、また対象の輪郭を具象的にするはずの描線がいかに非具象的な魅力に寄与しているのか、という点も不明瞭なのである。さらに続けてドラクロワは、言葉によっては漠然とした仕方でしか表現できない情緒を絵画が強く揺り動かすと論じているが（71）、ここでは逆に、絵画の視覚的明確さに関わる問題へと論点がすりかわっているように思われる。以上のことから推察すると、このドラクロワの論述は、彼自身がボードレールによるドラクロワ評をなぞりつつ、ボードレールが論じたような絵画と詩との類比に対して抵抗感を示したものではないかと思われる。

欠な調味料のような異様さ（l'étrangeté）をそこ〔詩〕に付け加えることによって、脚韻の快楽を若返らせ、倍加させようと求めた」ことを高く評価している(336)。この「異様さ」という語をイタリックで表記していることからも、ボードレールが意識的にこの語を用いていることが理解できよう。ボードレールは詩に異様さを取り込むポーの技法として、行末以外の箇所にも積極的に韻を取り込む技法や、レオニヌス体（一行の内に脚韻と同じ韻が二度以上繰り返される詩形）の技法、文脈を変えながらリフレインを用いる技法をも挙げている（336）。これらの技法を用いて周到に作られたのが、ポーの詩「大鴉」だというのである（334-336）[16]。こうしたポーの詩作に対する賞賛を通じて、ボードレールが絵画に対して抱いていたのと同様の美意識を詩に対しても抱いていたことを確認しておきたい。

c「超自然主義」

ボードレールが具象性とは別のレベルでドラクロワを評価しているとしても、もちろんドラクロワ自身は抽象画を描いていたわけではないし、ボードレールもまたドラクロワの絵画の具象性を看過していたわけではない。実際ボードレールはドラクロワの色彩を論じた直後に彼のデッサンについて言及し（595-596）、色彩と主題とデッサンとの調和こそドラクロワの非凡さなのだと論をまとめているので（596）、抽象美をとりたてて称揚していたわけではないようにも見える。しかしその直後に続く次の文章を読むならば、再び読者は奇異な印象を受けるのではないだろうか。

諸々の知覚に対する阿片の結果というものは、各々の対象により深く、より意志的で、より専制的な意味を与えるような超自然的（surnaturel）関心で自然全体を覆うことにあると、エドガー・ポーがどの箇所かでいっている。阿片に頼ることがなくても、より注意深くなった諸々の知覚がより心に響く感覚を感じ取り、より澄んだ碧空がより無限な深淵のように深まり、個々の音が音楽的に鳴り、個々の色彩が語り、個々の香りが諸々の観念世界を物語る感嘆すべきときを、脳の真なる祝祭を、誰が知らなかったというのだろう。まさしくドラクロワの絵画は、この精神の美しき日々の発現であるように思われるのだ。(中略) 敏感すぎる神経によって感じ取られた自然として、それは超自然主義 (surnaturalisme) を啓示する。(596)

ここでは、ドラクロワ自身が阿片の力を借りて制作しているとまではいわれないものの、阿片の服用によって知覚されるような世界がドラクロワの作品に表現されていると主張され、その立場が「超自然主義」と呼ばれている。これはドラクロワ批評としてはかなり特異な見解であると、読者の目には映るだろう。たしかに九年前の「一八四六年のサロン」第四章でも、自然模倣ではなく魂の表現を芸術に求めるハインリヒ・ハイネ (Christian Johann Heinrich Heine, 1797-1856) が「超自然主義者 (surnaturaliste)」を自称していたこと (432)、およびそのような芸術がドラクロワに見出されること (433) も指摘されていた。だがそこでは阿片の服用による知覚との類比について言及されているわけではないし、ハイネ自身にもそのような意図はない (Heine, 25-26)[17]。つまり「一八四六年のサロン」において「超自然主義」とは、自然に依拠しないということ、すなわち反自然模倣の立場を表明するものであり、阿片服用時のような精神状態による作品制作を想定するようなものではなかったのである。一八五五年の万博評ではしきりにこの「超自然的」という用語が用いられ、新古典主義のアングルや写実主義のクールベが「イマジネーション」をもたない「反・超自然主義」の画家として批判されることになるのであるが (Baudelaire [b], 585-586)、一八四六年段階では「超自然」という語はキーワードにさえなっていない。したがって一八五五年の万博評の論述は、たしかに「一八四六年

16　このボードレールの論は、ポーの詩論「構成の哲学」に依拠している (第二部第一章第一節 f 参照)。
17　プレイヤード版の註釈によると、ボードレールはこの著作の仏訳 (*De la France* [1833] 所収のハイネの *Salon de 1831*) を参照したという (Baudelaire [b], 1299)。

のサロン」の問題意識を継承するものではありながら、絵画批評としてはより過激な主張として読まれることになるだろう。

薬物の服用による効果について語られたこの引用文は、二つの点で理解しにくい。一つ目は、この文章の後半で(香りとともに)色彩や音が通常の知覚よりも刺激的なものになるという指摘がなされ、それがドラクロワの絵画の印象と重ねられるため、具体的な描写対象とはレベルを異にする色彩の魅力が語られているように見えるのだが、前半部ではむしろ「各々の対象に」強い関心を向ける効果について語られており、必ずしも非具象的なレベルの話をしているように見えないことである。実際ポーは短編小説「ベレニス」("Berenice," 1835)において、薬物が個々の諸事物への関心を強化させることについて指摘している[18]。すなわち、この小説において作品の語り手は、「超自然的に(supernaturally)誇張された関心」によって個々の事物に注意力を払ってしまうという自らの精神的疾患について語っており(Poe [a], II, 20)。一八四〇年の改訂版ではこれが阿片によって昂進された症状とはされなくなるのだが、ボードレールがこの小説を仏訳する際(一八五二年)には、旧版に倣ってこれを阿片による症状としているのである(Poe [b], 330)。したがってこの状態を諸感覚の入り混ざる状態についての説明と見なすことには無理があろう。そして上述の引用文の二つ目のわかりにくさは、薬物を服用したときという特殊な場合について語られながら、「阿片に頼ることがなくても」諸感覚が鋭敏になる状態を「誰が知らなかったというのだろう」と読者に問いかけていることである。いわばここで言及されているような事態は、誰もがすでに経験しているようなことだというわけである。

一つ目のわかりにくさは、薬物を服用した際の個別の対象に対する感覚が研ぎすまされる段階と、諸感覚が入り混じるような段階とを、ボードレールが明確に区別せずに語っていることによると考えられる。ボードレール自身が薬物の効果について実体験を語った『人口楽園』(*Les Paradis artificiels*, 1860)に収録されることになる「ワインとハシーシュについて――個性を倍加させる手段としての比較」("Du vin et du hachisch, comparés comme moyens de multiplication de l'individualité," 1851）において、ボードレールはハシーシュの効果を時系列的に大きく三段階に分け、その第二段階の初めに「諸感覚が繊細で極度に鋭敏になる」状態を経て「幻覚が始まる」とされている（Baudelaire〔a〕, 392）。その幻覚の中で外界の諸対象の様相が変容し、「音が色彩をもち、色彩が音楽をもつ」ようになるのである（392）。そうだとすれば、第二段階としてボードレールがまとめている段階にもさらに細かい移行があり、感覚が鋭敏になる段階と共感覚的な段階とを区別しうると考えることができる。先の引用文では、その二つの段階をまとめて述べているのだといえよう。

二つ目のわかりにくさに関しては、万博評の八年後のボードレールの美術批評「現代生活の画家」（"Le Peintre de la vie moderne," 1863）第三章を参照する必要があるだろう。ここでは、ポーの短編小説「群衆の人」（"The Man of the Crowd," 1840）に登場する病み上がりの主人公について、「病み上がりの者は、子供のように、一見して最も陳腐な諸事物にさえ激しく関心を抱く能力を最高度に具えている」（Baudelaire〔b〕, 690）と述べ、「子供はすべてを新奇性のもとで見る。子供はいつも陶酔しているのだ」（690）とも述べている。つまりボードレールは先の万博評において、誰もが共感覚的な体験をしていると述べているのではなく、むしろ薬物によって感覚が鋭敏になるような状態を、好奇心旺盛な幼年期という「精神の美しき日々」に誰もが体験していると述べているのだろう。この二つの段階を切れ目なく連続的に語ることによって、先の引用文が難解な印象をもたらしているのだと思われる。

具象性を越えた美と薬物体験との関係を論じるボードレールにおいて重要なのは、個々の諸事物への関心の段階で

18　プレイヤード版の註釈では、この当該箇所の典拠をボードレールが一八五二年に訳したポーの短編小説「ギザギザ山物語」（"A Tale of the Ragged Mountains," 1844, V, 166-167）としている（Baudelair〔b〕, 1377n.）。内容的には誤りとは言い切れないが、より直接的な典拠としては、「ベレニス」を挙げるべきだろう。ハリソン版では上述の特異な心的作用が阿片の作用として述べられているわけではないが（Poe〔a〕, II, 19）、ボードレールはこれを阿片の効果として一八五二年に仏訳している（Poe〔e〕, 329-330）。

はなく、その次の段階のほうであることはいうまでもない。注目すべきなのは、この万博評の直前の二月にボードレールが仏訳したポーの短編小説「アッシャー家の崩壊」("The Fall of the House of Usher," 1839) に抽象画を描く人物が登場することである。すなわちこの小説の主要な登場人物であるローデリック・アッシャーは、精神に異常を来し、阿片吸引者の興奮状態にも比せられるような症状を示す状態にあったのだが (Poe〔a〕, III, 279)、その彼が、意志によって制御できない自己のファンシーを画筆に委ねることによって、説明のできないような純粋な抽象 (the pure abstractions) を画布に描くとされているのだ (283)。さらにアッシャーは、抽象画を描くのみならず、ウェーバー (Carl Maria Friedrich Ernst von Weber, 1786-1826) の音楽を奏でたり詩を朗唱したりしたとされている (282-283)[19]。常軌を逸した観念は、抽象画や音楽として作品化されるというわけである[20]。すでに「一八四六年のサロン」においてドラクロワの絵画をウェーバーの音楽に喩え、内面的なものの表出としてドラクロワの作品を評価していたボードレールにとって (Baudelaire〔b〕, 440)、このアッシャーの存在がドラクロワを連想させるものであったことは想像に難くない。上述のドラクロワ評は、ポーから得た革新的な絵画観を当代の作品に当てはめる試みだったように思われる。

そして色彩効果の議論がさらに「超自然」を描くという記述にまで発展していくのは、ポーが具象性の弱い美が「天上の美」に近いものと考えていたからかもしれない。第二部第三章第四節で論じたように、ポーは個々の事物が弁別される地上のレベルを越え、「天上の美」をわずかでも作品化しようとする詩人は、個別の意味ではなく詩句の音楽的効果を存分に発揮すべきだと考え、むしろ「不明瞭さ」さえ求めていた。ボードレールもまた万博評の二年後の「エドガー・ポーに関する新たな覚書」において、ほぼポーの「詩の原理」を踏襲しつつ、詩や音楽を通じて「天上の美」の一端が瞥見されるのだと論じている (334)。こうしてドラクロワの絵画における色彩の音楽的効果や抽象性を高く評価するボードレールの主張は、自然界を越えた「超自然的」なものへの指向性として理解されるのである。

自然界の美よりもむしろ天上的な美を求めるという考え方は、フランス・ロマン主義の代表者と見なされがちなドラクロワの作品を論じながらも、もはや従来のロマン主義の域を逸脱したものになっている。ましてやそれは写実主義とも真っ向から対立する主張であり、その意味ではむしろベッローリの影響を受けた古典主義の考え方に近いともいえる。しかしその伝統において想定されていた天上的な美とは、英雄や美女の理想的な身体のような個々の具体的な対象に宿るものであり、均衡に奇異を含むような新奇な美でもなければ、具象性が弱められるような美でもなかった。仮にポーやボードレールが天上の美について論ずる際に古典主義的な伝統を意識していたとしても、その内実はまったく異なるものなのである。ボードレールの求めた新奇で超自然的な美は、あくまでも古典主義の美意識とは相容れないものだったのだといえよう。

以上のように、ボードレールは、パリ万博に出品された中国の産物から得たフランス美術への反省を通じて、異様な美を積極的に受け入れる姿勢を示し、さらには具象性の弱い美、異常な精神状態によって表出される非現実的な美のあり方さえ認めると解釈されうる見解を提唱することになった。ポーの詩論からの影響も強く受け、また自らの薬

19　原文では「フォン・ウェーバーの最後のワルツ（the last waltz of Von Weber）」（III, 283）とある。しかしこの曲は実際にはウェーバーの作品ではなく、ライシガー（Carl Gottlieb Reissiger, 1798-1859）が作曲したものである。マボットによれば、ウェーバーは、ロンドンにおける演奏会のために友人のライシガーからこの曲の楽譜を受け取った後、まもなく急死してしまったという。その後、この曲がウェーバーの遺作だと誤解され、公表されてしまったのである(Poe[d], II, 418, n. 9)。

20　この箇所は、ポー自身の思想の変遷について考察するうえで興味深い問題をはらんでいる。ここで朗唱される詩は「興奮してうわずった病的な観念性（ideality）」を表現した作品の一つとされているが（282）、さらに作品の語り手はその詩が表面上の意味のみならず、「その意味の下位的ないし神秘的な流れ（the under or mystic current of its meaning）」をそなえていることを指摘している（284）。このような詩のとらえ方は、「理想性（ideality）」の実現を重視した三年前のポーの「ドレイク・ハレック評」と、翌年の『アルシフロン』評との間の過渡的段階を示すものといえよう。しかしこの二つの詩論において、「理想性」に到達する能力ないし意味の底流を描く能力は「イマジネーション」とされており、この「アッシャー家の崩壊」で述べられているように「ファンシー」に基づくわけではない。いずれにせよ、ポーの思想がまだ未整理な段階の記述だといえる。

物体験も反映されたその絵画批評は、伝統的な新古典主義を批判し、かつロマン主義とも写実主義とも異なる美意識を表明するものとなったのである。

第三節　唯美主義

ボードレールは、ポーの思想を肯定的に紹介した評論「エドガー・ポーに関する新たな覚書」の中で、ポー自身の主張に即して、以下のように詩と短編小説との違いを論じている。詩は韻律をもち、それを用いる技巧によって美を目指すことができる。一方、短編小説はそのような韻律をもたず、そのかわり理屈っぽい口調や辛辣な口調、諧謔的な口調など、詩にはふさわしくない様々な口調を伴うことができるし、論理を展開することもできるため、美よりはむしろ真実を目的とすることに適している。つまりボードレールは、美と真実との間に明確な区別を立てることによって詩と短編小説を区別し、詩が真実とは関係なくもっぱら美と関わることを主張しているのである（Baudelaire〔b〕, 329-330）。この主張は、ともすれば散文と同様に写実性や道徳性が求められがちな詩に、それ固有の価値を認めようとする考え方だといえよう。

詩がもっぱら美を目的とすることを強調するために、ボードレールはやはりポー自身の主張に即して、一般に支持されている邪説、すなわち「詩の目的は何らかの教育である」という考え方を批判している（333）。ボードレールによれば、詩は享受者の良心を強固にしたり、有用な何事かを証明したり、あるいは品性を向上させたりする効用のゆえに価値があるのではない（333）。ポーの主張するように、詩は美を目指す「趣味」の領域に属すものであって、真実を求める「純粋知性」や義務を求める「道徳感覚」の領域とは無関係だというのである（333-334）。ボードレールはこの三区分を、小説『モーパン嬢』序文（"Préface de *Mademoiselle de Maupin*," 1835）で唯美主義的主張をしたゴーティエ（Pierre Jules Théophile Gautier, 1811-1872）に関する論（「テオフィル・ゴーティエ」"Théophile Gautier," 1859）でも繰り返し（113）、絵画に美以外のものを求めようとする態度を批判している（124）。この唯美主義的見解が、ボードレールの詩論や絵画論の基盤となるのである。

ボードレールは「道義派のドラマと小説」（"Les Drames et les romans honnêtes," 1851）において、詩に教化としての効用を求める悪しき傾向を当時のブルジョワ派と社会主義派の両陣営に認めているが（41）、詩および絵画の目的を教化と見なすことは、これらの党派を越えて、当時のフランスにおいてきわめて普通のことだったといえよう。というのも、長い古典主義の伝統においてもまた、詩と絵画には人々を教化する機能が求められていたからである。

周知のように、西洋ではルネサンス期以降、詩と絵画は人々を楽しませると同時に教化せねばならないという考え方が、ホラティウスの『詩法』の三三三以下を典拠として踏襲されてきた。すなわち詩と絵画は、聖書や聖人物語によってキリスト教精神を称揚したり、古代の神話的英雄の理想的な行為を示すことによって享受者を美徳へと導くことを目的としていたのである。そのため詩と絵画が道徳性を兼ね備えたり、教化指導的性格を帯びることはきわめて自然なことだったといえよう。したがってこうした傾向に対立するボードレールの唯美主義的主張は、単に当時の党派的な思想詩に対する批判であるのみならず、伝統的な詩や絵画のあり方自体に対する異議申し立てでもあったわけである。

ボードレールは道徳性や教化的性格を詩や絵画から排除しようとする一方で、詩や絵画に「真実」を求めようとする見解をも退けようとしている。ボードレールによれば、フランス人は美をそれ自体として愛することができず、詩や絵画に真実を求めてしまう傾向にあるという（「テオフィル・ゴーティエ」［124-125］）。真実を偏重するこのような態度が、ボードレールの批判の対象となるのである。ここでいう「真実」とは模像を通じて示される原像の現実性のことと考えてよいが、このような「真実」を詩や絵画から切り離そうというボードレールの考え方もまた、フランスの芸術思潮においては特異な発想だったといえよう。ロマン主義においては現実世界の真実を直視することを求め、写実主義への道を開いたし、古典主義においても「デコールム（適正さ）」を重視し、描写される人物や事物が「真実らしさ（vraisemblance）」を兼ね備えることが求められたのである。また「芸術のための芸術（l'art pour l'art）」の思想のマニフェストたるゴーティエの『モーパン嬢』序文においてさえも、道徳性の芸術への介入に対する批判こそあれ、芸術から真実を切り離そうというような積極的な主張は見ることができない。このように考えるならば、ボードレールの見解がいかに当時において特殊なものであったかが理解できるだろう。いわばボードレールは、ポーから継承した唯美主義的見解を背景に、芸術における美の自律性を初めて意識的に主張することになったのである。その美が、前節で述べたように、従来の調和的な美とは異なるものだったのである。

第四節　イマジナシオン論

詩や絵画における新奇で超自然的な美を高く評価するボードレールの見解は、そのような美を作品にもたらす制作論とも直結している。すなわちいかにすればそのような天上的な美が作品化されうるのかという問題をめぐって、さらに考察が進められていくのである。

「エドガー・ポーに関する新たな覚書」では、ポーが詩を制作する際にイマジネーションを巧みに活用していたことが言及され、ポーのイマジネーションについて次のように説明されている。

彼にとって、イマジナシオンは諸能力の女王である。しかしこの語によって彼は、一般の読者に理解されているよりはるかに大きな何ものかを考えているのだ。イマジナシオンとは空想ではない。それはまた感受性でもない。たしかに想像的（imaginative）でありながら感受性の強くないような人間を考えるのは難しいことではあるが。イマジナシオンは、まず哲学的方法の外にあって、諸事物の内面的で密やかな関係を、照応（correspondances）と類縁関係（analogies）とを関知する、ほとんど神的な能力なのである。（328-329）

ここでボードレールは、ポーにとってのイマジネーションが単なる根も葉もない空想ではなく、また単なる受け身的な感受性でもないことを論じ、予想される誤解をあらかじめ退けている。そしてポーのいうイマジネーションが、諸々の事物の間に潜在的に存在する類縁関係を見出す能力であると説明しているのである。こうした説明の後、ボードレールは、ポーが詩のみならず短編小説の制作の際にもイマジネーションを駆使していたことを指摘し、芸術家たるものは自己の着想に即して作品の素材となる諸事物を結合すべきだと論じている（329）。

作品の素材となる諸事物の間に結合すべき類縁関係を見出し、その結合によって作品を構成していくというイマジネーションの作用に関して、ボードレールがポーの影響を受けていることは明らかだろう。そしてポーがイマジネーション論を狭義の詩論のみならず広く芸術一般に適用しうる理論として提唱していたのと同様に、ボードレールもイマジナシオン論を絵画の制作論へと援用することになる。すなわちボードレールは、二年後の美術批評「一八五九年のサロン」（“Salon de 1859”）第三章において、ドラクロワを念頭に置いた絵画の制作論として、「諸能力の女王」たるイマジナシオンについて再び論ずるのである。

それ［イマジナシオン］はすべての被造物を解体し、魂の最も奥底にしかその源泉が見出されえない規則に従っ

て寄せ集められ配列された素材でもって、一個の新奇な世界を創造し、新たなものの感覚を産出する。(621)

つまり画家は既存の事象をありのままに再現するのではなく、イマジナシオンによってそれらの事象を解体し、自己の魂の奥底に由来する規則に即してそれらを結合して、新奇な世界を創造するというのである。さらにボードレールは、「自然とは一冊の辞書にすぎない」というドラクロワ自身の言葉を引き合いに出し[21]、次のように続ける。

イマジナシオンに服従する画家たちは、彼らの辞書の中に、自己の着想に和合するような諸要素を探す。そのうえで、ある技巧をもってそれらの諸要素を整合させることにより、画家たちはそれらにまったく新奇な相貌を与えるのだ。(624-625)

つまりイマジナシオンに従う画家たちは、自然界の様々な事象に自分の思念を適合させるのではなく、むしろ生み出すべき効果をじっくり熟慮して着想したうえで、その着想に合致する要素を「辞書」たる自然から選択し、それらを結合することによって新奇な世界を構成するわけである。ボードレールがポーのイマジネーション論を絵画論に転じ、その結果、制作論のレベルでも詩と絵画との間の平行関係を認めていることが確認できるだろう。

ボードレールが詩論の領域を越えてイマジネーションによる自然の改変を論ずるに至った背景には、第二部第三章第一節で論じたポーの「アルンハイムの地所」の影響が考えられよう。ボードレール訳でこの小説が発表されるのは一八六五年のことであるが(ポーの短編集『グロテスクなあるいは真面目な物語』〔*Histoires grotesques et sérieuses*〕)、「エドガー・ポーに関する新たな覚書」発表の前年のポー論「エドガー・ポー、その生涯と作品」("Edgar Poe, sa vie et ses œuvres," 1856) の中にも「アルンハイムの地所」に関する言及があり (310, 312)、この時期にはすでにボードレールがポーの造園論について知識を得ていたと考えられる[22]。この造園論を、ボードレールが風景画論に転じたのだと考えられよう。

ありのままの自然を模倣するのではなく、むしろ自然の中の諸事物の結合によって美しい絵画作品を制作すべきだという考え方自体は、特に新しい考え方ではない。というのも、古典主義においては第一部第二章第四節で言及したゼウクシスが同様の方法をとっていたとし、その方法を推奨していたからである。しかしこの考え方とボードレールのイマジナシオン論とは、次の点で異なっている。前節の末尾でも説明したように、古典主義の求めていた美とは、均衡のとれた具象的な美のことだった。したがって現実世界の諸事象の選択と結合によって構成される美もまた、異様なものであったり、非具象的なものであったりするわけではない。むしろ古代の作品を規範として現実の諸事象の美的不完全性を修整し理想化することが、その選択と結合の作用に期待されていたのである。

一方、現実世界に属する諸部分の結合という制作方法をイマジナシオン論と関連させる考え方もまた、ボードレール以前からフランスにあった考え方である。ヴォルテール（Voltaire〔François-Marie Arouet〕, 1694-1778）の『哲学辞典』（*Dictionnaire philosophique*, 1764）の追補部分の一部を成す「イマジナシオン」の項（一七六五年）では、諸対象の

21　この主張はドラクロワの遺稿「写実主義と理想主義」（"Réalisme et idéalisme"）からも読み取ることができる（Delacroix〔b〕, 65-66）。

22　この小説では自然を人工的に修整する造園法に関して、「綿密に精査して細部を改善しようとしたものが、全般的でより遠くから見られた効果を損なうこともある」とも述べられている（VI, 184）。細部よりむしろ遠くから見た全体的効果を重視するこの考え方は、彼の「モルグ街の殺人」にも見られたが、これはボードレールのドラクロワ評とも通底するだろう。のみならず、「アルンハイムの地所」で地表を遠くから見るのは不死なる存在とされており（184-185, 187-188）、人間の不死なる本性に即した「天上の美」を目指す思想とつながっていることも確認しておきたい。いわば、死すべき人間の審美眼に合わせて細部を吟味するのではなく、人間を越えた不死なる存在の審美眼に近づけて全体的効果を鑑賞することが求められるわけである。

単なる印象を記憶の内に保持するだけの「受動的イマジナシオン」と、それらのイメージを様々な仕方で結合する「能動的イマジナシオン」とが区別され、後者が絵画や詩の制作に生かされることが論じられているのである（Voltaire, 477ff.）[23]。

そしてドラクロワの日記（一八五七年一月二五日）にも、ヴォルテールのこのイマジナシオン論の影響を受けたともいわれる次のような文章を見ることができる[24]。

> 芸術家におけるイマジナシオンは、単にこれこれの対象を再現するのみならず、獲得しようと思う目的のためにそれらを結合したりもする。イマジナシオンは、芸術家が自己の思考に合わせて構成する絵画やイメージをつくるのである。（Delacroix〔a〕, 628）

だがこれらのイマジナシオン論は、新奇性や超自然性の産出という作用を視野に入れたものではない。これらのイマジナシオン論は、記憶にとどめられた諸観念を再現する能力として構想されたものにすぎないのである。それゆえそのイマジナシオンの所産も、ただ制作者の意にそって配列し直された具体的な再現像でしかない[25]。たしかに古代の範例よりも個人の内的表現を重視する点においては、古典主義から逸脱する傾向が認められ、その限りにおいてボードレールの見解と似通っているともいえよう。そして「自然とは一冊の辞書にすぎない」というドラクロワの言葉を通じて、ボードレールがドラクロワの主張の内に自己と同様のイマジナシオン論を見出した可能性もないとはいえない[26]。だがドラクロワ自身は積極的に「超自然的」な美を描こうとしていたわけではなかったし、イマジナシオンに「新奇性」の産出という働きを期待したわけでもなかった。その意味では、ドラクロワのイマジナシオン論はまだ古典主義美学の制作論の枠を大きく逸脱したものとはいえない。その意味で、ボードレールのイマジナシオン論は、ドラクロワよりもポーの考え方に近いといえるだろう。

「一八五九年のサロン」におけるイマジナシオン論については、もう一つ、彼の薬物体験からの影響についても看過することができない。第二節cでも言及したように、ボードレールは『人口楽園』に収録されることになる「ワインとハシーシュについて」において、ハシーシュの服用の際、諸感覚が鋭敏になった後、外界の諸対象の様相が変容し「音が色彩をもち、色彩が音楽をもつ」ような幻覚が生じ始めると述べていた。じつはそのとき、「最も奇抜な地口や最も説明し難い諸観念の転換が起こる」とも述べられ（Baudelaire〔a〕, 392）、それが「イマジナシオン」の作用であるとされている（393）。この段階についての同様の記述は「エドガー・ポーに関する新たな覚書」の翌年に書かれた「ハシーシュの詩」（"Le Poème du hachisch," 1858）でも繰り返され、「地口や諸観念の取り違え、転換」が起こり、「音は色彩を帯び、色彩は音楽を含む」と説明された後、「そのときこれらの類縁関係が異例の活気を帯び」、その「専

---

23 この論述においてヴォルテールは、一七一二年六月から七月にかけてイギリスの「スペクテイター」紙の四一一号から四二一号に連載されたアディソンの有名なイマジネーション論について言及している（Voltaire, 477）。アディソンはそこでイマジネーションに二種類の喜びがあることを論じ、第一の喜びは視覚を通じて美的対象から直接的に得られ、第二の喜びは対象から得た観念を保持し、配列し直すことによって得られると論じている（Addison, III, 394-395）。ヴォルテールによるイマジナシオンの二区分は、このアディソンの影響を受けたものと考えることができよう。経験的に獲得された観念の複合的再現という機能をイマジネーションに認めるアディソンの考え方は、いうまでもなくイギリス経験論の伝統に基づくものである。

24 この影響関係に関してはすでに指摘がある（Delacroix〔c〕, 113n., xxvii ; Mras, 78）。

25 ドラクロワにとってのイマジナシオンに超越的な意味合いがないことは、一八五四年四月二八日の日記からも明らかだろう。ここでドラクロワは、記憶の働きが些細な事柄を消し去り主要なことだけを集約して再現するのと同様に、イマジナシオンに基づく作品制作が不要な細部を省略して「理想化（idealisation）」をおこなうと述べている（417）。つまりドラクロワにとってイマジナシオンとは、描くべき対象を画家の意に即して取捨選択する能力にすぎないのである。

26 ドラクロワとボードレールの両者のイマジナシオン論の類似に注目した論考としては（Moss, chap. 8）を挙げることができるが、その影響関係については十分な論述がなされていない。

制的な（despotique）性質」でもって圧倒するのだと述べられている（419）。すなわち通常の状態では結びつけられなかった語や観念、色彩と音などがハシーシュの服用の際に「類縁関係」をもつようになるのである。ここでもこうした心の作用が「イマジナシオン」の作用と考えられており（420）、その専制的な性格は、万国博評でドラクロワやポーを引き合いに出して語られた阿片の効果や、「諸能力の女王」たるイマジネーションについての説明とも一貫している[27]。

第五節　ポーとの思想的相違

以上の考察により、ボードレールが深くポーの思想的影響を受け、革新的な芸術観を提唱していたことが確認できた。しかしボードレールがポーの思想の変遷を顧慮せず、ポーの著作から一貫した思想を読み取ろうとしていたことも看過されるべきではない。第二部第二章で論じたように、ポーは試行錯誤を繰り返しながら詩論を練り上げていったのであるが、ボードレールはその思想的変遷の過程に注目することはなかったのである。それゆえボードレールのポー解釈には、ある種の偏りが生じていると考えられる。ポーからボードレールへの思想的影響を考察するうえで、両者の見解の相違についても検討せねばならないだろう。

まず両者にとって美がいかなるものだったかについて見てみよう。本章第二節bで論じたように、ボードレールは、美が常に「異様さ」を帯びているという主張をポーの「ライジーア」から受け継ぎ、そのような美を高く評価していた。だが一方のポーは、必ずしもそのような美のみを高く評価していたわけではない。たしかに一八三八年の「ライジーア」をはじめ多くの小説で、ポーは異様な美を好んで描き、それに一定の評価を与えていた。しかし第二部第二章第四節で論じたように、一八四五年のウィリス評では、異様な美がファンシーの所産とされる一方で、調和ある美がイマジネーションの所産として高く評価されるのである。また第二部第一章第一節fで論じたように、一八四六年三月の「マージナリア」や同年四月の「構成の哲学」において、ポーは詩に異様さを求めるのみならず、「均等性」をも求めていた。一八四五年以降に強調されるこうした観点が、ボードレールには継承されないのである。逆にいえば、ボードレールはポーの初期段階の美意識を継承し、美の異様さを特に強調していたのだといえよう。

また地上的な美とは区別される超越的な美についての両者の考え方も、微妙に異なっている。ポーは一八四二年の「ロングフェローのバラッド」以後、超越的な美を「天上の美」と呼び、それが地上の人間の手には届かぬことを主張した。直観的ファンシーによって時折その美を瞥見できるとはいえ、それを芸術作品として再現することはできないというのである。この主張はボードレールの「エドガー・ポーに関する新たな覚書」でもほぼ逐語的に繰り返されるものの、ボードレールが自分の考えとして「超自然的な美」について論じる際には、その超越的な美は芸術作品として再現可能なものと見なされることになる。第二節cで論じたように、ボードレールはドラクロワが超自然的な美を描いていると評価しているのである。

すでに論じたように、このボードレールの評価の背景には、一八三九年のポーの短編小説「アッシャー家の崩壊」の影響があると考えられる。すなわちポーは、「ロングフェローのバラッド」の三年前に書かれたこの小説において、ファンシーを画布に描く人物ローデリック・アッシャーを登場させているのである。ここでいう「ファンシー」

27 「ハシーシュの詩」ではハシーシュの服用の第一段階から、語や観念が変容するとされている。「最も単純な語や、最も陳腐な諸観念が奇妙で（bizarre）新奇な（nouvelle）様相を帯び、あなたはそれらについて今まであまりにも単純に思っていたことに驚きさえすることになる。突飛で予想不可能な類似や結びつき、語の絶え間ない戯れ、滑稽な草案が次々とあなたの脳に沸き起こるのだ」（411）。異様で新奇な表現を求める詩人においては、まさに理想的な状態ともいえるだろう。

は、作品制作の能力として見れば「詩作的ファンシー」として理解できる（第二部第二章第四節参照）。しかし同時に、この「ファンシー」は、非日常的な世界を享受し、恐怖を喚起するような狂的な心の働きであり、その意味では一八三八年の短編小説「ライジーア」に見られる「直観的ファンシー」に近いものと考えられよう。つまり「アッシャー家の崩壊」のこの箇所からは、直観的ファンシーを直接的に詩作に反映させるという制作方法を読み取ることができるわけである。もちろんこの小説はポーの思想が未整理な段階の作品であり、直観的ファンシーがそのまま作品化されるという主張もその後の著作には見ることはできない。その意味で「アッシャー家の崩壊」における見解はポーの思想的変遷の中でも特異な位置を占めるのであるが、ボードレールはこの見解を自らのものとしたわけである。

両者の制作論の相違は、当然ながら双方のイマジネーション論にも決定的な相違を生み出すことになる。「ロングフェローのバラッド」以後のポーにとってイマジネーションとは、到達不可能な「天上の美」に近い美を産出するために発揮される能力である。そのイマジネーションが素材の新奇な結合によって作者の意図を越える効果を生み出すとしても、その能力はあくまでも作者の意図に基づいて発動されるものなのである。これに対しボードレールにとっては、阿片のような薬物の服用によって知覚される世界を作品化する能力がイマジナシオンなのであり、そのイマジナシオンはおのずと作者の内面からわき起こるものである。到達不可能な「天上の美」になんとか迫ろうというような切実な志向性は、彼自身の主張には認められない。意図的に新奇なものを「創造」することよりもむしろ、作者の内面に潜在する新奇な世界を「表現」することが、イマジナシオンに求められているのである。

この相違は、作者としての個人性をどのように考えるのかという問題と密接に関連する。すなわち意図的な「創造」においては作者が個人として作品制作を導くのに対し、内面の「表現」においては作者の意図が無意識的な働きに制作行為を委ねることになるのである。その傾向は、イマジナシオンを「諸能力の女王」と呼び、画家が「イマジナシオンに服従する」とするボードレール独自の説明からも伺われよう。この説明は、制作の主体があたかも画家たちではなく「イマジナシオン」であるような、奇妙な印象を与える。もちろんそのイマジナシオンは画家のイマジナシオンなので、画家とイマジナシオンを区別する必要は本来ないわけであるが、イマジナシオンを「エドガー・ポーに関する新たな覚書」において、さらにはこの「一八五九年のサロン」においても「諸能力の女王」と擬人法で呼ぶことも合わせて考えるなら、あたかもイマジナシオンが画家の個人的意識とは別の制作主体であるかのように考えられていることは明らかである。それは、「ハシーシュの詩」においてイマジナシオンが「専制的な性質」をもつとされていたことからも読み取れよう。つまりイマジナシオンによって作者の意図を越え出る成果を産出するとき、作者は自己の意識的な個人性とは別の主体に制作行為を委ねることになるのであり、そこに個人性の分裂を見出すことになるのである。こうした分裂を意識しなかったポーとは、ここで決定的な違いが生じるのである。

それではなぜこのような違いが生じるのだろうか。それは、ポーが独自の天使論を背景に、意志的にイマジネーションを発動して新奇なものを「創造」しようとしていたのに対し、ボードレールはこの天使論を継承しなかったということに求められるだろう。そのためボードレールはイマジナシオンを、もっぱら無意識的な制作に関わる能力として理解しているのである。実際ボードレールは芸術のあらゆる部分がイマジナシオンの「へりくだった下女たち」(Baudelaire〔b〕, 625) だと述べ、次のように文章を続けている。

> もしも非常に純粋な制作が必要であれば、それは夢の言語が非常に明瞭に翻訳されるためであり、その制作が非常に速いとすれば、それは着想に付随する途方もない印象から何も失われないためだ。(625)

つまり作品制作のための意識的な諸々の作業は「へりくだった下女たち」の仕事であり、イマジナシオンの仕事は「夢の言語」を翻訳するという「純粋な制作」にあるというのである。いわばボードレールは当初の着想をそのまま傷つけることなく作品化すべきだと考えているのであって、苦心して新奇な美を創造することを求めているわけではないのである。さらにボードレールはイマジナシオン豊かな画家としてドラクロワを挙げ、彼が「さらに確かな武器を自分のイマジナシオンに用意するために、手や記憶や目を訓練することに青春期以来もち時間のすべてを捧げた」人物だと述べたうえで（632）、次のように論じている。

> 最も豊かなイマジナシオンに恵まれ、彼はとりわけ脳髄の内奥を、物事の驚くべき局面を表現するのであり、それほどに彼の作品は自らの着想の痕跡と気質とを忠実に保持しているといえよう。それは有限の中の無限である。それは夢である！　そして私はその語によって夜見るとりとめないものを意味しているのではなく、徹底的な瞑想によって、あるいはより豊かでない脳髄においては人工的な興奮物質によってつくられた幻影を意味しているのだ。一言でいえば、ウージェーヌ・ドラクロワは、とりわけ美しき時における魂を描くのである。（636-637）

つまり「手や記憶や目」の訓練という意識的な研鑽は、脳髄において作られた「夢」ないし「幻影」をそのまま作品化するための手段にすぎず、その「夢」ないし「幻影」を発露することにこそイマジナシオンの本質があるということになる。いわばイマジナシオンの働きとは、自己の深層に潜在する領域を直接的に、つまり理性の統制なしに表出するものと理解されているのである。これはポーのイマジネーション論とは似て非なるものである。むしろこれは、ポーが「アッシャー家の崩壊」において「ファンシー」と呼んでいたものに近いといえるだろう。様々なレベルでポーの影響を受けたボードレールだったが、こうした点でポーとの決定的な相違を生み出しているのである。

結び

以上の論点を整理しておこう。異文化体験に触発されて書かれた一八五五年のボードレールの万博評は、古典的調和、写実的具象性、良識といったものを偏狭な因習的束縛と見なす視座を後世の人々にもたらし、そこからの解放を求めることから逆に、奇異なもの、具象性からの乖離、異常な精神に由来するものにこそ意義があるという考え方を導くものだった。もともと古典主義的理性を確立させるために疎外されることでいっそう強化された狂気さえも、意識的に取り入れられることになるのである。こうしてボードレールは、新古典主義と対立し、なおかつ写実主義ともロマン主義とも異なる新しい美術のあり方を明確に示すことになった。ドラクロワを自分なりに理想化したこの極端な主張は、もちろんすぐに全面的に認められるものではない。しかしそれが極論であるからこそ、新しい芸術を模索する後世の人々にとって長期間一つの指針となるのである。その後世への影響については、特に第四章で論じることにしよう。またポーとの思想的な違いが何を意味するのかについては、第四部第四章第四節へと論を引き継ぐことにしたい。

第二章
ボードレールによるヴァーグナー受容とその思想的背景

序

一八六一年三月一三、一八、二四日の三日にわたって、ヴァーグナー（Richard Wagner, 1813-1883）はパリのオペラ座で楽劇《タンホイザー》（*Tannhäuser*）を上演した。これは当時の皇帝ナポレオン三世（Napoléon III, 1808-1873）が必要資金の一部を肩代わりして可能となったもので、芸術の都パリでの成功を夢見たヴァーグナーにとっては乾坤一擲の上演であったといえる。しかしその上演に集まった聴衆は、この楽劇に対して容赦なく罵声を浴びせかけた。そして三日目の二四日には上演の途中での中断を余儀なくされ、結局は続行不能になったという。こうして《タンホイザー》の上演は失敗に終わったわけであるが、その直後に発表されたボードレールによるヴァーグナー擁護論『リヒャルト・ヴァーグナーと《タンホイザー》のパリ公演』（*Richard Wagner et « Tannhäuser » à Paris*）によって、ヴァーグナーは汚名をそそぐことになる。熱烈にヴァーグナーの魅力を説くこの評論によって、フランス・ヴァグネリスムというヴァーグナー崇拝の気運が形成されていくのである。

当時のボードレールがポーの思想の影響下にあり、このヴァーグナー批評がその影響のもとに書かれたものであるということについては、すでに金沢公子による綿密な研究がある[1]。本章はこの優れた論文を手がかりに、ボードレールによってヴァーグナーがいかに特殊な解釈をされたのかを明らかにするとともに、その解釈によってフランス芸術が受けた恩恵について明らかにすることを目的とする。そのために、まず第一節ではヴァーグナーに即して彼の目指した芸術的理想を確認する。第二節ではボードレールによるヴァーグナー評を参照し、ボードレールがヴァーグナーの思想をいかに読み替えているのかについて検討したうえで、ボードレールの思想的背景を明らかにし、ボードレールがヴァーグナーをポーの思想に引き寄せて理解しようとしていることを確認する。そして第三節ではヴァーグナーの言説にもまたボードレールの曲解を誘発する表現があり、それがボードレールによる独特な解釈を成り立たせていることを指摘する。以上の考察を経て、ヴァーグナーの芸術がボードレールにより曲解されつつも、逆にボードレールの芸術論を補強するものとして有効であったことを明らかにしたい。

第一節　ヴァーグナーの芸術論――「未来音楽」を中心に

《タンホイザー》パリ公演の前年一二月、ヴァーグナーは『オペラ詩四篇』(*Quatre poèmes d'opéra*) という著作を刊行している。これは自作のオペラ《さまよえるオランダ人》(*Der fliegende Holländer*, 1842)、《タンホイザー》、《ローエングリン》(*Lohengrin*, 1850)、《トリスタンとイゾルデ》(*Tristan und Isolde*, 1859) の台本をポール・アルマン・シャル

1　これはボードレールのヴァーグナー受容に関するきわめて優れた論文であり、本稿においても参考にするところが多かった。本稿は、その論点をさらに詳細に検討することを目的としている。

メル=ラクール（Paul Armand Challemel-Lacour, 1827-1896）による仏語散文訳で紹介したものである。その巻頭には友人ヴィヨ（Frédéric Villot, 1809-1875）への献辞を含む序文が付けられ、ヴァーグナー自身による芸術論が展開されている。この序文がフランス人の間で「音楽書簡」（"Lettre sur la musique"）と呼ばれるものである（原文は「未来音楽」（"Zukunftsmusik"）という題で全集に収められている）。この文献は、ボードレールがヴァーグナーについて論じる際に参照した主要な文献であり、当時のヴァーグナーの芸術論を知るうえでも重要なものといえる。本節ではこの「未来音楽」に即して、当時のヴァーグナーの思想について考察してみたい。

「未来音楽」ではまず、イタリア、フランス、ドイツにおけるオペラの現状について、次のように述べられている。オペラの母国イタリアでは、歌手の歌唱力が最も重んじられ、詩や舞踊は口実にすぎなくなっているという（Wagner, 7, 90）。フランスでは確固たる形式に裏打ちされた演劇表現が求められ、劇作家が工夫を凝らしているという（90-91）。このようにイタリアとフランスではそれぞれ固有の様式を確立しているのであるが、ドイツではそれらの相違に無頓着なまま両国のオペラを真似しようとして、様式上の混乱に陥っているとヴァーグナーは嘆く（91-93）。これはラテン諸国がルネサンス期に芸術の形式を確立したのに対し、ドイツが理想の芸術形式について考察し始めたのがようやく一八世紀後半になってからのことだからだと、ヴァーグナーは考える（93-94）。この理想を追求し、高度なオペラを確立することこそ、ヴァーグナーの課題となるのである。

ヴァーグナーの問題意識は、単にドイツ一国のオペラに限定されるものではない。問題の核心は、オペラにおける音楽と詩との理想的な結合が、現在のオペラにおいて達成されていないということにある。この問題をめぐって、ヴァーグナーは自らの論文『芸術と革命』（*Die Kunst und die Revolution*, 1849）、『未来の芸術作品』（*Das Kunstwerk der Zukunft*, 1850）、『オペラとドラマ』（*Oper und Drama*, 1851）の名を挙げ、そこで論じた音楽と詩との関係について再論してみせる（99-112）。それらのもとの論文をも適宜参照しつつ、その思想の枠組みを要約的に概観してみよう。

「未来音楽」で引き合いに出された『芸術と革命』では、完全な芸術作品とは古代ギリシアの悲劇であるとされている。それは、悲劇が音楽、舞踊、詩など芸術のあらゆる要素を含み（Wagner, 3, 10-11）、かつそこに参与するポリスの人々全体の精神を表現するものだからだという（24）。しかしそのギリシアの悲劇は、ギリシア国家の崩壊とともに衰え、それまで統一されていた芸術的諸要素は諸芸術へと分裂することになったと主張する。

後の悲劇の崩壊とともに、芸術はますます公共意識の表現であることをやめた。演劇はその構成要素へと分散し、弁論術や彫刻術、絵画術、音楽などはそれまで一つになって動いていた輪舞から立ち去り、いまや自分のためにそれぞれの道を行き、自主的だとはいえ孤独で利己的に自己形成し続けようとしたのである。（28-29）

それとともに芸術は民衆すべての精神を表現するものではなくなり、一部の裕福な人々のものになったとヴァーグナーはいう（24）。この現状を打開するためには、階級闘争によって貴族政治を打破する社会運動と協調し、万人の公共性を取り戻す「革命」が要請される（29ff.）。その革命によってこそ、ギリシア人が無意識的に獲得した芸術を、自分たちは意識的に獲得することができるというのである（39）。

分裂の時代としての近代とそれに対するギリシア的調和という対立は、近代ドイツの重要なトピックである。たとえばシラー（Johann Christoph Friedrich von Schiller, 1759-1805）は『人間の美的教育について――一連の書簡にて』（*Über die ästhetische Erziehung des Menschen, in einer Reihe von Briefen*, 1795）の第六書簡では、自然とともにあった古代ギリシア人において個人の精神と感覚が分裂するといったことがないのに対し、学問の専門分科を推し進めたり社会の階級化を促進する近代文化が人間本性を分裂させたと見なし（Schiller, 102-104）、次のように述べている。

各個体が自由な生活を楽しみ、必要な場合には全体にまとまることもできるという、ギリシャ国家のあのポリプのような性質は、いまや、無数に多くの、しかし生命なき部分の寄せ集めによって機械的な生活の全体がつくられるという、精巧な時計仕掛に場所を譲ってしまいました。いまや国家と教会、法と人倫とは分裂してしまいました。楽しみは仕事から、手段は目的から、努力は報いから分離しました。人間は全体のちっぽけな破片にいつまでも縛りつけられているので、自分自身まで単なる破片になってしまうのです。自分の回す歯車の単調な響きをいつまでも耳にしながら、人間は自己の全存在の調和を育てることはありません。(104-105)

ここでは、古代ギリシアにおけるポリスという自由な共同体で自治が理想視されながら、それが叶わない近代ドイツの現状が嘆かれている。それはアウグスブルクの和議によって都市や領主ごとに新教か旧教かが選択され、神聖ローマ帝国内が分裂状態になったことも無関係ではあるまい。またそれに続くドイツ三〇年戦争に周辺諸国が介入することにより、新教対旧教という対立さえ崩れて複雑な権力闘争に分裂したことも、ドイツに深い傷跡を残すことになった。さらには産業革命によって手工業制を離れて分業体制が進んだこともまた、この問題に深く関わっているだろう。

こうした近代ドイツの問題意識を共有するヴァーグナーは、崩壊したギリシア悲劇に相当するものを新たに生み出すことを自らの芸術的使命と考えるようになる。

本来の真の芸術は、ルネサンスを通じて、そしてその後も、まだ再生していない。なぜなら、完全な芸術作品、すなわち自由で美しい公共社会の偉大で一致協力した表現、戯曲、悲劇は、——偉大な悲劇作家たちがあちらこちらで詩作したとはいえ、——まだ再生してはいないのである。そう、それは再生するのではなく、新たに

生まれなければならないからである。(Wagner, 3, 29)

失われた古代ギリシア文化を高く評価しつつ、その再現ではなく、それに匹敵するものを新しくつくるべきだという考え方も、近代ドイツの芸術家に典型的なものである。たとえばヘルダーは「シェイクスピア」という評論の中で、古代文芸を模倣するフランスの伝統が因習的かつ形骸的なものだと批判し(Herder, 185-187)、むしろギリシア人と同様に独創的に作品を制作した詩人としてシェイクスピアを高く称揚している(188ff.)。この主張はもちろん第一部第三章末尾で紹介したヤングの『独創的作品についての考察』の独訳(一七六〇年)の流行を受けたものであり、古代人の独創的な制作方法を模倣すべし(要するに、独創的な制作をすべし)という主張もヤングに倣ったものといえる。すなわち古代ギリシア文化への敬意は失わないものの、その作品をそのまま模倣することは批判されるべきことであり、むしろそれに相当するものを新しく創ることが求められるようになったのである。従来の模倣論を捨て、独創性を求めるようになる傾向は、シュトゥルム・ウント・ドランク運動を生み、やがては従来の古典古代のような明確な規範を失うことで何を目標に制作すればよいのかわからなくなってしまう危機へと帰結するが、その危機を敏感に感じ取ったフリードリヒ・シュレーゲル(Friedrich Schlegel, 1772-1829)もまた、古代ギリシアへの単純な回帰を求めず、むしろ古代ギリシア文化の精神的基盤であった神話に代わる「新しい神話」を近代人は求めるべきだと主張することになる(Schlegel, F., 176-177)。これは古代の「素朴詩人」にはもはやなることができないことを自覚し、「情感詩人」として自覚的に理想を追求しようというシラーの思想を受け継ぐものでもある[2]。ドイツ・ロマン主義を代表する画家のルンゲ(Philipp Otto Runge, 1777-1810)もまた、「あらゆる時代の芸術作品を見て何よりもはっきりと分かることは、

2 もちろんシラーの『素朴文学と情感文学について』(*Über naive und sentimentalische Dichtung*, 1795-1796)で展開された主張である。

人類は変化してきたのだということ、過ぎ去ったそれと同じ時代は二度と帰って来ないということだ。それではいったいどうして、古い芸術をもう一度よみがえらせようなどという馬鹿げたことを思いついたのだろうか」と述べ、歴史画というジャンルを過去の遺物と見なしている(Runge, 202-204)。このように、古代ギリシアへの憧れをいだきつつ、むしろそれに匹敵するものを新たに生み出さなければならないという使命感が、近代ドイツの芸術家たちに共有されていたのであり、ヴァーグナーもその例外ではないのである。

ヴァーグナーの場合、この問題意識は楽劇(Musikdrama)の制作という芸術活動にとどまるものではなく、社会運動にも直結する問題であった。一八三〇年以来の七月王政を倒し第二共和制を目指したフランス二月革命(一八四八年)の余波を受け、ヴァーグナーのいたドレスデンでも共和制を求める三月革命が勃発したのだが、以前から貴族政治を批判する論文をいくつか発表していたヴァーグナーは、この革命騒乱に参与することになるのである。一時は国王が国外に避難する事態にまで発展したものの、まもなく反乱分子は鎮圧され、ヴァーグナーにも逮捕状が出されることになった。この『芸術と革命』はチューリヒへの亡命中に脱稿された論文であり、そこには当時のヴァーグナーの社会的不満を如実に読み取ることができるだろう。ちなみに、パリにおける《タンホイザー》公演も、その亡命中の出来事である。

また芸術諸ジャンルが各々限界をもつというヴァーグナーの考え方は、レッシングの『ラオコオン』問題を念頭に置いたものであることも「未来音楽」で言及している。

芸術批評の大家たちの発言や、絵画と文学の限界に関するレッシングの研究などを手がかりにして私が到達した結論は、個々の芸術部門はいずれもその能力を精一杯伸ばそうとして発展を続けるが、やがては限界にぶつかり、これを乗り越えようとすれば必ずや難渋な表現やまったくの妄想、あるいは不条理に陥る、というもの

だった。(Wagner, 7, 100)

周知のようにレッシングが独自の詩画比較論を展開した『ラオコオン』では、「絵画と文学との限界について(*über die Grenzen der Mahlerey und Poesie*)」というその副題が端的に示しているように、たとえば絵画が時間的継起を描けず、詩が瞬時に空間全体の状況を語れないなどの「限界」が論じられている。そうした限界をもつそれぞれの媒体の違いに応じて、それぞれの制作者がどのように表現方法を互いに変えているのかについて、詳細に論じられているのである。この主張をふまえ、ヴァーグナーはギリシア悲劇の崩壊以降分裂した諸ジャンルがそれぞれ表現上の「限界」をもつことを主張することになる。それらの分裂した諸ジャンルを総合することによってそれぞれの「限界」を越え、新たな総合芸術が創られるべきだとヴァーグナーは考えているのである。

「未来音楽」で第二に取り上げられるのは、『芸術と革命』と同じ一八四九年に書かれ翌年に出版された『未来の芸術作品』である。その第一章では、芸術が民衆の中から自然発生的に生ずるものであるべきであり、一部の人々の恣意や一時的な流行に流されるべきではないことが論じられ、ギリシアにおいて到達されていた理想から逸脱している現状が指摘されている。第二章では原初的な芸術として舞踊芸術、音響芸術、詩文芸術が挙げられ、これらがもともと不可分であるにもかかわらず分裂してしまっている現状が批判されている。第三章では建築、彫刻、絵画という造形芸術が取り上げられ、共同体の紐帯をとりもつ機能を失ったそれらの現状が批判されている。第四章では、これらの芸術諸ジャンルが総合され、公共に開かれた劇場で上演されることこそが求められるべき「未来の芸術作品」なのだとされ、最後の第五章で個を越えた民衆の手でそれが実現されるべきだと主張されている。「未来音楽」における紹介はごくわずかではあるが、この『未来の芸術作品』は『芸術と革命』の論旨を継承しつつ、より詳細に論じたものだといえよう。

「未来音楽」で第三に取り上げられる『オペラとドラマ』は、ヴァーグナーの総合芸術論の集大成ともいうべき長編の論文であり、論も多岐にわたる難解な著作である。これも「未来音楽」による紹介に即して、三部構成の各部を要約的に読み取っておこう。

『オペラとドラマ』第一部では、オペラの現状について論じられる。ヴァーグナーによれば、現代のオペラには、音楽と言葉との乖離という大きな欠陥があるという。完成した音楽に無理に歌詞を合わせるにせよ、あるいは音楽の専門家が文学的題材を扱うにせよ、双方の十分な和合がなされていないというのである。

第二部では、音楽と言葉との和合のために詩人がなすべき工夫について論じられる。現代の言葉が理性的ないし抽象的な思考の道具になりがちだと考えるヴァーグナーは、詩句に律動性を与えたり、あるいは韻によって音楽的効果を与えることによって、感覚に訴えかける言葉をつくるべきだと主張する。また、抽象的な思考に陥る危険は、題材を神話伝説に求めることによっても回避できると述べている。

第三部では、西洋音楽の歴史的発展と言葉の歴史的発展との平行関係について論じられる。ヴァーグナーによれば、原初の言葉が歌のようなものであり、時代とともに論理的抽象度を高めていった一方で、音楽は論理とは異なる独自の法則性を発展させてきたと論じる。この両者を結びつけるところにこそ、ドラマの可能性が拓かれるというのである。

この後「未来音楽」ではそれらの理論的著作を執筆した当時の状況を回顧した後（112-118）、ヴァーグナー自身による作品紹介が続き（118-124）、さらに旋律について論じられる（124-132）。続いて、公演の迫る《タンホイザー》が大衆に訴えかけるべくつくられたことなどが述べられ（132-136）、書簡の相手ヴィヨへの謝辞（136-137）とともに終わる。これらの点については詳説しないが、以上の説明で「未来音楽」に示されたヴァーグナーの芸術論の大枠は示すことができたように思われる。彼の芸術論が近代ドイツの精神を受け継ぐものであったことを、あらためて確認しておきたい。

第二節　ボードレールとヴァーグナーとの思想的接触（一）

不評に終わったヴァーグナーの《タンホイザー》パリ公演の直後、ボードレールは『リヒャルト・ヴァーグナーと《タンホイザー》のパリ公演』を発表し、ヴァーグナー擁護論を展開する。この論文は、四月一日に『ヨーロッパ評論』(*Revue européenne*) に発表された論文「リヒャルト・ヴァーグナー」(“Richard Wagner”) を本文とし、四月八日の日付をもつ小論を付言として付け加えられ、五月四日に小冊子として発表された。この論文を書く際、ボードレールはヴァーグナーの「未来音楽」の仏訳「音楽書簡」も参照しており、その思想の大枠に対して一定の理解を示している。だがそのうえで、ボードレールが独自の見解を示していることも、看過することはできない。本節では『リヒャルト・ヴァーグナーと《タンホイザー》のパリ公演』第一章に即して、特にボードレールとヴァーグナーとの間に見られる根本的な思想的相違について考察してみたい。『リヒャルト・ヴァーグナーと《タンホイザー》のパリ公演』第二章については本章第三節で、第三、第四章と付言については、本章の結びで取り上げることにする。

『リヒャルト・ヴァーグナーと《タンホイザー》のパリ公演』においてボードレールは、世間的には毀誉褒貶の激しいヴァーグナーが最高レベルの芸術家であることを認めたうえで (Baudelaire [b], 779-781)、ヴァーグナーの問題意識を自分なりに紹介している。すなわちヴァーグナーは、絵画や言葉の場合と同様に、音楽にも「聴衆のイマジナシオンによって補完される空隙 (lacune) がある」と考え (781-782)、「こうした考察が、劇芸術、すなわち複数の諸芸術の統合、遭遇を、特に優れた芸術、最も総合的で最も完全な芸術と、ヴァーグナーに思わせたのにちがいない」と述べている (782)。諸芸術の限界を乗り越えようとする総合芸術への企図を説明したものとして、この理解は大枠において間違いとはいえない。しかしここにはすでに、ヴァーグナー自身には見られない見解が含まれている。すなわち、ボードレールはここで音楽の限界を「聴衆のイマジナシオンによって補完される空隙」と読み替えるかえることによって、聴衆にイマジネーションがありさえすれば、音楽が他の分野の助けを借りずともその空隙は補完されうるという解釈を示しているのである。

実際この解釈に沿って、ボードレールは、ヴァーグナーの音楽が聴覚に訴えるのみならず、聴衆のイマジナシオンに何らかの視覚的観念をも与えると指摘し、その例証として、《ローエングリン》序曲に関するヴァーグナー自身の言葉（一八六〇年パリのイタリア座での演奏会のプログラム）とリスト（Franz Liszt, 1811-1886）の言葉をその著作（「リヒャルト・ヴァーグナーのローエングリンとタンホイザー」“Lohengrin et Tannhäuser de Richard Wagner,” 1851）から引用する。それによれば、ヴァーグナー自身はその曲が聖杯を捧げもつ天使の群や光り輝く幻などを暗示するとしており（782）、リストは神殿や蒸気、光といったイメージがその曲から感じられたという（783）。両者の言葉はどちらも、『ローエングリン』の楽劇で演出される場面が、その序曲においても音楽によって暗示されるとするものだといえる。こうした言葉を引用したうえで、ボードレールは、自分が同じ曲を聴いた際も、その曲がイマジナシオンによって同様の観念に「翻訳」され、光や広々とした空間のようなイメージを感じたと述べる（784）。こうした視覚的イメージが音楽から感じられるということが、音楽の「空隙」を「聴衆のイマジナシオンによって補完」する働きとして理解されているのである。ボードレールはさらに続ける。

> 真に驚くべきことがありうるとすれば、それは音が色彩を暗示できず、色彩が一つの旋律の観念を与えず、また音と色彩が観念を訳出するのに不適当ということになった場合だ。（784）

すなわちボードレールは、音が色彩を暗示し、色彩が音を暗示すること、すなわち音や色彩が単に聴覚や視覚をそれぞれ刺激するのみならず、何らかの観念を「訳出」するということを根拠に、ヴァーグナーの音楽が視覚的な観念を喚起するという事態を事実として認めるわけである。

もちろんこの解釈は、諸芸術の限界を克服するために総合芸術を試みるヴァーグナーの意図とは相反するものだといわざるをえない[3]。いわばボードレールは、独自の理解によって、ヴァーグナーの音楽だけを高く評価してしまっているのである。

ボードレールがこのような評価を下すに至った主たる原因は、この文章を書いた時点で彼が実際にはヴァーグナーの楽劇を見たことがなく、その音楽を聴いたことしかなかったことに求められよう。ヴァーグナーは《タンホイザー》公演の前年（一八六〇年）、一月二五日、二月一日、八日にパリのイタリア座で演奏会を開いている。ボードレールはそのいずれかの日にこの演奏会に出席し、ヴァーグナーの音楽にふれる。ヴァーグナーにファンレターを出すほどその音楽に魅了されたボードレールは、翌年三月二四日の楽劇《タンホイザー》の公演に臨席したと推定されるが、『リヒャルト・ヴァーグナーと《タンホイザー》のパリ公演』の本文に付された日付は三月一八日になっている（金沢、八五）。つまりこの文章を執筆している段階では、彼が享受したことのあるヴァーグナーの作品といえば、楽劇ではなく音楽だったのである。たしかに『リヒャルト・ヴァーグナーと《タンホイザー》のパリ公演』の末尾に付された「付言」は四月八日付であり、そこでは失敗に終わった《タンホイザー》公演に対する擁護論が展開されるものの、本文は一八六〇年に聴いたヴァーグナーの音楽の印象とその作品、思想についての紹介を中心とするものなのである。知

3　詳細な説明はないものの、前掲金沢論文でも次のような重要な指摘がなされている。「ボードレールは、ワーグナーの音楽と、その理論を、自分の美学に合致するように解釈しているのである。その結果ボードレールは、詩と音楽とはお互いに表現しえないものを相補う機能を持つ、というワーグナーの理論を拡大して、『音楽も言語と同じ正確さをもって感情を語り、感情を表現する』という点にまでそれを発展させてしまう。ボードレールは、ワーグナーの楽劇の理論がつくり上げた、詩と音楽との間の垣根を、無造作にとりこわしてしまった、といえるであろう」（金沢、九二）。

識としてヴァーグナーの総合芸術の試みを知りつつ、彼の音楽について特筆するボードレールの見解は、主としてこのような偏った作品享受に基づくものと考えられる。

しかしヴァーグナーの音楽に対してボードレールが独特の評価を下した原因は、こうしたヴァーグナー体験に尽きるものではない。音と色彩とが相互に暗示し合うことを指摘した先の引用文には、次のような文章が続く。

> 神が世界を一つの複合的で分割されえぬ総体として公示した日以来、諸事物は常に相互的な類縁関係(analogie)によって自らを表現してきた。(784)

そしてこの後、ボードレールは「照応」("Correspondances")と題する自らの詩を「諸々の香り、色彩、音は互いに応え合う」という行で終わる第二連まで引用する(784)[4]。それぞれ解釈を要する文章である。

ここでボードレールは、諸事物が個々に独立した存在ではなく、常に他の諸事物との間に相互的な「類縁関係」をもち、総体として不可分な世界をなしているとしているのであり、だからこそ音と色彩、さらには香りも互いに不可分な関係にあるというのである。もちろん通常我々は、個々の事物をそれぞれ個別のものとして弁別している。それゆえ、ボードレールが主張するような世界は、通常ではない認識によって認められるものだと考えられよう。それではボードレールはこのような世界観をどこから得たのだろうか。

この問題を解く鍵は、「類縁関係」、「照応」、および前節でも言及した「イマジナシオン」という語に求められよう。この点で参考になるのはボードレールの「エドガー・ポーに関する新たな覚書」である。ここでボードレールは、ポーにとって「イマジナシオンは、まず哲学的方法の外にあって、諸事物の内面的で密やかな関係を、照応と類縁関係とを関知する、ほとんど神的な能力なのである」と述べている(329)。第一章第四節でも挙げたこの一文からも理解できるように、「照応」ないし「類縁関係」は、ポーのいう意味での「イマジナシオン」という特殊な能力によって初めて感知される「諸事物の内面的で密やかな関係」のことである。すでに第二部で論じてきたように、ポーにとってのイマジナシオンとは、一見して無関係に見える諸事象の間に何らかの類縁関係を見出し、それらを結合して新奇かつ整合的な発想を生み出す能力だった。たとえば「モルグ街の殺人」に即していえば、イマジネーションの作用とは、事件に関わる膨大な情報群の中から結びつけて考察すべき一連の情報の連鎖を発見し、それらを結合することによって、新奇かつ整合的な推論を導き出すことだった。ポーに傾倒しその著作の仏訳も手掛けたボードレールは、こうしたポーのイマジネーション論をふまえ、イマジナシオンによらずしては見出しえない諸事物の連関が世の中には存在すると考えたのであり、この連関を、「類縁関係」ないし「照応」と呼ぶのである[5]。この「類縁関係」ないし「照応」を感知する「イマジナシオン」が、ヴァーグナー評においては作品の享受者に求められているのだといえよう。

このイマジナシオン論は、芸術作品を制作する側にも適用される。つまりイマジナシオンによらずしては見出しえない諸事物の連関を作品化する際にも、イマジナシオンが必要とされるわけである。「エドガー・ポーに関する新たな覚書」執筆の二年後、ボードレールは、美術評「一八五九年のサロン」において、自然模倣に従事する画家を批判

4　引用された二連は以下の通りである。
自然とは神殿であり、そこでは、生きた柱から／しばしば不明瞭な言葉が発せられる。／人は象徴の森を渡ってそこを通り、／森は親しげなまなざしで彼を眺める。

夜のように光のように広く、／真っ暗な深い統一の中へと／遠くから一つに交わる長い木霊のように、／諸々の香り、色彩、音は互いに応え合う。(784)

ボードレールはこの引用の後、ヴァーグナーの音楽を聴いていると広大さや光、闇を下地とした想念が感じられるとも述べており(784-785)、共感覚とともにこれらの感覚について述べたこの詩を引用することが適当だと考えたのであろう。もちろんこの詩でうたわれているのは神殿に喩えられた自然であり、ヴァーグナー音楽の体験と直接的に結びつくようには見えない。ボードレールが神の創造した世界についての話を始めているのは、この断絶を埋めるためだと考えることもできよう。

し、イマジナシオンによって作品を制作すべきだと論じている。

色彩や輪郭や音や香りのもつ精神的な意味を人間に教えたのはイマジナシオンである。それは世界の始まりに当たって、類縁関係と隠喩を創造した。それはすべての被造物を解体し、魂の最も奥底にしかその源泉が見出されえない規則に従って寄せ集められ配列された素材でもって、一個の新奇な世界を創造し、新たなものの感覚を産出する。(621)

イマジナシオンをもたない画家たちは、事物を忠実に再現しようとするかもしれないが、じつはその「色彩や輪郭や音や香りのもつ精神的な意味」を理解してはいない。そのように事物の表面をなぞるのではなく、「魂の最も奥底にしかその源泉が見出されえない規則」、すなわち類縁関係(ないし隠喩)に従って、新奇な世界を創りだすことこそ画家本来の仕事なのであり、そのためには「イマジナシオン」を利用する必要があるというのである。

ここでイマジナシオンをもつ画家として想定されているのはドラクロワであるが、ボードレールはすでに美術評「万国博覧会、一八五五年、美術」において、ドラクロワが日常世界を越えた「超自然的な」世界を描くとしていた。すなわちボードレールによれば、ドラクロワは諸事物を模倣するのではなく、阿片の服用の際に知覚されるような世界を描くとされており、その絵画は「音が音楽的に響き、色彩が語り、香りが観念の世界を語る、その感嘆すべき時」を表現していると述べていた。優れた芸術家の描く作品世界を阿片夢に喩えるこうした評価は、ヴァーグナー評にも見ることができる。

私は時折、燃えさかる専制的なこの音楽を聴きながら、夢想に引き裂かれた闇の下地に目のくらむような阿片

の想念が描かれているのを見る思いがする。(785)

ボードレールにとって、ヴァーグナーが音楽によって表現する世界とは、通常の知覚によってとらえられる世界ではなく、ポーのいう意味での「イマジナシオン」によって知覚される世界であり、それは諸事物が密やかに連関し、色彩や音や香りが混じり合う、いわゆる共感覚的な世界なのだろう[6]。そしてさらにそれが阿片の服用の際に知覚されるような超自然的な世界に喩えられているのである。

さらに翌一八五六年三月、ボードレールはそれまでに自らが仏訳してきたポーの短編小説を『異常な物語集』(*Histoires extraordinaires*, 1856) として出版する際、序文として付けた「エドガー・ポー、その生涯と作品」の末尾近くで、次のようにも述べている。

自らの芸術を偉大な詩の高みに引き上げた我らがウージェーヌ・ドラクロワと同様に、エドガー・ポーは自らの登場人物たちを、腐敗の燐光や雷雨の匂いが現れる紫がかり、緑がかった下地の上で動かすことを好む。命

5 「ハシーシュの詩」でボードレール自身が言及しているように、ボードレールは「類縁関係」という語を『四運動の理論』(*Théorie des quatre mouvements et des destinées generales*, 1808) の著者フーリエ (Charles Fourier, 1772-1837) から、「照応」という語をスウェデンボルグから、それぞれ借用しているようだ (Baudelaire 〔a〕, 430)。しかしスウェデンボルグの「照応」は大宇宙と小宇宙との間や、天上世界と地上世界との間の照応関係を意味するが、本稿でも見たように、ボードレールはこれをこの世の諸事物間に見られるものへと語義を変えており、思想的な影響を弱めている。

6 ポーもまた、ブヨのような昆虫の羽音がオレンジ色を喚起させたり、その逆の現象が生じたりすると述べたり (随筆集「マージナリア」のうち一八四四年一一月分 〔XVI, 17-18〕)、夜が地平線に忍び寄ってくるのが聞こえるような気がすると述べるなど (詩「アル・アーラーフ」〔"Al Aaraaf"〕の自註 〔Poe 〔a〕, VII, 31〕)、共感覚についての体験を語っている。しかしそれらはある色彩に対して一定の音が対応するというものであり、ボードレールが考えるようなものとは明らかに異なる。

をもたぬと言われた本性が生きた諸存在の本性を帯び、生きた諸存在と同じく超自然的でガルヴァーニ的な震えに震えるのだ。空間は阿片によって深められる。阿片はそこで魔術的な意味をあらゆる色彩に与え、最も意味深い響きでもってあらゆる音を振動させるのだ。（317–318）

「怪奇小説」に分類されることも多いポーの小説を紹介するにあたり、ボードレールはそこに登場する人物たちが甦る不気味さを、ここでまず示唆している。ポーに関する限り、この引用文でいわれていることは、単に登場人物という虚構のキャラクターが生き生きと表現されているといったことではなく、『異常な物語集』に収められたポーの小説「ヴァルドマール氏の症例」（"The Facts in the Case of M. Valdemar," 1845）や「モレラ」（"Morella," 1835）、「ライジーア」、「メッツェンガーシュタイン」（"Metzengerstein," 1836）のように、死んだはずの人物が甦る恐怖を意味していると考えるべきだろう。ガルヴァーニ（Luigi Galvani, 1737-1798）が死んだ蛙の筋肉を電気によって痙攣させたように、命の無いはずの死体が自然本性にないような生命反応を示すことが言及されているのである。そして特に「ライジーア」では、フランシス・ベイコンのいう「異様さ」をたたえた美女ライジーアの容貌が「阿片夢の光輝（the radiance of an opium-dream）」に喩えられているが（Poe［a］, II, 249）、物語中盤で落命するそのライジーアは、阿片に耽溺する語り手の目の前で彼の後妻に憑依し、物語末尾で姿を現すのである（268）。怪奇的な効果を高めるために、ポーが色彩や音などにも配慮していることも、各小説から読み取ることができるだろう。その印象をボードレールが上述のように書き記しているのであるが、ボードレールはドラクロワの絵画からも同様の印象を受けるというのである[7]。その審美眼の是非はともかく、こうした美的感覚がヴァーグナーの音楽にも適用されることになる。いわばヴァーグナーの音楽は、ポーから譲り受けたイマジネーション論や自らの阿片体験によってすでに醸成されていた美意識に沿って受け入れられたのだといえよう[8]。

とはいえ、共感覚の問題はポーにおいてイマジネーション論と関係づけて論じられているわけではなく、これについてはボードレール自身の問題意識に由来すると考えるべきだろう。注目すべきは、ボードレールがポーについてほとんど知識をもっていなかった一八四六年の著述の中で、一八三二年のロエーヴ＝ヴェマール（François-Adolphe Loève-Veimars, 1801-1854）訳による、後期ドイツ・ロマン派の作家E・T・A・ホフマン（Ernst Theodor Amadeus Hoffmann, 1776-1822）の次のような文章が引用されていることである。

> 私が色彩と音と香りとの間に類縁関係（analogie）と密接な結びつきとを見出すのは、夢の中や寝入る前に少しウトウトしているときだけでなく、起きていて音楽を聴くときもそうである。それらのすべては同一の光線によって生み出され、すばらしいコンサートの中で結びついているに違いないように思われる。褐色と赤のキンセンカの匂いは、とりわけ我が身に魔術的な効果を引き起こす。それが私を深い夢想に陥らせるのであり、そのときはまるで重く深いオーボエの響きを遠くに聴くようなのである。（Baudelaire〔b〕, 425-426）

いうまでもなく、これはホフマンの小説『クライスレリアーナ』（*Kreisleriana*, 1814-1815）で主人公のクライスラー

7　ただしドラクロワ自身がこの解釈に納得しているわけではない。ボードレール訳のポーの短編集『異常な物語集』序文で示されたこの解釈に対し、ドラクロワは一八五六年五月三〇日の日記の中で抵抗感を示している（Delacroix〔b〕, 582）。またこの『異常な物語集』に関しても、同年四月六日の日記において、「脱自然（hors ou extra-nature）」的な性質を認めたうえでその不健全さを批判し、ポーのほうが健全な作家よりもイマジナシオンが豊かなわけではないと述べている（573-574）。

8　「一八五五年のドラクロワ論、一八五六年のポオ論で、ボードレールはこれら二人の芸術家の中に、ワーグナーと全く同様の、人口楽園的超感覚の世界を発見している」ということは、すでに前掲金沢論文で指摘されている（金沢、八六―八九。引用文は八七）。

が語る有名な文章である。この文章を引用するボードレールは、一八四六年の段階ですでに共感覚に関心をもっているのである。

じつはこの仏訳の文章にはかなりの誤訳が含まれている。参考までに原文からの拙訳も示しておこう。

夢の中よりもむしろ眠りにつく前の朦朧とした状態において、とりわけ多くの音楽を聴いた場合、私は色彩と音と香りとの一致を感じる。あたかもあらゆるものが光線を通じて同じ神秘的なやり方で生まれ、不思議なコンサートに統合したように、私には思われる。深紅のカーネーションの香りは奇妙な魔術的な力で私に働きかけ、知らぬ間に私は夢の状態へと陥り、そしてあたかも高まってはまたぼやけるバセットホルンの深い音を遠くから聴くのである。(Hoffmann, 395-396)

特に注目しておきたいのは、共感覚を体験する状態が、原文では多くの音楽を聴いた後に眠りにつく際だと書かれているのに対し、仏訳では目覚めたままコンサートの音楽を聴く際だとされていることである。ヴァーグナーの音楽を聴きながら共感覚を感じるというボードレールの考え方には、この誤訳に基づく理解も少なからず寄与しているだろう。また原文にない「類縁関係」という語も、ボードレールの思想形成のうえで見逃すべきではない。ボードレールはこうした共感覚への関心をポーのイマジネーション論と重ね合わせ、独自のヴァーグナー解釈を作りあげたのである。

第三節　ボードレールとヴァーグナーとの思想的接触（二）

ボードレールの解釈によって、ヴァーグナーの「音楽」は、ポーが文学において、ドラクロワが絵画において追求したような、超自然的な世界を開示するものとして理解されるようになった。総合芸術作品の創作を重視していたヴァーグナーの側から見れば、この解釈はまったくの誤解といわざるをえないように見える。しかしボードレールの解釈は、ヴァーグナーの思想をまったく無視した単なる誤解にすぎないのだろうか。『リヒャルト・ヴァーグナーと《タンホイザー》のパリ公演』第二章まで読み進めると、問題はより複雑であることがわかってくる。本節では、『リヒャルト・ヴァーグナーと《タンホイザー》のパリ公演』第二章に即して、ボードレールとヴァーグナーとの思想を比較してみたい。

『リヒャルト・ヴァーグナーと《タンホイザー》のパリ公演』第二章において、ボードレールは、ともすればフランス人に誤解されがちなヴァーグナーの思想を明らかにしようとしている。そしてまず、ヴァーグナーが古代ギリシアの演劇を範とし、その上演におけるあらゆる要素、つまり音楽はもちろん装置や演出などあらゆることが、絶えず「効果の全体性（une totalité d'effet）」をもたらすように配慮されていることが紹介されている（Baudelaire〔b〕, 790）。

この「効果の全体性」という用語自体には、ポーの詩論「構成の哲学」の影響を見て取ることができる。すなわち第二部第一章第一節bで論じたように、ポーは「構成の哲学」で、読者の興味を持続させるためには詩に「効果の統一（unity of effect）」ないし「印象の統一（unity of impression）」をもたせる必要があると論じていたのであるが（Poe〔a〕, XIV, 196）、ボードレールは「エドガー・ポーに関する新たな覚書」の中で、前者を「効果の全体性」と読み替えているのである[9]。したがって用語のうえではポーの影響が顕著なのではあるが、しかし内容的にはヴァーグナーの

「音楽書簡」に即した解説であり、主張そのものとしてはヴァーグナー自身の考え方から逸脱しているわけではない。実際ボードレールが「音楽書簡」からの引用を交えて論じているように（Baudelaire〔b〕, 790-792）、ヴァーグナーは観客の感情に直接的に訴えかける作品を求めたのであり、実証的で些末な細部の要求される歴史劇を捨て、神話伝説を作品の素材に選ぶようになったのも、まさにこの理由に基づいているのである。この点において、ボードレールがヴァーグナー自身の考え方をふまえていることは明らかである。

さらにこの箇所でボードレールは、ヴァーグナーが作品の効果を高めるために詩句にも工夫を凝らしていることをも紹介している。「音楽書簡」のうちボードレールが引用している箇所の一部を訳出してみよう。

> 韻律的配列と（ほとんど音楽的な）押韻の装飾は、詩人にとって感情をいわば魔力によって魅了し、意のままに支配する力を、詩句および文に対して請け負う手段である。詩人に本質的なこの傾向は、詩人をその限界、つまり音楽に直接触れる限界にまで導くのであり、それゆえ詩の最も完璧な作品は、その最終的な完成において、完全な音楽であるかのようなものであるにちがいない。(791)

ここでヴァーグナーは、観客の心情に直接的に訴えかける効果を求めるために、言葉の意味よりもむしろその音声的要素を強化することを求めている。伝説を素材とすることのみならず、作品の歌詞に関しても、いわば「効果の全体性」に寄与することが求められるわけである。

こうした詩の音楽性に関する問題意識は、詩人でもあったボードレールにとって、すでに馴染みのあるものだった。すなわちボードレールは、この問題をポーの内に見出していたのである。

第二部第二章第三節で論じたように、ポーは詩論「ロングフェローのバラッド」において、詩人たるものは、現世の諸事物の美に満足することなく、「天上の美」を求め、なんとかそれを作品化しようと、狂おしく努力するものだと論じていた。その主張をほぼ逐語的に繰り返した死後出版の詩論「詩の原理」では、さらに人間たちにとって天上の美が詩や音楽を通じて一瞬瞥見されるものにすぎないと述べ（Poe［a], XIV, 274）、次のように続けている。

> 韻律、リズム、押韻の様々な様式において、音楽が詩の中でなくてはならぬほどあまりにも大きな要素であり、あまりにも必須の重要な属性であるため、その助けを拒むものが大馬鹿だということについては確かに納得できることなので、今はその絶対的本性について時間を割いて語ったりはしないでおこう。詩的情緒に鼓舞されたときに魂があがき求める最終目的、すなわち天上の美の創造に、魂が最も近づきうるのは、おそらく音楽においてである。実際ここにおいてこそ、この崇高な目的が時としてかなうことが、事実、あるかもしれないのだ。天使たちにとって未知ではありえない調べが地上のハープからつま弾かれるのを感じて、我々はしばしばうち震えるものだ。だから一般的な意味での詩と音楽との結合のうちに、詩的展開のための最も広い領域が見出されるのは、ほとんど疑いの余地がないのである。（274-275）

彼の詩「大鴉」やその制作方法について書かれた先述の詩論「構成の哲学」の記述にも見られるように（XIV, 199）、実際ポーは、詩作の際にリフレインを多用したり、押韻を重用したりして、詩の音楽的効果を高めるために力を尽くしている。つまりポーが詩に「効果の統一」を求めるとき、その「効果」とは音楽的な効果のことなのである。

9　ボードレールは一八五九年にこの「構成の哲学」を仏訳しているが、その三ヶ月後、美術評「一八五九年のサロン」で彫刻について論じる際、作品の本質的な条件として「印象の統一（l'unite d'impression）」と並び、この「効果の全体性」という語を挙げている（674）。

そしてボードレールもまた、「エドガー・ポーに関する新たな覚書」において上述の「詩の原理」の主張を紹介した後（Baudelaire［b］, 332-334）、すぐ「構成の哲学」へと話題を移し、ポーが「大鴉」の制作に際してリズム、リフレイン、押韻に気を配ったことについて強調している（334-335）。こうしたポーの詩論に共感していたボードレールにとって、ヴァーグナーの主張が特筆すべきものだったことは、容易に理解できよう。

ただしヴァーグナーとポーとの間に見解の相違があることはいうまでもない。ヴァーグナーは詩と音楽との間に越えることのできない断絶を認めているのに対し、ポーはそうしたことを特に考えてはいないのである。ポーが詩の音楽性を問題にする際の「音楽」とは、詩句のもつ「音楽のような」性質のことであり、実際にジャンルとしての音楽と詩との結合を念頭に置いているわけではない。しかしわざわざ上述の引用文を「音楽書簡」から引用したボードレールにとって、ヴァーグナーの主張はポーの主張と重なるものとして意識されたのではないだろうか。また、ポーにとって詩を音楽的にすることは「天上の美」への指向性をもつものであり、「超自然的な」世界の開示を作品に求めるボードレールの考え方もそうしたポーの主張を受け継ぐものと考えられるが、ヴァーグナーにはこうした指向性を見ることができない。この点については、微妙な問題がからむため、「音楽書簡」の別の箇所をも参照してより慎重に検討する必要がある。

ここでヴァーグナーは伝説を扱った楽劇が、歴史劇とは違って、一目見ただけで理解可能であるとした後、次のように述べている。ボードレールの引用した仏訳文を訳出してみよう。

> 場面の性格と伝説の調子はともに、ある夢の状態（état de *rêve*）へと精神を投げ込むのに寄与する。その夢の状態は精神をまもなく完全な明視にまで至らせ、精神はそのとき、通常の覚醒状態においては精神の目が見出すことのできない世界の諸現象の新奇な連関を発見する。（792）

ボードレールがこの文章をどのように理解したのかについては、容易に推察できる。おそらくボードレールにとってこの文章は、ポーのイマジネーション論と重なるものとして、また自らの照応ないし類縁関係に関する論と重なるものとして理解したであろう[10]。そしてほかならぬヴァーグナー自身のこの言葉を見つけた際、まさに我が意を得た思いがして、これを自著に引用する気になったのではないだろうか。その意味では、この文章が彼独自のヴァーグナー評を導き出した主たる要因であるとさえ考えられる。

しかしこの文章を前後の文脈からとらえ直すなら、そこにはこうした解釈とは異なる内容を読み取ることになるだろう。

そもそもヴァーグナーは、言語と音楽との関係を次のように考えている。元来、言語は歌のようなものであり、理性と感情との双方に関わる音楽的なものだった。しかし時代が下るにつれて感覚的だった言語は抽象度を高め、言語はもっぱら理性に、音楽は感情に関わるものとなってしまった。そしてベートーヴェン（Ludwig van Beethoven, 1770-1827）の交響曲にまで発展してきた音楽は、因果の説明や論理に携わる言語とはまったく別の次元のものとなったのだという（Wagner, 7, 110-111）。「音楽書簡」の原著「未来音楽」において、ヴァーグナーは次のように述べている。

> この交響曲においては、それ以前のいかなる時代にも知られていなかった言葉が、楽器によって語られる。つまり純粋に音楽的な表現がこれまで知られていなかったほど続いて、思いがけぬ多様なニュアンスで聴衆をとりこにし、その内奥を他のいかなる芸術にもおよばぬ強さで興奮させ、そしてその変化の中で自由で大胆な法則性が明らかになるのだが、その法則性は、どんな論理よりも強力に思われ、論理法則をほとんど含みもた

10　前掲金沢論文でも、この箇所がボードレールにとってイマジネーション論と重なるものと理解された可能性が指摘されている（金沢、九三）。

ず、むしろ理性的で因果の手引きに動かされるような思考がここではまったくよりどころを見失ってしまうほど、自由で大胆なものなのである。そのためその交響曲が、我々には別世界の開示のように思われるはずであり、また実際それは、通常の論理的関係とはまったく異なる世界現象の連関を明るみに出すのであるが、とりわけ明白なのは、つまり圧倒的な確信をもって我々に迫り、そうした確かさでもって我々の感情をとらえるのは、論理を扱う理性がそうしたことによって完全に混乱し、兜を脱ぐということである。(110)

ここでヴァーグナーは、論理によって理性的にとらえられる世界連関とは異なる世界連関が、ベートーヴェンの交響曲によって開示されるとしている。このように高次に発展した音楽は、聴衆の感情をとらえ、虜にしてしまうのであるが、ヴァーグナーはこの音楽がさらに詩と結びつくべきだと論を進める(111-112)。なぜなら論理的な理性は、この交響曲を聴く際にもなお払拭されず、物事の因果関係について「なぜ」と問うその論理的思考に妨げられて、純粋に音楽の魅力を享受できないからだという(112)。いわば言語と音楽とが分裂してしまった現代においても、人間はなお理性と感情とを合わせもつ存在なのであり、その双方を満足させる欲求を保ち続けているのだといえよう。ヴァーグナーにとって詩と音楽との結合は、理性を捨てきれない人間の感情を魅了する手段なのである。

こうした文脈をふまえたうえで、先程ボードレールが引用した箇所を、ボードレールが省略した部分も含め、今度はドイツ語の原文に即して訳出してみよう。

特徴的な場面と同じく伝説風の音調をも通じて、精神はまもなく夢のような状態(träumerischen Zustand)へと移行する。そこにおいて精神は、世界の諸現象の新奇な連関を見出すような完全な明視にまで到達することになる。しかもその連関は、精神が通常の覚醒状態の眼でもって見出すことのできないようなものであり、それゆえ精神は、世界のとらえ難さを前にした畏怖を克服せんがために絶えず「なぜ」ということを気に掛けるのであるが、その世界がいまや精神に対しきわめて明晰かつ明瞭に理解されるようになるのである。(121)

ここでヴァーグナーは、伝説を扱った楽劇が通常の世界連関とは異なる世界連関を開示するとしている。ここにおいて享受者は、論理的な思考に基づいて、その新奇な世界に対して「なぜ」という問いを発せざるをえないのだが、他方、楽劇はその問いを封ずる働きをもっている。この引用文中には明示されていないが、すでに見てきたようにその働きは伝説という楽劇の素材によるのであり、また楽劇の歌詞によるのである。つまり伝説的な素材と楽劇の言葉は、ともに音楽の魅力を損なってしまう理性の働きを沈静化し、享受者を作品に没頭させる助けとなるわけである。

以上の論旨をふまえるなら、ここで「夢のような状態」と述べられているものが、ボードレールのいうような「超自然的な」世界を意味しないことは、明らかだろう。ここでヴァーグナーが論じているのは、論理的思考と対比された感情的陶酔についてであり、論理的脈絡をもたぬ音楽独自の魅力についてである。たしかにヴァーグナーの文章には、ポーの思想との類似を思わせるような部分もあるが、文脈が異なることは否定できないだろう。

以上のように『リヒャルト・ヴァーグナーと《タンホイザー》のパリ公演』第二章では、根本的に見解の異なるボードレールとヴァーグナーとの間に、あるねじれた類似性を見出すことができた。すなわち両者は、作品の享受者に訴えかける効果を重視する点、および詩の音楽性を重視する点において同様の指向性をもっているのだが、一方でボードレールはヴァーグナーの主張を曲解し、超自然的な世界を音楽によって開示しようとした芸術家としてヴァーグナーを評価する。いわばボードレールは、ポーの思想的影響の延長線上でヴァーグナーを理解しているのである。[11]

結び

『リヒャルト・ヴァーグナーと《タンホイザー》のパリ公演』の第三章ではヴァーグナーの具体的な作品について、第四章では世間で不評を買っているヴァーグナー作品の強烈さについて、それぞれ語られている。そして本文よりも後で執筆された付言は、失敗に終わったヴァーグナーの《タンホイザー》の擁護に費やされ、ヴァーグナーの重要性を強調している。これらの部分では、第一、二章において展開されるような「誤解」が比較的希薄であり、むしろヴァーグナーの紹介として穏当なものといえるだろう。しかし『リヒャルト・ヴァーグナーと《タンホイザー》のパリ公演』全体としては、やはりボードレール独自の芸術論といった感は否めず、ヴァーグナーの実像との間にズレが生じてしまっている。ともあれ、このボードレールによるヴァーグナー評が、フランスにおけるヴァグネリスムの起爆剤となり、詩におけるポー、絵画におけるドラクロワと同様に、ヴァーグナーは音楽ないし楽劇において、阿片夢のような超自然的世界を表現し、共感覚的な効果をもたらす芸術家として、フランスに紹介されることになるのである。

たしかにボードレールのヴァーグナー評には、ヴァーグナーの意図とは異なる部分が少なくない。しかしそのことは、ボードレールの批評がヴァーグナーの作品にとって的外れであるということを意味するのだろうか。作者の意図が作品の意義を必ずしも決定しないとすれば、ボードレールのヴァーグナー評は、ヴァーグナーの作品に対する一つの解釈を提供するものとも考えられるのではないだろうか。少なくともヴァーグナーの受容史を考察するうえで、ボードレールのヴァーグナー評には画期的な意義が認められよう。すでにトーマス・マン（Paul Thomas Mann, 1875-1955）は『リヒャルト・ヴァーグナーの苦悩と偉大さ』（*Leiden und Gröse Richard Wagners*, 1933）において次のように述べている。

そもそもこの絵画のヴァーグナーたるドラクロワの最も早い崇拝者ボードレールは、実際、パリにおける最初のヴァグネリアンであり、真の、心底感動した、芸術に理解のあるヴァグネリアンの一人だった。一八六一年の彼のタンホイザー論は、ヴァーグナーについての最初の、決定的で画期的な言葉であり、今でも歴史的に重要なものである。ヴァーグナーの音楽が彼にもたらしたような、他人の芸術的意向の内に自分自身を再発見する幸福を、彼はかつて他に一度だけ、エドガー・アラン・ポーとの文学的な出会いに際して経験した。ヴァーグナーとポーはボードレールの神々である——ドイツ人の耳には奇妙な組み合わせだ！　この取り合わせはヴァーグナーの芸術を一挙に明るみに出し、彼の愛国的解釈者がそう見るようにと我々を慣らさなかった魂の結びつきへと馴染ませてくれる。西洋の盛期ないし後期ロマン主義の多彩で幻想的な、死や美に夢中になった世界が、その名のもとに開けてくる。多様な共感覚的思索を熱狂的に追う厭世主義の世界が、そして風変わりな麻薬に精通した、感覚が極度に繊細になった世界が。色彩と響きと香りとの間の照応や内的結びつきについての、そして感覚の一つになった神秘的変化についての、ホフマンのクライスラーの夢が……。この世界においてリヒャルト・ヴァーグナーは見られるべきなのである。彼は、生に苦しみ、同情に愛着を抱き、エクスタシーを求め、諸芸術を混合するあらゆるこれら象徴主義者たちの、最も栄光に満ちた兄弟であり仲間なのであって、「人間性を越えて彼方へと行く」欲求をもった「暗示的芸術」の讃美者たちの、最も栄光に満ちた兄弟であり仲間なのである。(Mann, 118-119)[12]

11　この第二章の末尾でボードレールはヴァーグナーの理論的考察を高く評価し、「偉大な詩人はすべて自然的、宿命的に批評家となる。単に本能に導かれる詩人を、私は哀れむ」と述べている（793）。この論点もまた、様々な詩論（特に意図的な詩作のあり方を論じた「構成の哲学」）を書いたポーを意識したものと考えることもできよう。

もともとドイツ人にとってヴァーグナーはポーと精神的に結びつくようなものではなく、そのような「結びつき」には馴染まないものとして解釈されるのが慣例だった。しかしボードレールを介してヴァーグナーとポーとを結びつけるとき、ヴァーグナーのまったく別の側面があらわになると、トーマス・マンはいう。ボードレールによって解釈されたヴァーグナーの作品は、ヴァーグナー自身の意図を越え、フランス象徴主義と呼応し、あるいはそれを鼓舞するものとなるのである。

12 「暗示的芸術」の讃美者としてマンが念頭に置いているのはモーリス・バレス（Maurice Barrès, 1862-1923）であるが（Mann, 119）、この用語自体は、雑誌『ヴァーグナー評論』（*Revue wagnérienne*）でヴァーグナーを讃美したテオドール・ド・ヴィゼヴァ（Téodor de Wyzewa, 1862-1917）によるものである。ちなみにバレスは、オランダの雑誌『新案内』（*De Nieuwe Gids*）一八八五年一〇月号に「将来の美学：暗示的芸術」（"L'esthétique de demain: l'art suggestif"）という論文を発表し、その中でヴィゼヴァの主張を紹介している。

第三章
マラルメと「構成の哲学」
――印象主義を越えて

序

ボードレールより二一才年下のマラルメ（Stéphane Mallarmé, 1842-1898）も、ポーの影響を強く受けた詩人である。のみならず、本章で明らかにするように、彼もまたポーから得た詩論を絵画論に転換し、当時の絵画に多大な影響力をもったと考えられる。しかしボードレールがポーの小説や詩論を翻訳してイマジネーション論の重要性を見出していたのとは異なり、マラルメはポーのイマジネーション論にはまったく注目していない。むしろマラルメの心をとらえたのは、イマジネーション論が隠蔽された詩論「構成の哲学」だったのである。もちろん第二部第一章で見たように、「構成の哲学」も大部分はポーの真摯な思想を反映したものである。それゆえマラルメの思想がポーやボードレールとまったく異なる方向に向かうというわけではないのだが、瞞着を含むその論旨がマラルメに独自の観点を与えることも否定できない。本章では、ポーの思想がマラルメにいかに理解され、いかに後世の芸術思潮に影響を与えたのか検討してみたい。第一節では、「構成の哲学」のマラルメへの影響を取り上げ、その詩論を生かした彼の絵画批評が「印象主義」という名称を生み出した可能性について考察する。第二節では「構成の哲学」がマラルメにもたらした精神的危機と、それが彼の詩に決定的な影響を及ぼしたことを確認する。第三節では、マラルメの晩年の詩論が「イマジネーション」という言葉を用いることなくポーのイマジネーション論に接近し、象徴主義への流れを作っていくことについて解説する。第四節では、ポーの詩論との重要な相違点について確認したい。以上の考察を経て、ポーの思想がフランス芸術に影響を及ぼすもう一つの系譜について明らかにしたい。

第一節　「構成の哲学」の影響と「印象主義」の成立

ボードレール訳の「構成の哲学」を読んだ若きマラルメは、一八六四年一月七日、友人のカザリス（Henri Cazalis, 1840-1909）宛の書簡において、「我が偉大な師（mon grand maître）エドガー・ポーが私に遺贈してくれたいくつもの厳格な理念に忠実であろう」という詩人としての決意を表明し、「詩の**全般的**効果（l'*effet* général du poème）」を求める方法を自ら実践していると述べている（Mallarmé〔a〕, 654）。この書簡では、これとは対極にある方法、すなわち「紙の上にばらまくために天の河の星々を一握りつかみ、いきあたりばったりに思いがけない星座が形成されるようにする」といった、「熱狂」や「インスピレーション」まかせの制作方法が厳しく批判されている（654）。つまりマラルメは、偶然やインスピレーションに頼ることなく、意図的に詩的効果を追求していく方法を、「構成の哲学」から継承しようとしたのである。同年一〇月三〇日カザリス宛書簡において、この詩作方法が「**事物をではなく、それの生み出す効果を描くこと**」（663）と定義されているように、マラルメもまた読者に与える効果を優先的に考えていることにも注目しておきたい。

第二部第一章で論証したように、ポーの「構成の哲学」はイマジネーション論を隠蔽した、いわば瞞着を含む詩論だった。ポーの詩論に多大な影響を受けたボードレールもまた、自ら仏訳したポーの「大鴉」と「構成の哲学」に添えた評論「一詩編の創成」(“La Genèse d'un poème,” 1859)の序言において、この「構成の哲学」がいくらかの瞞着を含むことを認め、「結局のところ、天才には若干の山師ぶりが常に許される」のだとポーを弁護している(Baudelaire〔b〕, 344)。ボードレールにとって「構成の哲学」とは、実際にはインスピレーションに恵まれたポーが、緻密で意図的な制作の重要性を示すためにあえてインスピレーションが不要であるかのようにでっちあげた詩論だったのである[1]。もちろんボードレールがそのように考えたのは、彼がポーのイマジネーション論を知悉していたからにほかならない[2]。しかしポーのイマジネーション論を知らぬマラルメは、「構成の哲学」の主張を真に受けてしまったのである。

先に挙げた書簡の文面を念頭に置いて考えるなら、マラルメが「構成の哲学」に魅了された理由は容易に推察できよう。マラルメにとって「構成の哲学」は、熱情的に詩句を発するような放縦を克服し、なおかつ古典主義的な因習に回帰することもない、新たな技法書として受け入れられたのである。その文学的試みについては次節以降で検討したい。

詩の内容より美的効果を重視するマラルメの詩論は、詩の領域にとどまらず絵画批評の領域にも展開されることになる。すなわちマラルメは、一八七四年四月一二日付の『文芸復興』紙(*La Renaissance littéraire et artistique*)に「一八七四年の絵画審査とマネ氏」(“Le Jury de peinture pour 1874 et M. Manet”)という評論を発表し、「構成の哲学」に通底する論を絵画に即して論じているのである。この評論は、この年のサロンに出品されたマネ(Édouard Manet, 1832-1883)の三つの作品のうち《オペラ座の仮面舞踏会》(*Bal masqué à l'opéra*, 1873)【図6】と《燕》(*Hirondelles*, 1873)【図7】の二作品が審査員によって落選させられたことに抗議するものである。《オペラ座の仮面舞踏会》に関して、マラルメは次のように主張する。

オペラ座舞踏会の片隅を表現すること、その敢行において避けるべき危険は何だっただろうか。衣装ではないコスチュームの不調和なけばけばしさや、どのような時のものでもどのような場のものでもない面食らった身振りであり、造形芸術に真に人間的な見かけの一覧を提供しない身振りである。それゆえ仮面はただ、絵画の中で、つくりたての花束のようなとりどりの色調によって黒い燕尾服の背景によって可能になる単調さを破るだけでしかない。(Mallarmé〔b〕, 412)

つまり不調和な絵柄に陥りがちな題材（仮面舞踏会）を描くにあたって、マネが黒服の男たちを中心に描くことによって色面の調和を保ち、なおかつ「黒い燕尾服の背景によって可能になる単調さ（monotonie）」を「つくりたての花束のようなとりどりの色調」によって解消していることを、高く評価しているのである。たしかにこの作品では、きらびやかな服を着た人物もいないわけではないが、黒服を着た男たちが圧倒的多数を占め、鮮やかな色彩はそのアクセントのような役割を果たしているといえる。しかも黒服のせいで個々の人物の輪郭も不明瞭であり、逆に身振り表現が雑然と入り乱れているようには見えない。中心となる人物もなく、いわば個々の人物の姿形が全体に融解していることによって、色調の構成が作品の中心となっているようにも見えよう。作品に調和的な統一を与えつつ単調さ

1 同様の指摘は、「エドガー・ポーに関する新たな覚書」ですでになされている（Baudelaire〔b〕, 335）。

2 ボードレールも「構成の哲学」の仏訳を発表したちょうど三ヶ月後の七月二〇日、「一八五九年のサロン」で彫刻について論じる際、作品の「本質的な二つの条件」として、「印象の統一（l'unité d'impression）」と「効果の全体性（la totalité d'effet）」を挙げている（Baudelaire〔b〕, 674）。だが概して「構成の哲学」のボードレールへの影響は薄いように思われる。

図6
マネ《オペラ座の仮面舞踏会》
1873-74年、油彩・画布、60×73cm、ワシントン、ナショナル・ギャラリー

図7
マネ《燕》
1873年、油彩・画布、65×81cm、チューリヒ、ビューレ・コレクション

を回避しているとするこの評価が、第二部第一章第一節fで紹介した「構成の哲学」におけるリフレイン論と通底することは、容易に理解できるだろう。ポーは「大鴉」という詩をつくるにあたって、「もはやない（Nevermore）という語を反復することによって作品のまとまりをつくりだし、同時にその語に様々な意味を付加することによって単調さを回避したのだと主張していた。マラルメは「構成の哲学」のこの技法論に即して、マネを擁護しているのである。

一方《燕》については、マラルメは「印象」という語をキーワードにして、その作品の優越性を主張している。すなわちサロンの審査員は《燕》のように筆致の粗い作品を「十分に仕上がっていない」という理由で批判するのであるが、審査の基準となるべきなのはむしろ「それがもつ印象の含有量(la dose d'impressions qu'il comporte)」であって、「仕上がっている」か否かは問題ではないし、マネの作品のように「その構成要素すべての間に作品を成り立たせ、一つの調和が存在し、もう一筆加えたら容易に崩れ去るような魅力がその調和によって保たれている」場合、「仕上がっていない」とさえいえないのである（413）。第二部第一章第一節でも検討したように、ポーは、一部でも取り換えると全体が台無しになるような緊密なプロットを詩に求めていた（Poe［a], X, 117）。これと同様の問題意識が、まず確認できよう。さらには、サロンの審査員には仕上がっていないように見える粗い筆致の作品を、マラルメは作品の統一的調和とその作品のもつ「印象」を理由に擁護しようとしている。それではその「印象」とは、画家の抱く印象なのだろうか、それとも作品が享受者に与える印象なのだろうか。この箇所より少し前の、作品の所感が述べられている箇所を見てみよう。

とある北フランスの砂丘の草上に二人の婦人が座っており、海を感じさせる背後の村によって閉ざされた領域へと、砂丘は広がっている。二人の人物を取り巻く広々とした雰囲気は、そのようになっている。そして遠くからこの絵画の題となる燕がやってくるのである。まず屋外の印象が現れる（L'impression de plein air se fait jour d'abord)。そしてこの婦人たちはすっかり自分の夢想や互いの会話に夢中になっており、しかも絵の構成上彼女たちは飾りにすぎない。そのように、画家の目はかくも広大な空間の中でそれらをとらえるのがふさわしいのであり、彼女たちの灰色の布地と九月の午後との唯一の調和へと向けられているのである。(Mallarmé〔b〕, 413)

ここでマラルメは、作品に描かれた諸事象を最初に解説しつつ、「まず屋外の印象が現れる」という。ここで「まず」というのは、作品享受の第一段階でとらえられるものが全体的な「印象」であって、個々の具体的な諸事象ではないことを示唆しているといえよう。たしかに二人の婦人の描写はかなり粗い筆致で描かれ、彼女たちが絵画の主役ではなく、「印象」こそが重要なのだという主張も、それなりの説得力をもつといえよう。そして制作者の立場ではなく享受者の立場から場面を解説している文脈上、その「印象」が、享受者に対して現れる屋外の印象であることは明らかである。すなわちこの「印象」とは、作品が享受者に与える印象のことなのである。たしかにこの「印象」をマネの抱いた印象であると解釈する余地がまったくないわけではない。すなわちマネが感じた屋外の印象が作品から現れる、というわけである。だが前後の文脈を考えるなら、マネの抱いた印象ということが大前提になっているとはいいがたい。この点で、享受者への「印象」を重視し、作品が「印象の統一」をもつことを求めたポーの主張と重なることを確認しておくべきだろう。

このように、「構成の哲学」から学んだ詩の問題は、マラルメによって絵画論に転換され、アカデミーの規範から外れた作品を擁護する主張となるのである。だがこのマラルメのマネ評の重要さは、ただそれだけの点にとどまるわけではない。以下に示すように、この時期に「印象」をキーワードにして筆致の粗い絵画を擁護したということに重大な意味があったのである。

このマネ評の三日後の四月一五日から一ヶ月間、パリのカピュシーヌ通りで、サロンに落選した作品を集めたグループ展が開かれた。ここに展示された作品を、批評家ルロワ（Louis Leroy, 1812-1885）は四月二五日のル・シャリヴァリ紙（*Le Charivari*）で「印象主義者の展覧会」（"L'Exposition des impressionnistes"）という記事を書き、その展覧会に出展された諸作品を徹底的に愚弄する。その際、彼がこの展覧会に出品した画家たちを総称して「印象主義者」と呼んだことから、この語が成立したのである。たしかにこのルロワの記事以後、「印象主義」という語は、画家自身の「印象」を描く立場を指すものとして理解される傾向が強い。たとえばカスタニャリ（Jules-Antoine Castagnary, 1830-1888）はルロワの記事の四日後、四月二九日に『世紀』紙（*Le Siècle*）に掲載された「カピュシーヌ通りの展覧会：印象主義者たち」（"Exposition du boulevard des Capucines: Les Impressionnistes"）において、「風景をではなく、風景によって生み出された感覚を表現するという意味で、彼らは印象主義者だ」と述べている（Castagnary, 17）。また五月三日にはアンリ・ポルデ（Henri Polday〔Henry Hardy〕, 1850-1923）が『文芸復興』紙（*La Renaissance littéraire et artistique*）紙でこの画家たちを「非妥協派」と呼んだうえで、彼らが刻々と変化する自然の印象を描こうとしていると指摘している(Polday, 32-33)。これらの場合は、我々の一般的な理解と同様に、「印象主義」という語が外界から受けた画家の印象を描く立場として理解されているといえよう。しかしながら、「印象主義」という語を広めた当のルロワの記事自体をよく読むならば、そうした理解とは異なる主張を見出すことになる。

対話形式のこの記事においてルロワは、細部表現の粗い絵画を時には擁護してみせる穏健な語り手と、それらを徹底批判し、憤激しながら狂気に陥るヴァンサン氏とを対比させている。そしてそれらの作品を擁護する際には、作品内に「印象がある」という奇妙な口実がもちだされるのである。実際に対話の部分の当該箇所を見てみよう。ヴァンサン氏は粗い筆致で畑を描いたピサロ（Jacob Abraham Camille Pissarro, 1830-1903）の《白い霜》（*Gelée blanche*, 1874）【図8】とシスレー（Alfred Sisley, 1839-1899）の《果樹園》（*Verger*, c. 1874）について、次のように述べる。

――これが畝溝だって？　これが霜だって？　汚いカンバスに、パレットの削り屑を一様に並べただけさ。要領を得ないし、上も下もないし、前も後もありゃしない。

――おそらくね。でもそこには印象があるだろう（l'impression y est）。

――なるほど、奇妙な印象がね。……おや　あれは何だ？

――シスレー氏の《果樹園》だよ。あの右手の小さな木がおすすめだね。明るいけれど印象が……

――君のその印象で煩わせないでくれ。そんな印象は与えられないし、与えるべきでもないんだ（Ce n'est ni fait ni à faire）。（Leroy, 25）

作品内に「印象がある」という言い回し自体は、たしかに「画家の抱いた印象が作品に現れている」という意味合いで解釈することもできるかもしれない。しかし引用箇所の最終行をふまえるならば、むしろ「印象」とは、作品が享受者に与える印象、つまり作品に対して享受者が受ける印象のことを意味していると考えられるのではないだろうか。この可能性については結論を急がず、まず作品内に「印象がある」という特異な言い回しについてもう少し見てみよう。同様の言い回しは、ヴァンサン氏がモネ（Claude Monet, 1840-1926）の《カピュシーヌ通り》（*Boulevard des Capucines*, 1873-1874）を見た際にも現れる。

ここには印象がある（En voilà de l'impression）、つまり私には理解できないよ……。（25）

ところがそうした作品を数多く見て歩くうちに、ヴァンサン氏はやがて狂気に陥っていき、筆致の粗い作品を肯定的に評価し始めていく。つまりこれらの作品を肯定する批評自体が正気の沙汰ではないというルロワの見解が、おも

図 8
ピサロ《白い霜、アヌリーの旧道、ポントワーズ》
1873年、油彩・画布、65 × 93cm 、パリ、オルセー美術館

図9
モネ《印象、日の出》
1872年、油彩・画布、48×63cm、パリ、マルモッタン美術館

しろおかしく表現されるのである。そしてついに二人はモネの《印象、日の出》(*Impression, Soleil levant*, 1872)［図9］の前にさしかかり、そのタイトルについて、ヴァンサン氏は次のように述べている。

——印象ね、ごもっとも、そうだと思った。私が印象を受けたのだから、その中に印象をもっているに違いない (puisque je suis impressioné, il doit y avoir de l'impression là-dedans) ……。その手際のなんという自由さ、なんという優雅さ！　描き始めの状態の紙のほうがまだ、この海景画よりも手が込んでいるよ。(26)

ここでは、とても仕上がった状態には見えない作品が、その中に印象があるという口実のもとで狂人に褒められることによって、逆に揶揄されている。周知のように、ルロワの印象主義批判はこのモネの作品への揶揄によって、読者にとっても効果的な主張となっているのであるが、その主張は作品内に印象があるという奇妙な言説と密接に結びついているのである。そしてここで述べられている「印象」とは、画家の抱いた印象というよりもむしろ、作品が享受者に与える印象についてであることも明らかだろう[3]。

したがってルロワの文章を整合的に読むならば、次のように理解すべきである。すなわち「作品の中に印象がある」という奇妙な言い回しは、もともと印象派の作品を擁護する側から示される主張であり、その「印象」とは作品が享受者に与える「印象」のことである。つまり享受者に与える印象が作品中にあるならば筆遣いが粗い作品であっても構わない、というのが「印象派」擁護論として想定されており、この擁護論をルロワがヴァンサン氏の発言を通して徹底的に揶揄しているわけである。

この擁護論の特異さや、ルロワによる批評文がマラルメによるマネ擁護の一三日後に発表されているという時期から考えても、ルロワがマラルメの文章を念頭に置いている可能性はきわめて高く、「印象主義」の名称がポー、マラルメ、ルロワを経て成立したこともまた十分に考えることができるだろう[4]。

じつはルロワの批評に先立って「印象」の語をキーワードのように用いた批評が、この展覧会に対して用いられている。まず四月一九日の『銅版画のパリ』紙（*Paris à l'eau-forte*）に、マルト（C. de Malte）というペンネームで、マラルメの友人でもあるリラダン（Jean-Marie-Mathias-Philippe-Auguste, comte de Villiers de L'Isle-Adam, 1838-1889）がこの展覧会の批評文を発表し、その中でモネの《大通りの眺め》（*Vue d'un Boulevard*）（実際には《カピュシーヌ通り》）と《風景》（*Paysage*）とを挙げ、「クロード・モネ氏が印象のまばゆさを表現している」と述べている（L'Isle-Adam, 27）。《風景》に相当する可能性のある作品は、《ひなげし》（*Les Coquelicots*, 1873）か《ルアーブル、出航する漁船団》（*Le Havre : Bateaux de pêche sortant du port*, 1874）か《印象、日の出》であるが、おそらくは《印象、日の出》のことであり、「クロード・モネ氏が印象のまばゆさを表現している」というのもこの後者の作品のことをのみ指しているのだろう。したがってリラダンのいう「印象」は、モネが日の出から得た印象であり、マラルメとルロワとが問題にしている「印象」とは異質なものである。しかしリラダンが友人のマラルメによるマネ擁護論を念頭に置き、同じくサロンに落選した作品のうち最も筆触が粗くかつタイトルに「印象」の語が含まれるこの作品が世間の批判を浴びることも予測して、こ

3　ルロワ以後の批評において、「印象主義」の「印象」という語はすでに挙げたカスタニャリのように「画家が自然界から受けた印象」という意味で理解されるのであるが、ルロワの批評においては「享受者が作品から受ける印象」という意味でも解釈しうることに留意したい。印象主義研究において定評のあるシフの論文ではこの「印象」の概念について細かく分析されているが、こうした解釈の可能性については考慮されていない（Shiff, 14-20）。またアルバート・ボイムは、アカデミーの教育において「印象」や「効果」を重視するスケッチの段階と仕上げの段階とを区別しており、印象派への移行がスケッチの段階に力点を置くようになったことにあるとしているが、ここでの「印象」も画家が外界の事物から得た印象を意味するにすぎない（Boime, 363ff.）。

4　モネの作品の《印象、日の出》というタイトルもまた、展覧会開催の直前になって「印象」という語が付け加えられたものである（Rewald, 233-234）。マラルメのマネ評をモネが意識していた可能性についても、検討の余地があるかもしれない。

うした一文を付けている可能性もまた、否定できないように思われる。

翌四月二〇日には、プルーヴェール（Jean Prouvaire）というペンネームでフーレ（Auguste Fourès, 1848-1891）が『召還』紙（*Le Rappel*）にこの展覧会評を書き、「絵画は諸事物の現実性そのものではなく、何よりもまず諸事物の『印象』を与えなければならない」という口実で、出品作に対して好意的な立場をとっている（Fourès, 34）。

この後、四月二二日のシルヴェストル（Armand Silvestre, 1837-1901）の記事では、モネ、シスレー、ピサロがもっぱら「印象の効果」を求めていたとされている（Silvestre, 39）。そしてその翌日には、ガンテス（Fernand de Gantès, 1854-1882）がこの展覧会を「下絵の展覧会（Exposition d'Esquisses）と呼び、それらの作品が気質や「自然の正確な印象」を表していると述べている（Gantès, 22）。これらの用例も、出品作がそもそも写実的な模倣を目指した作品ではないことを認める文脈で書かれており、筆触の粗さをめぐる議論に「印象」という語が用いられていることが確認できる。

もちろん彼らの批評において、作品が享受者に与える「印象」や作品中にある「印象」について語っていることが明確であるわけではないので、彼らがマラルメによるマネ擁護を念頭に置いていたのかどうかは、厳密なところはわからない。また同じ理由で、ルロワがこれらの批評家たちを主たる標的に定めているとも考えにくい。しかし、ルロワの批評文が発表される直前に、すでに「印象」という語によってこれらの作品を擁護することの是非が問われる状況が生じていたことが確認できるだろう。

もちろんマラルメの絵画評はマネの擁護のために書かれたものであり、ルロワの絵画評はマネが出品しなかった落選者展のために書かれたものである。それゆえ論点が重なっているとしても批評する相手が異なっており、ルロワによる「印象主義」批判がマラルメに向けられたものとは言えないのではないかという反論もあるかもしれない。しかし、落選者展の出品者たちにとってマネは指導者的存在であり、当のルロワもそのことをよく知っていたと考えられる。ルロワの記事では、次第に発狂していくヴァンサン氏が印象主義者に共感し始め、ベルト・モリゾ（Berthe

Morisot, 1841-1895）が《読書》（*La Lecture*, 1873）の中で本をもつ指を粗く描いていることに理解を示しつつ、次のように述べている。

手の中に虫けらを探すような間抜けどもは印象的な芸術を何もわかっとらんし、偉大なマネならそいつらを国家から追放しただろう。（Leroy, 25）

いまや頭がおかしくなっているヴァンサン氏は、「虫けら」のように小さな指まで細かく描く必要がないという「印象主義者」に共感しており、そのように細部描写をしない画家たちの頭目としてマネの名を挙げ、詩人追放論を主張したプラトンに彼をなぞらえられているのである。

またその後に書かれたジュール・クラレティー（Jules Claretie, 1840-1913）の批評「パリの一八七四年のサロン」（"Salon de 1874 à Paris"）においても、マネが「印象主義者たち」の一人だとされている。すなわち六月一三日にアリスト（Ariste）というペンネームで『ベルギー独立派』紙（*L'Indépendence belge*）に発表されたこの批評の中で、クラレティーは次のように述べているのである。

マネ氏は、絵画においては印象で満足できるし、またそうしなければならない（qu'on peut, en peinture, et qu'on doit se contenter de l'*impression*）と主張する人たちの一人だ。我々はこの印象主義者たちについて、最近ではカピュシーヌ通りのナダールのところでの展覧会を見た。それはまったく人を面食らわせる代物だった。（Claretie, 9）

ここでクラレティーは、マネを印象主義者と一体のものとしてとらえている。そしてマネおよび印象主義者が、印象こそ絵画において重要であるとして、人を面食らわせるような作品を描いていることを指摘している。印象こそ絵画において重要であるという主張が、実際にマネ自身によってなされていたのかもしれないが、管見の限りでは確認できない。だが少なくとも、作品内の印象の有無が絵画としての優劣に関わるのか否かという議論が、マネにも関わる問題として、当時の話題になっていたことは明らかである。そうであれば、その議論においてマラルメのマネ評が重要な役割を果たしたと考えることができるだろう。ポーの詩論「構成の哲学」は、マラルメを通じて印象主義運動を後押しする役割を果たすのである。

第二節　虚無と美

ここまで論じてきたように、事物の描写よりむしろ効果や印象を重視するという「構成の哲学」の主張は、絵画論にも転換しうるものだった。しかし「構成の哲学」に示される詩論は、実際に詩作を試みるマラルメ自身にとって深刻な問題を引き起こすことになる。再び一八六〇年代に遡り、若きマラルメが陥った精神的危機について検討してみよう。

先に見た一八六四年一〇月三〇日付のカザリス宛書簡のなかで、マラルメは「構成の哲学」の詩作方法に従って自らも「エロディヤード」(“Hérodiade”)という詩を制作しようという決意を語っている(Mallarmé〔a〕, 663)。しかし「数学的」に着実な手順で作品を制作するという「構成の哲学」の主張とは対照的に、「エロディヤード」の制作は思うようにはかどらず、マラルメを疲労困憊させることになる。一八六五年一月一五日付のカザリス宛の書簡で「エロディヤード」のことを「僕の貧しい才能をはるかに凌駕しているため、おそらくいつかは僕が破り捨てることになる作品」と述べているように（666）、「構成の哲学」から受け継いだ詩作方法は、大作に挑む野心的なマラルメに著しい無力感を与えることになったのである。

有名な一八六六年四月二八日付のカザリス宛書簡は、こうした状況で記されたものである。ここでマラルメは、「エロディヤード」の制作状況について、「まだ下書きの段階だが、途方もない効果をもつものとなるだろう」と報告し、さらに「ポーに匹敵し、彼の詩にまさるとも劣らないものをつくることになるだろう」と述べる（696）。そして次のような文章が続くのである。

> 不幸にも、この段階まで詩句を深く掘り下げることによって、僕は二つの深淵に突き当たり、これらが僕を絶望させた。一つは虚無（Néant）であり、僕は仏教を知ることなしにそれに到達し、僕はほかならぬ自分の詩を信じたり、仕事を再開することができたりするためには、まだあまりにも途方に暮れさせられており、その圧倒的な考えが意気を喪失させているのだ。そう、僕にはわかる。僕たちは物質の空しい形態にすぎないのに、神や自分の魂を案出したとすれば、崇高な形態なのだ。あまりにも崇高なので、友よ！　物質でできたこの光景を自分に与えたいのだ。物質であることを意識しながらも、実在しえない夢の中に熱狂的に身を投げ、魂と、太古以来僕たちの中に貯め込まれてきた同様のあらゆる神的な印象とを歌い、真理である無（Rien）の前でそれらの輝かしい虚構を顕在化させながら。これが僕の「抒情的」著作の計画であり、おそらくそのタイトルは「仮構の輝かしさ」あるいは「輝かしい仮構」となるだろう。僕は絶望的に歌うだろう。（696）

ここでは「二つの深淵」のうちの一つが説明されている。もう一つの深淵とは、マラルメの肺に開いた（と彼が思い込んでいた）穴のことであり、自分がまもなくこの世を去ることになるのではないかという恐怖も当時のマラルメを絶望させていたことが後述されている(696)。問題はここで述べられている第一の「深淵」である。マラルメはそれを「虚無」あるいは「無」と呼び、「仏教を知ることなしにそれに到達し」たという。これは書簡の相手であるカザリスが仏教に通暁していたからだと考えられ、いっそ「空」と訳すことも許されるかもしれない。ともあれマラルメは、それを知識によってではなく体験を通じて理解したと考えており、その体験がマラルメを圧倒し、仕事が手につかないほどの絶望を彼に与えているのである。わかりにくいのは、一方で「無」が真理であるとされながら、他方で自分たちがある種の「物質の空しい形態」であることを認めていることである。ただその形態に「空しい」という形容語句が付けられていることから考えると、自分や、身の回りに存在するかのように思われる現世的なものが結局は空しい「夢」のようなものにすぎないという認識であろうと思われる。その世界に神や魂が実在するわけでもなく、虚無の世界に浮かぶ仮の存在として自分たちがおり、同じく実在することのない「印象」をあたかも存在するかのような「仮構」へと顕在化することが、自ら実践している詩作であると、とりあえずそうした内容を読み取ることができるだろう。

体調を崩すほど詩作に耽っていたことが二つ目の「深淵」の原因であることから考えると、日ごろ目を向けることの少ない「死」に直面せざるをえない状況において、生のはかなさを実感し、無こそが真実だという感慨にとらわれたという憶測も不可能ではあるまい。尊敬するボードレールが病に倒れたという情報を受け、彼がすでに死んだものと思って打ちのめされていたことも、同じ書簡の末尾で記されている(697)。またこの箇所について、マラルメの友人であるルフェビュール(Eugène Lefébure, 1838-1908)がヘーゲル(Georg Wilhelm Friedrich Hegel, 1770-1831)の思想にのめり込んでいたことを根拠に、その影響を読み取ろうとする先行研究も多い(Steinmetz, 138 ; Richard, 256-260)。だがマラルメ自身がこの精神的危機の原因を「詩句を深く掘り下げること」であると明言し、かつその方法がポーの「構成の哲学」の方法論を受け継ごうとしていたことをふまえるならば、当然ながらそのポーの方法論に基づいた考察がなされなければならない[5]。

マラルメがポーから受け継いだ詩作方法とは、「事物を描くのではなく、効果を描く」というものだった。そして少なくともポー自身の意識としては、その詩作は経験世界に関して何も確実なことはわからないという懐疑主義的見解と不可分のものだった。第二部第三章第四節で論じたことを、もう一度確認しておこう。

五官に限定された感覚器官を通じてしか世界をとらえることのできない人間には世界の実相をとらえることなどできず、我々は不可避的に懐疑主義を選択せざるをえない。この理解からポーはさらに一歩進み、五官によって知覚される個物が実体性をもつものではなく、むしろ「空間」こそが真に実体的なものであるという理解を導き出していた。そして五官に限定されない状態（天使の状態）で知覚される世界の美（天上の美）を詩によって表現するために、詩句の音楽的効果を高めることによって意味を弱めたり、曖昧な「意味の底流」を示唆的に示すことが求められるようになる。いわば「事物を描くのではなく、効果を描く」という詩作方法は、諸事物の実在を疑い、かつ諸事物の実在を信じがちな地上的認識を脱し、天上の美に近い美をつくろうとする営みだったのである。

もちろん「構成の哲学」にはそうしたことは明言されておらず、マラルメがすぐにポーの思想を理解することはできなかっただろう。しかし「事物を描くのではなく、効果を描く」詩作に没頭するうちに、「個々の語に対応するものとして個々の事物が存在する」と認めるような通常の理解に疑問を抱き、「無こそが真である」という認識に至ったとしても不思議はない。

いずれにせよその認識はマラルメを圧倒し、仕事が手につかないほどの絶望を彼に与えている。これはそれまでの西洋で仏教的な考え方が例外的なものだったからだと考えられる。すなわち伝統的な西洋思想において、個々の事物はそれ固有のイデアないし形相をもつ存在であると認められてきたのであり、認識される諸事物が仮象にすぎないと

5　ティボーデ（Albert Thibaudet, 1874-1936）も、一九一二年の『マラルメ論』において、マラルメへのヘーゲルの影響を否定している（Thibaudet, 72-73）。

論じられる際にも、その仮象の背後に「物自体」としての存在が疑われることなく認められてきた。神学的に見ても、個々の被造物はそれ固有の存在として創造されたと考えられているのである。実在を根本から否定する思想はニヒリズムにほかならず、神の業をも否定する異端の思想だったのである[6]。

こうした無こそ真理であるという世界認識に衝撃を受けたマラルメは、物質が実在するかのように思われる認識が真ではないと認めつつ、なおそのような誤った認識自体が現にあることも認めざるをえない。以前であれば物質界の出来事に言葉を当てはめて語るのだと考えていた言表行為は、実際には実質を伴わない「空しい形態」(vaines formes)について語ることにすぎない。しかしそのことがわかったうえで詩作するとなれば、その空しい「光景」を「実在しない夢」として自覚的に作りだすほかはなく、その過程で、実質を伴わない印象の数々を虚構として顕在化し、輝かしいイメージを作りあげることが目指されるべきだろう。それは真理である無を前にしては空しい虚構にすぎないのだが、しかしその虚構を虚構として独立させることによって、日常的な意味から自由な輝かしさを獲得することはできるかもしれない。そうしたポーの詩論へと一気に迫る認識が、このときマラルメの中に生まれたのではないだろうか。

この精神的危機の中で、マラルメは日常世界とは異なる世界を見出したという。一八六六年七月一三日付のカザリス宛書簡では次のように述べられている。

> 実際、僕は旅をしている。といっても未知の地を旅しているということなのだが。もし灼熱の現実を逃れるために冷たいイメージを喚起させて自ら楽しむとすれば、僕は君にこう言おう、僕は一ヶ月も前から美学の最も純粋な氷河の中にいるのだ――虚無を見出した後、僕は美しいものを見出したのだと――そしていかに明晰な高みに僕があえて身を置いているか、君には想像もできないだろうと。(701)

「旅をしている」といっても、もちろんどこかの土地を訪れているという意味ではない。ここでは、虚無の認識に打ちのめされ、かつてのように日常生活の中で安住できなくなった心情について、そのように表現されていると考えるべきだろう。その中で、当初のような絶望感だけではなく、美を見出したとマラルメは語っているのである。そもそも虚無との出会いが美的効果の追求の結果であったことを思えば、虚無と美との結びつきは不自然なことではない。むしろ卑俗な事物を離れ、詩句の響き合う美的世界こそ、マラルメの求めた詩的世界だったのである。

このように考えるなら、こうした若い時期の経験を経た後に書かれたマネの擁護論は、具象性が欠けてもよいという消極的な主張ではなく、むしろ絵画もまた具象性を越えるべきであるとか、あるいは少なくともそうした絵画があるべきだというより積極的な主張として読むことができるかもしれない。

さらにこうしたマラルメの問題意識が、当のマネにも共有された可能性もある。マラルメによるマネの擁護論が発表された翌年六月、マラルメはポーの「大鴉」を仏訳した豪華本を出版することになるが、その際、前年の擁護に感謝したマネがマラルメに協力し、水墨画の技法を用いて表紙画、挿絵四枚、蔵書票を黒一色で描いたのである[7]。いわば具象性の弱さを糾弾されたマネによって具象性の弱い墨絵の筆触の挿絵を添えられ、「事物をではなく、それの生み出す効果を描くこと」を目指して制作された「大鴉」が、その詩作方法を受け継ぐマラルメの仏訳で結実したわけである。もともとマネやその周辺の画家たちが油絵において筆致の粗い描き方をしていたのは、色彩の鮮やかさを保つためだった。すなわち従来のように黒い絵の具を用いて陰影を表現すると、どうしても色面の彩度が損なわれくすんだ仕上がりになってしまうのだが、補色の理論に従って黒を排除し、鮮やかな色彩の組み合わせで陰影を描こう

6 西洋近代において仏教が一種のニヒリズムとして恐れられたことについては、(Droit) が参考になる。
7 この詩集の出版に関しては (柏倉) が詳しい。表紙画のために描かれた大鴉の頭部はポスター［図10］にも用いられた。

図10
ポー作、マラルメ訳『大鴉』、挿絵マネ、1875年、ポスター

図11
ポー作、マラルメ訳『大鴉』、挿絵マネ、1875年より

とする際、色を混ぜ込んで濁らせるよりも平塗りに近づけて筆触を分割したほうが効果的だったのである。いわば画面中で色を混ぜるよりも、むしろ粗い筆致で鮮やかな色彩を配置して鑑賞者の目の中で色を混ぜる「視覚混合」によって、自然光のもとでの豊かな色彩を追求することができたのである。いわば印象主義の絵画は「遠くから見る」ことによってこそよく見えるのであり、そうした場合に諸々の色彩の結びつきに美的効果が生じるのである。印象主義時代の画家たちがあえて筆触を粗く描いたのはまさにそうした色彩上の問題だったのであるが、マラルメの豪華本『大鴉』のためにマネが提供したのは黒一色の絵画であり、その具象性が弱められるのは色彩を鮮やかにするためではない。つまりマネはマラルメあるいはポーの問題意識を共有し、具象性を弱めること自体に意義を見出した可能性が高いのである。

なかでも注目されるのは『大鴉』の四枚目の挿絵【図11】である。ここでは描写対象となる大鴉がほとんど大鴉の形状を失っている。これは詩「大鴉」において、これまで主人公と対話してきた大鴉が、じつは語り手の心に生じた「悲しみと、尽きせぬ想い出の象徴」なのではないかという印象を与えさせる場面であり（第二部第一章第一節j参照）、マネの挿絵はその内容に対応しているといえる。もちろんマラルメは詩におけるそうした表現がポーの自覚的な技巧によることを「構成の哲学」を通して知っており、この豪華本の共同制作の際にマネにそのことを伝えた可能性もあろう。ポーから受け継いだマラルメの問題意識が「印象派」のリーダー格だったマネに共有されたとすれば、これは大きな事件だったといわざるをえないだろう。

第三節　象徴主義への道

このように「構成の哲学」の影響を深く受けたマラルメも、後になって、ポー自身が「構成の哲学」の瞞着を認めていたという新たな情報に接し、困惑してしまう。自ら仏訳したポーの詩集（ドゥマン版一八八八年、ヴァニエ版一八八九年）において、マラルメはギル（William Fearing Gill, 1844-1917）に宛てたワイス夫人の書簡[8]について言及し、次のように述べている。

> この作品〔「大鴉」〕の構成方法について公にされた彼の報告〔「構成の哲学」〕は決して本当のものではなく、その報告が作品の特徴に合致するとは思っていないのだと、ポー氏は私に断言した。批評家たちの論評や研究に示唆されて、詩がそのようにも構成しうるという考えが、彼の頭に浮かんだ。その結果、彼はただ巧妙な実験としてその報告をつくりあげたのだ。それが本気でなされた発表としていかに速やかに受け入れられたのかを見ることは、彼を面白がらせもしたし、驚かせもしたのだった。(Mallarmé〔b〕, 771)

このポーの言葉に接したマラルメは、「はるかアメリカから突然やってきたきわめて新しいその詩論を擁護したり攻撃したりするために一時我々の文学的活力から費やされたものを思うならば、甚だ辛辣な暴露だ」と述べ（771-772）、「構成の哲学」がフランスに引き起こした反響の大きさを振り返る。そしてすぐに「私の考えでは、これはたぶ

8　ただしこの文献ではワイス夫人の名が「Suzan Achard Wirds」と表記されている。これは一八七七年一一月一六日付である（Legler, 9-10）。

ん間違いだろう」と述べて、ワイス夫人の述べる情報の信憑性を否定してみせるのだが、それに続けて「一切の偶然(hasard)は近代的作品から追放されねばならぬ、そのように装われている以外には存在しえない」(772)と述べるとき、マラルメは依然として「構成の哲学」の論旨を支持しつつ、ある程度譲歩し始めていると考えられよう。そして一八九二年の講演においてマラルメは、「哲学や倫理学、形而上学のいかなる痕跡も〔作品の〕表に現れることはないだろう。内に含まれ、潜在する限りにおいて、哲学は必要なのだ」と述べ、「哲学」(ここでは詩における構成の「哲学」、すなわち知的な詩作方法を意味している)の痕跡を詩の表面から除去すべきだと論じている(659)。しかしこの文章の直前では「私はポーの意見を敬っている」とも述べられており(659)、「構成の哲学」を完全に批判するには至っていない。この時点においても、「構成の哲学」はマラルメにとって重要な詩論であり続けたのである。

知的に語を練り上げ、そのうえで意図を越えた必然性によってそれぞれの語が結びつき合うことを求めるマラルメの考え方は、晩年の詩論「詩の危機」("Crise de vers," 1897)にも見ることができる。ここでは特にその末尾に挙げられた文章を見てみよう。

> 全体的で新しく、国語とは無縁で、まるで呪文のような言葉を数語で作り直すという、そのような詩は、意味と響きを代わる代わる鍛え直す技巧に反してなお用語に残る偶然性を一気呵成に否定し、言葉のこの孤立を完成する。語られるうえでは普通でありながら、名指された対象のかすかな記憶がまったく新しい雰囲気の中にひたってもいるという断片。この詩は、そのような断片など今まで聞いたこともなかったという驚愕を、諸君に引き起こすのである。(213)

ここでも示唆されているように、詩は具体的な対象を明確に示すものではなく、ただその「かすかな記憶」を暗示するだけであるが、言葉を「呪文」のように作り直すことによって、まったく新しい印象を与えることができる。現実世界から「孤立」したそのような作品を完成するためには、日常的な語の並びを廃し、諸々の語が「ぶつかり合いを通じて結集される」(211) 必要がある。その過程で、ほのめかされる「意味」と言葉の「響き」とを「技巧」によって調整し、鍛え上げなければならないのだが、最終的にはその技巧は「偶然性」を排除したように見えねばならないのである。いわば諸々の語は意図的に結合されながらも、その意図をも越えておさまるべきところにおさまってこそ、自律的な作品となるのだといえよう。たしかにその素材となる言葉は実際にフランス語として辞書に登録されている普通の言葉である。しかしその言葉は、すでに存在している個別の具体的な諸事象を再現するためのものではない。むしろ「名指された対象のかすかな記憶」をとどめながらも世俗性を脱却したイメージを喚起することが、言葉に求められるのである。「詩の危機」では次のようにも述べられている。

私が「花!」と言う。すると私の声がいかなる輪郭をもなしにしてしまう忘却の外に、知られている萼とは別の何ものかとして、あらゆる花束にはない観念そのもの、甘美なるものが音楽的に立ち現れるのだ。(213)

たしかに詩作する際には通常用いられている言葉を用いざるをえず、その言葉に付随する印象やイメージがまったく無になることはない。だがたとえば「花」という語を用いても、その語はもはや存在する花の名称ではなく、現世の花の「かすかな記憶」を残しつつ、語の連なる音楽的響きに溶け込んでいく観念と化し、現世の花とは無縁の「甘美なるもの」となって喚起されるというのである。

このように考えると、語の結合によって現世を越えた美をほのめかそうとするマラルメの詩作は、ポーのイマジネーション論と通底していることが確認できよう。たしかにマラルメは「構成の哲学」の瞞着に騙されたのではあるが、彼はポーのイマジネーション論を知ることなく、そのイマジネーション論に近い考え方に至ったのである。そして彼らの現世を越えた美の追求が「象徴主義」という芸術運動への道を拓くものであることも、容易に理解できるだろう。象徴主義については、あらためて第四章第三節で論じたい。

第四節　ポーとの思想的相違

前節で確認したように、マラルメは「構成の哲学」の瞞着に騙されながらも、そこで隠蔽されたイマジネーション論に近い考え方にまで迫ることになった。しかし「大鴉」の構成の内に「何も偶然や直観に帰しうるものがなく、数学的問題の正確さと厳密な帰結でもって、一歩一歩完成へと進んでいった」(XIV, 195) という「構成の哲学」の瞞着は、ポーとの間に看過できない思想的相違を残すことになる。本節ではこの点について明らかにしたい。

前節でも見たように、マラルメは「詩の危機」において、「意味と響きを代わる代わる鍛え直す技巧に反してなお用語に残る偶然性を一気呵成に否定し、言葉のこの孤立を完成する」ことを求めていた (213)。ここでは語の結合ということのみならず、偶然性の否定という「構成の哲学」の瞞着に由来する問題意識が残っているといえよう。前節での説明を繰り返すならば、結集された諸々の語がおさまるべきところにおさまることによって、必然性を感じさせるような仕上がりになることが求められているのであって、その際に詩人の意図を越えた成果に仕上がるのだといえる。この点について、さらにマラルメの説明を補おう。

純粋な作品は語りのうえでの詩人の消滅を意味し、彼は諸々の語に主導権を譲る。それらの語は、それらの不

均等さのぶつかり合いを通じて結集されるのである。(211)

たしかに様々な語をぶつかり合わせ、意図を越えた作品を制作するという方法自体は、イマジネーションによって諸々の語を結合していくポーの方法と重なるともいえる。しかしポーはあくまでも意図的に作品を制作するのであって、彼が「詩人の消滅」を自覚することはない。イマジネーションによって当初の意図を越えた新奇な成果を得る場合であっても、それはポー自身のイマジネーションによるものであり、そこに彼の個人性は維持されるのである。ところが一般に数学問題を解く際に解答者の個性が反映されないように、詩作に数学のような必然性を求めるならば、そこに個人性は不要となるだろう。いわば個人の意図や感情とは無縁に広がる自律性が作品の中で達成するとき、諸々の語はおさまるべきところに必然的におさまり、作者はただの傍観者の立場に移行するのである。

こうした考え方は、この時期になって初めて現れるものではない[9]。先に見た『大鴉』出版の翌年に書かれたマラルメの絵画評「印象主義者たちとエドゥアール・マネ」(仏文原稿は見つかっていない。"The Impressionists and Edouart Manet," 1876) では、マネがいつも初めてものを見るように対象を描いていたことに言及した後、次のように述べている。

手は、あらかじめ身につけた熟練のすべてを忘れて、意志によってのみ導かれる非個人的な抽象作用

9 前節で述べた虚無体験の翌年、一八六七年の五月一四日付のカザリス宛書簡では、次のような言葉も確認できる。「僕はいまや非個人的 (impersonnel) であり、君の知っていたステファヌではない——精神の宇宙がもっている一つの性向、すなわち僕であったものを通じて、自己を見、自己を展開させる一つの性向なのだ」(714)。後に、一八九三年に火曜会にホイスラー (James Abbott McNeill Whistler, 1834-1903) が訪れ、作品構想が作者から離れる「非個人的」な状態となることを求めていたという証言もある (Millan, 98)。こうした制作方法論がマラルメの周辺で話題になっていたのである。

(impersonal abstraction) とならねばならない。芸術家自身はどうかというと、彼の個人的な感情、彼特有の趣味は当分の間さえぎられ、無視され、あるいは彼の個人生活の享楽のために脇に置かれる。それに至るために巨匠は、この自己分離 (self-isolation) が獲得されうる前に、そして芸術のこの新しい進化が学習される前に、多くの局面を経なければならないのだ。(Mallarmé〔b〕, 448)

このようにマラルメは、傑作が個人的な意図によって制作されるのではなく、むしろ個人的な意図が解消されるような内的表現を高く評価している。これはマラルメ自身が自らの詩作を通じて得られた見解と考えるべきだろう。しかしこの方法は、単に感情を吐露すればよいというものではない。こうした「自己分離」が「多くの局面」を経て獲得されると述べられているように、こうした制作方法は特殊な訓練を経て初めて身につけることができるものなのだと考えられよう。詩的霊感にまかせた詩作を否定し、意図を凝らした詩作を求めてきたマラルメも、すべてが意図的に仕上げられるわけではなく、詩の素養を身につけたうえで特殊な境地に到達することが求められるようになるのである。個人的な直観や偶然的な要素を詩作の過程から排除することは詩人にとって困難なのであるが、訓練を経てそれが実践できるようになったとき、美的効果に優れた作品が、個人の意図を越え、必然的に生じるというわけである。

ただし先の引用文では「非個人的な抽象作用」という語に「意志によってのみ導かれる」という修飾句が付いていることも看過できない。ここでは個人的な制作意図を捨てた果てに、もはや個人のものとは言えぬ「意志」が働いていることを認めているのである。この点では、制作意図を越えたイマジナシオンを「諸能力の女王」と人格化してみせたボードレールとも通底するといえるかもしれない。つまり問題は、当初の制作意図を越えた成果をもたらす主体をいかに解釈するかであり、①あくまでも作者個人とするのか(ポー)、②作者を通じて作用する何ものかとするのか(ボードレール、およびマラルメの「印象主義者たちとエドゥアール・マネ」)、③作者を離れたものとするのか(マラルメの「韻文詩の危機」の逐語的解釈）というとらえ方次第で、作者の個人性が消滅するのかどうかという理解が異なってくるのである。イマジネーションを問題にしないマラルメの場合は、ボードレールよりもいっそう作者の消滅が意識されるようになるのだろう。もちろん「韻文詩の危機」においても実際に念頭に置かれているのが②である可能性もある。しかし「印象主義者たちとエドゥアール・マネ」における説明よりもさらに過激な表現となっていることは、認めざるをえないのではないだろうか。その程度差が問題なのである。三者三様で非常に微妙な問題ではあるが、この問題は後の芸術においてきわめて重大な意味をもつことになるだろう。この問題については、第四部第四章第四節で、引き続き検討することにしよう。

結び

以上のように、マラルメは生涯にわたってポーの「構成の哲学」からの影響を強く受け、自らの詩作の指針としていたことが確認できた。イマジネーション論を隠蔽する瞞着を含んだ「構成の哲学」はポー自身の方向性からも逸脱する傾向にあり、それゆえ詩作から偶然性を排除せねばならないという強迫観念めいた制約がマラルメに課されることにもなるが、その制約が彼を独特な詩人に鍛え上げることになったことは否定できない。その制作論は詩作にとどまらず「印象主義」絵画や造形美術をも含む象徴主義運動へと波及し、古典主義やロマン主義とは異なる芸術運動を推進することになる。特に一八八三―八四年頃から本格化したいわゆる「火曜会」などを通じて、マラルメはマネやモネ、ドガ（Edgar Degas, 1834-1917）、ルノワール（Pierre-Auguste Renoir, 1841-1919）といった印象主義の画家たちのみならず、ホイスラー、ゴーギャン（Eugène Henri Paul Gauguin, 1848-1903）、ルドン（Odilon Redon, 1840-1916）といった新世代の画家たち、ユイスマンス（Joris-Karl Huysmans, 1848-1907）、ワイルド（Oscar Fingal O'Flahertie Wills Wilde, 1854-1900）、ロダンバック（Georges Rodenbach, 1855-1898）、ラフォルグ（Jules Laforgue, 1860-1887）、ジッド（André Paul Guillaume Gide, 1869-1951）、ヴァレリー（Ambroise Paul Toussaint Jules Valéry, 1871-1945）といった文人たち、さらには音楽家ドビュッシー（Claude Achille Debussy, 1862-1918）など、名だたる作家たちと交遊をもっていた。そこでどのようなやりとりがなされていたのかについてはわずかな情報しか残されていないが[10]、この時代の文化にマラルメの思想が詩と絵画（さらには音楽）にわたる広い領域に伝わっていったことは疑うべくもない。

10 前註で挙げた（Millan）が火曜会に関する資料集として参考になる。

第四章
偶像化されたボードレールとシュルレアリスムへの展開

序

すでに第一章、第二章で検討したように、ポーの詩論を絵画批評に適用するボードレールの試みは、批評される当のドラクロワやヴァーグナーなどの作品を過度に解釈するものであり、当時の美術界においては極論といわざるをえないものだった。作品に即した美術批評としては、彼の美術批評はきわめて恣意的であり、そこに妥当性を認めることはほとんどできない。しかし極論であるがゆえに、ますます伝統を逸脱していく前衛的な芸術を擁護しようとする論者にとって魅力的な論でもあったように思われる。つまり常識的な見解では擁護しきれない作品に対し、その作品があたかもボードレールのエキセントリックな批評にふさわしい作品であると見なすことによって、肯定的に語る口実が与えられるというわけである。そのような観点から検討するならば、ボードレールの生前よりもむしろ死後において、しかも時代が下るごとに彼の批評が実質的な効果を発揮していることが確認できるだろう。むしろ一時的な刊行物の記事として書かれた文章よりも、彼の死後に編集された美術論『審美渉猟』(*Curiosités esthétiques*, 1868) を通じて、万博評をはじめとする彼の美術批評が広く読まれることになったのである。本章ではそのボードレールの言説の二次利用のされ方を追いながら、一九世紀後半から二〇世紀前半までの動向を探ってみたい。まず第一節では、スキャンダラスに扱われた印象主義の擁護論としてボードレールの言説が用いられたことを確認する。第二節では、非西洋文化圏に属する日本の美術が受容されるジャポニスム運動の中でボードレールが用意した美意識が有効に機能していたことを明らかにする。第三節では、一八八〇年代に流行した象徴主義および詩人ランボー（Jean Nicolas Arthur Rimbaud, 1854-1891）がボードレールの問題意識を受け継いでいることを明らかにする。そしてそうした芸術上の大きな変化が二〇世紀のシュルレアリスムを生み出していくことを第四節で明らかにしたい。

第一節　印象主義擁護論

一八七四年の四月一五日から一ヶ月間おこなわれた展覧会（後にいう「第一回印象派展」）が、批評家ルイ・ルロワに酷評されたことについては、前章で紹介した。この記事では個々の諸対象の具象性が弱められた絵画を見て回る鑑賞者が、次第に怒りのあまり正気を失っていき、最後には発狂する様がおもしろおかしく描かれている。このように、伝統を逸脱した「印象主義」の絵画が見る人を狂気に陥れるとされている点でも、この記事は注目できる。このようなおかしな作品を見ていると頭がおかしくなりますよとでも言わんばかりに、「印象主義」の絵画が嘲笑されているわけである。一方、そうした絵画を制作する側が作品の抽象度を高めつつ発狂していく姿も、エミール・ゾラ（Émile Zola, 1840-1902）の小説『制作』（*L'Œuvre*, 1886）の末尾などに見ることができる。ボードレールが参照した可能性の高いポーの「アッシャー家の崩壊」でも抽象観念を絵画化する人物が精神を煩っていたように、具象性の弱い作品およびその制作は狂気を思わせるものでもあったといえよう。

しかし仮に狂気を肯定的に語ることができるなら、こうした作品を擁護する方向へ議論を転換することもできるようになるだろう。たとえばモンティフォー（Marc de Montifaud, 1849-1912）は五月一日の記事の中で、この展覧会に出品されたセザンヌ（Paul Cézanne, 1839-1906）の《モデルヌ・オランピア》（*Une moderne Olympia*, 1873-1874）【図12】を次のように擁護している。

> 日曜日の公衆は、阿片吸引者の前で阿片を含む空のもとに現れるような幻想的な人物像を目の当たりにして、嘲笑するのが適当だろうと判断した。不明瞭な天上界の中へ、すなわち人工楽園（paradis artificia）の一角が淫蕩な幻影として孵化する悪魔の空間の中へと押し込まれ、バラ色でむき出しになったわずかな肉の現れとして公衆の面前に現れたものは、最もまともな人をも息苦しくさせたといわざるをえず、セザンヌ氏はもはや振戦譫妄（*delirium tremens*）にかきたてられて絵を描く一種の狂人にしか見えないのである。ボードレールに鼓吹されたこの創造の中に、公衆は、東洋の蒸気に引き起こされイマジナシオンの異様な下絵のもとにもたらされねばならなかった夢や印象を見ようとしなかった。だがとりとめのなさは称賛に値する眠りの本性であり特性なのではないだろうか。なぜオランピアの中に下品な冗談や破廉恥なモチーフを探したりするのだろうか。実際には、これはただハシーシュによる常軌を逸した形態であるにすぎないのであり、ピモダン館の隅にまだ隠れているに違いない滑稽な夢想の群からそれを借用しただけなのである。（Montifaud, 29-30）

この絵画を見る公衆にとって、バラ色の裸体がかろうじて判別できるようなこの不明瞭な絵画は、単なる狂人の作品として、あるいはスキャンダラスなマネの《オランピア》と同じく破廉恥な題材を扱った作品として、嘲笑されたり批判されたりするものだった。だがモンティフォーはこの異様な作品を、阿片やハシーシュの服用によって得られる幻想と比較することで、この作品を肯定的に評価するのである。引用文中にある「人工楽園」とは、阿片やハシーシュの体験が詳しく紹介されたボードレールの同名の著作を念頭に置いたものである。またピモダン館は、一八四三年から一八四五年までボードレールの住んでいた所であり、一八四五年から一八四九年までは画家ボワサール（Joseph Fernand Boissard de Boisdenier, 1813-1866）のもとでハシーシュを愛好する会合がもたれていた所でもある。この会合の様子はゴーティエの短編小説「ハシーシュ吸引者倶楽部」（"Le Club des hachichin," 1846）に詳しく紹介されており（Gautier〔a〕, 343-374）、モンティフォーはそのことも念頭に置いているのかもしれない。モンティフォーはボードレールの主張を援用することによって、具象性の弱い異様な絵画作品を擁護しているわけである。前章でふれたように、ボードレール自身は具象性を離れたレベルでの評価について言及する一方で、阿片の効果については個々の事物に対する関心や知覚の鋭敏化という観点で論じていた。しかしモンティフォーにおいてはこれら二つの問題が融合し、阿片の効果が朦朧とした夢想の喚起として論じられている。こうした作品の称揚こそがボードレールの主張であると、後世の人々には考えられているのである。

これとは別に、ポルデは五月三日の記事の中で、自然が辞書にすぎないというドラクロワの言葉を含むボードレールのイマジナシオン論を引用しながら、写実主義とは別の方向を目指す印象派の画家たちを擁護している（Polday, 33）。頻繁にとはいえぬまでも、ボードレールの美術評が印象主義絵画の擁護に積極的に活用されていたことを確認しておきたい。

図12
セザンヌ《モデルヌ・オランピア》
1873-74年、油彩・画布、46×55cm、パリ、オルセー美術館

図13
葛飾北斎『北斎漫画』十二編より

ルナンがどの作品を念頭に置いていたのかはわからないが、『北齊漫画』には様々な妖怪の図像も含まれる。

第二節　ジャポニスム

従来の伝統から逸脱する作品に対するこうした評価の仕方は、異国の美術を論じる際にも有効である。次に参照するシェノー（Ernest Chesneau, 1833-1890）の日本美術論は直接的にはボードレールの名が挙げられてはいないのだが、西洋の狭い美意識を越えて新しい美を認めようとする評論家の言説がボードレールの口ぶりと似ていることが確認できるだろう。シェノーは「日本の美術」（"L'Art japonais," 1869）において、自然物を自在に配置する日本の工芸意匠が規則的なシンメトリーにとらわれることなく見事な調和を生み出していることを強調し（Chesneau, 11-16, 25）、結論部で次のように述べている。

判断力の繊細さと彼らに固有の趣味をもって、日本の芸術家たちは、強調とデッサンの力強い性格とによって、さらにはその対象自体の内外の構造や構成を司る結合の意外性によって、形態の倦怠から抜け出すことができた。（26-27）

ここでは、多様な動植物や人工物を意匠化し、自在に組み合わせて造形する日本の美術が、「結合の意外性」を生むものとして注目されている。実際、根付や印籠、刀の鍔など、日本人は様々な事物を結合して意匠化し、左右対称を破る不均衡さをもつデザインを量産してきた。この馴染みのない造形表現に、フランス人が当惑しつつ魅了されているのである。また、次のようにも論じられている。

では日本芸術について、より専門的に結論づけよう。その本質的な性格が、非対称性やそのスタイル、色彩であり、また精通し深く研究した自然を変形して芸術表現の必要性に従わせる発想とイマジナシオンにあるということを思い出そう。日本の芸術家たちがいかなる効果の強烈さを前にしてもしりごみしないことによる、色彩のコントラストに対するあまりに適正な感覚について、思い出そう。(25)

ここでは自然を変形させる「イマジナシオン」や、「効果」を求める造形を追求している国民として日本人が理解されている。こうした記述は、ポーやボードレール、マラルメが新たに示した美意識をあたかも日本人が実践しているかのような印象を与えるのではないだろうか[1]。あるいはそのような自覚がなかったとしても、こうした美意識が西洋的な美の因習に満足できなかった人々にとって新奇な魅力を提供したことは否定できないだろう。

ジャポニスムの流行を、単純に日本美術の質の高さに求めるべきではない。むしろ日本美術に認めることができるような美意識がフランスに生じたからこそ日本美術が歓迎されたのであり、その素地がなかった古典主義時代に日本美術が人の目にふれたとしても、それは美の基準を満たさぬものとして低く評価されただろう。たとえば浮世絵であれば、道徳性に欠け、遠近法も明暗法も不十分な戯画として扱われたことは十分推測できる。したがってジャポニスム期の日本美術は、ポー、そしてボードレールやマラルメとその周辺の画家たちの美意識が浸透し始めるまさにこの時期に、その傾向を目に見える形で示したものとして受容されたのだと考える視点が必要だろう。

もちろんそのためには、西洋には異質の美術を擁護する評論活動も重要な役割を果たす。サミュエル・ビング

1　マラルメは一八九三年一一月に書いたウージェーヌ・ド・ロベルティ (Eugène de Roberty, 1843-1915) 宛の手紙の中で、寄贈された著書『統一性の研究』(*Recherche de l'Unité*, 1893) の中の「なぜ諸々のイメージは、一種の精神的な化学によって前もって抽出されたより単純な要素の結合に帰着しないことがあろうか」という一節を引用し、そこから日本の素描を連想している (Mallarmé〔a〕, 809-810)。

(Samuel Bing, 1838-1905) が企画した一連の日本美術評『芸術の日本』(*Le Japon artistique*, mai 1888-avril 1891) はその代表的なものといえるが、ここでは特に一八八九年一月に発行された葛飾北斎論 ("La « Mangua » de Hokusai") に注目してみよう。筆者のアリ・ルナン (Ary Renan, 1857-1900) は、北斎が写実的な描写に巧みなことも認めたうえで、次のように述べている。

北斎は夢や幻影、悪夢を描いた。阿片はこの想起とは無関係である。我々は『漫画』のあちらこちらであまりにも奇妙な絵画に出くわすので、もし日本人の気質について知らなければ、それらを混乱したイマジナシオンによる淡い記憶のせいにしてしまうことだろう。激しく動揺する脳髄に対して酩酊が啓示するあらゆるものが、毒気に刺激された瞳孔に対して紫煙が与えうるあらゆるものが、あらゆる超自然的陶酔 (les extases surnaturelles) が、そしてクィンシーやポー、我らがボードレールが番人に指定されたあらゆる「人工楽園」が、狂的な渦巻となり、魅惑に満ち、恐怖を詰め込んで繰り広げられるのだ。英文学や仏文学の最も先進的な一派が自分たちだけ瞥見したと信ずる「彼岸」の夢やノスタルジックな夢幻の造形的実現が、極東の芸術家のもとに見出されるということは、注目すべきことではないだろうか。お尋ねしたいが、非現実の世界へ、いうなればほのめかされた世界へと同様の旅を推し進めたヨーロッパの芸術家はどのくらいいるのだろう (Renan, 110-111)。

ここでは一部の北斎漫画【図13】に見られる夢のような世界が、阿片の服用に際して知覚される世界に喩えられ、(北斎自身が阿片を服用することはないものの) 実際に北斎がそのような世界を自ら見たうえでそれを作品化したという理解が示されている。そしてその世界が「超自然的」と呼ばれ、それを描く西洋の作家として『人工楽園』の著者ボードレールやポー、そして『阿片常用者の告白』(*Confessions of an English Opium-Eater*, 1822) という手記で知られるド・クィンシー (Thomas De Quincey, 1785-1859) が挙げられているのである。

日本人の我々から見てこのルナンの北斎論は、かなり的外れであるように思われよう。ルナンが具体的にどのような図像について言及しているのか明らかではないが、おそらく実際の北斎は妖怪画など何らかの図像的伝統に基づいていたのだろう【図13】。だが西洋人にとっては、自分たちの伝統からあまりにも逸脱した異様な絵画をなおも肯定的に評価するためには、ボードレールの主張を引き合いに出すことが有効だったわけである。また、この文章においても阿片の効果は「狂的な渦巻き」となって繰り広げられる夢想や酩酊であり、身の回りの個々の事物に対する関心ではない。「超自然的」と呼ばれる対象は、「彼岸」に属するものなのである。

このように、ここに見られるボードレール像は、あくまでも主として万博評から抽出され、再構成された虚像にすぎない。つまりモンティフォーやルナンの示すボードレール像は、万博評以外にも様々な美術批評を書いたボードレール自身ではなく、また万博評における彼の見解を正確に反映させたものでもない。そうした俗流ボードレール解釈が、こうした非伝統的ないし非西洋的で異様な絵画を受け入れる際の誘い水の役割を果たしているわけである。

この俗流ボードレール解釈を伝統的な芸術観と対比して整理するなら、次のような二分法を立てることもできるだろう。一方には伝統的な西洋の美意識に基づく新古典主義の絵画があり、こちらの側では良識に基づく調和に美が認められている。他方、これと対立する形で、異様なもの、東洋的なもの、具象性の弱いもの、阿片の服用や狂気と関わる「超自然」的なものに美を求める「超自然主義」の立場がある。いうまでもなく偶像化されたボードレール像は後者の側に与するわけだが、伝統的にはアカデミーを中心とした前者の絵画こそ西洋美術にとっても中心的、正統的なものであり、ボードレールの側はむしろ周縁的なものと見なされよう[2]。万博やジャポニスムを体験し国際化の進むフランスでは、従来の美意識が偏狭であることが自覚され、周縁的なものを取り込む動きが出てくるわけであり、ボードレールはその動きを積極的に推進した論者として偶像化されていくのである。ジャポニスムについては第四部第四章第一節であらためて検討しよう。

第三節　象徴主義とランボー

立体性や具象性の弱い絵画の追求は、印象主義からクロワゾニスム（輪郭線による平面的色彩構成）、さらには世紀末のフォーヴィスムへと展開していく。もちろん画面の平面化への反発は、自然物を球体、円錐、円柱を基礎にとらえ直すべきだとするセザンヌによって反発を受けたり、それが二〇世紀のキュビスムに影響を与えたりと、影響関係は複雑多岐に多様化していくことも否定できない。こうした様式的共通性の希薄な絵画群を「ポスト印象主義」(post-impressionnisme) という名称で呼ぶ場合もあるが、これはイギリスの批評家ロジャー・フライ (Roger Eliot Fry, 1866-1934) がこの時期のフランス絵画をひとくくりに示した一九一〇年から翌年にかけての展覧会で命名された名称であり、便宜的な分類名にすぎない。芸術運動として一九世紀末を代表するのは、むしろ非現実世界への志向を強くもつ点で共通する「象徴主義」であろう。この運動ももともと詩の領域から生じたもので、一八八六年九月一八日のモレアス (Jean Moréas, 1856-1910) の「象徴主義宣言」(『フィガロ・リテレール』〔*Figaro littéraire*〕) では、次のように述べられている。

我々はすでに象徴主義という名称を、芸術における創造的精神に関する現在の傾向を適切に指し示すことができる唯一のものとして提案してきた。この名称は維持されることができる。（中略）シャルル・ボードレールが現在の運動の真の先駆者と見なされねばならないと、我々はいう。ステファヌ・マラルメ氏は、それに神秘の感覚や筆舌に尽くしがたいものを与えた。(Moréas, 31)

この後モレアスはヴェルレーヌ(Paul Marie Verlaine, 1844-1896)の名も挙げているが、思想的にはやはりボードレールとマラルメが重要だろう。すでに述べてきたようにボードレールは「天上の美」を目指すポーに共感し、超自然的なものに関心を示してきたし、マラルメもまた言葉の力で茫漠たる美的世界を形成しようとしていた。その方向性が周囲の詩人たち、さらには画家たちにも受け入れられ、「象徴主義」という芸術運動に発展してきたのである。モレアスも、たとえ象徴主義が知覚されうる事象を描いたとしても、究極的には感覚を越えたものを表そうとしているとし、次のように述べる。

その芸術において、自然の絵画や、人間の行為、あらゆる具体的な現象は、それ自体として現れることができない。感覚的に知覚できる外観は、根源的な諸観念を伴う秘教的な親和性を表すよう定められて、そこにあるのだ。(32)

たしかに、その「感覚を越えたもの」とは何かということは必ずしも明快ではなく、象徴主義は曖昧な芸術運動だといわれる。たしかに象徴主義に含まれる作品は、マラルメのように考え抜いた思想に基づくものから、単に気分的

2 日本人から見れば、東洋と狂気とが重なることに違和感を感じるかもしれないが、西洋文化を中心に見れば、いずれも周辺的なものとして位置づけられるわけである。先のモンティフォーの《モデルヌ・オランピア》評において、阿片の煙のことをわざわざ「東洋の蒸気」と呼んでいたことも、阿片自体のもつ東洋的イメージに加え、伝統的な西洋絵画からの逸脱を東洋的なイメージにおいて評価し直すという意図が込められていたのかもしれない。

なものまで、きわめて幅広いといわざるをえない。その表現が何を表現しているのかということは、さほど重要なことではない。むしろ象徴主義が経験的世界の写実的な表現ではないのみならず、イデア的なものを明確に表現することさえ回避する運動であること自体が、象徴主義を象徴主義たらしめているといえよう。諸事象の直接的な表現を避け、享受者のイマジナシオンによって補われるべき空隙をあえて設けることによって言葉にならぬ深みを生み出すことこそ、象徴主義の目指すものなのである。象徴主義絵画において神話が扱われたとしても、それは伝統的な図像体系とは無縁なものであり、逆に古典主義にありがちだった固定的な解釈から解放された神話自体の深みが印象づけられることになる。卑俗な事象が唱われたとしても、そこにはいいしれぬ情緒が、この世を越えた神秘性が読み取られる余地を残し、たとえば秋の日のヴァイオリンの音色が悲しみを引き起こすとしてもその理由がくだくだしく説明されることは求められない。伝統的な詩法や図像体系、筋の通った理屈、写実的再現性、ステレオタイプ的な表現、それらによっては表現できなかった一切のものを「ほのめかし」によって自由に享受者に読み取ってもらうことにこそ、象徴主義のもたらした詩や絵画の解放があり、そのとらえどころのなさが新しい魅力として歓迎されたのである。古典主義的な道徳性からの逸脱は悪魔主義的な性質を帯びることもあるだろうし、現実からの遊離は夢幻的な神秘性に流れることもあろう。生真面目な倫理からの解放はデカダンスに接近することもあるだろう。因習からの解放は、これらの多様な性質を包含し、世紀末の文化を彩ることになるのである。ボードレールがポーの詩論を絵画論に転じた一八五五年当時、フランスの芸術が新古典主義とロマン主義（さらにはそこから派生した写実主義）との対立図式で示すことができたことをふまえるならば、象徴主義がそれらとは明らかに異なる方向性の帰結として成立していることは間違いない。モレアスにはボードレールやマラルメにとっての思想背景までの目配りはきいていないが、ここにポーの影響を見出すことは容易だろう。

すでに第二章の末尾で紹介したように、トーマス・マンは、ボードレールによって解釈されたヴァーグナーが「象徴主義者たち」に近いものであると主張していた。そのボードレールによるヴァーグナー評でも、通常の知覚ではとらえられないような「世界の諸事象の新奇な連関」を見出すことに注目されていたが、これも象徴主義において重要な観点になる。マラルメなどと間近に接する機会のあったアーサー・シモンズ（Arthur William Symons, 1865-1945）は、『象徴主義の文学運動』（*The Symbolist Movement in Literature*）初版本（1899）の冒頭をジェラール・ド・ネルヴァル（Gérard de Nerval, 1808-1855）についての紹介で始めており、その中でネルヴァルが暗示的な言葉を用いていることを指摘し（Symons, 91-92）、次のように述べている。

ジェラールは自然全体の感覚的な統一を確信していたので、他の人たちが相違だけを見るところに、彼は類似性を探し出すことができた。彼の詩の中で我々にはあまりにも奇妙に思えるのだが、馴染みにくく明らかに異質のものどうしをひとまとめにしたということは、おそらく不幸にも我々には見えないものを現に見ているということだろう。（中略）そして彼の内なる狂気はあたかも稲光のように、隔たった相異なる諸事象の隠れた連鎖を照らし出すのである。おそらくそれは、意図的に幻想が産出されるハシーシュや阿片、その他の薬物の人工的な刺激によって、新しいと同時に驚くべき、おそらくは真実すぎる諸事象の光景が得られるのと何か同じようなやり方によるのであり、それは魂がそれ固有の魔術の危険な輪の中で安らぎ、手元の闇から立ち現れ、そこから闇へと流れゆくパノラマのほうを見やるのと同じようなやり方によるのである。（92-93）

ここではボードレールの名が引き合いに出されてはいないが、ボードレールをふまえた表現であることは明らかである。繰り返しになるが、第二章第一節や第二節でも引用した「エドガー・ポーに関する新たな覚書」において、ボードレールはポーのイマジネーションについて次のように述べていた。

彼にとって、イマジナシオンは諸能力の女王である。しかしこの語によって彼は、一般の読者に理解されているよりはるかに大きな何ものかを考えているのだ。（中略）イマジナシオンは、まず哲学的方法の外にあって、諸事物の内面的で密やかな関係を、照応と類縁関係とを関知する、ほとんど神的な能力なのである。（Baudelaire〔a〕, 328-329）

すでに説明しているように、ポーにとってイマジネーションは、既存の事物やイメージを結合することによって新奇な成果をつくりだす能力であるが、その結合に先立ち、何と何とを結合すればよいのか、既存の存在間にある隠れた関係（「照応」と「類縁関係」）を感知する能力を、ボードレールも高く評価していたのである。この能力をハシシュや阿片の服用による知覚と関連づける観点は、ポーというよりむしろボードレール的であるが、シモンズはこうした能力をネルヴァルがもっていたと主張するのである。もちろんネルヴァル自身はドイツ文学の訳者としての名声を手にしてはいたが、象徴主義に至る文学運動を担っていたとはいいがたく、むしろその文学性は象徴主義の流行の中で再発見されたと考えるべきだろう。しかしそうした傍流の作家の再評価を含め、詩人には通常の知覚から離れたものを見出し、暗示的に表現する能力が求められるようになるのである。

この「エドガー・ポーに関する新たな覚書」の文章は、文学上の別の系譜においても重要である。一八六七年に死亡したボードレールを悼んで、翌年から『シャルル・ボードレール全集』（*Œuvres complètes de Charles Baudelaire*, 1868-70）が刊行されたが、その第一巻『悪の華』第三版の巻頭にはテオフィル・ゴーティエによる序文が付けられた。その序文において、ゴーティエはボードレールにスウェデンボルグのいう「精神性」が認められるとしたうえで、明らかにこの「エドガー・ポーに関する新たな覚書」の文章をふまえ、次のように続けている。

また彼は、同じ神秘主義の慣用語を使うとすれば、照応の才、すなわち他の人々には見えない諸関係を密やかな直観によって発見し、見者（*voyant*）にしか把握することのできない意外な類縁関係によって、一見して最も遠く最も対立する諸対象を関係づける才をもっている。真の詩人は皆、まさにその芸術の真髄たる大なり小なり発達したこの資質に恵まれているのである。（Gautier〔b〕, XXX）。

つまり普通の人には見えない照応や類縁関係を見抜くことのできる人が「見者」であり、それがボードレールだという。そのボードレールの文章をふまえ、ゴーティエは「照応」や「類縁関係」を見出す者（つまりイマジナシオン豊かな者）を「見者」と呼んでいるのである。この文章ではむしろ「見者」という語に注目する必要がある。というのも、アルチュール・ランボーの有名な「見者の手紙」の思想はここを典拠にしている可能性が高いからである[3]。まずランボーのポール・ドゥムニー（Paul Demeny, 1844-1918）宛一八七一年五月一五日の書簡の一節を見ておこう。

見者（*voyant*）でなければならない、見者とならなければならない、と私は言うのです。（改行略）詩人は長々として途方もなく、思慮深い、あらゆる諸感覚の錯乱によって見者となるのです。それは恋愛の、苦悩の、狂気の諸様相のすべてです。彼が自分自身を探し、自分からあらゆる毒を汲み取るのは、そこに第五元素しかとどめないためです。筆舌に尽くしがたい責め苦においてなのです、彼があらゆる信念を、あらゆる人間離れした力を必要とし、そしてあらゆるものたちの中で最も偉大な病人となり、最も偉大な犯罪者となり、最も偉大な呪われた人となり、――さらには至高の知者となるのは！　なぜなら彼は未知なるものに達しているからです！　彼は他の者よりもすでに豊かな自分の魂を耕しているからです！　彼は未知なるものに達し、気が触れ、

3　この影響関係については、邦訳の解説一五六―一五八頁ですでに指摘されている。

> 自分のヴィジョンの理解を失い果てたとき、彼はそれを見たのです。(Rimbaud, 251)

ここでランボーは、「未知なるもの」を見ることのできる特殊な人、すなわち「見者」こそが詩人たりうるという考えを示している。いわば詩人は地上の事物を再現するようなことではなく、普通の人が見ることのできないものを見てそれを作品化すべきだということであろうが、それが「錯乱」を経てとらえる「ヴィジョン」ともされていることも、狂気に対する肯定的な評価として注目することができるだろう。この「見者」の概念がゴーティエによるボードレール論によるのであれば、ランボーの問題意識も間接的にポーの問題系を受け継いでいるということができるが、もちろんランボーにとって直接的に関心が向かうのはボードレールのほうである。同じ書簡では、ラマルティーヌ (Alphonse Marie Louis de Prat de Lamartine, 1790-1869) やユゴーのような第一期のロマン主義者たちが偶然的に「見者」だったとされた後、次のように書かれている。

> 第二期のロマン主義者はたいした見者であり、Th・ゴーティエ、Lec・ド・リール、Th・ド・バンヴィルがそうです。しかし見えざるものを調べ、聞こえざるものを聞くことは、死せる諸事物の精神を理解することとは違っており、ボードレールは第一級の見者であり、詩人たちの王であり、真の神です。(253)

この文章からも、ランボーがボードレールを特に意識して「見者」について語っていることが確認できる。見者の資質をもった詩人だけが「真の詩人」であるというゴーティエによるボードレール論の一節が、ランボーを刺激したことは十分に考えられよう。

あらためてこの書簡の最初の引用文を見ると、「あらゆる諸感覚の錯乱」が「思慮深い」配慮によって詩人に採用されることが伺われる。これも、偶然に見者だったのではなく意識的に「照応」を取り込もうとしたボードレールを意識した発言であると考えられよう。多くの罪や毒にまみれた地上生活にとどまりながら、諸感覚の常態を離脱する苦行を負い、「第五元素」すなわち月より上の世界を構成する元素のみを自らの内に残すことで「未知なるもの」にふれようとする詩人として、ボードレールはランボーに理想化されているのだといえよう。『悪の華』には「万物照応」として有名な第四歌に先立つ第三歌として、精神が天球の彼方に上昇する境地を詠う「上昇」(“Élévation”)という詩が初版から続けて採用されているが(Baudelaire〔a〕, 10)、そうした詩がランボーの念頭にあるのかもしれない。それがやや理想主義的すぎるとすれば、眠りの中で理想郷をさまよいながらみすぼらしい現実世界に目を覚ます第一〇二歌「パリの夢」(“Rêve parisien”)のほうが適切かもしれない。あるいはまた「天上の美」を求めつつ地上世界を詩に書き続けたボードレールの姿勢が、こうしたボードレール像を形成したと考えることもできるかもしれない。いずれにせよ、ランボーの「見者」の思想も、ボードレールの偶像化と結びついているといえよう。この「見者の手紙」が、後に文学の枠を越えて作品制作の一つの模範とされることになるのである。それについては、次節でふれることにしよう。

第四節　シュルレアリスム

第二節で見たルナンの北斎評にも書かれていたように、ボードレールの主張は彼の死後二〇年経ってもなお「先進的」と呼ばれるものであった。すでに述べたように彼の万博評に見られる芸術観は一種の極論であり、その影響下にある象徴主義においてでさえ、文字通りに受け入れるのがためらわれる見解だったのである。その意味ではその主張は、先進的なものとして意識はされていたものの、芸術運動を形成するには過激すぎたといわざるをえないだろう。しかし広く文学の領域をも含めて概観すれば、既存の価値観が徹底的に否定されたダダイスム以降、彼のいう「超自然主義」がシュルレアリスムという大きな芸術運動へと展開していったことも指摘できるのではないだろうか。本節では美術の領域にとどまらず、詩の領域をも含めてシュルレアリスムの生成期に注目し、やがては美術をも巻き込むこの運動の成立過程について考察してみたい。

「シュルレアリスム」という名称は、一九一七年三月のアポリネール（Guillaume Apollinaire, 1880-1918）によるデルメ（Paul Dermée, 1886-1951）宛の書簡に初めて現れる。ここでアポリネールは、デルメの主張、すなわちやがて終焉を迎える象徴主義の詩に代わる新しい詩を求めようという主張に賛同しつつ、次のように述べている[4]。

すべてをよく検討したところ、たしかに私は、はじめ自分が使っていた超自然主義（surnaturalisme）よりもシュルレアリスム（surréalisme）を採用したほうがよいと思う。シュルレアリスムはまだ辞書にはないが、それは哲学者諸氏によってすでに用いられた超自然主義よりも、ずっと扱いやすいことだろう（Apollinaire〔a〕, 886）。

つまり「シュルレアリスム」という用語は、「超自然主義」を言い換えたものだというのである。それではここでアポリネールが念頭に置いている「超自然主義」とはどのようなものなのだろうか。

この問題を考察するうえで注目すべきは、画家シャガール（Marc Chagall, 1887-1985）の証言である。すなわちシャガールは、一九一〇年から五年間パリに滞在していたとき、アポリネールが自分のアトリエに来て自分の作品を見て次のような反応を示したと証言している。

アポリネールが坐る。彼は顔を赤くし、肩を張り、笑い、ささやく、「超自然（surnaturel）」だ。（Chagall, 161）

アポリネール自身がシャガールの作品について残した言葉はほんのわずかであるが、一九一二年の展覧会評ではシャガールの《ロシアとロバとその他のものたちに》（*À la Russie, aux ânes et aux autres*, 1911-12）【図14】を次のように紹介する。

ロシア人シャガールは、阿片の煙立つ黄金のロバを出品している。（Apollinaire〔b〕, 429）

この作品において明確に「阿片の煙」を明示するものは描かれておらず、この評価はアポリネールの個人的な印象に基づくといえよう。つまりアポリネールはシャガールの作品を「超自然的」と形容すると同時に、「阿片」とも関連づけているのである。アポリネールがどの作品を見て「超自然的だ」と述べたのかは明らかでないが、アポリネールが「超自然的」あるいは「超自然主義」という語を用いる際にボードレールを念頭に置いていた可能性は、十分に考えることができるだろう。ボードレールが引き合いに出される北斎論で、北斎の作品が阿片の効果を思わせる超自然的陶酔（les extases surnaturelles）を描いているとされたように、阿片と「超自然的」ないしは「超自然主義」という

4　デルメの主張は以下の通りである。象徴主義はやがて終焉を迎えるが、新しい古典主義がそれに続くべきである。この古典主義は新古典主義のように外的強制に基づくものではなく、内的強制に基づくものでなくてはならない。その際、詩句の音楽的な操作によって美を産出するという象徴主義の手法は継承しつつ、独自の自由な立場を確立すべきである（Dermée, 2-4）。アポリネールの書簡は、『ノール・シュド』（*Nord-sud*）創刊号（一九一七年三月一五日）に掲載されたこのデルメの主張に応えたものであり、アポリネールも象徴主義の終焉や「内的強制」、詩句の技法に関して賛同している。

図14
シャガール《ロシアとロバとその他のものたちに》
1911-12年、油彩・画布、156×122cm、パリ、ポンピドゥー・センター＝国立近代美術館

語のセットはボードレールに関して用いられてきたと考えられる。アポリネールもまたシャガールの突飛な作品を見て、それがボードレール的な作品だと感じたのではないだろうか。

さらにデルメ宛の書簡の三ヶ月後の六月二四日に、アポリネールは「シュルレアリスム演劇」と銘打って『テイレシアスの乳房』（*Les Mamelles de Tirésias*）を初めて上演することになるが、同じ日の『ル・ペイ』（*Le pay*）紙におけるインタビュー記事において、なおも自分が超自然主義の作家であることを自認している（Apollinaire〔b〕, 989）。ここからも彼が「シュルレアリスム」と「超自然主義」とをきわめて近いものと考えていることが理解できよう。さらにこの記事では「超自然主義」に関する言及の中でボードレールが引き合いに出され、そこに見られる厭世的な側面に関しては賛同できないと述べられている（989）。つまりここでアポリネールは「超自然主義」について言及する際にボードレールを念頭に置いており、そのうえでボードレールの芸術観に対して部分的に反対しているのだと考えられよう。もちろんボードレールの考え方が厭世的だとされるのは、ルナンが解釈したように、ボードレールのいう「超自然主義」が「彼岸」への憧れを意味するものと考えられたからであろう。厳密にボードレールに即すならそれは誤解なのだが、ともあれアポリネールが「超自然主義」という名称に代えて「シュルレアリスム」を提唱したことは、こうした背景から理解することができるだろう。

この「シュルレアリスム」という語が、アポリネールの死後、アンドレ・ブルトン（André Breton, 1896-1966）による「シュルレアリスム宣言」（"Manifeste du surréalisme," 1924）に受け継がれるのである。

> ギョーム・アポリネールに敬意を表し（中略）、スーポーと私とは、我々の意向に端を発し、それに遅れて我々の友人たちに恩恵を被らせるこの純粋で新しい表現形式を、「シュルレアリスム」と呼ぶことにした。（Breton, I, 327）

このように述べるブルトンは、アポリネールにおいてはやや曖昧であった「シュルレアリスム」概念を自分なりに規定し直し、いずれは造形芸術をも巻き込む芸術運動を確立するのである。たしかにブルトンは「シュルレアリスム」の名称をネルヴァルやカーライル（Thomas Carlyle, 1795-1881）などと関連づけてもいるため[5]、ボードレールからアポリネール、ブルトンという一つの系譜に還元してしまうことはできない。しかし理性の統御を逸脱した精神状態によって内面を発露させるシュルレアリスムのあり方がボードレールの芸術観に近いこと自体は否定できないであろう。実際「シュルレアリスム宣言」の中にも、次のような一節がある。

5 「シュルレアリスム」の名称についてブルトンは、ネルヴァルの『火の娘たち』(*Les filles du feu*, 1854) の献辞に見られる「SUPERNATURALISME」や、カーライルの『衣裳哲学』(*Sartor Resartus*, 1836) 第三巻第八章の章題に見られる「natural supernaturalism」とも比較している (Breton, I, 327)。

シュルレアリスムは、それに耽溺する人に、それが気に入っているのに手放すといったことを許しはしない。それが麻薬のように精神に働きかけるのだと考えざるをえない。つまりそれは麻薬のようにある欲求状態を創造し、ひどい反抗へと仕向けることもできるのである。お望みならば、それはまた見事な人工楽園であり、他の諸々のものと同じ資格でボードレールの批評に属する趣味でもあるのだ。（337）

ここで見ることができるように、ブルトン自身もまた、ボードレールの考え方がシュルレアリスムに通底することを認めている。いわば麻薬が専制的に精神の働きを支配し、理性に束縛されぬ神秘的な世界を生み出すように、シュルレアリスムもまた理性の抑制を脱した世界を生み出すというわけである。

一方でブルトンはランボーの問題意識もシュルレアリスムに取り込むことになる。一九三五年三月二九日のプラハでの講演では、次のように述べられている。

シュルレアリスムのすべての技術的努力は、その起源から今日に至るまで、心の最も深い層に入り込む方法を増やすことにありました。「見者でなければならない、見者にならなければならないと、私は言うのです」。我々にとっては、このランボーのモットーを実践させる手段の発見だけが問題なのです。（II, 491）

いささか誇張もあるだろうが、ランボーの「見者の手紙」がシュルレアリスムの問題意識に継承されていくこと自体はさほど意外には思われないだろう。

ボードレールとシュルレアリスムとの連続性を考えるうえでは、彼がポーから継承したイマジナシオン論にも注目する必要があるだろう。おそらくこのイマジナシオン論は、直接的あるいは間接的に、『ノール・シュド』誌一九一八年三月号に掲載されたピエール・ルヴェルディ（Pierre Reverdy, 1889-1960）の小論「イマージュ」（"Image"）に影響を及ぼしているだろう。冒頭部を引用する。


イマージュは精神の純粋な創造物である。

それは直喩からは生まれえず、多少とも離れた二つの現実性の接合から生まれる。

接合された二つの現実性の関係が遠くかつ適切であればあるほど、イマージュはより強烈になるだろうし――感動的な力や詩的現実性をもつようになるだろう。（Reverdy, 1）

繰り返すまでもなく、ポーはこれまで結合されることがなく、かつ結合するにふさわしい事象を新奇に結合するイマジネーションに、高い価値を見出していた。ルヴェルディは「イマジナシオン」という言葉こそ用いていないものの、「イマージュ」という小論であることからも、言わんとすることはほとんど同じだといってよいだろう[6]。この引用文が、ブルトンの一九二四年の「シュルレアリスム宣言」に引用されるのである（Breton, I, 324）。この美意識は、やがて「甘美な死骸」のような言語遊戯や、コラージュやアサンブラージュといった造形技法を根拠づけていくことになる。ルヴェルディ自身が生成されるイマージュの調和を重視しているが（Reverdy, 5）、ブルトンはその記述を省略し、その結果、調和よりも意外性を重視するシュルレアリスム独特の美意識を醸成するのに寄与しているといえよう。その意味ではポーのいう「イマジネーション」よりもむしろ「ファンシー」のほうが実質的に

6　ルヴェルディはこのイマージュ生成能力を「ファンタジー」と区別している（Reverdy, 1）。また「類縁関係」を創造の手段と見なす点（2）は、「エドガー・ポーに関する新たな覚書」第三章の論述と合致するし、生成されたイマージュの新奇性を評価する点（2）は、同じくボードレールの「一八五九年のサロン」第三章の論述（Baudelaire〔b〕, 620-621）と合致する。

はシュルレアリスムの美意識に合っているといえるかもしれない。一九二四年の「シュルレアリスム宣言」には「不思議はいつも美しい、いかなる不思議も美しい、それどころか美しいものは不思議でしかない」(Breton, I, 319) という主張もなされているが、約七〇年前の一八五五年に「美は常に奇妙である」とボードレールが主張していたことも思い出したい。

たしかにシュルレアリスムには抽象化の傾向は希薄であるように、ボードレールの万博評に示されたあらゆる傾向がそこに認められるというわけではない。またその万博評とは七〇年も開きのあるシュルレアリスム運動が、すべて万博評の主張に還元できるわけでもない。これまで指摘されてきたようにフロイト (Sigmund Freud, 1856-1939) やダダイスム、非西洋文化の影響なども重要であるし、ランボーやマラルメなどボードレール以降の個々の詩人の活動ももちろん看過されるべきではない。しかし万博評の書かれた当時なお新古典主義が隆盛であったことを顧みるなら、ボードレールの万博評が西洋の伝統を覆す契機となり、シュルレアリスムに至る多様な芸術思潮を生み出す誘い水として機能してきたと考える必要があるのではないだろうか。

結び

以上の論点を整理しておこう。異文化体験に触発されて書かれた一八五五年のボードレールの万博評は、新古典主義の根強い伝統に異を唱え、後世に次々と現れる前衛的な美術を擁護する際の規範となるものだった。いわば彼の主張は、古典的調和や写実的具象性を偏狭な因習的束縛と見なす視座を後世の人々にもたらし、その束縛から解放されるために、奇妙さや具象性の弱さを積極的に肯定する考え方を導くことになる。そしてボードレール自身は必ずしも抽象性と阿片の効果との関係について明言していなかったにもかかわらず、万博評で語られた阿片についての言及は、抽象度の高い前衛的な芸術が異常な精神によってこそ制作されるかのような理解をも生み出していく。かつては古典主義的理性を確立させるために疎外された狂気さえも、積極的に受け入れられることになるのである。こうしてボードレールは、新古典主義と対立し、なおかつ写実主義ともロマン主義とも異なる新しい美術のあり方を明確に示す存在として偶像化されることになったと考えられる。彼の極端な主張はもちろんすぐに全面的に認められるものではなかったが、印象主義やジャポニスムといった新しい芸術思潮の受け皿にもなり、シュルレアリスムに至る後世の芸術思潮に少なからぬ影響を及ぼしていったと考えられるのである。

もちろん一九世紀後半以降の多種多様な芸術のうち、実際にボードレール自身の理想に合致するものがあるのか否かはまったく別の問題であり、ボードレールに先見の明があったなどと過大評価をしてはならない。むしろ我々は、ボードレールが万博に触発された問題意識をポーから得た概念装置で強化し、ドラクロワの賛美に意識を集中していたことを十分にふまえなければならない。だが後世の人々によるボードレール理解が誤りであったとしても、だから一顧だに値しないというわけではない。本稿で繰り返し見てきたように、新しい思想は往々にして先人の誤解や誤読から生まれるのであり、それらが新しい文化を形成していくのである。世紀末芸術への影響を論じる際には、正しいボードレール解釈よりもむしろ、偶像化されたボードレールの活躍を追ったほうがより生産的だろう。そうすることによってこそ、美術史学において切れ切れに論じられてきた制作論の流れが明確に浮かび上がるように思われる。

終章

第三部では、第二部で検討したポーの思想がどのようにフランスで受け入れられ、フランス芸術にどのような影響を与えたのかについて検討した。

第一章では、ボードレールが一八五〇年代にポーの詩論を絵画論に転換し、その絵画批評を通じて新古典主義ともロマン主義とも写実主義とも異なる新しい絵画観を示したことを明らかにした。彼は西洋の美意識が偏狭であることがあらわになった万国博覧会体験を通して、古典的な美からの逸脱に美を見出すポーの主張を強調し、具象性からの解放や、狂的な精神状態での制作さえも擁護するような過激な主張を展開した。そこにはたしかにポーの思想も反映されており、アングルやドラクロワといった実際の画家に即した批評でもあるのだが、ボードレールの主張は、具体的な作品・作家批評としては少なからず的外れな主張だったといわざるをえない。だがこの一八五五年の主張は、それに続くサロン評の中で唯美主義的な立場とイマジナシオンによる新奇性の創造が論じられることによって、絵画制作への新たな可能性を開くことになる。第四章で見るように、これらの過激な主張が、時代が下るごとに、実際に新たな表現が模索される中で、ますます説得力をもつようになるのである。

第二章では、ボードレールのポーからの影響がヴァーグナー批評にも生かされ、フランスでのヴァーグナー理解を導くことになったことを明らかにした。ヴァーグナーは彼なりにドイツ芸術史の伝統の中で培われた独自の思想に基づいて自らの総合芸術を追求していたのであるが、その音楽しか聴いたことのないボードレールは、詩の音楽性を高めようとしたポーの思想との類似性をそこに読み取ろうとし、またドラクロワの絵画の抽象的なレベルでの美しさを音楽に喩える自らの考えとも共鳴させ、音楽におけるヴァーグナー、詩におけるポー、絵画におけるドラクロワが、ジャンルを超えて相通ずる理想的な芸術家であるという理解を導き出すことになる。そこにもやはりボードレールなりの行き過ぎた解釈があるのだが、しかしその解釈に基づいてヴァーグナーはフランスで理解され、象徴主義運動を後押しすることにもなったのである。

第三章では、同じくポーの影響を強く受け、美術にも影響力のあった詩人マラルメに注目した。マラルメへのポーの影響は、主に押韻を駆使した彼の詩と、詩論「構成の哲学」に認められる。内容よりも享受者に与える音楽的効果や印象を重視するというその新しい制作論は、具象性の弱いマネの絵画を擁護する主張を通じて「印象主義」という名称を生み出すことにもなる。一方、詩人としてのマラルメの活動は、詩作が事物の再現ではなく、虚無に向かって言葉を発することで漠たるイマージュを喚起することであり、その詩作の中で詩人が自らの個人性を消失するのだという独自の制作論を生み出すことにもなった。

第四章では、ボードレールの極端な美術批評が後世の斬新な美術表現を擁護する文脈で用いられ、おそらくはボードレール自身が予想もしていなかった芸術運動を促進することになったことを明らかにした。

以上の考察より、第二部で確認したポーの思想がボードレールやマラルメらを経由しフランス芸術を大きく転換させたことが明らかになった。ギリシア・ローマ文化を規範としていた一九世紀前半の新古典主義芸術はやがて姿を消し、現代アートへつながる素地が形成されていくのである。

この一九世紀のフランス芸術の変容について、ただその現象を追うことにかけては、美術史学において詳細に論じられてきたし、その成果に本稿も多くを負っている。だがその変容を語る際に「ポー」の名が挙げられることはほとんどなかったといってよい。美術史学が文学とが領域を異にし、美術研究者は文学を知らず、文学者は美術を知らなくても問題がないという現代的な学問体制では、それもしかたのないことだったかもしれない。だがそのような理解では、これらの時代の制作者たちが何を考えて制作していたのか、肝心なところがわからなくなってしまうのではないか。第二部でポーの思想について多くの紙数を費やしたのも、この変化の要因を見定めるための基本情報があまりにも見落とされているからである。

とはいえ、一九世紀後半の西洋芸術に生じた変容が究極のところどのような原因によるのか、まだ十分な考察はなされていない。第四部ではさらに踏み込んで、一九世紀後半の西洋芸術に起こっていたことが何だったのか、あらためて考察を深めていきたい。

第四部

一九世紀後半の詩画制作論の変容に関する原理的考察

第三部で見たように、ポーの詩論やその背景となる思想は、ボードレールやマラルメを通じてフランス芸術を大きく変容させていった。その影響がフランスを芸術大国と認めていた周辺諸国へと波及し、世界的な変化をもたらしていったことは否定できないだろう。ギリシア・ローマ文化を規範としていた従来の西洋芸術は姿を消し、現代アートへつながる素地が形成されていくのである。この劇的な変化の背景に西洋中心主義からの脱却が背景として重要であることは、容易に理解できる。ボードレールの万国博覧会評に顕著に示されていたように、ギリシア・ローマ以来の伝統的な規範の外にあるものを積極的に受け入れようとし、それまでになかった新奇性を追求することによって、百年に満たぬ短期間にここまでの劇的な変化が生じたのである。しかし伝統からの脱却という説明だけでは、現代文化へと展開してきたその具体的な変化を単に古典的伝統の否定の結果生じた偶然的なものであると見なすことになりかねない。実際、芸術史研究の現場でも、現れた作家や作品を時系列ごとに示すことはできても、何が根本的に変化したのか、その文化的基盤を明瞭に示すことはできていない。他方、個々の現象を越えた普遍的な相から美や芸術について考察するという美学は、その普遍的な相に照準を合わせるせいか、そもそも芸術運動の変化を扱うことができていないといえよう。第四部ではこの問題について検討し、一九世紀後半から二〇世紀前半にかけて生じた詩画制作論の変容に何が起こっていたのか、より根源的な基盤について考察を深めたい。

まず第一章では、ポーの立場の論理学的な特異性からこの詩画制作論の変容について考察する。第二部第四章で論じたように、ポーのイマジネーション論は演繹法とも帰納法とも異なる推論形式を準備するものでもあった。蓋然性の高い整合的な仮説を形成するその推論形式をポーが主張していたのは、先験的にも経験的にも真実をとらえることが不可能であるという懐疑主義的な立場が前提となっていた。一方、演繹法は先験的直観に基づいて真理を解明しようとする合理論において中心的な推論方法であり、帰納法は経験に基づいて真理の解明に近づこうとする経験論において中心的な推論方法だった。さらには、合理論の考え方はイデアの模倣を求める古典主義的制作論や、観念の表出を求めるドイツ・ロマン主義的制作論に近似しており、経験論は経験世界を写実的に模倣する英仏ロマン主義や写実主義の制作論に近似していると見ることもできよう。そうであればポーとその後継者たちが拓いた芸術の新たな世界は、こうした背景からとらえ直すことができるのではないか。これが第一章で扱う課題である。

第二章では、ポーの思想の存在論的な特異性をあらためて浮き彫りにする。第二部第三章で論じたように、ポーの懐疑主義的見解が個々の事物の実在に及び、そうしたものが存在しない世界こそが真なる世界ではないかとさえ述べていた。もちろんその主張もまた一つの虚構として表明されているのだが、この世界観は、神による被造物の実在を疑おうとしたがらないキリスト教的な考え方や、イデアや物自体の存在を前提とした西洋哲学とは対蹠的なものだといえよう。しかしこのポーの考え方が共有されることで詩画制作において抽象表現が生じるに至ったのであり、この非西洋的な世界観こそ芸術変容の背景と見ることができる。この章では、ポーの詩作方法を実践するマラルメが虚無を発見し、仏教を引き合いにしてその境地を語っていたことを手がかりに、仏教思想との対比を通じてポーの思想の特異性を再確認したい。

第三章では、仏教思想と詩作とが結びつく日本中世の歌論と和歌制作の実践について考察する。一見するとこうした考察は、西洋の詩画制作論を論ずる本稿の趣旨から逸脱しているように見えるかもしれない。しかし西洋中心主義からの脱却を試み、ジャポニスムという形で日本文化を受容するまでに美意識を変化させた文化変容を思想的に分析するうえで、日本中世歌論の分析はきわめて有効である。実際、ポーやマラルメの主張と酷似した歌論が日本にあったことが確認できるとともに、従来の西洋的伝統とは異なる詩作についてのある種の普遍的側面を見ることができるだろう。

第四章では、ここまでの考察をまとめ、現代文化への接合点を見直したい。個物の実体性への懐疑や、言葉や心に関する理解の変化が、あらためて検討されることになる。また第三部第一章第五節で見たように、意図に基づく創造性を重視したポーに対し、ボードレールはむしろ意図を越えた内的発露を重視しており、その傾向は後世にも受け継がれていく。ポーに倣って意図に基づく創造性を重視していたはずのマラルメもまた、第三部第三章第四節で見たように、最終的には「詩人の消滅」という局面を迎えることを認めるようになった。些細な相違のようにも見えるポーとのこの違いが後世にもたらす問題についても、最後に言及したい。以上の考察を経て、一九世紀後半に未曾有の思想的変革が生じていたことを、あらためて確認することになるだろう。

第一章
推論形式と詩画制作運動

序

第二部第四章第三節の冒頭でふれたように、ポーは宇宙論『ユリイカ』の冒頭部に置いたいわゆる「注目すべき書簡」において、アリストテレスの著作に準拠する演繹的な哲学がフランシス・ベイコンの帰納的哲学の出現によって権威を失い、その後、再び演繹的哲学が帰納的哲学と並ぶ権威を取り戻したと論じている（Poe〔a〕, XVI, 189）。近代の大陸合理論とイギリス経験論との対立は、理性によって認識される世界と感覚によって知覚される経験世界とのどちらに価値を認めるのかという問題に起因している。もちろんプラトン以来の伝統では、感覚が理性的な思考を妨げるものと見なされてきたのであるが、これに対してベイコンが自然観察に基づく思考の重要性を説き、この対立が生じたのである。たしかにベイコンが活躍する以前に合理論が思想界を支配していたかというと、そのように簡単に断ずることはできない。中世以降、古代の権威に頼って自然界の観察や経験を顧みない傾向も少なからずあったもの[1]、一二世紀以降、アリストテレスの自然学などの影響で経験論的な思考も重視されるようになっていたのである。

その意味では、ポーの「注目すべき書簡」における歴史的説明はかなり大雑把といわざるをえず、ベイコン以前の世界で演繹的思考が支配的だったというのは明らかにいいすぎである。とはいえ演繹的思考と帰納的思考、およびその各々に基づく合理論と経験論との対立が、特にベイコン以降、イギリス経験論の興隆とその反動として明確化したことは是認されよう。そこでまず第一節では、近代以降の合理論的思考と経験論的思考が詩画制作運動にどのような傾向をもたらしてきたのかについて確認する。そして第二節で、ポーによる第三の推論形式と一九世紀後半の新しいフランス芸術がいかなる共通性をもつのか明らかにしよう。以上の手続きをふまえ、本章では各々の推論形式を基盤とする思考様式が詩画制作運動と不可分であること、および一九世紀後半のフランス芸術の変容がポーによる新しい推論形式の提唱とも密接に関わっていることを明らかにしたい。

第一節　合理論と経験論とが芸術運動に与えた影響

大陸合理論がイギリス経験論と根本的に異なるのは、感覚を信用せず精神の働きに信頼を置くことだといえよう。いうまでもなくデカルトは方法的懐疑において、感覚的認識がそれ自体で真であると認められるものではないのに対し、精神的認識に知の根拠を見出すことになる。感覚に対する精神の優位という考え方自体はプラトニズムにおいても常識的であるが、その認識を明証的なものと見なし、知の根拠にする点で、デカルトの考え方はプラトニズムから

1　それは学問の目的が「発見」にあるのではなく、すでに知られている現象をいかに正確に理解し、説明するかということにあったからである。いわば先人の知識を確認することが重要なのであって、未知のものを解明することが目標とはされなかったのである（Dear, 3-18 ; 19-27）。この問題は、新旧論争以前に「進歩的歴史観」が意識されてこなかったこととも無縁ではあるまい。

大きく乖離していく。

しかしデカルトが疑いえないとする「我思う、ゆえに我あり」というテーゼは本当に疑いえないものなのだろうか。デカルト自身にはこのとき自分がある種の文化的規定を受けているという自覚がないかもしれないが、異文化の人にとってこのテーゼは必ずしも明証的とは思えないだろう。たとえば仏教徒であれば「ゆえに我執あり」という判断を導き出し、自我の執着を断ち切るべく邁進するだろう。もちろんこの仏教徒のほうが正しいと決めつける根拠もないのだが、重要なことは、思惟がある限り「我あり」としか考えることができないといった論理的必然性は何もないということである。当時の西洋文化の中でデカルトが「ゆえに我あり」としか考えることができなかったとしても、それを明証的な判断と見なすことには明らかな論理の飛躍があるといえよう。

「これこれこのようにしか考えることができない」という事態に対して、明証性が保証されたと判断してそれ以上の思考を停止させる立場と、そのようにしか考えられない思考力の弱さを自覚して当面の理解に暫定的にとどまりつつその理解以外の可能性を担保する立場と、二通りがある。たとえば絶対者に対する信仰が強い場合、神ならぬ自らの判断が完全ではないという自覚から、後者が選択されることになる。これがデカルト以前の考え方だろう。しかしその神の客観的実在さえ疑わしいという状況に直面し、かつ懐疑主義に陥ることを回避したいデカルトは、自分にとって疑う余地のないものに至りさえすればそれを明証的なものとして知の根拠と見なすのである。だが懐疑主義に陥りたくないというのは感情の問題であり、それを回避したうえでの知への過信は、不遜であるのみならず短絡的であろう。

ともあれデカルトの思考は、精神の活動によって知のよりどころが確保できるという新しい通念を生み出し、合理論の基礎を形成することになる。このように合理論的伝統は、自己の思考がいかなる意味でも明証的になりえないという謙譲さを封印し、懐疑主義を回避しうるという自信の上に成り立つのである。

精神の活動が確かな知を把握できるという認識は、プラトニズムの否定とも密接に関連しているといえよう。すなわちプラトニズムにおける「イデア（Idea）」が認識されるべき究極の対象であったのに対し、デカルトにおける「Idée」は明晰に認識されうる「観念」であるとされるのである。もともとプラトニズムにおいて「イデア」は容易に観想されうるものではなく、それどころか人生をかけて探求すべき究極の存在とされていた。これに対し、デカルトは『省察』（*Meditationes de prima philosophia*, 1641）の第三省察において、感覚を通じて得た観念（idea）に関して、それがどのようなものかという判断に誤りがあった場合でも「そのようなものの観念そのものないし思念（cogitatio）が心に現れること」自体は明晰に知覚されると認めている（Descartes, VII, 3, 33［35］）。たしかにこの場合、「観念」が外界の事物と相似するという保証がないということにおいては、デカルト的「観念」にもイデア的性格が残されているといえるかもしれない。しかしその観念の獲得が何ら苦労を伴わないという点で、デカルトの考え方とプラトニズムとは明確に一線を画すのである。

もっとも、デカルトは当初から「観念」を純粋に精神的な所産と見なしていたわけではない。むしろ『省察』に一〇年以上先立つ『精神指導の規則』（*Regulae ad directionem ingenii*, 1628）には、当時の伝統に則す思考の跡が明瞭に残っているのである。この二つの著作の間の違いを比較し、デカルト独自の「観念」論の成り立ちについて簡単に見ておこう。

『精神指導の規則』規則第一二では、デカルトは「共通感覚も、まるで印章が蝋の中にそうするように、すっきり支障なく外感からやってくる同形の像や観念を、ファンタシアーやイマギナティオの中に形成する」と述べ、それが「記憶」に保持されるとしている（X, 12［414］）。一見して理解できるように、デカルトは第一部第四章第二節でふれたイスラム医学以来の思考論を受け継いでいる。すなわちこの時期のデカルトは、外観から得た情報が共通感覚、イマギナティオ、ファンタシアー、評価力ないし思考力を経て記憶されるというモデルを前提にしていると考えられる。また印蝋モデルについてもプラトン・アリストテレス以来の伝統を受け継いでいるといえよう。だがそこで扱われる「像（figura）」は「観念（idea）」と言い換えられている。この「観念」にプラトン的な「イデア」概念の含意が認められないことは、いうまでもない。そればかりか、この時期のデカルトは積極的に外的存在を疑うこともなく、その類似像として「観念」が印象づけられることも否定していない。そしてさらにデカルトは、これらの諸能力とは別に身体と関わらぬ「知性」（intellectus）があり、物体に関して思考する場合はこれらの諸能力の助けを借りることがあるという（[416]）。この「知性」は、身体的知覚に関わる五智よりも上位の能力で、いわば身体的認識を統制する能力と考えてよいだろう。物体に関する思考においても、判明に直観するためには感覚的なレベルから抽象する必要があるともされており（[416]）、いわば諸々の経験から一般論を導き出すように、知性は五智のレベルの能力の助力を得ることがあるとしても、本質的には五智にまさる精神的能力だと考えられる。知性が五智を利用するという考え方もまた五智論に一般的なものであり、たとえばトマス・アクィナスは、少なくとも現世的な事象に関しては、五智の扱う表象像抜きに知性的認識が成り立たないと考えている（Thomas, I, Qu., 84 ; art., 7）。表象像（デカルトのいう「像や観念」）のない知性的認識もありうると考えるデカルトは、それよりも精神性を重視する立場にあるともいえるが、それでもこの段階のデカルトが伝統的な議論の枠内にあることは否定できない。彼が外的事物から得られる「観念」の存在を否定していないことも確認しておこう。

しかし方法的懐疑を経て外的事物の存在を前提にできなくなると、外的事物に由来する「観念」というものがそのまま信用できるのかどうかが厳しく問われることになる。その傾向は、『方法序説』（*Discours de la method*, 1637）第四部に明瞭に認めることができるだろう。ここでは夢の中の観念や目の錯覚に基づく観念、キメラの観念などがそれぞれの対象の実在を証明するものではないとされている（Descartes, VI, 4 [39-40]）。そして実在と一致する「観念」は神に由来する限りで認められるのだという（[40]）[2]。ストア哲学でいうファンタシアー・アカタレープティケーとファンタシアー・カタレープティケーとの区別に対し、後者の確かさの根拠を神に求める考え方ともいえよう。

こうした思索を経て、「観念」が外界の事物と相似するという保証がないという主張が『省察』で論じられるようになるのである。たしかにデカルトは、『省察』において「観念」を三つに区別し、「生得観念（ideae innatae）」と「作為観念（ideae factae）」の他に、「外来観念（ideae adventitiae）」というものも挙げている（VII, 3, 37 [37-38]）。ここでいう「生得観念」は自らの本性から汲み取られるものであり、「作為観念」は意図的に仮構したものであるので、いずれも純粋に精神自体の所産である（37 [38]）。それに対して「外来観念」は、自らの外に存在する事物から取ってこられた類似像と見なされがちな観念である（37-38 [38]）。しかしその観念が実際に事物と類似しているという根拠を明示することはできず、それが確実な判断に基づくとはいえない（39-40 [39-40]）。事物の存在が前提となるのではなく、いわば思惟された限りにおける事物の像が「外来観念」と呼ばれているだけなのである。

第一部第五章で論じたコウルリッジのイマジネーション論にも派生していくこの主張において、「観念」はあくまでも精神に起因するものと見なされており、経験的世界の事物に起因するものではない。この純粋に精神の所産であるという点で、デカルトの「観念」は、キケロからベッローリを経由し古典主義に受け継がれる「イデア」概念と同様のものだといえよう。もちろんキケロの伝統におけるイデアはプラトニズム的思考を基盤とすることで権威づけられており、明証性を根拠にするデカルトの「観念」論とそのまま重なるわけではない。しかし不確かな経験世界の事

2　ここで注目されるべきなのは、先に見た『精神指導の規則』において、「イマギナティオ」と「ファンタシアー」とが区別されていなかったという点である。五智説の本来の理解では、「イマギナティオ」が共通感覚から伝えられた表象像を忠実に受け入れ、「ファンタシアー」がそれを任意に分離・結合といった加工を施すとされていた。しかしその二つを区別しないことによって、像を忠実に受け入れる能力が想定されず、ファンタシアーやイマギナティオへの信頼が疑わしいものとされることになるのである。これは、アリストテレスから懐疑主義やストア主義を経て変容していった「ファンタシアー」概念の系譜を引き継ぐものと考えることもできる。

物に依拠しないことにおいて両者は歩みを共にしているのである。もちろん制作者の観念でもあるイデアの模倣ということを通じて実践されたのは、実際には古代美術に倣って外的自然を美化したり、神話的図像を美しく描くことであり、その意味では古代の因習から意識的に距離をとろうとしたデカルトの思惟と異なる側面はある。イデアを作品化するという古典主義の名目は、実体を伴わない口実にすぎないともいえよう。しかしその口実において、精神よりも感覚を重視し、外的事象の単なる写実的な模写とならないように作家たちは方向づけられ、方法論的にも整備されていったことは否定できない。この点で、デカルト以来の大陸合理論と古典主義との平行関係は明白であろう。

そのように考えるなら、精神よりも感覚を重視するというベイコンによる意識改革は、思想史のみならず芸術史においても大事件だったと考えざるをえない。ベイコン自身も『随筆集』四三「美について」において、次のような言葉を残している。

> 均衡において何らかの異様さをもたぬような精妙な美など存在しない。アペレスとアルベルト・デューラーのどちらがよりくだらないか、言うのは難しい。すなわち後者は幾何学的な比例に基づいて人物を描こうとし、前者は一つの優れた顔をつくるために様々な顔から最高の諸部分を採用したのである。(Bacon, I, 145)

研究者たちが一様に認めているように、この「アペレス」の名は第一部第二章第二節冒頭で紹介した「ゼウクシス」の誤りだと考えられる。したがってベイコンの考える美とは、美しい諸部分をあえて人為的に結合したような身体の美ではなく、またデューラー(Albrecht Dürer, 1471-1528)の『人体均衡論四書』(*Vier Bücher von Menschlicher Proportion*, 1528)に見られるような幾何学的モデルに基づく人体の美でもなく、むしろ自然の所産に本来的に備わっているような美のことだといえよう。すでに見たようにポーやボードレールは前後の文脈を断ち切ってこの引用文の第一文を用い、美のもつ奇異な性格を強調することになるが、ベイコン自身の主張は、均衡をもつように作品を制作しようとする作家への批判と、自然物に宿る美への称讃なのである。もちろん普遍的な美という規範を失い、多様な自然の中に美を見出そうとするとなると、何をもって美を判定するのかという問題もやがて浮上するだろう。一八世紀のイギリスの思想家たちが他国に先んじて趣味論に頭を悩ませ始めるのは、こうした経験論的背景から理解することができよう。

ベイコンの拓いた経験論の伝統がホッブズ、ロックといった思想家に受け継がれていくのと平行し、当時のイギリス絵画でも身近な経験世界を描写する傾向が強い。もともと地中海世界から遠く古典主義が馴染みにくかったイギリスでは絵画も盛んではなく、ホルバイン（Hans Holbein der Jüngere, c. 1497-1543）やヴァン・ダイク（Anthony van Dyck, 1599-1641）のような外国の画家を招いて仕事を依頼する場合が多く、その依頼も肖像画がほとんどだった。だからこそ古典主義文学者のドライデンは現状を憂い、古典主義絵画の振興を期待して「絵画と詩との比較」を執筆したとも考えられるのだが、ようやくイギリス出身の画家が日の目を見るときが来ても、それはホガース（William Hogarth, 1697-1764）のような庶民の風俗を描く画家であり、古典主義絵画の作家ではなかった。イギリスにもフランスのような古典主義を根づかせようと一七九八年にはロイヤル・アカデミー・オヴ・アーツが設立され、初代会長にレノルズ（Sir Joshua Reynolds, 1723-1792）が着任したものの、肖像画に歴史画的要素を加えようとした彼のいわゆる寓意的肖像画もフランスの古典主義に匹敵するとはいいがたい。たとえばレノルズの代表作である《悲劇と喜劇の選択を迫られるギャリック》（*Garrick between Tragedy and Comedy*, 1761）**［図15］**は、美徳と悪徳との岐路に立つヘラクレスという古典的な主題をもちつつも、描かれる人物は実在の俳優ギャリック（David Garrick, 1717-1779）であり、美的に理想化されているわけでもない。こうした卑近な現実を描写する伝統が強いことと、経験論が支持されることには文化的気風として共通するものがあるといえるだろう。

図 15
レノルズ《悲劇と喜劇の選択を迫られるギャリック》
1761 年、油彩・画布、148 × 183cm、イギリス、個人蔵

図16
ルンゲ《小さな朝》
1808年、油彩・画布、109×85.5cm、ハンブルク美術館

美的表現におけるフランスとイギリスとの差が明瞭になるのは、一八世紀の造園運動だろう。よく知られているように、一八世紀の前半までのイギリスでは、幾何学的に植え込みを刈りそろえ、シンメトリカルに構成されたフランス流の整形式庭園、およびそれを小型化したオランダ式整形庭園に倣っていた。しかし大陸の影響を受けていたこの風潮に異を唱え、ケント（William Kent, 1685-1748）やブラウンは自然風景そのもののもつ美を再現するような風景式庭園を造園するようになっていったのである。幾何学的な植栽によって庭園を人工的に作り上げていく従来の整形式庭園は、ありのままの自然に観念的な美を与え、整えるという意識に基づく造園だったといえよう。これに対し風景式庭園は、感覚によってとらえることのできる経験世界にこそ美を見出し、それを庭園として再現することに意義を見出したわけである[3]。

またリチャードソン（Samuel Richardson, 1689-1761）の『パミラ』（*Pamela*, 1740）を端緒に成立する近代小説というジャンルは、日常的な世界で起こる出来事を描くことでも文学作品たりうることを世の人々に認めさせるものだった。これはホガースの風俗画と同様、経験論的世界観が定着したイギリスならではの現象といえるだろう。産業革命に毒されぬ自然美を賛美する一九世紀初頭のワーズワスらロマン主義文学や、ターナー（Joseph Mallord William Turner, 1775-1851）やコンスタブル（John Constable, 1776-1837）、ミレイ（Sir John Everett Millais, 1829-1896）などの絵画を生み出すイギリス近代の文化を総体的に見るなら、その文化的基盤として経験論的世界観が重要な機能を果たしていることは明らかである[4]。

イギリスの経験論的思考は早くからフランスの自然学者に伝えられていたが、表立って広くフランス人の関心を集めるようになったきっかけは、ヴォルテールの『哲学書簡』（*Lettres philosophiques*, 1734）だったといえよう。フランス国内でのトラブルを避けて亡命したイギリスで経験論にふれたヴォルテールは、この著作でそれをフランスに伝え、従来のデカルト主義の後進性を批判したのである。この著作はデカルト派に大きな打撃を与え、一二年後にはコンディヤック（Étienne Bonnot de Condillac, 1714-1780）による経験論的著作『人間認識起源論』（*Essai sur l'origine des connaissances humaines*, 1746）が発表されるなど、急速にフランス国内でも経験論が定着することになる。経験論に基づくいわゆるフィロゾーフたちによる活動は、『百科全書』（*L'Encyclopédie*, 1751-72）という知の体系を生み出すことにもなるが、その「美」の項目（一七五二年）において、ディドロ（Denis Diderot, 1713-1784）は美が秩序や調和と関わることを示唆しつつ、いかなる美であれ、それは「最も卑しい観念と同様に、我々の悟性に達するためには、我々の感覚を通ってくるのである」（Diderot〔a〕, 155）と述べている。ここでイデア論的な美の説明を捨てていることや、サロン評でシャルダン（Jean-Baptiste Siméon Chardin, 1699-1779）の写実的な作風を絶賛していたこと、あるいは「リチャードソン頌」（"L'Éloge de Richardson," 1762）においてイギリスから始まった近代小説を称揚していることも、フィロゾーフの立場を示すものとして注目に値するだろう。

しかしフランスは古典主義芸術の牙城であり、ルイ一四世の死後に感覚的なロココ趣味が蔓延した後もなお、アカデミーを中心として頑に古典主義の伝統を維持しようとする傾向が残っていた。バトゥー（Charles Batteux, 1713-1780）の『単一の原理に還元された美的技芸』（*Les Beaux Arts réduits à un même principe*, 1747）も一七四六年の著作であり、一七五五年のヴィンケルマンの『ギリシア美術模倣論』に刺激を受け、かえってフランス人の関心が新古典主義へと向かったことも周知の通りである。つまり一八世紀後半のフランスは、思考様式としては経験論を受け入れつつ、芸

3　第二部第三章第一節で紹介した造園論争は、こうした風景式庭園が流行した後の問題、すなわち自然らしい風景を人工的に造園するという矛盾をいかに理解すべきかという問題をめぐるものである。

4　古典主義的理想から経験的現実への嗜好の変化には、貴族的宮廷文化から市民社会への移行という社会的変容があり、一八世紀後半以降のフランスにも同様の問題が指摘できることはいうまでもない。いわばここには、精神生活を追求する立場と堅実な実生活を営む立場との見解の相違が横たわっているのである。のみならず、神のもとでの真理として王権神授説を信じるのか、世俗の社会契約を重視するのかという政体論もここにからむのであり、合理論と経験論との対立は近代においてきわめて重大な問題だったといえよう。

術に関してはイデア論的伝統を遵守するという、いわば二重性を内包する状況にあったといえる[5]。先に挙げたディドロもまた、『一七六七年のサロン』(*Salon de 1767*) 序文において「理想的モデル」について論じ、これが観念的であるがゆえに実在はしないものの、イデアのように精神によって観想されるものではなく、絶えざる自然観察の結果構想されるものだと主張し、両傾向を折衷する案を提示している (Diderot〔b〕, 55-77)。そして一九世紀に入り現実世界を直視する傾向がフランス・ロマン主義に継承され、その傾向が一八五〇年代の写実主義に引き継がれることについては、第三部第一章第一節でふれた。経験世界を描写する傾向と新古典主義とが対立する状況は、ボードレールがポーの詩論を絵画批評に生かす時期まで維持されるのである。

これに対してドイツでは、心の働きを分析する経験論の伝統を受けつつも、なお演繹的な思考様式を維持し続けることになる[6]。たしかに独創性を重視し、古典への追従を否定するようになったシュトゥルム・ウント・ドランク期以後、美術においてイデアの模倣が唱えられることもなくなっていくが、しかしあくまでも感覚的な経験を作品化するという方法は避け、感覚や経験を越えた領域に描写すべき真理があると考えたのである。ノヴァーリスの詩、フリードリヒ (Caspar David Friedrich, 1774-1840) やルンゲの絵画【図16】は顕著にそのような傾向を示しており、それは、感覚を越えた次元に真理を求める超越論的観念論と平行する現象であるともいえよう。古代の作品のような明確な規範を捨てたロマン主義作家たちは、美の直接的な表現が困難だと強く自覚し、ただ憧れとして美を精神の深みに求めることにもなる。たしかに古典的な美意識からの解放は、一方で中世文化の再評価をもたらすものではあったが、独創性の追求や、到達不可能な精神の深みを求めることによって、古典美に代わる美を確立するには至らないのである。こうしてイデアを失いつつ経験世界の写実をも拒否するその運動は、やがてはヘーゲルの芸術終焉論に帰結することにもなる。同じ「ロマン主義」という名称を冠し、古典主義に対する反発という姿勢を共有しつつも、イギリスとドイツとではこのような違いが生じるのである。この方向性から離れ、積極的に経験世界が作品化されていくのは、ナポレオン（Napoléon Bonaparte, 1769-1821）が失墜し、ウィーン体制のもとで反仏感情が薄れてからであり、ビーダーマイヤー様式の絵画やシュトゥルム（Hans Theodor Woldsen Storm, 1817-1888）やケラー（Gottfried Keller, 1819-1890）などの市民的写実主義文学、さらにはフォイエルバッハ（Ludwig Andreas Feuerbach, 1804-1872）やマルクス（Karl Heinrich Marx, 1818-1883）の思想などが反動として生じたのだった。そして一九世紀後半以降、唯物論や自然科学研究は逆に新カント派の反発を受けることになるのである。ともあれドイツでも観念論対経験論という二項対立が基本であり、第三の方向性が意識化されなかったことを確認しておきたい[7]。

このように、一八世紀から一九世紀前半にかけて生じた英独仏の芸術運動の変化を俯瞰的に見るならば、基本的に演繹的世界観と帰納的世界観といった思考基盤に依拠していると考えることができる。そうであれば、古典主義を最

5　バトゥーの『単一の原理に還元された美的技芸』でも、イデア論的伝統はかなり抑制されている。第一部第三章では、精神によって構想されうる自然を模倣すべきだと述べられ、ゼウクシスが「精神の中に、結合された諸特徴すべての成果である人工的な観念（idée）を形成し、その観念が絵画の原型ないしモデルとなった」とされている（Batteux, 45-46）。ここでキケロの『発想論』が典拠として挙げられているものの（45）、キケロが精神的な観想について言及していない以上（第一部第二章第四節参照）、バトゥーがむしろベッローリをふまえていることは明らかであろう。それはその後の箇所でマクシムス・テュリウスを引き合いに出していること（47）からも確認できる。しかしこの箇所の「idée」をそのまま「イデア」と翻訳することには躊躇を覚えざるをえない。それは「idée」が小文字で書かれていることもさることながら、その「観念」が物体的なモデルの観察に先行するのではなく、五人の美女たちの観察の「成果」として構想されるのであり、かつ「人工的な」ものでもあるとされるからである。したがってこのバトゥーの著作は、古典主義の伝統を色濃く受け継ぎつつ、時代錯誤的なイデア論に対する反論を十分に意識したものといわざるをえない。

6　もっとも、「批判哲学は経験論と合理論との総合であり、単なる演繹的な思考ではない」という反論もあるかもしれない。だがたとえばモルグ街で起きた殺人事件の解決のために、批判哲学が何らかの役に立つわけではない。実際には、それは理性のもとに経験を帰属させる思考システム論であり、経験世界の解明に実効力をもつわけではないのである。

7　ドイツ・ロマン主義以後も、精神科学を経たドイツの人文諸学に、その傾向が抜きがたく残っているといえよう。経験世界との関わりを必然的にもつ自然科学から人文諸学を隔離することで、理論先行の演繹的な思考様式が維持されるのである。

終的に終結させ、写実主義とも異なる芸術運動を生み出した一九世紀後半の急激なフランス芸術の変化には、演繹的世界観や帰納的世界観とは異なる思考様式が関与していたと考える必要があるのではないか。そしてポーが第三の推論形式を構想していたとするならば、その構想が一九世紀後半以降の芸術運動と関わっている可能性が問われなければならないだろう。

第二節　第三の推論形式と芸術

こうした観点から見直す際まず注目すべきなのは、第三部第一章第三節で論じたように、ポーとボードレールが唯美主義的立場を標榜していたことである。この唯美主義的立場は、それまでの芸術が、先験的な、あるいは経験世界における真実を求めてきたことに対する根本的な否定を示すものである。すなわち古典主義はその理念において、精神の内に開示されるイデアを作品化しようとしていたのであり、その美が真実と区別されることはなかったし、イギリスでも経験世界の真実（現実）を作品化しようとしていたのだった。ドイツ・ロマン主義も感覚を越えた世界に真実を求めたのであるし、経験世界に美のみならず醜をも見出したフランス・ロマン主義もまた、その真実から目を背けることなく作品化することを求めたのだった。したがって「真実」の表現を捨てる唯美主義は、これまでの芸術とは異なる方向性を示すとともに、演繹ないし帰納的思考からの乖離を暗黙のうちに含んでいるといえる。

真実の表現からの乖離は、原理上、個々の描写対象を正確に再現するような描写方法からの逸脱を容易にするだろう。もちろんすぐに外界の描写を放棄するような描写が称揚されるわけではないが、すでにボードレールは「万国博覧会、一八五五年、美術」において筆致の粗いドラクロワの絵画を擁護し、たとえ内容が理解できないほど「遠すぎる距離から見ても」ドラクロワの絵画は魅力的であると述べていた（第三部第一章第二節b）。さらに、写実的描写からの乖離は、ボードレールの美術批評「一八五九年のサロン」第三章の写実主義批判（Baudelaire〔b〕, 619ff.）に、より顕著に見ることができる。ここで彼は写実主義者に対し、「彼らが外的自然の存在をまったく確かなものと思っているのかどうか、彼らがあらゆる自然を、自然の内に含まれるものすべてを知っていると確信しているのかどうか」という問いを突きつける（620）。この問いに対して否定するのであれば、写実主義者は自分の知る限りの自然について、自らの感じる通りに作品を制作することになるので、それはそれとして認めようとボードレールはいう（620）。しかしもしもその問いに対して肯定するのならば、その写実主義者はとんでもない誤りに陥っていることになるのである（620）。

こうした問いは、かなり奇妙な問いのように思われるかもしれない。しかしポーの可謬主義的な立場を念頭に置くなら、イマジナシオン論の直前にこうした問いが発せられることは、さほど奇妙なことではない。可謬主義的立場において、客観的な世界がいかなるものなのか、その真のあり方を理解すること自体が不可能なのである。むしろその世界なるものが自分にとっていかにとらえられるかのみが問題になるのであり、それを作品として示すことが作家の任務なのである。同じ絵画批評の第七章でボードレールは、「もしも我々が風景と呼ぶ木々や山々、水、家屋の寄せ集めが美しいのであれば、それはそれ自体によってではなく、私によって、私固有の霊感によって、私がそこに与える観念や感情によって美しいのだ」とも述べている（660）。

ボードレールの示したこの方向性は、描写対象に依拠する再現的な描写方法から、画家の創意に依拠する描写方法への転換を積極的に促すものとなる。第三部第一章第四節で論じたように彼がイマジナシオンの意義を力説したのは、描写というものがいかなる意味でも真実の再現ではないからなのである。重要なのは、自分の構想に制作の主導権を委ねつつ、諸要素の結合によって「新奇な」、すなわち自分にとっても意想外な成果が産出されるとしている点である。

ポーにおけるイマジネーションは、推論の場においては、情報群の内に結合すべき情報の連鎖を見出しそれを結合することによって、意想外ではあるが整合的な推論を形成する能力として規定されていた。この推論形式と絵画におけるイマジネーションの共通性としては、客観的対象の真実性に依拠せずに主体の主観性に依拠すること、むしろ客観的対象を解体・再構成して新たな世界のとらえ方を提示すること、選択される個々の対象の相対的な関係性によって新奇かつ調和的な一貫性を成り立たせることが挙げられよう。推論においても「真実」の解明が求められるのではなく、すべての情報が整合的に結びつく「美」においてその推論の一貫性が評価されるように、絵画においても「真実」の再現ではなく、調和的で新奇な「美」の形成が求められるのである（第二部第四章結び）。重要なのは、ここで求められる調和的な美というものが、既存の規則に基づくようなものではないということである。詩論「詩の原理」でも明言されているように、ポーにとって美とは、自然物に宿るものでもなく、また人為的に求めれば必ず獲得できるというものでもない (Poe [a], XIV, 273-274)。だからこそ意想外の結果を産出しうる新奇な結合を積極的に推し進め、感覚的な素材が総合的に調和する成果が模索されるわけである。

さてここに示される美のあり方は、一九世紀後半に生じた絵画運動を考察するうえできわめて示唆的であろう。というのも、この時期に生じた多様な傾向の原型が、ここに認められるからである。真実の再現を断念することは、写実性や具象性からの乖離を積極的に認めることになるだろう。厳密な遠近法や明暗法に基づいて個物を再現するような描写方法は退けられ、色彩の相対的効果で色面を構成するような実験的な技法がそれに代わって採用される。個々の事象の真実のあり方を再現するのではなく、絵画の構成要素の相対的な関係によって作品を成り立たせることが、求められるようになるのである。補色の原理を採用することで筆触分割の効果が意識され始めたこの時代、制作される筆致の粗い作品は保守派から「細部まで入念ではない」と批判される状況にあったのだが、ポーやボードレールの主張は、細部よりも全体的効果を重視するその傾向を積極的に擁護することになるのである。また印象派以降に見られる固有色の否定や、描写対象が画枠からはみ出るようなフレーミングも、個物の再現よりも新奇かつ美的な画面構成を良しとする美意識と無縁ではあるまい。経験世界の事物の直接的な再現を目的とせず、かといってイデアの模倣にも回帰しない作家たちは、さらに経験世界の事象を通じてそれを越えた世界を象徴的に表現しようとすることにもなるだろう。それはポーから大きな影響を受けたマラルメの問題意識でもあり、絵画における象徴主義の問題意識でもあった。また新奇で意想外の世界を「超現実」として開示しようとする志向や、一見して無関係なものの結合による意外性の追求は、デペイズマンやコラージュ、「甘美な死骸」を好むシュルレアリスムにも認めることができよう。

このように見るならば、ポーを端緒とする芸術観は、古典主義やロマン主義、写実主義とはまったく異なる新しい方向性を示すものであり、時期とともに過激になっていく一九世紀後半以降の劇的な芸術運動の変化はこうした芸術観に即応したものだったといえる。その新しさの根本的な原因を求めるならば、これらの新しい芸術観が演繹的世界観とも帰納的世界観とも異なる世界観を背景にしていたということが、決定的な要因であると考えるべきではないだろうか。

結び

以上の考察から、次のような仮説が得られよう。演繹法、帰納法、そしてポーが提唱したイマジネーションによる推論といった推論形式は、真理あるいは蓋然的真理に依拠して生活する人間にとって基本的な思考様式を形成する。そのためどの推論形式を最も重視するかによって、文化的な思考様式はそれぞれ演繹的な合理論や観念論、帰納的な経験論、可謬主義的な立場の三種に類型化されることになる。いわば、確固たる理念に基づいて世界をとらえるのか、感覚を通じてとらえられる経験世界に自らを合わせるのか、通念にとらわれず（暫定的ながら）新しい世界把握を目指すのかという三つの態度が、ここに成り立つのである。これらの文化的な思考様式はそれぞれの文化の一部を担う芸術運動をも規定することになり、思考様式が変化する場合は芸術運動にも変化が迫られることになる。逆にいえば、近代英独仏の芸術運動の特性と変化は、この観点から考察されるべきであろう。そして一九世紀後半のフランスで古典主義とも写実主義とも異なる芸術が生じた主たる原因も、ポーの構想した新しい推論形式に求められるのである。

たしかにこうした原理的説明はいわば単純な図式化であり、これによって芸術史の変遷が細部まで明らかになるわけではない。絵画の主題や技法などは折々の流行によっても変化するし、何より個々の画家の気質や制作意志が多様なのだから、こうした原理的説明がすべての芸術現象の説明に有効であるわけではない。演繹・帰納・アブダクションの区別は明確であっても、それぞれの思考様式に基づく芸術表現においては互いに折衷することも十分に可能である。また、真理および蓋然的真理への志向性を失った現代芸術については、もはや本稿で論じた思考の枠組みにはおさまらないだろう。しかし西洋近代芸術を論じるにあたり、こうした原理的な図式をまったく前提としないならば、個々の作品や作者、芸術運動について場当たり的に語ることしかできなくなるのではないだろうか。

推論形式と芸術運動との関係に関する問題意識が美学や美術史学において顕在化していないとすれば、それは演繹的あるいは帰納的な推論形式に従って研究を進めるそれぞれの学問が、自己の学問を規定する方法によってしか芸術を理解しようとしないという方法論的な欠陥に起因するのかもしれない[8]。美や芸術の普遍的原理の解明に重点を置くと称する美学的な理論は、そうした普遍的なものの実在への疑いを強めて模倣性から乖離していった一九世紀後半以降の芸術運動に対して、どれほど対応できているのだろうか。そして細かな事実を積み重ねる作業に偏りがちな美術史学もまた、その帰納的思考法とは異質な文化や芸術を受け入れる心構えがどれほどあるのだろうか。本稿で論じたように演繹・帰納・アブダクション的傾向がそれぞれ作品制作の場に反映していたとすれば、時代を越えた芸術の普遍性をとらえようとする美学も、統一的な方法論ですべての時代の作品を扱おうとする美術史学も、分不相応な試みに陥っていることになる。もちろん「方法論を異にする美学と美術史学は、互いに足りない部分を補いながら、美や美術について解明していこう」ということは、しばしば（特に美学の側から）主張されている。だが自己の方法論自体を反省することがなければ、芸術の全体像を把握しえないのではないか。推論形式に関する考察は、こうした自ら依って立つ学問的方法論への反省を促すものともなるように思われる。あるいは逆にこのような広範な問題を扱う本稿は、細かい専門研究でなければ学問的価値はないと考える研究者から「細部まで入念ではない」という批判を受けることになるのかもしれないが、近代芸術の展開をあえて「遠くから見る」ことの方法論的意義を、合わせて問うてみたいと思う。

8 演繹的な思考に馴染んだ研究者は、現象が論理的に整理できたり体系化できれば物事の理解が進んだと実感できるであろうが、帰納的な思考に馴染んだ研究者から見れば、それは具体的な対象から離れた思弁にすぎない。逆に後者は現象を網羅的に記述できれば物事の理解が進んだと実感できるが、前者はそうした知識の羅列にものたりなさを覚える。単純化しすぎかもしれないが、こうした旧態依然とした対立が芸術研究の場にも根強く残っているのはたしかだろう。

第二章

ポーの思想と大乗仏教

序

前章では、近代の芸術運動が合理論や経験論といったより大きなコンテクストに左右されるものであり、一九世紀後半のフランスで起こった新しい芸術運動が合理論や経験論とは異なる第三の思考基盤に応じたものである可能性について考察した。しかしこの第三の思考基盤に基づく可謬主義やアブダクション的思考を明確に意識していた人が芸術の世界にどれほどいたかと問うならば、そのような人はほとんど誰もいなかったというべきかもしれない。むしろそのような原理が潜在的に働いていたとしても、作品制作の現場で実際に意識されていたのはその現象的側面、たとえば古典主義や写実主義を乗り越えようとすることや、個物の表現よりも色調の相対的な関係を重視することだったと考えるほうが適切だろう。いわば第三の思考を拓くポーのイマジネーション論が近代芸術変革の端緒となったとしても、むしろ直接的には個物の融解に美を認める新しい理解こそが新奇な表現を求める人々の心をつかんだといえるのではないだろうか。

第二部第三章第四節で見たように、ポーは単なる懐疑主義を通り越して、実際には個物が実体性をもたない可能性について考えるようになったと思われる。ポーが詩の言葉に音楽性を求めるようになったのも、こうした点から理解することができた。神による万物創造説やイデア論、さらには物自体の実在を前提とした世界観が中心の西洋では、懐疑主義や原子論のようなわずかな例外を除けば、こうした「無の思想」はほとんど馴染みのないものであり、だからこそポーの詩の改革が斬新なアイデアとして注目されたと考えられる。

もちろん視点を西洋に限定しないならば、「無の思想」はことさら新しいものではない。様々な宗派ごとに偏りがあるにせよ、仏教は諸事物の実体性を否定していたし、特に「空」の思想を強調した大乗仏教にはその傾向が顕著であるといえよう。実際、第三部第三章第二節でふれたように、ポーの詩作方法を継承しようとしたマラルメは虚無の認識に至り、それが仏教に通底する考えでもあることを認めていた。ということは、ポー自身が自覚的でなかったとしても、その思想には仏教的な側面があり、それが芸術に影響を与えていったと考える必要があるのではないだろうか。

この仮説は、いかにも突飛な思いつきのように見えるかもしれない。だが非西洋文化を積極的に取り入れようと主張したボードレール以後、フランスでは西洋文化とはまるで異質の日本文化が受容されていったことも事実である。したがって、ポー以後の変化を原理的に探求するためには、あらためてポーの思想と仏教思想とを比較することには意義があるのではないだろうか[1]。この章ではこうした問題意識に基づき、ポーの思想を、仏教との比較を通じて考察し直してみたい。

考察を進めるに先立って、あらかじめ四点ことわっておかねばならないことがある。

まず最初に、本章が主にポーの思想の核として問題にするのが、第二部第三章第二節で紹介した短編小説「メスメリズムの啓示」だということである。その内容に関してここで繰り返すことはしないが、適宜、その箇所を振り返って参照されたい。

次に、ポー自身が直接的に仏教思想の影響を受けた形跡は見受けられないということを強調しておきたい。それにもかかわらず仏教思想と比較するのは、ポーの思想の内に見られる「個物が実体性をもたない」という考え方の特殊性を浮き彫りにし、その意義を鑑みるうえで有効だと思われるからである。それゆえ双方の比較があくまでも便宜的なものであり、影響関係を論ずるものではないことを確認しておきたい。またデカルトの方法的懐疑に共感し、素朴実在論を退けるコウルリッジも、この点で参考になる。コウルリッジもまた仏教とは縁のない思想家であるが、適宜参照していきたい。

第三に、仏教と比較するといっても、本稿は特に大乗仏教との比較を試みるものであり、厳密には伝アシュヴァゴーシャ（Aśvaghoṣa, c. 80-c. 150〔馬鳴〕）著、真諦（Paramartha, 499-569）訳と伝えられる『大乗起信論』との比較を中心とするものである[2]。周知のように、仏教は広範な広がりをもち、様々な宗派に分かれた宗教であり、その思想もきわめて多岐にわたるものである。それゆえ多種多様な仏教書を典拠にして仏教一般とポーの思想とを比較しようとしても、それは恣意的なものとなりかねない。本稿が中心的なテクストを設定するのは、この理由による。そしてそのテクストを『大乗起信論』とするのは、この文献が大乗仏教思想の要諦を簡潔にまとめた理論書であり、これとポーの思想との間に類似性が見出されるからである。

第四に、『大乗起信論』をテクストに選ぶとはいえ、本稿の主眼は『大乗起信論』自体の解読にはなく、あくまでもポーの思想を読み解くことにある。それゆえ『大乗起信論』を網羅的に論じることはもちろんないが、逆に『大乗起信論』のもつ問題の普遍性を仏教的コンテクストの外から見直すことも可能となるだろう。

第一節　諸事物の実在性

ポーは、人間の身体の種類に応じて、二種類の世界像を挙げている。一つは「未発達な身体」によって認識される世界であり、これは我々が日常生活を通して経験されるものである。そしてこの普通の世界とは別に、「完全な身体」によって認識される世界が挙げられ、これこそが真なる世界だとされるわけである（Poe〔a〕, V, 250）。いわば前者は

1　第二部第三章第三節bで論じたように、ポーは原子論に深い関心を示していた。第二部第三章第三節aではその原子論が、徹底的な懐疑主義をも回避する立場（構成的懐疑主義）において採用され、世界の現象を説明する仮説を作り上げるのに利用されていたことを指摘したが、もともとのギリシアの原子論もまた懐疑主義と密接に関わるものである。ディオゲネス・ラエルティオスによると、懐疑主義の創始者たるピュロンは、アレクサンドロス大王（Alexandros ho Megas, 356-323BC）の東征に随行し、インドの「裸の行者たち」やペルシアのマゴス僧との交流から懐疑主義思想を得たというが（Diogenes Laertius, IX, 61、原子論者のデモクリトスもまたインドの「裸の行者たち」と交流したというのである（IX, 35）。当時のインドでは、実体論を説くウパニシャッド哲学が批判され、実体的なものの存在を否定する傾向にあった。ジャイナ教では絶対的な判断を回避し、常に「ある点から見ると」という制限のもとで物事が判断されることで、単なる懐疑主義から脱したともいう（中村、一八四―一八五）。したがって原子論自体が、仏教の縁起説のように相対的な関係によって世界を説明するための仮説だった可能性も考えられよう。しかもジャイナ教には白衣派と裸行派があり、後者は財産の私有を拒否して裸で生活していたという。もしギリシアの記録に残る「裸の行者たち」がジャイナ教徒であるならば、ギリシアの原子論には仏教の縁起説にも通底する側面があったとさえ考えられよう。第一部第四章第二節でもふれたように、ヘレニズム期には原子論と並んで懐疑主義が広く支持されていた。これが仏教と同じ土壌から生じた思想であるとすれば、原子論に傾倒したポーの思想に仏教的な側面があったとしても、不自然ではあるまい。

2　著者に関しては諸説があり、実際には一―二世紀の馬鳴の著作ではないと考えられているが、文献表では便宜上アシュヴァゴーシャの著作としておく。訳者に関しても確かではないが、漢文でのテクスト成立は五世紀頃と考えられている。華厳宗、天台宗、浄土宗、禅宗、真言宗など、大乗仏教の各宗派で重視された論書である。読解にあたっては、特に（平川彰〔a〕; 高崎; 井筒俊彦）を参照した。

不完全な知覚に応じてとらえられた虚妄なのであって、五感の限定を越えた完全な知覚さえあれば、後者の世界像が得られるとされるのである。この考え方に従って、ポーは、五感によって弁別される諸事物の存在を疑わないような日常的な理解がじつは誤りであるとする。むしろ真なる認識において諸事物は弁別されず、「真に実体的なもの」が「空間」であることに気づくはずだというのである（253-254）。

個物を個物たらしめるイデアや本質、物自体こそ真の実在だと認めてきた西洋思想においては、こうしたポーの主張はかなり異質なものである。しかし東洋においては、こうした考え方は何ら珍しいものではない。『大乗起信論』には次のように記されている。

> 一切の諸法は唯妄念に依りてのみ差別あるも、若し心念を離るるときは則ち一切の境界の相無ければなり。(Aśvaghoṣa, 25)

つまりあらゆる「法」（存在）は、ただ妄念によって様々に異なる様相を呈するのだが、もしそうした心の動きから離れるなら、そうした認識対象が実在しないことがわかるというのである。およそ仏教の基本的な考え方であり、東洋に生まれ育った人ならば、さほど違和感なく理解できることではないかと思われる。しかしそのような文化的前提のない人にとってはすぐには信じがたい考え方であり、素朴実在論に対する批判として「方法的懐疑」あるいは端的に「懐疑主義」という立場において考察の対象になるか、あるいはマラルメに衝撃を与えたように底知れぬ恐怖を与える考え方であるといえよう。外界の諸事物の存在を疑わない通常の世界認識がここでは妄念にとらわれたものとされ、そこからの離脱が求められているわけである。続けて『大乗起信論』はいう。

是の故に、一切の法は、本より已来、言説の相を離れ、名字の相を離れ、心縁の相を離れ、畢竟平等にして、変異あること無く、破壊すべからず、唯是れ一心なるのみなれば、故らに真如と名づく。(25)

真なる世界はもともと言語表現の相を超越し、認識の対象という相を超越し、徹底して差異がなく、変化もなく、破壊されることもない。これはただ心そのものであるゆえ、これをあえて「真如」と名づけるという。換言すれば、妄念を離れた者にとって、世界は筆舌に尽くしがたいものであり、主観によってとらえられるような客観的対象でもないのである。そしてそのような世界の実相は、同時に妄念を脱した心そのものでもあるという。つまり妄念から離れた者の心はそのまま何の差異も変化もない世界全体であり、その世界に個々の事物が存在するという事態は、世界＝心が妄念によって主客に分裂した結果生じた偽りの状態なのである。いわばここでは唯心論の考えが示されているのであり、存在論が認識論と二重写しになっているのだといえよう。そしてこの妄念から離れた世界＝心が、ここで「真如」と呼ばれるのである。もちろん真如は本来言葉でとらえられるようなものではない。それゆえこの「真如」という言葉も仮のものにすぎないのであるが、ここではそれについて論じなければならないためあえてこのように名づけているのである。ちなみにこの真如の心としての側面が強調される場合、『大乗起信論』では「心真如」と呼ばれている(25, et. al.)。

『大乗起信論』では妄念から離れた状態について次のように述べられる。

離念の相は虚空界に等しくして、偏せざる所無ければ、法界一相なり、即ち是れ如来の平等法身なり。(29)

妄念から離れた状態は、虚空の世界のように滞りなく全体にゆきわたっており、すべてのものの根源(法界)として同一の相をもっているという。そしてその虚空のような世界が、あらゆる如来と同様の「法身」(法そのものとしての仏)であるというのである。

同様に、「メスメリズムの啓示」において「真に実体的なもの」が「空間」とされる際も、何ら差異や変化のない均一な世界全体のことが考えられていた。ポーがここで「空間」と呼ぶとき、それは単なる「非存在」を意味するものではない。むしろ最も希薄な物質(神)の充満した空間のことを考えているといえよう。この最も希薄な物質が世界全体に遍く浸透し、世界を成立させているのである。しかし「物質でないものは存在しない」と述べる語り手ヴァンカークが、「それでは神は物質なのか」と問われて「そうではない」といったん答えているように(Poe〔a〕, V, 245)、無分子の物質は従来の用語法でいえば「物質」と呼べるものでも「存在」と呼べるものでもない。そういう意味で、真なる世界は「存在」、「非存在」といった言葉ではとらえられないことが理解できよう。しかしポーは、『大乗起信論』と同様にあえてその世界を言葉で表し、「空間」、「無分子の物質」、「神」と呼ぶのである。そして「未発達な身体」をもつ人間の内にも浸透するこの希薄な物質が、「心」とも呼ばれていたのだった(246)。「メスメリズムの啓示」では無分子の物質の運動について次のように述べられる。

この運動が宇宙的な心の宇宙的な思考である。この思考は創造する。あらゆる被造物は神の思考にほかならない。(249)

そしてその被造物が、善との対比物として創造された悪しき存在とされているのである(253)。世界が超越者自身であると同時にその心であり、その心の所産たる個々の事物が悪しき存在とされる点で、『大乗起信論』と「メスメリズムの啓示」は似通っているといえよう。

こうした考え方が成り立つ過程は、次のようにまとめられる。基盤となるのは、個別に認識される個物や、認識される世界自体がじつは虚妄であり、真なる世界はそのまま認識されないという見解である。そして客観的な経験世界に真実性の根拠が見出されなくなることにより、人は主観の内に沈潜し、認識そのものの誤りがない状態を希求することになる。こうして認識される世界が我々の不完全な心の所産と同一視され、真なる世界が経験的自我を越えた「心」として想定されることになるのである。

第一部第五章第一節ｄですでに論じたように、コウルリッジの場合も、観念の創造される場としての世界が主観（神－人間）の心でもあるという考え方を示していた。だが彼は造物主を信仰する文化圏に生きているので、その心の中に観念を創造する働きについて積極的に肯定することになる。しかし造物主信仰とは無縁の『大乗起信論』では虚妄を心につくりだす働きを肯定する契機もなく、これが端的に誤りとして理解されるのである。こうして考えるなら、「創造」的なイマジネーション論を論じるポーが、神による創造に積極的な価値をここで認めていないということはかなり特異なことであると考えるべきだろう。

第二節　人間の心の二重性

「メスメリズムの啓示」において、最も希薄な物質は未発達な身体に浸透し、人間の心となっている。その意味では人間の心は本来的に宇宙的な心と同一だといえる。しかし通常我々はここに弁別された諸事物の存在を疑うこともなく受け入れ、世界の実相を歪曲してとらえている。つまり未発達な身体による不完全な知覚のために、人間の心は個々の諸事物を弁別してとらえる誤った認識に陥っているのである。したがって人間の心は、本来的には宇宙的な心でありながら、同時に非本来的な状況に陥っているのだといえよう。こうして「メスメリズムの啓示」では、真なる世界について説明する一方で、諸事物を弁別的にとらえてしまう経験が現にあることをも認めるのである。

もちろん我々は通常、それが非本来的な状況であるとは自覚していない。一本の木が一本の木として存在し、一個の石がそれ固有の存在であることは当然のことだと考えている[3]。しかし『大乗起信論』でもこうした心のあり方が「不覚」、すなわち迷いの状態と見なされ、この状態を脱して真如に目覚めること（「始覚」）が求められることになる(Aśvaghoṣa, 29)。だがそもそも真如に目覚めている状態（「覚」）こそ本来の状態（「本覚」）なのであり（29）、迷いの状態にある一般人（「凡夫」）もまた潜在的には心真如を備えているといえる。すなわち凡夫の心（「衆生心」）は本来的には真如と同一のものでありながら、同時に非本来的な迷いの状態に覆われているのである。こうした二重性を負う凡夫の心は、「心真如」との対比から「心生滅」と呼ばれる。『大乗起信論』では次のように述べられている。

心生滅とは如来蔵に依るが故に生滅心あるをいう。謂う所は、不生不滅と生滅と和合して、一にも非ず異にも非ず。（29）

心生滅は、迷いの状態にある心の内にも如来が隠されているという意味で「如来蔵」とも呼ばれる。そしてこの二重性において（変化の相を超絶した心真如とは別に）「生滅心」、すなわち生成変化する心が生じるのである。いわば心においては不生不滅の相と生滅の相とが和合した状態になっているというのである。そしてこの状態は本来の心真如ではないという意味でそれと同一のものではないが、かといって心真如から離れたものでもないので、心真如とは別物ともいえないのである。

心や世界のすべての現象が真如から生ずるという思想（如来蔵縁起思想）が確立したのはこの『大乗起信論』にお

いてであり（平川彰〔b〕、一八五一一九三）、「本覚」という用語もここが初出だという（Asvaghoṣa, 124n.）。こうした考え方が、（小乗仏教とは違って）一般の人すべてに悟りの可能性を見出す大乗仏教を思想的に基礎づけるのである。ここで注目しておきたいのは、『大乗起信論』が単に個別性を超越した真如について原理的に説明するのみならず、諸事物を弁別的にとらえてしまう凡夫の経験についても看過しない点である。いわば仏法の理想だけを理念的に論じるのではなく、迷いの世界に生きる凡夫をいかに悟りへと導くかが問題となっているのであり、論者の目線は迷いに陥っている凡夫の現状に向けられているのだといえよう。この点において、人間の経験世界について論じる「メスメリズムの啓示」の論調とも比較できるだろう。

ただし、「メスメリズムの啓示」と『大乗起信論』とがこの点で完全に一致しているわけではない。『大乗起信論』では、人間の心の本来的な状態が真如の世界と同一のものとされていた。これに対し「メスメリズムの啓示」では、人間の至上の状態においても無分子の物質そのものと合一するわけではなく、天使としての状態に留まるとされていた。つまり『大乗起信論』では心真如と心生滅の二相が考えられていたのに対し、「メスメリズムの啓示」では神と天使、生身の人間という三相が考えられ、人間の二様の状態（天使と生身の人間）と神とが区別されているのである。もちろん人間の心は神の心と本来的に同質とされてはいるのだが、そこになお区別があることも見逃してはならない。この問題については、第五節で再び論じよう。

真如を説く『大乗起信論』の思想は、むしろコウルリッジの主張に近いといえる。すなわちコウルリッジのイマジネーション論では、天使のような媒介者を想定せず、神と人間との直接的な連関が想定されていた。すなわち素朴実在論に陥っている一般の人間は、神の創造行為をなぞる「第一のイマジネーション」が認識作用に働いていることを

3 第二章第三節bでふれたように、ポーは『ユリイカ』冒頭の「注目すべき書簡」において、「一本の木」が、それ自体として真にいかなるものなのか人間には知りえないという考え方を示している。

明確に自覚しているわけではないが、万人にその作用は働いているのであり、素朴実在論から脱する者はその根源的な神の作用を自覚することができるようになるのである。もちろんその神の作用が「創造」なのであり、その点で『大乗起信論』の主張とは異なるのではあるが、現世的事物への懐疑が極まった先に迷いの吹っ切れた境地が想定されているという点において、コウルリッジと『大乗起信論』との類縁性を見出すことは可能だろう。

第三節　言葉の限界と意義

すでに論じたように、「真如」も「神」も「無分子の物質」も「真なる世界」も、その言葉で表そうとするものに付けられた仮の名称であり、その仮の名称のニュアンスのせいで「それ」が人格神なのか人格神ではないのか、物質なのか物質ではないのかと問うと、「それ」にとって本来必要のない議論に巻き込まれてしまうことになる。「それ」はもともと言語を絶したものであり、名称によって色づけされるべきものではないのである。したがってそこから言葉を放棄する「不立文字」のような方向性が生じてくるとしても、それはそれでもっともであるといえるかもしれない。

しかし真なる世界が言語を絶した世界であるとしても、それがわからぬ人にその世界について説明するためには、なお言葉が用いられざるをえない。もちろんその際、言葉はそれに相応する意味を指し示し、本来は固有の概念にとらえられることのない世界に何らかのニュアンスを与えてしまう。たとえば真なる世界を「真如」という仏教用語で呼ぶならそれは仏教的コンテクストに取り込まれることになるし、「神」と呼ぶならば個人性を備えた超越者としての性格を強調してしまうことになろう。そういう意味で、言葉は真なる世界を直接的に表示するものではなく、むしろ言語を絶した世界を歪曲して示す仮の名前にすぎないといえる。『大乗起信論』では次のように述べられている。

一切の言説は仮名にして実無く、但妄念に随うのみにして、不可得なるを以ての故に、真如と言うも亦相あること無く、言説の極、言に因って言を遣るを謂う。(Aśvaghoṣa, 25)

あらゆる言語表現は仮の表現であり、それに対応する内容が実在するわけではない。それはただ妄念に従って生じたものであり、その内容を得ることはできないのである。そのため「真如」という言葉もまた、本質的な属性をもつわけではない。それでも「真如」という言葉を用いて論ずるのは、言語表現の限界のところで言葉を用い、他の不適切な言葉を排除するためだというのである。もちろんこうした事態に、「真如」という言葉以外の場合にも妥当するだろう。こうして『大乗起信論』は、真なる世界について語りえないことを一方で認めつつ、凡夫にも理解できる仮の表現を通じて、それを示そうとしているのだといえよう。

言語を絶した世界を言葉で表現しようとする際、このように仮の表現という表現方法が要請されることになる。こうした事態はポーの側にも顕著に認められよう。「メスメリズムの啓示」において真なる世界が通常の意味を越えて「物質」と呼ばれていたことは、そうした言語の限界が意識された結果だと考えられる。

真なる世界が言表できないことについては、ポー自身よく自覚している。第二部第二章第三節で指摘したように、ポーは特殊な知覚(直観的ファンシー)によって、五感の世界の外の世界を知覚し、それをなんとか言葉にしようと努力を続けていたという。しかし「それに言語を適用させることは絶対に不可能だということはわかっている。私が任意にファンシーという語を用いるのは、単に何らかの語を用いなければならないからだ」(Poe [a], XVI, 88) と述べ、その知覚、およびその知覚を通じて認識される世界が本来言葉によって表現できないものであることを強調している。いわば睡眠の初期において「未発達な身体」を脱ぎ去り、「完全な身体」を通じて得られる知覚が、あえて「ファンシー」という語で説明されるわけである。そしてポーは、このファンシーによって知覚された世界について言葉で表現したいと望みつつ、今のところどうしてもそれができないと述べる(89-90)。この言表できない世界をどうすれば言語化できるのかが、ポーの課題となっているのである。

仏教の思想的伝統を受け継いで教理を解説する『大乗起信論』の場合とは異なり、ポーの場合はその特異な思想を独自の思想として表明せねばならなかった。そのため『大乗起信論』の場合よりもいっそう、それが仮のものにすぎないと強く自覚していたと考えることもできるだろう。そもそも経験世界の外に真なる世界を想定すること自体が一つの仮定であり、そこに確実な根拠があるわけではないのである。それゆえこの「メスメリズムの啓示」が虚構にすぎないことは明らかである。第二部第三章第四節でもふれたように、ポー自身がこの作品が「純然たる虚構」であることを認めている。しかしそれにもかかわらず、この作品がポーの真摯な思索に基づいていることも否定できない。思想の限界を明示しつつその思想を表現するために、ポーは虚構という形式を採らざるをえなかったのである。

第一部第一章第五節ｃにおいて、個々の事象の本質が実在するというイデア論が言葉の文字化から誘発された可能性について検討した。文字が用いられる以前であれば、一つ一つの言葉の意味を吟味する必要などなく、発話によって意思疎通ができるかどうかだけが問題だっただろうが、文字が定着してからはその言葉の正しい意味が実在し、それを知らなければ正確な話ができないという事態が生じたのかもしれない。しかしポーの思想が向かう言葉の理解は、これとは対極のものだったと言える。(約定的に定めない限り)言葉は「正しい」意味や本質をもつことはないし、言葉によって名指される「正しい」意味や本質など存在しないのである。

こうしてそれ自体としては真ではないが仮のものとして、ある種の言葉に意義が認められることになる。言葉は本来存在しない諸々の事象を名指す誤りを犯すのではあるが、それらの諸事象の非存在を前提とした一種の方便として、意義が認められることにもなるのである。

第四節　仮構的世界

言葉は、本来存在しない世界を成り立たせる。それは単に妄念をなぞったものにすぎない場合もあるが、そうではなく方便として凡夫を真なる世界に導く場合もある。後者の場合に成り立つような仮の世界を、ここでは「仮構的世界」と呼ぶことにしよう。すでに見てきたように、この仮構的世界は次の二つの前提のうえで初めて意義をもつ。

第一の前提は、経験的認識によって真なる世界をとらえることはできないということである。既存の知識や通念にとらわれることこそ、真なる世界から逸脱することであり、その自覚があって初めて、経験世界よりも高次なものとして仮構的世界が存立するのである。哲学的にであれその他の学問によってであれ、何らかのかたちで真理探究の道がありうると考える限り、懐疑主義はなんとか回避すべき絶望的な考え方であろう。だがその懐疑主義を不可避なものとして受け入れざるをえなくなったとき、すなわち経験世界に一切の真実性の根拠を見出せなくなったとき、初めてその先に仮構的世界が開けてくるのである。逆に経験世界に充足し続けるとき、この仮構的世界は単なる絵空事にしか思えないことだろう。

第二の前提は、たとえ仮構的世界が経験世界より高次であるとしても、それ自体としては何ら恒常的なものではなく、あくまでも仮のものにすぎないということである。それゆえ仮構的なものへの過度の信頼は、それを経験世界に引き入れる誤りさえ誘発することになるだろう。

『大乗起信論』では経論の言葉が方便にすぎないことを強調するとともに、凡夫の前に顕現する仏もまた方便としての存在であることを強調している（Aśvaghoṣa, 65, 67）。すなわち仏は実際には個々の仏身を有しているわけではなく、また凡夫のもとにわざわざ訪れるのでもない。なぜなら（心）真如はあくまでも凡夫の認識を絶しており、凡夫の外に存在するわけでもないからである。しかし凡夫は「転識の現ずるものなることを知らざるを以ての故に、外より来ると見て、色の分斉を取り、尽くは知ること能わざるが故なり」(65)。すなわち凡夫は、それが自分の主観(「転識」)の表したものであることを知らず、外から来臨したものと考え、仏身としての肉体を具えたものと見なしてしまう。これは凡夫の無知によるものなのである。それゆえ顕現した仏をそのものとして崇めることは単なる偶像崇拝になってしまうだろうが、それでも世俗の迷いに生きる凡夫にとって、その仏は真如へと目を向けるきっかけになるのであり、他の諸事物とは異なる高次の存在として認識されることになる。このように、迷いの世界(経験世界)と真如(真なる世界)との間(仮構的世界)に、いわば半透明な像のようなものとして、仏が影向するのである。

ポーにとってもこうした仮構的世界は重要な意味をもつことになる。その思索は、先に見た「虚構」という媒体のあり方を再検討することにもなるが、一方では新しい仮説を形成する推論方法についての独自の理論にも結実する。さらには言葉を用いてイメージの世界をつくる詩に関しても、新たな理解が生ずるのである。

直観的ファンシーを言語化しようとするこの絶望的な努力は、詩論「詩の原理」において「天上の美に到達しようとする熱狂的な努力」(Poe [a], XIV, 273)と呼ばれているものに、ほぼ相当しよう。すなわちポーは、詩人たるものは、五感で知覚できるような諸事物の模倣に満足することなく、自らの不滅の本性に即して「天上の美」に迫ろうとするものだと考えているのである。だがその「天上の美」への渇望が「星を求める蛾の願い」に喩えられていたように(273)、詩人が「天上の美」そのものを詩で再現することは、はじめから不可能とされている。そうでありながらなお「天上の美」に近づこうとし、その印象に近い美を作品化することこそ、詩人の本分だというのである。

こうして、五感のとらわれを脱して知覚される究極の世界自体については言表不可であるとされつつ、それに近いものを言語化した詩が高次な詩と見なされるようになる。このときその高次な詩は、経験世界と真なる世界との間に、仮構的世界を拓くものとなるだろう。経験世界の事物の模倣ではなく、また単に真なる世界から逸脱した虚偽でもなく、独特の世界を構成するものとして、詩の言葉が発せられることになるのである。

それではどうすれば「天上の美」に近い世界を言表化することができるのだろうか。これについては第二部第三章第四節ですでに論じたが、もう一度繰り返しておこう。ポーがまず詩に求めるのは「新奇性」である。というのも「ファンシー」によって知覚される世界には「新奇性の絶対さ」があり（XVI, 89）、その新奇な印象こそ、経験世界から隔絶した世界を印象づけるからである。ポーは『アルシフロン』評において、神ならぬ人間に無からの創造が不可能であることを示唆しつつ、詩の素材の新奇な結合によって新奇性を産出するという意味で、詩人のイマジネーションに「創造」的な働きを認めている。（第二部第二章第二節）。このイマジネーションによって新奇性を「創造」することが、「天上の美」に近い世界を作品化することにつながるのである。

もう一つポーが詩に求めるのは、詩の言葉による音楽的な効果である。読者に理解できる日常の言葉を用いて詩作する以上、それらの言葉に指示される経験世界の諸事象が作品世界を彩ることは避けられない。だが詩の言葉の音楽的効果を強調することによって、意味内容のレベルとは異なる美を追究することができる。すなわち押韻やリフレインといった音の効果を最大限に引き出すことによって、より抽象度の高い魅力が求められるのである。一八四四年一二月の「マージナリア」の一篇では、「不明瞭さが真の詩における一要素である」とか「不明瞭さが真の音楽における一要素である」と述べられた後、詩に「確定的な調子が加わると、作品が地上的なものに堕してしまう」と論じられている（XVI, 28-29）。このように、地上世界の具体的な事象を指示しない「不明瞭さ」が詩や音楽を「天上的」なものたらしめている要因であり、その「不明瞭さ」を詩に取り込むことによって優れた詩が制作されるわけである。詩を音楽に近づける試みはボードレールやマラルメを通じて象徴主義へと受け継がれていったのだが、こうした詩の革新は、以上のような思想的背景から理解できるだろう。

第五節　個人性

仮構的世界を詩によって現出させるというポーの試みは、その世界を一つの領域として積極的に確立させようとする意図に基づくものである。こうした詩作への方向性は、『大乗起信論』には見られない。『大乗起信論』において仮構的世界は、凡夫を真如へと近づけるための方便として一時的に利用されるものであり、それ自体として確立されるべき領域ではないし、凡夫の個人的意図によって成立するわけでもない。いわばここでは、個人的意図を越えた力によって仮構的世界が成り立つのである[4]。こうした問題をめぐり、最後にポーと『大乗起信論』との決定的な相違点について考察したい。

『大乗起信論』が目指す目的は、凡夫を大乗仏教の信仰に目覚めさせ、妄念のために見えなくなっている真如へと至るための手助けをすることにある。それゆえ最終的に人に求められているのは、悟り（「覚」）である。第二節でもふれたように、この悟りにおいて人は主客の区別のない本来の状態（「本覚」）に至るわけである。これに対しポーは、神、天使、生身の人間という三相を示し、人間が真なる世界（神）と完全に合一しえないことを明言していた。すなわち人間の本来の状態とは「完成された身体」のみを自己の身体としてもつ天使の状態であり、そうしたものとして、個人性が失われることはないのである。換言すれば『大乗起信論』においては個々の個人性を真如へ解消することが救いとなっているのに対し、ポーにおいては高次の個人性への転生が救いになっているのだといえよう。

個人性に対するこの意識の違いは、経験世界における自己のあり方についての自覚にも違いを生み出す。『大乗起信論』の考え方に従うならば、自我は解消されるべき悪しきものである。それゆえ人は、自我を捨て、主客の合一したより大いなるものに自らを委ねる方向へと向かうことになる。その際、真如がいかなるものかわからないとされながらも、救いの方向は明確に示され、人は自我の内なる真如に沈潜することになるだろう。いわば真如は、一方で不可知なものとされつつ、他方で修行の到達点としてあらかじめ設定されているわけである。

しかし魂の不滅を論じるポーの場合、自我は肉体（「未発達の身体」）の死によっても解消されるものではない。それゆえ経験世界に生きる人間にとって、自我を解消するような主客合一の状態は、本来の状態からの逸脱であり、そこに救いを見出すことは許されない[5]。さらに本来的な自己（天使）自体、神の心が歪曲され分化したものとしての劣等性を負う存在である。これは神との合一の道が閉ざされた人間の限界を意味するものではあるが、逆に各人が固有の意志をもち、神とは独立して行為する自由を保証するものでもある。したがって経験世界を生きる人間にもまた、自らの意志を滅却するのではなく、むしろそれを外界の諸事象から自由にすることによって真なる世界と向かい合うことが求められるのである。

こうした文脈から、仮構的世界を積極的に確立させようとするポーの意図が理解できるようになる。たしかに経験世界を生きる人間は、善の対比物として創造された諸存在と関わりをもって生きねばならず、その生活の中で様々な先入観や文化的因習にとらわれることになる。しかしそうした経験世界が虚妄であると観じ、真なる世界から逸脱した自己のあり方を自覚できたとき、自己の思考を諸々のとらわれから自由にする道が模索されることになる。こうして従来の経験世界にない新奇なものを「創造」することが、救いの方向として拓かれることになるのである。とはい

4 『大乗起信論』では「真如」の対極を「無明」とし、人はその双方からの働きかけ（「熏習」）を受けているとする。妄念はその双方の働きかけによって生ずるのである。それゆえ仏身のような現れも、無明からの働きかけによって真如が汚されたものともいえるし（39）、真如からの働きかけによって無明から解放されて見えるものともいえるのである（33-35, 57, 63-69）。ともあれこうした現れは、個人の意図を越えた働きによって生ずるのである。

5 自我を越える大いなるものに自らを委ねるようなことは、危険なこととポーには考えられただろう。ポーは、自己を破滅に追い込むような悪しき内的衝動の存在を自覚している（短編小説「黒猫」、「天邪鬼」など）。

え、この「創造」は神による「創造」とは似て非なるものである。すでに見たように、「メスメリズムの啓示」では神による創造行為が悪しき物質の産出と見なされ、その行為自体に積極的な価値が見出されていなかった。身体に知覚されるような物質を否定的にとらえるポーにとって、そのような物質を創造することに価値を見出すことはできないのである。むしろ人間が目指す「創造」的な行為とは、いやおうなく関わりをもたざるをえない経験世界の諸事象に個体性の解消を促したり今までになかったような「新奇性」を与えたりすることで既存の世界連関に否定を突きつけることであり、自己と世界との関係を刷新することである。いわば神による「創造」が粗悪な物質を産出する上から下への働きであるのに対し、詩人に求められる「創造」的行為は地上的物質を天上の美に近づける下から上への働きなのである。また「創造」されたいかなるものであれ、それらはたしかに真なる世界から逸脱した所産にすぎない。しかしそうしたものであることを十分に自覚したうえで、その作品でもって仮構的世界を拓き、人間的興味を維持しつつも、その背後に広がる真なる世界を暗示することもできるのである。また「創造」の目指す方向性は異なるにせよ、考えようによっては、このとき人間は神の創造行為を模倣することにもなるし、その自由意志による行為によって、神の似姿をもつとさえいえるかもしれない。

こうした思考の脈絡において、ポーの思想には、人間の根源的な不完全性、神と人間との存在論的断絶、自由意志、創造といったキリスト教的な思考の要素を見出すことができよう。キリスト教においては、各人には固有の個人性が認められ、他の被造物にはない自由意志が与えられているとされる。その自由意志により、人間は他の被造物とは違って決定論的な摂理から自由なのであるが、逆にその自由によって地上的な享楽を選び、自己を越えるものへのまなざしを失い、神に背くことさえできるのである。しかしその神からの離反は、神ならぬ自己の不完全性を十分に自覚できていない誤りによるものであり、悔い改めるべき罪である。それゆえ信仰に目覚めた人は、自らの自由意志によって自己を越えた超越へと向き直り、自らが自由であるとともにいかに誤りに陥りやすい存在であるかを思い知らされることになる。意志をもつ単一人格神への信仰を基盤とするキリスト教では、個人性の解消による救済という可能性が認められず、むしろ不完全な個人性を超越的人格神と対峙させることが求められるのである[6]。キリスト教において人格的交流、すなわち「愛」が大きな意味をもつのも、こうした文脈から理解できるだろう。そして人間以外の被造物は、自由意志をもたぬ下位の存在として、神や人間の支配を受けることになるのである。諸事物を素材としつつ超越を志向するポーの詩作には、こうしたキリスト教的な側面を見出すことができるだろう。

東洋的宗教観から見れば、このキリスト教の考え方は、自我への執着に陥ったものと見えるかもしれない。だが逆にキリスト教的宗教観から見れば、主客合一に癒しを見出そうとする東洋の考え方は、理性を欠いた自己を世界の大きさにまで肥大させてみせる自己陶酔と見なされよう。またそれは、自己とは異質な他者との対話を回避した現実逃避と見なされるかもしれない。同様のことはコウルリッジにも妥当する。たしかに神による創造への高い評価に関しては、一見したところコウルリッジのほうがキリスト教的であるかのように見える。しかし第一のイマジネーションを通じて求められていたのは、段階差を解消できないとしても神との一体感を求めることであり、神から独立した個人による創造的行為はまったく求められてはいなかった。第二部第四章第四節で論じたように、「推論的理性」より上位に「直観的理性」を置き、推論的理性の機能しない思考のもとで世界の本質をとらえうるかのように見なす思考様式は、とても他者の検証に耐えうるものとはいえないだろう。

しかしいずれにせよ、こうした相異なる宗教意識が、教理としてであれ、あるいは素朴な生活感情としてであれ、東西の文化の内に脈々と受け継がれていることは否定できない。その意味ではポーもまた西洋の文化的因習にとらわ

6 『大乗起信論』において影向する仏身が仮のものとされるように、キリスト教においても人格神としての像を越えた「無」が神聖視される場合もある。エックハルト（Meister Eckhart, c. 1260-1327）に連なる神秘思想の伝統がそれであり、すでに仏教との類似性が注目されている。（Nambara）参照。だがこの伝統のポーへの影響関係は確定されていない。

れていると指摘することもできようが、むしろここでは、東西の文化的相違としてではなく、自己にとって個人性が本質的なものか否かという、いわば個人性についての意識の違いに起因する思考様式の問題としてとらえたい。この点において、ポーの思想は『大乗起信論』から大きく乖離するのである。

結び

以上の比較考察において中心となった問題は、次の二つにまとめられよう。一つは、経験的に知覚される諸事物に実在性を認めることができるのかという問題であり、もう一つは、個人にとって個人性は本質的なものなのかという問題である。前者の問題に関して、ポーは否定的立場をとり、従来の西洋の伝統から離れることになる。時代も文化圏も異なるポーと『大乗起信論』との間に類似性が認められるのは、こうした普遍性の高い問題に対して同様の解答を示してみせたからだといえよう。ここから言語の限界の問題や仮構的世界の問題が派生することも、両者の比較を通じて確認できた。他方、後者の問題、すなわち個人性の問題に関しては、ポーはそれが個人にとって本質的なものとする立場をとり、従来の西洋の伝統に留まる。ポーと『大乗起信論』との間に著しい相違が生ずるのはまさにこの点においてであり、ここから仮構的世界との関わり方の相違も生じてくるのである。しかしいずれにせよ、この二つの問題には正しい解答があるわけではなく、結局のところ、どのような世界観を選択するかは各人の判断に委ねられることになるだろう。つまりこれは正誤の問題ではなく、信条の問題なのであり、このレベルにおいて初めて宗教が問題となるのである。

我々現代人は、宗教とは本質的に何らかの世界観を無批判に信じ込むことだと、しばしば決めつけてしまう。たしかに、いかなる教理であれ確実な根拠のない前提に基づいて成り立っているのだということに無自覚になると、そのような妄信に陥る危険性はきわめて高い。しかし経験世界を越えたものへの希求自体は、むしろ経験世界やその認識に対する徹底した不信や懐疑に基づくのであって、そうした観点から見るならば、宗教を迷信と揶揄して経験世界に充足する者こそ何らかの世界観を無批判に信じ込んでいるということになろう。そして宗教を退け、世界の諸事象について概念規定し、分類し、体系化し、論争する学問的営みもまた、経験世界の枠に閉じこもった些事にすぎないということにもなろう。この世に生まれ、いずれこの世から去る個人にとって、世界とは何か、自我とは何かという問題は、たとえ確実な解答が出ないにせよ、この世を越えた領域をも含めて問われるべき問題なのではないか。ポーの思想や『大乗起信論』の示す宗教的見解は、こうした反省をも我々に促すのであり、表層的な学問の外に東西の宗教文化が現に成り立っていることにもあらためて気づかせてくれる。両者の比較は、単に東西比較思想の重要な経路を拓くのみならず、宗教思想の意義を再確認させるものともなるだろう。

第三章 大乗仏教と中世の和歌
――西洋近代詩論との類比

序

前章で論じたように、経験的に人間が認識する諸々の個物の実在性を否定し、実在する個物の名称としての性格を言葉から奪う点で、ポーの思想と大乗仏教思想には通底するところがあった。しかし前章で検討した『大乗起信論』はあくまでも仏法を説くものであり、詩を目指すようなものではない。それではそうした大乗仏教思想と詩とが交わる接点では、どのような思想が生じるのだろうか。西洋においてポーやマラルメが直面したような問題は、東洋において生じなかったのだろうか。本章ではこの問題を、平安時代末期から鎌倉時代初期にかけての日本の和歌に即して考察してみたい。

第一節では、平安時代末期から鎌倉時代初期の時代背景となる状況、特に末法思想を取り上げるとともに、和歌が直面していたマンネリ化の問題について概観する。第二節では特に、慈円（一一五五―一二二五年）と藤原俊成（一一一四―一二〇四年）に注目し、言葉の表層的意味を越えた層を象徴的に示そうという天台宗的な方向性を明らかにする。第三節では西行（一一一八―一一九〇年）に注目し、コウルリッジにも匹敵するような真言宗的な歌論を読み解く。第三節では藤原定家（一一六二―一二四一年）に注目し、ポーやマラルメのように作為を尽くしたうえでその作為の超出を目指す和歌の方向性を明らかにする。以上の考察を経て、大乗仏教的「空」の思想を背景とした和歌制作の模索が西洋一九世紀以降の詩論と通底する側面を明らかにしたい。

第一節　時代背景

周知のように、平安時代から鎌倉時代への移行期は、天皇制貴族社会の権勢が弱体化し、新興武家勢力が独自の政権を樹立するようになる大きな社会変革期だった。天皇制自体が完全に崩壊するわけではないにせよ、天皇を中心とする貴族社会の没落は、誰の目にも明らかな現実であった。この時代の変化は単なる社会体制の問題にとどまるものではない。後に続く承久の乱に象徴されるように、天皇を中心とする古来の秩序意識が揺るがされる精神的な変革期でもあったのである。

また武家が覇権を争う戦乱の世は、貴族社会の崩壊のみならず、末世の意識を鮮烈に印象づけるものでもあった。いうまでもなく末世とは、たとえ教（仏の教え）が残っていたとしても行（仏道の実践）や証（その結果としての悟り）がないという末法の世を意味する。これの始まる一〇五二年頃は比較的平穏な時代であったものの、平安時代の末期は源平合戦の激しい時期であり、当時の人々はこの世の破滅に対して危機感をつのらせていたのである。鴨長明（一一五五―一二一六年）の『方丈記』（一二一二年）は大火や辻風、飢渇、地震といった災害にも苦しめられた当時の切迫した状況を描写しているが、こうした出来事が当時の人々の終末観をあおったとしても不思議はない。いわばこの時代は、従来の安定した世界の崩壊を目の当たりにしつつ、至上のものとあおぐべき仏の救いさえ信じきれない絶望的な時代だったのである。

この末世の終末観は、日本に伝来して久しい仏教に対しても、切実な問いを投げかけることになる。ヘレニズム期以来の仏像信仰が取り入れられた日本の仏教は、思想的に理解しようとする一部の高僧を除いては、各氏族神信仰によっては統一しがたい国家を統一する理念として、あるいは現世利益的な一種の人格神信仰として理解されてきたと考えてよいだろう[1]。死後の往生を願う浄土思想やこの世のはかなさを自覚する無常観は、仏教伝来後五〇〇年を経て、ようやく勧学会や末法思想の広がりとともに受け入れられるのであって、それまでは日本人の切実な問題とはされなかったのである[2]。いわば仏教が本来的に内包している思想的側面は、末世の危機感とともにようやく日本文化に顕在化していくのだといえよう[3]。いわゆる鎌倉仏教がここから開花していくことも周知の通りである。

またこの末世の終末観は、和歌のあり方にも深刻な影響を及ぼすものでもあった。たしかに『古今和歌集』（九〇五年）の成立当時であれば、ありのままの感情を素直に詠む和歌に「あめつちをうごか」[4]すほどの超越的な威力を認めることができたかもしれない。だがありのままの世界を肯定できないこの時代にあって、人は現実世界を素直に美しく詠むほど楽天的ではありえなくなるのである。

さらにはまた、当時の和歌自体が質的な行き詰まりに陥っていたことも指摘できよう。いうまでもなく和歌にも掛詞や縁語などの技法はあるものの、『古今和歌集』「仮名序」に主張されていたように素直に歌を詠むことを理想とする限り、数限りなく詠まれる和歌の語法が月並みになってしまうことは避け難い。鴨長明は『無明抄』（一二一一―一二一六年頃）「近代歌躰事」の中で『万葉集』（七八三年頃）と『千載和歌集』（一一八七年）に至る勅撰和歌集までの傾向を概観し、次のように述べている。

かかれば、拾遺より後其さま一つにして久しくなりぬる故に、風情やうやう尽き、詞代々に古りて、この道時に随ひて衰へ行く。昔はただ花を雲にまがへ、月を氷に似せ、紅葉を錦に思ひ寄する類〔を〕おかしき事にせしかど、今はその心いひ尽して、雲の中にさまざまの雲を求め、氷にとりて珍しき心ばかりを添へ、錦に異なるふしを尋ね、かやうに安からずたしなみて思ひ得れば、珍しき風情は難く成り行く。まれまれ得たれども、昔をへつらへる心どもなれば、いやしくくだけたる様なり。いはんや詞に至りては、いひ尽してければ、珍しき詞もなく、目留るふしもなし。異なる秀逸ならぬは、五七五を読むに七七句は空に推し量らるるやう也。（鴨

1　日本に伝来した仏教は、軍事援助に対する御礼として百済王朝から贈与されたもので、その受容は大陸の建築や絵画、彫刻、工芸といった高度な物質文化を担う技術者集団を受け入れることでもあった。冊封体制のもとで外国王朝から下賜されたものではないので、大和朝廷にはこれを拒否する権利もあったため、当初は蘇我氏にその受容をまかせたのであるが、実際に流入してくる高度な大陸文化を目の当たりにして、朝廷がこれを国家仏教として採用するに至ったと考えることができる（田村圓澄、二五三―二八二）。

2　たとえば奈良時代に広まった浄土教系の阿弥陀仏信仰においても、実際には現世を否定して自己の極楽往生を祈るのではなく、追善として故人の往生を祈るにとどまっていたという。つまりこれは、亡くなってしまった以上どうせならば黄泉の国や地獄ではなく浄土に行ってほしいという祈りであり、現世に苦しむ自己の救済とは無関係なのである（井上、一八八―一九〇）。

3　周知の通り、仏教はインドに起源をもちながらも日本に伝来するまでの間にヘレニズム文化やゾロアスター教（ないしマニ教）、老荘思想などの影響を複雑に受け、様々な大陸文化の複合体となっていた。つまりその宗教にはインドや中国的要素のみならず、ギリシア的な要素やイラン的要素まで入り込んでいたのであり、その後の長い歴史の中で折にふれてそれらの要素が活性化してきたのだと考えられる。たとえばギリシア的な複数人格神信仰の要素は仏像信仰を通じて仏教受容期の日本人の心をとらえたし、本来の現世否定的な要素や、ゾロアスター教的な光と闇の二元論（仏教的には浄土と穢土との思想）、救世主信仰（来迎仏信仰）、死後の裁きなどといった要素も（青木、八四―八六）、危機の時代においては活性化する。西洋文化の古層にギリシア文化があり、また一神教であるユダヤ教がバビロン捕囚期からゾロアスター教と接触し、天使と悪魔という想定や救世主への期待、最後の審判などの観念を生み出した可能性をもふまえるならば（Riley, 148-205 : 320-325）、東西の宗教文化をまったく接点のないものと考えるべきではないように思われる。

4　いうまでもなく『古今和歌集』「仮名序」による（紀貫之、九三）。

長明、八三)

『拾遺和歌集』(一〇〇五―一〇〇七年)以後、歌の有り様がワンパターンになって久しいので、風情は次第に尽きていき、歌の詞は古めかしくなり、歌道は時とともに衰えていっていると、長明はいう。昔であれば、花を雲のように表現し、月を氷のように表現し、紅葉を錦のように思わせるようなことを情趣あることとしていたが、現在ではその意趣はすでに言い尽くされたものである。そのため雲のなかに多様性を求めてみたり、氷の表現で奇をてらってみたり、普通の錦ではないようにしてみるなど、大変な思いをして想を練っていると、珍しい風情というものがますます難しいものになっていく。稀に珍しい風情を思いついても、昔の人にまさろうとする気もないので、歌の姿も整わないものになっていく。ましてや歌の詞にいたっては、すでに言い尽くされたものばかりなので、珍しい詞もなく、目にとまる表現もない。ひどいものになると、上の句が詠まれると下の句はこうだろうと推量できるような歌さえあるのだ。

こうした歌道の低迷は、単に一つの芸道の衰退を意味するだけではない。和歌が国風文化の基盤として貴族文化の根幹をなしていた以上、和歌の衰退は貴族文化全体の衰退であり、また貴族文化を至上のものとしていた当時の日本文化全体の衰退を意味するものでもあったのだ。だが逆にいえば、衰退する和歌を復興することこそ文化再興の道であり、宗教的な救いの見えない末世世界に和歌本来の超越性を示す道だということもできる。平安時代末期から鎌倉時代初期の歌道には、旧来の伝統を超克し和歌に新たな超越性を取り戻すことが要請されていたのである。次節以降で検討するように、少なくともこの時代に和歌の変革を図った歌人たちには、こうした問題意識が共有されていたと考えるべきだろう。

第二節　天台三諦説と和歌——慈円と藤原俊成

歌人として名をなし、同時に四回も天台座主として天台宗一門を統括したことのある慈円もまた、この時代の要請に応えようとしていた。彼の和歌を尊円入道親王（一二九八—一三五六年）がまとめた『拾玉集』（一三四六年）には、「ねかはくは此あさき狂言綺語にてふかき讃仏乗転法輪のみちへ返しいれ給へとなり」という慈円の言葉も見ることができる（慈円、一二五六）。これは『白氏文集』（八四五年）巻七一「香山寺白氏洛中集記」の一節、「願以今生世俗文字之業、狂言綺語之過、転為将来世世讃仏乗之因、転法輪之縁也」（白居易、四〇八）を典拠とする文章であり、現世における文学的活動が戯れ事であることを認めつつ、それが逆に仏法を讃え仏道に進む機縁になるという内容を示している。つまり慈円は、戯れ事に見える歌道がじつは仏道と重なるものだと考えているのである。

この狂言綺語としての和歌という考え方は、藤原俊成にも見ることができる。承安二年（一一七二年）広田社歌合における自らの歌の判詞には、「ただけふのことのはのたむけによりてかへして当来世世の転法輪の縁とせんとばかりをおもうたまへ侍るを」とあり（藤原俊成〔a〕、二一八下）、『白氏文集』に倣って自己の歌道が仏道と重なり合う事を認めている。俊成の和歌観が『白氏文集』をふまえていることは、俊成の歌論書『古来風躰抄』（一一九七年）中の、「浮言綺語の戯れには似たれども、ことの深き旨も顕はれ、これを縁として仏の道にも通はさんため」（藤原俊成〔b〕、二七五）という言葉からも確認できよう[5]。ここで俊成は、仏道に通じる「深き旨」が和歌に表現されていると考え、これが仏道への機縁となると考えている。いわば和歌は、狂言綺語のように見える表層の背後に、仏教的な深層を含みもつものとして考えられており、その深層が表層にほのめかされているというわけである。『古来風躰抄』では、さらに次のような言葉が続く。

かつは煩悩即ち菩提なるが故に、法華経には、「若し俗間の経書……之を略す……資生の業等を説かば皆正法に順はん」といひ、普賢観には「何者かこれ罪、何者かこれ福、罪福主無く、我が心自ら空なり」と説き給へり。よりて、今、歌の深き道を申すも、空・仮・中の三諦に似たるによりて、通はして記し申すなり。(二七五)

ここで俊成は、『法華経』(『妙法蓮華経』〔*Saddharma Pundar Eka S Etra, 2c. ?*; 鳩摩羅什訳、四〇六〕)巻第六の「法師功徳品　第一九」と『普賢観』(『観普賢菩薩行法経』〔原典散逸. 曇摩蜜多訳、四四一年頃〕)をも引き合いに出しつつ、天台宗で盛んに論じられた三諦説に通ずるものとして、和歌を論じている。三諦説とは、真理(「諦」)を三つの観点から説明したものであり、あらゆる事象に実体を認めない「空諦」、あらゆる事象を仮のものと見なす「仮諦」、そしてその「空諦」と「仮諦」のいずれか一方が真であるわけではないとする「中諦」が、そこで説かれることになる。いわば「空諦」と「仮諦」とが事象に即したものの見方であるのに対し、「中諦」はそれぞれの判断自体を絶対視しないよう、いわば自己の判断を止揚させた立場であるといえよう。そのため「煩悩」(妄念)と「菩提」(悟りの境地)といった一見して背反的なものも凡夫の判断を越えたレベルで合致しうるのであり、「罪」と「福」もまた我々が判断できるものではないのである。俊成はこの三諦説を和歌に適用し、一見して戯れ言に見える和歌の内に人間の判断のおよばぬ深みを想定し、これを擁護してみせるのである。

世界の実相を「空」としつつも世俗の我々にとって存在と思えるものを仮に認め、その中間に身を置くこの三諦説は、無こそ真理としながら「物質の空しい形態」における生を生きるマラルメの現世認識に通ずるものがあるだろう。ポーの「メスメリズムの啓示」の場合は、文脈上、我々にとって無と思われるようなものも希薄な物質として存在するとされているため、仏教的な「空」やそれになぞらえて語られたマラルメの「虚無」とは必ずしも一致するわけではない。だが「未発達な身体」にとって存在するように思われる身の回りの諸事物がより高次の存在(「本源的な身体」

だけをもつ天使）にとって無にすぎないという考え方は、三諦説に通ずるといえよう。

さて「煩悩」と「菩提」といった背反的なものも凡夫の判断を越えたレベルでは合致しうるということについて、参考までに『源氏物語』（一〇〇八年頃）「蛍」巻の物語論について見ておこう。ここでは物語に夢中になっている玉鬘に対し「物語など虚構にすぎないのに」と揶揄した光源氏が、すぐに自分の批判が一面的であったことを反省し、次のように話を続けている。

ふかきこと、浅きことのけぢめこそあらめ。ひたぶるに、空言といひはてむも、事の心、違ひてなむありける。（改行略）仏の、いと、うるはしき心にて、説きおき給へる御法も、方便といふ事ありて、さとりなき者は、ここかしこ、たがふ疑ひを、おきつべくなん。方等経の中におほかれど、いひもてゆけば、一つ旨にあたりて、菩提と煩悩との隔たりなむ、この、人のよしあしきばかりの事は、かはりける。よく言へば、すべて何事も、むなしからずなりぬや。（紫式部、四三二）

光源氏は次のように述べている。物語には深い浅いの違いもあるでしょうが、それらを単なる虚構だと言い切るのも的外れなことになってしまう。仏がとても立派な心でもって説かれた仏法にも方便というものがあり、悟りのない者であれば、それがあちらこちらで食い違っているのではないかと疑いを抱くことだろう。大乗経典の中にはそのよ

5　白居易（七七二—八四六年）の語句自体には世俗の過ちと仏法との間に層的格差が示されていないため、これを聖俗の矛盾的同一を説く顕在的相即論と解釈することもできる。そうした楽天的傾向は慈円に認められ（佐々木克衞、一一二—一二九）、狂言綺語論を天台宗の三諦説で基礎づけようとする俊成にもその傾向を認めることができる。だが「深き旨も顕はれ」とすることによって、俊成が内在的深層の現れる顕現的相即論に接近していることも見逃せない。相即論については（田村芳朗、四七七—五四八）を参照した。

うな方便が多いのだが、結局のところ趣旨は一つなのであり、「菩提」と「煩悩」との隔たりというものも、(物語の)登場人物の良し悪しの差とあまり大きな違いはない。よくいえば、すべて何ごとも無益なものはないのである。

当初は物語を虚構として揶揄していた光源氏も、仏教における「方便」という言葉のあり方を思い出し、凡夫の身で下す良し悪しの判断が、より高次の観点から見ればほとんど意味がないことに気づいている。すなわち物語は一見するとただの虚構のように見えながら、より高次の観点から見ればそこに虚構を越えたものが示されているのかもしれず、それゆえ一概に物語がくだらないものとはいえないというわけである。これと同様のことを、俊成は物語ではなく和歌に関して主張していると考えられよう。

和歌に何らかの深層の顕現を認めようとする俊成の考え方は、彼が提唱した幽玄論とも通底しよう。先述した長明の『無明抄』「近代歌躰事」によると、そもそも『拾遺和歌集』(一〇〇六年頃)以降の和歌は、「理くまなく現れ、姿すなほなるをよろしとす」というものであり、道理が言い尽くされるような素直な歌が理想とされていたという(鴨長明、八三)。この風潮に対し俊成は、慈鎮和尚自歌合において、「おほかたは、歌はかならずしもをかしきふしをいひ事の理をいひきらんとせざれども、本自詠歌といひてただよみあげたるにもうちながめたるにもなにとなくえんにも幽玄にもきこゆる事有るなるべし」と述べている(藤原俊成〔a〕、三三九下)。つまり俊成にとって和歌とは、風情や道理がありのままに言い尽くされるものではなく、詠まれる言葉のうちに、いわば意味の底流をほのめかすものだったのである。『拾遺和歌集』以降の和歌がマンネリズムに陥ることになっていると長明が主張しているのも、この新しい傾向を積極的に擁護するためにほかならない。

狂言綺語の虚構の内に仏法の世界をほのめかそうとする志向性は、前章で見た仏教における言葉の用い方について前章で論じたことから十分理解できるところだろう。仏教における真如はそれ自体として言葉で表されるものではなく、仮の言葉によって間接的に示唆することしかできないのである。それが単に言葉一般の問題ではなく、虚構作品の問題としてとらえるならば、ポーにおける小説の執筆が同様の問題意識に基づいていたことが想起されよう。さらにはこれを詩的表現の問題としてとらえるならば、同じくポーが詩作において「天上の美」を目指すために「不明瞭さ」を詩に取り入れたことと比較できるだろう。いずれも、筆舌に尽くし難い超越をいかに文学作品の中で表しうるのかという課題と向き合った結果生じた制作方法なのである。

「幽玄」について俊成は「そのことば姿のほかに景気のそひたるやうなる事」(三三九下)と述べ、直接的な表現の他に何らかのイメージなり雰囲気なりがそなわっているのだと説明しつつ、春の桜のあたりに霞がたなびいたり、秋の月の前に鹿の声が聞こえてきたり、垣根の梅に春の風が匂ったり、峰の紅葉に時雨が降りかかったりするような状況を例に挙げている(三三九下)。いずれも余情を感じさせるような状況であるように思われるが、しかし「幽玄」が言語表現を越えたところに成り立つ以上、それを明確に説明することができないという限界がおのずとつきまとうことになる。

ここには、フランス一九世紀末の象徴主義の場合と同様の問題がつきまとう。第三部第三章で論じたように、象徴主義においても、直接的に表現しえぬものを表現媒体のもつ象徴性によってほのめかすことが目指された。しかし「直接的に表現しえぬものとは何か」と問いを立てても、それを言葉で説明することは断念せざるをえないのである。むしろ「どのようにそうした象徴的表現が可能になるのか」と問うほうが、より生産的だろう。長明も『無名抄』「近代歌躰事」の中で、自分としてもよくは心得ていないことであるので明確にどう説明すべきなのかわからないのだがとことわったうえで、幽玄を「詞に現れぬ余情、姿に見えぬ景気」と定義し、多くの事例を挙げてそれを説明しようと努めている(鴨長明、八七)。その説明は、西洋の象徴主義を理解するうえでも有益と思われるので、やや長文にわたるが長明による解説を検討してみよう。

たとへば、秋の夕暮れ空の気色は、色もなく声もなし。いづくにいかなる故あるべしとも覚えねど、すずろに〔涙〕こぼるるごとし。是を心なき者はさらにいみじと思はず、ただ目に見ゆる花・紅葉をぞめで侍る。（八七）

ここで示唆されているのは、いかにも美しいと誰からも認められるような桜や紅葉ではなく、視覚的にも聴覚的にも目立つところがない対象であっても、どこにどのような理由があるのかはわからぬままに深い情緒を感じ取ることがあるという体験である。これが単純な感性の人間にはわからないものであるとされ、洗練された美意識を求められていることにも注目できよう。「理くまなく現れ」るものではないからこそ、その空隙をイマジネーションで埋めることが享受者に求められ、言い尽くせぬ余情が観賞体験にもりこまれることになるのである。

又、よき女の恨めしき事あれど、言葉には現さず深く忍びたる気色を、「さよ」などほのぼの見つけたるは、言葉を尽して恨み、袖を絞りて見せんよりも、心苦しう哀深かるべきがごとし。又、幼き者などは、こまごまといはすより外は、いかでかは気色を見て知らん。この二の譬へにぞ、風情少なく心浅からん人の悟り難き事をば知りぬべき。（八七）

ここでは雄弁に心情を吐露したり説明したりすることよりも、むしろそうした表現手段を抑制することによってこそ人の心を動かすということが読み取れよう。ここでも、いちいち物事を言って聞かせないとわからない幼少の者や風情のわからぬ者にはこうした魅力がわからないとされ、ここでも享受者の側の感性が問われている。

又、幼き子のらうたきが、片言してそれとも聞えぬ事いひ出たるは、はかなきにつけてもいとおしく、聞き所あるに似たる事も侍るにや。此等をばいかでかたやすくまねびもし、定かにいひもあらはさん、只自ら心得〔べ〕き事なり。（八七）

片言で言葉にならぬようなことを言い出す幼児の様子を「幽玄」として語ることは、現代では稀ではないかと思われるが、これも幼児が明確な言葉で心情を述べないことに起因するのだろうか。当時の幽玄理解の幅の広さを知ることができる。

又、霧の絶え間より秋山を眺むれば、見ゆる所はほのかなれど、おくゆかしく、いかばかり紅葉わたりて面白からんと、限なく推し量〔ら〕るる面影は、ほとほと定かに見んにも優れ〔たるべし〕。（八七―八八）

この例からは、視覚的表現においてあえて美的部分を抑制するという美意識が認められる。わずかに見える部分から見えない部分に想像を広げ、その隠された美を心に写し出すという、いわば単なる感性を越えた美の享受である。直後に「〔すべ〕て心ざし詞に現れて、月を『くまなし』といひ、花を『妙なり』と讃めん事は何かは難からん。いづ〔く〕かは、歌、ただものをいふに勝る徳とせん」と述べているように（八八）、和歌は月並みな美を単純に言葉にするような安易なものであってはならず、言葉を越えたものを賞美するものでなければならないと、長明は主張するのである。そこにこそ、マンネリズムに陥った和歌の世界を一新する契機があると考えたのだろう。長明はこの「幽玄」という美意識を拓く新しい和歌を高く評価し、最後に次のように述べている。

一詞に多くの理を籠め、現さずして深き心ざしを尽す、見ぬ世の事を面影に浮べ、いやしきを借りて優を現し、をろかなるやうにて妙なる理を極むればこそ、心も及ばず詞も足らぬ時、是にて思ひを述べ、僅三十一字が中に天地を動かす徳を具し、鬼神を和むる術にては侍れ。(八八)

一つの詞に多くの内容を込め、直接的に表現することなく深い思いを出し切り、この世では見えない物事を面影に浮かべ、卑しい事柄でもって優れた内容を表現し、一見して愚かなものを通してすばらしい内容を極める。ここで示された表現方法によってこそ、新しい美的表現の可能性が拓けてくると長明はいう。現世的な内容を平明に詠み上げる従来の和歌とは異なるその新しい和歌は、逆説的ながら、その超越性が『古今和歌集』仮名序に示された和歌の理想に近づくものでもあるというのだ。

しかし「幽玄」が単に明確な意味の拒否によって成り立つのであれば、制作者たる歌人は、風情ある情景を探すとしても、結局は道理を言い切らないようにするといった消極的な工夫に頼るしかない。また作品に不明瞭さが生ずるからといって、そこに白居易の説く「狂言綺語」のように仏道に通じることを期待するのも、いささか短絡的であろう。俊成の歌論が理論として成り立ったとしても、実践的な制作論として徹底しきれていないといわざるをえないのは、こうした問題がクリアできていないからであるように思われる。

この制作論としての行き詰まりは、意図を越えた情趣の顕現を「ただよみあげたる」和歌に求めるという態度に起因すると考えられる。『古今和歌集』「仮名序」において「心におもふこと」が「ちからをもいれずして」詠まれるとされていたように(紀貫之、九三)、古来、和歌は歌人の内面をありのままに詠むものと考えられてきた。それゆえ素直に歌を詠む俊成の和歌も、伝統的な和歌の制作方法に従うものといえる。だが従来の制作論を踏襲しながら、その理論づけだけ変革を起こそうとしても、十分な変革にはならない。俊成の始めた和歌の革新は、制作論の変革を待ってこそ達成されるものであったと考えられよう。その変革をおこなった歌人こそ、俊成の息子・藤原定家なのである。

第三節　歌詠みと歌作り

頓阿（一二八九―一三七二年）の『井蛙抄』（一三六〇―一三六四年頃）第六には、「京極中納言入道被進慈鎮和尚消息」の記述として、定家が慈円に語った言葉として次のような記述を見ることができる。

御詠又は亡父などこそうるはしき歌よみの歌にては候へ。定家などは知恵の力をもてつくる歌作なり。（藤原定家〔a〕、九一七下）

ここで定家は慈円や俊成が優れた歌詠みであることを認めつつ、自分が歌詠みではなく歌作りであることを自嘲気味に言明している。しかし実際に定家が自嘲しているのかどうか、疑ってみる必要があろう。後鳥羽上皇（一一八〇―一二三九年）は定家の和歌がきわめて優れていることに言及しつつ、定家自身がそのことを自負していることについて次のように述べている。

定家はさうなき物なり。さしも殊勝なりし父の詠をだにもあさあさと思ひたりし上は、まして余人の歌沙汰にも及ばず。やさしくもみもみとあるやうに見ゆる姿、まことにありがたく見ゆ。道に達したるさまなど、殊勝なりき。（後鳥羽上皇、一四八）

定家は並ぶ者のないほどの歌人であると、後鳥羽上皇は認めている。そして定家自身があれほど優れていた父（俊成）の詠歌さえ浅薄であると思うほどであるから、ましてや他の歌人の和歌など問題外であるようだと述べている。実際、優美であり、心を尽くして深みのあるように見える彼の和歌の姿は、本当に稀なものに思われるのであり、歌道の高いレベルに達している様はじつに優れていたという。したがって定家が自分は俊成のような「歌詠み」ではなく「歌作り」だと主張する際、その制作方法の違いが意図的なものであると考える必要もあるだろう。実際、定家の制作方法はそれまで類のないほど意図的なものである。本節では、その定家がいかに俊成の歌論を発展させていったのか考察してみよう。

「心におもふこと」を「ちからをもいれずして」詠むという和歌の制作方法は、内面表現こそ和歌の要諦であり、和歌の言葉はそのための道具にすぎないという考えに基づいている。実際、慈円は「歌といふ物はたた心をさきとして」詠まれるものであるとし、着想や情趣が言葉に先行することを主張している（慈円、三八二）。また定家の歌論書『毎月抄』によれば、俊成も和歌の「心を本として詞を取捨せよ」と主張していたという（藤原定家〔b〕、一三〇）。だが歌作りたる定家は、「心」を優先させるとき「詞」がおろそかにされる傾向に留意し、「心詞の二は鳥の左右の翅のごとくなるべきにこそ」と述べ、俊成の論に修正を加えている（一三〇）。つまり定家は、当初の着想を忠実に表現するために言葉を選択するのではなく、むしろ言葉の操作を通じて着想を練り、情調豊かな秀歌を構築しようと考えているのである。定家にとって歌の言葉は表現の媒体ではなく、心の有る（有心体の）和歌を構成するための素材なのである。いわば意図的に言葉を操作しなければ、低迷した和歌の道に新しさを求めることはできないのだと考えられよう。

定家は歌論書『詠歌大概』の冒頭において、「情は新しきを以て先となし（人のいまだ詠ぜざるの心を求めて、これを詠ぜよ）、詞は旧きを以て用ゆべし」と述べ（一一四）、まだ誰も詠んだことのない新奇な「情」を求めつつ、「詞」

は古歌からとるよう主張している[6]。つまり定家は和歌に新奇性を求めるものの、その素材となる語まで新しく創造すべきだとは考えていないのである。むしろ歌材に適さぬ卑俗な語や新語を排することによって、いたずらに奇異な作品に陥ることを避けるわけである。

それでは古歌の語を用いてどのように新奇な和歌をつくることができるのだろうか。『毎月抄』では「歌の大事は詞の用捨にて侍るべし。（中略）ただつづけがらにて、歌詞の勝劣侍るべし」と述べ、和歌の制作の成否が言葉をいかに用いるか、どのように続けるかにかかっているという（一二九―一三〇）。これと呼応するように、『無明抄』「近代歌躰事」では、定家を中心とする一派が「露さびて」とか「風ふけて」、「心の奥」、「あはれの底」、「月の在明《ありあけ》」、「風の夕暮」、「春の故郷《ふるさと》」といった新しい語法を用いたことに注目している（長明、八六）。「露」、「風」、「心」などの語は、すべて古歌に見られるものであるが、それらの語を普段は同時に用いられぬ語と結合することによって、あるいは通常の結合の順序を逆転させることによって、新奇な語法が生み出されるのである。他者から理解されないような新語を用いるわけにはいかない以上、既存の語と語の結合以外に新奇性を獲得する方法はないのだといえよう。もちろんこうしてつくられた語法も、「始め珍しくよめる時こそあれ、二度ともなれば念もなきことぐせどもをぞ僅かにまねぶめる」と長明が述べているように（八六）、繰り返し使用されるにつれて当初の新奇性を失ってしまう。だが語の結合によって新奇な和歌を作るという方法そのものは、低迷していた和歌の伝統を活性化する力をもっていたのである。

とはいえ、単に語を結合しさえすれば秀歌ができるというわけではあるまい。『毎月抄』では、「夕暮の秋」とか「あけぼのの春」といった語法が、「ただ心は秋の夕暮、春のあけぼのを出でずこそ候めれ」と批判され、こうした語法

6　定家の『近代秀歌』によると、「昔のうたのことばをあらためず、よみすへ（ゑ）たる」場合、この制作原理が本歌取りの理論的基盤となる（藤原定家［b］、一〇二）。

が和歌の道を衰退させるのだと厳しく断罪している（藤原定家〔b〕、一三四）。「秋の夕暮れ」や「春のあけぼの」という通常の語法の「つづけがら」を変えたこれらの新奇な語法は、新奇な「心」を伴わず、奇異に走った失敗例とされるのである。また『毎月抄』には、「ふかく心をいれんとてねぢすぐせば、いりほがの入りくり歌とて、堅固ならぬ姿の心得られぬは、心なきよりはうたてくみぐるしき事にて侍る」ともあるように、定家は技巧を凝らしすぎた難解な和歌を、浅薄な和歌よりも低く評価するのである（一二八）。さらには長明もまた、意味がはっきりしないまま心を込めて詠もうとすると、やがては自分でもよくわからなくなってしまい、意味不明の和歌を詠むことになると批判し、こうした和歌は「幽玄」なものではなく「達磨宗」とも呼ばれるものだと述べている（長明、八六）。当時、難解な定家らの歌は「よくわからない禅宗のようなもの」という意味で「達磨宗」と嘲笑されることがあったが、そうした意味不明の和歌こそその悪口がふさわしいと長明は考えているのである。

それでは定家自身が用いた「風ふけて」、「心の奥」、「月の在明」、「春の故郷」という表現とその批判すべき表現とは何が異なるのだろうか。この四つの新奇な語法を用いた定家の和歌を検証するならば、おそらく定家が無意味な言葉遊びを批判する一方で、新奇な表現を採用する必然性のある文脈においてのみこれを採用していたのだろうということがわかってくる。

まず「風ふけて」という語が用いられた「さむしろやまつ夜の秋の風ふけて月をかたしく宇治の橋姫」（藤原定家〔c〕、六六〇）について検討してみよう。この歌は「さむしろに衣かたしき今宵もやわれをまつらむ宇治の橋姫」という『古今和歌集』巻第一四　恋歌四、六八九、詠み人知らず）の有名な歌を本歌取りし、狭い筵に着物を半折りにして自分を待つ単純な宇治の橋姫の恋の歌のイメージに、月光や風を伴う秋のイメージを重層的に重ねている。この場合、「風ふけて」という特異な表現は単なる無意味な言葉遊びではなく、「風が吹く」と「夜が更ける」とを掛ける意味の重層性を作りだすことに成功しているといえよう。

「心のおく」という語が用いられた「恋わびぬ心のおくのしのぶ山露も時雨も色に見せじと」（二六〇）では、『伊勢物語』一五段の「しのぶ山忍びて通ふ道もがな人の心の奥も見るべく」を本歌取りし、歌枕でもある陸奥の信夫山に掛けて恋忍ぶ心を詠みつつ、「心のおくのしのぶ山」という斬新な表現を取り入れている。「心の奥」という表現自体は『伊勢物語』にも見られるわけだが、ここでは表立って見えない恋心や涙と対比することで、「心の奥」が詠まれるべき必然性が生じている。この点で、無意味な言葉遊びのレベルを超えているといえよう。

「月のありあけ」という語が用いられた「長月の月のありあけの時雨ゆへあすのもみぢの色もうらめし」（七〇〇）においても、「ありあけの月」という普通の語順を逆にすることによって、「月」には（長月が）「尽きる」という意味が加わる。さらには「ながつきの／つきの」という音の反復も生じ、もともとあった「ありあけ」の「あ」音の反復まで再認識されることになる。意味レベルとは別に音のレベルでの美にも配慮された歌は定家の作品にきわめて多く、その効果を達成するための必然性がある場合、こうした新奇な語の結合が積極的に認められるのだろう。

「春のふるさと」という語が用いられた「このもとは日かず許《ばかり》をにほひにて花ものこらぬ春のふるさと」（八一五）では、白河院による歌「咲きしより散るまでみれば木のもとに花も日数もつもりぬるかな」（『千載和歌集』巻第二、春歌下、七七）の歌を本歌としつつ、逆に花がない状態に状況を変更している。もはや眼前には存在しない桜の花のイメージをあえて詠み込むことによって、逆に寂しげな風景の中に桜の面影を印象づける作品である。ここでも「ふるさとの春」という普通の言い方を避け「春のふるさと」とすることで、「はなものこらぬはるのふるさと」という下の句が三、四、三、四のリズムを刻みつつ「は」の音を揃える音の効果をつくっている。つまり意味もなく言葉を逆転させたわけではないのであり、必然性のある新奇な語法であるといえるだろう。

このように奇異なレベルにとどまらぬ新奇な秀歌を作ろうとするとき、単なる語の結合という作為的な行為を越えた成果が期待されることとなる。『毎月抄』にはその創作方法について、次のように述べられている。

詠吟事きはまり、案性すみわたれる中より、今とかくもてあつかふ風情にてはなくて、にはかにかたはらよりやすやすとして、よみいだしたる中に、いかにも秀逸は侍るべし。(〔b〕、一三一—一三二)

つまり構想をめぐらせながら様々な技巧を凝らして口ずさみ続けるうちに、心の働きが澄みわたり、そのとき執心していた構想から離れて、秀逸な和歌が突然できあがるというのである。「よくよく心をすまして、その一境に入りふしてこそ稀にもよまるる事は侍れ」とも述べられているように(一二八)、秀歌はある特殊な境地に到達したとき偶然にできるものであって、歌人の作為に応じて着実に構成されるようなものではないのだといえよう。『無明抄』「近代歌躰事」でも定家を中心とする歌人たちに見られる創作について、「骨法ある人の、境に入り、峠を越えて後あるべき事也」と述べ、和歌の素養を身につけたうえで特殊な境地に到達することが秀歌創作の不可欠の条件とされている(長明、八六)。こうした境地に至るということによって、和歌は超越性を有するものと見なされるようになるのだろう。

この定家の制作方法がポーやマラルメの詩作方法と似通っていることは、おそらくすでに多くの読者が気づいていることだろう。感情表現ではなく、語の知的な操作によって作品を意図的に制作しようとする基本姿勢が、まず彼らに共通するところである。その際、新しく語をつくるのではなく、語の「つづけがら」すなわち結合の仕方によって新奇な表現を求めることが、彼らの目標となる。しかし単に新奇な表現ができればそれでよいというわけではなく、奇矯な表現に陥ることなく、おさまるべきところに語がおさまるような調和が作品に求められる。そのためには技巧を凝らしつつも、最終的には意図を越えた働きを招来する境地が必要になるのである。

それではその境地とはいかなるものなのだろうか。このように特殊な境地を想定することで、結局のところ「歌詠み」の場合と同様に、制作論として曖昧な余地を残してしまうのではないだろうか。この問題について、定家自身が論ずることはもはやないのだが、次節で西行のものと伝えられる歌論について考察した後、あらためてこの問題について検討を加えたい。

第四節　真言密教と和歌——西行

喜海（一一七八—一二五一年）が自らの師である明恵（一一七三—一二三二年）の行状について書いたとされる「梅尾明恵上人伝記」には、西行が語ったという次のような歌論が記されている[7]。

西行法師常に物語して云はく、「我歌を読むは、遥かに尋常に異なり。華・郭公・月・雪、都て万物の興に向ひても、凡そ所有相皆是虚妄なる事、眼に遮り耳に満てり。又読み出す所の言句は、皆是真言に非ずや。華を読めども実に華と思ふ事なく、月を詠ずれども実に月と思はず。只此の如くして縁に随ひ興に随ひ読み置く処なり。紅虹たなびけば虚空色どれるに似たり。白日かかやけば虚空明かなるに似たり。然れども虚空は本、明かなる物にも非ず、又色どれる物にも非ず。我又此の虚空の如くなる心の上において、種々の風情を色どると云へども、更に蹤跡なし。此の歌即ち是如来の真の形躰也。去れば一首読み出でては一躰の仏像を造る思ひをなし、一句を思ひ続けては秘密の真言を唱ふるに同じ。我此の歌によりて法を得る事あり。若しここに至らずして妄りに人此の道を学ばば、邪路に入るべし」と云々。（喜海、一五一—一五二）

7　ここで言われている通り西行が明恵に語ることがあったかどうかについては、両者の年齢差から疑問視する意見もあるが、真偽を判定する決定的な証拠が欠けているといわざるをえないようだ（金、二二一—二二七）。

西行はここで「華（花）・郭公・月・雪」などの「万物」を、実体性のない「虚妄」と見なしている。そのため花を詠む場合も実際に花と思って詠むわけではなく、月を詠んでも月と思うことはないのである。

こういった世界観自体は仏教に一般的なものであり、特殊な考え方ではない。心の働きによってそれぞれの事物が実在しているように凡夫には思われるものの、それはあくまでも心の働きの所産にすぎないというわけである。したがって花を見たと思ったときでも、実際には実在する花そのものを認識するわけではなく、ただ我々の心が「花」の像をとらえたという認識が得られるだけなのである。

同様のことは「心」についてもいえよう。先程は「花」の認識が「心」の働きによると説明したが、その「心」さえ実体性をもつものではない。それゆえ西行は、自らの心をも「虚空の如くなる心」と考えねばならなかった。いずれにせよ、認識される対象も、認識する主体も、ともに実体性のあるものではないのである。

しかしその「虚空」が明らかに彩られるように思われること自体は是認されているように、「花」の像が認識される体験までは否定しきれない。実体がないはずの「心」や「花」から花の像が現れる働きは、心が花の像をとらえる働き、あるいは花が心に像を表す働きと呼ぶことができるだろう。第一の呼び方では働きの主体は「心」であり、第二の呼び方では「花」である。もちろんいずれの呼び方も、主体となるものが実体として存在するかのように見なす点で誤りである。したがってむしろ、主体の明らかでない働きが心に花の像を生じさせると考えた方が適切であろう。その働きが「心」にも「花」にも限定されないとすれば、その働きの主体は「心」と「花」とを包括する何ものかであるということになる。

ここで大きな役割を果たすのが、言葉である。意味のある言葉は、その名指す対象が実在するか否かに関わらず、その対象を意識させる。「花」という言葉は、それが実在するか否かを問わず、花の像を喚起する。花が実体として外界に存在するとは考えられないとしても、「花」という言葉は花を意識させるのである。いわばこの言葉によって、

「虚空の如くなる心」に花の像が現れるのである。

実在する対象を名指す言葉とは無縁のこの言葉を、西行は「真言」と呼ぶ。ここには明らかに真言密教の思想を読み取ることができよう。真言密教では、世界の万物を根本仏たる大日如来の現れと見なし、その自己顕現としての言葉を「真言」と呼んでいる。この大日如来は、『大乗起信論』における「心真如」を超越的人格存在ととらえ直したものと考えてよいだろう。真言密教では、その一つの現れたる凡夫も、我執や世俗の塵を払うことによって大日如来との本来的同一性を自覚できると説く。その大日如来の語る言葉が真言なのであり、西行にとっては自らの詠む歌がそうしたものだというのである。

詠みだされる歌の言葉は「虚空」を彩るように見えるが、もともと実体的なものではなく、「蹤跡」を残すこともない。だがその歌を発することによって、歌人は凡夫のレベルの自己を越え、歌人と詠まれる対象との区別が消滅した境地の中で、像を生じさせる働きと合一できる。そこにこそ西行は仏道と歌道との接点を見出したのであろう。

真言密教では、仏陀をはじめとする諸仏も、根本仏たる大日如来の現れと見なしている。西行のいう「一躰の仏像を造る思ひ」とは、和歌の制作をこうした如来の顕現になぞらえて語ったものと考えることができる。そもそも万物を虚妄と見る世界観は、この世に常住なるものを求めてやまぬ凡夫にとっては耐え難いものでもあろう。だが西行は真言密教思想を体得することによって、自ら「法を得る」ことができたと考えたのであろう。

西行が真言密教に傾倒していたことは、真言密教の「月輪観《がちりんかん》」思想をふまえた一連の和歌からも知ることができる。成立年代が確定できない真言密教の論書『発菩提心論』に「我れ、自心を見るに形月輪の如し、何んが故にか月輪を以て喩とするとならば、いわく、満月円明の体は、即ち菩提心と相類せり」[8]とあるように、真言密教では各人の心の根底に清浄な本質を認め、悟りに至った清浄な心を円月に喩えることがあるのである。西行も同様に、現世の汚れ

8 中村元・福永光司・田村芳郎・今野達・末木文美士編『岩波 仏教辞典 第二版』、一九八九年、「月輪観」の項。

にまみれた自己の心の根底に清浄な「心の月」が隠れていると見なし、汚れを払って円月を磨き上げる過程と悟りに至る過程とを重ねて考えているのである。そうした考え方は、次の歌から読み取ることができるだろう。

澄むといひし心の月し現ればこの世も闇のはれざらめやは（『山家集』七三三）（西行、一一二九）

いかでわれ清く曇らぬ身になりて心の月の影をみがかん（『山家集』九〇四）（一六一）

闇はれて心の空に澄む月は西の山べや近くなるらん（『山家集』八七六）（一五七）

ふかき山に心の月しすみぬればかがみによものさとりをぞみる（『聞書集』）（二七五上）

ここに見ることができるように、自己の心を磨くことによって清く澄んだ「心の月」が現れ、この世の「闇」も晴れて「西のやまべ」すなわち西方浄土も近しいものになるという「さとり」を、西行は自覚していたのである。先に挙げた西行の歌論は、澄みわたった月がおのずと光を発するように、作為を凝らすことなく歌を発する境地を述べたものと考えることができるだろう。

前章で論じた大乗仏教全般の問題に引きつけるなら、西行にとっての救いは、主客の区別のない本来の状態（「本覚」）へと自我を解消させる方向に見出されるのであり、いわばその大いなるものの働きをこの世にもたらすところに西行の目指す和歌があると言ってよいだろう。技巧を凝らすことなく詠む和歌にある種の超越性を認めようとする西行の考え方は、他方で『古今和歌集』「仮名序」の伝統を受け継ぐものでもある。西行の歌論もまた、衰退の兆しのあった和歌に超越性を取り戻し、和歌を通じて末世世界に救いをもたらそうとするものと考えられるのである。慈円や俊成に見られた狂言綺語論では和歌を戯れ言と見なしたうえでそこに仏教的超越の現れが求められたのであるが、西行は、和歌の言葉そのものを真言と見なすことによって、宗教的超越性とのより直接的な連関を認めていたのだと考えることができる。

この西行の歌論は、本稿第一部第五章で論じたコウルリッジの詩論と様々な点で似通っているといえよう。まず前提として、「身の周りに個々の事物が存在する」という素朴実在論を退ける考え方が共通している。西行の場合は仏教の無我説、特に大乗仏教で強調された「空」の思想が根底にあり、コウルリッジの場合はデカルトの方法的懐疑がその考え方がその契機となっている。素朴実在論を信じ込む一般人は、客観的に諸事物が存在すると考えるのであるが、実際にはそうしたものが知覚、認識されるのではなく、じつは認識主体である「我」の働きによって初めてそれら諸事物があらわになると、西行とコウルリッジは考える。もちろんそのレベルにおける「我」は世俗レベルの「私」ではなくより高次の存在（大日如来／神）であり、その高次の存在によって世界がつくられるのである。その高次の存在と一体となる歌人・詩人は、その創造的な働きをもとに歌・詩をうたい、その言葉によってイメージの世界が成り立つわけである。

もちろん真言密教に基づく西行の歌論とイマジネーション論に基づくコウルリッジの詩論とは時代も文化も異なる土壌で花咲いた別種の理論であり、第一のイマジネーションと第二のイマジネーションとの区別といったコウルリッジの主張が西行に見られるわけでもない。それゆえあくまでも両者の思想をすっかり混同するようなことは避けなければならないが、しかし影響関係のない両者に似通った思想が認められることもまた看過するわけにはいかない。素朴実在論を退け、かつイデア的な存在も想定しないとき、東西の思想が接近する可能性が開けるという事実に注目する必要があるだろう。

さて和歌が歌人の作為を越えるような超越的な働きによって生ずるとする考え方において、西行の歌論と定家の歌論との間には類似性を認めることができよう。「よくよく心をすまして、その一境に入りふして」詠むという定家の境地は、西行の到達した境地と重なるようにも見える。だが『兼載雑談』によると、定家は慈円と同様に西行を「歌よみ」と見なし、「うた作り」たる自分との間に質的な相違を見出していたという（猪苗代、五一三上）。それでは定家の到達した境地は、西行の到達した境地といかに異なるのだろうか。

真言密教を思想的背景にもつ西行にとって、和歌の言葉を発する主体とは大日如来であった。すなわち西行は、個人としての作意を捨て、より包括的な超越者に自己を解放して、その超越者の意のままに言葉を発することを求めていたのだといえよう。その際、自己の背後にそのような超越者が控えていることは、真言密教の教義によってすでに想定されており、歌人は自ら想定するその超越者に回帰することを求めるわけである。もちろんその教義は西行にとって初めから自明のものではなく、また単なる理論として理解したものでもなく、長い迷いの果てに自ら体得したものであろうが、結果的にはその超越性は一つの思想の枠に留まるものであり、人間の想定を越えるものではない。

これに対し定家は、和歌制作における超越性を特定の宗教的概念で規定しようとはしない。定家の到達しようとする境地とは、内なる清浄な本質への回帰に起因するものではなく、むしろ既存の何ものにも回帰しようとしないことによって偶然的に得られるものなのである。たしかに定家がその境地を理論的に説明しないことは、一見したところ歌論として不徹底であるようにも思われる。だがもしもそれが既存の原理で説明できるようなものであれば、既存の志向の枠を越え出ようとする創造行為の特質は失われてしまうだろう。定家にとって作意を越えることは、深層を表出させるためにはじめから作意を捨てることではなく、作為的に創造した作品の新奇性をもって初めて達成されることなのである。この点でも、定家の態度はポーの詩作の姿勢と似通っているといえよう。

西行と定家との制作態度の違いは、宗教的超越に対する信頼度の相違から説明できるだろう。世界原理としての宗教的超越者の存在を是認できる西行は、現世の悪しき要素のすべてを、除去されるべき二次的な汚れと見なすことができた。花を花と思うような自然的態度を停止することによって、我執や先入観を払い捨て、自己の個人性をより大いなるものへと解消しうると考えていたのである。だが定家にはこうした強い信仰はなかった。むしろ定家には、自己のうちに清浄な本質を認めるような楽観的な見方を許さぬ、厳しい現実認識があったと考えることができる。定家の日記『明月記』には当時の戦乱の世を末世と嘆く言葉が多く残されているほか、彼自身が繰り返し目や鼻、歯、喉、肩、手足、腹などの病に苦しめられていたことが記されている。建保元年（一二一三年）一二月二三日の記述には、定家が幼少期から繰り返し精神上の疾患に悩まされていたことも記されており、「是れ魔姓《ママ》のなすか」と疑ってさえいる（藤原定家〔d〕、三五〇）。平素から病魔に冒され、我が身が魔障に蝕まれているとする発想は、人間の深層に神聖な本質を認める考え方とは著しく対立する[9]。たとえ密教的な救いに憧れを抱いたとしても、それを信じることは定家にはできなかったであろう。ポーが「征服者・虫」に支配された現世を嫌悪しつつ、なおコウルリッジのように根拠の希薄な形而上学的救いに身を委ねることを拒絶していたように、深刻な厭世観は楽天的な世界観に安んずることを許さないのである。

　末世意識に加えこのような個人的苦しみこそ、定家を創造的な「歌作り」たらしめたのだと考えられよう。作品に新奇性を求める創造的制作は、既存の世界に対して徹底した否定を突きつける行為なのである。たしかに現世に生き

9　自己のうちに正常な本質を認める思想に懐疑を突きつける原因として、病魔の他に衝動を挙げることができるかもしれない。九条兼実（一一四九—一二〇七年）の日記『玉葉』文治元年（一一八五年）一一月二五日の記述によると、定家は自分を嘲る源雅行を殿中において脂燭で殴りつけたために除籍されたという（九条兼実、一二一下）。自分でも抑制困難な衝動によってこうした忌まわしい暴力事件を起こしてしまった定家にとって、自己の内面の無意識的発露に神的な性質を認めたり、それに身を委ねることなどできなかっただろう。抑制し難い忌まわしい衝動「天邪鬼」について繰り返し言及していたポーが「構成の哲学」で語られるように詩的霊感を否定してみせていたように、非意志的な衝動の自覚は、内面の発露を楽観的に認めることを許さないように思われる。

る限り既存の事象との関係を完全に断ち切ることはできないものの、それらの事象を素材にした創造的制作に専念することによって、思考のおよばぬ未知のものに向かって絶えず自己を投げ出すことになる。その自己投企にこそ、「表現」行為とは異なる「創造」行為の意義が認められるべきであろう。

第五節　定家の和歌

それでは定家の和歌は、実際にはどのようなものだったのだろうか。すでに「風ふけて」、「心のおく」、「月のありあけ」、「春のふるさと」という表現を含む作品は紹介したが、本節ではここまでの議論を作品から確認するために、ほんのいくつか実例を挙げて解釈を試みたい。

見わたせば花も紅葉もなかりけり浦のとまやの秋の夕暮（藤原定家〔c〕、一三五）

『新古今和歌集』にも採用されたこの歌は、定家の和歌の中でも最も有名な作品といえるかもしれない。夏から冬へ、昼から夜へと凋落する時間の中で、桜も紅葉もなく古ぼけた苫屋しかない寂しい海岸の情景が詠まれている。しかし直接的に描写されるその寂しい情景には、存在しない桜や紅葉があえて詠み込まれることによって、逆に桜や紅葉のイメージが寄り添うことになる。このような「不在の美」を言葉で作りあげた作品は、単なる自然な詠嘆ではなく、意図的に作り込まれて初めて成立するものだといえよう。これが「幽玄」と言う美的理念の妥当する作品であることは、長明が『無名抄』「近代歌躰事」で「幽玄」について「いやしきを借りて優を現し」と述べていたことからも推察できる。

定家自身も歌論『近代秀歌』の中で源俊頼の「うづらなくまのの入江のはま風にをばな浪よる秋の夕暮」(『金葉和歌集』巻第三、二三九)と「古郷《ふるさと》はちる紅葉ばにうづもれて軒のしのぶに秋風ぞふく」(『新古今和歌集』巻五、五三三)を「幽玄に面影かすかにさびしきさま」の歌として引き合いに出していることからも推察できよう(〔b〕、一一〇)。いずれも直接的には秋の寂しげな情景を描いているが、その寂しさがみすぼらしさではなく一種の情趣を醸し出しているのである。また「花も/紅葉も」における「も」音、「なかり/けり」における「り」音、「浦の/苫屋の/秋の」における「の」音など、同音の連続も定家の好む手法であるといえよう[10]。

夢かさは野辺のちぐさのおもかげはほのぼのなびく薄許《すすきばかり》や(〔c〕、八四三)

「夢か、それは」と冒頭で詠嘆され、野辺に多くの草の華やかな彩りが印象づけられつつ、それが過ぎ去った季節の面影にすぎず、実際には眼の前に枯れススキが静かになびいているだけの寂しい現実が提示されている。うら寂しい現実世界と華やかな面影との二重性は著しい対象を示しつつ重なり合い、あるいは心中に交互に去来する。後の世阿弥(一三六三年頃―一四四三年頃)の「三輪」や観世元雅(一三九四年頃―一四三二年)の「隅田川」といった夢幻能の最終場面(キリ)にも似た、重層的なイメージ表現だともいえよう。マラルメのカザリス宛書簡に倣っていえば、実際には存在しない無の前で、輝かしい仮構が顕在化された作品ということもできるかもしれない。こういうところ

10 この歌は、一七世紀末頃に書かれた偽書ではないかとされる(伝)南方宗啓(一六世紀)『南方録』覚書三三でも取り上げられ、武野紹鷗(一五〇二―一五五五年)が「侘び茶の湯」の精神を語る際にこの歌を引き合いに出したという(南方、二三―二四)。すなわち、花や紅葉の美をよく理解してこそこの歌の良さがわかるように、茶道の実践の場でも、立派な書院や点茶用の棚の良さを知りつつそれを排除して侘び茶が成り立つというのである(二四)。史実かどうかは定かではないが、中世和歌における美意識の変革の後世への影響として興味深い。

に美を見出す美意識が、虚無の認識から生まれるのである。とりたてて見所があるようにも見えない次の歌も、そうした見方ができるだろう。

こまとめて袖うちはらふかげもなし佐野のわたりの雪の夕暮（九六七）

馬をとめて袖に積もった雪を打ち払うような物陰もない、佐野（今の和歌山県新宮辺りなど諸説ある）のあたりの降雪激しい夕暮れ模様を詠んだ歌である。世阿弥は『遊楽習道風見』において、どこが良いとも指摘できないのに名歌だと思わざるをえないこの歌の魅力について「言はれぬ感」（言語化できぬ感じ）という言葉を用いて高く評価している（世阿弥、四四四―四四五）。そして能楽においても熟練をきわめた境地に至ったときは、この歌のように、わざとらしいところは一つもなく、風体についての心遣いも求めず、「無感の感、離見の見（感じることなき感じ、見るところを離れた見所）」が作品に現れるものだと述べ（四四五）、能楽の領域でこの理想を受け継ごうとしている。

松にふく風のみどりに声そへてちよの色なるいりあひの鐘（二二三九二）

ここでは松風の響きと鐘声、風に溶け込むかのような松葉の緑色と夕暮れの紅とが織りなされ、多彩な音色や色調が響き合う情景が描写されている。それは夕刻のひとときのことでありながら、「千代」なる永遠性が感じられるという。言葉の操作によって、日常的な感覚から逸脱するような共感覚的世界が作られているといえよう[11]。

松風のひびきも色もひとつにてみどりにおつるたにがはの水（三三三四）

当初は松葉に吹く風の響きに関心が向けられているが、松風から溶け出すような緑と水の緑、松声と谷川の音とを巻き込んで、谷川の下への動きの中に収斂されていく。日常的に接する機会の多い松、谷川、風といった事物が作為的に結合、構成され、非日常的で新奇な美が作られている。

おほぞらにかかれる月も高円《たかまど》の野べにくまなき草の上の露（一二四〇）

ここでは垂直軸に澄みわたる満月、水平軸にその月光を受けて一つずつ輝く一面の草露が描写されている。奈良の高円山近くが舞台ではあるが、実際にそこで見た風景を詠んだ叙景歌ではなく、空高く掛かる円月を印象づけるために「高円」という地名が選ばれたと考えられよう。

こし方もゆくさきも見ぬ浪の上の風をたのみにとばす舟の帆（一六二八）

どこから来たのか、どこへ行くのかも定かならず、制御もきかず波の上に風まかせに暴走する舟の荒々しいスピード感が印象深い作品。これまでの作例とは方向性が異なるが、設定した作品効果のために有効な語が組み合わされ、一つの世界が構築されていることが確認できる。

雲のうへをいづるつかひのもろかづらむかふ日かげにかざすけふ哉（八一八）

11　共感覚的語法については（稲田［a］、［b］）参照。これによると、こうした語法は俊成の頃までは稀であったが、定家らによって頻繁に用いられるようになったという（稲田［a］、四八）。

内裏を出立した勅使が、正面から照らす日の光に向かって「諸鬘」という髪飾りをかざしている（賀茂祭の）状況が詠まれている。しかしこの歌はそうした内容よりも、むしろ音のレベルに注目すべき歌である。「か」音六回、「つ（づ）」音三回、「ひ」音二回、「も」音二回、「ふ」音二回、「け（げ）」音二回と、一首のうちの過半数の音に音の反復が見られる。ポーの「大鴉」がそうであったように、同音の連鎖によって、意味レベルとは別に聴覚レベルでの美的効果をも追求した作品例だといえよう。

以上、ほんのわずかな例ではあったが、定家の作品の革新性は十分に明らかになっただろう。従来のような単純な叙景や感興表現とは異なるこうした新しい表現が、守旧派から「達磨宗」と批判されたことは、ある意味で当然のことかもしれない。しかし伝統を維持することでマンネリズムに陥っていることを自覚する長明は、だからこそこうした和歌が作られるようになった必然性があるとして、新しい和歌を擁護したのである。そうして作られた和歌には、象徴性、新奇な美、共感覚、言葉の力で世界を知的に構成すること、意味よりも音の魅力を引き出す工夫など、ポーやボードレール、マラルメたちが目指した方向性に近いものも見受けられるのである。その背景には仏教的な思考があること、さらには実在する事物を言葉で再現するのではなく、個々の事物から離れた言葉の新たな結合によって仮構的世界を成立させることに力点が置かれていることも、十分に明らかになったのではないだろうか。時代や文化を越えて彼らに通じ合うところがあるのは、こうした方向性の一致に起因すると考えるべきだろう。

結び

本章では、日本の中世の歌人たちの思索に注目することを通じて、大乗仏教思想と和歌の制作とが交わる接点で生じる問題を検証した。我々は通常身の回りの個物が実在することを疑わずに生活しているが、死によってそのすべてが自分とは無縁になるという認識は、個物の実在の根拠を疑わせる契機となる。そのとき、個物の名称として使い慣れてきた言葉もまた無意味な戯れ言にすぎないという反省が生じることも、十分に理解できよう。素朴実在論に馴染んできた日本人が仏教を学ぶことで直面するようになったのは、こうした事態だったと思われる。それでも用いる言葉に価値を認めうるのか、認めうるとすればそれはどのような言葉であり、なぜそれが認めうるといえるのか。中世歌人たちの問題意識はポーやマラルメのような詩人の問題意識と時代を越えて通じ合い、そこで見出した答えにも似通った傾向を認めることができた。逆に仏教に馴染みがなく、プラトン以来イデア的なものの実在を疑わずにきた西洋人にとって、ポーやマラルメの提起した問題は、言葉の「意味」が真に実在するのかどうかという存在論的・言語論的問題に気づく契機になったと考えられる。最終章となる次章では、これらの問題意識についてあらためて考察し、こうした問題が現代文化に与えた影響について概観したいと思う。

第四章　西洋近代文化の変容と現代

序

ここまで第四部では、ポーの思想が近代芸術を変容させてきた根本原因について考察してきた。その考察を通じて明らかになってきたのは、ポーの思想が部分的にではあれ仏教的性格を有していたことである。合理論的思考とも経験論的思考とも異なるポーの思想が近代西洋文化に新たな第三極を示すことになったのも、普遍的実在や個物の実在性を前提としてきた西洋文化とは根本的に異なる世界観をもっていたからだといえよう。推論の領域においては、絶対的な知の根拠が認められないからこそ相対的な関係性における整合性が蓋然性の高い推論として認められるのであり、蓋然的仮説が最大の価値をもつことになる。同じ理由で、詩や絵画も普遍的な真実や経験的な事実を自明のものとして描写することは断念し、相対的な関係性における美的調和が求められ、仮の表現に高い価値が認められることになる。ポーの時代の西洋芸術と仏教が精神的に重要度を増した時代の日本の和歌に類縁関係が認められるとすれば、それは実体性への懐疑と、その世界に対して個人がいかなる態度をとるのかという点に共通性があったからだと考えられよう。一九世紀後半から始まる西洋芸術の革新は、まさにこうした観点から理解すべきなのである。論を締めくくるにあたって第四章では、あらためてその芸術上の変容が現代に向けて西洋文化をどのように方向づけたのか、まとめておきたい。

第一節では、藤原定家の時代を経た日本文化がジャポニスムとして一九世紀後半に受容されたことについて、再検討しよう。それを受けて第二節では、言葉に対する理解の変容について若干の考察を加える。いかなる実在も保証されないとすれば、それまで実在の名称として理解されてきた言葉も根本的に見直されなければならない。文字文化の受容に際してソクラテスが追求していた問いは、新たに言語学の問題として注目されることになるだろう。第三節では、具体的な観念の意識的な表出から抽象的な観念の無意識的な表出へと制作論が移行するにつれて顕在化してきた「無意識」の問題について考察する。空間モデルにおいて理解されるようになった「心」は、いまや意識の及ばぬ深みをそなえたものと理解されるようになってくる。現代の心理学の登場は、そうした新しい「心」理解への変化と無縁ではあるまい。そして第四節では、自らが個人としての個人性を有するのか否かという問題が、ポーの意図に反して個人性の実在を否定する方向へ傾斜し、理性の時代を終わらせる傾向を強めていったことを指摘する。これらの考察を経て、フランスにおけるポーの受容がジャポニスム流行の誘因となり、仏教的世界観を西洋に導入する契機となったこと、そしてその結果として生じる芸術の変容が言語学や心理学の展開とも平行する現象であり、実体論の否定がやがてはポスト構造主義へと至る思想の源流となっていること、さらには個人性の解消を肯定する新たな動きが出てくることを明らかにしたい。

第一節　ジャポニスム再考

前章で見たように、ポーやマラルメの詩をめぐる思想は、仏教が思想として消化されるようになった中世和歌の問題系と似通った側面をもっていた。その中でも重要な共通点は、個々の事物に実体性を認めないという考え方だった。こうした点をふまえると、藤原定家の時代を経た日本文化がジャポニスムとして一九世紀後半の西洋で受け入れられていったことが、新たな観点から理解できるようになるだろう。ジャポニスムについては第三部第四章第一節で一度取り上げたが、本節ではボードレールの思想との類縁関係に限定せず、日本美術の何が当時の西洋人にとって斬新だったのかについて考察してみよう。

まず一九世紀後半のフランス人を魅了した日本美術、特に浮世絵を中心とする絵画表現の特徴について、あらためて三つの観点から再検討してみよう。

第一点は、固有色の否定である。これは、木は木の色で、石は石の色で彩色するという西洋の伝統と対立するものであり、特に木であれ石であれ陰影を深い藍色で塗る浮世絵の表現が西洋人を驚嘆させている。その驚嘆は、その描写方法が単に奇抜であるのみならず、慣れてしまえばそれはそれでしっくりと納得できる説得力をもつことだった。これは補色の理論が印象主義時代に広く知られ、補色（たとえば赤に対しては〔青と黄色の混合色である〕緑、青に対しては〔赤と黄色の混合色である〕橙、黄色に対しては〔赤と青との混合色である〕紫）が彩度を保つ陰影表現として取り入れられる傾向も誘い水になっているのだろうが、個物に固有の色彩を守るのではなく、相対的な色彩効果を追求する描き方へと画家を導くことになる。

第二点は、色と色との相対的効果で描写世界を成り立たせる、平面的な色彩構成がある。これは、厳密な遠近法や明暗法に基づいて個物を再現する伝統的な描写方法に対立するものだといえよう。小説家のゾラは、立体感が乏しいと批判されがちなマネの絵画を次のように擁護している。

> エドゥアール・マネの画布がエピナル版画を思わせると、人は嘲って言う。この嘲りには多くの真実が含まれており、それは賛辞ともなる。つまりどちらも手法は同様で色がべったりと塗られるのだが、エピナルの職人たちが色価（valeur）を顧慮することなく単純な色調を用いる一方、エドゥアール・マネは色調を増やしてそれらの間に適正な関係をもたせるという違いがある。この簡略化された絵画は、奇妙な優雅さと見事な筆致の点でこれに似た日本版画と比較するほうが、よりいっそう興味深いだろう。（Zola, 152）

ここでゾラは、マネの画法を浮世絵と比較することで彼を擁護している［図17］。この色価への配慮は、印象主義時代の画家たちが特に注意したことでもあるが、それが日本の版画において理想的に表現されているというのである[1]。日本の絵画表現の特徴の第三点は、大胆な構図である。すなわちある対象を極端なクローズアップで描いたり、描かれる対象がフレームからはみ出すような描き方をあえて意図的におこなっていることが、西洋人にとっては新鮮に見えたということがある。逆にいうと、西洋では描くべき対象を画面の中心におさめ、偏りのない調和的な構成を求めたのであり、日本の絵画はいわば乱調に美を求めるようなものと思われたのである。

これら第一、第二、第三の特徴に共通するのは、個物の実体性に関する日本人の意識の低さである。すなわち西洋

1 この擁護に感謝したマネは、御礼の意味を込めてゾラの肖像画を描くが、その背景に、マネ自身の《オランピア》（*Olympia*, 1863）やベラスケス（Diego Rodrigues de Silva y Velázquez, 1599-1660）の《バッコスの勝利》（*Triunfo de Baco*, 1628）といった作品に並び、二世歌川国明（一八三五－一八八八年）の《大鳴門灘右ヱ門》（一八六〇年）や琳派の屏風図が描き込まれていることも、彼らと日本美術との密接な交わりを見ることができる。

図17
マネ《エミール・ゾラの肖像》
1868年、油彩・画布、146×114cm、パリ、オルセー美術館

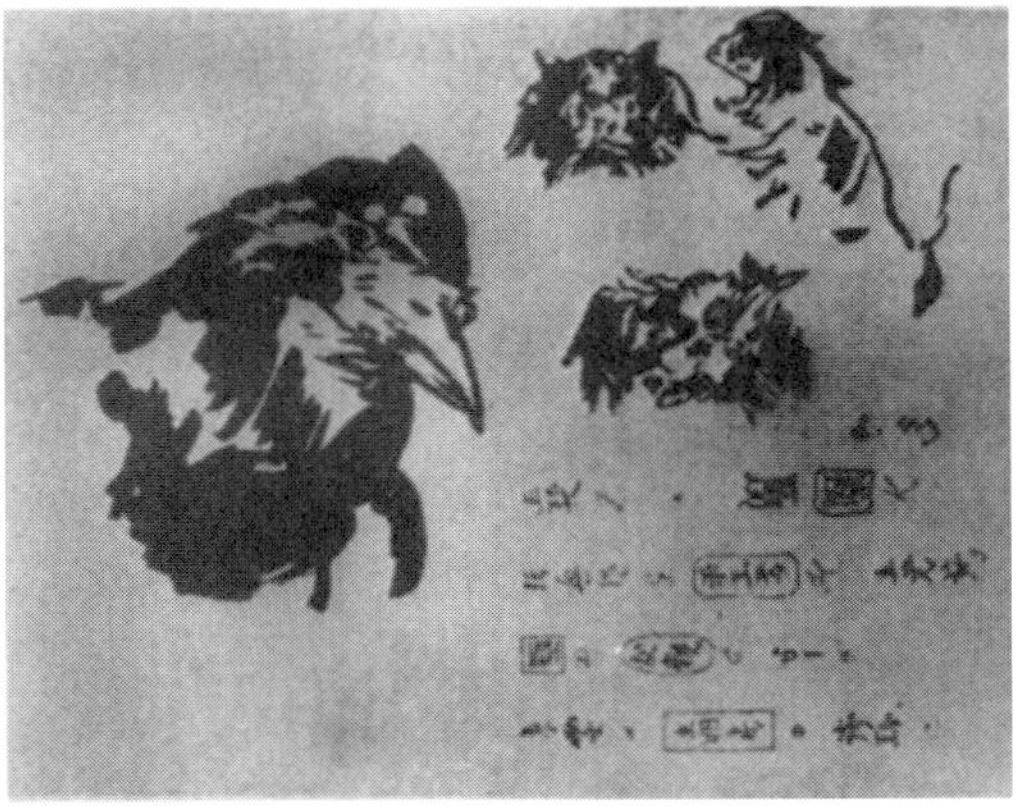

図18
ポー作、マラルメ訳『大鴉』1875年
のためのマネの習作
(右上に「タマ」、下に印章の写し)

図19
モネ《積み藁》
1890年、油彩、画布、65×100cm、シカゴ美術研究所

カンディンスキーが見た作品と限定できるわけではない。

の伝統は、個々の事物を遠近法に基づく空間におさめ、固有色や陰影や構成によって明確に示すことを求めているのに対して、日本美術は相対的な組み合わせの妙によって成り立つ装飾的な美を求める傾向にあるのである。これが中世以降仏教を内面化し、かつ深刻なニヒリズムに陥らずにすますことができるほどその世界観に慣れた日本文化に起因することは十分考えられよう[2]。すなわち一九世紀後半にフランスに入ってきた日本美術は、個物の実体性に懐疑を差し挟む習慣のなかった西洋人に新たな世界観を示すものであり、従来の世界観の変容につきものの危機感を表面的には感じさせることのないまま、いやおうなくそれを受け入れさせる装置となったと考えるべきだろう。いわば再現性を失っていく詩画の変容には、仏教化とも呼べるような精神的変化を見出すことができるのではないだろうか。

もちろんそのような異質な文化を受け入れることが比較的容易だったのは、ポーの受容を経たフランスの側にその素地ができていたからであり、またボードレールが万国博評で述べていたように、周辺諸国の文化を積極的に採り入れることによって偏狭な美意識から脱却しようという志向がすでにあったからだと考えられる。もしも仮に西洋が古典主義全盛の時期に日本美術にふれることがあっても、厳密な遠近法や明暗法もないそれらの作品を高く評価できたかどうかは疑わしい。いわばボードレールを経てフランスに広まるポーの思想と日本美術との間に深い類縁関係があったからこそ、ジャポニスムの流行があったと考えるべきだろう。

第三部第三章第二節では、マラルメ訳のポーの豪華本『大鴉』の挿絵を描く際、マネが水墨画の技法が用いられていたことにもふれた。それが日本美術の影響を受けていることは、その練習のために描いた紙に、いくつかの漢字や印章の模写や、日本で拾われてきた「タマ」という名の狆が落書きされていることからも明らかである（稲賀、一七九一―一八〇）[3]【図18】。この作品ではそれまで事物と外界とを分けるものであった輪郭線が陰影表現と混じり合って融解し、茫洋とした情景が作り上げられている。こうした描写に、ポー、マラルメ、マネの思惑と日本美術との幸運なる巡り合わせを見ることができるだろう。こうした個物を脱する表現が、美術の世界を大きく変えていくのである。

第三部第四章第二節でも論じたように、この問題は象徴主義運動に受け継がれる。多様な表現を生み出しひとくくりに包括し難いこの運動において最も重要な傾向は、記号表現と記号内容とが一対一対応になるようなそれまでの表現を否定しようとすることである。「徳」のような観念的な概念にせよ、経験的に知覚される事物にせよ、模倣理論は明確な対象を何らかの媒体で明確に再現することを目指してきた。その制作論においては、イデアあるいは現実の事物なるものが実在することが前提とされており、その前提は合理論や経験論について疑う余地がないという信念に基づいてきたといえるだろう。しかしポーの思想がフランスに導入されることによってこの前提が新たに問い直されることとなり、記号内容となる対象が不明確な記号表現が生じてきたのである。それは仏教の思想的理解が進む日本中世において、「幽玄」が一つの美意識として成り立った状況と似通っている。いわば日本においては中世から近世

2　平安末期から鎌倉初期における社会的変動は、特に貴族社会において末世を意識させるものでもあっただろうが、次第に社会が安定し、恐れていた終末観が薄れるとともに、精神文化にもまた新たな変化が生じることになるだろう。『徒然草』（一三三〇―一三三一年頃）第七段では無常観こそが「もののあはれ」を成り立たせるとして「世はさだめなきこそ、いみじけれ」と述べられているが（吉田、九四）、これは無常観がもはや切実な絶望ではなく美意識に転換されたものと見ることができる。現実世界を越えた夢幻的な世界の表現は以後も和歌や連歌、さらには能楽などに受け継がれるものの、「幽玄」も次第に感傷的な「余情」へと移行し、またときとして無常観は刹那的な現実に開き直る婆娑羅へとも転換されていく。また江戸時代の大衆文化の興隆は、浅井了意（一六一二―一六九一年）の『浮世物語』（一六六一―一六六五年頃）「一　浮き世といふ事」に端的に示されているように（浅井、二四四）、中世的「憂世」から「浮世」への転換があって成り立つものともいえよう。象徴主義からダダイスム、ポップ・アートなどへと変容していく西洋芸術の流れを考察するうえでも、またジャポニスムの位相を見定めるためにも、中世以降の日本文化の変容には考えるべきことが多く残されている。

3　この犬は、イタリア出身の銀行家チェルヌスキ（Henri Cernuschi, 1821-1896）がデュレ（Théodore Duret, 1838-1927）とともに日本を訪れた際（一八七一―一八七二年）に入手したもので、マネやルノワールがこの犬を油彩で描いている。政治家から美術評論家に転身したデュレは、マネを通じて印象主義の画家たちとも交流があり、印象主義とジャポニスムとを結ぶ重要な結節点でもある。

にかけて展開した記号表現を遡るように、西洋においては日本近世美術の影響を受けたジャポニスムから象徴主義へと展開していったと見ることができるだろう。

明確な理解の限界を超えるものを「神秘」と呼ぶならば、象徴主義は神秘主義的な色彩をも帯びるし、ありふれた言葉を越えた心情の問題としてこの問題をとらえるならば、象徴主義芸術はまさに表現者の深い心情を表現したものとして現れるだろう。何が表現されているかという問いに明確な答えがそもそも用意されていないからこそ、多様な表現、多様な解釈を許容し、芸術表現の自由化を推し進めるものとなるのだが、意識的にであれ無意識的にであれそうした芸術家たちに共有された考え方は、記号表現が明確に示す対象の不在ということに求められるように思われる。対象から遊離した音や色彩という要素がことさらに意識されていくのは、描写対象が明確でなくなりながらも表現するという行為を継続しようとする過程で必ず直面する事態であり、それはやがて表現行為自体の意義への懐疑にまで達するだろう。

ここで起こった変化がフランス一国にとどまる問題ではないことはいうまでもあるまい。フランスの印象主義はドイツの情緒的印象主義に少なからぬ影響を及ぼしたし、フランス象徴主義がベルギーやドイツなどにも波及したことは周知のことだろう。そして具象性の弱いモネの《積藁》(*Meules*)【図19】[4]の色彩の魅力は、若きカンディンスキー(Wassily Kndinsky, 1866-1844) の心をとらえ、抽象表現への途が開かれることにもなったのである。これも周知のことながら、カンディンスキー自身の証言を挙げておこう。

それ〔モネの《積藁》を見る機会〕のまえには私は、ただ写実的な美術、厳密にいえばもっぱらロシヤの画家たちしか見たことがなく、レーピンの描いた肖像画のフランツ・リストの手を前にしてしばしば立ち尽したぐらいのものであった。ところが突然、私は初めて絵というものを見たわけだ。その絵が積藁を描いたものということを私に教えてくれたのは、カタログであった。私は、積藁であることが識別できなかった。この識別できぬという点、私は困った。これほど不明確に描く権利は画家にはない、とも思った。私は漠然と、この絵の中には対象が欠けている、と感じた。そしてその絵が私を捉えて離さぬばかりか、消し難いまでに記憶に刻み込まれ、いつでもまったく思いがけず、微に入り細に入りありありと眼前に浮かんでくるのに気づき、驚きもし、また当惑もした。これらのことがすべてどうして起るのか私には判然とせず、したがってこの体験から生ずる簡単な結論すら抽き出すことができなかった。それでも徹底的に明らかになったこと――それは、私のありとあらゆる夢を超えていく、以前は私に隠されていた、予想だにせぬパレットの力であった。絵画は童話的な力と華麗さを獲得したのだ。他面、知らず知らずに対象も、絵の不可欠な要素としての信用を失ってしまっていたのだ。(Kandinsky, 19)

《積藁》を初めて見た当初、カンディンスキーはその抽象性に困り、許されないことだとさえ思ったのだが、逆にそれに魅惑され、絵画に対象など不要であるという考えにまで至ったというわけである。二〇世紀ドイツでは、フランスの「印象主義(impressionnisme)」が外的事物の印象を描く点で写実主義の延長線上にあるのに対し、内面表現を重視する「表現主義(Expressionismus)」は名称のうえでもそれとは対極のものとし、「印象主義」とは質的に異なる画期的なものだと自認しがちである[5]。しかしそもそも外的事物の印象を描くから「印象主義」だということが後付けの知恵にすぎなかったことは第三部第三章第一節で明らかにした通りであり、むしろ具象性から抽象性へという方向づけにおいて、むしろ表現主義が印象主義の延長線上にあることは否定できない。時代ごとに様々な「主義」を

4 モネの《積藁》は複数年にわたる二五点もの連作であり、カンディンスキーが目の当たりにした作品がどれなのか、必ずしも確定できるわけではない。

主張し、国籍を越えるこの大きな芸術上の変容は、その見た目の多様さから容易に整理しがたいように思われてきたが、ポー以降の流れを押さえることで、いくぶん系統立てて見ることができるようになってきたのではないだろうか。一九世紀後半の東西接触を通じ、日本人は西洋絵画や文学、思想の学習を通じて、個物を尊重する西洋文化を急速に吸収していくが、西洋は逆に東洋的な思考様式を新たな世界観として取り入れていく。この第二のヘレニズムともいうべき東西接触こそが、この時代の大きな変容を解く鍵になるだろう。

第二節　言語学的問題

実体への懐疑という問題が表現媒体としての記号の問題と不可分であることは、いうまでもない。日常会話において明確に理解できていると思われていた言葉の意味が、よくよく検討すると必ずしも明確に理解できているわけではないことは、プラトンの初期対話篇でも繰り返し問題とされてきたことである。特に文字という視覚的に持続する媒体に置き換えられた言葉は、その背後に真の意味が実在するかのように思わせるのに有効であるが、それが錯覚にすぎないことをソクラテスは強く糾弾していた。しかしプラトンはそういった事情を十分に理解したうえで、経験世界を越えたレベルで「真の意味」に相当するイデアの実在を認め、定義に基づいて理論を構築する後世の知の体系の基盤を用意したのである。

ソクラテスをめぐる考察で問題となっていたのは、日常会話を成り立たせるレベルを越えて、「真の意味」など実在するのかという問題だった。これは存在論や認識論の問題だけではなく、言語の問題でもある。言語に即してあらためて問うならば、たとえば「イマジネーション」という言葉の正しい意味とは何であろうか。その「イマジネーション」とはまさにこのようなものだと客観的に定義できるのだろうか。そもそも「イマジネーション」というものが客観的・普遍的に存在するのだろうか。第一部第四章で集中的に検証したように、あるいは第一部第五章以下でワーズワースやコウルリッジ、ポー、ボードレールらの「イマジネーション」概念について検討したように、「真のイマジネーションとはこのようなものだ」と示しうるような定義が不可能であることは明白である。いわば時代により、人により、その語の用法や解釈が異なり、決して一つの意味に収束されないのである。こうした概念史を念頭に置くならば、「いつの時代に」「誰にとって」という制約なしに「イマジネーションとは何か」と問う問題設定がまったく不毛であることは、明らかだろう。「芸術」、「天才」などといった語もまた歴史的な所産であり、その語に相当する存在が時代を越えて普遍的に存在するわけではないのである。

また言葉が一時代の産物としての概念であることを認めたとしても、その時代においては対象の意味を明確にしているのだろうか。たとえば「印象主義」とか「象徴主義」といった言葉を実体性のある概念として規定しうるだろうか。そもそもサロンから落選した雑多な作品を包括する「印象主義」は、各作家の方向性の違いを精密に考察されたうえで命名された名称ではない。後世の人はそれを「作家の印象を表現する芸術運動」と理解することが多かったが、その語を初めて用いたルロワは決してそのような意味で用いたわけでもない。それではルロワが間違っているのだろうか。こうした問いもまた、明らかに愚問である。同様のことは、「象徴主義」などの名称に関しても妥当しよう。

5　たとえば表現主義運動を理論的に支えたヴァルデン（Herward Walden〔Georg Levin〕, 1878-1941）は一九一七年に、「表現主義と言う概念は、印象主義に反対するものとして形成された」とも明言しているし（Walden, 119）、作家ビンディング（Rudolf Georg Binding, 1867-1938）も一九二一年に、「表現主義」という語が「印象主義」に対してつくられたと述べている（Binding, 285）。それがいつ、どのような場であったのかは明らかではないものの、実際たとえば一九一四年の展覧会開会の辞として、ベーネ（Adolf Behne, 1885-1948）は印象主義を「印象、表面、外観」で満足した芸術運動と見なすなどして批判し、その対極に表現主義を位置づけている（Behne, 43）。同様の見解は少なからぬテクストに見ることができる。

ポーの場合もまた、個々の事物の実在に対する懐疑は言葉の問題に直結していた。個々の事物の実在が認められないとすれば、それらの個物を名指す言葉もまた仮のものにすぎない。個々の事物が実在してその名称として言葉があるのではなく、むしろ慣習的に用いてきた言葉によって恣意的に世界を弁別して認識しているにすぎないのである。「恣意的に」といっても、それは「自然的」でないことを意味するのであって、個人の恣意的な判断でその言葉を自由に扱うことができるわけではない。むしろ言葉が何を意味するかはそのときの文化によって規定されているのであり、その規定から外れて用いられるなら、誰にも理解されなくなってしまうだろう。言葉の意味は時代によって大きく変容し、しかもたいていの場合は偶然的に変容していく一方で、その言葉を用いるその時々の集団の思考の枠組みをおおよそ規定してもいる。こうした不思議な二重性を、言葉は有しているのである。

言葉の規定的な性格は、文字社会への移行の中でいっそう意識されるだろう。成文法のように、共同体の中で共通認識を共有するために有用なこの書きものは、自分たちがつくり上げたものであるにもかかわらず、自分たちを制約する規範性をもつ。いったん書かれた言葉は、もはや自分にも他人にもコントロールできるものではなくなり、「新たな共通の規範」をつくらない限り逆に人々をコントロールする支配者となる。

もっともそれは人々自身が要請したことかもしれない。社会の規模が大きくなると、法律の言葉のように、人々の間で共通の理解を共有しなければならない言葉が必要になってくる。あるいは逆に、そのような言葉を獲得することによって、一定規模の社会を形成することができるようになる。その際に使い勝手が良いのが文字だったのである。いわば解釈の余地のできるだけ少ないものとして共有される言葉が必要とされ、さらなる対話なしに合意を保つことのできる約定的な言葉が文字化されたのだろう。

その社会の中で指導的な役割を果たす人物には、多くの人々の合意がとれる発話が求められる。多くの相手ごとに対応を変える対話ではなく、多くの相手を説得するという言語活動が必要になってくるのである。弁論術が要請されるのは、こうした合議制の社会の成熟のためには必然的なものだったからだろう。そして弁論術が、一方的に発話する書きものと同じような役割を請け負うようになることもまた、こうした社会の要請に基づくものだと考えられる。ソクラテスやプラトンが抵抗したのは、こうした個々の弁論家の主張に対してというよりもむしろ、もっともらしい規範をつくりつつ増殖していくこの文字文化であったといってよい。しかしながら結局プラトンは、個々の言葉の真なる意味を問い、言表とは切り離された普遍的な真実が実在すると想定することになった。その想定に無理はなかったのか。ポーが批判したのは、こうした想定に基づく哲学の伝統だったといえよう。

その哲学の伝統をも含め、ギリシア文化を受け継ぐ後継者たちは、文字文化を無批判に受容する。特に読み書きの訓練によって「正しい」文法が形成されてくると、自由な言葉の戯れは「誤り」として扱われ、あるいは正されることになる。いわば言葉は制度を形成し、その言葉を抵抗なく享受できる人々による社会が成立することになるのである。

ところがその規制の制度を覆す新たな規範は、まさにその「誤り」からつくられる。本稿で論じてきたように、「独創性」、「天才」、「芸術」などの語は、先行するテクストの誤読によって新たに生じ、「新たな共通の規範」を形成していた。独創的な天才による制作を重視する近代芸術は、まさにこうした誤解の産物としての色彩を色濃くもっているのである。これら個々の「誤り」は、言葉の偶然的な性格から生じる。ドライデンは確固たる自己の考えに基づいて「独創性」という言葉を発することはなかったが、諸々の語法や考え方が新たに結合される過程で「独創性」という言葉がおのずと形成されてきたといえる。「独創性」が求められる時代の気運がそれを許すとき、偶然的な「誤り」は新しい概念を生み出すのである。そして名称が実在を「自然的」に表すものだと考えがちな人々がその新しい概念に実在性を認めることによって、その新しい概念は人々の間に定着することになる。思考の枠組みを規定しつつ変容させる言葉の二重性は、こうして新たな思考の枠組みを人間に与え、新たな文化を創りだすのだといえよう。一八世紀イギリスの文人たちによるシェイクスピアの「イマジネーション」概念に関する誤解についても、同様のことがいえる。一方で言葉はその使用者を規定しつつ、他方で自由な解釈に開いてもいるのである。

一方「曲解」というものもあるように、「誤り」を意図的に誘発することもまた可能だろう。読者であるのみならず制作者でもあるポーによるコウルリッジの誤読や、ボードレールによるヴァーグナーの誤読、そのボードレールに対する後世の曲解は、誰も予想のつかない文化変容を可能にしたようにも見える。既存の規範による支配を脱したい者にとっては、新奇な効果を生じさせるこの言葉の作用をわずかでもコントロールすることができるならば、それによって創造的な成果を導き出すことができるのである。それを可能にしたのものとして、詩的許容（poetic licence）を認める詩の伝統や、さらにそれを方法論として提示したポーのイマジネーション論を評価すべきなのではないだろうか[6]。

重要なのは、既存の用法において「誤り」とされる語法であっても、それはあくまでも慣習によって「誤り」と判断されるにすぎず、それが新しい用法として社会的に容認されるならば、もはやそれを「誤り」と決めつけるいかなる制度も存在しないということである。言葉が客観的対象の名称ではなく、むしろ言葉自体が社会の中で意味を形成する以上、社会的に認められた新しい語法はもはや「誤り」ではなくなる。たしかにある時期までは、「original」という語に「独創的」という意味を読み取ろうとすることは「誤り」だろう。しかしある時期以降、「original」はまさに「独創的」という意味でこそ理解されるべき語になるのである。つまり従来の思考において「誤り」ないしは異常とされるものが、次の時代には正しく正常なものと見なされ、逆にそれを認めてこなかった保守的思考のほうが固定観念にとらわれた偏執的な思考として断罪されうるということである。厳密に定義された概念に基づく演繹的な思考体系が根本的に覆され、パラダイム・シフトが生じるのは、その帰結だといえる。ここには単なる保守派と革新派との対立のみならず、正常さや狂気をめぐる問題も関わってこよう。この問題については、あらためて次節で再検討したい。

意図的な言葉の操作でありながら制作者の意図を越えた成果が生じるのは、言葉自体が語るという、言葉のこの性質に起因すると考えることもできるのではないだろうか。制作者は、人為ではコントロールしがたい言葉の自律性を利用することで、新しい言葉を、そしてそれに付随する新しい観念を創りだす。創造的と呼ばれる営みが成立するのは言葉との共同制作を通じて人為的限界を越えるからであって、そのとき言葉は自律的な働きでもって制作者の欠を補うことになる。視覚言語としての絵画もまた同様である。古典的な社会では「誤り」であり狂気の産物でしかなかった表現を呼び込むことで、シュルレアリスムは新しい観念を視覚化したのである。制作者のほうに目を向けるならば、それは「無意識」に関わる問題であるようにも見えるが、言葉自体に目を向けるならば、「言葉の自律性」が十全に発揮される状況として説明することもできるだろう。いわば日常的な意識において抑圧しているつもりの無意識に実際には自覚なく操られているように、使いこなしているはずの言葉のわずかな誤用によって、人は思いもよらぬ世界

6　言葉の「誤用」のもつ創造性については、たとえば濫喩（catachresis）が注目できよう。これは、たとえば飛行機が発明された時代にその発着場を港に喩えて「空港」と名づけるように、新たなものを認識する際、身近なものや馴染みのものに喩える転義法（trope）であるが、風に舞う木の葉を「葉っぱのダンス」と呼ぶような幼児的な言葉の「誤用」にも妥当するものである。たとえば炭酸飲料を飲んだ幼児が炭酸がきつくて顔をしかめているとき、母親に「どうしたの？いらないの？」と尋ねられた場合のことを考えてみよう。その幼児は「炭酸」という言葉も知らないし、その感覚を適切に表す言葉も知らない。そのためその幼児は「きびしい」と答えるかもしれない。たしかにその用語法は日本語としては正しくない。だがその幼児がその言葉を選択したのは、母親から即答を求められており、単に「まずい」「痛い」などのネガティヴな返答をしてその炭酸飲料を取り上げられてしまっては困るからである。こうした語法は、「正しい」言葉を共有する大人にとっては、詩的用法のようにも見えるだろう。だがもちろんこの幼児が意図的に詩的効果を狙ったわけわけではなく、ただ「正しい」言葉を知らずにごく限られた語彙からその語を選んだにすぎない。炭酸飲料と「きびしい」という言葉との新奇な結合は、語彙の乏しい幼児にとっては環境に適応するための自然な対応だったのである。書き言葉でまとめられるような制度的な言葉だけが唯一の言葉でないとすれば、文法的な「正しさ」を絶えず浸食するこうした発話もまた、言葉に本来的に内在しているといえる。

を目の当たりにすることになるのである。いわば規範から解放された言葉は、その独自の働きによって、新しい認識へと人を導くのだともいえよう。

たしかに言葉は人間の道具として用いられ、伝達、理解、記憶など多くの活動に役立てられる。だが他方、言葉は混沌とした意識の中に認識や意味を生み出し、その文化的な共通理解のうちに人間を束縛したり、逆にその束縛から解放したりもするのであり、その意味ではもはや「道具」の域を越えたものと考える必要があろう。本稿で論じてきた詩画制作論の変遷が、必然的な変化でもなく、精神的な進歩でもなく、その時々の言葉に操られた結果であることを思えば、言葉の自律的活動が文化に及ぼす影響がいかに甚大なものであるか、再認識を迫られよう。過敏とも思える仏教の言語批判は、まさに言葉のこの恐ろしさを十分に認識していたことによるのではないだろうか。そしてこの言葉の自律的活動を裸形のもとに示そうということが、マラルメの究極の目的だったといえるのかもしれない。

さて、言葉に関するこの根本的な問いは、同時代の言語学者のソシュール（Ferdinand de Saussure, 1857-1913）にも共有されていると考えられよう。ソシュールは記号表現と記号内容とのつながりに必然性がないことを指摘し、従来理解されていたように「実在している事物に名称が与えられている」というよりも、むしろ「語の差異によって人間が諸事物を弁別している」ということを明らかにしている。いわばそれまで即時的に存在すると信じられていた指向対象が記号の産物にすぎず、その実在を単純に認めることはできないとされるのである。

またソシュールは、ラングによる文化の規定を強調する反面、それが閉じられたコードではないことも十分に意識している。丸山圭三郎は文学作品が「常にそれに先立って存在する記号もしくはディスクール、さらにはテクストを利用し、それらを時間的・空間的にあらたに差異化する」とし、「本歌取りの手法」などを例に挙げたうえで、次のようなソシュールの言葉を挙げている。

創造的活動は結合活動にほかならず、新たなる結合の創出である。しかし、この結合はいかなる素材から構成されるのか。それらの素材は外部から与えられるのではない。ラングがラング自身の中から汲みあげねばならないのだ[7]。（丸山、一六九）

この文章では創造活動の主体は「ラング」であり、個人がその主体となることまでは考えられていないのかもしれない。個人の勝手な言語操作は社会からは「誤り」として受け入れられざるをえず、ソシュールとしても個人にそれほどの自由が認められてはいないと考えた可能性もある。だが「誤り」を受け入れる詩的環境や詩人の活動は、単なる個人的意図を越えたとき、このラング自体による逸脱に参入し、創造的な活動をおこないうるのではないか。新奇性を求め、個人的意図からの超脱を目指したポーやマラルメ、定家の創作活動は、この言葉の二重性を知りつくした詩人による試みではなかったか。そのようなことさえ考えさせられる。

ソシュールは一八八〇年から一八九一年まで、マラルメの活躍の場でもあるパリで生活した（丸山、一九―二六）。ここで象徴主義運動が盛んになるのも、この八〇年代の後半である。彼はまた若い頃は文学に傾倒し、詩作にも手を出していたという（二八）。ソシュール自身がその文化環境について詳述することはないかもしれないが、その思索がはたして当時のパリを席巻していた芸術運動と無縁だと言い切れるだろうか。二〇代のほとんどをパリで過ごしたソシュールと同時代のフランス詩との関係については、一考に値する問題だろう[8]。また実体論から関係論への移行というソシュール以後の思想的変化もまた、こうした背景から理解されるべきではないだろうか。

7　リードランジェ（Albert Riedlinger, 1883-1978）のノート、第一回講義、断章番号二五七三。

8　詳細に論じる余裕はないが、象徴主義の作家として活動を開始したホフマンスタール（Hugo von Hofmannsthal, 1874-1929）が「チャンドス卿の手紙」（“Der Brief des Lord Chandos,” 1902）を書き、「言語危機」を表明したのがこの時期だったことも、ここまでの流れから説明できるかもしれない。

第三節　心理学的問題

大陸合理論にせよイギリス経験論にせよ、人間の思考が何らかの形で真理の解明に近づけるという信念は、ひとえに自らの理性を信頼できるという楽観的な前提に基づいていたといえよう。逆にいうと、それらの推論方法によっても真理が解明できないという懐疑主義ないし可謬主義は、そうした確固たる理性の働きをもはや信用できなくなったことを意味している。理性への不信は、啓蒙的理性にとって周縁的だった「狂気」への再評価を促すものである。異常心理に対するポーの関心、「人口楽園」へのボードレールの関心は、象徴主義にも受け継がれ、シュルレアリスムに至ってはその狂気を積極的に取り込む努力を惜しまぬまでになる。

特に「イマジネーション論」がこの詩画制作論の系譜の中心的な問題でもあったため、言語学的関心と並んで理性を逸脱する心的状態への関心が高まってくるのは、ある意味当然だったのかもしれない。たしかに前節で述べたように、語句の結合作用に基づく詩的創造性は、文化を規定しつつ偶然的にその文化を変容させる言語の二重性と無縁ではない。造形美術の場合も同様で、新奇に結合する素材の記号的性質によって、新しいイメージが産出されるのであり、記号論的な観点から見れば、その創造性は偶然性に開かれたその手法にこそ求められるべきかもしれない。だが従来の思考方法に従って、制作者のみを制作主体と見なし、素材を単なる道具的存在としか見ない場合、意図を越えた制作は制作者の「無意識」の発露として理解されることになる。「理性」に代わる「狂気」や「無意識」が一九世紀後半に注目されるようになるのは、古典美や写実性から逸脱していく創造的な制作実践が日常化したことと相関して理解されるべきだろう。

狂気を詩作の過程に認めること自体は、古代ギリシアの詩的霊感論やルネサンス期の詩的狂気論など、古くからの伝統のある考え方である。また無意識的な思考作用が作品制作に関わるという考え方もそこには認めることができる。第一部第五章で見たように、コウルリッジは詩人が意識的に発動させる第二のイマジネーションに先立って無意識的に発動される第一のイマジネーションというものがあり、これが直観的理性と重なるものと考えていた。この場合、人間の意識には無意識的な働きが関与し、それが神に由来すると考えられていたのである。ドイツ・ロマン派に見られる世界霊魂のような考え方もまた、こうした系譜に連なるものといえよう。つまり制作の現場で「狂気」や「無意識的なもの」が問題となること自体は、必ずしも近現代に固有の問題ではないのである。

ポー以降の伝統がこれらと明確に袂を分かつ特色は、三つある。まず第一にこうした無意識的な思考や狂気が神とは無縁であるということ、第二にそうした思考が個物の写実的再現から逸脱する作品表現に実現されると考えられたこと、第三に制作者のみならず享受者もまたその影響力に巻き込まれると考えられたことである。以下、この三点に即して検討してみよう。

a　神的性質の希薄化

第一の特徴について、ボードレール以降の流れに関してはさほど説明を補う必要もなかろうが、その転換点となったポーに関しては、一言付け加えておかなければならない。というのも、ポーの場合、「アッシャー家の崩壊」や「天邪鬼」などのように非理性的な心の働きが神とは無縁の異常心理のように書かれる場合もあれば、「メスメリズムの啓示」のように無分子の物質たる神が人間の心に浸透するとされる場合もあるからである。

ポーが心の深層にはかりしれない深みがあることを明確に意識し始めたのは、おそらく骨相学に対して疑念をもつようになってからである。第二部第二章第一節で紹介したように、骨相学では複数の心的能力が明確に分類され、それですべての心的能力が網羅的に枚挙できると考えており、ポーも一八三六年三月に骨相学についての紹介記事を書き、翌月の「ドレイク・ハレック評」において骨相学思想に基づくイマジネーション論を論じていた。しかしポーは一八四〇年の詩論『アルシフロン』評においてこの骨相学思想を退け（第二部第二章第一節）、一八四二年の「モルグ街の殺人」では骨相学の誤りを指摘し（第二部第四章第一節）、そして一八四五年の短編小説「天邪鬼」では骨相学を根本から否定してみせていた（同、註2）。この「天邪鬼」の記述に明確に記されているように（Poe〔a〕, VI, 145）、骨相学への疑問は、心的能力がそのように明確に分類されず、理屈で説明のつかないような衝動的な心理現象も経験的に認めざるをえないということから生じているようだ。「天邪鬼」のみならず一八四三年の「黒猫」などの短編小説では、犯罪的行為さえ引き起こしてしまう非理性的な衝動が現に我々の心の中に潜んでいることが説得力ある文章で示されている。

だが一八三〇年代においても、ポーは骨相学を金科玉条のように信じていたわけではない。後に骨相学批判の根拠とされることになる「天邪鬼」の衝動についても、遡るならば長編小説『ナンタケット島のアーサー・ゴードン・ピムの物語』の第二四章に言及があり（III, 229-230）、ボードレールの絵画論に影響を与えたとおぼしき「アッシャー家の崩壊」も、一八三九年の作品である。いわばポーは、骨相学に関心を示していた頃から、骨相学では割り切れない不条理な心理にも関心を示していたのである。

一方、第二部第三章註10でも述べたように、一八四〇年には、ポーは動物の本能には理性よりも高次な「神的な精神」が働きかけていると述べ[9]、一八四四年の「メスメリズムの啓示」では神が人間の心に浸透することについて書いている。しかし第二部第三章第四節で明らかにしたように、「メスメリズムの啓示」がフィクションの域を越え出ないことはポー自身も認めるところであり、また仮に人間の内に神的な思考が無意識的に介入しているにしても、人はそれを証明することもできなければ神の意向に従って生きていけるわけでもない。第二部第二章第三節で言及した「直観的ファンシー」さえ原理的に説明できないように、ポーにはその無意識的な働きが何なのか、定言的なことは何も言えないのである。むしろ理性以外に意志や意図を越えて働く心の働きがあることを認めざるをえず、それが何なのかわからないということにこそ、ポーの立ち位置を認める必要があるだろう。その無意識的なものが「神的な精神」ではないとする考え方は、むしろボードレール以後のフランス人たちによってこそ確立されたものだといってよい。ボードレールの「エドガー・ポー、その生涯と作品」では、ポーが「震顫譫妄」に陥ったことや（Baudelaire〔b〕, 304）、生涯に数回襲われたその発作によって最終的には落命したことを知ることになるため（305）、「美学の最も険しい高みを越え、最も踏査されることのない人間知性の深淵へと沈潜した」（306）ポー自身が狂気と紙一重のところで創作活動をしていたかのように印象づけられた可能性もあるだろう。

b　制作における無意識や狂気

無意識的ないし狂的な思考に関するポー以降の伝統における第二の特色は、無意識的ないし狂的な思考が個物の写実的再現から逸脱する作品表現に実現されると考えられたことである。これも「アッシャー家の崩壊」における絵画制作や、それを受けたボードレールの万国博覧会評、モンティフォーによる《モデルヌ・オランピア》評、ルナンによる北斎評などに見ることができた。ゾラの小説『制作』末尾でも、具象性が崩れるまでに油絵作品を繰り返し上塗りしているうちに発狂していく主人公が効果的に描かれている。個物の融解する絵画を描くということが狂的な思考に基づいているという理解は、当時の人々に広く共感しやすかったのだろう。そもそもイマジネーションを駆使して

9　ただし、だからといってポーが理性を人間にとって派生的なものだと考えているわけではない。一八四四年一一月の「マージナリア」では、人間の「自然状態（*natural state*）」が「野蛮さ」であるという見解を退け、「人間の主要な特性が理性なのだから、その野蛮な状態——つまり理性なき行為の状態——は不自然な状態だということになる」と述べている（XVI, 6-7）。たしかにポーは理性の背後に未知の思考作用が隠れていると考えているのではあるが、それが人間の本質であるとまで考えているわけではないのである。

天上の美を描くことが具象性からの乖離という側面をもっていた以上、これもまた当然の帰結なのかもしれない。

しかしこうした絵画観は、単なる一般人の感性にのみ即したものではない。神経病理学者としての顔ももつノルダウ（Max Simon Nordau, 1849-1923）は、当時の西洋文化を頽廃したものとして批判した有名な『頽廃論』（*Die Entartung*, 1892）において、具象性の弱い絵画をヒステリーの症例として診断している。

印象主義者、点描家ないしモザイク師、振顫家ないしチラチラ画家、咆哮する色彩家、朧げでかすかな色彩家といった新しい画家たちの奇妙なやり口は、頽廃者やヒステリー患者の視覚障害に関するシャルコー派の研究について留意するなら、ただちに我々にもわかりやすくなる。自分が正直であり、自ら見るままに自然を再現していると請け合うその画家たちは、嘘をついていない。眼震つまり眼球の震動を病むその変質者たちは、実際、世界の外観を震え、落ち着かず、確固たる輪郭もないように知覚するのである。(Nordau, 51)

つまり描かれる作品の具象性の弱さは画家の眼球の震動によって生じたものであり、その異常さを画家は自覚さえしていないようだが、それは単なる眼球の異常ではなく心因性の症状だと、ここでノルダウは指摘している。精神的な病理を一八八〇年代から九〇年代の西洋文化全体に見出す傾向は、ノルダウのみならず当時の様々な批評家に見られたという（Silverman, D., 129-134）。この文明病は、産業と科学の発達によって急変した都市生活に由来するとしばしば見なされ、特に感覚的刺激の連続が人々の神経を病むのだと考えられたようであるが（129-133）、その症状がこの時代の芸術に現れているというわけである。

ここで名を挙げられているシャルコー（Jean-Martin Charcot, 1825-1893）は、当時を代表する神経病理学者である。彼は、ヒステリーが子宮ではなく脳の異常による病気であり、女性特有の疾患ではないことを明らかにしたブリッケ

(Pierre Briquet, 1796-1881)の業績を継承し、その研究と治療を発展させた人物である(江口、二二一―二二三)。ノルダウはこのシャルコーのもとで学んだ経験があり(Silverman, D., 132)、そこで得たヒステリーの知識をここで絵画批評に応用したのだといえよう。こうした批評を重ね、世紀末的な文化現象を病的なものと診断するノルダウの主張の妥当性はともかく、新しい絵画が異常な精神の産物として理解されがちだった状況が確認できるだろう。

この時代の制作論を精査するならば、ノルダウの診断を的外れなものと一蹴することは一見してたやすいように見える。だが阿片やハシーシュに耽溺した精神の発露として芸術作品を見る見方は、ボードレールのような当時の制作現場にあった当事者に見られるものであり、現実を越えつつ古典美に回帰しない観念的世界を描こうとする傾向もまた象徴主義の制作者自身が求めたことでもあった。フロイト心理学に傾倒し、狂気をも作品制作に取り込もうとするシュルレアリスムへの展開を念頭に置くならば、無意識や狂気への接近はむしろ制作者側の要請でもあったといえよう。したがって医学者から見て異常と思われるものを、制作者があえて追求しているという点で、ノルダウのような観点から同時代の芸術を批判すれば批判するほど、その芸術運動はいっそう活性化されることにもなるのである。ユイスマンスの『さかしま』(*À rebours*, 1884)のようなデカダン的傾向は、こうした風潮と無縁ではあるまい。実際、ネルヴァルやファン・ゴッホ(Vincent Willem van Gogh, 1853-1890)らが世の中で注目されるようになったのも、彼らが精神を煩った制作者であるということに一因があるだろうし、ダリ(Salvador Dalí, 1904-1989)のように狂人を演ずるパフォーマンスもまたこうした傾向から理解できる。二〇世紀半ば以降のアール・ブリュットが芸術として評価されるに至る背景には、芸術制作者側が積極的に狂気へ接近していったこうした傾向を認めなければならないだろう。

さてこうした「狂気」に関する問題を個物の実体性の問題や言語の問題と重ねて考えるなら、たとえば個物に実体性を認めないという世界観は、素朴実在論者にとって狂気の沙汰だろう。逆に仏教徒から見れば、素朴実在論の立場にとどまり続ける人こそ迷妄に惑う凡夫と見なされる。同様に、個物の実体性を弱める芸術作品を制作する制作者はノルダウのような批評家からは狂人扱いされるが、その作品の意義を理解できる人から見れば、ノルダウこそ伝統的な思考の枠組みに束縛された偏執的な人だと見なされよう。

ここには素朴実在論と反素朴実在論という世界観をめぐる対立と、保守と革新という時間軸における対立とが存在するように見える。前者の対立は、第四部第二章の「結び」でも言及したように、どちらが正しいという答えのない対立である。それゆえ一方から他方を見て狂気の沙汰だと感じたとしても、それは単に見解の相違であり、本質的には狂気の問題ではない。一方、後者の対立は、従来の思考において「誤り」ないしは異常とされるものが、次の時代には正しく正常なものと見なされ、逆にそれを認めてこなかった保守的思考のほうが固定観念にとらわれた偏執的な思考として断罪されうるということである。前節で見たように、そもそもそれぞれの時代の思考というものが言語的認識に基づいて成り立っているとすれば、保守と革新との対立は言語的認識の変化に起因するのであり、古い時代にとって「誤り」であったものを正当化できる文脈の出現がこの変化を生み出すのだといえよう。ここに見られるのは、固陋な偏執的狂気と創造的狂気との対立であるが、それぞれを「狂気」と見なすのはそれぞれの文脈における「正しい」認識から逸脱しているということにすぎない。したがって批評空間における「狂気」はもともと病理としての狂気とは明確に区別されるべきものであり、それ自体として実体性をもたないものだと考えるべきだろう。詩的狂気にしても、もともとは固定化された言語的認識を覆す言語学的変容に付随する高揚した気分以上のものではなかったのではないだろうか。

もしそうだとすれば、詩や絵画の制作を心理学的な「狂気」として理解してしまっては、制作における制作者の意図をことさらに看過し、病的な精神状態の発露としてとらえる誤解を助長することになるだろう。この問題については第四節であらためて検討することにしたい。

c 作品の享受者への影響

さて無意識的ないし狂的な思考に関するポー以降の伝統における第三の特色は、そうして制作された作品が享受者の精神にも影響力を及ぼすと考えられたことである。これは「第一回印象主義展」について書かれたルロワの記事の中で、展覧会場を見て歩くうちに発狂するに至った人物の描写（第三部第三章第一節）に戯画的に示されている。もちろんそこまで顕著な反応を示す事例が日常的に見られたわけではあるまいが、病的とさえ思われたそれらの作品が真実や道徳を目的とせず、享受者に与える美的印象や効果を重視することで生じた所産であることについては、十分に検討する必要がある。特にボードレールを経て共感覚的な作品享受が重視されるにつれて、作品にはますます陶酔的な効果が求められるようになるだろう。

ベルクソン（Henri-Louis Bergson, 1859-1941）は『意識に直接に与えられているものについての試論』（*Essai sur les données immédiates de la conscience*, 1889）で美的感情について論じる際、芸術の目的が「我々の人格の能動的な諸力、あるいはむしろ反抗的な諸力を眠らせること」とし、作品に表現された感情に対して従順に共感させる作用を作品に認めようとしている（Bergson, 11）。いわば「芸術の技法の中には、通常は催眠状態（l'état d'hypnose）を得させるための技法が、緩和され洗練され、いわば精神化された形式で見出される」のである（11）。芸術作品の享受に関するこうした理解は、作品から道徳性を読み取ろうとする新古典主義的な芸術観とは明らかに異なっている。ここに見られるのは、真実や道徳性ではなくあくまでも美の享受としての芸術体験であり、唯美主義を経た一八八〇年代当時の芸術のとらえ方を端緒に示すものだといえよう。

ベルクソンの記述のうち注目すべきは、芸術作品が享受者に「催眠状態」を与えるとされていることであり、いわば作品に美的陶酔を喚起する働きが認められていることである。シルヴァーマンはこの記述がベルクソン自身の体験した催眠術の実験に基づくものだと見なしている（Silverman, D., 144）。すなわちベルクソンは一八八三年から一八八八年の間、医師による催眠術の講義に参加したり、自らその実験をおこなったというのである（144）。第二部第三章第三節ｃで述べたように、催眠術はもともとメスマーによる「メスメリズム」に由来し、動物磁気が被験者に作用することで引き起こされると考えられていた。ポーの「メスメリズムの啓示」はその学説や実験に基づく短編小説であったし、ボードレールが一八五五年の万国博覧会評で、主題が判別できないほどの距離からでもドラクロワの絵画が「磁気催眠術師のように、自らの思考を遠くから投射する」と述べていたときも（第三部第一章第二節ｂ）、その伝統を受け継いでいたといえる。しかしマンチェスターの外科医ブレイド（James Braid, 1795-1860）が一八四三年に動物磁気説を否定し、催眠の原因を眼球の疲労と麻痺に求めて以来、フランスでも催眠術がメスメリズムの理論背景から切り離されて理解されるようになったという（江口、五七）。もっともブレイドは催眠による暗示のみならず、骨相学に基づいて指圧療法も取り入れているようであるが（五七）、彼の催眠療法は後の心理療法に決定的な影響を与えることとなる。このように医学的に再理論化された催眠術を、ベルクソンが芸術享受の状態についての説明として引き合いに出しているのである。

先に挙げたシャルコーも、一八七八年以降、そうした催眠術をヒステリーの治療法として採用するようになる（五七―五八）。先に述べたように、シャルコーはヒステリーを脳の疾患と見なしていたのであるが、特に現実と乖離した固着観念を現実と取り違えることによって、カタレプシー（強硬症）のような身体的疾患を併発することが多いことに注目し、これを催眠療法によって治療したのである。シャルコーによると、催眠療法の施術中も心的活動は部分的に覚醒しており、ある観念や観念群が暗示で与えられると、それらが「自我」と呼ばれる意識の支配から独立して保たれ、医師の意のままに操られる状態になるという（三七―三九）。いわば無意識的に自らの固着観念に支配されている患者は、催眠術によって医師の暗示に支配される状態となり、ヒステリーに起因する症状と同様の状態になりうるのである。そしてこの状態から正常な状態に覚醒させることが、すぐに誰にでも効くとはいえぬまでも、ヒステリー治療に有効となるという。いわば催眠療法は、ヒステリーの症状の現れていない健全な部位をも含む心身全体をいったん弛緩させ、それを再び覚醒させることによって心身全体への治癒を施す治療法だといえよう。

したがって当時の芸術は、ノルダウのようにヒステリーの症状とも見なされる一方で、その症状を緩和するための施術に似た一面もあったわけである。実際、文明生活の中で衰弱した神経を癒すものとして象徴主義絵画などが推奨されたことについてはシルヴァーマンの指摘がある（Silverman, D., 131-132）。またとりわけ興味深いのは、ユイスマンスの『さかしま』の主人公デ・ゼッサントが、神経症を刺激するような芸術を求める一方で、その神経症を癒すためにも芸術を求めていることである。第五章では、デ・ゼッサントは自らを長く興奮させるモロー（Gustave Moreau, 1826-1898）の絵画《ヘロデ王の前で踊るサロメ》（*Salomé dansant devant Hérode*, 1876）【図20】を紹介する際、次のように述べている。

> 自らの精神の愉悦と自分の眼の喜びとのために、彼は、自分を未知の世界に投げ込み、彼に最近の学説の痕跡をあばき、学識あるヒステリーや複雑な悪夢、無頓着で残忍なヴィジョンによって彼のぐらつかせる暗示的な作品を、いくつか求めていた。（Huysmans, 79-80）

そして彼は、「ただ、神経症によって幻想を見るようになったような、ぐらつかされ、鋭敏にさせられた脳髄によってのみ」近づくことのできるようなそのサロメ像が、「不滅のヒステリーの女神」として立ち現れるというのである（83-84）。同じ巻には、ポーの文学を絵画化したルドンの作品がポーの作品と同様に説明しがたい不安を感じさせるとも述べられているが（97）、それらも「きわめて特殊な幻想を、疾患と精神錯乱との幻想を」新たにつくりだすものだという（97）[10]。こうした記述からも、異常な精神に起因する作品は享受者の神経に影響を与えるものだとする

図20
モロー《ヘロデ王の前で踊るサロメ》
1876年、油彩・画布、144 × 103.5cm、ロサンゼルス、アーマンド・ハマー美術観

考え方を読み取ることができるだろう。そしてそのデ・ゼッサントが室内装飾に凝った空間づくりに没頭していくのもまた、神経症を癒すためである（130）。精神を蝕む危険な阿片が一方で麻酔薬として有効利用されたように、当時の芸術は良くも悪くも精神に影響力の強い鎮静剤としての側面をもっていたと考えるべきだろう。

室内の人物の精神を惑溺させる室内装飾については、「ライジーア」、「アッシャー家の崩壊」のようなポーの小説に数多くの例があり、「家具の哲学」と題する彼のエッセイもまたそれに加えることができる。単体の作品というより人物を取り巻く環境としてその人を陶酔へと導く仕掛けは、彼の「アルンハイムの地所」の後半に描かれた庭園にも見られるが、室内装飾やヴァーグナーの総合芸術なども同じ観点から、すなわち理性的な思考を麻痺する催眠術的効果のあるものとして理解することもできるだろう。こうした作品は、理性の後退した精神状態へと享受者を導くという点で催眠療法と通底するのであり、世紀末芸術はこうした新しい心理学への関心が高まる時代の現象として理解されるべきなのである。

以上のように、ポー以降の伝統において無意識的ないし狂的な思考は、神とは無縁の精神の働きであり、個物の実体性が弱められた作品制作を推し進めると同時に、その作品が享受者の精神を陶酔させるような効果をもつものとして理解されていたことが明らかになった。いずれにせよポー以降の詩画制作は、上述のような新しい心理学と多くの接点をもち、その文化的土壌の中で受け入れられていったのである[11]。

さて催眠術がヒステリー患者だけに有効だと考えたシャルコーに対し、ナンシー大学のベルネーム（Hippolyte Bernheim, 1840-1919）は、正常な人間にも催眠術が有効であることを明らかにし、人間の意識というものを全面的に

10　『さかしま』第一五章では、ポーの詩が同様に不安感をあおり、神経をさいなむとする指摘が主人公によってなされている（Huysmans, 312）。
11　一九世紀後半から二〇世紀前半にかけてのフランスの芸術運動を精神病としてとらえてきた医学側からの反応については、（Gros）の文献が参考になる。

考え直す素地をつくったという（Silverman, D., 139）。一八八五―八六年にウィーンからパリに留学し、まずシャルコーのもとでヒステリーの研究に接したフロイトは、ヒステリーを器質的な神経疾患ではなく神経病理学の対象とする考えを受け入れるようになったが、さらにはベルネームとも交流し、彼らの研究から性欲と無意識とに関するまったく新しい理論を生み出すようになったという（135）。それとともにシャルコーから学んだ催眠療法をも放棄し、より成果のある自由連想法による精神分析の道を開いていくのである。いわばポーやボードレールの影響を受けた象徴主義全盛のこの時期のパリでは、ソシュールが言語学を追求している一方で、フロイトは心の内面に広がっていると考えた未知の領域への関心をもち始めていたわけである。第三部第四章でもふれたように、シュルレアリストは直接的にフロイト心理学からの影響を表明していた。しかし単にその芸術思潮の変化にフロイトからの影響を見出すだけではなく、むしろフロイト心理学がこうした芸術思潮と同じ基盤から生まれたのだと考えたほうが、より適切であろう。この文化的基盤から、無意識的な層こそ個人にとって根源的なものだという人間観も生まれ、人間を「理性的動物」と見なす従来の人間観が崩れていくことになるのである。高度に理性化されたはずの西洋文明人たちが第一次世界大戦を自ら招き、はかりしれない損害を与え合うことになると、その衝撃はいっそう理性に対する不信に拍車をかけることになるだろう。

第四節　制作者の消失

詩や絵画の制作を心理学的な「狂気」と見なす考え方は、理性的に思考を統御する個人性を制作の場から追放するということにも直結する。これは、「アッシャー家の崩壊」のような特異例を除くと、ポーには見ることのできなかった考え方である。たしかに第二部第一章で論じたように、ポーの詩作は「構成の哲学」で主張するほど徹底して作意的なものではなく、当初の意図を越えるようなイマジネーションの働きを生かすものであった。だがそれは「構成の哲学」の主張がすべて瞞着であることを意味するものではなく、当初から作意を放棄するものでもなかったのである。

第三部第一章第四節でポーとボードレールの思想的相違を検討した際に際立ったのも、まさにこの問題である。新奇な表現を追求する彼らは、ともに当初の作意を越えるイマジネーションの働きに注目していた。だがポーがあくまでもそのイマジネーションが作意的に発動されることを主張していたのに対し、ボードレールはむしろ内面から表出するイマジナシオンに作家が服従することを求め、制作の主導権がイマジナシオンにあることを主張していた。たしかにそのイマジナシオンはその作家の能力ではあるのだが、ボードレールはそれがあたかも作家から独立した働きであるかのように記述するのである。そして第三部第三章第四節で取り上げたように、マラルメは作品制作における「詩人の消滅」さえ主張することになったのである。

第四部第二章第五節で検討したように、ポーの場合、この制作態度を支えたのは、何ものにも解消されることのない自己の個人性に対する意識であり、作ろうという個人の意志がそれまでの自己を更新することを可能にさせたのである。それは無我説を説き自己の滅却を推奨する仏教的文化圏に属しながら「歌作り」であろうとした藤原定家にも妥当することであり、何ものにも解消されない自己の個人性がその特異な制作を可能にしたのだといえよう。いわば自らが確固たる個人性を保持する存在だという自覚こそが創造的な制作を支えていたのであり、さらにその意図をも越える境地を最終的に求めたのである。

たしかに「作意を凝らしつつその作意を越え出る」ということが「作意を捨てる」ということと似て非なるものであるとはいえ、その自覚を明確にもたない限り、その線引きはきわめて困難なものとなろう。これは、それぞれの作家が自らの個人性をいかなるものと考えていたかに大きく左右される問題なのである[12]。

第三部第一章第二節cで軽くふれたように、ボードレールは「一八四六年のサロン」ですでにドラクロワの「内面性」にドイツ・ロマン主義的な特性を認め、これを高く評価していた。この評価がポーを受容する際にも残り、ポーの考えとの相違を生み出したことは十分に考えられよう。したがってドイツ・ロマン主義に胚胎する神秘主義的要素がボードレールに影響を与えている可能性もありうるかもしれない[13]。

あるいはまた、ボードレール自身の薬物体験もまた、個人性の解消を重視する契機があっただろう。すなわち『人口楽園』の一部をなす「ハシーシュの詩」では、ハシーシュの服用によって「私は神になった」という自覚が生まれる場合があるという（Baudelaire［a], 437）。そこまではいかなくとも、同じく『人口楽園』の「ワインとハシーシュとについて——個性を倍化させる手段としての比較」では、ハシーシュを服用した際に、単に五感が混乱するだけでなく「しばしば個人性が失われる」といい、夢想の対象と一体になるのだという（393）。つまりボードレールは、五感の混乱する特異な体験に自己の個人性の解消を認めているわけである。第三部第一章第四節で論じたように、ボードレールはこうした薬物体験を作品制作論と重ねて考え、その結果ポーの制作論とは異なる特徴を帯びるようになったと考えることができるだろう。

たしかにあらゆる事物や自己の個人性の確固たる実在をまとめて否定するボードレールの立場のほうが、個々の事物の実在を疑いつつ自己の個人性の実在を保とうとするポーの立場よりも、一貫性があるといえるかもしれない。少なくともボードレールにとってはそう思われただろうし、そもそもポーとの間にそうした思想的相違があると思っていなかった可能性さえある。というのもボードレールはポーの文学を「脱人間的あるいは超人間的（extra ou suprahumaine）」であると考えているからである。「エドガー・ポー、その生涯と作品」では、一八三九年に出版した自作の短編集にポー自身が付けた『グロテスクとアラベスクの物語』（*Tales of the Grotesque and the Arabesque*）という題名について、ボードレールは次のように述べている。

注目すべき、意図的な題名だ。なぜならグロテスクやアラベスクは人間の像を拒絶するからであり、読者がやがて見ることになるように、ポーの文学は多くの点で脱人間的あるいは超人間的だからである。(Baudelaire〔b〕, 304)

「人間の像を拒絶する」という一節は、個別の諸像の具象性を弱めたグロテスク模様やアラベスク模様を念頭に置いていると思われる。そのうえで、それらの装飾模様において人間の像がその背景に溶け込んでしまうように、ポーの文学が人間のレベルを越えた世界を描いていると述べているのだろう。たとえば「アラベスク」という語について

12　第二部第三章第二節で見たように、ボードレールが最初に仏訳したポーの著作「メスメリズムの啓示」では、死後の人間も天使としての個々の個人性を保ち続けると論じていた。しかしクゥインによれば、ボードレールはその初訳の段階（一八四八年）で誤訳を犯しているという。すなわち「このように人間は個別化されている。もし体をなす衣を剥ぎ取れば、彼は神ということになるだろう（Thus man is individualized. Divested of corporate investiture, he were God）」（V, 249）という原文を、ボードレールは「このように人間は個別化された。肉体の賦与を剥ぎ取ると、彼は神だった（Ainsi l'homme fut individualisé. Dépouillé de l'investiture corporelle, il était Dieu）」と訳しているというのである（Quinn, P. F., 87）。つまり反実仮想として書かれている神と人間との合一を、ボードレールは事実として認める方向で訳しているわけである（短編集『異常な物語集』〔*Histoires extraordinaires*, 1856〕に収録される際には修整されている〔Poe〔e〕, 218〕）。神は人格神であるので、その意味で神と合一した人間は個人性を保っているようにも見えるが、第二章第五節で論じたように、神との合一は実質的には被造物としての個人性を神のもとに解消することであり、一種の個人性の解消といわざるをえない。もちろんこの後、「メスメリズムの啓示」では人間の個別性を剥ぎ取ることなどできないという説明が続くので、単なる部分的な誤訳として見過ごすべきかもしれないが、後にボードレールが個人性を解消されうるものとして論じていくことを考えるならば、この誤訳は示唆的である。

13　ボードレールの思想をドイツ・ロマン主義以降の伝統の中でとらえようとしたり、その源泉をドイツ神秘思想に求めようとする傾向は（Béguin : Amiot）などの先行研究に顕著である。こうした傾向が、ボードレール自身が強調しているポーに対する共鳴を看過する一因となっているといえよう。しかしドイツからの影響関係をどれほど実証できるのか、疑問に思われる点が少なくない。

は、美術批評「ウージェーヌ・ドラクロワの作品と生涯」（"L'Œuvre et la vie d'Eugène Delacroix," 1863）における記述が参考になる。この美術批評では第三部第一章で紹介した「一八五九年のサロン」の一部も適宜挿入しながら、主題のわからぬ状態でもドラクロワの作品が「超自然的な」色彩の魔力によって享受者を魅惑すると主張し、次のように述べている。

うまくデッサンされた図像は、主題とはまったく無縁な快でもってあなたを貫く。享楽的なものであれ恐ろしいものであれ、その図像は空間内に浮かび上がるアラベスクにしかその魅力を負っていないのである。（753）

ここでは「アラベスク」が主題とは無縁の色面であること、すなわち具象性とは異なる魅力をたたえた模様的なものであることを、明瞭に読み取ることができる。いわば諸対象の個体性が融解し、全体的な効果を発揮するような状態が「アラベスク」なのである。したがってボードレールがポーの短編集から読み取った「アラベスク」もまた、個人性の解消する世界を名指す用語であり、それが「グロテスク」と同様のものと見なされているのだろう。このような個人性の解消する「超自然的」な世界を描き、そこに読者を導くことにこそポーの文学の特徴があるとボードレールは考えたのだろう。

たしかにポーの作品自体からも、「グロテスク」や「アラベスク」が何かしら人間性を逸脱する状態を形容する語として用いられる用法を確認することはできる。たとえばこの短編集に収められた「アッシャー家の崩壊」では、登場人物のアッシャーについて「私はどうしてもそのアラベスクな表情を単なる人間性の観念に結びつけることができなかった」と語り手が述べている（Poe［a], III, 279）。また第二部第四章第一節で引用したように、この短編集には収められていない「モルグ街の殺人」でも、モルグ街で起こった事件について「人間性からかけ離れた恐るべきグ・ロ・

テスクさ」と表現されていた（IV, 180-181）。こうした用例からも確認できるように、「グロテスク」や「アラベスク」が通常の人間性のレベルを超えた性質を表現するのに適切だと考えられていたことは確かである。だがこれらの語が本来の装飾文様の名称として用いられる場合も少なくないし[14]、すべての用例に関して明確な意味を読み取ることができるわけでもない。また『グロテスクとアラベスクの物語』という題名がそれまでに書かれた二五編の短編小説に対して一括して総称したものであるため、ポーがその題名にどのような意図を込めたのかを正確に知ることはできないのである。

14　ポーがこの短編集の序文で、恐怖を主題とした自分の幻想作品が「ドイツ風」と評価されるのはその「アラベスク」な特徴のせいだろうと述べていることから（Poe［a］, I, 150）、これらの概念がサー・ウォルター・スコット（Sir Walter Scott, 1771-1832）の論文「虚構的構成物における超自然なものについて――特にアーネスト・セオドア・ウィリアム・ホフマンの諸作品について」（"On the Supernatural in Fictious Composition ; and particularly on the Works of Ernest Theodore William Hoffman," 1827）をふまえていると推測する先行研究も多い（Kayser, 100-106）。スコットはその論文の中でE・T・A・ホフマンらについて次のようなことを主張している。「このように発想家、および少なくとも風変わりで超自然的なグロテスクを自らの構成物のうちに示す最初の卓越した芸術家は、彼自身のファンシーの創造したものを恐れるほどに、実際の狂気の瀬戸際にいた。イマジネーションの影響にきわめて感化されやすい心にとって、そして冷静な理性の領域にはほとんどとどまらない心にとっては、こうしたおびただしい観念の連鎖が生じることは疑いない。まさにその連鎖において、ファンシーが多くを占め、理性はまったく欠けているのである。実際、彼の構成物におけるグロテスクは、絵画におけるアラベスクと部分的に似ている。その絵画において、ケンタウロスやグリフィン、スフィンクス、キメラ、ロック、その他ロマン的なイマジネーションのあらゆる被造物に似た最も奇妙で複雑な怪物たちが導入される。そこにはじつのところ理解を満足させたりおよび判断力を満たすものがないため、それを見る人はまるで著者のイマジネーションの限りない豊富さに幻惑されるように目が眩み、形態と色彩とのあらゆる多様さの豊かなコントラストを堪能するのである」（Scott, 81-82）。この論文を含むスコットの評論集第二巻が一八四一年に当時ポーが住んでいたフィラデルフィアで出版されたので、カイザーはその際にポーがこれを目にしたと考えている（Kayser, 103）。たしかにポーの考え方とも大きく異なることはなく、その影響の可能性もあるが、その確証がないことも否定できない。ましてやポーの作品中に頻出する「アラベスク」や「グロテスク」も多義的であり、それぞれの意味を明確に規定しきれないので、ポーにおいてこれらの概念がどのようなものなのか、安易に一般論を引き出すことはできないだろう。

第三部第一章第四節で論じたように、こうしたボードレールの芸術観は、ポーの詩論の内に示された「天上の美」への渇望、かつてない新奇な美を創造しようとする苦心、そのための様々な技巧といった意図的な要素を、無視はしないまでも、より軽視することになる。画家が「諸能力の女王」たるイマジナシオンに「服従」すべきだとする「一八五九年のサロン」の主張も、こうした側面から理解することができよう。ポーから継承した理論はボードレールを経て後のフランス芸術に重要な影響を与えたのであるが、その際に理論が変容していることも否定できないのである。個人の理性が希薄になった一種の狂的状態を制作論として肯定的に受け入れる制作観、さらにはマラルメにおける「詩人の消滅」もまた、そうした風潮の影響を受けている可能性が考えられよう。

ランボーの場合は、やや複雑な問題があるように思われる。第三部第四章第四節で挙げた五月一五日のドゥムニー宛の書簡の二日前、ランボーは別の友人イザンバールに宛てて、自分がすぐに就職しないことを表明し、次のように書いている。

> 私は詩人になりたいし、自分が見者になるように努力しています。あなたには何もわからないし、私にも説明することはほとんどできません。あらゆる諸感覚の錯乱によって、未知なるものに達することがたいせつです。苦悩ははかりしれませんが、私は強くなければなりませんし、詩人に生まれついていなければなりませんし、自分が詩人だとわかったのです。それは少しも私の落ち度ではありません。「私が思う」というのは誤りであり、「何ものかが私をもって思う（on me pense）」というべきでしょう。（Rimbaud, 249）

前半部からは、第三部第四章第四節でふれた書簡と同様に、「見者」たらんとするランボーの意志を読み取ることができる。そして後半部では、学習によって見者たる詩人になれるわけではなく、生まれついての才能が必要であるとされている。最終行の言葉も、詩人であろうと「私が思う」ことによって詩人の道を選ぶのではなく、自分が詩人であるようにすでに定められており、自分にはそのように思われるのだと説明しているのだろう。この後、「言葉遊びですみません」と謝ってから改行し、「私とは他人です (Je est un autre)」という一文が続くが (249)、これも自分が詩人であると今までわかっていなかったという自覚からくる発言だと考えられる。しかしながら、「見者」としての詩人という神秘的なイメージに刺激されるのか、これらの発言を詩作方法と重ねて理解する解釈が広まることになる。画家エルンスト (Max Ernst, 1891-1976) は『絵画の彼方』(*Au-delà de la peinture*, 1936) において、シュルレアリスムのフロッタージュという技法を説明する際、次のようにランボーを引き合いに出している。

さてフロッタージュのやりかたは、適度な技術的方法によって精神の諸能力の敏感さを強化することにしか基盤をもたず、いかなる(理性の、趣味の、道徳の)意識的な心も伝わることがないようにし、それまで作品の「作者」と呼ばれていたものの能動的な寄与を極限まで減らすもので、そのやり方が後に、すでに自動記述という用語で知られていたものとまさに同じものであることが明らかになった。作者が冷淡にまたは熱中して自分の作品の誕生に立ち会い、その発育の諸段階を観察するのは、あくまでも傍観者としてなのである。有名な見者の手紙よりこのかた詩人の役割が自分の中で思われ (語られ) たものに従って書くことにあるように、画家の役割は自分の中で見えたものを的確にとらえ、投影することにあるのだ。(Ernst, 244)

フロッタージュ (frottage) とは、木や石に紙を当てて鉛筆で紙を「こする (frotter)」ことによって、意識していない濃淡を浮かび上がらせる技法のこと。このとき作者は、一般的な意味では作者でありつつ、実際には作為を越えた働きに主導権を委ねている。エルンストはこれがランボーの「見者の手紙」にも通ずるものと見なしているのである。

意識的（自覚的、理性的）「作者」が制作の主導権を無意識的なものに譲り渡すという制作方法を、あたかもランボーが実践していたかのような解釈だといえよう。それがシュルレアリスムにおいて理想とされる制作論であるとしても、ランボー解釈としては無理があろう。しかしそれにもかかわらず、こうしたエルンストのように解釈されることのほうが、現代に至っても多いようである。

いずれにせよ、知的かつ意志的な制作という「構成の哲学」で強調された側面は、マラルメ以降急速に失われていくことになる。享受者にとっての「印象」や「効果」を期待し、明確な意味の伝達を求めない象徴主義の姿勢は、享受者の側の解釈に委ねる側面を必然的にもつ。その結果、思わせぶりな刺激物を制作しさえすればあとは享受者が自らの夢想でその欠を埋めるだろうという、安易な制作態度をも許容することになる。すなわち明確な意味の欠如を作品の深さとして享受してもらい、ひいてはそれが制作者の側の深さでもあると思われようとする制作方法が蔓延することにもなるのである。もちろんその余波は、フランス一国にはとどまらない。理性的な制作意図からの解放という偏執的な嗜好は、その後もアクション・ペインティング、レディ・メイド、アール・ブリュットなど、現代芸術として各国の多様な形式のもとで追求されていくことになり、先に述べた傾向はその後継者たちにもつきまとうことだろう。

知的かつ意志的な制作という側面を矮小化し、個人の個人性にとらわれぬ内面表現として芸術制作を理解しようという観点は、芸術学の領域にも影響を与えていく。その顕著な例として、最後にドイツのヴォリンガー（Wilhelm Worringer, 1881-1965）の有名な美術論を見ておこう。

周知のようにヴォリンガーは、『抽象と感情移入』（*Abstraktion und Einfühlung*, 1908）において、具象的な自然描写を追求してきたギリシア美術から近代西洋美術に至る伝統ばかりにとらわれる美術観を批判し、その伝統とは別に「抽象衝動」を表現する美術もあることを強調した。そうした傾向は古代エジプト美術や東方美術、中世ゴシック美術などにおいて現れるのであり、近年でも再び西洋芸術の中に復活してきたという。彼は、「純粋に装飾的な領域において活動する数少ない原始民族の卓越した芸術的資質」が「自然主義的」な美しか認めない偏狭な視野によって近代に至るまで看過されてきたことを指摘し（Worringer〔a〕, 64）、次のように近年の西洋芸術の動向を振り返っている。

我々の芸術史的なまなざしのこうした緩慢な浄化には、日本芸術がそうであるようなきわめて並外れた芸術的現象の発見が、大きな功績をもたらしている。ヨーロッパにおけるジャポニスムは、純粋に形式的な、すなわち我々の美的な基礎感情に訴えかける形象としての芸術の緩慢なリハビリの歴史において、最も重要な段階を示している。そしてジャポニスムは、純粋形式の可能性をただ古典主義的な規範内でのみ見るというありがちな危険とは逆のほうへと、我々を救ったのである。(64-65)

ジャポニスムを牽引した日本の美術の多くにも具象性はあり、必ずしも抽象的ではないという反論もありうるかもしれない。だがその具象的な描写、たとえば浮世絵でさえ、陰影や遠近法といった伝統的な西洋絵画の基本的要素は抽象され、西洋人の目には十分に装飾的だったのであろう。ともあれこの文章からは、ヴォリンガーがジャポニスムのうちに抽象性の回復を認めていたことが確認できる。当時の西洋文化においてジャポニスムの流行が文化変容の契機としてとらえられていたことを、あらためて確認しておきたい。しかしヴォリンガーにとって、抽象表現への接近が具体的に誰によって、どのようになされたかという芸術運動については考察すべき問題とはならず、人間がもともと「抽象衝動」をもち、それが自然主義的伝統の弱いところに現れるという原理的な説明に終始する。美学の盛んなドイツでは、具体的な制作現場の声を聞くことなく普遍的原理を想定し、演繹的に個々の芸術現象を説明しようとする傾向がもともと強いが、人間一般の「衝動」に制作原理を求める一方で詩画制作論の系譜にまったく無関心なヴォリンガーの考え方にも、そうした傾向を認めることができるだろう[15]。

個人的な制作意志を尊重しないこうした見解は、抽象衝動に「自己放棄」という側面を見出す彼の芸術観とも通底しよう（36）。ヴォリンガーによれば、自然主義的な芸術制作においてさえ、自然対象に感情移入して制作者が自己を外的対象の形態に溶け込ませることに「自己放棄」の契機が含まれるのであり（36-37）、ましてや自然物の形象をもたぬ芸術を制作する抽象衝動においては、なおさら個人的な制作意図など介入する余地もないのである。そもそも彼がリーグル（Alois Riegl, 1858-1905）の説く「芸術意志（Kunstwollen）」を「衝動（Drank）」と読み換え、作品制作が非人称的・無意識的な心の働きに基づくとしたことも、こうした芸術観に基づくのだと考えられよう。

この抽象衝動が「東方の文化民族」に保たれている理由を、ヴォリンガーは次のように述べている。

合理主義的な意味での発展に対してより深い世界直観で迎え撃つ東方の文化民族だけが、すなわち世界の外的現象の内にいつもただマーヤーのきらめくヴェールしか見ない彼らだけが、あらゆる生命現象のはかない錯綜を意識し続けており、どのような世界像のあらゆる知的な外的支配も、それについて彼らを欺くことはできなかった。（28）

世界の外的現象をマーヤー（幻影）のヴェールと見なす主張は、すぐ後に引用されるショーペンハウアー（Arthur Schopenhauer, 1788-1860）の主張をふまえたものであり（30-31）[16]、明らかに仏教をも含むインド的な世界観である。個物の実在性を否定する認識が非人称的・無意識的表現と関連するものとされるのも、やはりショーペンハウアーの影響だろう。ヴォリンガーはその章に付けた註釈の中で、ショーペンハウアーの『意志と表象としての世界』（*Die Welt als Wille und Vorstellung*, 1819）第三巻で展開された美学思想にふれ、個人性から脱した美的直観の主張が自らの抽象衝動論と類似していることを指摘している（149-150）。ヴォリンガーに消化された仏教的な世界観はこのショーペンハウアーに由来するのだろうが、その思想が当時の新しい芸術観を自分なりに理論化する際に有効利用されるのである。

ただしヴォリンガーはそうした芸術観が新しい一時代の産物であることを否定し、潜在的には西洋の中でも持続してきた普遍的な傾向として位置づけようとしている。三年後の『ゴシック美術形式論』（*Formprobleme der Gotik*, 1911）では、この抽象衝動の成果としてゴシック美術が論じられ、北方装飾について次のように述べられている。

> 現実世界にさいなまれ、自然性から閉め出され、それ〔北方装飾〕は超現実、超感覚の世界を目指す。自らを超越するためには、諸感覚の混迷を必要とする。ただ酩酊のうちにおいてのみ、永遠の戦慄を感ずるのだ。この崇高なヒステリーこそ、とりわけゴシック現象の特徴を示すものなのだ。（Worringer〔b〕, 50）

この著作でもヴォリンガーは抽象衝動の非歴史性を主張し、ゴシック的なものが中世ヨーロッパに限定されないことも強調している（27ff.）。しかしながら、ここに執筆当時の新しい芸術観が反映されていることは否定できないだろう。古典主義を克服した芸術が陶酔やヒステリーによって制作されるなら、同じ原理によって制作されたゴシック芸術もまた同じように制作されるということである。ヴォリンガーはその根拠を何も示してはいないが、一時代の芸術の動向を普遍化してとらえようとするヴォリンガーなりの姿勢がここに顕著に示されているといえよう。

15　自らの方法論が経験や帰納にとどまらず「直観的」であることについては、ヴォリンガー自身も自覚的である（Worringer〔b〕, 2-4）。

16　ヴォリンガーは、ショーペンハウアーの『意志と表象としての世界』第一巻の付録として書かれた「カント哲学の批判」（"Kritik der Kantischen Philosophie"）からの一節を引用している。

興味深いのは、こうした陶酔やヒステリーが精神の病理として批判的に論じられず、むしろ民族に共有された無意識的な衝動を根源的なものとして肯定的に語られることである[17]。個人的な意志や理性的な思考を抑制し、民族的な根源性の発露を情熱的に求めるこうした傾向は、この時期の表現主義を支える理論ともなろうが、同時に、二〇世紀前半にかけてドイツで勢いを伸ばす民族主義を学問的ないし芸術的観点から鼓舞するものとなる。理性的な制作意図からの解放という制作論の問題は、こうした社会的問題とも不可分なのである。

結び

以上の考察をまとめよう。第一節では、ポーの思想や詩的制作論に仏教文化に通じる傾向が認められるという前章までの議論を受けて、ジャポニスムについて再考した。これにより、発信者である日本人には顕在的に意識されていない仏教的性格が当時の日本美術に反映されており、それを新しい表現として受け入れた西洋文化に仏教的世界観を導入する契機となった可能性が検討された。第二節では、その西洋文化の変容の中で、言葉を従来のように本質や意味を表象する記号と見なさない考え方がソシュール言語学として成り立ってくることについて論じた。第三節では、一九世紀末から二〇世紀にかけて、具象性を弱めていく芸術表現が狂的なものと見なされ、神とは無縁のこの狂気が作品の制作者のみならず享受者にも見られるようになったことを指摘した。この文化変容の中で「無意識」への関心が高まり、その中でフロイト心理学が擡頭してきたのである。こうした新しい言語学や心理学の展開が、実体論や体系的理性への懐疑を喚起し、構造主義へと至る思想の源流となっていることは、注目に値するだろう。第四節では、仏教的世界観の流入とともに生じる新たな問題、すなわち個人性が確固たる実存的意味をもつのか否かという問題について、当時の人々の中に生じた反応に注目した。もちろん主体的な個を重視する西洋的伝統は、この点で容易に妥協するものではないし、二〇世紀にもなれば実存主義として反動が高まるのではあるが、一方で自我の解消が理性に縛られた自我からの解放として歓迎される傾向が生じていたことも看過できない。特に詩画制作の現場において、作意からの解放が新しい精神性を示すものとして受け入れられたことは、注目に値するだろう。その転換点となるボードレールやマラルメにおいて、意図を越える成果をあげるためには、その前提として「訓練」や「熟練」が不可欠だと考えられていたことも看過すべきではない。だがその後、その「訓練」ないし「熟練」の必要性が次第に重視されなくなっていくのである。

模倣論の伝統から乖離していく詩画制作論は、具体的な事象の再現という方向性を捨て、作品の自律性を強化するようになっていく。描写すべき客体からの解放は明確な伝達性の希薄な、いわゆる難解な作品を産出することになり、その産出のあり方が「無意識の発露」として理解されることにもなる。理性からの解放を謳ったこの制作方法は、意図的な制作意志の縮減を礼賛し、難解さがかえって一義的な解釈を退ける「深さ」として重視されるような芸術観を助長するだろう。

制作者の側が明確な意味の伝達を拒み、思わせぶりなオブジェを提示して享受者の解釈に委ねる姿勢は、批評の側にも変化を促さずにはおれない。意図を越えた無意識的なものの反映を作品から読み取ろうとする精神分析学的解釈が試みられるようになったのは、詩画制作者の側がフロイトの理論に関心をもつ時代において、いわば必然的な流れだったと考えられよう。さらには作者の意図を読み取ろうとする誤り（intentional fallacy）を指弾した新批評

17　作品制作にあたって個人性を滅却すべきであり、共同体全体の欲求を表現することに肯定的な考え方自体は、第三部第二章で挙げたヴァーグナーの『未来の芸術作品』にもすでに見ることができる（Wagner, 3, 162-166）。ショーペンハウアーに傾倒する以前から、ヴァーグナーにはこうした傾向が見られるのである。

(new criticism)、受容理論ないし読者反応理論が次々と提唱されたことも、もはや作品が実証的研究によって解明されるような明確な意味をもたなくなってきた傾向と無縁ではあるまい。ロラン・バルト（Roland Barthes, 1915-1980）は、一九六八年に「作者の死」（"La mort de l'auteur"）を発表し、マラルメやシュルレアリストたちの活動に言及しつつ（Barthes, 64-67）、文学作品における「作者の死」を宣告する（69）。テクストはもはや作者の意図から切り離され、読者の側の能動的な解釈に重きが置かれるようになるのである。作者自身が作品から後退し、詩や絵画が具体的な内容を提示しなくなり、語や色彩の相対関係からなる自律的な構成物を示すことを求める以上、本質主義への批判や脱中心化、懐疑主義的立場、先入観や西洋中心主義的な伝統への極度の警戒といった傾向をもつ構造主義が言葉をめぐる批評空間に現れたことは、当然の帰結だろう。一九世紀中葉以降に詩画制作の実践の場で議論されていた問題は、百年ほどの遅れをとるが、装いも新たに文芸批評の領域で議論されるようになるのである。

この「作者の死」を受けて、詩や絵画をめぐる理論的な思索は制作者から享受者の側に委譲されることになる（批評理論）。本稿で論じてきた詩画制作論の系譜は、こうして終焉を迎えるのである[18]。

18　二〇世紀の代表的な芸術終焉論であるダントー（Arthur Coleman Danto, 1924-2013）の『芸術の終焉のあと』（*After the End of Art*, 1997）は、芸術史を大きく「模倣の時代」、「イデオロギーの時代」、「ポスト・ヒストリカルな時代」に分ける（Danto, 89）。そして芸術家がイデオロギーやナラティヴによって他者の芸術と競い合う近代以降の時代を経て、あらゆるものが芸術作品たりうる時代が一九六四年頃から始まったという（89）。もちろんそれ以降の現代において芸術活動がなくなったわけではないのだが、芸術とはこうあるべきという制限が消滅したことによって、それまでの芸術が歴史的な終焉を迎えるに至ったというわけである（90）。ダントーによれば、この芸術の終焉の原因は「イデオロギーの時代」に「芸術とはなにか」という究極の問いが生じ、答えのないその哲学的な問いが、芸術を芸術たらしめる根拠を失わせたことだという（89）。本稿に即していえば、ポーやボードレール、マラルメにおいては、詩や芸術がいかにあるべきか、それぞれが明確な論を展開していたが、制作意図を越えることを求めるその制作論が作意の希薄化を促すこととなり、「イデオロギーの時代」を終焉に追い込むことになったということになろう。芸術が終焉を迎えたという一九六〇年代半が、バルトの「作者の死」発表年と時期が近いことは注目に値する。この時期は、絵画や詩を含むシュルレアリスム運動が二〇世紀半ばで緩やかな終焉を迎え、芸術運動が細分化し、それゆえシュルレアリスムに匹敵するほどの大きな芸術運動が成り立たなくなってきた時期である。そこには時代の空気として、ある種の閉塞感が漂っていたのだろうし、その主張が今でも一定の評価を受けているのは、現在においてもそれなりの説得力をもっているからだろう。実際現代のアーティストはどのような作品を制作してもよいという自由をもちつつ、何を制作しても以前の芸術ほど話題にならないという状況にあり、こうした状況を「芸術の終焉」と呼ぶとすれば、たしかに芸術は終焉を迎えたのだといえよう。だが芸術の終焉の主たる理由は、「作者の死」に至る過程、すなわち作品制作における作者の個人性の解消、ひいては作意の希薄化にこそ求められるべきであるように思われる。

終章

第四部では、第三部で具体的に検証した一九世紀後半以降の詩画制作論の変容を、より俯瞰的な立場から検証した。その考察から明らかになったことをまとめよう。第一章では、一九世紀後半以降の詩画制作論の変容が、それまでの合理論や経験論に基づく世界観とは根本的に異なる世界観に基づいていることを明らかにした。先験的真実の実在を前提とした世界観が詩や絵画の制作に観念的・理想的な世界の描写を促し、逆に経験的事実を重視する世界観が詩や絵画の制作に写実的描写を促すように、そうした真実や事実に対する懐疑に基づく世界観は、もはや真なる世界の直接的描写を求めず、色価やイメージの相対的な関係によって美的調和を求めたり、直接的な表現の背後にとらえ難いものを象徴する表現を求めたり、さらには従来の詩や絵画の常識を覆す新奇性に情熱を傾けることになるのである。この第三の立場は、確固とした個物の実在を無批判に信じることができないという懐疑主義的な認識に基づいており、その認識がすでにポーにおいて仏教思想と似通ったものであることを、第二章で明らかにした。たしかにポーは自己の個人性の解消まで認めることがない点で、キリスト教的伝統を保っているのではあるが、感覚によって弁別される諸対象の個体性が感覚を超えたレベルでも保たれるとは考えておらず、その点に仏教との類似性が認められるのである。その点に関しては、ポーと同じく創造的な自我を保って和歌を「作る」藤原定家の制作方法は非仏教的だといえよう。第三章で明らかにしたように、仏教思想と歌論とを結びつけて考察された日本の中世和歌の世界にも、諸々のイメージが新奇に結合する作品や、直接的な表現の背後にとらえ難いものを象徴する表現など、西洋一九世紀後半以降の詩画制作に見られる特徴を認めることができた。それらの比較を通じて、西洋一九世紀後半以降の詩画制作が非西洋的な（極言すれば「仏教的な」）性格を帯びている可能性も指摘した。そこに生じた変化が、単に詩画制作の領域にとどまらず、記号論や心理学の考え方に新しい視座を提供するものであり、まさにその延長線上に我々が生きていることもまた、確認することができたのではないだろうか。そして「作る」意図を徹底した果てにその意図をも乗り越えるマラルメの制作論は逆接的にも「詩人の消滅」さえ認めるに至り、それをふまえた文芸批評家バルトによって「作者の死」が宣告されるに至るのである。詩を含む文学の思想的研究が受容理論や構造主義理論のような批評理論に引き継がれ、制作者の意図に目を向けずに非歴史的な考察を進める美学によって芸術論が論じられる現状は、こうした詩画制作論の系譜の終焉（さらには詩画制作論への無関心）と無縁ではあるまい[1]。

1　とはいえ、マラルメの立場とバルト以降の文学理論の立場とは、似て非なるものといわざるをえない。すなわちマラルメが「作者の死」を受け入れるのは、言葉の自律性を達成するためであって、読者の自由度を高めてやるためではない。詩画制作論の系譜が現代文学理論に寄与する部分も認めることはできようが、問題の本質は、「言葉の自律性」に即して検討されるべきだろう。

結語

第四部第四章末尾で取り上げたバルトは、「作者の死」において、テクストが「作者」から切り離され、確定的な解釈に集約されない状況について言及している (Barthes, 79-80)[1]。これは、書かれた言葉が読者からの問いに対して何も答えないというプラトンの『ファイドロス』(275D4-10) の指摘とも重なるといえよう。書かれた言葉は現代の批評家にとってのみならず、口誦文化に生きる人々にとっても書き手の意図を十全に伝えることのないものと見なされることさえあったのである。もちろんプラトンの時期以降、書きものが書き手の意図を表現する媒体として定着していき、書き手は書きものを支配する主体としての地位を獲得していくことになる。原理的には書き手に表現者としての地位を約束しない模倣論もまた、観念の模倣としての制作論が整備されることによって変容し、やがては模倣論の桎梏を振り払って書き手の「制作者」としての主体性に重きが置かれるようになっていく。本稿で扱ってきたのは、模倣者から観念の表現者へ、さらには創造的に作品を制作しようとする主体へと、次第に作品への支配力を強めていく「制作者」の歴史的変容だったはずである。ではなぜここにきて再び「制作者」は作品から切り離され、詩画制作論は終焉を迎えることになるのだろうか。あらためて本稿の論旨を追いながら、この過程を振り返ってみよう。

プラトンの時代以降、書きものは何らかの対象を伝達するものとして人々に広く受け入れられることになり、弁論術のテクストは弁論家の思いを伝える道具として人々に迎えられた。ギリシアからローマへと覇権が移行し、演説が重視されなくなる貴族制社会に文明が引き継がれても、修辞学へと変容する弁論術ではやはり読み書きが教養人の基礎教養になる。多数の人間の合意に基づく社会で生活するためには（特に法律や議論の場において）、記号表現と記号内容との一致に関わる取り決めは必要不可欠であり、言葉にはそうした約定的な用法もなくてはならない。逆にいうと、ソクラテスは当事者同士の取り決めとは別のレベルで真実を求めるからこそ、書きものを批判しえたのだということもできよう。いうまでもなく書きものを重視する伝統は、現代に至る文字社会の中で維持される。この伝統において、文字が伝達媒体として透明であることに懐疑的になることはしばしばあるとしても、文字文化自体に懐疑的になることはほとんどないのではないだろうか。現代の批評家によって問題視されるのは、基本的には書きもの自体ではなく、書きものから派生した「文学」という特殊領域であることを確認しておく必要があろう。

歴史的に見るならば、ソクラテス以前から続く詩的霊感の伝統において、語り手はムーサであり、詩人自身ではない。ムーサが目撃したことが詩人を通して語られるのであり、詩人の創意はもともと関与する余地もないものだった。プラトン以後、文字に書かれた詩は絵画と同様に諸対象を模倣する技術と見なされることになるが、この大前提に基づく場合も、詩や絵画は発信者の思いを伝達する媒体とは見なされない。実際には音楽を伴うリュリコスというジャンルの詩がやがては発信者の思いを伝える抒情詩になるのであるが、そのことが制作論の系譜の中で自覚されることはなかったように思われる。

「作者」としての新しいモデルを提示したのがキケロである。フェイディアスがユピテルやミネルウァの彫像を制作する際、現実の人物像を模倣することなく理想像を作品化したと、キケロは述べていた。このとき単純な模倣論は乗り越えられ、フェイディアスは見事な制作を実践した「作者」として後代の模範となる。だがこのとき彼が作品化したのは彼の観念であるのみならず、普遍的な「イデア」でもあった。つまりフェイディアスはいまだ個人の内面を表現する人物ではなく、いわばイデアを作品へと移し替える媒介であると言える。それは、こうしたフェイディアスに倣って弁論家の理想像を語ろうとするキケロについても同様であるのみならず、ベッローリから新古典主義に至るアカデミーの人々にとっても同様である。特に古典主義や新古典主義に与しイデアの作品化を目指す人々は、アレゴリー的記号表現を弱め、「いわくいいがたいもの」を作品に求めることにおいて、すでにシニフィアンの不透明さをいくらか許容することになる。いわば理想美を作品に求めることが、明確さを損なう端緒となるのである。

個人の観念を表現する「作者」の登場は、キケロのイデア論を受け継ぐドライデン晩年の思想から派生してきたといってよい。ドライデン自身はなおも模倣論の枠にとどまるとはいえ、模倣論を決定的に退けたのは、まさにこの新しい制作論だったのである。したがってバルトが死を宣告するような「作者」は、少なくとも西洋では、きわめて近代的な存在なのだといえよう。ところがこの「作者」は作品の「著者／権威（author）」であるのみならず、独創的でなければならぬという強迫観念を背負うことになる。なぜならば、それが他の誰でもない自分の「作品」であるためには、すでにある他者の表現の受け売りであってはならないからである。これは「作品」概念から「テクスト」概念へと移行する現代の文学理論から見れば、あまりにも過大な課題だといえよう。逆にいえば、この難題を克服すべく目指された創造的な制作が原理上実現できるものではなかったから、「作者」による制作論が破綻することになるのである。

順を追って見ていこう。詩作に独創性が求められる気運の中、コウルリッジの場合、「無からの創造」というモデルを制作論に取り入れ、独自のイマジネーション論を構想した。しかしその理論は実証不可能な机上の空論であり、実践的なものではなかった。そのイマジネーション論を自分なりに修正したポーは、既存の諸事象の結合の新奇性に

1　文学テクストから作者の意図を読み取ることを回避する反意図主義と、それに対する反動である意図主義との対立という近年の動向をふまえ、そのどちらとも距離を置く仮想意図主義などが議論されることがある（Levinson, 244-298）。しかしこの論争は芸術運動や作品制作の歴史的背景をふまえたバルトの議論からは乖離した一般論となっており、「作者の死」を受け入れるのかどうかという問題と直接的に関わる問題ではない。

より「創造的」な印象をもたらす効果を作り上げることを目指した。既存の言葉を用いざるをえない詩作において「無からの創造」が不可能である以上、原理上は既存のテクストによって織りなされた戯れの中から新しいテクストを創りだすことになる。しかも既存の意味に収斂されてはならないというその制約は、意味の破壊へと向かうことになる。いわばポーは、和歌のマンネリスムを打開しようとした中世の歌人がそうしたように、言葉自体の自律化に美を見出すことになるのである。詩が単なる一般の書きものではなく文学であること、そして詩には絵画と同様の美的性格が求められるようになっていること、そして(先験的あるいは経験的)真理や道徳を明確に語るためには散文によるジャンルが他にあるということが、こうした方向性を後押ししただろう。そして既存の意味に収斂されない新しい成果を招来するためには、作者の意図を越え出る思考方法を要請されることにもなる。

その創造性を招来するために、詩人たちは思考の枠組みを規定しつつ変容させる言葉の二重性を利用することになる。すなわち習慣化された言語の使用方法に揺さぶりをかけ、あえて言葉を誤用することで新奇な表現をもたらすことが試みられるのである。このとき詩人は通常の連続性が乱されることによって新奇な表現を生み出す言葉自体の作用を取り込み、いわばその作用に身を委ねることになる。意図を尽くしたうえでその意図を越える作用は、言語のもつこの作用を招来することによって実現し、「作者」はその作用の背後に後退することになるのである。いわば創造的に作品を制作しようとすることによって作品への支配力を強めていくかに見えながら、逆接的に「作者」は作品から切り離されていくのである。この制作を無意識の表現というモデルでとらえ直すならば、意図的な作者はなおさら存在意義を失うことだろう。

問題は、記号の助けを借りることなく人間が単独で創造的な営みをおこないえないということに帰着するだろう。創造的な営みとは、既存の思考習慣にはない新しいことをおこなうことであるが、そもそも既存の思考習慣は言葉によって文化的に規定されている。第二部第四章で論じたように、いわば既存の思考習慣は諸情報の慣習的な結合によって形成されているのであり、その諸情報を新奇かつ整合的に結合し直すことによって創造的な思考が生まれることになる。したがって創造的な思考を生み出すのは一方では情報を操作する思考者であるが、その意図をも越えた成果をもたらすのは諸情報自体に潜在した力である。「original」、「invention」、「genius」、「idea」という語の関連が新しい概念に変容し、古代にはなかった制作論を生み出した過程（第一部第三章）について振り返るなら、このことは明瞭に理解できるだろう。

第四部第四章第二節で指摘したように、言語には思考の枠組みを規定しつつそれを変容させることもあるという二重性が認められる。文字化された個々の言語表現が本質的な意味を有するとする伝統は前者を強化した考え方であり、たしかに偏った側面があった。これに対し、創造性を希求する芸術運動は後者を極度に強化することとなり、言語表現を限定された個別の意味から解放することを求めるようになる。その結果、人は自由を獲得することができる一方で、そこで獲得されるものは規定的な意味をもたず、誰にも理解されないものにもなりかねない。言葉と画像とをめぐる本稿の考察は、（プラトンとキケロによって確立された）イデアの表示としての記号と、その衰退についての歴史だったのである。

確固とした本質の表現を断念した芸術が「難解」なものとなることは、必然的な帰結かもしれない。だが言語本来のもつ上述の二重性に照らして考えるなら、先行する時代に対する反動として生じたこうした傾向もまた、偏っているといわざるをえない。もしも現代そうであるように、説明できないその「難解」さを作品の「深さ」だと高く評価し続けるならば、状況は何も変わらないだろう。剽窃や法にふれること以外ならば何をしても許される自由が認められる一方で、もはや何をしても規範的な価値を産出できない状況が、現代芸術を支配することになるのである。なにほどか価値のあるものであるかのように作品が享受者やキュレーターによって場当たり的に理屈づけられる状況が、アートシーンの現状ということになるだろうか。ともあれ芸術は、思考の枠組みを規定しつつそれを変容させる力をもつ言語とは異なるものへと変容し、言語活動の一部であった詩的伝統との紐帯も断絶することになった。詩画制作論の終焉は、芸術の陥ったこうした状況をまざまざと見せてくれるように思われる[2]。

本稿で論じてきたように、詩画制作論の系譜は、人間と言語との関わりという大きな問題の中に位置づけられるべきものであり、単に制作者の思想史に還元されるものではない。いわば詩画制作論の系譜は、人間の支配下におさまらない言語とどのように我々がつきあっていくのか、様々なケースを検討するための事例を提供するものであり、現代の文学理論家のいう「作者の死」が実際に必然的な帰結なのかどうか検証する契機にもなるだろう。もちろんこの問題は、作品制作自体への関心の薄い理論家たちの言説空間ではなく、本来はあくまでも詩画制作の現場でこそ問われるべき問題であり、その解答は未来の芸術家たちに託されるべきなのかもしれない。詩は特に歌詞として、今なお盛んにつくられ続けており、画家やアーティストと呼ばれる人々も世の中には数えきれないほど存在する。どちらの領域でも膨大な作品が世に現れ続けているため、おそらく「作者の死」が制作現場で自覚されることは、実際にはほとんどないだろう。また本稿で論じた詩画制作論の系譜は世界中の詩画制作の中のほんの限られた部分のみを扱うものであり、詩画制作論はいささかも行き詰まっていないという反論もあるかもしれない。しかし他方で、詩や絵画が大きな芸術運動を形成することはもはやなく、いずれも個人的な関心や問題意識、感覚、商業意識にすべてが委ねられている現状もまた、否定できないのではないだろうか。作品制作自体は盛んでありながら、詩画制作論がかつてのような大きな流れを形成することはもはやないのである。「きれい」、「おもしろい」、「かわいい」と場当たり的な刺激に反応する享受者の人気が価値規準となるならば、たしかに芸術運動を成り立たせる主義主張など入り込む余地もあるまい。だが詩や絵画がもともとそのようなものなのだという思い込みが、あまりにも無批判に蔓延してはいないだろうか。詩や絵画を学び、作品を制作していくアーティストたちは、ほんの数十年前まで、詩と絵画とが互いに刺激し合って大きな運動を形成し、思想や宗教をも巻き込んで文化を動かしてきた歴史的経緯をどれほど理解しているだろうか。またそのアーティストを指導する立場の人間が、あるいはその作品を評価する批評家たちが、どれほどその歴史を理解しているだろうか。歴史が同じように繰り返されることはもはやないにせよ、詩画制作論の系譜がこのまま絶えるのか、それとも新たな展開がありうるのかを問うためにも、まずこの詩画制作論の系譜を見直すことが必要であるように思われる。

2 こうした歴史的変遷を念頭に置かない現代の作者論（たとえば註1で挙げた議論）は、それぞれのテクストにふさわしい読み方というものについて十分に配慮していないように思われる。論説文の読解において書き手の意図の理解が必要であるし、エンブレムやアレゴリー表現には決められた固定的な意味の読解が求められる。「作者」が自らの意図を享受者に伝えようとするテクストには、作者の意図に迫ろうとする実証的な研究が重視されよう。そして意図を越えたものを表現しようとする作品に対しては、意図に換言されないものを読み取ろうとすべきである。こうした区別なしに問題を一般化すべきではないだろう。

あとがき

本稿のもととなった論文の初出は以下の通りである（一冊にまとめるにあたり修正を加えたので、あくまでも目安にとどまる）。

第一部

◎第一章：「プラトンの弁論術論『パイドロス』――文字文化との対決」、『古代ローマにおける弁論術の形成と発展』（研究代表者：渡辺浩司、平成一八―二一年度科学研究費補助金、基盤研究（B）研究成果報告書）、二〇一〇年、二七―四九頁。ただし第五節dは書き下ろし。

◎第二章：「近代芸術の源流としてのキケロ『弁論家』（九一―一〇）」、『弁論術から美学へ――美学成立における古典弁論術の影響』（研究代表者：渡辺浩司、平成二三―二五年度科学研究費補助金、基盤研究（C）研究成果報告書）、二〇一四年、一六―三七頁。

◎第三章：「古典弁論術から近代美学へ――ドライデンにおける『発想』概念を中心に」、『古典弁論術（レトリック）の理論と実践に関する歴史的・体系的研究』（研究代表者：森谷宇一、平成一一―一三年度科学研究費補助金、基盤研究（B）（二）研究成果報告書）、二〇〇三年、七二―一〇五頁。

◎第四章：「『夏の夜の夢』における「イマジネーション」概念再考――創造的イマジネーション概念の成立をめぐって」、『文化学年報』第六一輯、同志社大学文化学会、二〇一二年、一四九―一九五頁。ただし第二節は前掲「古典弁論術から近代美学へ――ドライデンにおける『発想』概念を中心に」に付けた補論（前掲『古典弁論術（レトリック）の理論と実践に関する歴史的・体系的研究』八七―九四頁）。

◎第五章：「コウルリッジのイマジネーション論再考――推論の方法論を手がかりに」、『人文学』第百九十七号、同志社大学人文学会、二〇一六年、二五―七三頁（ただしその第三章は用いない）。

第二部

◎第一章：「ポーの『構成の哲学』について」、『文芸学研究』第四号、文芸学研究会、二〇〇一年、一六―五〇頁。

◎第二章：「ポーにおける詩的イマジネーション論の変遷」、『文芸学研究』第一号、文芸学研究会、一九九八年、七二―九五頁。ただし第五節は「エドガー・アラン・ポーにおける蟲」、『大正ロマン』第三三号、二〇〇九年、一六―一八頁。

◎第三章第一節：「ポーとボードレールにおけるイマジネーション概念」、『美学』第四八巻第三号（一九一号）、美学会、一九九七年一二月、一三―二四頁のうち第一節（一三―一七頁）。残りの部分は「虚無と美――ポーの詩論における唯物論的背景」、『文芸学研究』第五号、文芸学研究会、二〇〇二年、六一―八九頁、および「マラルメとポーの詩論と日本の中世歌論」、『美学と弁論術の交叉――コモン・センスを中心に』（研究代表者：渡辺浩司、平成二七―二九年度科学研究費補助金、基盤研究（C）研究成果報告書）、二〇一八年、五―二一頁、第二章（一〇―一五頁）。

◎第四章：「ポーにおける仮説形成的イマジネーション論」、『文芸学研究』第三号、文芸学研究会、二〇〇〇年、一―三三頁。ただし第四節は、前掲「コウルリッジのイマジネーション論再考――推論の方法論を手がかりに」第三章（五四―六六頁）。

第三部

◎第一章：「ボードレールのパリ万博評と近代芸術への影響について」、『文芸学研究』第一六号、文芸学研究会、二〇一二年、一六―三七頁の第一、第二章（一七―二三頁）、および「ボードレールにおける詩画比較論――ポーからの思想的影響を中心に」、『文芸学研究』第二号、文芸学研究会、一九九九年、七四―一〇二頁。ただし第五節は「作品制作における個人性とその解消」、『人文学』第二百一号、同志社大学人文学会、二〇一八年、二五―六一頁、第二章（三二―三八頁）。

◎第二章：「ボードレールによるワーグナー受容とその思想的背景」、『ドラマ空間における音楽に対する観客反応の実証的な研究』（研究代表者：上倉庸敬、平成一五―一六年度科学研究費補助金、基盤研究（C）（二）研究成果報告書）、二〇〇六年、五一―六四頁。

◎第三章第一節：「印象主義の『印象』とは何か」、『美学芸術学』第二一号、美学芸術学会、二〇〇六年、一―一五頁。第二節：前掲「虚無と美――ポーの詩論における唯物論的背景」結び（七九―八二頁）、および前掲「マラルメとポーの詩論と日本の中世歌論」、第一章（六―一〇頁）。第三節：前掲「ポーの『構成の哲学』について」序（一六―一九頁）、および前掲「マラルメとポーの詩論と日本の中世歌論」第一章（六―一〇頁）。第四節：前掲「作品制作における個人性とその解消」第三章（三八―四二頁）。

◎第四章第一節：前掲「ボードレールのパリ万博評と近代芸術への影響について」第三章、二三―三一頁。第二節：「推論形式と芸術運動」『人文学』第百九十一号、同志社大学人文学会、二〇一三年、一―三〇頁のうち注一七、および前掲「ボードレールのパリ万博評と近代芸術への影響について」第三章一六―三七頁。第三節：前掲「ボードレールのパリ万博評と近代芸術への影響について」注一四などを利用しつつ、主として書き下ろし。第四節：前掲「ボードレールのパリ万博評と近代芸術への影響について」第四章（二七―三一頁）。

第四部

◎第一章：前掲「推論形式と芸術運動」。

◎第二章：「ポーの思想と大乗仏教――『大乗起信論』との比較を中心に」、『文芸学研究』第八号、文芸学研究会、二〇〇四年、七五―九三頁。

◎第三章：「藤原定家の『歌つくり』と『歌詠み』について――創造と表現との相違」、『待兼山論叢』第二九号美学篇、大阪大学文学会、一九九五年、二七―四七頁、および前掲「マラルメとポーの詩論と日本の中世歌論」第三章（一五―一八頁）。

◎第四章第一節：書き下ろし。第二節：前掲「マラルメとポーの詩論と日本の中世歌論」結び（一九―二一頁）を利用しつつ、主として書き下ろし。第三節：前掲「作品制作における個人性とその解消」第五章（四六―五四頁）を利用しつつ、主として書き下ろし。第四節：前掲「作品制作における個人性とその解消」第五章を利用しつつ、主として書き下ろし。

なお「ポーとボードレールにおけるイマジネーション概念」（一九九七）、「ポーにおける詩的イマジネーション論の変遷」（一九九八）、「ボードレールにおける詩画比較論――ポーからの思想的影響を中心に」（一九九九）、「ポーにおける仮説形成的イマジネーション論」（二〇〇〇）、「ポーの『構成の哲学』について」（二〇〇一）、「虚無と美――

ポーの詩論における唯物論的背景」（二〇〇二）は、それに付加する若干の文章とともに二〇〇一年にいったん「ポーの詩論とフランス芸術への影響」という博士論文として大阪大学に提出し、平成十三年度博士論文（課程）として審査を受け、学位を得た。審査をご担当いただいた主査の森谷宇一先生、副査の上倉庸敬先生、森岡裕一先生、加藤浩先生には、この場を借りてあらためて深く感謝を申し上げたい。

昨今の厳しい出版事情の中、こうした大部の書籍の出版を引き受けて下さった三元社と、じつに丁寧にお世話じて下さった三元社の東大路道恵さんには、心から感謝を申し上げたい。

なお本書の刊行にあたっては、同志社大学の二〇一八年度研究成果刊行助成を受けている。こちらにも心から御礼を申し上げたい。

伊達 立晶
（だて たつあき）

1966年、大阪生まれ。信州大学人文学部人文学科比較文学専攻卒業、神戸大学大学院文学研究科博士前期課程芸術学芸術史専攻修了、大阪大学大学院文学研究科博士後期課程美学文芸学単位取得退学。博士（文学）。現在、同志社大学文学部美学芸術学科教授。

詩《し》画《が》制《せい》作《さく》論《ろん》の系《けい》譜《ふ》

著者　伊達立晶　
発行日　二〇一九年二月二五日　初版第一刷発行
発行所　株式会社 三元社
東京都文京区本郷1―28―36　鳳明ビル1階
電話 03-5803-4155　ファックス 03-5803-4156
印刷＋製本　モリモト印刷 株式会社
コード　ISBN978-4-88303-475-8

文献表

欧文文献を本文中に引用する文章は、用語の統一のため拙訳を試みたが、ギリシア語文献に関しては邦訳に多くを負っている。

◎一次文献

(一つの文献に対してできるだけ複数の邦訳や近代語訳を参照したが、それらに関しては主要なもののみ記載する。なお作家による批評も一次文献と見なす)

Addison, Joseph : *The Works of Joseph Addison*, with notes by Richard Hurd, New ed., with large additions, chiefly unpublished, collected and edited by Henry G. Bohn, London: Bell, 6 vols., 1899-1912 (巻数をローマ数字で,頁数をアラビア数字で表記する.『スペクテイター』160号については,『古典的シェイクスピア論叢』川地美子編訳, みすず書房, 1994, pp. 21-22 に抄訳がある).

Aikin, John : "Essays on Song-Writing: with a Collection of such English Songs as are most eminent for poetical Merit," the second editon, with additions and corrections, Warrington: printed by William Lyres, for Joseph Johnson, No. 72, London: St. Paul's Charch-Yard, 1774 (『イギリス詩論集（上）』岡地嶺訳編, 中央大学出版部, 1980, pp. 69-83 に第一章のみ所収).

Alberti, Leon Battista：アルベルティ『絵画論』三輪福松訳, 中央公論美術出版, ^{5}1977.

Anonym : "Shakespeare the Dramatist," in *Shakespeare: The Critical Heritage*, edited by Brian Vickers, London; Boston: Routledge and K. Paul, vol. 3, 1975, pp. 259-270.

Apollinaire, Guillaume (a): *Œuvres complètes de Guillaume Apollinaire*, edition établie sous la direction de Michel Décaudin, Paris: Andre Balland et Jacques Lecat, 1966.

— (b): *Œuvres en prose complètes*, textes établis, présentés et annotés par Pierre Caizergues et Michel Décaudin, Bibliothèque de la Pléiade, Paris: Gallimard, t. 2, 1991.

Aristoteles : (『詩学』) *Aristotle XXIII, Longinus, Demetrius*, with an English translation by Donald Russell, The Loeb Classical Library, London: Harverd University Press, 2005 (『アリストテレス全集』17, 今道友信・村上堅太郎・宮内璋・松本厚訳, 岩波書店, 1972).

— : (『霊魂論』,『記憶と想起について』) *Aristotle VIII*, with an English translation by W. S. Hett, The Loeb Classical Library, London: Harverd University Press, 2000 (『アリストテレス全集』6, 山本光雄・副島民雄訳, 岩波書店, 1969).

浅井了意:(『浮世物語』)『假名草子集』前田金五郎・森田武校注, 日本古典文学大系; 90, 岩波書店, 1965.

Aśvaghoṣa :『大乗起信論』宇井伯寿・高崎直道訳注, 岩波文庫, 1994.

Augustinus, Aurelias : *De Trinitate, libri XV*, cura et studio W. J. Mountain, auxiliante Fr. Glorie, Turnholti : Brepols, 1968 (『アウグスティヌス著作集第二八巻　三位一体』泉治典訳, 教文館, 2004).

Bacon, Francis : *The Works of Francis Bacon*, edited by Basil Montagu, 16 vols., London: William Pickering, 1825 (『ベーコン随筆集』神吉三郎訳, 岩波文庫, ^{27}1965；ベーコン『学問の進歩』服部英二郎・多田英次訳, 岩波文庫, 1984；ベーコン『ノヴム・オルガヌム——新機関』桂寿一訳, 岩波文庫, 1978).

Barthes, Roland : "La mort de l'autetr" *Le bruissement de la langue*, Essais critique IV, Paris: Seuil, 1984, pp. 63-69（ロラン・バルト「作者の死」『物語の構造分析』花輪光訳, みすず書房, ²⁵2013, pp. 79-89）.

Batteux, Charles : *Les Beaux Arts réduits à un même principe*, Genève: Slatkine Reprints, 1969（バトゥー『芸術論』山縣熙訳, 玉川大学出版部, 1984）.

Baudelaire, Charles (a) : *Œuvres complètes*, texte établi, présenté et annoté par Claude Pichois, Bibliothèque de la Pléiade, Paris: Gallimard, t. 1, 1975.

— (b) : *Œuvres complètes*, texte établi, présenté et annoté par Claude Pichois, Bibliothèque de la Pléiade, Paris: Gallimard, t. 2, 1976.

a, b 共通で,『ボードレール全集』阿部良雄訳, 全六巻, 筑摩書房, 1983-1993.

Behne, Adolf :「ドイツ表現派――《新シュトゥルム》展開会の辞（抄）」『表現主義の理論と運動』（『ドイツ表現主義5』高木久雄（訳者代表）, 河出書房新社, 1972, pp. 41-44.

Bellori, Giovanni Pietro : Erwin Panofsky, *Idea: ein Beitrag zur Begriffsgeschichte der älteren Kunsttheorie*, 2., verbesserte Aufl., Berlin: Bruno Hessling, 1960, pp. 130-139 (II. Anhang); E. パノフスキー『イデア』伊藤博明・富松保文訳, 平凡社, 2004, pp. 200-220（付録2）.

Bergson, Henri-Louis : *Essai sur les données immédiates de la conscience*, Bibliothèque de philosophie comtemporaine, Paris: Félix Alcan, 1926（『意識に直接与えられているものについての試論』竹内信夫訳, 新訳ベルクソン全集1, 理想社, 2010）.

Bielfeld, Jacob Friedrich : *The elements of universal erudition, containing an analytical abridgment of the sciences, polite arts, and belles lettres;* translated from the last edition printed at Berlin by W. Hooper, 3 vols., Gale ECCO print edition.

Binding, Rudolf Georg :「文学的ならびに一般的表現主義について」（抄）『表現主義の理論と運動』（『ドイツ表現主義5』高木久雄（訳者代表）, 河出書房新社, 1972, pp. 282-288.

Breton, André : *Œuvres complètes*, édition établie par Marguerite Bonnet, Bibliothèque de la Pléiade, Paris: Gallimard, t. 1, 1988; t. 2, 1992（巻数をローマ数字で, 頁数をアラビア数字で表記する.『アンドレ・ブルトン集成』第5巻, 生田耕作・田淵晋也訳, 人文書院, 1970）.

Bruno, Giordano : *Opere complete / Œuvres completes*, T. VII, Paris: Belles Lettres, 2006（ジョルダーノ・ブルーノ『英雄的狂気』加藤守通訳〔ジョルダーノ・ブルーノ著作集7〕, 東信堂, 2006）.

Burke, Edmund : *The Works of the Right Honourable Edmund Burke*, 16 vols., New ed., London: printed for C. and J. Rivington, 1826-1827（エドマンド・バーク『崇高と美の観念の起原』中野好之訳, みすず書房, ²2004）.

Burton, Robert : *The Anatomy of Melancholy*, vol. 1, eds. Thomas C. Faulkner, Nicolas K. Kiessling and Rhonda L. Blair, Oxford Clarendon (Press), 1989.

Castagnary, Juies-Antoine : "Exposition du boulevard des Capucines: Les Impressionnistes", (*Le Siècle*, (*The New Painting Impressionism 1874-1886, Documentation*, vol. 1: Reviews, Ruth Berson, Fine Arts Museums of San Francisco, 1996, pp. 15-17) .

Castiglione, Baldassare :『カスティリオーネ　宮廷人』清水純一・岩倉具忠・天野恵訳註, 東海大学出版会, 1987.

Cennini, Cennino : *Il Libro dell'arte o Trattato della pittura*, a cura di Fernando Tempesti, 2. ed., Milano: Longanesi, c. 1987(チェンニーノ・チェンニーニ『絵画術の書』辻茂編訳, 石原靖夫・望月一史訳, 岩波書店, 1991）.

Chagall, Marc : *Ma vie*, traduction de Bella Chagall, Paris: Stock, 1983（マルク・シャガール『シャガー

ル　わが回想』三輪福松・村上陽通訳, 美術出版社, 1965).

Chambray, Roland Fréart sieur de : *L'Idée de la perfection de la peinture*, Genéve: Minkoff Reprint, 1973.

Chesneau, Ernest : "L'art japonais, Conference faite à l'union centrale des beaux-arts appliques à l'industrie," (Paris: A. Morel, 1869), in *Œuvres choisies de critiques d'art, marchands d'art et collectionneurs sur le Japonisme,* vol. 2, edited by Akiko Mabuchi, Tokyo: Edition Synapse, 2009.

Cicero, Marcus Tullius : *Brutus; Orator*, with an English translation by G. L. Hendrickson [1st work], and H. M. Hubbell [2nd work], The Loeb Classical Library, London: Harvard University Press, 1939.

—：*De inventione; De optimo genere oratorum; Topica*, with an English translation by H. M. Hubbell, The Loeb Classical Library, London: Harvard University Press (「発想論」『キケロー選集』6, 片山英男訳, 岩波書店, 2000 ;「最も優れた弁論家について」渡辺浩司・戸高和弘・伊達立晶訳『古典弁論術〔レトリック〕の理論と実践に関する歴史的・体系的研究』〔研究代表者：森谷宇一、平成11-13年度科学研究費補助金、基盤研究（B）（2）研究成果報告書〕, 2003, pp. 106-114).

—：*De oratore I, II*, with an English translation by E. W. Sutton; completed, with an introduction, by H. Rackham, The Loeb Classical Library, London: Harvard University Press, 1948 (「弁論家について」『キケロー選集』7, 大西英文訳, 岩波書店, 1999).

—：*De oratore III,; De fato; De partitione oratoria*, with an English translation by E. W. Sutton; completed, with an introduction, by H. Rackham, The Loeb Classical Library, London: Harvard University Press, 1948 (「弁論家について」『キケロー選集』7, 大西英文訳, 岩波書店, 1999 ;「運命について」『キケロー選集』11, 山下太郎・五之治昌比呂訳, 岩波書店, 2000).

—：*Tusculan disputations*, with an English translation by J. E. King, The Loeb Classical Library, London: Harvard University Press, 1945 (「トゥスクルム荘対談集」『キケロー選集』12, 木村健治・岩谷智訳, 岩波書店, 2002).

—：*De natura deorum; Academica*, with an English translation by H. Rackham, The Loeb Classical Library, London: Harvard University Press, 1951 (「神々の本性について」『キケロー選集』11, 山下太郎・五之治昌比呂訳, 岩波書店, 2000).

—：*Pro Caelio; De provinciis consularibus; Pro Balbo*, with an English translation by R. Gardner, The Loeb Classical Library, London: Harvard University Press, 1958.

—：*De senectute; De amicitia; De divinatione*, with an English translation by William Armistead Falconer, The Loeb Classical Library, London: Harvard University Press, 1923 (「大カトー・老年について」『キケロー選集』9, 中務哲郎・高橋宏幸訳, 岩波書店, 1999).

—：*The Verrine orations, I, II*, with an English translation by L. H. G. Greenwood, The Loeb Classical Library, London: Harvard University Press, 1928-1935 (「ウェッレース弾劾」『キケロー選集』4, 5, 大西英文・谷栄一郎・西村重雄訳, 岩波書店, 2001).

—：*Letters to Atticus, III*, with an English translation by E. O. Winstedt, The Loeb Classical Library, London: Harvard University Press, 1912-1918 (「アッティクス宛書簡」『キケロー選集』14, 高橋英海・大芝芳弘訳, 岩波書店, 1999).

—：*Letters to his friends, III*, with an English translation by W. Glynn Williams, The Loeb Classical Library, London: Harvard University Press, 1969-1979 (「縁者・友人宛書簡集　2」『キケロー選集』16, 大西英文・兼利琢也・根本和子訳, 岩波書店, 1999).

—：*Philippics*, with an English translation by Walter C. A. Ker, The Loeb Classical Library, London: Harvard University Press, 1969 (「ピリッピカ」『キケロー選集』3, 小川正廣・根本英世・城江良和訳, 岩波書店, 1999).

—：*De officiis*, with an English translation by Walter Miller, The Loeb Classical Library, London: Harvard University Press, 1913（「義務について」『キケロー選集』9, 中務哲郎・高橋宏幸訳, 岩波書店, 1999）.

—：（『善と悪の究極について』）*De finibus bonorum et malorum*, with an English translation by H. Rackham, The Loeb Classical Library, London: Harvard University Press, 1921（「善と悪の究極について」『キケロー選集』10, 永田康昭・兼利琢也・岩崎務訳, 岩波書店, 1999）.

Claretie, Jules : "Salon de 1874 à Paris," *L'indépendence belge*, (*The New Painting Impressionism 1874-1886, Documentation*, vol. 1: Reviews, Ruth Berson, Fine Arts Museums of San Francisco, 1996, p. 9）.

Coleridge, Samuel Taylor : *The Collected Works of Samuel Taylor Coleridge*, London : Routledge and K. Paul ; Princeton: Princeton University Press, 1969-2000（『「政治家必携の書――聖書」研究』東京コウルリッジ研究会編, こびあん書房, 1998, pp. 99-199；『方法の原理――知識の統合を求めて』小黒和子編訳, 法政大学出版局, 2004〔「方法の原理」pp. 1-92；「理性と悟性」pp. 151-162〕；『文学的自叙伝――文学者としての我が人生と意見の伝記的素描』東京コウルリッジ研究会訳, 法政大学出版局, 2013）.

Dante Alighieri : ダンテ『神曲［天国篇］』寿岳文章訳, 集英社, 1987.

Delacroix, Eugène（a）：*Journal 1822-1863*, Plon, 1996（『ドラクロアの日記1850～1854』中井愛訳, 石原求龍堂, 1942）.

—（b）：*Études Esthétiques*, écrits 1, Paris: Éditions du Sandre, 2006（ドラクロア『藝術論』植村鷹千代訳, 創元社, 1939）.

—（c）：*Dictionnaire des beaux-arts*, reconstitution et edition par Anne Larue, Paris: Hermann, 1996.

Dennis, John：*The Works of John Dennis*, edited by Edward Niles Hooker, 2 vols., Baltimore: The Johns Hopkins Press, 1963-1964.

De Piles, Roger：*L'Art de peinture de C. A. du Fresnoy*, Genéve, Minkoff Reprint, 1973.

Dermée, Paul："Quand le Symbolisme fut mort...," *Nord-sud*, n° 1, pp. 2-4 (repr. Paris: Jean-Michel Place, 1980).

Descartes, René : *Œuvres de Descartes*, publiées par Charles Adam & Paul Tannery, Nouvelle présentation, en co-édition avec le Centre national de la recherche scientifique, Paris: Librairie Philosophique J. Vrin, 1964-1974（デカルト『精神指導の規則』野田又夫訳, 岩波文庫, ^{41}1994;『方法序説』落合太郎訳, 岩波文庫, ^{28}1974；『哲学の原理』井上庄七・小林道夫・水野和久・平松希伊子訳,〔科学の名著　第二期七〕1988）.

Dickens, Charles : *Barnaby Rudge; a tale of the riots of 'eighty*, with seventy-six illustrations by George Cattermole and Hablot K. Browne ('Phiz'); and an introduction by Kathleen Tillotson (The Oxford illustrated Dickens, 5), Oxford: Oxford University Press, 1954（ディケンズ『バーナビ・ラッジ』田辺洋子訳, あぽろん社, 2003）.

Diderot, Denis（a）: *Encyclopédie II*, édition critique et annotée, présentée par John Lough et Jacques Proust, Paris: Hermann, 1976 (*Œuvres complètes*, t. 6)（ディドロ・ダランベール編『百科全書――序論および代表項目』桑原武夫訳編, 岩波文庫, ^{3}1972）.

—（b）: *Salon de 1767 ; Salon de 1769*, édition critique et annotée, présentée par Else Marie Bukdahl, Michel Delon, Annette Lorenceau, Paris : Hermann, c. 1990 (Œuvres complètes, t. 16).

Diogenes Laertius : *Lives of eminent philosophers*, with an English translation by R. D. Hicks, The Loeb Classical Library, I（2006）, II（2005）, London: Harvad University Press（ディオゲネス・ラエルティオス『ギリシア哲学者列伝』加来彰俊訳, 岩波文庫, 上〔1996〕, 中〔1995〕, 下〔1996〕）.

Dolce, Lodovico : Mark W. Roskill, *Dolce's Aretino and Venetian art theory of the Cinquecento*, Published for the College Art Association of America by New York University Press, 1968（ロドヴィーコ・ドルチェ『アレティーノまたは絵画問答――ヴェネツィア・ルネサンスの絵画論』森田義之・越川倫明翻訳・註解・研究, 中央公論美術出版, 2006）.

Dryden, John : *The Works of John Dryden*, University of California Press, 1972-2000.

Dubos, Jean-Baptiste：デュボス『詩画論　II』木幡瑞枝訳, 玉川大学出版部, 1985.

Duff, William : *An Essay on Original Genius*, New York: Carland Publishing Inc., 1970.

Du Fresnoy, Charles Alphonse : The Works of John Dryden, vol. XX, University of California Press, 1989, pp. 421-434〔Appendix A〕（出典は行数で示す）.

Erasmus, Desiderius : *Morias Enkomion: stultitiæ laudatio. Desiderii Erasmi declamatio. Editio castigatissima*, Londini, 1765（エラスムス『痴愚神礼讃　ラテン語原典訳』沓掛良彦訳, 中公文庫, 2014）.

Ernst, Max : *Écritures*, collection "Le Point du jour," Gallimard, 1970.

Félibien, André : *L'Idée du peintre parfait*, Genéve, Slatkine Reprints, 1970.

Ficino, Marsilio (a)：Erwin Panofsky, *Idea: ein Beitrag zur Begriffsgeschichte der älteren Kunsttheorie*, 2., verbesserte Aufl., Berlin: Bruno Hessling, 1960, pp. 122-126 (I. Anhang)（E. パノフスキー『イデア』伊藤博明・富松保文訳, 平凡社, 2004, pp. 180-189〔付録1〕）.

― (b)：*Opera omnia*, con unalettera introduttiva di Paul Oskar Kristeller e una premessa di Mario Sancipriano, Torino: Erasmo, v. 1, 1983（田中佳佑「フィチーノ『神的狂気について』（一四五七年）翻訳と註解」,『成城文藝』196号, 2006, pp. 119-101〔pp. 148-166〕）.

― (c)：*Opera omnia*, v. 2, 1983（『恋の形而上学』左近司祥子訳,〔アウロラ叢書〕, 国文社, 1985）.

Fourès, Auguste : "L'Exposition du boulevard des Capucines," *Le Rappel* (*The New Painting Impressionism 1874-1886, Documentation*, vol. 1: Reviews, Ruth Berson, Fine Arts Museums of San Francisco, 1996, pp. 34- 36）.

藤原定家（a）：『続群書類従』塙保己一編, 太田藤四郎補, 第一六輯下, 続群書類従完成会, 1982.

―（b）：『歌論集　能樂論集』久松潜一・西尾實校注, 日本古典文学大系；65, 岩波書店, 1987.

―（c）：『訳注　藤原定家全歌集』上巻, 久保田淳, 河出書房新社, 1985（すべて『拾遺愚草』の歌番号で示す）.

―（d）：『訓読　明月記』第三巻, 河出書房新社, 1978.

藤原俊成（a）：『新編国歌大観』第五巻, 角川書店, 1987.

―（b）：『歌論集』橋本不美男・有吉保・藤平春男校注・訳, 日本古典文学全集；50, 小学館, 1987.

Gantès, Fernand de : "L'Exposition des impressionnistes," *Le Charivari*, 1874 (*The New Painting Impressionism 1874-1886, Documentation*, vol. 1：Reviews, Ruth Berson, Fine Arts Museums of San Francisco, 1996, pp. 22-23).

Gautier, Théophile (a)：『ゴーチエ幻想作品集』店村新次・小柳保義訳, 創土社, 1977.

―（b）："Charles Baudelaire" (Charles Baudelaire, *Les fleurs du mal*, précédées d'une notice par Théophile Gautier, Paris: Calmann-Lévy, 1930, pp. I-LXXXIII)（ゴーチエ『ボードレール』井村実名子訳, 国書刊行会, 2011）.

Gerard, Alexander : *An Essay on Genius*, New York: Garland Publishing, 1970.

Godwin, William : *Caleb Williams*, London: Oxford University Press, 1970（ゴドウィン『ケイレブ・ウィリアムズ』岡照雄訳, 国書刊行会, 1982）.

Goethe, Johann Wolfgang von : *Goethes Faust*, Bd. 1, herausgegeben von Georg Witkowski, Leipzig: Hesse,

1908 (ゲーテ『ファウスト』第一部, 相良守峯訳, 岩波文庫, [37]1988).

Glanvill, Joseph (a): *The Vanity of Dogmatizing,* Facsimile ed., Hildesheim, New York: Georg Olms, 1970.

— (b): *Essays on several important Subjects in Philosophy and Religion,* Facsimile ed., Hildesheim; New York: G. Olms, 1979.

後鳥羽上皇：「後鳥羽院御口伝」『歌論集　能樂論集』久松潜一, 西尾實校注, 日本古典文学大系；65, 岩波書店, 1987, pp. 141-151.

白居易：『白氏文集』12下（新釈漢文大系第一一九巻）岡村繁, 明治書院, 2016 (引用に際し現代仮名遣いに改めた).

Hawes, Stephen : *The Pastime of Pleasure*, a literal reprint of the earliest complete copy (1517) with variant readings from the editions of 1509, 1554, and, together with introduction, notes, glossary, and indexes by William Edward Mead, Oxford: Early English Text Society, 1971.

Hazlitt, William : *The Selected Writings of William Hazlitt*, vol. 2, edited by Duncan Wu with an introduction by Tom Paulin, London: Pickering & Chatto, 1998 (前掲『古典的シェイクスピア論叢』pp. 150-161 に抄訳がある).

Heine, Heinrich : *Französische Maler; Französische Zustände*; *Über die französische Bühne*, bearbeitet von Jean-René Derré und Christiane Giesen, Hamburg: Hoffmann und Campe, 1980-1984 (Historisch-kritische Gesamtausgabe der Werke / Heinrich Heine; in Verbindung mit dem Heinrich-Heine-Institut, herausgegeben von Manfred Windfuhr, Bd. 12/1, 12/2).

Herder, Johann Gottfried :『ヘルダー　ゲーテ』登張正實責任編集, 世界の名著38, 中央公論社, 1979 (「シェイクスピア」pp. 177-202；「彫塑」pp. 203-294).

Hobbes, Thomas : *The English Works of Thomas Hobbes of Malmesbury*, now first collected and edited by Sir William Molesworth, Bart, Aalen: Scientia Verlag, vol. 3, 1966 (『ホッブズ』永井道雄責任編集, 世界の名著23, 中央公論社, 1971).

Hoffman, Ernst Theodor Amadeus : *Hoffmanns Werke*, Bd. 3, herausgegeben von Viktor Schweizer und Paul Zaunert, Kritisch durchgesehene und erläuterte Ausg. (Meyers Klassiker-Ausgaben), Leipzig; Wien: Bibliographisches Institut, 1896 (『ホフマンII』前川道介・猪狩裕・鈴木潔訳, 国書刊行会, 1989).

Horatius, Flaccus Quintus : *Horace, Satires, Epistles and Ars poetica*, with an English translation by H. Rushton Fairclough, The Loeb Classical Library, London: Harvard University Press, [12]1978 (『アリストテレース詩学・ホラーティウス詩論』松本仁助・岡道男訳, 岩波文庫, 1997).

Hugo, Victor : *Critique*, présentation de Jean-Pierre Reynaud, Paris: Robert Laffont, c. 1985 (ユゴー「『クロムウェル』序文」西節夫訳〔『ロマン主義文学論』學藝書林, 1972〕pp. 119-246).

Huysmans, Joris-Karl : *A rebours* (Œuvres complètes de J.-K. Huysmans, 7), publiées sous la direction de Lucien Descaves, Paris: G. Crès, 1929 (ユイスマンス『さかしま』澁澤龍彦訳, 河出文庫, [11]2011).

Ibn Sina, Abu Ali al-Husayn (a)：イブン・シーナー『救済の書』小林春夫抄訳（『中世思想原典集成11　イスラーム哲学』上智大学中世思想研究所, 平凡社, 2000, pp. 339-406).

— (b)：イブン・シーナー『魂について――治癒の書　自然学第六篇』木下雄介, 知泉書館, 2012.

猪苗代兼純：『兼載雑談』（塙保己一編『群書類従』第一六輯, 続群書類従完成会, 1987, pp. 512-539)。

慈円：『校本　拾玉集』多賀宗隼編著, 吉川弘文館, 1971.

Junius, François du Jon：*De pictura veterum*, (The printed sources of Western art, general editor, Theodore

Besterman, vol. 25) Portland, Oregon: Collegium Graphicum, 1972.

Kandinsky, Wassily : ヴァシリー・カンディンスキー『カンディンスキーの回想』カンディンスキー著作集4, 西田秀穂訳, 美術出版社, 1979.

鴨長明：「無明抄」『歌論集　能樂論集』久松潜一, 西尾實校注, 日本古典文学大系；65, 岩波書店, 1987, pp. 35-98.

Kepler, Johannes : *Harmonice mundi* (*Johannes Keplers kosmische Halmonie*, herausgegeben und übertragen von W. Harburger, Frankfurt am Main: Insel, 1980〔Der Dom: Bücher deutscher Mystik〕, ヨハネス・ケプラー『宇宙の調和』岸本良彦訳, 工作舎, 2009).

喜海：「梅尾明恵上人伝記」(『明恵上人集』久保田淳・山口明穂校注, 岩波文庫, 1989, pp. 105-199).

紀貫之：『古今和歌集』佐伯梅友校注, 日本古典文学大系；8, 岩波書店, 1987.

九条兼実：『訓読玉葉』第六巻, 高橋貞一, 高科書店, 1919.

La Motte, Antoine Houdar de : *Œuvres completes,* Tome 1, Genève: Slatkine Reprints, 1970.

Leroy, Louis : "L'Exposition des impressionnistes," *Le Charivari*, 1874 (*The New Painting Impressionism 1874-1886, Documentation*, vol. 1: Reviews, Ruth Berson, Fine Arts Museums of San Francisco, 1996, pp. 25-26); ジャン・ルノワール『わが父ルノワール』粟津則雄訳, みすず書房, pp. 157-161に邦訳が全文掲載されている。

L'Isle-Adam : "L'Exposition des impressionnistes," *Le Charivari*, 1874 (*The New Painting Impressionism 1874-1886, Documentation*, vol. 1: Reviews, Ruth Berson, Fine Arts Museums of San Francisco, 1996, pp. 27-28).

Locke, John : *An Essay Concerning Human Understanding*, edited with an introd., critical apparatus and glossary by Peter H. Nidditch, Oxford: Clarendon Press, 1975 (ロック『人間知性論』(一) 大槻春彦訳, 岩波文庫, 5 1972 ; (四), 1977).

Lomazzo, Giovannni Paolo : Erwin Panofsky, *Idea: ein Beitrag zur Begriffsgeschichte der älteren Kunsttheorie*, 2., verbesserte Aufl., Berlin: Bruno Hessling, 1960, pp. 126-130 (I. Anhang); E・パノフスキー『イデア』伊藤博明・富松保文訳, 平凡社, 2004, pp. 190-199 (付録1).

Longinus (pseudo) : *Aristotle XXIII, Longinus, Demetrius*, with an English translation by Donald Russell, The Loeb Classical Library, London: Harvard University Press, 2005 (ロンギノス／ディオニュシオス『古代文芸論集』戸高和弘・木曽明子訳, 西洋古典叢書, 2018, pp. 1-112).

Lucretius, Carus Titus：ルクレーティウス『物の本質について』樋口勝彦訳, 岩波文庫, 14 1991年.

Maaß, Johann Gebhard Ehrenreich : *Versuch über die Einbildungskraft*, Bruxelles: Culture et civilisation, 1969.

Macaulay, Thomas Babington : *Macaulay's Essay on Milton*, with notes, abstract, chronological summaries by H. B. Cotterill, London: Macmillan, 1899.

Mallarmé, Stéphane (a): *Œuvres complètes I*, edition présentée, établi et annoté par Bertrand Marchal, Bibliothèque de la Pléiade, Gallimard, 1998.

— (b): *Œuvres complètes II*, edition présentée, établi et annoté par Bertrand Marchal, Bibliothèque de la Pléiade, Paris: Gallimard, 2003.

a, b 共通で,『マラルメ全集』(全五巻) 松室三郎・菅野昭正・清水徹・阿部良雄・渡辺守章編集, 筑摩書房, 1989-2010.

Manfredi, Hieronymo : "A Study in Early Renaissance Anatomy, with a New Text：The Anothomia of Hieronymo Manfredi (1490)," translation by A. Mildred Westland in Studies in *History and Method of*

Science, edited by Charles Singer, Oxford: Clarendon Press, 1989.

Mann, Thomas : *Wagner und unsere Zeit*, herausgegeben von Erika Mann, Frankfurt am Main: Fischer Taschenbuch Verlag, 1986 (『ワーグナーと現代』小塚敏夫訳, みすず書房, ^{2}1988年).

Milton, John : *The Complete Poetry and Essential Prose of John Milton*, edited by William Kerrigan, John Rumrich and Stephen M. Fallon, New York: The Modern Library, 2007 (ミルトン『失楽園 (上)』平井正穂訳, 岩波文庫, ^{48}2010).

Montifaud, Marc de : "L'Exposition des impressionnistes," *Le Charivari*, 1874 (*The New Painting Impressionism 1874-1886, Documentation*, vol. 1: Reviews, Ruth Berson, Fine Arts Museums of San Francisco, 1996, pp. 29-30).

More, Henry : "The Easie, True, and Genuine Notion and Consistent Explication of the Nature of a Spirit," 1681, (Joseph Glanvill, *Saducismus Triumphatus,* facsimile ed., Hildesheim; New York: Georg Olms, 1978, pp. 99-180).

Moréas, Jean : "Un manifesste Litteraire," *Les premières armes du symbolism*, texte présenté et annoté par Michael Pakenham, University of Exeter, 1973, pp. 29-37 (ハンス・H・ホーフシュテッター『新装版　象徴主義と世紀末芸術』種村季弘訳, 美術出版社, 1987, pp. 297-300〔「付録――文献資料集」より〕).

Morley, Thomas : *A Plaine and Easie Introduction to Practicall Mvsicke*, (The English Experience, its record Amsterdam: Theatrum Orbis Terrarum LTD; New York: Da Capo Press, 1969, in early printed books published in facsimile; no. 207) .

紫式部：『源氏物語』二, 山岸徳平校注, 日本古典文学大系；15, ^{32}1991.

南方宗啓：『南方録』西山松之助校注, 岩波文庫, 1986.

Nordau, Max Simon : *Entartung*, Berlin NW., 1893 (『現代の堕落』大日本文明協會, 1914〔抄訳〕).

Peirce, Charles Sanders : *Pragmatism and Pragmaticism; Scientific metaphysics*, edited by Charles Hartshorne and Paul Weiss, Cambridge, Massachusetts: Belknap Press of Harvard University Press, 1960, c. 1934 (*Collected Papers of Charles Sanders Peirce;* vol. 5-6), 2 v. in 1.

Philip : *The Greek Anthology: The Garland of Philip, and Some Contemporary Epigram*, I, eds. A. S. F. Gow and D. L. Page, Cambridge University Press, 1968.

Philon : *Philo*, vol. 1, with an English translation by F. H. Colson and G. H. Whitaker, London: W. Heinemann, New York: G. P. Putnam, The Loeb Classical Library, London: Harvard University Press, 1956 (アレクサンドリアのフィロン『世界の創造』野町啓・田子多津子訳, ユダヤ古典叢書, 教文館, 2007).

Philostratos : (a) :『ソクラテス以前哲学者断片集』第V分冊, 内山勝利・角谷博・小池澄夫・瀬口昌久・仲川章・朴一功・山口義久訳, 岩波書店, 2009.

— (b): *The Life of Apollonius of Tyana: the Epistles of Apollonius and the Treatise of Eusebius*, with an English translation by F. C. Conybeare, London: W. Heinemann, Cambridge, Massachusetts: Harvard University Press, The Loeb Classical Library, 1950.

Pico della Mirandola, Gianfrancesco : *On the imagination*, the Latin text, with an introduction, an English translation, and notes, by Harry Caplan, Westport, Conn.: Greenwood Press, 1971 (佐藤三夫『イタリア・ルネサンスにおける人間の尊厳』有信堂, 1981, pp. 290-303 に要約がある).

Platon : (『ファイドロス』) *Plato I*, with an English translation by Harold North Fowler, The Loeb Classical Library, London: Harvard University Press, 2005 ;『藤澤令夫著作集IV　プラトン『パイドロス註解』』岩波書店, 2001.

—：(『プロタゴラス』) *Plato II*, with an English translation by W. R. M. Lamb, The Loeb Classical Library, London: Harvard University Press, 2006；「プロタゴラス」：『プラトン全集8』山本光雄・藤沢令夫訳, 岩波書店, 1975.

—：(『ゴルギアス』) *Plato III*, with an English translation by W. R. M. Lamb, The Loeb Classical Library, London: Harvard University Press, 2001；『プラトン全集9』加来彰俊・藤沢令夫訳, 岩波書店, 1974.

—：(『饗宴』) *Plato III*, with an English translation by W. R. M. Lamb, The Loeb Classical Library, London: Harvard University Press, 2001；『プラトン全集5』鈴木照雄・藤沢令夫訳, 岩波書店, 1974.

—：(『クラチュロス』) *Plato IV*, with an English translation by Harold North Fowler, The Loeb Classical Library, London: Harvard University Press, 1996；『プラトン全集2』水地宗明・田中美知太郎訳, 岩波書店, 1974.

—：(『国家』10巻) *Plato VI*, with an English translation by Paul Shorey, The Loeb Classical Library, London: Harvard University Press, 2006；『プラトン全集11』田中美知太郎・藤沢令夫訳, 岩波書店, 1976.

—：(『ソフィステス』) *Plato VII*, with an English translation by Harold North Fowler, The Loeb Classical Library, London: Harvard University Press, 2006；『プラトン全集3』藤沢令夫・水野有庸訳, 岩波書店, 1976.

—：(『ティマイオス』) *Plato IX*, with an English translation by R. G. Bury, The Loeb Classical Library, London: Harvard University Press, 2005；『プラトン全集12』種山恭子・田之頭安彦、岩波書店, 1975.

—：(『書簡集』)『プラトン全集14』長坂公一・水野有庸訳, 岩波書店, 1975.

Plinius Secundus, Gaius：『プリニウスの博物誌』［縮刷版I-VI］中野定雄・中野里美・中野美代訳, 雄山閣, 2012-2013.

Ploutarxos：(「若者はいかに詩を学ぶべきか」,「いかにして追従者と友人を見分けるか」) *Plutarch's Moralia*, I, with an English translation by Frank Cole Babbitt, The Loeb Classical Library, London: W. Heinemann, New York: G. P. Putnam, 1949 (プルタルコス『モラリア』1, 瀬口昌久訳, 京都大学出版会, 2008).

—：(「アテナイ人たちは戦争と智恵とのどちらでより名高いのか」) *Plutarch's Moralia, IV*, with an English translation by Frank Cole Babbitt, The Loeb Classical Library, London: W. Heinemann, New York : G. P. Putnam, 1957.

—：(「食卓閑談」) *Plutarch's Moralia, IX*, with an English translation by Edwin L. Minar, Jr., F. H. Sandbach, W. C. Helmbold, The Loeb Classical Library, London: W. Heinemann, New York: G. P. Putnam, 1961 (プルタルコス『モラリア』8, 松本仁助訳, 京都大学出版会, 2012).

Poe, Edgar Allan (a)：*The Complete Works of Edgar Allan Poe*, edited by James A. Harrison, 17 vols., New York: AMS Press, 1965(『ポオ小説全集』1〔阿部知二他訳, [30]1987〕, 2〔大西尹明他訳, [20]1989〕, 3〔田中西二郎他訳, [28]1989〕, 4〔丸谷才一他訳, [20]1989〕,『ポオ詩と評論』〔福永武彦他訳, [5]1986〕, 創元推理文庫).

— (b)：*The Poems of Edgar Allan Poe,* edited by Thomas Ollive Mabbott, Cambridge, Massachusetts: The Belknap Press of Harvard University Press, 1980.

— (c)：*The Letters of Edgar Allan Poe,* edited by John Ward Ostrom, New York: Gordian Press, 1966.

— (d)：*Collected Works of Edgar Allan Poe,* edited by Thomas Ollive Mabbott, 3 vols., Cambridge,

Massachusetts: The Belknap Press of Harvard University Press, 1978.

— (e): *Œuvres en prose*, traduites par Charles Baudelaire, texte établi et annoté par Y.-G. Le Dantec, Bibliothèque de la Pléiade, Paris: Gallimard, 1994.

Polday, Henri : "Les Intransigeants", La Renaissance litteraire et artistique, (*The New Painting Impressionism 1874-1886, Documentation*, vol. 1: Reviews, Ruth Berson, Fine Arts Museums of San Francisco, 1996, pp. 32-33) .

Pope, Alexander (a): *The Poems of Alexander Pope*, vol. 1, edited by E. Audra and Aubrey Williams, Yale University Press, 1961.

— (b): "The Preface to *The Works of Shakespeare,*" 1725 in *Shakespeare: The Critical Heritage*, edited by Brian Vickers, London; Boston: Routledge and K. Paul, vol. 2, 1974, pp. 403-418 (前掲『古典的シェイクスピア論叢』pp. 23-33 に抄訳がある).

Puttenham, George : *The Arte of English Poesie*, eds. Gladys Doidge Willcock and Alice Walker, Cambridge UP, ^{2}1970.

Quintilianus, Marcus Fabius (a) : *Quintilian, I*, with an English translation by H. E. Butler, The Loeb Classical Library, London: Harvard University Press, 1969 (クィンティリアヌス『弁論家の教育』1, 森谷宇一・戸高和弘・渡辺浩司・伊達立晶訳, 西洋古典叢書, 京都大学学術出版会, 2005).

— (b) : *Quintilian, II*, with an English translation by H. E. Butler, The Loeb Classical Library, London: Harvard University Press, 1977 (クィンティリアヌス『弁論家の教育』2, 森谷宇一・戸高和弘・吉田俊一郎, 西洋古典叢書, 京都大学学術出版会, 2013).

Renan, Ary : "La « Mangua » de Hokusai," *Le Japon artistique; documents d'art et d'industrie*, reunis par Samuel Bing, Paris, n° 9, 1889 (t. 1, pp. 107-113), (サミュエル・ビング編纂『藝術の日本』大島清次・瀬木慎一・芳賀徹・池上忠治翻訳・監修, 美術公論社, 1981).

Reverdy, Pierre : "L'Image," *Nord-sud*, n° 13, pp. 1-6 (repr. Paris: Jean-Michel Place, 1980).

Rimbaud, Arthur :*Œuvres complètes*, edition établie, présentée et annotée par Antoine Adam, Bibliothèque de la Pléiade, Paris: Gallimard, 2001 (『ランボー全集』金子光晴・斎藤正二・中村徳泰訳, 雪華社, 1970).

Rowe, Nicholas : "Some Account of Life, etc. of Mr. William Shakespeare," 1709 in *Shakespeare: The Critical Heritage*, edited by Brian Vickers, London; Boston: Routledge and K. Paul, vol. 2, 1974, pp. 190-202 (『初期の批評と伝記』日浅和枝訳,〔シェイクスピア論シリーズ 1〕荒竹出版, 1979, pp. 126-163 に記載箇所がほぼ重なる抄訳がある).

Rousseau, Jean-Jacques : ルソー『言語起源論』小林善彦訳, 現代思潮新社, 2007.

Runge, Philipp Otto :『ドイツ・ロマン派風景画論――新しい風景画への模索』神林恒道・仲間裕子編訳, 三元社, 2006.

西行 :『山家集　金槐和歌集』風巻景次郎・小島吉雄校注, 日本古典文学大系 29, 岩波書店, 1987.

Sainte-Beuve, Charles Augustin : サント・ブーヴ『月曜閑談』土居寛訳, 冨山房百科文庫 15, 1978.

Schiller, Friedrich : シラー『美学芸術論集』石原達二訳, 冨山房百科文庫 11, 1993.

Schlegel, August Wilhelm : *Course of Lectures on Dramatic Art and Literature,* translated by John Black, revised by A. J. W. Morrison, New York: AMS Press, 1965.

Schlegel, Friedrich :「文学についての会話」(シュレーゲル『ロマン派文学論』山本定祐訳, 冨山房百科文庫 17, 1978, pp. 135-232).

Scott, Sir Walter : "On the Supernatural in Fictious Composition ; and particularly on the Works of Ernest Theodore William Hoffman," *Foreign Quarterly Review*, vol. 1, no. 1, 1827, pp. 60-98.

Seneca (the Elder) : *The Elder Seneca, II, Controversiae, VII-X*, with an English translation by M. Winterbottom, The Loeb Classical Library, London: Harvard University Press, 1974.

Seneca, Lucius Annaeus : *Ad Lucilium epistulae morales*, with an English translation by Richard M. Gummere, London: W. Heinemann, New York: G. P. Putnam, The Loeb Classical Library, London: Harvard University Press, 1961;『セネカ　道徳書簡集――倫理の手紙集――（全）』茂手木元蔵訳, 東海大学出版会, 1992.

Seward, Thomas : "The Preface to *The Works of Mr. Francis Beaumont, and Mr. John Fletcher*," 1750 in *Shakespeare: The Critical Heritage*, edited by Brian Vickers, London; Boston: Routledge and K. Paul, vol. 3, 1975, pp. 383-390.

Sextus Empiricus : *Outlines of Pyrrhonism*, with an English translation by R. G. Bury, London: W. Heinemann, New York: G. P. Putnam, The Loeb Classical Library, London: Harvard University Press, 1933（セクストゥス・エンペイリコス『ピュロン主義哲学の概要』金山弥平, 金山万里子訳, 西洋古典叢書, 京都大学出版会, 1998）.

Shakespeare, William : *The Works of William Shakespeare*, edited by William Aldis Wright, New York: AMS Press, 1968（『シェイクスピア全集』小田島雄志訳, 白水社, 1985-1986）.

Sidney, Sir Philip (a) : *An Apologie for Poetrie*, (The English Experience, its record Amsterdam: Theatrum Orbis Terrarum LTD; New York: Da Capo Press, 1971, in early printed books published in facsimile; no. 413) .

— (b) : *The Poems of Sir Philip Sidney*, edited by William A. Ringler, Jr., Oxford: Clarendon Press, 1962（『イングランドのヘリコン』に関しては,『言語文化論集』7 (2), 名古屋大学総合言語センター , 1986, pp. 99-140 に山田耕士と坂田智恵子による抄訳がある）.

Silvestre, Armand : "Chronique des beaux-arts: Physiologie du refuse – L'Exposition des revoltes," *L'Opinion nationale* (*The New Painting Impressionism 1874-1886, Documentation, vol. 1: Reviews,* Ruth Berson, Fine Arts Museums of San Francisco, 1996, pp. 39-40) .

Spurzheim, Johann Gaspar, 1832 : "Outlines of Phrenology," Boston, in *Significant Contributions to the History of Psychology 1750 -1920,* edited by D. N. Robinson, Series E, Physiological Psychology, vol. II, Washinton, D. C.: University Publications of America, 1978.

Staël, Madame de : *De l'Allemagne*, Nouvelle éd., avec une préface par M. X. Marmier, Paris: Charpentier, Libraire-Éditeur, 1844（スタール夫人『ドイツ論2　文学と芸術』中村加津・大竹仁子訳, 鳥影社, 2002）.

Suger :「サン・ドニ修道院長シュジェールのその統治においてなしたる事ども」（『サン・ドニ修道院長シュジェール』森洋訳編, 中央公論美術出版, 2002, pp. 225-340）.

Symons, Arthur : *The Symbolist Movement in Literature*, New York: E. P. Dutton & Company, 1919（アーサー・シモンズ『象徴主義の文学運動』前川祐一訳, 冨山房百科文庫, 1993）.

Temple, Sir William : *The Works of Sir William Temple* (A New Edition) vol. 3, New York: Greenwood Press, 1968.

Thomas Aquinas : *Summa theologiae*, vol. 11, Laten text and English translation, notes, appendices, and glossary, Timothy Suttor (Cambridge): London: Blackfriars-Eyre & Spottiswoode, New York: Mcgraw-Hill, 1970（トマス・アクィナス『神学大全』第6冊, 高田三郎・大鹿一正訳, 創文社, ^{5}1981）.

Vasari, Giorgio :『ヴァザーリの芸術論――『芸術家列伝』における技法論と美学』ヴァザーリ研究会編, 平凡社, 1980.

Vicary, Thomas : *Profitable Treatise of the Anatomie of Mans Body*, (The English Experience, its record

Amsterdam: Theatrum Orbis Terrarum LTD; New York: Da Capo Press, 1973, in early printed books published in facsimile; no. 629) .

Vives, Joannis Lodovici : *De anima et vita*, a cura di Mario Sancipriano, Padova: Gregoriana, 1974.

Voltaire : *Les Œuvres completes de Voltaire, 60A, Nouveaux Mélanges(1765)*, Oxford : Voltaire Foundation, 2017 (ヴォルテール『哲学辞典』高橋安光訳, 法政大学出版局, 1988).

Wagner, Richard : *Gesammelte Schriften und Dichtungen*, Hildesheim: Georg Olms, 1976 (Faksimiledruck der Ausgabe, Leipzig, 1887-88);「未来音楽」(『ワーグナー著作集1　ドイツのオペラ』三光長治・高辻知義・池上純一訳, 第三文明社, 1990, pp. 96-186)；『芸術と革命』(ワーグナー『友人たちの伝言』三光長治監訳, 法政大学出版局, 2012, pp. 1-59);『未来の芸術作品』(前掲『友人たちの伝言』pp. 61-251);『オペラとドラマ』(『ワーグナー著作集3　オペラとドラマ』杉谷恭一, 谷本愼介訳, 第三文明社, 1993).

Walden, Herward : ヘアヴァルト・ヴァルデン『表現主義――芸術のための戦いの記録 (1910-1939)』本郷義武・内藤道雄・飛鷹節・山口知三編訳, 白水社, 1983.

Warburton, William : *The Works of Shakespear in Eight Volumes*, with a comment and notes, critical and explanatory by Pope and Warburton, vol. 1, New York: AMS Press, 1968.

Warton, Joseph : *An Essay on the Genius and Writing of Pope*, (The Fourth Edition, Corrected) Farnborough: Gregg, 1969.

Winckelmann, Johann Joachim : *Winckelmann's Werke*, herausgegeben von C. L. Fernow, 1. Bd., Dresden: In der Waltherschen Hofbuchhandlung, 1808 (ギンケルマン『希臘藝術模倣論』澤柳大五郎訳, 座右寶刊行会, 1943).

Wordsworth, William : *The Complete Poetical Works of William Wordsworth*, vol. 10, Boston and New York: Houghton Mifflin, 1911 (「『一八一五年詩集』序文」『イギリス詩論集』岡地嶺訳編、中央大学出版部, 1980, pp. 248-268).

Worringer, Wilhelm (a) : *Abstraktion und Einfühlung: ein Beitrag zur Stilpsychologie*, München: Piper, 1948 (ヴォリンゲル『抽象と感情移入――東洋芸術と西洋芸術』草薙正夫訳, 岩波文庫, 1999).

— (b) : *Formprobleme der Gotik*, München: Piper, 1911 (ヴォリンガー『ゴシック美術形式論』中野勇訳, 文春学藝ライブラリー , 文藝春秋, 2016).

Xenophon : クセノフォーン『ソークラテースの思い出』佐々木理訳, 岩波文庫, 1981.

吉田兼好 :『方丈記・徒然草』西尾實校注, 日本古典文学大系 ; 30, 岩波書店, ^{12}1967.

Young, Edward : *The Complete Works Poetry and Prose*, vol. II, edited by James Nichols, Hildesheim: Georg Olms, 1968.

世阿弥 :「遊楽習道風見」『歌論集　能樂論集』久松潜一, 西尾實校注, 日本古典文学大系 ; 65, 岩波書店, 1987, pp. 439-446.

Zola, Émile : *Écrits sur l'art*, édition établie, présentée et annotée par Jean-Pierre Leduc-Adine, Gallimard, c. 1991(「エドゥアール・マネ――伝記批評研究」『美術論集』(ゾラ・セレクション 9) 三浦篤編・解説, 三浦篤・藤原貞朗訳, 藤原書店, 2010, pp. 126-168).

◎論文

Abrams, M. H. : *The Mirror and the Lamp: Romantic Theory and the Critical Tradition*, New York: Oxford University Press, 1953 (M・H・エイブラムズ『鏡とランプ――ロマン主義理論と批評の伝統』水之江有一訳, 研究社, 1976).

足達薫 :「記憶術師としての美術家――イタリア・ルネサンスにおける記憶・観念・手法」『西洋

美術研究』17, 2013, pp. 50-66.
Alterton, Margaret : *Origins of Poe's Critical Theory,* Russell & Russell, Iowa: University of Iowa, Humanistic Studies, 2, 1925.
Amiot, Anne-Marie : *Baudelaire et l'illuminisme,* Paris: Nizet, 1982.
青木健：『ゾロアスター教』講談社選書メチエ, 2008.
Ariew, Roger and Grene, Marjorie : "Ideas, in and before Descartes," in *Journal of the History of Ideas,* vol. 55, University of Pennsylvania Press, 1995.
Barfield, Owen : *What Coleridge thought,* London: Oxford University Press, 1972.
Béguin, Albert :『ロマン的魂と夢』（アルベール・ベガン著作集第一巻）小島俊郎・後藤信幸訳, 国文社, 1972.
Berry, Philippa : "Nomadic Eros: Remapping Knowledge in *A Midsummer Night's Dream,*" in *Shakespearean Criticism: Criticism of William Shakespeare's Plays and Poetry, from the First Published Appraisals to Current Evaluations,* Detroit: Gale, vol. 121, 2009, pp. 125-132 (essay date 2004).
Blanck, Horst : ホルスト・ブランク『ギリシア・ローマ時代の書物』戸叶勝也訳, 朝文社, 2007.
Boime, Albert : アルバート・ボイム『アカデミーとフランス近代絵画』森雅彦・阿部成樹・荒木康子訳, 三元社, 2005.
Bowra, Cecil Maurice : *The Romantic Imagination,* London: Oxford University Press, 1950 (C. M. バウラ『ロマン主義と想像力』床尾辰男訳, みすず書房, 1974).
Brooks, Harold F. : "Introduction," in *A Midsummer Night's Dream,* edited by Harold F. Brooks (*The Arden Edition of the Works of William Shakespeare*), London: Methuen, 1979, pp. xxi-cxliii.
Buelow, George J. : "Originality, Genius, Plagiarism in English Criticism of the Eighteenth Century," in *International Review of the Aesthetics and Sociology of Music,* 21, Zagreb: Institute of Musicology, Zagreb Academy of Music, 1990, pp. 117-128.
Cambiaire, Célestin Pierre : *The Influence of Edgar Allan Poe in France,* New York: Haskell House, 1970.
Campbell, Killis : *The Poems of Edgar Allan Poe,* New York: Russel & Russel, 1962.
Croce, Benedetto : *Estetica, come scienza dell'espressione e linguistica generale,*〔Filosofia dello Spirito, I〕Bari: Gius, Laterza & Figli, 1922 (ベネヂット・クローチェ『美學』長谷川誠也, 大槻憲二訳, 世界大思想全集 46, 春秋社, 1930).
Curtius, Ernst Robert : E･R･クルティウス『ヨーロッパ文学とラテン中世』南大路振一・岸本通夫・中村善也訳, みすず書房, 1975.
Daniel, John Moncure : Charles Baudelaire, *Edgar Allan Poe, sa vie et ses ouvrages,* edited by W. T. Bandy, University of Toronto Press, 1973, pp. 55-88 (appendices A).
Danto, Arthur C. : アーサー・ダントー『芸術の終焉のあと――現代芸術と歴史の境界』山田忠彰監訳, 河合大介・原友昭・粂和沙訳, 三元社, 2017.
Dear, Peter : ピーター・ディア『知識と経験の革命』高橋憲一訳, みすず書房, 2012.
Derrida, Jacques : ジャック・デリダ『散種』藤本一勇・立花史・郷原佳以訳, 叢書・ウニベルシタス 989, 法政大学出版局, 2013.
Dillon, John : *The Middle Platonists, 80 B. C. to A. D. 220,* Ithaca, New York: Cornell University Press, 1977.
Droit, Roger-Poi : ロジェ＝ポル・ドロワ『虚無の信仰――西欧はなぜ仏教を怖れたか』島田裕巳・田桐正彦訳, トランスビュー, 2002.
江口重幸：『シャルコー――力動精神医学と神経病学の歴史を遡る』勉誠出版, 2007.

Fike, Matthew A. : "The Collective Unconscious and Beyond in *A Midsummer Night's Dream,*" in *Shakespearean Criticism: Criticism of William Shakespeare's Plays and Poetry, from the First Published Appraisals to Current Evaluations*, Detroit: Gale, vol. 139, 2011, pp. 206-220 (essay date 2009).

藤澤令夫：『藤澤令夫著作集II　イデアと世界』岩波書店, 2000.

Gros, Frédéric : フレデリック・グロ『創造と狂気――精神病理学的判断の歴史』澤田直・黒川学訳, 叢書・ウニベルシタス 1015, 法政大学出版局, 2014.

濱下昌宏：『一八世紀イギリス美学史研究』, 多賀出版, 1993.

Harrowits, Nancy : ナンシー・ハロウィッツ「推理とは何か？――チャールズ・S・パースとエドガー・アラン・ポウ」（ウンベルト・エーコ、トマス・A・シービオク編, 小池滋監訳『三人の記号――デュパン, ホームズ, パース』東京書籍, 1990, pp. 257-287.

Havelock, Eric A.：*Preface to Plato*, Oxford: B. Blackwell, 1963（エリック・A・ハヴロック『プラトン序説』村岡晋一訳, 新書館, 1997）.

Heinich, Nathalie：ナタリー・エニック『芸術家の誕生――フランス古典主義時代の画家と社会』佐野泰雄訳, 岩波書店, 2010.

Heninger, Jr., S. K. : *Touches of Sweet Harmony: Pythagorean Cosmology and Renaissance Poetics*, Ann Arbor, Mich.: University Microfilms International, 1974（ヘニンガー『天球の音楽』山田耕士・吉村正和・正岡和恵・西垣学訳, 平凡社, 1990）.

平川彰 (a)：『大乗起信論』《佛典講座22》, 大蔵出版, ²1976.

― (b)：『インド仏教史』下巻, 春秋社, ⁵1989.

Howard, William Guild : "Ut Pictura Poesis," *PMLA*, 24, 1909, pp. 40-123.

Huebnerus, Henricus Gustavus : *Diogenes Laertius: De vitis, dogmatis, et apophthegmatis clarorum philosophorum libri decem*, vol. 4, Hildesheim: Georg Olms, 1833 (rpr. 1981).

Hungerford, Edward : "Poe and Phrenology," *American Literature,* Nov. 1930, vol. 2, No. 3, pp. 209-231.

市井三郎：「帰納法と弁証法」『思想』岩波書店, 7月号, 1957, pp. 60-74.

稲賀繁美：『絵画の東方――オリエンタリズムからジャポニスムへ』名古屋大学出版会, 1999.

稲田利徳 (a)：「共感覚的表現歌の発生と展開」（上）（『岡山大学教育学部研究集録』43号, 1975, pp. 41-54）.

― (b)：「共感覚的表現歌の発生と展開」（下）（『岡山大学教育学部研究集録』44号, 1976, pp. 21-32）.

Ingram, John H. : *Edgar Allan Poe, His Life, Letters and Opinions,* New York: AMS Press, rpt., 1971.

井上光貞：『日本古代仏教の展開』吉川弘文館, 1975.

井筒俊彦：『意識の形而上学――『大乗起信論』の哲学』中央公論社, 1993.

Jaynes, Julian：ジュリアン・ジェインズ『神々の沈黙――意識の誕生と文明の興亡』柴田裕之訳, 紀伊國屋書店, 2005.

掛川富康：「キリスト教神論におけるヘブライズムとヘレニズム――K.バルトの神理解とイデアリズムの問題」『人文科学研究――キリスト教と文化』国際基督教大学学報IV-B, 21, 1987.

柏倉康夫：（訳著）『マラルメの「大鴉」――エドガー・A・ポーの豪華詩集が生れるまで』臨川選書 15, 臨川書店, 1998.

金沢公子：「フランス文学におけるワグネリスム成立過程の一考察――ボードレールのワーグナー論について」『年刊ワーグナー一九八一』日本ワーグナー協会編, 福武書店, 1981, pp. 71-107.

Kayser, Wolfgang : ヴォルフガング・カイザー『グロテスクなもの』竹内豊治訳, 叢書・ウニベルシタス, 法政大学出版局, ⁴1969.

Kehler, Joel R. : "New Light on the Genesis and Progress of Poe's Landscape Fiction," *American Literature,* May 1975, vol. 47, No. 2, pp. 173-183.

金任仲：『西行和歌と仏教思想』笠間書院, 2007.

Kind, John Louis : *Edward Young in Germany, Historical Surveys Influence upon German Literature*, New York: Ams Press, 1966.

Koyré, Alexandre : アレクサンドル・コイレ『閉じた宇宙から無限宇宙へ』横山雅彦訳, みすず書房, 1987.

Krämer, Hans Joachim：ハンス・ヨアヒム・クレーマー『プラトンの形而上学』岩野秀明訳, 世界書院, 2000.

Kris, Ernst und Otto Kurz：エルンスト・クリスとオットー・クルツ共著『芸術家伝説』大西広・越川倫明・児島薫・村上博哉訳, ぺりかん社, 1989.

熊田陽一郎：『美と光――西洋思想史における光の考察』アウロラ叢書, 国文社, 1986.

Lee, Rensselaer W.：「詩は絵のごとく――人文主義絵画論」森田義之・篠塚二三男訳（中森義宗編『絵画と文学――絵は詩のごとく』中央大学出版部, 1984, pp. 193-362）.

Leeuwen, Henry G. van : レーウェン「確実性（17世紀思想における）」山口信夫訳『西洋思想大事典』1, 平凡社, 1990, pp. 363-370.

Legler, Henry Eduard : *Poe's Raven: its origin and genesis; a compilation and a survey,* Folcroft Library Editions, rpt., 1972.

Lewis, C. S.（a）：*The Discarded Image, An Introduction to Medieval and Renaissance Literature*, Cambridge University Press, 1967 (C. S. ルイス『廃棄された宇宙像――中世・ルネッサンスへのプロレゴーメナ』山形和美監訳, 小野功生・永田康昭訳, 八坂書房, 2003).

―（b）：C・S・ルーイス『語の研究――ヨーロッパにおける観念の歴史』本田錦一郎・佐藤信夫・福浦徳孝・長野幸治・高橋宣勝訳, 文理, 1978.

Levinson, Jerrold : ジェロルド・レヴィンソン「文学における意図と解釈」河合大介訳（西村清和編・監訳『分析美学基本論文集』, 勁草書房, 2015, pp. 244-298).

Lind, Sidney E. : "Poe and Mesmerism," *PMLA*, 62, 1947, pp. 1077-1094.

Lowinsky, Edward E.：エドワード・E・ロウィンスキー「天才（音楽の）」(『西洋思想大事典』3, フィリップ・P・ウィーナー編, 荒川幾男ほか編訳, 平凡社, 1990, pp. 370-386).

Lubell, Albert. J. : "Poe and A. W. Schlegel," *The Journal of English and Germanic Philology,* 52, Japuary, Urbana, 1953, pp. 1-12.

丸山圭三郎：『ソシュールの思想』岩波書店, 1981.

Merguet, H. : *Handlexikon zu Cicero*, Hildesheim: Geolg Olms, 1962.

Millan, Charles Gordon : ゴードン・ミラン『マラルメの火曜会――神話と現実』柏倉康夫訳, 行路社, 2012.

Mortier, Roland : *L'Originalité*, Genève: Droz, 1982.

Moss, Armand : *Baudelaire et Delacroix*, Paris: A. G. Nizet, 1973.

Mras, George P. : *Eugene Delacroix's Theory of Art,* Princeton University Press, 1966.

中村元：『思想の自由とジャイナ教』中村元選集［決定版］第10巻, 春秋社, 1991.

Nambara, Minoru（南原実）: "Die Idee des absoluten Nichts in der deutschen Mystik und seine Entsprechungen im Buddhismus," *in Archiv für Begriffsgeschichte,* Bd. 6, Hamburg: Felix Meiner Verlag, 1960, pp. 143-277.

Nicolson, Marjorie Hope（a）: *Mountain Gloom and Mountain Glory; The Development of the Aesthetics of the*

Infinite, Ithaca, New York: Cornell University Press, 1959（ニコルソン『暗い山と栄光の山』小黒和子訳, 国書刊行会, 1989）.

—（b）:『月世界への旅』高山宏訳, 世界幻想文学大系 第44巻, 国書刊行会, 1986.

納富信留：『ソフィストとは誰か』人文書院, 2006.

大島清次：『ジャポニスム——印象派と浮世絵の周辺』講談社学術文庫, 1992.

岡部雄三：『ヤコブ・ベーメと神智学の展開』岩波書店, 2010.

Omans, Glen A.: "Intellect, Taste, and the Moral Sense: Poe's Debt to Immanuel Kant," *Studies in the American Renaissance,* edited by J. Myerson, Boston: Twayne Publishers, 1980, pp. 123-168.

Ong, Walter J.：W-J. オング『声の文化と文字の文化』桜井直文・林正寛・糟谷啓介訳, 藤原書店, 2007.

小田部胤久：『芸術の逆説——近代美学の成立』東京大学出版会, 2001.

Otto, Walter Friedrich：ワルター・F・オットー『ミューズ——舞踏と神話』西澤龍生訳, 論創社, 1998.

Panofsky, Erwin : *Idea. Ein Beitrag zur Begriffsgeschichte der älteren Kunsttheorie*, 2., verbesserte Aufl. Berlin: Bruno Hessling, 1960（E. パノフスキー『イデア』伊藤博明・富松保文訳, 平凡社, 2004）.

Parks, Edd Winfield : *Edgar Allan Poe as Literary Critic*, University of Georgia Press, 1964.

Quinn, Arthur Hobson: *Edgar Allan Poe, A Critical Biography,* New York: Appleton-Century-Crofts, 1963.

Quinn, Patrick F.：パトリック・F・クウィン『ポーとフランス』中村融訳, 審美社, 1975.

Rewald, John：ジョン・リウォルド『印象派の歴史』三浦篤・坂上桂子訳, 角川書店, 2004.

Richard, Jean-Pierre：ジャン=ピエール・リシャール『マラルメの想像的宇宙』田中成和訳, 水声社, 2004.

Riley, Gregory J.：グレゴリー・J・ライリー『神の河——キリスト教起源史』森夏樹訳, 青土社, 2002.

Rousset, Jean：ジャン・ルーセ『フランス・バロック期の文学』伊東廣太・齋藤磯雄・齋藤正直他訳, 筑摩書房, 1970.

佐々木克衞：『中世歌論の世界』双文社, 1992.

佐々木健一（a）:『美学辞典』東京大学出版会, 1995.

—（b）:「近世美学の展望」（『講座　美学』一, 今道友信編集, 東京大学出版会, 1984, pp. 87-134）.

Sebeok, Thomas Albert, and Donna Jean Umiker-Sebeok：トマス・A・シービオクとジーン・ユミカ=シービオク共著「僕の方法は知っての通り——パース対ホームズ」（ウンベルト・エーコ、トマス・A・シービオク編, 小池滋監訳『三人の記号——デュパン, ホームズ, パース』東京書籍, 1990, pp. 15-70.

Shearman, John : "Castiglione's Portrait of Raphael," *Mitteilungen des Kunsthistorischen Institutes in Florenz*, 38, 1, Ausburg: Dr. Benno Filser, 1994, pp. 69-97.

Shiff, Richard : *Cezanne and the End of Impressionism – A Study of the Theory, Technique, and Critical Evaluation of Modern Art*, Chicago: The University of Chicago Press, 1984.

Silverman, Debora：デボラ・シルヴァーマン『アール・ヌーヴォー——フランス世紀末と「装飾芸術」の思想』天野知香・松岡新一郎訳, 青土社, 1999.

Silverman, Kenneth : *Edgar Allan Poe: mournful and never-ending remembmnce*, New York: Harper Collins, 1991 .

Spevack, Marvin : *The Harvard Concordance to Shakespeare*, Hildesheim: Georg Olms, 1973.

Stem, Madeleine B. : "Poe: 'The Mental Temperament' for Phrenologist," *American Literature,* 40, No. 2, May, 1968, pp. 155-163.

Steinmetz, Jean-Luc : ジャン=リュック・ステンメッツ『マラルメ伝──絶対と日々』柏倉康夫・永倉千夏子・宮嵜克裕訳, 筑摩書房, 2004.

Szlezák, Thomas A. : トーマス・A. スレザーク『プラトンを読むために』内山勝利・丸橋裕・角谷博訳, 岩波書店, 2002.

高崎直道 :『「大乗起信論」を読む』岩波セミナーブックス 35, 1991.

田村圓澄 :『仏教伝来と古代日本』講談社学術文庫, 1986.

田村謙二 :『コールリッジの創造的精神──統一性、分裂、統一性の回復』英宝社, 1997.

田村芳朗 :「天台本覚思想概説」(『天台本覚論』日本思想大系 ; 9, 岩波書店, pp. 477-548).

田中美知太郎 :『プラトン I 』岩波書店, [6]1986.

Thibaudet, Albert : A・ティボーデ『マラルメ論』田中淳一・立仙順朗訳, 沖積舎, 1991.

徳見道夫 :「検閲するプロスペロー」(太田一昭編『エリザベス朝演劇と検閲』英宝社, 1996, pp. 197-225).

Tonelli, Giorgio : ジョルジョ・トネリ「天才（ルネサンスから一七七〇年まで）」(『西洋思想大事典』3, フィリップ・P・ウィーナー編, 荒川幾男ほか編訳, 平凡社, 1990, pp. 352-355).

内田市五郎 :『ポウ研究──肖像と風景』日本古書通信社, 2007.

内井惣七 (a) :「19世紀イギリスの科学方法論」(1)『人文研究』大阪市立大学文学部紀要・哲学, 31巻第2分冊, 1979, pp. 5-23.

── (b) :「19世紀イギリスの科学方法論」(2)『人文研究』大阪市立大学文学部紀要・哲学, 32巻第5分冊, 1980, pp. 36-47.

内山勝利 :『対話という思想　プラトンの方法序説』(双書　現代の哲学) 岩波書店, 2004年.

上村仁司 :「S・T・コールリッジの『政治家必携の書』における理性と宗教──カント受容の問題との関連において」『北海学園大学学園論集』第119号, 2004, pp. 83-111.

Weiss, Susan Archer Talley : *The Home Life of Poe,* Folcroft Library Editions, rpt. 1974.

Willey, Basil (a) : B・ウイレー『十七世紀の思想的風土』深瀬基寛訳, 創文社, 1958.

── (b) : *Nineteenth Century Studies: Coleridge to Matthew Arnold,* London: Chatto and Windus, 1949 (バジル・ウィリー『十九世紀イギリス思想──コウルリッジからマシュー・アーノルドまで』米田一彦・松本啓・諏訪部仁・上坪正徳・川口紘明訳, みすず書房, 1985).

Wittkower, Rudolf : ルドルフ・ウィトコウアー「天才 : 美術と美術家における個人主義」(『西洋思想大事典』3, フィリップ・P・ウィーナー編, 荒川幾男ほか編訳, 平凡社, 1990, pp. 356-369).

山田俊弘 :『ジオコスモスの変容──デカルトからライプニッツまでの地球論』ヒロ・ヒライ編集, 勁草書房, 2017.

山本義隆 :『一六世紀文化革命』1, 2, みすず書房, 2007.